Françoise Mallet-Joris

Die Wachsbildnerin

Françoise Mallet-Joris

Die Wachsbildnerin

oder

*Die wahrhaftige Geschichte
einer Wachsbüste, zweier Mädchen,
traurig die eine, fröhlich die andere,
eines Prinzen und eines Henkers*

Worin man überflüssige Moralpredigten
vergeblich suchen wird

ROMAN, aus dem Französischen
von Annette Lallemand

List Verlag
München · Leipzig

Die Originalausgabe erschien unter dem Titel
Les Larmes *1993 im Verlag Flammarion in Paris.*

ISBN 3-471-79317-8

Satz: Franzis-Druck GmbH, München
Druck und Bindung: Mohndruck, Gütersloh

Für Georgette Bellondrade,
die mich beim Schreiben dieses
Buches von Anfang bis Ende
freundschaftlich unterstützt hat.

Erstes Kapitel

Worin Mademoiselle Catherine Lesueur, dreizehn Jahre alt, wie eine tscherkessische Sklavin verkauft wird, sich ihre gute Laune bewahrt, einem Henker begegnet, ein Gewerbe für sich entdeckt und beschließt, ein Meisterwerk zu schaffen.

Ich war dreizehn Jahre alt, klein, rundlich, hatte eine Stupsnase, die nicht sonderlich edel wirkte, im ganzen Gesicht Sommersprossen und Grübchen, als eines Abends mein Vater, der Doktor Lesueur, nach dem Essen, in einem der nicht gerade häufigen Momente, in denen ich die Ehre hatte, ihn zu sehen, mich vor sich hinstellte, betrachtete und versonnen, wie im Selbstgespräch, murmelte: »Sie ist weiß Gott häßlich, ja gewöhnlich; kein Mensch wird sie heiraten ohne Mitgift. Und heutzutage verlangen sogar die Klöster Unmengen ... an Kostgeld.« Er wandte sich an einen hochgewachsenen und dunkelhaarigen Mann, der uns den Rücken zukehrte und im Bücherschrank stöberte: »Was sagen Sie, Chevalier?« Worauf der Mann sich umdrehte, an seiner Perücke fingerte, sie verärgert auf ein Möbelstück legte, mich ebenfalls betrachtete und sagte: »Wie ich höre, modellieren Sie in Wachs?«

»Dieser Tafelaufsatz«, sagte mein Vater (und das war das erste Lob, das ich von ihm zu hören bekam), »ist ihr eigenhändiges Werk.«

Es war die Nachbildung eines Fruchtkorbes, die ich vor kurzem unter Anleitung meiner Freundin Madeleine Basseporte, welche botanische Studien betrieb, modelliert hatte.

»Für den Anfang ganz nett«, sagte der Chevalier achselzuckend. Seine Begeisterung hielt sich in Grenzen ... Wollte er vielleicht einen Tafelaufsatz bei mir bestellen?

»Das ist Chevalier Martinelli«, sagte mein Vater mit Nachdruck. »Er ist Chirurg und hat sich auf Wachsbildnerei spezialisiert, er hat eine große Zukunft vor sich, war Schüler des berühmten Zumbo und ist bereit, dich in die Lehre zu nehmen. Bedanke dich gefälligst.«

Ich begriff kein Wort.

»Wie heißt du?« fragte mich der baumlange Kerl, wobei er mit einer Hand das ohnehin struppige Haar auf seinem Kopf zerzauste. Als er es bemerkte, stülpte er sich die Perücke wieder auf, doch so schief, daß er erst recht sonderbar aussah.

»Catherine.«

Ich machte den artigen Hofknicks, den meine Tante mich als die Krönung feiner Lebensart gelehrt hatte.

»Schnür dein Bündel, Catherine. Der Handel gilt. Von Stund an bin ich dein Meister.«

Mir schien, als lachte er, als er das Wort Meister aussprach, das sich jedoch als vollkommen zutreffend erweisen sollte. Vielleicht lachte er aber auch über meine verdutzte Miene oder aus einem Anflug von Mitleid, weil ich noch so jung war. Ich ging nach oben in das winzige Zimmer, das mein Vater mir zugebilligt hatte und packte zusammen, was ich an Kleidung besaß. Das war schnell erledigt. Ich war in letzter Zeit gewachsen, und die Hälfte meiner Kleidungsstücke paßte nicht mehr. Seit der unerwarteten Heirat meiner Tante (die dreißig Jahre alt war, aber eine Mitgift besaß) kümmerte sich niemand mehr darum, und wer weiß, ob nicht die lästige Verpflichtung, mich mit einem neuen Über- und Unterrock auszustatten, meinen Vater zu dem ungewöhnlichen Schritt bewogen hatte. Denn üblich ist es nicht, daß ein Arzt, ein Bürger von Paris, seine Tochter »in die Lehre« gibt, wie wenig hübsch sie auch sein mag.

Der Mann stand schon auf der Türschwelle und schickte sich an, in eine Mietdroschke zu steigen.

»Fahren wir, Catherine.«

Mein Vater war verschwunden, um sich den peinlichen Abschied zu ersparen.

Ich stieg ein.

»Rue Poissonnière, Hôtel des Arcoules!« rief mein Meister. Auf diese Weise wurde ich im Januar des Jahres 1715 wie eine tscherkessische Sklavin verkauft.

Es ging in unbekannte Welten, mit anderen Worten zu besagtem Faubourg Poissonnière, der mir, da er außerhalb der Stadt lag, kaum ferner, kaum exotischer erschien, als hätte man mich nach Indien verfrachtet. Diese Vorstadt jenseits der höher gelegenen Chaussee, auf der die Wagen fuhren, war damals eine merkwürdige Gegend, halb Stadt, halb Land, hie und da ein ehemaliges, meist verlassenes Landgut, ein paar neuerbaute oder noch im Bau befindliche Stadthäuser, strohgedeckte Katen, Schenken, Saatfelder, Straßen, eher zu erahnen oder gerade begonnen, eine Kapelle, ein alter Brunnen, ein paar Läden, und das alles in einem mich erstaunlich dünkenden Wirrwarr, inmitten von Dornengestrüpp oder Ackerland zusammengewürfelt.

Noch verblüffender war das Hôtel des Arcoules, wo ich ein paar denkwürdige Jahre verbringen sollte. Das Gebäude lag an der Rue Bergère, wies eine schöne und imposante Fassade auf, die wahrscheinlich aus der Zeit von Louis XIII stammte und seitdem mehrfach umgestaltet worden war, denn sowohl im Erdgeschoß als auch im ersten Stock waren alle Fenster verglast. Was in mir die Hoffnung, wenn nicht auf Luxus, so zumindest auf Sauberkeit weckte. Irrtum! Durch das geöffnete Tor erblickte man zur Linken des weiträumigen geschotterten Hofes, der einmal Mittelpunkt eines quadratischen Baus gewesen sein dürfte, eine Anhäufung von eingestürztem Gestein und Überreste von Mauerwerk unter wild wucherndem Gestrüpp. Die vertrauenerweckende Fassade war zur Rechten um ein Türmchen verlängert, an das sich ein breiter Schlauch anschloß, der sich später als Küche erwies. An dessen Ende befanden sich noch ein Türmchen sowie ein auffallend langgestreckter Bau mit Blendfenstern im Erdgeschoß, das Gegenstück zur trügerischen Fassade.

Eine breite Öffnung hinten im Hof gab den Blick frei auf spärlich bepflanztes Land, das man, ohne zu übertreiben, schwerlich als Garten bezeichnen konnte.

Nach einem behenden Sprung aus der Droschke, die er unverzüglich fortschickte, ging der Chevalier auf das hintere Gebäude zu, wobei er die Güte hatte, mir ein paar Erklärungen zu liefern: Der rückwärtige Bau sei von der früheren Besitzerin als Behausung für ihren Diener über den ehemaligen Stallungen aufgestockt worden, die, wie er aufmunternd hinzufügte, sehr weiträumig seien und uns als Laboratorium dienen würden. »Dort ist es recht behaglich«, sagte er, »denn das erste Türmchen, das du dort siehst, dient als Wärmestube, und über die Küche steigt die Wärme in das zweite, was den Schlafräumen zugute kommt.«

Schweigend hörte ich ihm zu, preßte mein Bündel an mich und folgte ihm in das zweite Türmchen, in dem eine wenig prächtige und äußerst enge Wendeltreppe emporführte. Im ersten Stock befand sich ein weiträumiges Zimmer, in das mir aber nur ein flüchtiger Blick gestattet wurde und das dem Hausherrn als Wohnung diente. Im zweiten Stock, unter dem Dach, die gleiche weiträumige Fläche, aber dreigeteilt durch dünne Zwischenwände, so daß man die Wahl hatte zwischen drei nicht eben kleinen Räumen, die jedoch die Bezeichnung »Schlafzimmer« kaum mehr verdienten als der »Garten« die Bezeichnung »Garten«.

»Die Köchin hat Ausgang; sie wird dir ein Bett in das Zimmer deiner Wahl heraufbringen lassen«, sagte mein Meister zu mir. »Ich wohne direkt darunter, du brauchst also keine Angst zu haben.«

»Wovor sollte ich Angst haben?« fragte ich, um einen kecken Ton bemüht. »Gibt es hier vielleicht Ratten?«

»Ratten?« fragte er, als sei ihm das noch nie in den Sinn gekommen. »Ratten? Nein, das glaube ich eigentlich nicht.«

Er verließ mich, weil er – wie er sagte – zu tun habe, und da stand ich im ersten dieser Zimmer, vor mir ein gesprungener Spiegel, ein Kamin, der sich der Neigung des uralten Parkettbodens anpaßte, zwei Stühle, ein Überseekoffer, etliche zur Wand gedrehte Bilder, ein mächtiges Fernrohr und ein komplettes Toilettengeschirr: Schüssel, Kanne, Seifenschale, die nur leider auf dem Boden standen.

Es war schon Nacht, als zwei Lastträger ein gebrauchtes, in der Mitte durchhängendes Bett hereintrugen, das sie an den Treppenhauswänden gründlich angeschlagen hatten; sie schienen nun eine Entlohnung zu erwarten, die ich ihnen beim besten Willen nicht hätte geben können. Murrend traten sie den Rückzug an, und aus Furcht, sie könnten zurückkehren, verrammelte ich die Tür mit dem Überseekoffer, dem ich sodann zwei noch sehr saubere Decken entnahm, unter die ich mich kuschelte, ohne mich auszuziehen. Es war unbeschreiblich kalt. Auf ein Abendessen hatte ich ohnehin nicht gehofft.

Das war mein Einzug ins Hôtel des Arcoules.

Am nächsten Morgen, als ich mich die Treppe hinunterwagte, traf ich auf die Bedienstete, die sich mir als Jeannette vorstellte. Wie, rief sie, ich hätte nicht zu Abend gegessen? Und sie habe mir doch einen Topf Suppe, Brot und Schafskäse übriggelassen, Köstlichkeiten, die in der Küche bereitstanden, in besagtem Schlauch, den immerhin eine zweiflügelige Glastür zierte, durch die man den Hof überwachen konnte. Und wäre sie über meine Ankunft unterrichtet gewesen, hätte sie auch Feuer im Kamin gemacht, der, wie sie stolz erklärte, »funktionierte«.

»Sie wohnen nicht im Haus, Jeannette?«

»Ich würde mich ja zu Tode ängstigen, mit all diesen Experimenten! Und all die Toten! Über Toten schlafen! Da würde ich lieber... ich weiß nicht was! Außerdem habe ich Kinder.«

Der Chevalier kam herein, setzte sich auf die Tischkante und begnügte sich wie wir mit einem Rest Suppe und einem Stück Brot, das er mit zufriedener Miene verzehrte.

»Jeannette, erzähl dem kleinen Mädchen nicht so haarsträubende Geschichten. Ich werde sie schon einweisen. Iß erst mal auf, Catherinchen.«

»Wohl besser!« knurrte die Magd, die zu reden schien, wie ihr der Schnabel gewachsen war. »Hinterher könnte ihr der Appetit vergehen!«

Die mit der Wärmestube verbundene Küche war langgestreckt, gut geheizt und geräumig, im Gegensatz zu dem Flügel, in dem ich von nun an hausen sollte und wo Jeannette, wie ich soeben erfahren hatte, nicht wohnte. Alles in allem bestand das Gesinde des Hôtel des Arcoules aus einem Mietkutscher, der bisweilen den Meister abholte und bisweilen ausblieb, und einem kleinen Jungen, der sich für gewöhnlich im Garten zu schaffen machte, bei gewissen Anlässen aber auch, in zu kleinen oder zu großen Kleidungsstücken absonderlich gewandet, als Lakai fungierte. Kurzum, nachts war ich allein mit Martinelli.

»Komm jetzt«, sagte er (dabei war mein Teller noch nicht leer). »Man stürzt sich am besten kopfüber ins kalte Wasser; hier ist es genauso. Du wirst sehen, man gewöhnt sich daran.«

Nach diesen aufmunternden Worten und ungeachtet der schneidenden Kälte, ließ er mir nicht einmal Zeit, mir einen Schal überzuwerfen, sondern zog mich hinter sich her in Richtung Laboratorium oder Stallungen, die auf den verwahrlosten Garten hinausgingen. (Sehr bald sollte ich erkennen, daß Zimperlichkeit ihm fremd war. Er schonte weder sich noch andere.) Der erwähnte Junge, der ungefähr mein Alter haben mußte, fuhr mit einer Schubkarre morsches Holz weg. Mir schien, als musterte er mich spöttisch.

Die Stallungen waren wie das Dachgeschoß, in dem ich wohnte, in drei große Räume unterteilt. Durch die verglasten Schiebetüren (abermals wunderte ich mich stillschweigend über diese Mischung aus Luxus und Verwahrlosung) erspähte ich im ersten Raum Brennkolben, Kupfergefäße, Mörser, große Tische und entlang der Wand Fächer, in denen Phiolen und Büchsen fein säuberlich aufgereiht standen. Die zweite Tür führte in einen weniger großen, kürzlich gekalkten Raum, in dessen Mitte auf einem Tisch das für die Wachsbildnerei erforderliche Handwerkszeug ausgebreitet lag, während wie im ersten Raum kleine Fächer Farben, Pinsel und Lacke enthielten, deren vertrauter Geruch mir sogleich beruhigend in die Nase stieg.

»Werde ich hier arbeiten?«

»Hier und nebenan«, erwiderte er lakonisch.

Auch der letzte Saal war sauber und aufgeräumt. Der Tisch in der Mitte war aus Marmor und hatte Abflußrinnen, die in Eimer mündeten. Auf dem Tisch lag ausgestreckt ein nackter Leichnam, dessen Kopf abgetrennt worden war. Er kam mir erstaunlich weiß vor, auf nicht menschliche Weise weiß. Dieser Körper war aufgeschlitzt; ein breiter, roter Schnitt verlief vom Brustbein zum Schambein.

Ringsum standen Schemel, Model, Säcke voller Gips und Instrumente, die ich nicht kannte und die zu betrachten gewiß höchst interessant gewesen wäre, wenn ich nicht all meine Kräfte hätte aufbieten müssen, um den Anblick dieses leblosen Dinges zu ertragen, das nur durch die mir zugewandten Fußsohlen an einen Menschen gemahnte. Er (das Ding) hatte schmutzige Füße.

»Ich werde mich bestimmt daran gewöhnen«, sagte ich mit gewollt fester Stimme.

Und rannte in den Garten, um mich in einem Winkel zu übergeben.

Chevalier Martinelli, ob das nun stimmte oder nicht (und ich zweifelte lange an seiner Ritterschaft), war den eigenen Worten zufolge Schüler, Protegé, um nicht zu sagen Adoptivsohn des berühmten Abbé Zummo oder Zumbo gewesen, der sich zu Beginn unseres Jahrhunderts in Frankreich einen Namen als Erfinder der Wachsbildnerei gemacht hatte, wie man diese völlig neue Wissenschaft nannte. Es sei seine Idee gewesen, sein Geschick in der Wachsbildnerei (einer sizilianischen Spezialität) zu nutzen, um mittels Gipsabguß anatomische »Präparate« herzustellen, die nicht der Verwesung anheimfallen würden. Er kam nach Frankreich und präsentierte dem König ein sehr schönes Kopfmodell, das die Bewunderung von Louis XIV erregte. Der Gelehrte Guillaume Desnoues lernte ihn kennen, tat sich mit dem Bildhauer Lacroix zusammen und machte sich an die Herstellung derartiger anatomischer Abgüsse, die sofort großen Anklang fanden. Diese »Kunst« der Wachsbildnerei lieferte Schulen, Ärzten, Chirurgen, Studenten, Barbieren, aber auch

Wißbegierigen, die sich gefahrlos weiterbilden wollten, Anschauungsmaterial. Nach und nach sah man, wie der Chevalier mir begeistert mitteilte, diese Wachsabbilder sogar in Kuriositätenkabinetten, wo sie neben Mineralien, ausgestopften Tieren, Fossilien und botanischen Lehrtafeln ausgestellt waren.

Dieser Umstand und meine bescheidene Geschicklichkeit im Umgang mit Wachs dürften meinen Vater veranlaßt haben, mich diesem merkwürdigen Mann »anzuvertrauen«, der sich, trotz der Kälte nur mit einem Wams bekleidet, vor einem leblosen Körper mit größter Selbstverständlichkeit bewegte, mein mehrmaliges überstürztes Hinausrennen in den Garten gar nicht zu bemerken schien (oder wirklich nicht bemerkte?), ein Skalpell ergriff und sich ans Werk machte (wobei ich die Augen abwandte) und jedesmal, wenn ich zurück war, seine Rede fortsetzte, ungeachtet der Kälte und meiner Übelkeitsanfälle.

»In Wirklichkeit hat Pater Zummo – habe ich dir gesagt, daß er ein Mann der Kirche war? – nichts wirklich Neues geschaffen, was er hingegen erfolgreich glauben machte. Meiner Ansicht nach ist die Wachsbildnerei eine Variante des Einbalsamierens, wie bei den Ägyptern, vielleicht schon bei den Persern üblich. Und bereits im VI. Jahrhundert vor Christus kannte man in Griechenland das Bearbeiten von Wachs, was der Titel der zehnten Anakreontischen Ode beweist, die an einen wächsernen Amor gerichtet ist ... Ach ja, du kannst mir nicht folgen. Wie alt bist du gleich? Dreizehneinhalb ... Wie nett, dieses halbe Jahr, das dir gewiß mehr Reife verleiht. Nun gut ... Amor-Statuen waren nicht die Stärke von Abbé Zummo. Er war Sizilianer wie ich, ein erfinderischer Geist, aber morbide. Die Votivtafeln aus Wachs, das Verhexen mit Wachsfigürchen – angefangen hat er damit, mit solch abscheulichen Wachsbildchen! Die Gebresten des Alters, die Verheerungen der Syphilis ... Du kannst es dir vorstellen! Dann kam ihm die Idee, dieses Verfahren in den Dienst der medizinischen Wissenschaft zu stellen, den Gipsabdruck mit mehreren Schichten Wachs auszugießen, und diese Arbeit setzen wir jetzt fort. Dir mag es ein wenig unappetitlich vorkommen, aber wir haben eine große Zukunft vor uns ...«

Er redete und redete, lachte, lief um den Marmortisch herum und entnahm dem ausgestreckten »Ding« Organe, auf die ich allmählich einen flüchtigen Blick warf (da ich mich ja doch daran gewöhnen mußte) und die er auf einem schwarzen Brett ausbreitete. Von Zeit zu Zeit schaute er zu mir herüber, blickte mich zerstreut, aber ermunternd an, lächelte mir zu und machte schwungvoll weiter.

»Weißt du, daß man schon in der Antike, zum Fest des Adonis, Früchte aus Wachs herstellte, wie du sie so hübsch modelliert hast? Daß man in Rom Ahnenbüsten aus Wachs anfertigte? Daß Heliogabalus seinen Gästen, um sie zu brüskieren, Speisen aus Wachs vorsetzen ließ?«

Aber wer ist dieser Mensch? fragte ich mich, bemüht, meine Bestürzung zu kaschieren. Und er: »Du hast wirklich Pech«, sagte er freundlich. »Mußt gleich beim ersten Mal einen Verdauungstrakt sehen!«

In diesem Moment erschien die Bedienstete Jeannette auf der Türschwelle des »Laboratoriums«. Ihr häßliches Gesicht wurde durch ihre Empörung geradezu interessant, als sie schrie:

»Sind Sie verrückt geworden, Monsieur? Ein Kind, das fast nichts anhat, bei dieser Kälte arbeiten zu lassen! Hat man Ihnen aufgetragen, sie umzubringen? Schauen Sie sie doch bloß an, sie ist ja kreidebleich. Als ob es nicht schon genügte, Ihr Schlachthaus sehen zu müssen, soll sie's vielleicht auch noch auf der Lunge kriegen? Hier, nehmen Sie das...«

Sie hielt mir eine Art Überwurf hin, der unbeschreiblich dreckig und von Motten zerfressen war, und als ich zögerte, ihn zu nehmen, nicht aus Ekel, sondern aus Furcht, meinem Meister zu mißfallen, meinte sie in sanfterem Ton:

»Schnell, ziehen Sie das über, Catherinchen.«

Die Fürsorge dieser Frau und die Verwirrung des Chevalier, der verdutzt dastand, das Skalpell in der Hand, ließen mich meinem Aufenthalt im Hôtel des Arcoules mit etwas mehr Zuversicht entgegensehen.

Nicht daß ich übermäßig zufrieden gewesen wäre.

Aber man gewöhnt sich an Übelkeit, an Seekrankheit. Von Natur aus bin ich nicht zimperlich. Wehleidig schon gar nicht. Dennoch verübelte ich meinem Lehrmeister ein wenig diese rücksichtslose Konfrontation mit dem, was mein Metier werden sollte. Meinem Vater, diesem alten Kannibalen, verübelte ich, daß er mich so einfach diesem Fleischhauer überlassen hatte. Und manchmal verübelte ich sogar dieser Jeannette, daß sie mich wie ein Kind behandelt hatte und ich jetzt für sie wie auch für den Chevalier und bald auch für andere das »Catherinchen« war.

Aber was soll's? Seit ich elf Jahre alt war und meine Tante, eine spröde Betschwester, die mir ohne übertriebene Liebenswürdigkeit die Anstandsdame ersetzte, sich aufgrund einer kleinen Erbschaft einen Schweizergardisten leistete, einen Schönling ohne Hirn, der ihr gute Dienste tat (sie hat ihn immer noch), seit dieser Zeit harrte ich meiner Verdammung. Ohne Schönheit und Geld kam nur ein unbekanntes Kloster oder ein hergelaufener syphilitischer Graubart in Frage. Die Lösung Martinelli war zumindest originell. Wenn sie mich unter dem Gesichtspunkt meiner Herkunft (meine Mutter entstammte dem niederen Adel, dem ich mich zugehörig glaubte) auch beschämte, so mußte ich doch zugeben, daß ich es durchaus schlechter hätte treffen können. Gelobt sei also meine Tante, die mich zur Beschäftigung die Kunst der Wachsbildnerei erlernen ließ. Ich hatte eine Begabung, geschickte Finger nämlich. Allerdings hätte ich sie besser einsetzen können. Ich modellierte Blumen und Früchte, gemeinsam mit Madeleine Basseporte, meiner Freundin aus Kindertagen, die später in den Jardin du Roi aufgenommen wurde, um botanische Alben anzulegen. Wenn dieser Weg doch auch mir offengestanden hätte! Aber für die Vorbereitungskurse bedurfte man einiger finanzieller Mittel, und ich vermute, daß Martinelli nichts verlangte.

Dankbar brauchte ich ihm dafür nicht zu sein. Denn von Anfang an ließ er mich sehr harte Arbeit verrichten. Er stattete mich mit einer alten, aber strapazierfähigen kurzen Hose aus, über meine zu engen und zu dünnen Hemdchen zog ich eine wollene Jacke, die Jeannette mir großzügig zur Verfügung stellte, darüber eine lederne Schürze, und um die Haare band ich ein Tuch (denn ein Haar im Wachs bedeutet einen Streifen).

Ich lernte schnell, denn ich war lernbegierig. Wir fingen im Morgengrauen an, in der Kälte, die in diesem Winter schneidend war, und außerdem mußten die Leichen so lange erhalten werden, bis wir den größtmöglichen Nutzen aus ihnen gezogen hatten. Ein Leichnam verwest schnell, ist nicht leicht zu beschaffen und kostet viel Geld. Das lernte ich mit Hilfe einiger Kopfnüsse zur gleichen Zeit wie das Abformen vor der Ausarbeitung in Wachs. Im allgemeinen bedarf es mehrerer Leichen, bis ein Abguß gelingt. Zur Abwechslung, und um etwas Geld zu beschaffen, zog Martinelli manchmal los, um jemanden zur Ader zu lassen.

Ich lernte aber noch einiges mehr. Wenn ihm gerade der Sinn danach stand, und das konnte jederzeit sein, während der Gips härtete, wenn er aß (immer im Stehen) oder das Laboratorium putzte (was er, der sonst so nachlässig war, mit peinlicher Sorgfalt tat), dann erteilte mir der Chevalier, der sich für alles zu interessieren schien, ein paar Lektionen in Astronomie, Botanik, Naturgeschichte und Geschichte überhaupt (ich wußte ja kaum, daß wir unter Louis XIV lebten, den er respektlos die Alte Perücke nannte); doch vor allem stopfte er mich selbstverständlich voll mit Anatomie und technischem Wissen. Bis mein Vater mich ihm überlassen hatte, praktizierte er die beiden Disziplinen entgegen den Gepflogenheiten, indem er der Reihe nach sezierte, abformte und modellierte. Die Gipsabdrücke gelangen ihm sehr gut, während ihm die heikle Arbeit mit Wachs und vornehmlich das Kolorieren widerstrebten. Er besaß weder die Geschicklichkeit noch die Geduld, die diese Aufgabe erforderte. Zu lehren verstand er sie trotzdem aufs beste, und ich glaube sagen zu können, daß ich ihm nach dreimonatiger Zusammenarbeit (die ich noch nicht mit dem niederen Begriff »Lehrzeit« bezeichnen wollte) nach und nach wirklich nützlich wurde.

Mein Groll ebbte ebenfalls langsam ab. Wozu auch? Ich lernte etwas, wurde besser ernährt als bei meinem Vater und erntete sogar ab und zu ein kleines Kompliment. Außerdem ging aus einer Bemerkung hervor, daß ich es durchaus schlechter hätte treffen können. Als wir einmal auf meinen Vater und seine Knauserigkeit zu sprechen kamen (Martinelli assistierte ihm manchmal mit Anschauungsmaterial: Während mein Vater im anatomischen Hörsaal oder andernorts auf der Lehrkanzel einen Text über Anatomie las, sezierte Martinelli zu seinen Füßen. Die Chirurgie galt damals als mechanisches oder handwerkliches Gewerbe und hatte keinen besonders guten Ruf.), äußerte ich, die ich meinen Vater ja kannte, meine Verwunderung, daß er mich nicht sofort nach dem Weggang meiner Tante mit dem gichtigen, unwirschen, doch vermutlich nicht sonderlich anspruchsvollen Maître Charron verheiratet hatte, einem abscheulichen Tuchhändler, der mich zu seiner Frau machen wollte. Der Chevalier lachte schallend.

»Aber, aber, Catherine, dann hätte Lesueur seine Karten aufdecken müssen. Du weißt von nichts? Ich glaube, du besitzt ein kleines Vermögen, nicht viel, von seiten deiner Mutter. Ein Ehemann hätte es gefordert, und sei es noch so gering. Und sogar ein Kloster…«

»Ja, dann… wenn Sie mich nicht… in die Lehre genommen hätten (das Wort ging mir schwer über die Lippen, ich fühlte mich immer noch als eine Höhergeborene), was hätte er dann mit mir gemacht?«

»Vielleicht hätte er dich gefressen…«

Immer wich er einem ernsthaften Gespräch aus. Und behandelte mich wie ein Kind, weil ich so aussah. Trotzdem hatte er mich mehr oder minder gerettet. Mochte er ruhig lachen, in meinen Augen war mein Vater zu allem fähig. Für einen Arzt ist es leicht, einen Gifttrank zu mischen, und daß Kinder wie die Fliegen sterben, ist ja bekannt. Eine Zeitlang wurde unter Louis XIV so viel über Gift geredet, daß schließlich keiner mehr daran glaubte: ein Argument, weiter nichts, eine Anschuldigung, die man vorbringt, um sich jener zu entledigen, die man eben nicht vergiftet. Ein paar Rückständige sind geblieben, die Arsen verwenden, ohne sich um neue Moden zu scheren. Im Hôtel des Arcoules war ich bestimmt eher in Sicherheit als im schummrigen Haus meines Vaters in der Rue des Bons-Enfants. Ich war zwar fest entschlossen, hier nicht mein ganzes Leben zu verbringen, doch vorerst machte ich gute Miene zum bösen Spiel.

»Du wirst sehen«, sagte mein Meister, als ich begann, sichtbare Fortschritte zu machen, »sobald du in der Lage bist, schneller zu arbeiten, werden wir ein Vermögen verdienen. Überall sind bedauerliche Vorfälle wegen der schnellen Verwesung zu beklagen. Sämtliche Professoren fordern für den Unterricht anatomische Wachsmodelle. Das ist die Zukunft. Und auch unter den Laien wächst die Wißbegierde; da werden wir bald guten Absatz finden ...«

Ich entdeckte, daß er fleißig war, und dabei zielstrebig, was er verbarg. Für geizig hielt ich ihn weiterhin, wegen unserer dünnen Suppen, all der Tage ohne Wein, ohne Fleisch. Ich war den unsäglichen Geiz meines Vaters gewohnt und glaubte ihn mit demselben Laster behaftet, wenn auch in abgeschwächter Form. Ich wußte noch nicht, daß das Laster keine abgeschwächte Form kennt: Es gibt nur aller Laster Anfang. Auch diesen Irrtum korrigierte ich.

Sehr häufig gestattete sich die Bedienstete Jeannette unter dem Vorwand der drei ihr noch verbliebenen Kinder einen freien Tag, und ich mußte ihre Aufgaben übernehmen. Fieber, Husten, jeder Vorwand war ihr recht. Und da sie nur sehr unregelmäßig entlohnt wurde, wandte der Chevalier nichts ein, sondern schickte ihr sogar manchmal den kleinen Jungen, der damit zum Boten aufstieg, mit Bouillon und Brot. Ich glaubte, er zöge es ihr von ihrem Lohn ab. Wie wir doch von unserer Kindheit geprägt sind! sagte ich mir später. Eines Tages also, als Jeannette wieder einmal nicht da war und ich Aschenputtel spielte und den großen Saal ausfegte, klopfte es, und auf der Schwelle stand ein großer, gutaussehender, recht kräftiger, bürgerlich gekleideter Mann, der vom Garten her gekommen sein mußte und nun mit sanfter Stimme nach meinem Meister fragte. Er hatte wunderschöne schwarze Augen, und einen Blick, der mich wahrnahm, während mein Meister mit seinem lebhaften, hellen, intelligenten Blick einen oft anschauen konnte, als sähe er sein Gegenüber gar nicht. In den schwarzen Augen dieses Besuchers lagen Sanftmut, Aufmerksamkeit, ja Traurigkeit, fast schon jenes Schmachten, das man den Orientalen zuspricht. Er gefiel mir. Als ich gerade nach seinem Namen fragen wollte, kam mein Meister von den Stallungen herübergelaufen, drückte diesem Mann die Hand und fragte ohne einleitende Worte: »Und, wie steht es, Charles?«

»Es gibt nichts, Chevalier. Im Augenblick nicht... Tut mir leid...Vielleicht in einer Woche... Und auch das dürfte zehn Livres kosten...«

»Zehn Livres!«

»Ich werde sie nicht auf einmal verlangen. Ich werde warten, bis Sie ein paar Stücke verkauft haben.«

»Das meine ich nicht... Aber die Fakultät nimmt sie Ihnen doch für drei Livres oder weniger ab!«

»Die Fakultät beruft sich auf ihr Recht, Chevalier. Ich habe nicht jeden Tag schöne Stücke.«

»Charles, ich gebe Ihnen zwei Livres im voraus. Mehr ist nicht möglich. Reservieren Sie mir etwas. Auf Wochen hinaus habe ich nichts in Aussicht. Ich brauche ein Ensemble, um es vorzeigen zu können, verstehen Sie...«

»Ich tue es, weil Sie ein Freund sind«, sagte der Mann mit der sanften Stimme.

Er nahm das Geld, blickte mich an.

»Ein junges Mädchen?« fragte er leicht erstaunt.

»Das da? Allerdings. Das heißt, ich glaube... meine Schülerin.«

»Sie haben Mut, mein Kind, ein solches Handwerk auszuüben. Ich komme heute abend wieder, um Ihnen Bescheid zu geben.«

Er ging.

»Ist das ein Leichenwäscher, dieser gutaussehende Mann?« fragte ich mit leichtem Bedauern, denn ich hatte begriffen, daß sie um etwas feilschten, was mein Meister elegant »Material« zu nennen pflegte.

»Gefällt er dir?« fragte mein Meister lachend.

»Er hat schöne Augen, ein gewandtes Auftreten ... Vielleicht ein wenig zu melancholisch, um zu gefallen – meiner Ansicht nach. Er dürfte viel gelitten haben, oder?«

Er blickte mich an, als sei er verdutzt, lachte dann aber von neuem. »Oh! Unmöglich ist das nicht! Man sagt allerdings eher, er habe anderen Leid zugefügt ...«

Während er sprach, hatte er sich den spärlichen Rest Wein aus der Flasche eingegossen und einen Entenschenkel, der seit dem Vorabend auf einem Teller herumlag, geschnappt (die einzigen Nahrungsvorräte, weil Jeannette nicht gekommen war), doch er mußte so lachen, daß er sich an seinem kümmerlichen Schluck Wein beinahe verschluckte.

»Das hätte ich nicht gedacht«, sagte ich. »Er sieht so rücksichtsvoll aus ...«

Das stimmte. Seine regelmäßigen Züge, sein ein wenig plump, ein wenig ernst wirkendes Gesicht paßte meiner Meinung nach nicht zu einem liederlichen, und schon gar nicht zu einem lasterhaften Menschen. Und daß mein Lehrherr so über alle Maßen belustigt schien, war mir unerklärlich und aus meiner Sicht unpassend. Meine verstörte Miene erregte sein Mitleid; er fuhr sich mit der Serviette über beide Wangen (wobei er sich, ohne es zu merken, mit Entensauce beschmierte) und lieferte, immer wieder unterbrochen von glucksenden, kurzen Lachsalven, die ihn schüttelten, aber schließlich erstarben, die Erklärung für seine unvermittelte Heiterkeit.

»Das war Sanson, mein liebes Kind! Ein Freund, den ich mir zu meinem persönlichen Nutzen warmhalte! Sanson, begreifst du denn nicht? Der Henker von Paris!«

Später lernte ich sie kennen, die Totengräber, die Leichenwäscher, die Gehilfen aus dem Hôtel-Dieu, die uns »Material« besorgten, und ich gewöhnte mich daran, wie mein Meister vorhergesagt hatte, und konnte sogar mit ihm darüber scherzen (wenn mir auch immer leicht übel wurde), wie all jene, die tagtäglich mit dem Tod zu tun haben. Zu tun hatten wir mit dem Tod außerdem meist nur in Einzelteilen, was die Sache erleichterte. Nie wieder aber spürte ich diese eisige Beklemmung, dieses ungläubige Staunen, das mich packte, als dieser Mann, der mit so sanfter Stimme sprach, der so gute Manieren und so große dunkle und sanfte Augen hatte und der doch der Henker war, zum erstenmal wiederkam. Später lernte ich ihn näher kennen und erfuhr, daß alle vor ihm zurückschreckten, ein Zeichen von Entsetzen und gleichzeitig von Respekt. Allein bei diesem ersten Mal dachte ich nicht an ihn wie an einen Mann. Wie ein Symbol stand er damals vor mir in der Küche. Als er nach diesem zweiten Besuch gegangen war (Jeannette war noch nicht zurück), fragte der Chevalier:

»Essen wir jetzt zu Abend, Catherine?«

»Es ist leider nichts da, überhaupt nichts, mein Herr.«

»Nenn mich doch nicht deinen Herrn, hör mal, Du bist doch keine Magd! Hast du kein Geld?«

»Sie sind wirklich ein Spaßvogel!«

»Ja ... ich sehe, daß wir zum Äußersten gezwungen sind ...«

Und er läuft in sein Schlafzimmer, greift nach einem noch sehr reinlichen braunen Gewand, wirft es sich über den Arm und verläßt in allergrößter Hast zu Fuß das Haus. Was nun? Ich setze mich in die Küche und blättere in einem Exemplar des *Hinkenden Teufels*, ein Geschenk von meiner Freundin Madeleine, in dem ich ab und zu zum Zeitvertreib schmökere. Es kann ja schließlich nicht jeder *Die Schäferin Astrea* lesen! Aber es gelingt mir nicht, mich zu konzentrieren. Der Hunger stimmt mich melancholisch. Martinelli ist so überstürzt gegangen. Und wenn er nicht wiederkäme? Was tue ich überhaupt hier? Wie kann ein junges Mädchen von ehrbarer Herkunft ausgehungert in einem verfallenen Herrenhaus vor der Stadt mit bluttriefenden Organen hantieren und, als sei es das Normalste von der Welt, plötzlich dem Henker von Paris gegenüberstehen? Ich schlafe beinahe und habe einen Traum, in dem sich zum Grotesken das Schaurige gesellt (der Henker versucht mir den Kopf abzuschlagen, aber ich bin eine Gans und freue mich, halbiert, über meinen Tod, da ich mich nun selbst werde verspeisen können), als plötzlich der Chevalier wieder auftaucht, triumphierend, ohne sein braunes Gewand, aber mit einer riesigen Pastete in Brotteig, einer Mortadella, einem kleinen Kapaun und einem mächtigen sardischen Schinken. Letzterer soll, wie er erklärt, in seinem Zimmer aufgehängt werden und eine »Reserve« darstellen. In einer seiner Taschen hat er auch noch eine Flasche Wein, und angesichts der Freude, die plötzlich zwischen uns herrscht, der glänzenden Augen und schmatzenden Lippen meines Meisters, der sich ein beachtliches Stück Pastete einverleibt, in einem Zug drei Gläser Wein hinunterkippt und mich auffordert, Gleiches zu tun, wird mir klar, daß meine Unerfahrenheit mich wieder einmal getäuscht hat: Martinelli ist nicht geizig, er ist, zumindest derzeit, mittellos. Sofort erscheint die Geschichte von der Jeannette überbrachten Bouillon in einem anderen Licht, und ich bin fast geneigt, diesem Mann zu verzeihen, der sich als Freund des Henkers bezeichnet. Not macht erfinderisch. Wie kann er ohne »Material« leben? Ich bin gerührt. Vielleicht auch ein wenig betrunken, denn bevor ich einen Fuß ins Hôtel des Arcoules setzte, hatte ich noch nie einen Tropfen Wein getrunken. Ich trinke auf das Wohl meines Meisters. Er wird mir langsam sympathisch, oder ich habe mich inzwischen eingelebt. Essen wir also.

In diesem Sommer besuchte mich Madeleine Basseporte, ohne Wissen ihrer Eltern, ihrer Lehrer, ihrer engsten Freunde. Als ob im Faubourg Poissonnière Aussätzige lebten! Sie mußte schon sehr an mir hängen, um dem Verruf, in den ich unwissentlich geraten war, die Stirn zu bieten. Sie war eine echte Freundin. Was Freundschaft hieß, wollte sie lediglich andeuten, weiter nichts.

Als sie mich in meiner ledernen Schürze sah, angezogen wie die Jungen, die überall Handlangerdienste verrichten, erkannte sie mich zunächst nicht wieder und rief entsetzt: »Mein Gott, Catherine! Wie siehst du denn aus! Und deine schönen Haare, ganz verfilzt, ganz dreckig! Die wirst du abschneiden und eine Perücke tragen müssen, wenn du je hier herauskommst…«

»Hier«, sagte sie, als handelte es sich um eine Hölle. Ich zeigte ihr unsere Arbeiten. Acht Monate waren vergangen; ich kam schon recht gut zurecht, freilich ohne all die Farbschattierungen zu beherrschen, die nötig waren, um die feinen Venen und Adern exakt wiederzugeben, aber das würde mir auch noch gelingen. Madeleine zeigte Interesse, denn wenngleich diese Arbeit ihr abstoßend erschien, war sie doch nicht völlig anders als ihre, so daß sie mir einige Ratschläge erteilen konnte.

Als wir Kinder waren, hatte sie mir im übrigen ständig Ratschläge erteilt; das liegt in ihrem Temperament. Sie wird eine wundervolle Lehrerin im Jardin du Roi sein, wenn es erst soweit ist. Sie ist groß, blond wie ich, wobei ihre Haare goldblond sind und funkeln (während meine Tante mein Aschblond »Flachs« zu nennen beliebte); sie hat ein schönes, ernstes, ovales Gesicht, das gegen mein rundliches absticht, eine leicht gebogene, schmale Nase, die sie zu einer vornehmen Erscheinung macht, sie hat eine Taille und einen Busen, während ich pummelig und zugleich platt bin (und klein! Klein! Immer wenn mich jemand »Catherinchen« nennt, empfinde ich es wie eine Ohrfeige). Kurzum, Madeleine, die über eine gute Familie, sicheres und gewandtes Auftreten und eine vielversprechende Zukunft verfügt, ist hoch anzurechnen, sich waghalsig, aus purer Freundschaft außerhalb der Mauer begeben zu haben, und dafür müßte ich ihr dankbar sein. Das Dumme ist nur, daß ich nicht dankbar bin.

Als wir aus meinem Bereich, wo ich die fertigen Wachsteile koloriere, hinaustreten, meint sie: »Wenn du's auch nicht wahrhaben willst, es ist doch eine mechanische Tätigkeit. Und gefährlich obendrein. Dein Vater ist daran schuld…«

Ich bin nicht dankbar und will nicht bedauert werden.

»Oh! Der Saal, in dem wir die Leichen aufbewahren, ist sehr kühl, und der Chevalier seziert schnell und gut.«

»Der Chevalier!« höhnt Basseporte, während sie sich mit einem Taschentuch Luft zufächelt. »Wird ein Chevalier je Chirurg? Kein Mensch weiß, wer er wirklich ist, nirgends. Ich habe Erkundigungen eingezogen, wie du dir denken kannst. Du bist ihm vollkommen ausgeliefert. Du bekommst nicht einmal das, was man einer Magd, einem Knecht zugesteht, das Handgeld, die Kleidung. Er könnte dich verhungern lassen, dich mißbrauchen... Lach nur! Ja, lach nur! Das ist schon vorgekommen, und bei jüngeren Mädchen als dir! Oder dich einfach sterben lassen, aus Unachtsamkeit.«

Von all den Argumenten schien mir nur das letzte vernünftig. Beispiele gab es genug von Ärzten (und vor diesem berufsbedingten Mißgeschick schützt auch die Fakultät sie nicht), Chirurgen und sogar Operationssaalgehilfen, ja selbst Lizentiatsanwärtern, von denen eine anatomische Vorführung verlangt wurde und die schwankend hinausstolperten, um sich zu Bett zu legen. Man verspricht ihnen einen frischen Leichnam, direkt aus der Hand des Henkers oder einem Krankenhaus, angeblich gleich nach dem letzten Atemzug in den Tragkorb verstaut (»Sogar schon vorher! Schon vorher!« wirft der Überbringer eilfertigst ein. Reizend!), und dann entpuppt er sich als ein verwester Kadaver, drei oder mehr Tage alt, aus dem nach dem ersten Skalpellschnitt mefitische Gase aufsteigen, die einen in die Flucht schlagen. Man lüftet ein wenig, wäscht sich manchmal auch die Hände (das tut zumindest mein Meister und verlangt es auch von mir, vor und nach der Arbeit, aber er ist ein Original), und dann geht es weiter. Man arbeitet auf Bestellung und weiß schließlich nicht, wann es wieder »Material« gibt. Manchmal reicht mir Martinelli ein mit Essigessenzen getränktes Taschentuch. Das schützt angeblich.

»Wollen wir's hoffen!« sagte Madeleine. »Hoffen wir es. Erst kürzlich ist von vier Kandidaten, die auf Anweisung der Fakultät oder vielmehr des Dekans einen fast verwesten Leichnam seziert hatten, um eine anatomische Vorführung von der Leber und ihrem anhängenden Gekröse durchzuführen, einer gestorben, und die drei anderen sind auch noch nicht wieder auf den Beinen.«

»Bist du gekommen, um mir das zu sagen?«

»Nicht nur.« Sie schien leicht verlegen. »Du solltest nur vorsichtig sein, sehr vorsichtig, das wollte ich dir sagen. Geh so wenig wie möglich aus dem Haus. Und nicht in die Nähe deines alten Viertels. Das ist genauso wichtig wie Händewaschen.«

»Wieso denn?«

»Catherinchen, du siehst doch, daß man dir alles verschweigt! Daran ist vermutlich nicht dein Chevalier schuld, aber dein Vater hat überall das Gerücht verbreitet, du seist ohne seine Einwilligung geflohen, um die Chirurgie zu erlernen. Eine absurde, unverständliche Idee, für die jeder dich tadelt. Und das ist nicht der einzige Verdacht, den man hegen könnte... Mach dir trotzdem nicht zu große Sorgen. Sobald ich im Jardin du Roi etwas mehr Fuß gefaßt habe, will ich mit Monsieur Fagon, einem Freund meines und deines Vaters, über deinen Fall sprechen, und dann werden wir versuchen, dich hier rauszuholen. Bis dahin mußt du untertauchen.«

Untertauchen, das wollte ich nun ganz und gar nicht! Im Gegenteil! Am 16. Juni war ich vierzehn geworden, und ich hatte einen Plan: Wenn ich gute Miene zum bösen Spiel machte, konnte ich vielleicht eines Tages mit meinem Lehrherrn ein Gespann bilden wie Desnoues und Lacroix und, obgleich weiblich und anderer Möglichkeiten bar, zu Vermögen gelangen und ein wenig Ruhm erwerben. Diesen Traum vertraute ich Madeleine an.

»Wer weiß, ob ich mir dann nicht auch einen Schweizergardisten halten kann, wie meine Tante?«

Es war ein Spaß. Doch als Madeleine sich verabschiedete, gab sie mir einen Kuß, was mich erstaunte, da sie Gefühle nicht zeigte (»Du hast doch Geburtstag gehabt!«), und zugleich beunruhigte, da in diesem Kuß ein Lebewohl lag.

»Und warum nicht einen Chirurgen? Wenn du ihn heiraten würdest, wären alle Probleme gelöst.«

Madeleine hatte mir gezeigt, in welche Falle ich geraten war. Die aberwitzige Idee meines Vaters, mich dem Chevalier zu überlassen, hatte mich zunächst entsetzt, dann aber, gerade weil sie so unerwartet kam, war sie mir annehmbar, ja amüsant erschienen. Ich hatte den Eindruck gehabt, die Situation sei lediglich provisorisch. Ich dachte, ich könne mich jederzeit wieder aufmachen, wenn ich nur wollte. Mittlerweile, nach mehr als acht Monaten, rührte ich Gips, lebte ansonsten nahezu allein mit einem Mann, dessen Kutscher und Köchin abends heimgingen, und erst jetzt wurde mir bewußt, was das bedeutete. Keine Forderung konnte ich mehr erheben, ohne indigniertes Gelächter zu ernten. Ein Mädchen, das ein solches Handwerk ausübte, mußte für verrückt gehalten werden, und eine, die mit einem Mann unter einem Dach lebte wie ich mit dem Chevalier, galt als Schlampe. Ich hatte Glück, wenn mein Vater mich nicht wegen Sittenlosigkeit denunzierte (lief es nicht darauf hinaus, wenn er von meiner Flucht sprach?), was mich schnurstracks in die Salpêtrière befördern würde.

Meine Unruhe war mir wohl anzusehen, denn beim gemeinsamen Abendessen – das wir sehr spät einnahmen, weil der Chevalier erst noch eine Runde durch die Schenken gemacht hatte, wo er sich am Geschwätz der Neuigkeitskrämer gütlich tat – fragte er mich:

»Was beunruhigt dich denn, Catherine?«

Ich erzählte ihm von Madeleines Besuch, von ihren Bemerkungen und den Gedanken, die mir gekommen waren.

»Wußtest du denn das alles nicht, Catherine?« sagte er mit ironischer Anteilnahme. »Ach ja, du bist ja noch ein Kind...«

Nichts konnte mich mehr aufbringen: »Ich bin seit kurzem vierzehn!«

»Also heiratsfähig?«

»Machen Sie sich doch nicht lustig über mich. Mir ist heute klargeworden, daß ich Ihretwegen niemals ein normales Leben führen werde. Und da lachen Sie noch!«

»Deine Mutter hat ein normales Leben geführt, und ist im Kindbett gestorben«, sagte er hart. (Er brauste leicht auf.) »Meine Mutter hat ein normales Leben geführt, und von zehn Kindern blieben ihr vier, sie wachte über ihr Haus und spann Wolle, wie es sich für eine Römerin gehörte, hat niemals ein Buch gelesen und ihr Leben lang unter Rheumatismus gelitten...

stumpfsinnig vor sich hin vegetiert... bevor sie dann... elendiglich... (er machte eine Pause)... starb. Mein Vater bestellte den Boden und brach vor Erschöpfung zusammen. Mein älterer Bruder ging nach Neapel und wurde von den Österreichern eingezogen; man weiß nicht einmal, ob er noch lebt, und wenn ja, wo. So sieht ein normales Leben aus. Na?«

»Auch wir«, beharrte ich, »könnten durch einen Unfall sterben. Eine Infektion...«

»Trotzkopf!« (Er drehte sich so heftig um, daß er das Ölfläschchen umstieß, dessen Inhalt auf seinen Ärmel kleckerte.) »Glaubst du, daran hätte dein Vater nie gedacht?«

Es verschlug mir die Stimme. So weit waren meine Überlegungen nicht gegangen. Martinelli lief auf und ab, sichtlich erregt über seinen eigenen Zorn und über das, was er mir gesagt hatte. Er war sehr groß, sehr hager, dunkelhaarig und dunkelhäutig, hatte aber helle Augen und einen durchdringenden Blick, markante, energische, wenngleich nicht schöne Gesichtszüge. Er setzte sich wieder und räusperte sich. Und während er für gewöhnlich hastig und knapp, ganz selten überschwenglich, häufig sarkastisch, nie jedoch verlegen sprach, suchte er plötzlich nach Worten, was mich erstaunte, fast rührte.

»Damit wollte ich nicht sagen... Na, ja, der alte Gauner wollte dich zwar loswerden, aber nicht auf diese Weise. Nein! Ich bin sogar sicher, daß er daran nicht gedacht hat. Unsinn! Wenn er das gewollt hätte, wäre es ein leichtes gewesen, bei sich daheim!«

»Leicht, aber gefährlich. Hier aber wäre es meine eigene Schuld, ein Unfall, in Ihrem Haus...«

»Na, dann sitzen wir ja im gleichen Boot«, sagte er mit geheuchelter Fröhlichkeit. »Es wird keinen Unfall geben, Catherinchen. Es wird keinen geben. Und der alte König wird bald sterben, und dann brechen für uns andere Zeiten an. Wir werden ein Vermögen machen und reisen. Ich werde dir sogar das Vergnügen gestatten, ein wenig Frau zu sein... Spitzen, Parfum und all das. Soll ich dir vielleicht schon jetzt ein Kleid kaufen?«

»Und eine Puppe, was?«

Catherinchen! Immerhin hatte er ein paarmal »wir« gesagt. Wollte er mich in Sicherheit wiegen? Oder war es Spott? Hätte er es doch mit den schönen schwarzen Augen von Monsieur Sanson gesagt! Ab und zu darf man ja wohl träumen.

Am 1. September 1715 starb Louis XIV. Ich war vierzehn Jahre und drei Monate alt, hatte ein neues Kleid und sah zum erstenmal beim Geflügelhändler Demoiselle Antoinette Sicard. Diese Ereignisse erschienen mir alle gleich wichtig. Am Abend zuvor hatte Jeannette mir gesagt, ihr kleiner Lucien sei von einem Drittags- oder Viertagsfieber befallen, und obwohl ich ihr versicherte, daß es derlei Fieber nicht mehr gebe, seit ein großer Arzt namens Molière sie ausgemerzt habe, mußte ich hinnehmen, daß für diesen Tag mit ihr nicht mehr zu rechnen war. Ich maulte, weil ihre Aufgaben automatisch mir zufielen, und alles wurde noch schlimmer, als sie mit trotziger Herausforderung erklärte, solche Fieber existierten sehr wohl und seien zudem ansteckend. Was bedeutete, daß ihre beiden anderen Bengel sie auch kriegen könnten und sie selbst erst in einer Woche wiederkäme. Großartig. Ich zog meine zwei Unterröcke an, den längeren obendrüber, sowie meine drei Hemdchen (da die Löcher nicht an denselben Stellen waren, ergänzten sie einander und bildeten ein ganzes, wenn auch kunterbuntes Oberteil), nahm Jeannettes Umschlagtuch und machte mich auf den Weg, den Korb am Arm. Ich ging nicht zum erstenmal einkaufen, aber es war mir so peinlich, als hätte ich es noch nie getan. Ich verließ das Haus möglichst früh, um nicht gesehen zu werden. Die Gemüsehändler, die ihre Karren beluden, riefen mir nach. Die würde ich zumindest nicht mehr treffen, wenn ich erst einmal in der Gesellschaft verkehrte, zu der zu gehören mein Ziel war.

Als ich den Laden betrat und nach einem kleinen Kapaun fragte, dachte ich noch: Wie soll man es in der Welt zu etwas bringen, wenn man nur einen Rock besitzt, den man anziehen kann? Eine große schlanke Frau mit einer grauen Haube auf ihrem zu einem kleinen Knoten aufgesteckten Haar verlangte nach »Geflügel«. Sie lächelte geistesabwesend.

»Was für Geflügel? Und wieviel? Perlhuhn? Gans? Für wie viele Personen?«

»Ich weiß es noch nicht. Ich möchte zu einem kleinen Souper einladen, möchte auf den Ball gehen, möchte das Ganze irgendwie würdig feiern ... Ach, geben Sie mir am besten Trauerenten. Drei Stück.«

»Die sind aber teuer, das wissen Sie!« bemerkte die Geflügelhändlerin eher mißtrauisch als zuvorkommend.

Die Frau zeigte ihr ein Goldstück, lächelte immer noch und trällerte sogar leise vor sich hin.

»Sehr gut, sehr gut ... Ich packe sie Ihnen ein. Was ich vorhin sagte ...«

Und als sie sich umdrehte, um nach einem Lappen zu suchen, murmelte sie mir zu: »Es heißt zu Recht: Wie gewonnen, so zerronnen ...«

Die Frau nahm ihr Päckchen, das Geld und ging leichten Schritts und ohne Eile davon. Es sah aus, als tanzte sie bereits. Da sie mich gestreift, wenn auch nicht angeblickt hatte, konnte ich ihre Augen sehen, die von einem ganz speziellen Grau waren, passend zum Häubchen.

»Wer ist das?« fragte ich die Händlerin. »Und warum will sie tanzen gehen?«

»Eine Dirne aus der Rue d'Enfer. Diese Straßenmädchen ... Und das nennt sich Kunststickerin! Warum sie tanzen will? Na, weil der alte König tot ist!«

»Und was hat das mit ihr zu tun?«

»Das kannst du sie ja mal fragen!«

Sie gab mir meinen Kapaun und ließ mich spüren, daß ich das Feld räumen sollte. Sie hielt mich wohl für eine Magd, und seit Madeleine mich gewarnt hatte, lag mir nichts daran, diesen Irrtum aufzuklären. Warum hätte sie auch liebenswürdig sein sollen? Wir waren keine lukrativen Kunden. Davon wimmelte es in diesem Viertel ohnehin nicht.

Ich schlenderte nach Hause und fand einen völlig außer

Rand und Band geratenen Chevalier vor; in der Küche, in die ich meinen Kapaun bringen wollte, rannte er auf seinen Stelzenbeinen hin und her, ohne Perücke, die Kleidung verknittert, als hätte er sich im Heu gewälzt, seine dunklen, halblangen und schlecht geschnittenen Haare zerzaust und sein blatternarbiges ausdrucksvolles Gesicht voller Hoffnung und Erstaunen. Er lief auf und ab, setzte sich, sprang wieder auf, goß sich aus einer ansehnlichen Flasche Wein ein und drückte auch mir kurz entschlossen ein Glas in die Hand.

»Da! Trink, trink nur. Davon kriegst du rosige Bäckchen. Weißt du schon das Neueste?«

»Ja, vom Geflügelhändler...«

»Jetzt kann vieles anders werden, Kleines! Vieles! Man muß abwarten und sehen, wie es weitergeht. Morgen wird das Testament verlesen.«

»Und vermacht er Ihnen etwas?« fragte ich schnippisch.

Solche Aufregung wegen einer Tatsache, die meiner Ansicht nach auf uns keinen Einfluß hatte, begriff ich nicht. Unser Kirchspiel Saint-Laurent und die Rue Bergère sind ziemlich weit von Versailles entfernt und fast genausoweit vom Palais-Royal.

»Dir hat er etwas vermacht«, sagte der offensichtlich zum Scherzen aufgelegte Chevalier. »Nimm dieses Paket.«

Und er warf mir ein in schwarzbraune Leinwand gewickeltes dickes Paket zu, das ich hastig öffnete und in dem ein Kleid war. Ein Kleid! Ein richtiges Kleid, mit Brustteil, abgefüttertem Rock, kleinen Taschen und drapiertem Halstuch. Allerdings ein recht dünnes Kleid, in dem ich im Oktober bereits frieren würde und das mit seinem crèmefarbenen Grundton, auf dem lauter Blumensträußchen verstreut waren, schnell schmutzig werden würde. Ein ordentlich dicker Wollstoff wäre für den Winter sinnvoller gewesen. Dieses Kleid konnte nur ein Mann ausgewählt haben. Immerhin ein Kleid! Und als ich es übergezogen hatte, dieses Kleid, da saß es, wenn mir auch noch ein wenig Busen fehlte, perfekt.

Eigentlich war es mein erstes Kleid. Denn als ich bei meinem Vater lebte, hatte er sich die letzten zwei Jahre hartnäckig geweigert, die von meiner pflichtbewußten Tante begonnene Aussteuer von Zeit zu Zeit aufzustocken. Daher trug ich mit dreizehn noch immer meine Kleinmädchenröcke, die eines Tages aufgeplatzt wären. Außerdem waren diese bäuerlichen Faltenröcke kurz, so kurz, daß meine Waden hervorschauten, und das galt als ehrlos, für Vater und Tochter. »Es wird Zeit!« brummte mein Vater zuweilen, wenn er meine Beine ansah. »Es wird Zeit.« Es war zwar davon die Rede gewesen, daß man zwei oder drei Jahre abwarten wolle, damit Madeleine, deren Eltern es mir liebenswürdigerweise versprochen hatten, mich in ihrem Gefolge in den Jardin du Roi einführen könne. Ich wäre in eine angemessene Umgebung gekommen und hätte eine Stellung erhalten, die es mir ermöglicht hätte, mir selbst die Mitgift, die ich nicht zu besitzen glaubte, zu erarbeiten. Aber wie viele Unter- und Überröcke wären in zwei oder drei Jahren nötig gewesen? Wieviel Knoblauch- oder Schmalzbrot? Wie viele Nüsse mit einer Spur Blancmanger? Denn darin bestand meine Nahrung, bevor ich mich im Hôtel des Arcoules an die üppigeren und wohl auch schmackhafteren Bohnentöpfe setzen durfte. Und nun ein Kleid! Wer weiß, was noch folgen würde! Ich schöpfte wieder Hoffnung. Der König ist tot, es lebe der König! Den Zusammenhang zwischen meinem Kleid und der neuen Regentschaft erfaßte ich zwar nicht recht, aber nun war auch mir nach Tanzen zumute, wie der Kundin des Geflügelhändlers.

Anscheinend ging es nicht nur mir so. Vom nächsten Morgen an herrschte wilde Aufregung im ganzen Haus. Jeannette tauchte wieder auf, mitsamt ihrem pummeligen, übelriechenden Säugling, den sie in die Wärmestube legte. Der Chevalier erhob sich schon in der Dämmerung, was gar nicht seine Art war, wusch, kämmte und kleidete sich ungewöhnlich sorgfältig und begab sich ins Café, um Neuigkeiten zu erfahren. Vergeblich beschwor ich ihn: »Monsieur Sanson bringt uns nachher ein Bein!

Was soll ich denn ohne Sie machen?« Er nahm sich nicht einmal die Zeit, mir zu antworten, hieb sich mit der Faust die Perücke auf den Kopf und entschwand in einer Sänfte, die er hatte kommen lassen. Das alles, weil die Alte Perücke gestorben war! Aber was ging ihn das an? Und ich, was sollte ich mit dem Bein anfangen, das Monsieur Sanson, seinem Versprechen getreu, Punkt zwölf Uhr brachte?

Wie gewöhnlich war er durch den Garten gekommen, den Gegenstand fein säuberlich in Leinwand gewickelt (wie mein Kleid!). Er brachte ihn gefälligerweise ins Laboratorium, das er jedoch eilig wieder verließ. Er dürfte genug gehabt haben von Blut, Leichen und Skalpellen.

»Der Chevalier ist schon früh am Morgen ausgegangen«, teilte ich ihm mit.

Zu meinem großen Erstaunen fand er das nicht abwegig.

»Ja, ja ... Ich vermute, das wird ihn gründlich beschäftigen ... Wußten Sie nicht, daß er für die Gazetten schreibt? An Aufregung fehlt es ja heute nicht.«

Zum erstenmal war ich mit Charles Sanson allein. Da eine kühle Brise vom Garten her wehte, mußte ich ihn wohl oder übel in »mein« Atelier bitten, wo ich, wenn die Gipsformen fertig waren, das Wachs goß und bemalte. Er schien sich dafür zu interessieren.

»Mein Vater und ich«, sagte er mit seiner gedämpften Stimme, während er sich einen Schemel heranzog, »interessieren uns sehr für die Medizin, die Chirurgie und die Chemie. Wir haben auch einen Balsam gegen Rheumatismus erfunden, der Wunder wirkt.«

Ich spürte, daß er mich beruhigen wollte. Hatte ich Angst? Vielleicht ein wenig. Im Vergleich zum Chevalier, der immer in Bewegung war, immer geschäftig, zerstreut, voller Pläne und Tatendrang, und vergaß, was er begonnen hatte, weil er etwas anderes unternahm, erschien mir Monsieur Sanson seltsam ruhig. Seine breiten Schultern (er war etwas untersetzt), sein massiger Körper strahlten trotz des Mangels an Eleganz eine verhaltene Kraft aus.

»Und... haben Sie viele Patienten?« fragte ich, um das Gespräch nicht versiegen zu lassen, bemerkte freilich einen leisen Zweifel in meiner Stimme und errötete.

»Viele«, erwiderte er ernst. »Es mag Ihnen merkwürdig erscheinen, aber die Leute vertrauen oft mehr dem Scharfrichter als dem Arzt. Unzählige Ärzte und Chirurgen haben schon gegen Scharfrichter prozessiert, weil diese ihnen Kunden wegnahmen.«

Die Bezeichnung Scharfrichter hörte ich zum erstenmal. Mir wurde klar, wie schmerzlich es für Monsieur Sanson sein mußte, als Henker Schimpf und Schande ausgesetzt zu sein. Auf seinen Ärmel war eine Leiter gestickt, jeder kannte sein Gesicht – daher rührte seine Zurückhaltung, sein kühles, würdevolles Auftreten, das er sich, wie mir schien, zur zweiten Natur gemacht hatte. Nur seine wundervollen Augen, die in dem weichen Gesicht so lebhaft blitzten, verrieten Besorgnis, bettelten um Freundschaft wie die eines treuen Hundes. Er machte den Eindruck, gar nicht mehr gehen zu wollen. Also führte ich ihn durch unser Laboratorium und zeigte ihm meine letzten Wachsabgüsse. Ich erklärte ihm, daß das Wachs in mehreren Schichten eingegossen wurde, jedesmal bei einer geringeren Temperatur, und wie, indem man die letzte Schicht mit dem Pinsel auftrug, eine vortrefflich transparente Wirkung entstand.

»Vortrefflich...«, wiederholte er bedächtig. »Sie leiden also nicht unter dieser Tätigkeit?«

»Anfangs muß man ein bißchen seinen Abscheu überwinden«, gestand ich. »Aber was gibt es Schöneres als die menschliche Mechanik, Monsieur Sanson? Mein Lehrherr führt das doch ausgezeichnet vor. Und mit der Zeit werde ich – werden wir – nicht mehr nur anatomische Teile herstellen, sondern echte Statuen! Der Wissenschaft werden wir viele Menschen zuführen, die gar nicht wissen, welche Reichtümer sie birgt. Haben Sie Zumbos berühmten Kopf gesehen? Und das junge Mädchen von Desnoues? Wer weiß, ob nicht auch wir eines Tages unser eigenes Museum haben werden?«

Ich weiß nicht, warum ich mich so bemühte, ihn zu beeindrucken. Vielleicht nur, weil er mir wirklich zuhörte und ich zum erstenmal ernstgenommen wurde. Ach, hätte ich doch nur mein Kleid angehabt! Aber da ich mich gerade bereitgemacht hatte, eine noch nicht fertige Gallenblase zu bemalen, steckte ich in der schweren Schürze, hatte das Kopftuch auf und meine alte kurze Hose an (was noch ging, weil sie wegen meiner schlanken Beine wie eine Pagenhose wirkte). Aber weder meine Beine noch das Gesagte erzielten bei Monsieur Sanson die erhoffte Wirkung. Er seufzte, sah mich an und sagte gütig (wer hatte ihn darum gebeten?):

»Mein armes Kind, Ihr Vater hat große Schuld auf sich geladen!«

Das klang fast wie von Madeleine Basseporte.

»Weder bin ich ein Kind, noch zu bedauern, Monsieur Sanson!« rief ich zornig. »Ich äußere mich schließlich auch nicht zu Ihrem Vater!«

Der Pinsel, mit dem ich ihm alles vorgeführt hatte, fiel mir aus der Hand; ich bückte mich, um ihn aufzuheben, stieß mir an einem Schemel den Kopf, griff mit der Hand an meinen Schädel, und das Kopftuch rutschte herab. Bis auf die Hüften fiel mein Haar, und da stand ich nun vor ihm wie eine von Schändung bedrohte Heilige.

Sprachlos verharrte ich, als wäre ein unschickliches Wunder geschehen. Auch Sanson schien verwirrt, sei es wegen meiner letzten und heftigen Worte, sei es wegen meiner üppigen hellen Haarpracht, des damals einzig Schönen an mir.

»Haben Sie sich weh getan, Catherine?«

Die Erregung verlieh seiner Stimme ein herrliches Timbre. Sie klang nicht mehr belegt, sondern ernst und tief. Eine schöne Stimme ist etwas Herrliches. Sie berührt uns im Inneren. Das sagte ich mir auch, als ich Antoinette wiedersah, die junge Frau aus der Rue d'Enfer.

»Darf ich Ihnen helfen ...«

Er kam näher, reichte mir das zu Boden gefallene Kopftuch und half mir, die Haare zu bündeln. Seine Geschicklichkeit, diese großen Hände, die meinen Hals streiften, belustigten mich.

Einen Moment lang stand ich stocksteif. Bis mir der Gedanke kam, daß diese Hände schon mehr als einen Haarschopf hochgerafft hatten, bevor sie ihn abschnitten und das Beil ergriffen. Blitzartig fiel mir wieder ein, daß dieser Mann, der mein Haar hielt und »Die Haarnadel?« murmelte, um den Aufbau zu vollenden, seinen beruflichen Werdegang begonnen hatte, indem er seinen gealterten Vater auf dem Schafott vertrat, um die Frau eines Ratsmitglieds mit dem Schwert zu enthaupten.

Meine Hände zitterten, als ich nach der Haarnadel auf dem Tisch griff. Ich starrte sie an. Er ließ unverzüglich los, hatte mein Zittern offenbar bemerkt. Kein Wort kam mehr über unsere Lippen. Wir sahen einander an. Da trat mein Meister ein, fröhlich, gutgelaunt.

»Ach – hier verstecken Sie sich, Charles!«

Er drückte ihm die Hand. Charles Sanson wirkte sichtlich erleichtert.

»Mein lieber Freund, ich ertrinke in Arbeit. Das Testament des Königs wurde für nichtig erklärt, der Duc du Maine steckt in der Tinte, Orléans hat alles an sich gerissen, die Bastarde gebärden sich wie wild, das Parlament ist gespalten ... Kurzum, lieber Freund, jetzt haben wir die Regentschaft!«

»Dann nehme ich es also wieder mit ...«, sagte Charles Sanson dezent.

Mein Meister legte weniger Takt an den Tag.

»Das Bein? Ja, wenn es Ihnen nichts ausmacht. Sie werden es bestimmt bei Desnoues los, oder?«

»Abnehmer gibt es genug, wie Sie wissen. Der Meisterschüler von Desnoues schaut jeden zweiten Tag rein, aber auch Studenten, Neugierige ... Ich dachte mir schon, daß Sie heute nicht sezieren würden.«

»Ich muß für die Gazette eine Zusammenfassung schreiben. Sie können sich vorstellen, wieviel Fingerspitzengefühl das erfordert ... Im Parlament sitzen Leute, denen ich verpflichtet bin ... Aber nehmen Sie doch noch eine Kleinigkeit zu sich. Ich habe eine Hasenpastete mitgebracht ... Sie liegt in der Küche. Du kannst auch mitkommen, Kleine!«

Trotz der »Kleinen« folgte ich ihm. Wenn ein Todesfall mit gutem Wein und Hasenpastete gefeiert wird, kann ich nicht widerstehen. Bei mir siegt der Hunger über den Stolz. Außerdem war es der »Kleinen« nicht unlieb, mehr über die Aktivitäten ihres Meisters zu erfahren. Meine befriedigte Neugierde würde meine Rache sein: Manchmal nützt es, als bedeutungslos zu gelten.

Lange sagte ich, und sage – wenn auch aus anderen Gründen – heute noch »mein Lehrherr«. Wenn es mir auch mißfiel, »Eigentum« eines Herrn zu sein. Vor allem, dazu gezwungen zu sein, versetzte mich in Rage. Die Hinterlist meines Vaters beraubte mich jeglicher Freiheit. Andererseits hätte mich in einem Provinzkloster oder in der Ehe mit einem Arnolphe auch nichts Besseres erwartet. Wenigstens wäre ich nicht wie jetzt vogelfrei gewesen, was noch ein höherer Grad an Freiheitsberaubung ist, unter der alle Frauen leiden. Es war jedoch nicht unmöglich, auch aus meiner Situation Nutzen zu ziehen. Das sollte in den folgenden aufregenden Monaten immer deutlicher werden.

Endlich lernte ich auch den »offiziellen« Teil des Hôtel des Arcoules kennen: das Vorderhaus mit der schönen Fassade, das wir nie betraten. Es bestand im Erdgeschoß aus zwei unmöblierten Salons und einem Kuriositätenkabinett. Die »Beletage« sollte ich erst viel später erkunden. Ich begann etwas zuversichtlicher zu werden, als mein Meister einige Monate nach der Feier zum Tod des alten Königs von Zeit zu Zeit Besucher mitbrachte. Bisweilen handelte es sich um einen schlecht gekleideten Schwätzer, der direkt aus dem Café Gradot herüberkam, dem Umschlagplatz für Neuigkeiten, bisweilen erschienen Sänften, Fiaker und eines Novembertages sogar eine Kutsche, der aristokratischere Besucher, die sich für Naturwissenschaften interessierten, entstiegen.

Das von meinem Meister ausgestattete und in diesem Herbst ein wenig hastig um einige Stücke bereicherte Kuriositätenkabinett befand sich zwar nur in einem einzigen, aber um so weitläufigeren Raum. Ausgestopfte Vögel, in einer eigens angefertigten Vitrine hübsch ausgestellte und sorgfältig etikettierte Mineralien (ein Goldklumpen aus Peru besaß allein schon einen hohen Verkaufswert), auch Fossilien gab es zu sehen sowie eine ganze Sammlung von Muscheln, die Erstaunen erregten, denn sie waren noch nicht, wie einige Jahre später, in Mode gekommen. Die Paradestücke waren natürlich kolorierte anatomische Wachsmodelle: ein Kopf, dessen Schädeldecke man abheben und dem man eine perfekte Nachbildung des Gehirns entnehmen konnte; ein Brustkorb, über dem Herzen offen, so daß die Herzklappen und Vorhöfe gut sichtbar waren; ein ausgestopfter Hund schließlich – ein unerfreulicher Anblick. Stolz zeigte mir mein Meister diese Pracht, und dann legte er auf einen kleinen Sockel die von mir gerade vollendete Gallenblase.

Vollendet, aber nicht signiert. Denn ich war mir sicher, daß mein Meister, wie bei allen anderen Stücken, die in dem Kabinett standen, vorgab, sie selbst geschaffen zu haben. Von einem der ausgestellten Stücke, dem modellierten Gehirn, wußte ich genau, daß es das Werk eines kleinen Rotschopfs war, Schüler unseres erhabenen Rivalen Desnoues, der ab und an gegen bare Münze mit uns arbeitete. Ich in meiner Situation konnte keinen Lohn verlangen. Würde ich vielleicht nach drei Jahren Arbeit unter Anleitung des Chevalier, wenn die übliche Lehrzeit (wie ich dieses Wort hasse!) vorbei wäre, Anspruch darauf haben, von Zeit zu Zeit ein Stück zu signieren oder gar zu verkaufen und den Erlös zu behalten? »Lehrlingen« wird es gewöhnlich zugestanden. Es ärgerte mich, ein »Lehrling« zu sein, doch mehr noch der Verdacht, mein Meister könne vielleicht nicht in der Lage sein, mich wenigstens auf diesen bescheidenen Stand zu bringen. Warum lehrte er nicht? Warum betätigte er sich so selten als Vorführer? Und nur in kleinen privaten Lehrsälen? Warum entstammten seine (bis zu diesem Zeitpunkt noch kümmerlichen) Einnahmen mal dem Spiel, mal seiner Feder, wenn er den Gazetten- oder Pamphletschreiberlingen ein wenig auf die Sprünge half, die das Bestellte jetzt viel unverhohlener bei uns abholten? Da fiel mir ein, daß Martinelli eines

Tages angedeutet hatte, seine Bestallungsurkunden seien bei einem Schiffbruch abhanden gekommen.

»Man möchte meinen, den *Großen Cyrus* zu lesen«, hatte ich ironisch bemerkt, denn dieser opportune Schiffbruch weckte meine Zweifel.

»Du liest viel mehr, als gut für dich ist«, hatte er würdevoll entgegnet.

Dabei hatte er mir selbst gestattet, in der wackeligen Kommode in seinem Zimmer herumzustöbern, die allerlei verschiedene Werke enthielt.

»...Außerdem wurde von achtbarster Seite bestätigt, man habe sie vor dieser verhängnisvollen Reise zu sehen bekommen.«

»Das will ich hoffen, für Sie und für mich.«

Denn wenn mein Lehrherr – und dessen verdächtigte ich ihn zuweilen – auch mit dem Gesetz auf gespanntem Fuß stand, wo würde mich das hinführen?

Die Zeit verging, und das Jahr 1716 brach an.

Ich würde fünfzehn werden: ein ansehnliches Alter! Das Kommen und Gehen im Haus hielt an, und wir verkauften etliche neue Stücke. Das heruntergekommene und hellhörige Vorderhaus wurde nach und nach möbliert. Blauer Damast zierte den einen, hellbeigefarbener den anderen Salon, ein Sofa kam hinzu sowie ein paar recht steife Sessel aus dem vorigen Jahrhundert, ein spanischer Fächerschrank mit schöner Einlegearbeit und sogar eine jener großen Tapisserien, die man »Verduren« nennt, ehrlich gestanden ein wenig ausgebleicht.

»Sie stammt aus einem Nachlaß«, sagte Martinelli gewichtig.

Bei anderer Gelegenheit war es das Geschenk einer ihm gewogenen vornehmen Dame, die sich vor ihrem Mann versteckt hielt. Oder ein wie durch ein Wunder geretteter Patient bezahlte »in Naturalien«. In der Tat ging er immer häufiger aus dem Haus, ließ in Paris zur Ader, oder empfing elegante Besucher, die allerdings immer etwas geheimnisvoll taten. Trotzdem hielt ich die Herkunft dieses völlig ungewohnten Reichtums für fragwürdig. Als wollte er mich zwingen, ihm zu glauben, sah er mich in solchen Augenblicken mit seinen hellen und stechenden Augen unter den buschigen Brauen streng an und lachte dann schallend über meine – wie er sie nannte – »gescheite Dummheit«.

War ich dumm? Hatte ich nicht alles zu befürchten von einer Welt, in der ich mir schwerlich einen Platz würde schaffen können? Es gab gute Tage, an denen mir ein Abguß gelang, an denen in einem Korb plötzlich Wildbret ins Haus kam, an denen so manche Schöne auftauchte, deren Huld dem Chevalier neuerdings wichtig war, an denen ich mich als Junge verkleidet aus dem Haus stahl und bis zur Kirmes von Saint-Laurent vorpirschte, zu den Marionettenspielern und frühmorgens, bevor die Obsthändler zu den Märkten der Innenstadt aufbrachen, ein paar Früchte aus deren Körben stibitzte. Aber es gab auch schlechte, an denen ich mich von der Erregung um mich herum ausgeschlossen fühlte, weil ich nicht wußte, wie ich je daran teilhaben könnte, und mir dann mehr denn je als »klein« und einsam vorkam, und als verlassen, mit meinen roten Händen, und mit meinen fünfzehn Jahren, immer noch unreif. Mein Meister machte es mir auch nicht gerade leichter, indem er mich immer noch wie ein Kind behandelte. Als er in jenem Frühling eines Abends die Treppe heraufkam und hörte, wie ich in meinem Zimmer den Riegel vorschob, rief er laut lachend: »Du schließt dich ein? Sinnlose Vorsichtsmaßnahmen! Schau doch nur mal hin, gegenüber von deinem Bett!« Gegenüber von meinem Bett befand sich der riesige, zersprungene und fleckige Spiegel, an den ich mich schon dermaßen gewöhnt hatte, daß ich ihn gar nicht mehr wahrnahm. Aber an diesem Abend blickte ich hinein und sah ein kleines verschrecktes Mädchen, das ein zerlöchertes Laken ans Kinn preßte, ein kugelrundes Gesichtchen mit großen Augen, aus denen Tränen kullerten.

Erriet er meinen Kummer? Tat es ihm leid? Er kaufte mir noch zwei Kleider, eine Art Kittel, etwas schmeichelhafter als mein lederner Schurz und leichter abzulegen, wenn sich während der Arbeit unerwartet Besuch einstellte. So hatte ich dann auch die Ehre, Monsieur Gourdon, dem Neuigkeitskrämer, und der Duchesse d'Orlac, die mehrere Stücke bei uns kaufte und ausgesprochen erheiternd fand, daß ein junges Mädchen sich mit Anatomie befaßte, vorgestellt zu werden. Ihr Blick sagte allerdings: sich mit dem Anatomen befaßte. Es war mir gleichgültig. Ich wußte, daß ich meinen guten Ruf verloren hatte, bevor ich alt genug war, mir einen zu erwerben. Ich fand mich damit ab. Der Chevalier, der die Ehre dieser Besuche mit mir teilte, teilte auch die damit einhergehenden Gunstbeweise. Er überhäufte Jeannette mit Obst und Brioches für die Kinder, brachte dem gespenstischen Kutscher, der zuweilen plötzlich verschwand, zuweilen im Hof wartete, eine Flasche Wein, die dieser gleich auf dem Bock leerte, und lud auch mich ganz zwanglos ein, in einer Ecke des Laboratoriums oder in der Küche, wo es wärmer war, seine Mahlzeiten zu teilen. Ich war so abgehärtet, daß ich mir mit blanken Zähnen – und meine Zähne sind gut – einen Hühnerflügel oder eine Scheibe Pastete unmittelbar neben einem mehr oder weniger zerstückelten Leichnam zu Gemüte führen konnte. Währenddessen hielt mein Meister muntere Reden. Alles begeisterte ihn: die Staatsgeschäfte (würde der Duc du Maine, legitimierter Sohn des alten Königs und der Montespan, sein Recht auf die Thronfolge behalten?), die Wirtschaft (die Rede war von einem neuen Banksystem, das neuen Wohlstand bringen würde nach all den Kriegen), das völlig neue Interesse der Allgemeinheit für die Naturwissenschaften, was ihn zu schwindelerregenden Plänen beflügelte ... Er redete und redete, sprang auf, setzte sich wieder, sprang erneut hoch, schroff, laut tönend verkündete er kühne, fast wahnwitzige Ideen, verlangte Erwiderungen von mir, für die mir gar keine Zeit blieb, lief auf und ab mit seinen langen Beinen, raufte sich die Haare, um mit einemmal, wieder sitzend, in Träumereien zu verfallen, die ich nicht zu unterbrechen wagte. Wenn ich auf meinem Schemel im Laboratorium oder mit aufgestützten Ellenbogen am Küchentisch saß, war ich oft todmüde, ermattet von der Arbeit, wie zerschlagen, doch ich fürchtete meine Müdigkeit zu zeigen, um nicht jene Wutausbrüche heraufzubeschwören, bei denen er manchmal Geschirr zertrümmerte oder gar die Hand gegen mich erhob, die er indessen, ohne mich zu berühren, wieder sinken ließ. Im Grunde war er vielleicht doch gutherzig.

Eines Abends im Mai 1716 saßen wir zusammen und waren beide verärgert, weil wir den ganzen Tag auf den Leichnam eines soeben im Krankenhaus verstorbenen Patienten gewartet hatten. Das kühle Wetter wäre zum Sezieren sehr günstig gewesen, und mein Meister hatte dem Träger bereits zwei Livres Vorschuß gegeben. Vergebens! Der elende Wicht hatte sie versoffen, bevor er seine Lieferung ausführte, und während er in der Schenke zu den drei Ähren seinen Durst löschte, stahl man ihm das im Tragkorb vor der Tür abgestellte Paket. Wählerisch war man zu jenen Zeiten nicht. Empfindsamkeit war noch nicht in Mode, und ein Leichnam war kein Mensch mehr, sondern sein alter Schlafrock, seine Hülle; an Blut, an Ausdünstungen war man gewöhnt und achtete nur darauf, sich vorzusehen. Uns schien das nicht schlimmer als die Arbeit in einer Gerberei.

Wir aßen also in der Küche, als das Portal quietschte. Ich lief über den Hof. Über den Arbeitskittel hatte ich die mit Kaninchenfell gefütterte ärmellose Weste gezogen, ein abgelegtes, völlig durchlöchertes, aber warmes Kleidungsstück, das mein Meister aus Haufen alter Lumpen in seinem Zimmer zutage gefördert hatte, und auf dem Kopf trug ich noch eine unförmige Haube. Im Torbogen stand eine Frau, die mühsam ein notdürftig verschnürtes Paket trug. Ich lief auf sie zu und erkannte die Sicard, jene hochgewachsene, recht hübsche junge Frau, die beim Tod des alten Königs hatte tanzen wollen und die ich seitdem zwei- oder dreimal gesehen hatte.

»Das ist für Chevalier Martinelli«, sagte sie mit etwas heiserer, zugleich angenehm klingender Stimme.

Dabei hielt sie mir das Paket hin. Mein Herr, der mir gefolgt war, entriß es ihr und befahl mir wutschnaubend, es im Chemieraum zu verstauen. Was ich tat. Das war die Laune, in der er mich stets für einen Jungen hielt (mein Aufzug gab mir diesen Anschein), was sich in einer Tracht Backpfeifen ausdrückte, bis er mich plötzlich ansah und murmelte: »Ach ja, ich vergaß!« Daher war Eile geboten.

Ein paar Minuten später kam er mir nach, und ich hielt mich aus Vorsicht von ihm fern. Aber seine Laune schien mit einemmal wie verwandelt. Er pfiff vor sich hin, lief um eine Öllampe herum, auf der er ein Gefäß mit Quecksilber erhitzte, und schickte sich sogar an, mir das Experiment zu erklären.

»Sollte ich nicht auch ein bißchen Chemie lernen?«

»Verlorene Zeit. Beschränke dich auf das, was du kannst. Aus Wachs läßt sich vieles herstellen. Votivtafeln, Schmuckmotive, Bildchen. Das ist ein richtiges Handwerk, das dir bleiben wird, wenn ich nicht mehr da bin. Brauchst nicht gleich so entgeistert zu schauen! Ich werde nicht immer in Frankreich bleiben. Ich liebe das Reisen, die Abwechslung... Komm schon, reg dich nicht auf! Vielleicht nehme ich dich mit nach Spanien.«

»Sind Sie nicht Italiener?«

»Was hat das damit zu tun?« Er war wieder gereizt. »Darf ich deswegen nicht nach Spanien? Außerdem habe ich Spanien gesagt, wie ich hätte Indien sagen können. Ich nehme dich also mit nach Indien.«

»O ja!« rief ich entzückt. »Das wird dann wie in *Gil Blas aus Santillana*. Wir werden eine Menge Abenteuer erleben, und ich werde Ihnen folgen, als Page verkleidet, um nicht von Wegelagerern entführt zu werden.«

»Du wirst nicht dein Leben lang als Junge durchgehen, weißt du«, sagte er freundlich. (Er scherzte.) »Selbst Äffchen wie du mausern sich eines Tages zur Frau.«

An seine barsche Art hatte ich mich gewöhnt und fühlte mich auch nicht mehr beleidigt. Seit einiger Zeit glaubte ich sogar hinter all seinem Spott eine Spur Freundschaft zu erkennen. Wer am Hungertuch genagt hat, ist bei Tisch nicht wählerisch.

Daher entgegnete ich fröhlich: »Das dauert seine Zeit, das schwöre ich Ihnen. Ich wette, daß ich einen ganzen Tag lang mitten in Paris als Junge durchgehen kann. Vorhin haben Sie es ja selbst gesehen, die Sicard hat mich überhaupt nicht wiedererkannt.«

»Was?« brüllte er, sich abrupt zu mir umwendend.

Bei dieser Bewegung stieß sein Ellbogen gegen eine Schale, in der sich eine schwärzliche Flüssigkeit befand, und das Zerspringen des Glases dröhnte wie Geschützdonner.

»Vorsicht! Das ist ein Arsengemisch!«

Wir fanden uns im Hof wieder, entsetzt, zerzaust, der Atem dampfte in der kühlen Luft: zwei Verrückte. Jeannette, von der wir gar nicht wußten, daß sie sich in der Wärmestube aufgehalten hatte, war bei dem Getöse herbeigelaufen, rang die Hände und betete zur Heiligen Jungfrau.

»Was machst du denn da?« schrie Martinelli außer sich und fuchtelte mit den Armen. »Du müßtest seit Sonnenuntergang aus dem Haus sein! Raus! Und zwar sofort!«

Die völlig verdutzte, unglückselige Jeannette raffte ihr Kind, das sie wohl hatte aufwärmen oder füttern wollen, wie ein Wäschepaket und suchte das Weite. Er zerrte mich am Arm, schob mich, die ich vor Schrecken schwankte, die Treppe hinauf, und schleuderte mich fast in sein Zimmer.

»Was ist denn das nun wieder für eine Geschichte?« brüllte er aus vollem Halse. »Ich hatte Vertrauen zu dir, dabei bist du eine elende Kreatur, eine kleine Spionin, die ich unter meinem Dach beherberge! Ich, der ich dir alles beigebracht habe! Kleines Drecksstück! Schlange!«

In seiner Erregung kam der leichte italienische Akzent wieder zum Vorschein, mit dem man den seligen Kardinal Mazarin nachzuäffen pflegte, und diese Feststellung machte es mir leichter, meine Fassung wiederzugewinnen, wenn ich mich auch in den hintersten Winkel des Zimmers flüchtete.

»Um mich als Spionin zu bezeichnen, müßte es erst einmal etwas auszuspionieren geben, mein Meister! Sie wissen doch, daß ich keine Ahnung habe. Vielleicht haben Sie sich jetzt etwas zu weit vorgewagt?«

»Du fragst mich aus? Du wagst es?«

»Ich muß doch schließlich begreifen, was Sie mir vorwerfen. Ich will Ihnen ja nur den Zorn ersparen...«

»Ich bin aber zornig!«

»Das hatte ich noch gar nicht bemerkt«, erkühnte ich mich zu sagen.

So schnell die Wut ihn gepackt hatte, so schnell verrauchte sie wieder. Er hockte sich auf sein mit Büchern und Zeichenbrettern überhäuftes Bett, hätte sich beinahe in einen für die Katze bestimmten Freßnapf gesetzt, der sich wie durch Zauberhand auch dort befand, und ergriff, während ich vor ihm stand, meine Hände.

»Catherine«, sagte er ungewöhnlich ruhig, »woher kennst du Mademoiselle Sicard?«

»Aber ich kenne sie gar nicht! Vor ungefähr acht Monaten sah ich beim Geflügelhändler eine Frau, die meinte, daß sie zu Ehren des verstorbenen Königs gern tanzen würde. Ihre Miene hatte mich erstaunt. Und ein andermal, als ich sie wieder sah, habe ich gefragt: Wer ist das? Es hieß: ›Eine sogenannte Antoinette Sicard aus der Rue d'Enfer.‹ Das ist alles!«

»Du kennst also sogar ihre Adresse...«

»Warum nicht? Sie wohnt doch in der Nachbarschaft. Und am Laurentiustag sah ich sie zufällig aus ihrem Haus kommen, zu Fuß; stellen Sie sich vor, sie trug ein Batisthäubchen und feine Schuhe, die nicht nach der Rue d'Enfer ausschauten, ganz und gar nicht... So etwas trägt man doch nicht, wenn man zu Fuß unterwegs ist. Aber sie ging auch nur bis zum ersten Eckstein, an dem ein Wagen wartete. Warum stand der nicht vor ihrer Tür? Aber vielleicht wollte sie nur mit jemandem reden, der in dem Wagen saß? Ich konnte ja schließlich nicht dort festgewurzelt stehenbleiben, ging deswegen dicht an ihr vorbei und grüßte, sie grüßte zurück, schien mich aber nicht wiederzuerkennen. Auch heute nicht, als sie mit ihrem Paket vor mir stand...«

Ich stellte keine Fragen, aber nach diesem Eklat glaubte ich ein Anrecht auf ein paar Erklärungen zu haben. Martinelli ließ meine Hände los, stand auf, fuhr sich durchs Haar, kam zu mir zurück und setzte sich wieder. Ich sah deutlich, daß er abwog, was er mir sagen und was er lieber verschweigen wollte. Aber ich glaubte, mit ein wenig List, die mir zu Gebote stand, und dank seiner üblichen Unvorsichtigkeit das Geheimnis dieser Antoinette und ihrer Pakete lüften zu können. Hätte ich gewußt, wohin uns das alles führen sollte, hätte ich meinen Meister nach Indien entführt, und zwar auf der Stelle.

»Catherine«, sagte er gewichtig, »es ist Zeit, daß du gewisse Dinge erfährst. Daß du sie kennst, um leichter Stillschweigen zu wahren, verstehst du?«

Da setzte auch ich eine gewichtige Miene auf.

Martinelli war dreißig Jahre alt. Er war der jüngste Sohn einer Familie niederen Adels aus der Gegend um Syrakus, bei der es so weit gekommen war, daß sie ihren Grund und Boden selbst bestellten, nur weil sie ihn nicht verlassen wollten. Mit zwölf Jahren wurde Martinelli von einem Kanonikus adoptiert, dessen Leidenschaft den Naturwissenschaften galt, der sich auch als Medikus versuchte und den Jungen, weil er ihn nett fand, großzog. Außerdem war das Kind begabt. Man fragte es, was ungewöhnlich war, nach seiner eigenen Meinung; der Vater war ein Ehrenmann, und seine zärtliche, aber erschöpfte Mutter vermochte gegen dieses Vorhaben keinerlei Einwände vorzubringen.

»Ich nahm an. Mein Wissensdurst, das Ansehen des Kanonikus, das schöne Haus, der reichgedeckte Tisch ... Vergiß nicht, daß ich aus dem Familienkreis mit seinem zwar nicht engherzigen, aber eingeengten Horizont heraustrat. Sie ließen mich unter Tränen, doch auch in der Überzeugung ziehen, mir nichts mehr schuldig zu bleiben. Fürsorge, Liebe, Vorbereitung auf die Zukunft, das alles übertrugen sie dem Kanonikus und wandten sich wieder der Arbeit auf den Feldern zu; sie reparierten die Dächer, ersetzten nach und nach die nach und nach vermodernden Balken, ernährten sich von Kastanien, schlachteten ab und an ein kleines schwarzes Ferkel, wie es dort üblich ist, oder aßen eben nichts ... Ein ehrenwertes Leben.«

»Trauern Sie ihnen nach?«

»Ein paar Jahre später starb der Kanonikus. Ohne ein Testament zu hinterlassen. Von einem Gelehrten und einem Mann Gottes hätte man mehr Vorsorge erwartet. Er war sehr unachtsam. Die Meute der Vettern und Basen rückt an, verjagt dieses fünfzehnjährige Kind – kommt dir das nicht bekannt vor? –, zu gebildet, sagen die einen, zu anspruchsvoll, sagen die anderen, um einen guten Domestiken abzugeben. Beinahe hätten sie auch noch seinen Kleiderschrank geplündert, und um jede Gegenklage abzuwenden, murmelten sie unter der Hand, der Kanonikus habe höchst unmoralische Gründe gehabt, diesen Jungen zu verhätscheln. Die wenigen alten Freunde des Klerikers, die das Kind hätten anleiten, ihm zu einem Beruf verhelfen können, rechtschaffene, aber verzagte Leute, erschrecken vor diesem Gerücht, drücken ihm einen Geldbeutel in die Hand und schicken es fort. Einen halbvollen Geldbeutel, wohlgemerkt. Es reichte gerade bis Venedig. Wieso Venedig? Ein lange gehegter Kindertraum.«

»Als ich zu Ihnen kam«, sagte ich, »schickte ich Jeannette mit einem Brief zu meinem Vater; ich fragte ihn, ob er mir nicht mein Kinderbett, in dem ich im Zimmer meiner Mutter geschlafen hatte, bringen lassen könne. Überaus höflich ließ er mir mitteilen, er habe es bedauerlicherweise verkauft, denn er konnte nicht wissen, daß ich es kaufen wollte ...«

»Amüsant! Was sollte aus mir werden? Ein Soldat ohne Empfehlungsschreiben wird in der Armee zum Sklaven gemacht. Ein Naturwissenschaftler? Ich brachte immerhin Grundkenntnisse mit. Ich hätte noch weiter lernen müssen, besaß aber keinen roten Heller. Und auch dafür braucht man Protektion. Vom geistlichen Stand ganz zu schweigen, an dem ich nicht den geringsten Gefallen fand und wo mir mein beschädigter Ruf – kommt dir das bekannt vor? – unweigerlich Schwierigkeiten bereitet hätte. So wurde ich eben Gondoliere in Venedig. Nicht ganz so degradierend wie Lakai, aber kaum besser.«

Denen, die er an Bord nahm, hielt er, während er das Ruder schwang, flammende Reden; Reden war ihm ein angeborenes

Bedürfnis. Ein selbstbewußter Bürger erlag seinem Charme und stellte ihn, als er an Land ging, als Mann für alles, Verwalter, Vorleser und besonders als Assistenten ein, denn es handelte sich um den berühmten Guinnoli, Spezialist für Kaiserschnitte, Chirurg, tätig in den höchsten Kreisen Venedigs. Martinelli lernt vieles hinzu, während Guinnoli die Herzogin zur Ader läßt, der Dienerin ein Zugpflaster auflegt.

Er lernt aber auch, daß er keinen Namen mehr besitzt (ein Gondoliere ist und bleibt selbstverständlich ein Mann aus dem Volk), daß er nicht mehr der wenigstens geistige Erbe des Kanonikus ist – die Meute der Vettern soll man nicht reizen –, daß er ohne Empfehlungen, ohne Vergangenheit, ohne Bindungen und ohne Überzeugungen nichts mehr ist. Und allmählich wird Guinnoli bewußt, daß sein Helfer, dieser Junge, den er aus Gutmütigkeit eingestellt hatte, ein wenig zu gut mit dem Skalpell umzugehen weiß, die Schröpfköpfe ein wenig zu gut ansetzt, zur Ader läßt und Brüche einzurenken versteht, die zarten Verstauchungen der zarten Venezianerinnen mit Talent massiert, und er, Guinnoli, älter wird und eines Tages Angela Frascati zu ihm sagen wird, wenn sie es nicht schon getan hat: ›Bemühen Sie sich nicht eigens, Manlio caro, es ist eine winzige Verstauchung, Ihrer unwürdig... Schicken Sie ruhig diesen Jungen, Ihren Helfer... wie hieß er doch noch?« Und die Tatsache, daß die Verstauchung nur ein Vorwand wäre, wird die Situation nicht leichter machen. Ob nun Angela Frascati oder Marbella Leona Manin: Fast drei Jahre waren vergangen, die normale Dauer einer Lehrzeit, und da fragt dieser schlaksige Schafskopf, der noch längst nicht alles gelernt hat, dieser glühend begeisterte, völlig arglose, strubbelige, dunkelhäutige, neunzehnjährige, staksige lange Lulatsch ganz unverfroren, ob es nicht an der Zeit sei, auf Empfehlung seines Lehrherrn ein Examen abzulegen, er habe übrigens ein wenig Geld zusammengespart und wolle Bestallungsurkunden erbitten, die es ihm eines fernen Tages ermöglichen könnten, sich eine eigene Klientel zu verschaffen.

Guinnoli hört indes nur das eine: Eines Tages, und der Tag würde kommen – er mochte noch so fern liegen –, an dem er nicht mehr praktizieren könnte, an dem es mit ihm bergab gehen, an dem er sterben würde! Undankbarer, frecher, elendiger Grünschnabel! Wie kann er es wagen? Ein Gondoliere! Danach gibt es nur noch eines: sich des frechen, elendigen Grünschnabels zu entledigen, und da Guinnoli Venezianer ist, fällt ihm als erstes das klassische venezianische Mittel ein: die »Bleikammern«, jene Verliese, die so heißen, weil sie unter dem Bleidach liegen, wo es entweder glühend heiß oder eiskalt ist, und aus denen man nie mehr herauskommt. Ein Kinderspiel, ihn ins Gefängnis werfen zu lassen. Und der freche, undankbare, elendige Kerl, der so pfiffig ist und so geschickte Hände hat, würde in diesen grauenvollen Kerkern eine zusätzliche Lektion lernen, die sein Leben bestimmen sollte, sobald sich ihm erst deren Tore öffnen würden. Was für eine Lektion? Ganz Venedig weiß, daß Guinnolis Hände zittern, ganz Venedig weiß, daß er die Entbindung der Menotti verpfuscht hat, deren kleine Tochter gestorben ist, weil er mit den Zangen den Schädel zu fest packte, ganz Venedig schert sich einen Teufel darum, ob dieser so geschickte und so unterhaltsame Junge unschuldig oder schuldig ist, ob er in diesem oder jenem Haus etwas stibitzt hat, Sodomit oder Häretiker ist, jemanden vergiftet oder anonyme Briefe verschickt und Pamphlete verkauft hat. Wen schert es? Er gehört nicht in die besseren Kreise. Er entstammt der engen Welt des bäuerlichen Kleinadels, war aus dem Haus seines kirchlichen Wohltäters vertrieben worden, hatte sich unüberlegt in eine »Familie«, in einen Klan einzuschleichen (ja, dies war das Wort!) versucht. War verworfen worden. Das war verwerflich.

Wäre der Boden um Syrakus fruchtbarer gewesen ... Wäre der Kanonikus nicht gestorben ... Wäre Guinnoli großzügiger gewesen ... hätte er eine Chance gehabt, ins Spiel zu kommen, ins »Taler, Taler, du mußt wandern ...«. Er hätte vielleicht verloren, aber dazugehört. Das ging nun nicht mehr.

»Ich hätte mich natürlich mit meiner Zwitterfunktion an der Seite des Alten zufrieden geben können. Eine Zeitlang war er genial gewesen. Im Grunde erwies er mir einen Dienst. Ich war nicht unglücklich als Untergebener. Ich schlief.«

Er hatte einen Traum, doch daß dieser ein Trug war, spürte er nicht. Hundert Jahre später hätte er wie Friedrich Barbarossa mitten im Wald erwachen können, auf der Suche nach seinem verlorenen Leben, verloren wie ein Taschentuch.

Guinnoli wollte ihm böse mitspielen, doch nur in Maßen. Dieser große Wissenschaftler war kleinmütig. Wäre Martinelli der Sodomie bezichtigt worden, hätte er diesen Hitzkopf verbrennen, bei Diebstahl, ihn hängen lassen können. Dann hätte er allerdings einen, wenn auch unwichtigen, Mord auf dem Gewissen gehabt. Er wollte lieber, was ihm hinderlich war, schlicht und einfach verschwinden lassen. Für ihn war Martinelli nicht mehr dieser strubbelige, leichtsinnige, hochgewachsene Junge mit dem verschmitzten Lächeln, dieser ungebärdige und erheiternde Causeur, dieser unermüdliche Arbeiter, dieser wißbegierige und erfinderische Kerl (»Als hätte ich Hilfe nötig!«), sondern eine Idee, eine Vorstellung, ein lästiges brummendes Insekt, das man mit einer Handbewegung verscheucht. Er gab vor, wegen subversiver Schriftstücke besorgt zu sein, die er in der Dachkammer des Jungen gefunden haben wollte. (Jungen dieser Art hausten, bis sie zwanzig wurden, in Dachkammern. Danach findet man sie in Salons oder ertrunken wieder.) Guinnoli machte also erwähnte Handbewegung und sagte die wenigen nötigen Worte. Er glaubte, Wörter ließen sich leichter vergessen machen als Blut. Er dachte eben als Chirurg.

Schmähschriften, anonyme Briefe, Pamphlete, signiert mit *Der Mohr* oder *Pulcinella*, alle umstürzlerischen oder ungelösten Fälle, die in den Büros der Geheimpolizei herumlagen, wurden ihm zur Last gelegt. Wenn man seinen Anklägern glauben darf, die natürlich begeistert waren, in einem einzigen Mann die Lösung hunderter rätselhafter Fälle (und nach Schließung der Akten einen herrlichen Frieden!) zu finden (endlich könnte man in den Spätnachmittagsstunden genüßlich Reversi spielen, eisgekühlten *tartuffo* essen, Frauen nachblicken), war Martinelli angeblich gleich nach seiner Ankunft in Venedig auf unerklärliche Weise in die subtilsten Ränke der Politik und der höheren Gesellschaft (die einander überschnitten) verwickelt worden und sollte, mal vom einen, mal vom andern bezahlt, unermüdlich geschrieben und Unruhe gestiftet haben. Österreich und Frankreich, sogar die Türken packte man gleich mit hinein. Warum nicht auch die Türken?

Er, der die Folter fürchtete, gestand alles, ohne sich lange zu besinnen. Immerhin hatte er begriffen, daß es für sein künftiges Geschick unerheblich war, ob er nun unschuldig oder schuldig war. Man lächelte, lockerte die Fesseln und erklärte ihm, daß er dank seiner Gutwilligkeit nur an der Hitze oder Feuchtigkeit Venedigs zugrunde gehen würde. Er sagte sich, dies bedeute Zeitgewinn. Eine kleine Hoffnung blieb ihm noch: eine Jungfer. Dabei hätte das letzte aller Kammermädchen es als ihrer unwürdig und äußerst unschicklich angesehen, auch nur nachzufragen, was aus ihm geworden sei.

Während er sich dessen allmählich bewußt wurde, kündigte man ihm in seinem stinkenden Verlies den Besuch eines »Edelmannes« an, der ihn zu sprechen wünschte. Dieser »Edelmann« gehörte zu einer Spezies, die Martinelli noch nicht kannte: Er war herzlich, gar vertraulich und von salbungsvoller Vulgarität. Seine Lider zuckten, als zwinkerte er unablässig. Er hakte den Gefangenen unter und klopfte ihm auf die Schulter. Er ergriff von ihm Besitz. Beim ersten Mal empfand Martinelli etwas Angst. Der andere bot ihm Schnupftabak an, etwas Besseres gebe es nicht gegen die Feuchtigkeit, und beglückwünschte ihn, ein so aufgeweckter Junge zu sein.

»Ich glaubte vor Lachen ersticken zu müssen, als ich hörte, Sie hätten zugegeben, der Autor dieses Pasquills mit dem Titel... Wie war er noch?... *Offiziöses Leben der Offiziellen*... zu sein.«

»Hat es Ihnen gefallen?« fragte er leichthin.

»Um so mehr, als ich eine Erstausgabe – die in der Tat später ergänzt wurde – aus dem Jahre 1690 besitze, und Sie zu diesem Zeitpunkt, wie mir scheint, bestenfalls drei oder vier Jahre alt gewesen sein dürften.«

Martinelli fuhr sich durchs Haar. Man hatte ihm seine Perücke, ein hübsches grünes Wams, das er sich gekauft hatte (wer weiß, welche Rolle dieses zu galante Wams in Guinnolis Stimmungsumschwung gespielt hatte), und auch eine Uhr, an der er hing, abgenommen. Er fühlte sich dreckig.

»Diese Geistesgegenwart hat mich beeindruckt. Man hat ja nicht alle Tage etwas zu lachen... Kommen Sie mit mir. Ihre Talente können besser genutzt werden als in dieser stickigen Hölle.«

Sie traten ins Freie. Der junge Mann sah mit verhohlenem Erstaunen, wie die Türen sich öffneten, die Flure vorbeizogen. Dann ging es breitere Treppen hinunter und wieder hinauf aus den Tiefen des Verlieses ans liebliche und goldene Licht dieser Stadt, die ihm so grausam mitgespielt hatte. Sie gelangten in ein bescheidenes Kabinett, in dem immerhin Stiche hingen: der nach Stadtvierteln aufgeteilte Plan Venedigs. Hier erhielt er Anweisungen und einen Paß.

»Wir haben einen deutschen Freund, der Sie bis zu Ihrer Abreise nach Spanien ein paar Tage aufnehmen wird. Er wird Sie mit gewissen Einzelheiten vertraut machen. Vom Ausland her – er reist viel – schickt er uns oft nützliche Informationen und Berichte. Das werden Sie ebenfalls tun, es ist ganz einfach. Sie werden sehen, daß sich Ihnen ein neues Leben eröffnet. Nur etwas Vorsicht ist vonnöten... An Witz mangelt es Ihnen nicht, das haben Sie bewiesen... Und schreiben können Sie, das ist von Vorteil; Sie sind Chirurg, bleiben Sie es. Sie sprechen Französisch? Ausgezeichnet! Lernen Sie Spanisch. Gehen Sie bis zu Ihrer Abreise nicht aus dem Haus. Sie haben sich nirgends zu verabschieden.«

Das stand außer Frage. Martinelli begriff. Dieser Berufsspion, dem man auf Anfrage Martinelli »geschenkt« hatte wie man einen jungen Hund verschenkt, anstatt ihn zu ertränken, zeigte einen Anflug von Güte: »Sie werden sehen, an was für aufregenden Angelegenheiten man Sie beteiligen wird. Sie werden sich in ganz Europa Freunde machen. Wir bilden, alles in allem, eine kleine Gemeinschaft...«

Er machte ein schmatzendes Geräusch mit dem Mund beim Gedanken an die Freuden der Zukunft, die der junge Mann kosten würde. Und da er auf dessen Miene noch leise Besorgnis wahrnahm, sagte er: »Haben Sie Vertrauen. Mein Sohn ist in Ihrem Alter ...«

Er begleitete ihn hinaus, legte ihm den Arm um die Schultern, verabschiedete sich, indem er ihm beide Hände drückte: »Gehen Sie auf kürzestem Wege zu dieser Adresse, zeigen Sie sich nirgendwo, in Ihrem eigenen Interesse ...«, und lächelte ihm noch zu, bevor der Junge sich entfernte ... Martinelli spürte, daß er es ehrlich meinte, und das war am schwersten zu ertragen.

Die Stimmung meines Meisters sank zusehends. Aber impulsiv wie er war, konnte er sich von einem Augenblick zum anderen wieder in einen maßlosen Argwohn steigern.

»Deswegen bin ich zu gewissen Geschäften gezwungen, über die ich lieber Stillschweigen bewahre, und das erwarte ich auch von dir, damit mir später, wenn ich meine Stellung gefestigt habe, kein Schaden daraus erwächst. Die Sicard hat auch ein wenig ihre Finger mit im Spiel. Aber schon jetzt gibt es gewisse Veränderungen. Wenn der Regent mit Homberg Chemie treibt, warum soll ein italienischer Adeliger sich dann nicht mit Anatomie befassen? Eines Tages wird es gestattet sein, das zeigt sich langsam. Mit den Schreiberlingen aus dem Café Gradot hat das nichts zu tun; ich kann ihnen ein paar Informationen liefern, weil ich quer durch Europa gereist bin – und dank meiner Erziehung ihr Gekritzel korrigieren –, und dafür sogar ein wenig Geld verlangen. Aber das braucht niemand zu wissen ...«

Er stand auf, stieß sich den Kopf an dem Schinken, der von der Decke hing – jenem geräucherten Schinken, der unsere »Reserve« bildete –, und holte ihn herunter, um sich eine Scheibe abzuschneiden. Damit gab er zu verstehen, daß seine vertraulichen Mitteilungen beendet waren.

»Sie sind also doch ein echter Chevalier und Chirurg?«

»Hast du das bezweifelt?«

»Die Adoption und die bei einem Schiffbruch verlorengegangenen Bestallungsurkunden kamen mir ein bißchen märchenhaft vor.«

»Ich habe in Spanien studiert und sie dort erhalten. Dein eigener Vater hat sich dafür verbürgt, sie gesehen zu haben, bei meinem ersten Aufenthalt in Frankreich.«

Aha! Die »achtbarste Seite«, die für Martinelli bürgte, war also mein Vater gewesen! Und meine »Adoption« der Preis für diesen Dienst!

»Du wirst mir den Handel doch nicht zum Vorwurf machen? Hättest es schlechter treffen können.«

So ganz unrecht hatte er nicht. Aber ich verübelte ihm, mich mit seiner Kindheitsgeschichte gerührt zu haben (»Kommt dir das bekannt vor?«), um mir letzten Endes doch nur Bruchstücke anzuvertrauen. Hatte ich unrecht, wenn ich sogar den Heißhunger, der ihn befiel und das Ende des Gesprächs kennzeichnete, affektiert fand?

»Sie essen und trinken, nur mein Wissensdurst bleibt ungestillt«, sagte ich so scherzhaft wie möglich. »Dieser Mann von der Polizei? Was verlangte er von Ihnen? Bezahlte er Sie? Wie konnten Sie im Ausland studieren, wenn Sie in Ihrem Land nicht die Mittel dazu hatten? Da gab es sicher auch irgendeine Gegenleistung?«

»Ich sagte dir bereits (er kaute seinen Schinken und wirkte geistesabwesend), daß ich für all diese Pamphletschreiber, die sich für unendlich bedeutsam halten und nicht einmal einen Satz bauen können, die Orthographie korrigierte.«

»Auf spanisch?«

Ich spottete, da ich den Eindruck hatte, er verwendete diese armseligen Ausflüchte nur, um mich loszuwerden.

»In der Tat!« sagte er zornig.

Ich wollte mich nicht einschüchtern lassen.

»Und heute korrigieren Sie den Satzbau der Sicard?«

Damit war ich wieder am Anfang unseres Gesprächs. Würde er sich nochmals hinreißen lassen?

»Warum nicht? Vielleicht ist sie ja meine Mätresse? Das geht dich überhaupt nichts an«, sagte er eisig.

»Oho! Ich habe wohl kein Recht zu scherzen?«

Er hatte sich wieder an den großen Tisch gesetzt und blätterte, weiterhin kauend, in einem Haufen Papiere.

»Du hast überhaupt kein Recht«, sagte er mit derselben kalten und schneidenden Stimme, in der Wut mitschwang, die sich vielleicht gar nicht gegen mich richtete. »Gar keines!«

Ich ging und knallte die Tür hinter mir zu.

Zugegeben, ich bin wütend, heule vor Zorn. Das ganze Ausmaß meiner Situation wird mir bewußt. Ich habe kein Recht, gehöre zu keinem Stand. In den Augen der Welt bin ich geringer als Jeannette, die nur eine Bedienstete ist – immerhin –, außerdem eine verheiratete Frau und eine Mutter und die einen Wochenlohn bezieht und sagen kann: »Mein Tagwerk ist beendet.« Auch ich war, wie der Chevalier gesagt hatte, »aus dem Familienkreis herausgetreten«. Vielleicht hat er mir all das anvertraut, um mir eine Lehre zu erteilen. Jede Belehrung ist nützlich, und ich nehme sie an, Monsieur Martinelli. Doch unwissentlich hat er mich noch etwas anderes gelehrt: wie wichtig es ist, etwas in der Hand zu haben. Mein Vater hatte, wie der Mann von der Polizei in Venedig, Martinelli in der Hand. Welchen Nutzen ersterer daraus zog, weiß ich noch nicht – werde es aber in Erfahrung bringen. Bei letzterem ist es klar: Ich stehe zu Diensten! Jetzt gilt es, die Situation umzukehren, Hälmchen zusammenzutragen und ein Nest zu bauen. Auch ich will etwas in der Hand haben! Viel liegt nicht in meiner Reichweite, aber bar aller Möglichkeiten ist niemand, der ein wenig um sich blickt. Hatte ich nicht spontan diese Demoiselle Sicard bemerkt, die in der Rue d'Enfer wohnt und Batisthäubchen trägt? Mätresse? Mag sein ... Freundin? Glaube ich nicht. Zuträgerin? So sieht sie nicht aus. Ein Anfang muß gemacht werden: Ich würde mich also ein wenig näher mit Antoinette Sicard befassen.

Ich glaube nur halbherzig an das »Große Wesen«, wie man heute sagt, und noch weniger an den Teufel, der beliebter ist. Aber ich glaube, daß es Wesen gibt, denen man besser nicht allzu nahe kommt, die Verwirrung, Unbehagen, Dunkelheit stiften. Ebenso war es mit Antoinette; und wenn ich sie auch aufs Geratewohl ausgewählt hatte, wie einen Faden, der mich irgendwo hinführen sollte, so war es keine gute Wahl.

Kurz nach diesem von meinem Herrn unvermittelt beendeten Gespräch, und da mehr als anderthalb Jahre seit meiner Ankunft in diesem Hause vergangen waren, machte ich ihn darauf aufmerksam, daß ich schnelle Fortschritte gemacht hatte. Mein gerade vollendeter Verdauungstrakt war so gelungen, daß er ins Kuriositätenkabinett Eingang gefunden hatte, und meine Gallenblase war sogar verkauft worden. Ich äußerte zwei Wünsche: Meine Werke zu signieren und einen Teil des Verkaufserlöses in die Hand zu bekommen. Dafür mußte ich mein Können unter Beweis stellen.

»Wenn wir uns Hände verschaffen könnten, hätte ich eine Idee: Gefaltete Hände, eine davon als Écorché, das wäre aufsehenerregend ...«

»Hältst du dich für eine Bildhauerin? Und die Wissenschaft? Bringen wir nichts durcheinander, ich finde das widerwärtig.«

»Und Desnoues' *Junges Mädchen*? Raquin soll eine wunderschöne Frau geformt haben, deren Genitaltrakt abnehmbar ist, so daß man einen drei Monate alten Embryo sehen kann. Alle Welt schaut sich das an ...«

»Woher weißt du das?«

»Von Châteauneuf, dem Rotschopf aus Desnoues' Atelier.«

»Und Catherinchen will es gleich nachmachen, ganz allein, wie eine Große? Nun, ich hindere dich nicht, es zu versuchen.«

»Aber ich brauche Sie! Ich kann doch nicht sezieren ...«

»Warten wir erst einmal, was uns geliefert wird. Es eilt ja nicht.«

Und ob es eilte! Alles ist eilig, wenn man fünfzehn ist und in einer Zeit lebt, in der die Moden sich wandeln, sich überstürzen und gleich wieder verschwinden. Ich ging nach wie vor selten aus dem Haus, doch Châteauneuf, den alle Rotschopf nannten, erzählte mir von dem Besucheransturm und den Bestellungen in ihrem Atelier. Er verdiente wenig, aber er verdiente an jedem von ihm vermittelten Wachsbildnis und ging mit seinem Gewinn schnurstracks in einen Cercle neben dem Procope. Er war ein vorsichtiger Spieler, behielt kaltes Blut, und wenn er gewann, legte er die Hälfte auf die hohe Kante. Er hatte mit angesehen, wie Vermögen, von denen wir nur träumen konnten, erworben worden und gleich wieder zerronnen waren.

Er war recht geckenhaft, überheblich, aber dennoch ein guter Ratgeber und nicht bösartig. Meine Idee mit den zwei Händen gefiel ihm nicht. Vielleicht tat er auch nur so.

»Das wirkt entweder bigott oder gottlos«, sagte er mit nachdenklicher Miene. »So oder so, große Wirkung erzielst du damit nicht.«

Ich gab ihm recht. Nach reiflicher Überlegung entschloß ich mich für einen Kopf, dem Beispiel des illustren Zumbo, des Erfinders der Wachsbildnerei, folgend. Es sollte der Kopf eines jungen Mädchens werden, auf dessen einer Gesichtshälfte ich so genau wie möglich die Augenmuskeln, die Tränenkanäle und Tränendrüsen modellieren und malen würde, während die andere eine echte Skulptur werden sollte, ein von Schönheit und Melancholie geprägtes Profil, so daß jene Dissonanz zum Ausdruck käme, auf die, wie Châteauneuf mir gesagt hatte, die Liebhaber anatomischer Nachbildungen versessen waren.

Mein Lehrherr zeigte für dieses Vorhaben nur sehr geringes Interesse. In aristokratischen Kreisen hatte er mehrmals seziert und auch schon einmal die Ehre gehabt, für eine Herzogin den Körper eines schönen Gehenkten zu öffnen, bei dem Leber und Pankreas umgekehrt lagen. Man hatte sich entzückt gezeigt. Als habe er dies verursacht, ließ man ihn immer wieder rufen, verlangte nach ihm. Häufig ging er abends aus, in seinem neuem Justaucorps und neuer Weste (ein paar Wochen sahen sie jedenfalls neu aus). Ging er spielen? Für das Café Gradot puderte er sich sicherlich nicht! Schlich er sich in die bis vor kurzem noch verschlossene Gesellschaft ein, wo, wie mir der Rotschopf sagte, der vermutlich die Worte seines Herrn wiedergab, inzwischen »jedermann« empfangen wurde? Ich stellte keine Fragen, und er gab mir keine Erklärungen. Ich hatte ja kein Recht... Ich überraschte ihn dennoch, als er im Regen mit dem Kutscher im Hof debattierte. Sie redeten über Geld, und, wie mir schien, über eine Papierwährung, die bald in Umlauf kommen würde. Was war das nun wieder? Wohin führte uns das alles? Daß man minderwertige Materialien wie zum Beispiel Blei in Gold zu verwandeln suchte, davon hatte ich gehört, das war Alchemie. Man nannte es »den Stein der Weisen suchen«. Es war ein schlimmes Verbrechen, vor allem für kleine Leute – dabei suchte doch auch, zumindest wurde es behauptet, der Regent »den Stein der Weisen«. Aber Gold in Papier zu verwandeln! Wer hat denn davon je gehört? Und darüber redet man mit seinem Kutscher, bei strömendem Regen? Mich umgaben die verschiedensten Rätsel, und kein einziges vermochte ich zu entschlüsseln. Dabei hätte ich alles darum gegeben.

Endlich bekam ich »meinen« Kopf. Monsieur Sanson ließ ihn uns bringen. Er stammte nicht von einem seiner Kandidaten, sondern aus dem Hôpital-Général, zu dem er vertraulichen Zugang hatte. Es war ein sehr ordentliches Paket, das Guillaume, sein erster Gehilfe, ein dümmlicher Bursche, linkisch vor sich her trug. Sanson wies ihn an, den Kopf im Saal, in dem der Chevalier arbeitete, abzustellen.

»Warten Sie mit dem Abdruck«, sagte er wohlwollend zu mir. »Lassen Sie ihn beim Sezieren allein. Zumal er Sie dafür nicht braucht.«

»Aber ich habe doch schon so oft beim Sezieren zugeschaut, Monsieur Sanson«, wandte ich etwas prahlerisch ein, denn beim Sezieren eines Kopfes war ich noch nie dabeigewesen. (Im allgemeinen rief mein Meister mich erst herein, wenn die gröbste Arbeit getan und das Organ wie eine geschälte Frucht, sorgsam eingefettet, für den flüssigen Gips bereitet war. Die Schnelligkeit des Verfahrens und meine einzig und allein auf das isolierte

Organ gerichtete Aufmerksamkeit lenkten meine Empfindungen ab und ließen keine makabren Gedanken aufkommen.) »Ich fürchte mich nicht, wissen Sie.«

»Schade...«, sagte er und blickte mich aus seinen schönen, ernsten und traurigen Augen an.

Der Satz ärgerte mich.

»Und wenn ich Angst oder Entsetzen oder Abscheu empfände, würde mir das vielleicht nützen?«

»Dann würden Sie zumindest erkennen, was man Ihnen angetan hat.«

Er zumindest sah es so.

»Sie sind wirklich der einzige, der so denkt.«

»Nein, nein«, versicherte er. »Der Chevalier gewiß auch... Aber er zeigt es nicht. Ich bin sicher, daß er etwas für Sie tun wird.«

Langsam, als fürchtete er, sich zu verbrennen, legte er seine Hand auf die meine. Wir standen im Garten, hinter den Stallungen. Ich lehnte mich an einen Steintrog. Ich trug meinen Kittel, hatte aber die Haare offen. Seit kurzem machte ich mir einen kleinen Knoten im Nacken, wie es dem Zeitgeschmack entsprach, wie Antoinette Sicard sich frisierte.

»Er bittet mich herein, Catherine... Verstehen Sie, was ich meine? Er empfängt mich, drückt mir die Hand, setzt mir seinen spanischen Wein vor, erzählt mir Neuigkeiten...«

»Ist Ihnen das so wichtig, Charles?«

Plötzlich lächelte er wie ein Kind, wie ein geprügeltes Kind freilich. Das Lächeln machte ihn nicht schöner, es war ein verlegenes, fast ängstliches Lächeln, das seiner Miene einen duckmäuserischen Anschein gab. Dann lächelte er nicht mehr. Seine warme Hand tastete sich an meinem Arm empor.

»Sie nennen mich bei meinem Taufnamen, ich versetze Sie also nicht in Schrecken... Dies ist das erste Haus, in dem man mich so aufnimmt. Abgesehen von meinen Berufsgenossen, versteht sich.«

Er ließ sich auf dem Steintrog nieder, und ich setzte mich ebenfalls. Allein sein letzter Satz hatte meine Begeisterung gedämpft. Man besuchte sich also gegenseitig, unter Henkern? Daran hatte ich noch nie gedacht, obwohl ich wußte, daß es für einen Henker, einen »Scharfrichter«, wie Sanson sagte, schwierig war, etwas anderes als die Tochter eines Henkers zu heiraten, oder für den Sohn beziehungsweise die Tochter, eine andere Bindung einzugehen. Das machte aus allen Henkern eine große Familie. Was Wunder, daß sie sich von Zeit zu Zeit zusammensetzten? Aber diese unendliche Vervielfältigung dessen, was mir als ein Einzelfall erschienen war, als etwas Einmaliges, ließ mich zu Eis erstarren. Und diese Hand, die inzwischen auf meiner Schulter lag, wärmte mich nicht mehr.

»... das rührt mich ganz außerordentlich«, fuhr er mit seiner sanften Stimme fort. »Sie werden auch bemerkt haben, daß ich Sie bevorzugt behandle ...«

Er bezog sich auf seine Warenlieferungen. Langsam wurde mir wirklich unbehaglich zumute.

»... und Sie waren mir immer schon sympathisch, Catherine. So jung, fast noch ein Kind, über all diesen Toten leben zu müssen ...«

»Sie reden wie unsere Bedienstete«, sagte ich eisig, weil ich mich nicht mehr zügeln konnte. »Für mich sind das keine Toten, sondern Organe.«

Noch entsprach das der Wahrheit. Aber nicht mehr lange. Falls Monsieur Sanson jemanden suchte, den er bemitleiden konnte, dann sollte er anderswo suchen. Mein Meister erlöste mich aus meiner Verlegenheit, indem er ärgerlich rief: »Bis bald, Monsieur Sanson ...«

»Charles«, murmelte ich und rannte schleunigst davon.

Wäre ich sitzengeblieben, hätte ich ihn unweigerlich verletzt, und das wollte ich nicht. Oder wollte ich es doch? Die Klärung dieser Frage verschob ich auf später. Jetzt ging es darum, den Kopf zu gießen.

In freudiger Erwartung dieses Tages hatte ich hin und wieder mit Kohle Gesichter nach meiner Vorstellung gezeichnet, die einem solchen Gegenstand einen Hauch von Schönheit, von Trauer zu verleihen vermochten, um den wissenschaftlichen, für manche auch abstoßenden Aspekt des anatomischen Modells auszugleichen, indem ich es adelte. Und ein paar Tage zuvor, da Jeannette wieder nicht gekommen war und ich im Morgengrauen (die Furcht vor der Salpêtrière saß mir ja immer im Nacken) eine versprochene Hasenpastete abholen wollte, war ich wieder der Sicard begegnet, die, diesmal in ein dunkles Umschlagtuch gehüllt, ihres Weges ging, beschwingten und langsamen Schrittes, wie schon einmal, ruhig und verstört zugleich. Als ich sie so sah, fragte ich mich, ob sie wohl gerade mit dem Chevalier zusammengewesen sei. Ob er zu ihr ging, wenn er die gepuderte Perücke aufsetzte? Aber hätte er diese Viertelmeile, für die eine Sänfte genügt hätte, in der Kutsche zurückgelegt? Ehrlich gestanden, ich zweifelte ein wenig an dieser vermeintlichen Liaison, obgleich deren Existenz zweckmäßigerweise eine Antwort auf meine Fragen gewesen wäre. Wenn er aber zufällig doch die Wahrheit gesagt hätte, was faszinierte ihn an diesem verrückten großen Pferd mit der schwarzen Mähne und diesen Augen, die dreinblickten, als hätten sie den Teufel gesehen? Als Mätresse des Chevalier stellte man sich eher ein nettes fröhliches Mädchen vor, das ihn von seinen Büchern und seinem Skalpell ablenkt; wenn er heimkam, hatte er ja stets einen deftigen Appetit, trank ungehemmt und war zu Späßen aufgelegt. Dann nahm er durchaus einen von Jeannettes Knirpsen auf den Schoß, die diese heimlich mitbrachte, ließ ihn auf seinen Knien reiten oder drückte ihm ein Biskuit in die Hand. Auch eine hochstehende kluge Frau hätte ich mir vorstellen können, die seine Arbeiten finanziert und mit ihm durch sein großes Teleskop die Sterne betrachtet hätte. Aber diese hier, die einen nie wiedererkannte, obwohl sie dauernd um sich blickte, allerdings mit traumverlorenen und ängstlichen Augen, die die Gewißheit zu bergen schienen, daß niemand diesen Blick erwiderte; diese hier, die sich wie zu einem Souper kleidete und dann im Morgengrauen durch die Vorstadt geisterte! Was mochte ihm an ihr gefallen, fragte ich mich, als ich ihr begegnete. Sie rannte ja fast in diesen feinen Schühchen, die kaum zum Gehen und schon gar nicht zum Rennen geschaffen waren. Und wie ich da in der Nähe des Ladens stand, der noch nicht geöffnet hatte, sah ich sie wie eine Wolke an mir vorüberziehen; plötzlich blieb sie stehen, blickte wieder um sich, wirkte verdutzt, als vermöchte sie weder ihr Wohnhaus, noch die Straße, ja nicht einmal die Welt, in der sie sich wie durch Zufall befand, wiederzuerkennen, und gewahrte am Ende der Straße jemanden oder etwas, das ich aus meinem Versteck nicht erkennen konnte, worauf sich ihr Gesicht belebte, von innen her zu leuchten begann, und ich ein ernstes, beseeltes, lächelndes und schmerzvolles Antlitz entdeckte, auf dem noch eine Spur Blässe und Gedankenverlorenheit lag, und ich sagte mir: »Diese Frau ist wahrhaftig wunderschön!«

Ich beobachtete sie nicht weiter. Meine Neugierde war angesichts dieser Offenbarung von Schönheit erloschen. Ein einziger Gedanke ging mir im Kopf herum, als ich heimwärts ging, die Pastete ganz schief in den Händen, was ihr nicht gut bekam: »Sie ist es! Dies ist das Gesicht, das ich brauche!«

Und an jenem Tag beschloß ich, meiner Büste (inzwischen hatte ich mich für eine Büste entschieden) einen Titel zu geben. Ein wahrheitsgetreues, dieser Frau würdiges Abbild sollte es werden, und ich fühlte mich imstande, dieses Vorhaben auszuführen. *Die Tränen* sollte es heißen.

Zweites Kapitel

Worin der Henker über seinen Berufsbeginn nachdenkt, Antoinette sich vor ihrem Schatten fürchtet und Catherine sich bewußt wird, daß ein Leichnam ein toter Mensch ist.

Eigentlich hätte er im Haus am Pranger wohnen sollen. Das war der ihm zugewiesene Platz, an dem zu leben er verpflichtet war, (nun, mehr oder weniger verpflichtet, wie dazu, einige ungeschriebene Gesetze seines Berufsstandes einzuhalten); und wie so mancher Brauch war auch dieser (daß der Scharfrichter im Haus am Pranger zu wohnen habe, von dem wir ausgezeichnete Reproduktionen und Stiche besitzen) eine zweischneidige Angelegenheit. Der Pranger brandmarkte jene, die dazu verurteilt wurden: pflichtvergessene Amtsdiener, Gotteslästerer, Dirnen, doch er brandmarkte auch den, der diese Strafe vollzog oder vollziehen ließ.

War das der Grund, daß Charles Sanson, der erste dieses Namens, obwohl man ihm das Haus am Pranger gnädig und mietfrei zugestand, sofort nach seiner Ernennung zum Henker von Paris sich außerhalb der Stadt ein Haus kaufte und bezog, in unmittelbarer Nähe der Kirche Saint-Laurent, und Charles der zweite, sein Sohn, unweit von diesem in der Rue Poissonnière ein weiteres für sich erwarb, nachdem er Anne-Marthe, die Schwester seiner Stiefmutter, geheiratet hatte, als sei es ihm unmöglich gewesen, gehalten vom Ort wie von Blutsbanden, sich anderswo als in unmittelbarer Nachbarschaft seiner Vorfahren niederzulassen.

Nachbarschaft ohne Nachbarn. Verpflichtungen, die keine sind. Das Amt des Henkers ist nicht erblich. Erblich sind der mißbilligende Respekt und der geheiligte Abscheu. Den Menschen ist in Fleisch und Blut übergegangen, daß derjenige, der berechtigt ist zu töten, der den Auftrag hat, anstelle anderer, nicht genau bestimmbarer Personen (Richter? Gerichtsdiener?) zu töten, der ohne Zorn, ohne Magendrücken einen ihm gänzlich Unbekannten, den man ihm vorführt und von dem er so gut wie nichts weiß, vom Leben zum Tode befördert, mitsamt seiner Familie aus der menschlichen Gemeinschaft ausgeschlossen ist. In früheren Zeiten mußte er außerhalb der Städte und Dörfer hausen. Reich konnte er werden, dank der Torsteuer: Von jeder sichtbaren Ware stand ihm ein Pflichtteil zu. Die Charta des ersten Sanson sagt es: »... *Nießbrauch von Haus und Wohnung am Schandpfahl bei den Markthallen sowie der umliegenden und dazugehörigen Gebäude, ohne daß er, aus welchem Grunde auch immer, dort gestört oder behelligt werden darf... mit dem Anrecht auf Tribut von jedem Eierhändler... von jeder Fuhre ein halbes Viertel, und aus jedem Korb Äpfel, Birnen, Trauben... zwei Handvoll... von jenen, die über Wasser oder Land Erbsen, Rüben, Hanf, Senfsamen, Hafer, Hirse... Butter, Käse, Geflügel und Süßwasserfische herbeibringen... von jeder Kiste Orangen oder Zitronen, die fliegende Händler über Wasser oder Land anliefern, zwei Handvoll... Der genannte Sanson genießt... ferner Dispens von jeglicher Pflichtabgabe für die Schildwache, Nachtwächter, Brücken, Passagen und Anlieferung von Wein und anderen Getränken... und ist aufgrund seines Amtes wie auch die ihm unterstellten Gehilfen berechtigt, Waffen, die zur Verteidigung oder zum Angriff dienen, zu tragen.*«

Somit kann der Henker sich auch als jemand verstehen, der »einzieht«, der weder Steuer, noch Miete, noch Brückenzoll zahlt. Dadurch kommt er – das versteht sich von selbst – in den »Genuß« von kostenlosen Stricken, die er zum Fesseln oder Hängen benötigt und die die Seiler der Zunft von Paris ihm liefern müssen. Diesem Mann steht auch eine Bank in der Kirche zu, allerdings abseits der anderen – wie einem Verurteilten, wie einem König. Und wie ein König wird er sich vor Gott, doch nur vor Gott allein, erinnern, daß er in diesem Augenblick allen anderen Menschen gleich ist, denn der einzige Moment, in dem der Henker nicht dem Zwang unterliegt (wie bei allen anderen

Anlässen, woran ein Edikt aus dem Jahre 1709 ausdrücklich gemahnt), auf seiner Kleidung die verräterische Leiter (die Leiter des Schandpfahls) zu tragen, ist der Augenblick der Kommunion. Aus Angst, der Henker – Vollstrecker, an dem vollstreckt wird – könne versuchen, seinen Stand unkenntlich zu machen, seiner »Schande« – das Wort ist unvermeidlich – zu entgehen, legt dieses Edikt zusätzlich fest, daß ihm nicht gestattet ist, die ihn »brandmarkende« Leiter auf ein rotes Wams mit derselben Farbe zu sticken. Der einzige Moment, in dem er davon befreit ist, in dem ihm kurzfristig »Absolution« erteilt wird, ist der Augenblick der Kommunion.

Offenbar ist man gezwungen, auf Schuldbegriffe zurückzugreifen, wenn man sich bemüht, die Lebensbedingungen dessen, der die Schuldigen zu richten hat, objektiv zu beschreiben. Der Henker ahndet nicht nur, er trägt auch Schuld.

So erklärt sich, daß Charles der zweite, Henkerssohn, Königssohn und auch noch Henkersenkel mütterlicherseits, verpflichtet und zugleich nicht, seinerseits Henker zu werden, sich in sein Los schickt, da ihm ohnehin nur die Wahl bleibt, selbst Opfer des Galgens zu werden oder über den Galgen zu herrschen – Montfaucon war lange Zeit die heilige Stätte dieses »Herrschergeschlechts«. Es genügt, die Geschichte der Söhne, Enkel, ja gar der Vettern von Henkern zu betrachten, um zu entdecken, daß eine Aura sie umgibt, daß früher oder später eine Offenbarung stattfindet, so wie diejenigen, die an das Königtum glauben, überzeugt sind, daß ein König sich offenbart, oder diejenigen, die an die Familie glauben, daß sich plötzlich »die Stimme des Blutes« erhebt. So kann der Sohn des Henkers, bloßgestellt und ausgeschlossen (nicht aber exkommuniziert), sich ebensowenig wie ein Prinz unter die gemeine Schülerschaft mischen. Er hat Hauslehrer, einen Garten, in dem er allein spazierengeht, und eines Tages dann eine Verlobte, die mit ein bißchen Glück wiederum die Nichte des Henkers einer anderen Stadt ist. Verbindungen außer dieser Regel waren selten. Charles II. ist dafür ein Beispiel, da seine Gattin Marthe weder Tochter noch Nichte, noch Base eines Henkers ist; aber als Schwester einer mit einem Henker verheirateten Frau – die ohne zu zögern einen Henker geehelicht hat (schließlich gab es das Anrecht auf Senfsamen, Hirse, Pflaumen, Eier, Karpfen, das vielleicht auch eine Rolle gespielt hat, denn Renée und Marthe gehören zum gefräßigen Menschenschlag) –, ist auch Marthe gebrandmarkt. Folglich wird sie den größtmöglichen Nutzen daraus ziehen. Einen doppelten Nutzen, weil ihr Mann sich nicht nur als Henker, sondern auch als Heiler betätigt, die vom Gründer der Dynastie, Charles I., zusammengetragene kleine medizinische Bibliothek nutzt, die vieles über Chirurgie, aber auch Rezepte zur Heilung verschiedener Krankheiten mit Hilfe von Kräutern enthält. Er behandelt, kuriert mit Salben, renkt ausgerenkte Glieder wieder ein. Er gleicht aus. Und wie es noch brave Leute gibt, die glauben, der König heile durch Handauflegen ihre Skrofeln, so finden sich auch immer noch welche, die meinen, daß derjenige, der die Todesstrafe vollzieht, auch Leben zu erhalten vermag. Zahllose Prozesse sind dokumentiert, in denen Ärzte oder Chirurgen die unlautere Konkurrenz des einen oder anderen wohltätigen Henkers anfechten.

Charles setzt diese Tradition fort. Nach dem schwierigen Anfang mit jener auf den Namen Angélique getauften Madame Tiquet, als er vier- oder fünfmal ansetzen mußte, um sie unter dem Gebrüll der Menge zu enthaupten – er hatte keine Erfahrung, war noch Gehilfe des Henkers von Pontoise, Lehrling sozusagen, durch einen Schwächeanfall seines Vaters vor diese Aufgabe gestellt, und sollte gleich anständige Arbeit leisten bei einer Enthauptung mit dem Schwert! Ich sagte sehr richtig, »mit dem Schwert«! Und das bei Regen! Da rutscht es natürlich ab! Man wird ihm doch nicht ein Leben lang diese unglückselige Madame Tiquet vorwerfen wollen! –, da hatte er, um Anfängern gleiches Mißgeschick zu ersparen, den Plan gefaßt, ein *Handbuch des Scharfrichters* zu verfassen und die üblichen Handgriffe und die zu vermeidenden Fehler darzulegen. Allein die Idee eines kleinen, von Hand zu Hand gereichten Buches, das den Namen Sanson, Henker, für die Ewigkeit festhalten und dessen Verfasser vielleicht morbide Selbstgefälligkeit, womöglich Vergnügen an diesem Sujet zugeschrieben werden würde ... Nein! Man lernt leider immer wieder dazu. Wenn die Leute von den »Vorteilen« erführen, die die Charta der Henker vorsah, und diese Eier, diese Berge von Senfsamen und Hirse, die Pflaumen und Kaldaunenwürste, in deren »Genuß« der Unterzeichnete kommt, sie in Versuchung führten, ... dann guten Appetit! Wenn sie erst zwei oder drei Verurteilte aufs Rad gespannt hätten (diese Mode war aus Deutschland gekommen und dem Ruf des Scharfrichters noch höchst abträglich! Probieren Sie es! Nehmen Sie die Eisenbarre und verfehlen Sie ein paarmal die Gelenke, dann werden Sie schon sehen, ob Sie noch Appetit auf Karpfen haben, selbst wenn sie gefüllt sind, um diesen Preis!), dann würde man schon sehen, ob sie sich noch berufen fühlen!

Er, Charles Sanson, Sohn von Charles, der den vom Vater erfundenen Balsam gegen Rheumatismus verbessert hat, der so oft es ging, die Möglichkeit nutzte, dem Kandidaten die Qualen des Räderns zu ersparen, indem er ihm das Retentum angedeihen ließ (was seine Frau Marthe ihm allerdings vorwarf: »Ich habe natürlich auch Mitleid, aber versetz dich doch einmal in die Lage der Leute, die meilenweit in Rumpelkarren anreisen, um dann einen Leichnam bersten zu sehen!«), er versetzt sich eher an die Stelle des Schuldigen als an die der Menge, die ihre Freude über einen gevierteilten Vatermörder hinausbrüllt und dann den Henker meidet wie einen Aussätzigen.

Das hat natürlich auch eine gute Seite, eine einzige: die Beispielhaftigkeit, über die er die Herren der Fakultät oder des Jardin du Roi manchmal hat diskutieren hören. Sicher sind sie sich nicht; man höre nur: »Hat die Syphilis je einen Menschen abgehalten zu ...?« hatte einer dieser Gelehrten gefragt, der, so gelehrt er sein mag, ein ungehobelter Klotz ist. Und das in Anwesenheit von Damen! Ihre Quintessenz würde Charles nur zu gern hören. Kurzum, das Beispiel, die Beispielhaftigkeit ist seine persönliche Rechtfertigung.

Man müßte ihn doch verstehen. Man müßte ... Sogar Richter – Richter! – nehmen Abstand vom Henker, der doch nur ihre Gesetze anwendet! Und sogar diese »Damen von Welt« (mit anderen Worten ausgekochte Dirnen, da die Bezeichnung »von Welt« – auch das lernt er – nichts anderes bedeutet als »aller Welt gehörend«. Wirklich? Aller Welt?) rümpfen die Nase vor einem siebzehnjährigen Jungen, der, weil er in Pontoise »debütiert« hat, in Paris unerkannt durchzukommen hofft.

Charles Sanson erinnert sich.

Mit siebzehn Jahren ist er ausgewachsen, hat kastanienbraunes Haar, schwarze Augen, ein ehrliches, etwas eckiges Gesicht, Hände, die vielleicht ein wenig zu groß sind, aber die Ackerbauern, Schmiede, Handwerker ... Woran erkennen die Mädchen ihn also, wieso flüstern sie miteinander, nehmen unmerklich Abstand von ihm, so daß er plötzlich mutterseelenallein mitten in der Gasse steht – dabei hatte er eigens eine Gasse gewählt, die die billigsten, bejammernswertesten Straßenmädchen aufsuchten –, sie wenden sich ab, scheinen Angst zu haben, als drohe ihnen eine Gefahr, während doch er, als er in die Rue du Coq einbog, viel eher eine gewisse Furcht hätte empfinden müssen. Denn Mädchen wie jene werden bestimmt niemals kontrolliert. Zu dieser Zeit besaß er noch ein gesundes Selbstvertrauen. Das Recht war auf seiner Seite. Er war erst einige Male zugegen gewesen, wie jemand gehenkt wurde, unwichtige Vorfälle, Brandstifter, Viehdiebe ... mit solchen Menschen identifiziert man sich schließlich nicht. »Solche« sagt er noch mit recht kindlicher Überheblichkeit, die ihn vor scheelen Blicken der Jungen, die seinetwegen die Straßenseite wechseln, und denen der Dirnen schützt, die – wie man ihm beibringt – keines Blickes zu würdigen sind. Aber sagt man das nicht allen Jungen seines Alters? Er hat lesen und schreiben gelernt und sich aus den Büchern des Vaters Grundkenntnisse in

Medizin, Chirurgie, Anatomie erworben. Er hat gelernt, daß er das Gesetz verkörpert, Teil des Gesetzes ist, einem achtbaren, notwendigen Mechanismus, in dem er als Rädchen fungiert, nicht mehr oder weniger als die anderen: Richter, Gerichtsschreiber, Gerichtsvollzieher, Aufseher ebenso wie Gefängnis- oder Krankenhausdirektoren. In diesem Universum hat er seinen Platz; daß aber um diesen Platz ein Kreis gezogen ist wie ein Kreidekreis zur Dämonenbeschwörung, das weiß er noch nicht, da er niemals versucht hat, aus diesem Kreis herauszutreten.

Daher packt ihn der Zorn an diesem Tag, an dem er siebzehn wird. Diese Mädchen sind doch käuflich, wieso dann nicht für ihn? Er greift nach einem dünnen Arm in seiner Reichweite und schaut erst später genauer hin. Er hat es eilig. Hat auch etwas Angst. Er hatte erst so selten Gelegenheit, alleine auszugehen, die Stadt zu sehen. Schließlich betrachtet er sie, seine Beute.

»Wie wirst du genannt?«

»Madelon ...«, erwidert sie mit schwacher Stimme.

Sie ist blaß, hat helles Haar, das mit diesem fahlen Blond fast grau wirkt, sie ist mager, müht sich kläglich, ihn anzulächeln und enthüllt dabei recht hübsche Zähne in weißem Zahnfleisch. Die anderen Mädchen kommen jetzt näher und sprechen ihr Mut zu.

»So schlimm ist's nun auch wieder nicht! Er wird dir schon nicht weh tun! Hast doch den ganzen Tag noch nichts gehabt ...«

Ist er denn so abstoßend, daß dieses kümmerliche Ding sich in ihr Schicksal förmlich ergeben muß, mit einem hübschen und kräftigen Burschen zu gehen?

»Dein Preis?«

Sie antwortet nicht. Er will schon aufbrechen, da halten ihn zwei Überlegungen zurück: Wird er sich eines Tages befreien können? Er ist Prinz und Gefangener zugleich, selten läßt man ihn aus den Augen. Immer ist da ein Vetter oder ein anderer Gehilfe, jemand, der ihn begleitet, und seit sie in der Nähe der Kirche Saint-Laurent wohnen – ein Gunstbeweis, was er aber noch nicht weiß –, überträgt man ihm immer allerlei Aufgaben, falls er nicht in Pontoise zu tun hat. Da kommt ihm der Gedanke, Madelons Schüchternheit rühre vielleicht daher, daß auch sie zum erstenmal ihrem Gewerbe nachgeht.

»Also?« sagt er gröber als beabsichtigt.

»Soviel Sie wollen...«, sagt sie mit kaum hörbarem Stimmchen, was ihn in seiner beruhigenden Überzeugung, daß sie nicht viel mehr Erfahrung haben dürfte als er, bestärkt.

Und unter dem Applaus all der Mädchen, die jetzt schallend lachen, führt sie ihn in einen Raum im Zwischenstockwerk, dunkel, aber sauber, aus dem zwei andere Personen, weder hübsch noch jung, herausstürzen, von denen er nicht geglaubt hätte, daß sie auf diese Weise ihr Geld verdienten.

»Nein, das tun sie ja auch gar nicht!« sagt die bleiche Madelon, die sich jetzt etwas sicherer fühlt. »Meine Tante ist Bäckerin, und meine Mutter Dienstmagd im Image Sainte-Catherine. Sie ruhen sich hier nur aus, wenn ich nicht arbeite. Meine Mutter arbeitet bis spätabends und meine Tante frühmorgens... und ich arbeite jederzeit, wenn ich nur könnte... Wir haben so wenig.«

Sie zog sich aus und plapperte dazu, mit einem hellen und piepsigen Stimmchen, armes gerupftes Vögelchen, unterernährt, mit so zerbrechlich wirkenden Knochen. Er war etwas enttäuscht, denn sie trug (wohl eher als Schutz gegen die Kälte als aus Koketterie) mehrere Schichten Unterröcke, die ihn auf üppigere Rundungen hatten schließen lassen. »Wie leicht die ist!« dachte er entmutigt. »So leicht, daß man sie nicht einmal henken könnte!« Er stutzte bei diesem Gedanken. Denn obwohl sein Körper ihn schon seit ein oder zwei Jahren marterte und ihm in seinen Träumen molligere Schönheiten erschienen, hatte er doch noch niemals einen Bezug hergestellt zwischen seinem Beruf, den er ungerührt ausübte, und dem immer heftiger werdenden Begehren seines Körpers.

Die Kleine war zu einem breiten Bett gegangen, das vermutlich der gesamten Verwandtschaft diente, und warf einen recht hübschen bunten Baumwollstoff darüber. Sie wandte ihm dabei den Rücken zu; er hätte ihre hervorstehenden Wirbel zählen können, und über ihre Schulterblätter spannte sich eine dünne, fast durchsichtige Haut, die ihm nicht mißfiel. Erleichtert spürte er seine Begierde wieder erwachen, und gleichzeitig kehrte seine angeborene Güte zurück.

»Ich gebe dir einen Ecu«, sagte er und war mit sich zufrieden.

Sie drehte sich um, und ihr Gesicht war ganz rosig vor Freude.

»Wirklich?«

»Bestimmt. Wie alt bist du?«

»Siebzehn.«

»Genau wie ich.«

»Ja, aber Ihnen«, sagte sie ohne Bitterkeit, »sieht man an, daß Sie genug zu essen haben. Ich weiß, daß ich mager bin, deswegen bezahlt man mich schlechter, aber wie soll ich dann zunehmen?«

Sie wirkte traurig und komisch zugleich, als sie dies sagte. Er begann zu lachen, nahm sie mit fast kameradschaftlicher Zuneigung in die Arme, als balge er sich mit einer seiner Cousinen im sommerlichen Heu. Alles weitere ließ sich gut an, als er plötzlich spürte, wie sie sich verkrampfte und jammernd sagte:

»Tun Sie mir nicht weh ...«

Richtig, sie war ja so zerbrechlich ... Er lockerte seine Umarmung und fand etwas hastig zum Ende.

Sie lösten sich voneinander mit einem tiefen Seufzer der Erleichterung, bei dem der eine lachte und der andere errötete. »Endlich!« sagte er sich, wobei es ihn kaum bekümmerte, daß alles etwas stümperhaft vor sich gegangen war. »Hauptsache, der Anfang ist gemacht!« In Gedanken hatte er Madelon schon verlassen, als ihm klar wurde, daß sie sich entschuldigte.

»Ich hoffe, Sie nicht beleidigt zu haben ...«, stammelte sie.

»Aber nein, mach dir keine Sorgen, es war sehr gut so«, sagte er großmütig, als er die Bedeutung von »Tun Sie mir nicht weh« – »Er wird dir schon nicht weh tun« begriff...

Selbst bei der natürlichsten Geschichte der Welt sahen die Mädchen in ihm den Henker! Dafür entschuldigte sich Madelon, schamrot. Als er sie etwas zu heftig umarmte, hatte sie gedacht, oder hätte sie denken können, daß es ihm wohl Vergnügen mache, ihr weh zu tun. Daß er grausam sei. Weil er Henker war.

Ihm fehlten die Worte. Zum erstenmal wurde ihm bewußt, daß sein Amt ihn umgab wie eine zweite Haut. Daß er nicht Charles war, zwar kein Schnelldenker, aber intelligent, ein Träumer, geschickt mit den Händen (selbst dieses Lob, das man ihm schon sehr früh machte, als er Bildchen ausschnitt, und später, als er für seine Stiefmutter irgendwelche Haushaltsgeräte herstellte, ließ sich grauenvoll interpretieren), aber unausweichlich in jedem Moment der Henker. Daß er dies immerzu sein würde. Er war Henker, wie man König ist: im Bett, bei Tisch, auf dem Schafott oder dem Abort. Oder mit einem zerbrechlichen und zitternden Mädchen im Arm, das so alt war wie er und Angst vor ihm hatte.

»Nein, du hast mich nicht beleidigt«, sagte er nachdenklich. (Er gab ihr den versprochenen Ecu.) »Kauf dir vor allem etwas zu essen. Gib ihn nicht deiner Mutter! Wenn du zunimmst, komme ich auch wieder zu dir.«

Er brauchte zwei oder drei Besuche bei ihr, bis er bemerkte (obwohl er ihr mehr zahlte als jeder andere), daß es ihr peinlich war, wenn er kam.

»Ich habe Sie gern«, sagte sie niedergeschlagen. »Ich sehe ja, wie Sie wirklich sind... Aber die anderen sind eifersüchtig, sie schimpfen mich die Verlobte des..., und das ist meinem Geschäft abträglich. Und weil ich so auf der einen Seite verliere, was ich auf der anderen gewinne...«

Er verstand. Diese kleine, so dünne, so durchsichtige Madelon in ihrem düsteren Zimmerchen verursachte seinen ersten Liebeskummer. Ein kleiner Kummer; zu klein, um einen kräftigen, heißblütigen Jungen von achtzehn Jahren zu befriedigen. Er träumte. Gewiß, später, als er mehr Erfahrung hatte, als er sein Paris etwas besser kannte, da wußte auch er, wohin er sich wenden konnte, da erfuhr auch er, daß gegen blanke Münze die Mädchen nicht alle so zartfühlend sind wie Madelon. Doch die

Erinnerung blieb und stimmte ihn melancholisch. Sie blieb ihm gleich doppelt, denn Madelon hinterließ ihm noch ein weiteres Andenken, das brennender war und das seine Stiefmutter behandelte, wobei sie vor sich hin brummte, es sei Zeit, ihn zu verheiraten.

»Niemals!« rief er aus.

Eine Zeitlang nahm er sich kein anderes Mädchen. Ein paar Jahre später aber, wenn er hätte reden sollen – doch er redete wenig – über seine Erinnerungen an Frauen (diese Erinnerungen bleiben in der Vergangenheit eines Mannes immer ein wenig lebendig: ein Fliegenschwarm, ein störendes, manchmal auch melodiöses Summen, Symbol des Sommers, doppeldeutig wie Honig: Speise der Götter oder – für den unwürdigen Menschen – schlichter, an den Fingern klebender, schmieriger Tran, der die Blüten Hymettos' entehrt), wenn er sie also hätte heraufbeschwören sollen, eine dieser Frauen, die in ihm schwammen wie Hohlkörper in einer Art Fruchtwasser, eine eingebildete Schwangerschaft, Schwangerschaft eines Mannes, dem es nicht gelingt, sich seiner Erinnerungen zu entbinden, ihnen Leben einzuhauchen, sich davon zu befreien, dann hätte er nach Madelon natürlich Angélique genannt. Angélique Tiquet, hätte er gesagt. Und wenn er diesen Namen ausgesprochen hätte, hätte jeder Gesprächspartner einen Moment lang nachgedacht und dann lächelnd (mit dem gezwungenen Lächeln des Spötters, der sich im übrigen seines Spottes schämt) gesagt: »Stimmt! Sie waren es ja, der bei der armen Angélique Tiquet gleich mehrmals gescheitert ist, der sie verfehlt hat!«

Und selbst das Wort, das er benutzen würde, wäre zweideutig, würde es doch, ohne daß der Gesprächspartner es beabsichtigte (sein Lachen verriet ohnedies die Assoziation, die sich unbewußt einstellte zwischen dem Henker, der sein Opfer »verfehlt«, daran scheitert, und dem Liebhaber, der aus Ungeschicklichkeit oder Unvermögen die Geliebte enttäuscht), eine leicht anrüchige Art des Spottens verraten, deren loser Charakter ins Makabre reichte, die aber den Henker und den Mann, der er war und für den er seinerseits vergebens eine Existenzberechtigung im verborgenen einforderte, untrennbar zusammenschmiedete wie siamesische Zwillinge.

Angélique Tiquet war die Gattin eines Ratsmitglieds von Paris. Eines Gatten überdrüssig, der als gewalttätig und geizig galt, hatte sie den schlichten Plan gefaßt, ihn ermorden zu lassen. Doch sie besann sich wieder anders. Es ist betrüblich, festzustellen, daß diese Kehrtwende vermutlich zu ihrer Festnahme und späteren Verurteilung führte, da die von ihr gedungenen und dann wieder abbestellten Mordgesellen sie aus Enttäuschung denunzierten. War es diese Mutmaßung, die den Scharfrichter – Charles I., dem sein achtzehnjähriger Sohn zur Seite stand – verwirrte? In dem Moment, da er seines Amtes walten wollte, eine simple Enthauptung mit dem Schwert, befiel ihn ein Schwindel, und er bat seinen Sohn, an seiner Statt zu handeln. Einige unter den Schaulustigen stellten die Behauptung auf (die wackere Autoren übernahmen), die Verwirrung des Scharfrichters resultierte aus der frappierenden Ähnlichkeit Madame Tiquets, die ja noch jung und schön war, mit einer seiner nahen Verwandten namens Colombe, die er einstmals geliebt habe. Diese unzureichend begründete Erklärung beweist zumindest eines, daß Vater und Sohn angesichts der blonden und untröstlichen Angélique, der eine wie der andere, und zudem auf dem Schafott ganz deutlich verspürten, wie zwei Teile, die bis zu diesem Augenblick in ihnen auseinandergeklafft waren wie Körper und Geist, Schale und Nuß, sich zusammenfügten, und wie sich nicht nur zwischen ihnen und dem Körper – einem schlanken, zierlichen, ausdrucksvollen Körper, mit seinen Linien und Rundungen einem vollendet gezeichneten Buchstaben ähnlich –, welcher, wie es allgemein hieß, »ihnen von nun an gehörte« (»Er, Sie gehört nur mehr dem Gesetz, gehört dem Henker«, sagt man und drückt damit ein Besitzverhältnis aus), eine Bindung mysteriöser Art einstellte, sondern sich dies auch der Menschenmenge offenbarte. Die Menge wußte, daß sie einem obszönen, zweideutigen Schauspiel beiwohnte, ähnlich jenen von Kaiser Nero, in deren Fiktion plötzlich – als pikante Dissonanz – ein blutiger Hauch Wirklichkeit einbrach: wenn der fiktiv Gekreuzigte wirklich gekreuzigt wurde oder das geschändete Mädchen tatsächlich vergewaltigt, manchmal von einem Esel, der sie jämmerlich zurichtete. Hier machte ein exemplarisches und mythisches Schauspiel, das nur vorübergehend erheiterte – man konnte sich ja weder mit dem Opfer, einer Verbrecherin, noch mit der abstrakten Justiz, die sie gerichtet hatte, identifizieren –, auf einen Schlag einem schuldhaften, voyeuristischen Vergnügen Platz, einer ungeheuerlichen kollektiven Masturbation, die zum Orgasmus drängte.

Der Schwächeanfall des Vaters, die Übertragung der Amtshandlung auf den Sohn, der sich jetzt vor aller Augen zur Vergewaltigung bereitmachte, waren deutliche Zeichen. In diesem Augenblick begann es zu regnen. Die durchnäßten Kleider klebten an ihrem Leib, und die junge Frau zitterte vor Angst und vor Kälte; die Menge ergriff ein widernatürliches Verlangen. Plötzlich sah man, wie der abstrakte Körper der Schuldigen zur Frau wurde, wie sich im Märchen Frosch oder Fuchs in Prinz oder Sultanin verwandeln. Und im Henker, der darauf wartete, daß der Regen nachließ, weil er die Hinrichtung erschwerte, sah man plötzlich den Mann. Man sah, daß er groß war und angenehme Gesichtszüge hatte. Man glaubte zu sehen, wie sich die Haare auf seinen Armen sträubten, aus Furcht, er würde scheitern. Trotz des Unwetters deutete man das über sein Gesicht rinnende Wasser als animalische Ausdünstungen und schrie ihm, als wollte man einen Hund anstacheln, zu: »Na, los! Worauf wartest du noch?« Man vernahm aber auch: »Arme Frau!« Denn auch Mitleid bereitet Vergnügen. Dreimal mußte er neu ansetzen. Vom ersten Schlag an, der das Blut hervorsprudeln ließ, dürfte die Unglückliche allerdings betäubt und gefühllos gewesen sein. Doch um ihre mehrdeutige Lust zu verlängern, gaben die Zuschauer vor, sie hätten bis zum dritten Schlag, der den Kopf endlich abtrennte, den Körper zucken sehen. Und Liselotte von der Pfalz sprach aufgrund von Gerüchten, die ihr zugetragen wurden, gar von fünf oder sechs Schwerthieben, was übertrieben war.

Von diesem Tag an, und obwohl noch nicht offiziell mit dem Amt betraut, übte Charles II., achtzehn Jahre alt, die Funktionen des Henkers von Paris aus.

Der Winter 1716/17 war entsetzlich kalt. Ehrlich gesagt hieß es seit Jahren, fast seit meiner Kindheit, die Winter seien entsetzlich, unnormal, außergewöhnlich kalt. Ich pries den großen Ofen in der Wärmestube und den Herd in der Küche, die uns am Leben hielten. Jeannette brachte ihre Kinder heimlich mit, die sich in ihrer Nähe eng aneinanderdrängten. Ich hatte nicht den Mut, es ihr vorzuwerfen. Mich beherrschte immer noch der Gedanke an ein Meisterwerk. Ha! Zu einem Lehrmädchen hatte man mich machen wollen! Ich würde ihnen zeigen, welche Lehre ich daraus gezogen habe! Von diesem Plan besessen und aus Furcht, es könnte eines Tages ein schönes »Stück« angeliefert werden (ich benötigte einen zweiten Kopf, da die ersten Abgüsse nicht ganz gelungen waren), bevor ich überhaupt die Zustimmung meines Meisters besaß, fragte ich ihn eines Tages in jenem Winter, vielleicht nach Neujahr:

»Meister, ist die Sicard wirklich Ihre Mätresse?«

Er begann schallend zu lachen, und legte die Kreide hin, mit der er gerade einen Wirbelquerschnitt skizzierte.

»Was meinst denn du, Catherine Lesueur?«

»Ich glaube es eher nicht, Meister. Sie ist ja nicht mehr hergekommen.«

»Vielleicht kommt sie ja, ohne daß du sie bemerkst? Vielleicht gehe ich abends zu ihr, in meinem schönen Rock?«

»Wenn sie die Ihre wäre, würden Sie sich wohl kaum eigens in einen Adonis verwandeln, nehme ich an.«

»Ein schlauer Gedanke. Mein Ausgehgewand lege ich an, um mich in den Salons zu zeigen, um physikalische und chemische Experimente vorzuführen, um meinen Ruf zu festigen und manchmal auch – da meine hohe adelige Abkunft mir den Handel untersagt – Schönheitssalben, Balsam, harntreibende Mittel zu verteilen, die meine Reputation als Gelehrter und Kunstfreund aufrecht halten. Als Kunstfreund ist man heutzutage gut angesehen. Werden wir nicht auch von einem Kunstfreund regiert? Wird nicht...«

Ich unterbrach ihn, nicht ohne Hintergedanken: »Und morgens... wenn Sie so eilig im Fiaker davonfahren, in Ihrem braunen Rock? Ist es dann auch der Kunstfreund, der es eilig hat?«

»Oh, da lasse ich aus reiner Güte ein paar Damen zur Ader, die nur zu mir Vertrauen haben.«

»Aus reiner Güte klistieren Sie gar?«

»Ich bin weder Barbier noch Apotheker, Catherine! Und ob du es glaubst oder nicht, selbst das Klistier ist aus der Mode! Wir leben in einem Strudel der Veränderungen! Davon muß man profitieren!«

»Dies, mein Meister, ist Philosophie, keine Antwort auf meine Frage.«

»Eine Antwort auf die Frage nach der Sicard? Was kümmert es dich? Bist du etwa eifersüchtig?... Sollte die Schülerin insgeheim eine Schwäche für ihren Lehrer haben?«

Obwohl ich wußte, daß er mich necken wollte, errötete ich vor Zorn.

»Ich muß die Sicard etwas fragen«, erwiderte ich mit fester Stimme.

Ich zog ein Bündel Skizzen aus einer Schublade und schleuderte sie ihm hin, so daß ein Napf Indigo umkippte und er niesen mußte. Seine schlechten Manieren hatten bereits auf mich abgefärbt, wie man sah.

Er beginnt zu blättern, begeistert sich, ruft stürmisch aus: »In der Tat! Das ist Antoinette! Wie sie leibt und lebt! Die Nase, der Mund... ihre Ausstrahlung! Und wenn dir erst die Augen gelingen, oder vielmehr das Auge, da es sich ja um ein Profil handelt... Du hast Gold in den Fingern, meine Kleine. Wenn ich eines Tages Frankreich verlasse, muß ich... Nein, wie begabt sie ist, dieses kleine Lumpenmädel! Und du hast sie erst zwei- oder dreimal gesehen! Man könnte meinen, sie habe dir Modell gesessen...«

Und plötzlich hielt er einen Augenblick inne, wie so häufig

von einem neuen Gedanken in seinem Überschwung gebremst, und sprach fast lautlos weiter, gewissermaßen seinen eigenen Worten lauschend.

»Ich hab's! Sie soll Modell sitzen! Sie wird dir Modell sitzen, das wird alles klären...«

»Genau darum wollte ich Sie bitten«, sagte ich, ohne seinen letzten Worten Beachtung zu schenken, an die ich mich erst später wieder erinnerte, was meine Indiskretion entschuldigt...

»Hast schon recht! Spiel nur das Opferlamm!« entgegnete er, ausgesprochen gut gelaunt. »Wir kommen darauf zurück, wenn du erst deine Büste verpatzt hast.«

Aber ich war sicher, daß die Büste nicht mißraten würde, und, Mätresse hin oder her, ein paar Tage später (Martinelli hatte mich Kohle, Tonerde, Schemel und mein gesamtes Material in einen Salon des vorderen Gebäudeteils bringen lassen, denn die Stallungen waren einer Mademoiselle Sicard nicht würdig), um zwölf Uhr mittags saß Antoinette geduldig und schweigsam vor mir in einer Bergère, deren Fuß eilig repariert worden war.

Mehrere Tage lang waren mein Lehrer und ich mit dem Häuten und Abformen des Frauenkopfes beschäftigt, den wir uns endlich hatten besorgen können. Eine komplizierte Arbeit, die keinen Fehlgriff duldete. Für gewöhnlich sind mehrere Sektionsvorgänge und Abgüsse nötig, um ein befriedigendes Resultat zu erzielen, aber schon für den ersten, von den Krankenhäusern uns nur ungern überlassenen Kopf hatten wir einen Kredit aufnehmen müssen, und eine weitere derartige Chance mochte Wochen auf sich warten lassen. Daher war Eile geboten, eine leichte Hand, schnelles Gießen des Gipses, nicht zu viel, nicht zu wenig, damit er, bevor er härtete, auch in die winzigsten Zwischenräume eindringen konnte.

Bei dieser Arbeit wich ich nicht von Martinellis Seite. Ich betrachtete die Nasenhöhle des zur Hälfte gehäuteten Kopfes und fragte mich, ob sie wohl mit Antoinettes Profil harmonieren würde – da wurde mir plötzlich übel. Das erloschene Auge der unberührten Gesichtshälfte schien mir noch einen Blick zu haben. Bis dahin war mir noch niemals eingefallen, zwischen Auge und Blick zu unterscheiden.

»Jetzt werde ich die andere Hälfte häuten«, sagte Martinelli, gutgelaunt auf seine Arbeit konzentriert. »Es wird für dich leichter sein, mehrere Profile aus Ton anzufertigen, als einen neuen Kopf zu bekommen. Die Fakultät schnappt uns alles weg!«

Ich stützte mich nach hinten mit einem Arm ab, um nicht umzufallen. Der Kopf hatte einer Frau mittleren Alters gehört, vielleicht um die vierzig, gestorben an Schwindsucht, ziemlich ausgezehrt, von schönem Knochenbau, die Epidermis schon trocken. Eine Frau. Wie Antoinette. Wie ich. Und nun ein Gegenstand, wie der ausgestopfte Hund im Kuriositätenkabinett, den wir in Teile zerlegen und dann verbrennen mußten, bevor das verwesende Fleisch zu Gift, zu Aas werden würde. Und dieser Blick... Es heißt, auf der Hornhaut eines ermordeten Menschen präge sich das Bild seines Mörders ein. Selbst Polizeibeamte glaubten daran. Beugten sich nieder, erforschten die Augen, suchten diesen Blick. Aber was ist der Blick? Und wer weiß schon, ob anstelle des möglichen Mörders sich nicht ein letzter Gedanke unter diesem Oberlid, wo das Skalpell ansetzt, festgesetzt hat?

Schwindel befiel mich, sosehr ich auch dagegen ankämpfte. Ich verlor das Bewußtsein. Diese Ohnmacht dauerte vermutlich eine Weile, denn als ich wieder zu mir kam, ausgestreckt auf einer alten, völlig durchgesessenen Causeuse, die wie durch ein Wunder dort stand, hielt der Chevalier mir ein Riechfläschchen mit Ammoniaksalzen eigener Herstellung unter die Nase, und ich sah, daß die Arbeit fertig war, die letzten Gipsformen in den Regalen trockneten und die ersten schon mit Nußöl eingerieben waren, um das spätere Ablösen der Wachsform zu erleichtern. Mein Lehrer befächelte mich mit einem alten, steifen Lederfetzen, der abscheulich stank. In Verbindung mit den Ammoniaksalzen hätte dieser Gestank Tote geweckt.

»Diese chemische Formel sollte man mal genauer erforschen!« Aber er lachte nicht.

»Was war mit dir, Catherine? Hast du dich geschnitten? Was ist passiert? Ist es meine Schuld?...«

Mit einer Besorgnis, die mich rührte, untersuchte er prüfend meine Hände und Unterarme.

»Dieser Kopf wirkt eigentlich frisch!« murmelte er und warf dem auf der Marmorplatte stehenden »Gegenstand« einen Blick voller Groll zu.

Ich begann zu schluchzen; es war töricht, aber nicht zu unterdrücken.

»Das ist doch eine Frau! Eine Frau!« wiederholte ich mehrmals. »Mein Gott! Es ist eine Frau, mein Meister!«

»Mein armes Kleines...«, sagte er verständnislos. »Du bist überarbeitet. Du mußt Fieber haben. Jeannette! Jeannette!«

»Nein, nein. Lassen Sie nur... Ich werde mich schon wieder fassen. Ich bin zu dämlich. Ich hatte nie gedacht...«

»Was denn?«

»Daß es Tote sind, ich meine... daß sie einmal gelebt haben... wie wir.«

Er schwieg einen Moment, unfähig, mich zu trösten und vielleicht auch unfähig, mich zu verstehen.

»Ich hoffe nur, daß ich nichts zerstört habe, als ich umfiel?«

»Nein, nein«, erwiderte er mit naiver Eilfertigkeit. »Ich habe als erstes die Abgüsse fertig gemacht, wie du dir denken kannst.«

Da erregte mit einemmal ein Blutfleck auf der Causeuse, der sich immer weiter ausbreitete, seine Besorgnis:

»Du hast dich ja verletzt! Bist du über etwas gefallen?« Schlagartig versiegten meine Tränen, ich wurde rot, stammelte etwas, und wäre am liebsten vor Scham und Bestürzung im Boden versunken: Dieses Blut, das schon seit zwei oder drei Jahren hätte fließen müssen und nicht gekommen war und mich zu einem rückständigen, ja fast unnormalen Kind gemacht hatte, entschloß sich offenbar plötzlich, mich zur Frau zu machen, und das unter höchst peinlichen Umständen.

»Verzeihung... Erlauben Sie, daß ich mich zurückziehe... Ich will mich etwas ausruhen.«

Was war darauf zu antworten? Auch er begriff plötzlich.

»Ja, geh nur, geh...« (und die folgenden Worte kamen von Herzen:) »Mein armes kleines Catherinchen... du warst also wirklich noch ein Kind?«

Wenige Tage später machte ich mich an die endgültige Fassung, in Smyrna-Wachs. Genauer gesagt, an ein anatomisches Profil mit dem Nasenbein als Grenze, das ich dann mit dem zweiten Profil, dem von Antoinette, zusammenschweißen würde, indem ich das Wachs aus der modellierten Tonform mit dem anderen verschmelzen wollte. Als Farbstoffe standen mir, fein pulverisiert, Krapplack, Zinnober, Safran und Indigo zur Verfügung. Mit einer feinen Spitze arbeitete ich in der erkalteten Masse die Muskelstränge heraus. Als letztes setzte ich mit Seidenfäden, die ich in koloriertes Wachs getaucht hatte, die Arterien, die Venen und die Nerven auf. Um die Lymphknötchen darzustellen, träufelte ich flüssiges Wachs ein. Nicht einmal die feinsten Blutgefäße ließ ich von meinem Lehrer bemalen. Soweit wie möglich wollte ich alleine die Verantwortung für mein Werk tragen.

Die Haare hatte ich noch nicht implantiert. Hals und Schulteransatz aber waren zur Hälfte modelliert und ausgearbeitet. Dies alles fügte sich ineinander ohne jeden Mißklang. Der Kopf war leicht nach links geneigt, als wollte er den anatomischen Teil des Gesichts den Blicken entziehen, und ich fragte mich, ob es mir gelungen sei, dem geraden Profil jenen Ausdruck von Traurigkeit, Unverständnis und Würde zu verleihen, der mich an Antoinette Sicards Zügen erstaunt hatte.

Es hatte mich viel Mühe gekostet, dies herauszuarbeiten, trotz der Geduld meines Modells und der ermutigenden Worte Martinellis. Ich zeichnete, formte die Tonerde und hatte kaum Schwierigkeiten, die Biegung des Halses, die schmale Nase mit den sensiblen Nasenflügeln, den verhältnismäßig großen Mund, diese Mischung von Pferd und Schwan, nachzubilden. Doch der Blick entzog sich, der schmale Augenwinkel, das Oberlid. Ich zerriß das Papier, schleuderte mehr als einmal die Tonerde auf den Boden, wo sie sich zu Klumpen ballte. Hundertmal wollte ich aufgeben. Immer wieder fiel mir die Bemerkung ein, die der Chevalier angesichts des *Jungen Mädchens* von Desnoues gemacht und mit der er sogar die ersten Wachsbildchen Zummos, denen er einen moralischen und geistigen Anspruch vorwarf, entwertet hatte: »Das ist nicht reine Wissenschaft.« Und wenn er dann an seinen schlechten Tagen meine Arbeit mit den Worten kommentierte: »Was versuchst du eigentlich herzustellen? Womöglich Poesie?«, dann war ich selbst den Tränen nahe. Ich wollte kein Porträt von Antoinette schaffen, daher war Ähnlichkeit von sekundärer Bedeutung. Der anatomische Teil der Büste war, wie mir zumindest schien, vollkommen gelungen, und nun wollte ich zwischen beiden Harmonie herstellen. Aber da haperte es, irgend etwas hinderte mich, verwirrte mich, schob sich zwischen mich und meine Absicht. Es war die andere, die Unbekannte, die Tote aus dem Hôpital-Général, die niemand zurückverlangt hatte, deren Körper zerfleddert und stückweise verkauft worden war und deren Blick niemals mehr einem anderen Blick begegnen würde. Es sei denn, man könnte sich einen Blick ohne Netzhaut, ohne Augapfel, ohne Augenlid vorstellen... und was wäre dieser Blick dann? Ich suchte den Blick von Antoinette, die so geduldig vor mir saß und durch mein Gesicht und durch die Wand hindurchzublicken schien. Meine Ungeduld wuchs. Ich verschwendete Tonerde, zeichnete von neuem, zerriß das Blatt wieder, bis mir eines Tages bewußt wurde, daß Antoinette »ihr« anatomisches Profil anguckte, das ebenso geduldig seine zweite Hälfte erwartete. Sie sagte nämlich, als sie ihre graziösen und hageren langen Arme streckte und die langen Stickerinnenfinger spreizte:

»Arme Frau...«

Da sah ich, daß sie in Wirklichkeit und ohne sich aufzulehnen und ohne zu begreifen, gedacht hatte: »Ich arme Frau...« Und an diesem Tag erfaßte ich ihren Blick, beider Blick. Und führte mein Werk zu Ende.

Nun ist sie also fertig, unsere Büste«, sagte der Chevalier mit Genugtuung. »Das verdanken wir unserem Freund Sanson.«

»Wieso? Der Kopf kam doch aus dem Krankenhaus.«

Antoinette verzog angeekelt das Gesicht. Sie war gekommen, um die Vollendung des Werks zu »feiern«.

»Sicher«, sagte Martinelli gut gelaunt, »aber Charles hat dafür gesorgt, daß wir ihn bekamen. Bei ihm habe ich Kredit.«

Er mußte selbst lachen beim Gedanken, daß er beim Henker so gut angeschrieben war.

»Und warum haben wir bei ihm Kredit?«

»Mein liebes Catherinchen, es kursiert die Geschichte, die vielleicht erfunden ist, daß unter den Valois zwei Verschwörer, meinetwegen auch zwei Herzensbrecher, festgenommen und zum Tode verurteilt wurden. Den einen hat man grauenhaft gefoltert, der andere kam glimpflich davon, dank gewisser Tricks: Die Schrauben waren aus Leder, anstatt aus Holz – zu den Einzelheiten befrage man Freund Charles...«

Antoinette ließ ein kurzes, unfrohes Lachen hören, das dem Aufjaulen eines Hundes ähnelte, dem man auf die Pfote getreten ist.

»... weswegen er – immerhin! – frisch und munter zum Schafott gehen konnte, während der andere in elendigem Zustand dorthin geschleppt wurde. Ein jämmerlicher Vorteil, könnte man einwenden. Aber es wurde ihm nicht nur als Bravourstück angerechnet, was ja auch völlig unverdient war, während der andere als Jammerlappen galt, sondern er konnte auch noch bis zur letzten Minute spielen und saufen, während der andere sich in Höllenqualen wälzte. Und das alles nur, weil – so heißt es – der eine von beiden, ein geselliger und vorurteilsfreier Gascogner, bei einer früheren Begegnung dem Henker die Hand gedrückt habe, was der andere weit von sich wies. Da hast du die Erklärung... Daher haben wir einen Kopf auf Kredit, zusätzlich zum reizenden Köpfchen unseres Modells.«

Die Geschichte machte mich nachdenklich.

»Und das war auch ein Sanson?«

»Glaubst du vielleicht, der Henkeradel gehe bis zu den Kreuzrittern zurück, worauf manch andere so stolz sind? Nein, unser Freund ist ein Henker jüngeren Datums. Er hat mir selbst gesagt, sein Vater sei der erste der Dynastie.«

»Hat er diesen Beruf gewählt?«

»Er hat die Tochter eines Henkers zur Frau erwählt, und daraus leitet sich alles ab.«

»Wie grauenvoll!« murmelte Antoinette, die zum erstenmal den Mund aufmachte. »Dann kann der arme Kerl also gar nichts dafür?«

Sie goß sich ein Glas Wein ein und kippte es, wie ein Herzstärkungsmittel, in einem Zug hinunter.

»Vermutlich«, erwiderte der Chevalier gleichgültig.

»Sein Vater ist der erste einer Dynastie, die sich aller Wahrscheinlichkeit nach fortsetzen wird. Ein Parvenü, kurz gesagt.«

»Glauben Sie wirklich, daß wir weiterhin mit ihm Umgang pflegen können?« fragte ich scherzhaft.

»He, he... Man weiß nie, was noch kommt! Sollten wir uns eines Tages in Verlegenheit befinden, dann wird Charles, dessen bin ich sicher, all sein Taktgefühl walten lassen...«

Wir brachen in dummes befreiendes Lachen aus, weil wir uns freuten, die Arbeit beendet zu haben, und Ofen und Herd eine wohlige Wärme verbreiteten. Sogar Jeannette lächelte, während sie Geschirr auf dem Spülstein stapelte. Nur Antoinette lachte nicht. Sie hatte auch kaum etwas gegessen, obwohl es köstlich gewesen war, da die uns wohlgesonnene Duchesse d'Orlac einen riesigen Fisch mit rosafarbenem Fleisch geschickt hatte, den wir gar nicht aufessen konnten. Martinelli hatte Jeannette sogar erlaubt, ein Stück für ihre Kinder mitzunehmen, das sie schleunigst in ein Tuch wickelte, als befürchte sie, er könne seine Meinung ändern. Ihr unwirsches und häßliches Gesicht hatte sich dabei ein wenig aufgehellt. Weil ich Antoinette aufheitern wollte (ich mochte sie nicht sonderlich, hielt sie für affektiert. Aß sie immer nur wie ein Vögelchen? Als der Chevalier lamentierte, weil Jeannette aus Unachtsamkeit ein Stück Ragoût auf den Ärmel seines Leinblütenrocks hatte fallen lassen, sprang die Sicard, bevor wir überhaupt reagieren konnten, mit einem Tuch und heißem Wasser herbei. Alles machte sie hastig, und dabei sah sie aus wie eine Frau, die vor ihrem Verfolger im Wald flieht) und weil plötzlich Stille eingetreten war, fragte ich, um das Gespräch wieder aufzunehmen:

»Warum wollten Sie eigentlich tanzen, Antoinette, an dem Abend, als der alte König gestorben ist?«

Verdutzt blickte sie mich an, wieder sah sie aus, als springe ihr jemand an die Gurgel; und als hätte ich sie mit einer Waffe bedroht, sagte sie hastig: »Wegen der Bastarde, ich glaubte, sie würden die Macht übernehmen. Vor allem der Duc du Maine, der Liebling der Maintenon ... Sie war ihm ja eine echte Mutter. Er hinkt etwas, aber dafür liebte sie ihn um so mehr, und ...«

All das hatte sie in einem Atemzug heruntergehaspelt, und sie wollte noch weiterreden, als der Chevalier sie unterbrach: »Antoinette, niemand hat Sie um eine Lektion in Geschichte gebeten. Catherine weiß nicht einmal, wer der Duc du Maine ist.«

»Ich wußte nicht einmal«, sagte ich so heiter wie möglich (denn ich fand meinen Chevalier recht ungalant), »daß der alte König Bastarde hatte.«

Es klang sanfter, als er fortfuhr: »Weil du mir nie zuhörst, wenn ich dir etwas beibringen will. Einen hatte er mit der Duchesse de La Vallière, und einen mit der Montespan, von der selbst du gehört haben dürftest. Der ältere von beiden ist der Duc du Maine, den der alte König, um ihm die Thronfolge zu ermöglichen, als legitimen Prinzen anerkannt hat. Der Duc d'Orléans, dessen Abstammung als Neffe von Louis XIV es rechtfertigte, daß er die Regentschaft übernahm, ließ das Testament für ungültig erklären und die Rechte des Bastards zu einem Gutteil beschneiden, worüber dieser sehr ungehalten war. So stehen jetzt die Dinge. Wie es weitergehen wird, weiß niemand.«

»Und deswegen wollte Antoinette tanzen gehen?«

Sie wollte schon etwas erwidern, als der Chevalier ihr das Wort abschnitt: »Sie wollte tanzen, weil sie verrückt ist«, sagte er grob. Als ich ihn fragend anblickte, schränkte er ein: »Nein, ganz so war es nicht. Sie wollte tanzen, weil sie in Sceaux aufgewachsen ist, wo Herzog und Herzogin ihr Schloß haben, und weil sie sich freute, daß ihr Dorf königliche Residenz werden würde.«

Antoinette ließ keineswegs erkennen, daß sie diese Erklärung guthieß.

»Haben Sie heute auch noch Lust zu tanzen, Antoinette? Wir könnten vielleicht einen neuen Grund dafür finden!«

»Catherine, du hättest besser *Das Lachen* gemacht anstatt *Die Tränen*. Auch die Jochbögen sind interessant und das hätte unsere Freundin vielleicht etwas weniger verdrießlich gestimmt. Jeannette, halt keine Maulaffen feil, hol lieber die Makronen... Wo gehst du denn hin?«

»Ich habe sie in die Wärmestube gestellt«, murmelte sie. Sie ging hinaus, hielt ihren Fisch aber fest umklammert.

»Die ist auch verrückt«, sagte Martinelli entgeistert. »In die Wärmestube, Makronen!... Die stellt man doch besser kühl.«

Er goß sich Wein ein, vergaß aber Antoinette und mich.

»Darf ich Sie daran erinnern, Chevalier, daß wir die Fertigstellung meiner Büste feiern?«

»Jetzt spielt sie sich als Herzogin auf! Chevalier! (Auch mich behandelte er rüde, aber mit ein wenig Herzlichkeit, was gegenüber der Sicard nicht der Fall war.) Hier! Trink, da du ja trinken willst!«

Antoinette bekam nichts. Ich fragte nicht, warum. Fürchtete er, der Wein könne sie geschwätzig machen? Da tauchte plötzlich Wilhelm, jener Mann, der uns manchmal als Kutscher diente, der nur einen Arm und ein überaus griesgrämiges Gesicht hatte, von der Hofseite her auf, betrachtete den gedeckten Tisch und sagte:

»Wie unvorsichtig!«

Vor allem, wie unverschämt! Ich verabscheute diesen Mann. Jeannette kam aus der Wärmestube, trug eine Platte voller Makronen und anderer Leckereien vor sich her und schien diesmal ihren Fisch irgendwo zurückgelassen zu haben. Doch als sie sich umdrehte, um die Tür hinter sich zu schließen, sprang der widerwärtige Kutscher auf, stürzte in den Turm und schrie: »Da ist jemand!«

Aus diesem runden Turm, der als Heizraum diente und auch ein Taubenschlag hätte sein können, hörte man Gerumpel und Gepolter. Jeannette war dem Kutscher nachgelaufen und brüllte nun im Halbdunkel: »Lassen Sie sie los! Lassen Sie sie in Ruhe!«

Der Chevalier rührte sich nicht. Antoinette war kreidebleich.

Der Kutscher kam zurück, wirkte verlegen und schob ziemlich rüpelhaft zwei winzige Kerlchen vor sich her, die fünf und drei Jahre alt sein mochten und noch eifrig kauten, während Jeannette, der die Haube in den Nacken gerutscht war, mit zerzaustem Haar den Säugling, den ich schon gesehen hatte, auf dem Arm trug.

»Aber ... was bedeutet ...«, stammelte der Chevalier.

»Sie sollten doch nur in Ruhe essen können, Monsieur«, rechtfertigte sich Jeannette. »Zu Hause nimmt mein Mann mir alles weg, was Sie mir geben, er verhökert es, er versäuft oder verspielt es. Ich will, daß sie essen. Ich möchte, daß sie leben! Zwei sind mir schon umgekommen ... vor Schwäche ... aus keinem anderen Grund! Die hier sind gesund! Schauen Sie sie nur an! Ich will sie behalten, meine Kinder! Ich will sie behalten!«

Dies hatte sie mit einer Heftigkeit gesagt, die uns erstaunte. Die Kleinen sahen tatsächlich gesund aus mit ihren kräftigen schwarzen Haaren und den roten Bäckchen. Ansonsten waren sie dreckig und stanken nach Fisch: Sie hatten sich über unsere Reste hergemacht.

Man hätte meinen können, der Zwischenfall würde ein Donnerwetter auslösen. Der Kutscher senkte den Kopf, Antoinette lächelte, der Chevalier bemühte sich vergeblich um eine strenge Miene.

»Beruhigen Sie sich, Jeannette! Beruhigen Sie sich! Und ihr kriecht in euer Loch zurück. Wilhelm, gehen Sie in den Hof. Ich komme gleich zu Ihnen. Sie sind zu kleinlich, mein Lieber. Trinken wir diesen vorzüglichen Claret. Jeannette?«

Die kleinen Jungen waren blitzschnell in die Wärmestube entschwunden, wo sie vermutlich den Fisch aufaßen. Jeannette stand wie eine Verbrecherin vor uns, die sich bis zum letzten Blutstropfen verteidigen würde, den Winzling auf dem Arm.

»Ja, Monsieur?«

»Ich vermute, Sie haben eine Art Bett für dieses Kind hergerichtet, hab' ich recht? Dann legen Sie es wieder hin. Und den anderen geben Sie die Makronen. Ich will sie nicht hören.«

Wir beendeten den Abend sozusagen im Tête-à-tête, Martinelli, ich und die schweigende Antoinette. Wir sprachen über die Büste, für die er sich plötzlich erwärmte. Sie sei wunderbar, ein handwerkliches Meisterstück und gleichzeitig – man höre und staune – ein Kunstwerk (keine Rede mehr von mangelnder wissenschaftlicher Genauigkeit). Er beglückwünschte mich, wie die zwei Teile – der Abguß von der Totenmaske und die Tonform, die ich in Antoinettes Gegenwart hergestellt hatte – sich ineinanderfügten, ohne daß man den Kunstgriff bemerkte. Der Blick vor allem war schön, melancholischer und nicht so scheu wie der von Antoinette, und auf der ein wenig hohlen Wange hatte ich mit einem Tropfen Firnis eine Träne angedeutet, die dem Werk den Titel gab.

»Ein voller Erfolg!«

Dieses Kompliment freute mich. Indes, wenn ich Antoinette betrachtete, wie sie mit aufgestützten Ellenbogen vor dem Teller Trockenobst saß, den Kopf leicht geneigt, genau in der Pose meiner Büste, da fragte ich mich, ob ich ihr nicht neue Reize verliehen hatte, die auch der Chevalier wahrnahm. War sie seine Geliebte? Umwarb er sie vergebens, was diesen rauhen, unwirschen Ton erklären würde, der eigentlich nicht zu ihm paßte? Schroff war er, aber nicht gemein. Sah er sie, seitdem sie mir Modell gesessen hatte, in einem anderen Licht? Vielleicht hatte er mich nur necken wollen, als er vorgab, er fände sie anziehend, und vielleicht hatte ich Dummkopf diesen Spott nun Wirklichkeit werden lassen?

Martinelli schmiedete Pläne. Mit dieser Büste hätten wir nun endgültig den Weg zum Erfolg beschritten. (Wir! Nun, mehr darf man nicht verlangen!) Die Wachsbildnerei würde alle anderen Naturwissenschaften ausstechen. Desnoues, unseren Rivalen würden wir übertrumpfen. Wir würden unser eigenes Museum eröffnen. Die Tore zum Jardin du Roi oder zur Medizinischen Fakultät stünden uns offen...

Als ich ihn so schwärmen hörte, war ich gerührt. Daß er etwas Kindliches hatte, Luftschlösser baute, ließ mich spüren, daß ich erwachsen wurde.

»Mit einem einzigen Stück kann man noch kein Museum aufmachen... Und so leicht kommt man in die Fakultät auch nicht hinein...«

»Nein. Aber mit einem einzigen Stück holt man sich einen Auftrag«, sagte er mit seinem üblichen Überschwang. »Ich werde Madame d'Urfé einladen, durchsetzen, daß Abbé Dubois uns empfängt; er wurde kürzlich in den Rat für Auswärtige Angelegenheiten berufen und gewinnt zunehmend an Einfluß... Ach! Sie ist wirklich wundervoll!«

Das Abbild oder die Frau? Mein Gesicht verfinsterte sich. Antoinette schwieg, pickte sich nur von Zeit zu Zeit eine Korinthe vom Teller.

Jeannette trottete von dannen und nahm die – wie der Chevalier sie getauft hatte – »Ratten der Wärmestube« mit sich. Mit ihren verschmierten, schlaftrunkenen und vom guten Essen beseligten Gesichtern waren sie recht niedlich anzusehen. Der Kutscher, dieser Kutscher, der »mein Lieber« genannt wurde, mußte im Hof warten. Zeitweise hörte man die Pferde schnauben und stampfen, dann herrschte wieder Stille. Ich war eindeutig überflüssig.

»Worauf warten wir?« fragte ich vorsichtig.

»Na ja, ich warte, daß du endlich gehst, damit ich Madame den Hof machen kann!« erwiderte er spöttelnd.

Ohne mich zu verabschieden, ging ich durch die Tür zum Hof. Sie machten mich rasend. Ich fühlte mich wieder als Kind angesichts dieser verschwörerischen Haltung der Erwachsenen.

In meinem Zimmer zog ich den Stuhl unter die mit Ölpapier bespannte Dachluke und öffnete sie. Wieder war ich das wütende und entschlossene kleine Mädchen. Ich wollte Gewißheit haben. Es dauerte nicht lange. Sie kamen aus der Küche. Er nahm sie mit zum Vorderhaus. Es mußte ja einen Grund geben, warum er es mir und Jeannette untersagte! Dort befand sich vermutlich, wie Mademoiselle de Scudéry es nannte, »das Refugium der Wonnen«. Vielleicht ließ er Antoinette nachts hinein, wenn ich im Bett und Jeannette gegangen war. Aber so viele Vorsichtsmaßnahmen für eine Kunststickerin zu ergreifen, die in der Rue d'Enfer wohnte, war mehr als lächerlich. Genoß sie die Protektion eines hohen Herrn? Das hätte manches erklärt.

Ich wollte schon von meinem Schemel heruntersteigen, als ich sie wieder herauskommen sah. Das war aber schnell erledigt! Nein. Antoinette krümmte sich förmlich unter dem Gewicht eines Pakets, das dem ähnelte, welches sie vor ein paar Monaten gebracht hatte. Mein Meister bückte sich, um ihr behilflich zu sein. Sie stellten es ab, unweit vom Kutscher, der sich immer noch nicht rührte. Mir schien, als inspizierten sie den Inhalt. Das dauerte eine Weile. Ich ließ sie nicht aus den Augen. Da richteten sie sich wieder auf, der Kutscher stieg vom Bock und machte den Wagenschlag auf. Antoinette lud das Paket in die Kutsche und stieg ein. Lautlos rollte der Wagen davon (später überlegte ich mir, daß die Räder dieses heruntergekommen wirkenden Gefährts erstaunlich gut geölt waren). Der Chevalier machte das Außentor zu und kehrte ins Haus zurück. Ich verließ meinen Aussichtsposten. Was ich gesehen hatte, war des Nachdenkens wert.

Sollte es sich hier um ein lukratives Schmugglergeheimnis handeln, so wollte ich keineswegs davon ausgeschlossen bleiben. Ebensowenig wie vom Renommee oder, bescheidener ausgedrückt, vom Interesse, das meine Büste wecken konnte. Catherinchen würde nicht zulassen, daß man sie auf ihrem Dachboden einfach vergaß, und sie war fest entschlossen, dort nicht ihr ganzes Leben zuzubringen. Ich lehnte mich innerlich auf, schwor mir, wachsam zu sein, meine Ohren zu spitzen und das herauszufinden, wovon man mich fernhielt, ich schmiedete Pläne, zog Schlußfolgerungen und vergaß, während ich langsam einschlief, das mit meiner Büste und Antoinettes Gesicht verbundene Unbehagen. Es machte fröhlicheren Gedanken Platz.

Das Frühjahr 1717 gestaltete sich, wenn auch regnerisch, dennoch als Frühling. Und das in jeder Hinsicht! Es hielt der Überfluß Einzug in unser Haus. Der kleine Gärtner wurde besser bezahlt und strengte sich mächtig an, so daß der Garten bald wirklich einem Garten ähnelte. Fiaker und sogar Kutscher, die nicht gemietet waren, fuhren bei uns vor. Ich wuchs, wie mir schien, bekam eine Taille, und mein Gesicht war nicht mehr so rund, nicht mehr so kindlich. Meine Stupsnase blieb allerdings; sie flößte niemandem Achtung ein: Nach wie vor wirkte ich auf andere zugleich ulkig und verdutzt. Aber man kann schließlich nicht alles haben! Der Chevalier ging immer häufiger aus, wechselte immer häufiger die Kleidung und puderte sich sorgfältig. All meine Sinne waren geschärft und ich spürte, daß etwas ins Rollen gekommen war. Zwei Jahre waren seit meiner Ankunft im Hôtel des Arcoules vergangen, und so manche Tage hatten sich endlos in die Länge gezogen, gleichwohl ohne unerträglich zu sein: Ich hatte Zeit gehabt, mein »Handwerk« gründlich zu erlernen, mich in Küche und Garten ein wenig nützlich zu machen, Gerüchte aufzuschnappen, die, seit der Hof in Paris und nicht mehr in Versailles weilte, immer schönere Blüten trieben, mich unter der eigensinnigen Anleitung meines Meisters mit den Feinheiten der Orthographie vertraut zu machen, die ich jetzt schon fast fehlerfrei beherrschte; und an manchen Abenden, wenn er plötzlich Lust dazu verspürte, las er mir in seinem unaufgeräumten Zimmer oder auf der Gartenbank Passagen aus Torquato Tasso vor, diesem italienischen Dichter, den er übersetzen wollte, oder aber Auszüge aus Vergil, den ich fürchterlich fand (wie noch immer!).

Ich hatte Zeit gehabt, mich an ihn zu gewöhnen, an seine Art, sich zu geben, mich zu unterrichten, mich dann aber auch wieder zu vergessen, mir etwas anzuvertrauen und plötzlich wieder zu schweigen, Reden zu schwingen, in denen er Luftschlösser baute, um dann zu zynischen Schlußfolgerungen zu gelangen. Und wenn mich manchmal Sorge befiel, wie es mit ihm und mit mir weitergehen würde, beruhigte ich mich mit der Feststellung: »Er ist eben ein Original!« Aber würde er Erfolg haben? Und würde ich ohne ihn erfolgreich sein? Würde er je darauf verzichten, sich als Pamphletist zu betätigen und dieses unangenehme Geschäft des Lohnschreibers (den Voltaire später einen »Schreiberling« nennen würde) anderen zu überlassen, um sein Schreibtalent in den Dienst der Wissenschaft zu stellen, eine Entdeckung zu machen, damit auch ich mir als Nutznießerin seines Ruhms einen Platz verschaffen könnte? Warum nicht? Mademoiselle de Scudéry, Madame Dacier ist es beispielsweise gelungen! Auch ich baute Luftschlösser. Mal schien mir, sie seien zu verwirklichen, mal befielen mich Zweifel. Von Zeit zu Zeit schaute Antoinette bei uns herein. Brachte oder holte sie wieder mysteriöse Pakete? Eines Tages traf ich sie vor der Tür, und wieder trug sie diese unglaublichen Schühchen, in denen sie durch den Straßenstaub rannte.

»Wo laufen Sie denn hin, Antoinette? Es wird Regen geben. Wilhelm ist da, er könnte Sie in die Stadt fahren.«

»Nie und nimmer!« erwiderte sie, als ginge es um ihr Leben.

»Aber mit Ihren Schuhen... und dieser leichten Kleidung! Haben Sie es weit?«

Suchend blickte sie sich um.

»In die Bretagne«, sagte sie. »Ich muß in die Bretagne.«

Und sauste davon, als wollte sie zu Fuß dorthin.

»Wir sollten«, sagte ich in dieser Zeit, »unsere Büste Monsieur Sanson zeigen.«

»Und weshalb?« hatte mein Lehrer heftig gefragt.

»Sind wir ihm nicht etwas schuldig? Und wäre es nicht eine Geste der Höflichkeit? Haben Sie die Anekdote vergessen, mit der Sie uns vor nicht allzu langer Zeit eine moralische Lehre erteilen wollten? Es wäre ein symbolischer Händedruck...«

»Anekdoten nimmt man doch nicht wörtlich. Du interessierst dich anscheinend sehr für unseren blutrünstigen Freund.«

»Er ist alles andere als blutrünstig.«

»Hat er dein Herz erobert? Findest du ihn vielleicht bemitleidenswert und gut?« fragte er spöttisch.

»Ja, ich glaube, er ist bemitleidenswert und gut. Aber mein Herz hat er nicht erobert, falls ich überhaupt schon eines besitze.«

»Und warum?«

»Vielleicht gerade, weil er Mitleid erweckt. Wenigstens was mich betrifft. Es gibt Mitleidsanwandlungen, die Besitzanwandlungen sind.«

»Gar nicht so dumm, Stupsnäschen! Gar nicht dumm!«

Sansons Mitleid behagte mir nicht, doch seine Bewunderung hätte mir nicht unbedingt mißfallen, aber das sagte ich natürlich nicht.

»Wir könnten ihm unsere Arbeit dennoch zeigen. Er interessiert sich dafür«, sagte ich.

»Zeigt er uns vielleicht die seine?«

»Oh! Wie geschmackvoll!...«

Er wirkte beleidigt, doch plötzlich begann er zu lachen, blickte mich kopfschüttelnd an, tätschelte mir die Wange und machte sich wieder einmal auf den Weg. Er suchte nach einem Interessenten, der uns einen angemessenen Preis für unsere Büste bezahlen und sie nicht in einem kaum bekannten und kaum besuchten Kabinett begraben würde. Ein Vorhaben, das nicht leicht in die Tat umzusetzen war. Je höher der Rang des Interessenten, desto niedriger seine Zahlungsmoral.

Ich hatte meine Model, in Tücher gewickelt, im Gartenschuppen aufbewahrt. Ich fürchtete ja immer, meine Büste könnte beschädigt werden. Wachs ist empfindlich, und eine ungeschickte Bewegung oder große Hitze wie im vorigen Sommer würden genügen... Außerdem – aber das verschwieg ich dem Chevalier, denn ich durfte schließlich auch meine kleinen Geheimnisse haben – konnte ich ja eines Tages Lust haben, noch ein weiteres oder gar mehrere Exemplare herzustellen. Ein paarmal hatte ich ihn schon in die Stadt begleitet und ihm in dem einen oder anderen Salon bei einer Vorführung assistiert. Und ich hatte lebhaftes Interesse für meine Person geweckt. »Ein junges Mädchen! Und sie begeistert sich für Naturwissenschaft! Das ist ja wunderbar! Das ist erstaunlich!« Und die eine oder andere dieser Damen oder Herren, ob jung oder alt, machten mir ein Geschenk, manchmal sogar in Form von Silber oder Gold, was meinen Ehrgeiz, eigene Ersparnisse anzulegen, beflügelte. Die Zeiten änderten sich so schnell, vielleicht könnte ich ja eines Tages ohne jegliche Bevormundung auf eigene Kosten arbeiten? Vielleicht brächte ich ja gar eine ganze Aussteuer zusammen, um mir – wie meine Tante – einen Schweizergardisten zu leisten? Nein, danach strebte ich nicht. Kurz und gut, ich hatte noch keine feste Vorstellung von meiner Zukunft, nur angenehm und einträglich sollte sie sein, soweit dies in meiner Macht stand.

Und als kennte er diese vage Erwartung, tauchte eines Abends im Frühjahr 1717 Charles Sanson auf. Ruhigen und gleichmäßigen Schrittes schlenderte er durch die Felder und betrat unseren Garten; sein Gewand bürgerlichen Zuschnitts war ordentlich geknöpft, auf dem rechten Ärmel die Leiter (wie in der Charta festgelegt) in einem anderen, blasseren Farbton aufgestickt, der Hut tief ins Gesicht gezogen, die Perücke sorgfältiger und besser gekämmt als die des Chevalier, und seine ganze Person strahlte etwas Gravitätisches und Wohlanständiges aus, auf das er Wert legte – und das ich höchst spießig und albern gefunden hätte, wären da nicht diese fast femininen schönen schwarzen Augen, diese sanfte Stimme, diese gemessenen und präzisen Gesten gewesen, die mich jetzt unweigerlich an jene Geschicklichkeit denken ließen, die er unter gewissen Umständen bewies und an die ich nicht mehr denken konnte, ohne zu erschaudern, wie ich ihn nicht mehr bemitleiden konnte, ohne seine Nähe zu fürchten oder sie vielleicht zu ersehnen.

Würde sich auch mir eines Tages ein Mann nur mit dem Gedanken an diese Leichen, die ich angefaßt und abgeformt hatte, nähern können, mit dem Gedanken, daß ich mich dabei mit Galle und Blut besudelt hatte, würde auch er mir nur mit Überwindung die Hand reichen? Lag in der Natürlichkeit, mit der

Sanson sich mir näherte, nicht das Gefühl, daß wir beide, den direkten Umgang mit dem Tod gewohnt, im gleichen Teufelskreis gefangen waren? Alles sträubte sich in mir, und zugleich war ich angezogen von seinem Wissen über den Tod, das ich nicht besaß: Wie war dieser Moment, dieser Übergang, den ich noch nie miterlebt hatte? Und wieder einmal wunderte ich mich, daß mir seine Nähe keine Freude bereitete, ich mich aber gern mit ihm unterhielt.

Da das Wetter mild war, schlug ich eine Rast auf der Gartenbank vor, mit Blick auf eine kopflose Diana, die der kleine Gärtner erst kürzlich aus ihrem Dornengestrüpp befreit hatte; und weil Charles Sanson sich mit offensichtlichem Wohlbehagen neben mich setzte, drehte ich mich zur Seite, damit der Anblick dieser Statue in ihm – oder in mir – keine unangenehmen Erinnerungen weckte.

»Der Chevalier ist anscheinend in die Stadt gegangen?«

»In der Tat. Das tut er jetzt sehr häufig.«

»Er wird es noch häufiger tun, wenn der russische Zar erst da ist. Man redet ja über nichts anderes mehr.«

»Ist es richtig, sich da einzumischen? In diesen Blättchen zu schreiben?« sagte ich wider besseres Wissen. (In Wirklichkeit dachte ich: »Er täte besser daran, sich um unsere Angelegenheiten zu kümmern, anstatt um die des Staates. Das wäre lukrativer und weniger gefährlich.«)

Die ernsthafte Antwort Sansons überraschte mich: »Er versucht vielleicht, aus diesem Chirurgengeschäft herauszukommen...«

»Wieso denn? Warum sollte er es aufgeben? Es ist doch nicht ehrenrühig...«

»Gewiß nicht«, beeilte er sich zu entgegnen. »Das habe ich auch gar nicht gemeint! Doch dieser Beruf führt notgedrungen zu Überlegungen... zu Gedanken... die recht schwerwiegend, recht unangenehm sind... Für ihn, aber vor allem was Sie anbetrifft.«

»Mich?«

Er blickte mich mit seinen großen dunklen Augen aufmerksam an, schien sich aber in seiner Haut nicht wohl zu fühlen. Wie oft hatte ich dem Chevalier innerlich vorgeworfen, mich anzuschauen ohne mich zu sehen.

»Ja, Sie. Fast noch ein Kind, tagtäglich konfrontiert mit dem Gedanken an das Ende, an Verwesung, mit diesem Zweifel...«

»Mit welchem Zweifel?« (Ich heuchelte Unverständnis. Ich wollte nicht begreifen. Aber wie hätte ich plötzlich aufstehen und mich zurückziehen sollen? Er fesselte mich mit seinem sanften und eindringlichen Blick: Er folterte mich.)

»Mit dem Zweifel an Gott, Catherine«, sagte er schlicht.

»Sie meinen: an der Existenz Gottes?« fragte ich etwas unsicher.

Ich hatte gehört, daß darüber viel diskutiert wurde, vor allem in bestimmten Schenken, in denen man gegen alles zu Felde zog und Gott spöttisch das »Große Wesen« genannt wurde. Aber das war mir, ich weiß nicht warum, völlig unwichtig vorgekommen. Gott – das war für mich meine Tante, die Abendvesper, zu der die Köchin mich schleppte, als Ersatz für karge oder angebrannte Mahlzeiten, und schließlich noch das Kloster, in dem mir drohte, mein Leben beschließen zu müssen.

»Nein, um seine Existenz geht es nicht«, sagte Charles Sanson. »Eher um die Frage, ob er ein gütiger Gott ist.«

Jetzt wußte ich, was mir an ihm gefiel oder mißfiel: diese Ernsthaftigkeit, diese Schlichtheit, dieser völlige Gleichmut, mit dem er das Wort an mich richtete und dem man sich nicht entziehen konnte. Das gefiel mir, weil ich spürte, daß meine Meinung und meine Person ihm wichtig waren. Es mißfiel mir aber auch, weil ich unweigerlich denken mußte, daß er vermutlich auch zu einem Verurteilten, bevor er ihm die Knochen brach, mit der gleichen Ruhe und dem gleichen Ernst sagen würde: »Ich kann nichts dafür, ich bin dazu gezwungen, das Gesetz schreibt es vor...« Deswegen gab ich recht heftig zurück:

»Wird Ihr Tun von einem Gott gutgeheißen?«

»Mein Tun?! Aber Catherine, ich bin doch nicht der Richter! Man muß sich doch fragen, ob ein Gott die gefällten Urteile...

oder gar... das Leben... berichtigt. Leben, das auf eurem Marmortisch endet, oder in der Fakultät, oder...«

»... oder auf dem Schafott?«

Er reagierte nicht.

»... ob es ein anderes Leben gibt, wo, ja, wo all dies wieder gutgemacht, aufgewogen wird...«

»Daran zu glauben, käme Ihnen wohl zupaß?!«

»Es wäre mir ein Trost, darum kann ich es nicht uneingeschränkt glauben. Können Sie es?«

Mit etwas Wohlwollen war ich zwar bereit, Charles Sanson als Opfer eines ungerechten Fluchs anzusehen, aber ich war ganz sicher nicht bereit, mich von ihm als eine Art Gefährtin im Unglück betrachten zu lassen.

»Ich brauche doch an so etwas nicht zu glauben, Charles. Ich brauche keinen Trost!«

Traurig erstaunt blickte er mich an.

»Ich verstehe nicht, Catherine... ich habe gehört... Man hat mir gesagt, Sie hätten eine Skulptur hergestellt, einen Kopf oder eine Figur, was weiß ich, welche *Die Tränen* heißen soll. Also müssen Sie doch über das Leid der Menschen nachdenken...«

Ich war sprachlos. Deswegen war er also gekommen und sprach mit mir über die letzten Dinge? Wegen der Büste, die er noch nicht einmal gesehen hatte!

»Es heißt *Die Tränen*, weil es sich um eine anatomische Studie der Tränendrüsen handelt«, sagte ich so kühl wie möglich.

Das war eine strikte Zurückweisung. Er verstand, seufzte und suchte nach Worten, um sich zu verabschieden. Seine Augen blickten zur enthaupteten Diana im frühlingshaften Flieder.

»Werden Sie bald etwas Neues machen?« fragte er aus purer Höflichkeit.

»Ich hatte ursprünglich an gefaltete Hände gedacht, die eine von klassischer Schönheit, nach antikem Vorbild«, sagte ich mit zunehmender Begeisterung (denn nach diesen deprimierenden Spekulationen hatte ich das dringende Bedürfnis, noch ein wenig zu plaudern – ich war so allein in jenen Tagen), »die andere als Écorché und entweder auf Mittelhand und Fingerglieder reduziert, oder als Studie von Muskel- und Sehnensträngen. Das war meine Idee gewesen, vor der des Kopfes. Der Chevalier fand sie lachhaft, entweder würde sie als Bigotterie à la Maintenon oder als Bubenstück empfunden. Und siehe da, ich erfahre jetzt, daß so eine Skulptur gemacht, nicht nur gemacht, sondern verkauft worden ist. Und an wen? An den Duc de Richelieu! Der kleine Châteauneuf, ein Schüler von Desnoues, hat mir meine Idee, die er für undurchführbar erklärte, kurzerhand geklaut! Ich hatte allerdings durchblicken lassen, ich würde darauf verzichten, weil der Chevalier mir abgeraten hatte ...«

Sanson war schon aufgestanden, hörte aber noch aufmerksam zu. Er war ein sehr guter Zuhörer. Eines seiner Verdienste.

»Eine schöne Idee. Was gefiel unserem Freund denn nicht?«

»Daß es eben eine Idee war ... Daß anatomische Forschung mit einer Idee vermengt werden sollte. Diesen Vorwurf macht er im übrigen auch meiner Büste, obwohl er sie für gelungen hält. Er nennt das ein unsauberes Gemisch.«

Sansons Blick glitt über die Diana, über den Garten, über mich, und dann setzte er seinen Hut auf, ohne ein Wort des Abschieds. Zum ersten Mal sah ich ihn zerstreut.

»Wissen Sie, Catherine, ich glaube, er hat recht. Ja, ich glaube schon. Eine schöne Idee ... aber unklar. Ja.«

Wie abwesend ging er durch den hinteren Teil des Gartens davon, bestimmt hing er düsteren Gedanken nach. »Ach! Mein lieber Chevalier«, sagte ich, während ich zu meiner Arbeit zurückkehrte, »wieviel lieber ist mir deine Tollkühnheit, deine Zerstreutheit, sogar deine Ungerechtigkeit!«

Man stellt etwas her, es entsteht unter den Fingern, man beurteilt es, man ändert es. Plötzlich verkündet einem ein wer weiß wo erlassenes Dekret, daß es fertig ist. Und dann blickt es dich plötzlich an. Und verwandelt dich.

Drittes Kapitel

Worin der russische Zar Paris besucht und Wäsche entwendet, was auf die Protagonisten dieser Geschichte keinerlei Eindruck macht. Worin Monsieur Sanson von seiner Heirat berichtet, die ihn wie die meisten Menschen reut. Worin die Büste einen Kunstfreund findet und die verrückte Antoinette das Gescheiteste der Welt sagt, daß nämlich alles möglich ist.

Wir haben einen Kunstfreund gefunden, diesmal bin ich sicher!«

Sicher war er schon mehrmals gewesen, aber in diesem Fall stimmte es vielleicht. Der Kutscher Wilhelm ist da, hat eine selbstgefällige Miene aufgesetzt, was völlig deplaziert ist (es sei denn, er hätte den Kunstfreund gefunden), und die Pferde stampfen vor Ungeduld. Jeannette, ich und der Junge, der mit einem Rechen in der Hand neugierig aus dem Garten herbeieilt, bieten dem Chevalier unsere Dienste an. Nein. Er will sich alleine ankleiden, ist ungeduldig, möchte seine Perücke selbst pudern (dieser Puder verrät uns, daß besagter Kunstfreund eine wichtige Persönlichkeit ist), ist bereits in seinen schwarzen Justaucorps geschlüpft, den wir noch gründlich bürsten müssen, weil er ihn mitgepudert hat, und als er ihn erneut überzieht, springt ein Knopf ab, den wir annähen, obwohl er behauptet, das sähe ohnehin niemand. In letzter Minute reibt er so energisch seine Schuhe am Schuhkratzer ab, daß eine Schnalle auf dem Pflaster landet. »Behaltet sie als Erinnerungsstück«, ruft er uns übermütig zu. Mit peinlicher Sorgfalt ist die Büste in Stroh und Federn und ich weiß nicht was verpackt und in einer Kiste verstaut worden, die sich bereits im Wagen befand. Und so fuhren sie dahin, in einer Kutsche ohne Wappen (aber auch ohne die gelbe Nummer der Mietdroschken), wie zur Fastenzeit, auf dem Bock der Einarmige in einer undefinierbaren Livree.

Und wie jedesmal, wenn er mit der Kutsche fährt, wird mein Meister bestimmt zehnmal vorwitzig den Kopf zum Fenster hinausstrecken und dabei die Hälfte des Puders einbüßen. Wen will er mit einer solchen Equipage bloß beeindrucken?

Ich würde das Gesamtbild ganz gewiß nicht entstellen in meinem Kleid aus grauem Basin, dem besten, das ich besitze. Lehnt mein Meister deswegen kategorisch ab, mich zur Präsentation der Büste mitzunehmen?

»Kein Wort wird über meine Lippen kommen! Ich würde Ihnen nur helfen, sie auf ihren Sockel zu stellen!«

»Unser Kunstfreund hat Lakaien genug.«

»Werden Sie ihm wenigstens sagen, daß ich daran mitgearbeitet habe?«

»Hast du Angst, daß ich dir etwas wegnehme?«

»Das ist Spott, keine Antwort!«

»Warum soll sie eigentlich nicht mitkommen?« fragt der Kutscher, der sich stets überall einmischt. »Sie könnte als Lockvogel dienen.«

»Lockvogel! Als wäre das nötig...«

»Ein hübsches Mädchen bringt alles mögliche an den Mann.«

»Meine Büste ist nicht alles mögliche! Sie ist ein anatomisches Modell... und wertvoll!« erwiderte ich.

»Catherine«, hebt der Chevalier an, und er ist ernsthaft verstimmt, »es kommt nicht in Frage, daß du mitfährst, und jetzt Schluß. Stell bitte keine weiteren Fragen!«

Ich versage es mir. Zumal der abscheuliche Wilhelm noch höhnisch hinzufügt: »Im übrigen ist sie nicht hübsch genug...«

»Nicht hübsch genug«, hatte er gesagt, nicht aber »zu häßlich«. Es geht also aufwärts mit mir!... Ein Kompliment, auch wenn es vom widerlichsten Kerl kommt, macht immer Freude. Und so kehrte ich nicht sonderlich betrübt zu den Stallungen zurück, wo ich Jeannette im Streit mit einem recht ansehnlichen, meiner Treu! fast elegant zu nennenden Burschen antraf, der sie an beiden Armen festhielt.

»Wenn ich dir doch sage, daß ich nur etwa zwei Wochen in Paris bin«, sagte er halb flehend, halb drohend und versuchte sie an sich zu ziehen. (Wenn es zutrifft, daß auch das dümmste Kompliment Freude macht, dann trifft ebenfalls zu, daß auch die Häßlichste einen Galan findet. Die häßliche und mürrische Jeannette leistete sich offensichtlich den Luxus, diesen hier von sich zu weisen.)

»Zwei Wochen oder einen Tag, es bleibt dabei: nein, nein, und nochmals nein!«

»Ich habe Geld!«

»Bestimmt kein sauber verdientes! Ich frage mich, wo es herkommt...«

»Vom Altwarenverkauf, von nichts anderem! Los, komm...«

»Selbst wenn es ehrlich verdient ist, ich will dein Geld nicht!«

»Ich könnte dich zwingen«, sagte er nicht sehr überzeugend. »Meine Kameraden sind bei mir.«

»Trau dich nur!« sagte sie zurückweichend.

Und aus ihrer Schürzentasche blitzte eine zweizinkige Gabel hervor, die wir zum Fleischschneiden benutzten und die eine recht beachtliche Waffe darstellte.

Als sie zurückwich, bemerkte sie mich und gab dem Burschen ein Zeichen, der daraufhin ebenfalls zurückwich.

»Hau ab!« sagte sie mit geballter Wut, die gefährlich klang. »Hau ab, wenn du nicht willst, daß ich die Wache rufe, damit sie sich deine Altwaren mal näher anschaut!«

Ohne ein Wort trat er schleunigst den Rückzug an. Erst als er am Ende des Gartens anlangte, wo er sich sicherer fühlte (vor der Wache oder vor der Gabel?), rief er lauthals: »Ich komme wieder!«

Achselzuckend und nicht im geringsten beeindruckt ging Jeannette in die Küche zurück. Ich folgte ihr.

»Sie verstehen es, die Männer zu verscheuchen!«

Sie lachte unfroh.

»Warum verschmähen Sie ihn?« fragte ich aus purer Neugierde. »Ich finde, daß er gut gewachsen und gut gekleidet ist und ganz manierlich aussieht.«

»Er ist mein Mann«, erwiderte sie.

Wenn es jetzt schon in den niederen Schichten Mode wird,

seinen Mann oder seine Frau zu verachten, wo gibt es dann noch Paare, die sich verstehen? fragte ich mich insgeheim.

Bei Einbruch der Nacht kehrte der Chevalier zurück, mitsamt der Büste, die er mit der gleichen Behutsamkeit wieder im Kuriositätenkabinett aufstellte. Er wirkte eher versonnen als unzufrieden. Dabei hatte er die Büste doch zurückbekommen... Wie das?

»Nun, Monsieur?« fragte ich feierlich, um meine Unruhe zu verbergen.

»Was, nun?«

»Kauft der Kunstfreund unsere Büste? Hat sie ihm gefallen? Wird er sie ausstellen? Wieso bringen Sie sie zurück?«

»So viele Fragen? Ja, er kauft sie. Ich bringe sie zurück, weil der Kunstfreund, wie du sagst, sie in einem kleinen Haus, einem Pavillon, den er besitzt oder den man ihm zur Verfügung stellt, in der Rue de Charonne ausstellen will, und zwar als Hauptattraktion eines Festes, das er veranstalten will.«

Während er noch redete, überquerte er den Hof und stieg die Wendeltreppe in sein Zimmer hinauf. Aber so leicht wird man mich nicht los.

»Werde ich auch hingehen, mein Meister? Die Hauptattraktion eines Festes? Das wird bestimmt von sich reden machen... Wir werden weitere Aufträge bekommen. Ich plane schon, eine ganze Frauengestalt zu machen, nach dem Vorbild der Venus von Cyrene, mit geflochtenem Haarkranz, den man wie einen Hut abnehmen kann, um die Struktur des Gehirns zu zeigen, und eine Brust...«

»Was du da alles schwatzt, Catherine!«

Er ließ sich auf die Bettkante fallen, warf die Perücke von sich, die beinahe in die Schüssel gepurzelt wäre, zauste sich das Haar, schlüpfte aus dem braunen Rock, der als Kopfkissen dienen mußte und rührte sich nicht mehr.

»Wie ich sehe, hat der Kunstfreund Sie verwöhnt.« Ich versuchte eine neue Taktik. »Mit einer guten Lupe könnte man das Menü von Ihrem Justaucorps ablesen... Lassen Sie mal sehen: zweifellos ein Trüffelgericht, Pasteten mit Champignonpüree...«

»Quäl du mich nur.«

»Mich quält die Neugierde, mein Meister! Wann wird dieses Bankett denn stattfinden?«

»Wann es ihm beliebt.«

»Ach so! Sie lassen sich hinhalten«, sagte ich enttäuscht. »Die Büste bringen Sie zurück, für das angebliche Fest gibt es kein Datum ... Aus Höflichkeit hat er Ihnen ein paar unverbindliche Komplimente gemacht, wie man jemanden den Braten schnuppern läßt, obwohl vom Essen keine Rede ist ...«

Mit einem Satz saß er wieder auf der Bettkante, betastete die Jacke, die als Kopfkissen diente, und zog eine Börse hervor.

»Sieh selbst!« sagte er majestätisch.

Und er nahm aus der Börse zehn Silberstücke, die er mir einzeln überreichte und dabei klingen ließ, als wäre ich ein Kind, das den Wert nicht zu ermessen vermöchte.

»Das ist für dich. Und das ist nicht alles. Nun kannst du dir das neue Kleid bestellen, bauschig, flatternd, mit Schleppe, Tournüre oder Reifrock, in dem du so lächerlich aussehen wirst, wie du es dir wünschst! ...«

Ich hielt mich nicht länger bei diesem Vorschlag auf. Es stimmt, ich wollte mir ein Kleid nach meinem Geschmack fertigen lassen und nicht eines aus zweiter Hand erstehen, aber lächerlich würde ich gewiß nicht aussehen. Mein Gesicht mag alltäglich sein, vielleicht auch kindlich, aber ich habe eine gute Figur, und das weiß ich.

»Danke. Ich werde es nutzen. Nehmen Sie mich zum Fest mit, wenn ich mir Pagodenärmel machen lasse, wie man sie seit kurzem trägt?«

»Dich zu einem Fest mitnehmen, das in kleinstem Kreise stattfindet? Wo ... wer weiß wer herumschwirrt! Dann wäre es deinem Vater wirklich ein leichtes, dich einsperren zu lassen. Und mich obendrein.«

Ich gab nach. Zumindest dem Schein nach.

»Sagen Sie mir wenigstens, was er gesagt hat. Fand er die Arbeit anatomisch exakt genug? Ich nehme an, daß er etwas davon versteht, da er die Büste gekauft hat. Und die Dissonanz der beiden Profile? Hat sie ihn schockiert? Oder angezogen, oder ...«

»Davon hat er nichts gesagt«, erwiderte mein Meister matt.

»Aber irgend etwas wird er doch gesagt haben!«

»Er würde das Modell gern kennenlernen, hat er gesagt ...«

»O je, dann war es kein Erfolg«, sagte ich bestürzt.

Zu meinem großen Erstaunen ließ er sich Zeit, bevor er mir antwortete: »Ich weiß es nicht. Ich hätte ein neuer Homberg werden können ... Vielleicht war es nicht der Erfolg, den ich erhoffte, aber wenn ich es recht bedenke, ist es vielleicht doch ein Erfolg ...«

Er hieß mich gehen und machte die Tür hinter mir zu, auffallend behutsam, als wollte er den Gang seiner Gedanken nicht stören.

Wieso weigerte sich der Chevalier, der mir doch wohlwollte, mich bei unserem Kunstfreund einzuführen, und wieso bekundete Wilhelm, der Kutscher, der seine Ablehnung mir gegenüber nicht verhehlte, genau die gegenteilige Meinung? Ich verstand es nicht. Aber daß hinter all dem ein Plan steckte, in den ich nicht eingeweiht wurde, das war mir klar. Schön! Also machte auch ich einen Plan ... Die mit viel Lärm und allgemeiner Erregung verbundene Ankunft des Zaren in Paris nutzend, ließ ich meiner Jugendfreundin Madeleine Basseporte ein Briefchen zukommen, in dem ich sie bat, mich zu besuchen, sofern ihr das möglich sei. Sie ließ mich wissen, daß sie kommen würde. Ich zählte auf ihre Freundschaft und wurde nicht enttäuscht. Madeleine war eine dieser starken und sanften Naturen, unverbrüchlich in ihrer Treue wie unerbittlich in ihren Vorurteilen. Sie hatte mir als erste meine schwierige Lage vor Augen geführt, die immer bedenklicher wurde, je mehr ich zur Frau heranwuchs. Sie war innerlich ausgeglichen, handelte wachsam und überlegt. Unverzüglich hatte sie geantwortet, und so trafen wir uns in einer kleinen Dependance des Klosters der Dames-Noires, die sie kannte und denen sie gezeichnete Blumenmuster als Vorlage für ihre Stickereien brachte. So ließe sich, falls man ihr begegnete, ihre Anwesenheit in diesem Viertel ganz selbstverständlich erklären. Es wäre unklug von mir gewesen, ihr Ängstlichkeit vorzuwerfen, doch ich spürte sie. Wie immer war sie trotzdem eine gute Ratgeberin, die einen kühlen Kopf bewahrte.

»Die größte Gefahr droht dir von seiten deines Vaters«, sagte sie. »Als erstes gilt es, das Gerücht, du seist von zu Hause geflohen, aus der Welt zu schaffen.«

»Damit wird er sich nie einverstanden zeigen.«

»Deswegen muß man ihn überrumpeln. Versteh mich recht: In immer mehr Zirkeln und Salons interessiert man sich für Naturwissenschaften, für Chemie, Anatomie, Biologie, unter all ihren Aspekten. Dein Chirurg (dabei verzog sie unmerklich die Miene) muß dich in einen dieser Salons mitnehmen und dich vorstellen. Ich habe keine Ahnung, wie er sich dort eingeführt hat, aber ich weiß, daß er in Salons häufig anzutreffen ist. Mein Vater ist ihm dort begegnet (wieder diese Miene). In der Gesellschaft verkehren zunehmend die unterschiedlichsten Leute, das ist deine Chance.«

»Danke.«

»Nimm es mir nicht übel, aber wenn du ins Gerede kämest – gottlob ist das nicht der Fall –, wäre dein Ruf restlos dahin. Tauchtest du aber in einem dieser Salons als Assistentin des ... Chevalier (wieder diese Miene) auf und gelänge es durch einen inszenierten Zufall, daß dein Vater ebenfalls anwesend wäre, dann hätte er nur zwei Möglichkeiten: einen Skandal heraufzubeschwören – würde er dieses Risiko eingehen? Seine Tochter festnehmen zu lassen, ist einfach, aber heutzutage zieht sie vor Gericht und verteidigt sich. Das spricht sich herum und würde ihm nicht zur Ehre gereichen.«

»Man sieht wirklich, daß du aus einer Familie von Rabbulisten stammst«, sagte ich, um es ihr ein wenig heimzuzahlen.

Unbeirrt fuhr sie fort. So war Madeleine: Nichts konnte sie aus dem Konzept bringen; sie war von Geburt erhaben und gut.

»... oder aber, er schließt dich in die Arme, entzückt von deinen von ihm ererbten Talenten, und da ja hochstehende Persönlichkeiten anwesend sind, kann er nie mehr behaupten, du seist geflohen, um ein Lotterleben zu führen. Ist diese Bedrohung abgewendet, kannst du alles daran setzen, als Wachsbildnerin bekannt zu werden, und daß ich in meinen Kreisen von dir sprechen werde, darauf kannst du dich verlassen. Langsam bekomme ich nämlich auch Einfluß.«

»Das ist aber gefährlich.«

»Ach, jetzt lebst du also ungefährlich?«

Sie hatte ja recht.

»Du schreibst mir eine Liste derjenigen Leute, zu denen er geht. Er erwähnt doch sicher ab und zu einen Namen, eine Adresse?«

»Gewiß. Er ist verschwiegen und redselig.«

»Ich verlasse mich auf dich«, sagte sie, während sie mich umarmte. »Sobald ich diese kleine Liste in Händen habe, werde ich die Namen mit denen der Leute vergleichen, zu denen mein Vater Beziehungen hat. Dann lasse ich deinen Vater und den... Chevalier (schon wieder diese Miene!) einladen, und von dir werde ich reden wie von einem Kuriosum, einem Phänomen, das man heimlich herbestellen und als Glanzstück vorführen muß, damit nicht ein anderer Salon dieses sonderbare Geschöpf für sich in Anspruch nimmt. So wollen wir vorgehen! Zögere nicht. Ich werde jetzt meine Zeichnungen zur Pförtnerin bringen. Schick mir so bald wie möglich deine Jeannette... wenn sie auch alles andere als eine Zierde ist. Vielleicht kann sie einmal ohne diesen Schreihals (wieder diese Miene) kommen.«

Sie ging.

»Madeleine!«

»Ja?«

»Wohin gehst du so schnell?«

»Mich umziehen für einen Empfang, bei dem der Zar anwesend sein wird.«

»Der Zar von Rußland?«

»Einen anderen gibt es nicht. (Sie ereiferte sich.) Ich bin unglaublich gespannt, ich habe ihn noch nicht gesehen.«

»Sieht er gut aus? Ist er geistreich? Ich weiß nur, daß er einen schlichten Berkanrock tragen soll. Ja! So etwas kommt einem selbst im Faubourg Poissonnière zu Ohren, ansonsten ...«

»Vielleicht ist er ein großer Mann«, sagte Madeleine. »Ich vermute es sogar, denn es heißt, er trinke mehr als unser Regent und bereite weniger Unannehmlichkeiten. Aber er ändert das Besuchsprogramm und die Tischordnung ständig im letzten Moment.« An Madeleines gerunzelten Augenbrauen ließ sich ablesen, wie verwerflich ihr das schien. Dann entspannten sich ihre Züge zu einem Lächeln, und sie sagte: »Er hat ein ganzes Regiment von ›Demoisellen‹ bei sich, und bei Gastgebern von Rang haben er und sein Gefolge die Bettwäsche mitgehen lassen.«

»Die Bettwäsche, Madeleine?«

»Die Bettwäsche. Ich weiß es vom Maréchal de Tessé, der ihn begleitet und ihm alles zeigt, was er zu sehen wünscht.«

Bei ihr hatte immer alles seine Richtigkeit. Ihre Quellen waren immer zuverlässig, auf alle Fragen bekam man Antwort. Für bewunderndes Staunen war sie immerhin sehr empfänglich, und wenn sie auf irgend etwas stolz war, dann auf ihre Unfehlbarkeit. Daher zeigte ich auch mehr Interesse für ihren Bericht, als ich wirklich empfand.

»Das alles, um die Allianz mit England zu stärken«, fuhr sie gravitätisch fort. »Die Allianz zwischen Frankreich und Rußland wird nicht zustande kommen.«

»Wegen der gestohlenen Bettwäsche?«

»Aber nein ... natürlich nicht! Wegen der Verhandlungen im Hôtel de Lesdiguières, die sich hinziehen und zu keinem Ziel führen werden. Das kommt natürlich dem Regenten nicht zupaß, der dadurch noch unbeliebter wird.«

»Ist der Regent denn unbeliebt?«

»Lebst du auf dem Mond, Catherine? Der Regent will eine Allianz mit England, womit er sich am alten Hof viele Feinde macht, und dabei hat er schon die Legitimierten, die bretonischen Generalstände und viele andere gegen sich, die all diese Komplotte schmieden, all diese Gerüchte in Umlauf setzen ...«

Plötzlich hatte sie es gar nicht mehr eilig. Wenn ich darauf beharrt hätte, hätte sie mir den ganzen Mechanismus der aktuellen Politik auseinandergesetzt, oder zumindest die Einstellung ihrer Familie, die genau wie sie immer aufs beste informiert war, äußerst auskunftsbereit und, wenn ich so sagen darf, äußerst und erhaben gemäßigt. Doch ich wußte nun genug. Eine Frage vermochte ich mir indes nicht zu versagen, wie man der Versuchung nicht widersteht, gierig in einem Lexikon weiterzublättern.

»Madeleine, wer war Homberg?«

Sie antwortete, ohne erstaunt zu sein oder zu zögern: »Er war der Leibarzt des Duc d'Orléans, vor etwa zehn oder zwölf Jahren, und unterwies ihn in Chemie. Er hat den Phosphor in Frankreich bekannt gemacht, worüber er kluge Dinge sagte. Er hat auch eine Methode zum unauffälligen Öffnen von Briefen erfunden. Er blieb dem Prinzen immer treu. Man hat ihm Mittäterschaft beim Verschwinden des erwachsenen Dauphin und aller nachfolgenden unterstellt, was zur heutigen Regentschaft führte.«

»Und stimmte das, Madeleine?«

»Was kümmert es dich, liebe Catherine. Er ist tot, und ich bin verspätet. Denk an die Liste!«

Sie ging, ohne weitere Auskünfte zu geben. Was sie versprochen hatte, würde sie tun, dessen war ich sicher. So war sie. Ein Baum, der Früchte, aber keine Blüten tragen würde. Sie wollte mir unbedingt helfen, wenn es ihr auch keinen Spaß machte.

Abgesehen von unserem Plan wußte ich nun wenigstens etwas über den Zaren, wußte, wer Homberg gewesen, und folglich (aber das würde ich für mich behalten!), wer unser Kunstfreund war.

Es war nicht einmal acht Uhr morgens am 15. des Monats Juni, der – daher bleibt es mir in Erinnerung – der Tag vor meinem Geburtstag ist, als der Chevalier Jeannette schickte, die Sicard zu holen. Ich sah, wie die Bedienstete davonlief, den Säugling im verknoteten Umschlagtuch. Sie scheute sich nicht mehr, ihre Brut einfach im Gartenschuppen, unter der Treppe oder in der Wärmestube unterzubringen. Überall liefen sie einem über den Weg, still, keck, lächelnd. Sie arbeitete allerdings auch länger. So rechnete jedenfalls Martinelli, dem es gleichgültig war, daß er etliche Mäuler mehr zu stopfen hatte. Ich hielt mich in meinem Zimmer auf. Dort konnte man fast alles hören, während ich in meinem zum Garten liegenden Stall beziehungsweise Laboratorium nichts von dem, was zu erwarten war, mitbekommen hätte. Das dürfte auch meinem sonst so zerstreuten Herrn eingefallen sein, denn kaum war Jeannette fort, rief er »Catherine! Catie?«

Ich antwortete nicht. Er kam nicht, um mich zu suchen – dies entsprach nicht seiner Natur.

Ich hörte den leichten und hastigen Schritt Antoinettes auf der Treppe. Wie ein Wirbelwind kam sie daher, murmelte von der ersten Stufe an halblaut, wo nur sie selbst, die Wände und ihre flinken Füße es hören konnten: »Was will er denn wieder, was kann ich denn noch tun, ich bin todmüde, sie wissen doch, daß ich alles, was in meiner Macht stand...« Während sie weiter Selbstgespräche führte, trat sie in sein Zimmer und schloß die Tür. Ich öffnete die Dachluke.

Anfangs redeten sie fast gleichzeitig. Er gelassen, beruhigend, damit sie, das war eindeutig, ihm zuhörte, denn sie setzte ihren kleinen inneren Monolog fort, flink und fieberhaft, in dem es um eine Postkutsche und eine Verspätung ging, um Nachbarn, die ihr nicht wohlwollten und um jemanden, der ihr ein Umschlagtuch verweigert hatte. Mitten in diesem unsinnigen Geplapper fiel zu meinem Erstaunen der Name Wilhelms, des Kutschers. Dann trat Stille ein, in der die Worte des Chevalier an Gewicht, an Autorität gewannen. Sie müsse hingehen, die Zeit dränge, ihr Vater (sie hatte also einen Vater? Und wer mochte das sein?) bestehe darauf, es sei der einzige Weg... Ein schrilles »Nein!« war ihre Antwort.

Ich hörte ganz deutlich: »Aber schauen Sie, Kleine, das ist

doch nur ein Scheingefecht!« Darauf sie, mit gedämpfter, rauher und sich überschlagender Stimme: »Nein! Das kann ich nie und nimmer! Ich weigere mich, hören Sie ... Ich weigere mich, ich würde ihm ins Gesicht spucken! Ich hasse ihn! Das kann niemand von mir verlangen, das ist ungerecht. Ich will ihn gern umbringen, wenn das gewünscht wird ... Ich will ihn gern umbringen, ich könnte ihn erwürgen, ich habe nämlich viel Kraft in den Händen, müssen Sie wissen ... In Holland habe ich Holz gehackt, Knochen, dicke Knochen für das Vieh zerkleinert, aber das ...« Und plötzlich schrie sie überlaut: »Und wieso sollte ich mich dazu hergeben?« und ließ sich anscheinend in einen Sessel fallen, den ich knirschen hörte, und brach in hemmungsloses Schluchzen aus.

Ich war baß erstaunt. Sie war also in Holland gewesen? Sie haßte jemanden? Und wozu wollte der Chevalier sie zwingen? »Er würde gerne das Modell kennenlernen, hat er gesagt ...« Sollte mein Meister, um bekannt zu werden, sich so weit erniedrigen, daß er sich als Kuppler betätigte?

»Das ist eine einmalige Gelegenheit! Die Gelegenheit, auf die wir gewartet haben! Sie sind zu nichts verpflichtet, aber ich kenne die Versprechen, die man Ihnen gemacht hat. Sie werden eingelöst, dessen können Sie sicher sein. Soll Wilhelm eine Garantie für Sie erwirken?«

Es war wieder kurze Zeit still. Antwortete sie etwas? Stellte sie eine Frage, eine Bedingung? Und plötzlich hörte ich wieder ihren schnellen, flinken, fliehenden Schritt auf der Treppe, dieses Geräusch der dünnen Absätze auf den Stufen, auf dem gepflasterten Hof, auf den kaputten Steinen im Garten. Und die Stimme des Chevalier, der nicht versucht hatte, sie zurückzuhalten und niedergeschlagen wirkte, als er laut sagte: »Vollkommen verrückt!«

Dies geschah am Tag vor meinem Geburtstag. Ich saß auf der Wendeltreppe und dachte über die unglückliche Antoinette nach, die ich doch eigentlich nicht mochte. Und auch Sanson, der mir Angst einflößte, war unglücklich. Und sogar Jeannette, die eine starke Zuneigung zu ihren Kindern an den Tag legte, litt unter widersprüchlichen Gefühlen. Der Morgen war schön, der Garten schmückte sich trotz seines Gestrüpps mit hartnäckig hervorsprießenden Blüten, ein Plätschern verriet, daß der namenlose Junge (den ich noch nie nach seinem Namen gefragt hatte) großzügig die Gießkanne schwenkte. »Ich hasse Unglück«, sagte ich mir entschlossen. Ich nahm meine Schuhe in die Hand (mein Meister brauchte nicht zu wissen, daß ich ihm nachspionierte) und ging in Richtung der Stallungen. Der Mond stand noch am Himmel, und ein leichter Hitzeschleier verzauberte die verstümmelten Statuen, die dornenüberwucherten Wege, den erschlafften Flieder, den der Junge goß. Ich hatte ihn mir nie näher angeschaut. Er war mager und verschlagen, bar jeglicher Pfiffigkeit, die Jeannettes Kindern die Gewißheit verlieh, geliebt zu werden. Sah ich auch so aus, als ich im Hôtel des Arcoules ankam?

»Wie heißt du?« fragte ich, bevor ich mein »Laboratorium« betrat.

Er schaute mich verdutzt an. Es stimmt schon, kein Mensch sprach je mit ihm; bestenfalls richtete der Chevalier ab und zu ein paar Worte an ihn.

»Georget«, antwortete er schließlich.

»Georges?«

»Georget.«

»Nennt dich deine Mutter so?«

Ich dachte schon, er würde jetzt antworten, sie sei tot. An diesem schönen Morgen hing ein Hauch Traurigkeit, eine Spur Verdammnis in der Luft.

»Meine Mutter hat man nach Louisiana gebracht«, sagte er etwas zutraulicher... »Aber sie wird wiederkommen. Sie hat es mir versprochen.«

Und ich entsann mich, daß in regelmäßigen Abständen Leute zusammengetrieben und ohne viel Federlesens als Siedler in diese entfernten Gegenden transportiert wurden, eine bunte Mischung von Armen und Verurteilten, als sei Armut an sich gleichbedeutend mit Verurteilung.

Ich hatte es immer schon gewußt, hatte darüber reden hören,

kannte sogar das betreffende Lied, von dem mir nun Bruchstücke wieder einfielen:

Muß ich, weil ich hübsch bin,
Von dir fort, mein Herz,
Hin zum Mississippi,
In tödlichem Schmerz?

Selbst unter Louis XIV waren Mädchen, ob tugendsam oder nicht, waren Bettler, Diebinnen, Vagabunden, betrügerische Salzhändler deportiert worden. Ich glaube, meine Tante betätigte sich in irgendeinem Wohltätigkeitszirkel, um diese Leute ein bißchen auszurüsten, denn häufig besaßen sie nur das Hemd am Leibe, und oft kamen sie gar nicht an. Aber das waren Gerüchte. Niemand achtete darauf, wie man die Kälte nicht beachtet, wenn man es warm hat. Und plötzlich wird man sich bewußt, daß es direkt nebenan geschieht, im eigenen Garten.

»Ja«, sagte ich, um ihm ein Lächeln zu entlocken. »Sie kehrt bestimmt wieder.«

»Wenn sie nicht kommt, werde ich sie suchen gehen«, sagte er und hob seine Gießkanne auf. »Ich werde Geld haben, und dort werden sie mich schon anheuern. In ein paar Jahren bin ich alt genug.«

»Wie alt bist du denn?«

»Dreizehn. Monsieur le Chevalier sagt, daß ich ihm sehr nützlich bin.«

Und steckte ihm bestimmt ein paar Münzen zu... Und ernährte Jeannettes Kinder. Und plante vermutlich, Antoinette an den Kunstfreund zu verhökern. Wie läßt sich das vereinbaren?

Morgen hatte ich Geburtstag. Unter dem Vorwand, anhand einer Zeichnung von Lavelli, die kürzlich aus Italien eingetroffen war, die Gehirnwindungen studieren zu wollen, schloß ich mich im Stall ein. Ich fühlte mich sehr allein und würde morgen sechzehn!

Am nächsten Tag kam Antoinette abermals, gleich nach dem Frühstück. Sie hatte sich entzückend frisiert: Ein hauchzartes Spitzenhäubchen wölbte sich über dem Chignon, die Mantille öffnete sich über mehreren Schichten von Stoffen, die wohl die berühmten »bauschigen« oder »flatternden« Kleider bildeten, die gerade in Mode waren. Und diese grauen und rosa Stoffe verliehen ihr etwas Lässiges, das ihr wunderbar stand. Diese Art sich zu kleiden erfuhr heftige Kritik, insbesondere von seiten der Liselotte von der Pfalz, die verkündete: »Man sieht darin aus, als schlüpfe man gerade aus dem Bett.« Wenn dies zutraf, so war das Bett, dem Antoinette entstiegen war, ein fürstliches. Sie hatte sich kunstvoll, kaum merklich gepudert, mit einem silbrigen Puder, passend zur Mondsichel, die den Chignon hielt. Eine Mouche im Augenwinkel, ein Hauch Rouge und ihre feinen Holzabsätze, die heute fröhlich klapperten.

»Wie schön Sie sind, Antoinette!« sagte ich aufrichtig. »Wie in eine Wolke gehüllt.« (Das war sie immer ein wenig.)

Sie dankte mir mit einer Gleichgültigkeit, die zu meinem Kompliment nicht paßte, wohl aber zu ihrer Gesamterscheinung. Der Chevalier tauchte auf, schien sie kaum wahrzunehmen, war aber ebenfalls recht manierlich gekleidet. Wilhelm wartete auf dem Bock, auch die Kutsche schien gewaschen und hie und da ein paar Pinselstriche bekommen zu haben und sah sauberer und gefälliger aus. Sie hatten eindeutig etwas Wichtiges vor. Beabsichtigten sie wirklich, wie ich gemutmaßt hatte, Antoinette dem Kunstfreund auszuliefern? Wie konnte sie, nach ihrem gestrigen Widerstand, heute so geschmückt und so passiv dastehen? Ich mußte herauskriegen, was da gespielt wurde.

»Sie lassen mich wieder alleine zu Hause?« fragte ich den Chevalier.

»Wenn uns plötzlich ein Gehirn geliefert wird, weiß ich mir nicht zu helfen. Sie müssen mir noch erklären ...«

»Ab in dein Zimmer und halte uns nicht auf!« erwiderte er so brüsk, wie ich beabsichtigt hatte.

»Sehr gut. Ich sehe, daß Sie meinen Geburtstag feiern wollen.«

»Was? Soll das heißen ...« Leises Bedauern klang mit.

»Ja, Monsieur. Heute werde ich sechzehn.«

Ich rannte die Treppe hinauf, bis in mein Zimmer, knallte die Tür zu und schob lautstark den uralten Riegel vor, der hervorragend geeignet war, mein vorgetäuschtes Schmollen zu unterstreichen. So geschwind ich nur konnte, schlüpfte ich in meine abgetragene Arbeitshose, zog mir grobe Wollsocken, mit Werg ausgestopfte Männerschuhe und ein abgewetztes Obergewand an, das ich in einem Reisekoffer gefunden hatte. Nun noch eine Polizistenkappe, die meine Haare verdeckte, und schon sah ich aus wie ein Laufbursche, nicht allzu lausbubenhaft, damit mich keine Wache festnahm, aber auch nicht so adrett, als daß man mich ausrauben könnte. Diese Ausstattung lag schon seit einiger Zeit bereit. Ich hatte sie auf dem Käsemarkt und bei den Marionettenspielern getragen. Doch erst kürzlich hatte ich mir noch einen besonderen Trick ausgedacht, der mir gefiel und nützlich war, wie sich herausstellen sollte.

Es dünkte mich schon all die vergangenen Tage, daß man mir nichts sagen würde, daß sich allerdings etwas zusammenbraute, das ich unbedingt in Erfahrung bringen mußte. Daher hatte ich mich bereit gemacht, dem Chevalier oder der Sicard oder dem Kutscher, der über beide eine höchst zweifelhafte Macht auszuüben schien, zu folgen. Und da sie nun heute, zumal in dieser Aufmachung, alle drei beisammen waren, schien mir die Gelegenheit günstig, etwas zu erfahren. Daher hatte ich die Beleidigte gespielt und war schnurstracks davongelaufen.

Die Sache hatte nur einen Haken: Ich mußte unbemerkt bleiben, bis die Kutsche nach Paris hineinfuhr.

Hatten wir die Stadttore erst passiert, könnte ich ihr im Straßengetümmel bestimmt bis zu ihrem Ziel nachlaufen. Ich war flink, Paris war voller Menschen, und es hätte schon mit dem Teufel zugehen müssen, wenn es mir nicht gelang. Und wenn es diesmal nicht klappte, würde ich es von neuem versuchen! Lange sollte man Catherinchen nicht an der Nase herumführen.

Ich folge ihnen also. Kaum bin ich innerhalb der Stadtmauern, werde ich bespritzt, beschimpft und herumgestoßen. Der Faubourg Poissonnière ist vielleicht ohne Eleganz und übel beleumundet, aber Bewegungsfreiheit hat man dort! Ich ziehe meine Geheimwaffe aus der Tasche: einen vorbereiteten Briefumschlag, den ich (für eine Wachsbildnerin ein Kinderspiel!) mit drei schönen roten und beeindruckenden Siegeln versehen habe und den ich jedesmal, wenn ich Gefahr laufe, den Wagen aus den Augen zu verlieren, über meinem Kopf schwenke, während ich »Platz! Platz!« rufe und ein Gesicht aufsetze, als gäbe es Prügel, wenn ich nicht rechtzeitig ankäme. Eigentlich nicht unfreundlich, diese Pariser! Sie weichen sofort aus und schenken dem vermeintlichen Laufburschen sogar ein Lächeln. Ich bin völlig außer Atem und fühle mich nach all den Püffen und Stößen wie zerschlagen, als ich endlich sehe, daß sie in der Nähe der Tuilerien haltmachen.

Große Überraschung! Der Wagen steht, der Kutscher klettert vom Bock und ist mit größter Hochachtung Antoinette beim Aussteigen behilflich. Behende springt der Chevalier auf das Pflaster, und das Trio, das entlang des Parks nicht anhalten konnte, überquert die Chaussee, wobei Wilhelm seiner »Herrschaft« dienstbeflissen den Weg bahnt. Sie betreten den Park.

Was? All diese Geheimniskrämerei, um in den Tuilerien zu flanieren? Sie schlendern unter den Bäumen dahin. Die angebliche Kunststickerin am Arm des Chevalier, den sie – meiner Treu! – überaus graziös ergriffen hat, und drei Schritte hinter ihnen geht wie ein Lakai (die Gesinnung hat er ohnehin, wenn nicht gar die Funktion) unser Wilhelm. Von Zeit zu Zeit begegnet ihnen jemand, der sie grüßt. Ich wußte zwar, daß der Chevalier in ein paar »aufgeklärten« Salons verkehrte, nicht aber, daß er schon so weit in die höheren Gesellschaftsschichten vorgedrungen war. Antoinette scheint offenbar niemand zu kennen, aber ihr Aussehen, ihre Gelassenheit, ja gerade ihre Gleichgültigkeit sprechen für sie. An einem Verkaufsstand, wo allerlei

Backwerk ausliegt, bleibt sie stehen, zeigt mit dem Finger darauf, und der Chevalier beeilt sich, ihr eine kleine Galette zu kaufen. Was hat er vor? Mir bleibt kaum Zeit, die Anmut zu bewundern, mit der sie die Galette entgegennimmt und zum Mund führt, wobei sie sie kaum mit den Lippen streift, weil mich ein Bürger anschnauzt, als kennten wir einander:

»Warum stehst du herum und guckst ein Loch in die Luft? Man bezahlt dich, damit du einen Brief austrägst, und du machst dir einen faulen Lenz!«

Ich stelle fest, daß Waffen häufig zweischneidig sind. Ich setze ein verschrecktes Gesicht auf, laufe zum Schein auf den Ausgang zu, mache hinter einem Baum kurz halt, um den im Augenblick nutzlosen Brief zu verstecken, und schon habe ich die drei verloren. Der Vormittag schreitet fort, die Spaziergänger werden zahlreicher, Händler jeder Sorte verteilen sich in den Alleen, man sieht sogar Kinder an der Hand ihrer Kinderfrauen. Man trifft sich, man grüßt sich. Fast möchte ich sagen: Man mischt sich unters Volk, denn ich sehe einen großartig gepuderten und federgeschmückten Edelmann mit einem Kerl niedrigster Sorte in Berkanrock (wie der Zar!) ein paar Worte wechseln; vermutlich schuldet er ihm Geld. Es sei denn, man verhielt sich neuerdings anders, als meine Tante es mir beschrieb. Sie war damals allerdings dreißig und sprach über das Ancien régime. Ach, da sind sie ja wieder! Sie haben ein fast ungestörtes Plätzchen entdeckt, unterhalb der Terrasse. Sie sind nicht allein. Ich hatte ja geahnt, daß sie verabredet waren. Ein hochgewachsener Mann mit schwarzer Roßschweifperücke, hochtrabendem Gebaren und (für meinen Geschmack) etwas zu üppig flatternden Spitzenmanschetten hat sich zu ihnen gesellt. Der Kutscher ist nähergetreten und hat sein respektvolles Verhalten aufgegeben. Mein Chevalier läßt die Blicke schweifen, zuckt entmutigt mit den Achseln, wie immer, wenn er nicht zu überzeugen vermag, nimmt dann das Gespräch aber wieder auf. Antoinette lehnt an einer Bank. Sie sieht aus, als posiere sie für einen Maler, der ihr nicht behagt. Und da ich mich nicht heranpirschen kann, um sie zu hören, ohne mich zu verraten, sehen alle vier für mich aus wie ein Gemälde, das wie jedes Bild auf rätselhafte Weise zugleich verbirgt und offenbart. Trotz seiner Spitzen, seiner Absätze und seines hochherrschaftlichen Gehabes erkenne ich sofort, daß der Schwarzköpfige gefesselt ist von der Beredsamkeit unseres »Kutschers«, der sich in Positur geworfen hat und, ohne Gestik, allein durch sein energisches und gebieterisches Mienenspiel, sein eckiges Gesicht, die ausgeprägte Kinnpartie und diese herausfordernd blickenden Augen, den anderen beherrscht, der anfangs so abweisend und gleichzeitig manieriert gewirkt hatte und jetzt unsicher zu werden, ja nachzugeben scheint. Von Zeit zu Zeit springt wie ein rasender Hund, der zum Angriff ansetzt, sich aber dann, entmutigt, ein Stöckchen zum Spielen sucht, Martinelli dazwischen. Diesen Wechsel von Energie und Entmutigung, wenn er sich in ein Experiment stürzt und im Moment, wo es vielleicht gelingen könnte, davon abläßt und es womöglich vergißt, kenne ich zu gut. (Das ist der Grund, warum bei uns so oft etwas explodiert, ein kleiner Brand ausbricht, mefitische Gase die Luft verpesten und Jeannette, die für ihre Kinder fürchtet, entsetzt kreischt: »Sie werden sie noch vergiften, wie der Regent, der seine Familie vergiftet hat!« Darauf er, eines Tages: »Mögen Sie den Regenten nicht, Jeannette? Was hat er Ihnen denn getan?« »Er hat meinen Mann ruiniert, wie alle Bewohner von Versailles, weil er nach Paris übersiedelt ist.« Das wird ihr nicht auszutreiben sein. »Ich dachte, Sie hätten sich mit Ihrem Mann überworfen?« »Überworfen? Keineswegs.« Ihre Züge werden sanfter. »Wir sind uns nicht einig, das ist alles.«)

Nun scheint mein Quartett – besser gesagt, mein Trio – handelseinig. Der große Mann mit der großen Perücke drückt dem Chevalier die Hand. Sein breites Lächeln macht ihn nicht liebenswürdiger. Und diese schwarze Perücke! Diese flatternden Rockschöße, anmaßend und zugleich lässig und auf jeden Fall viel zu jugendlich für einen mindestens Fünfzigjährigen! Ob er ein Schauspieler ist? Unser Wilhelm ergießt sich jetzt in Komplimenten, Danksagungen und Grußbezeugungen, vielleicht macht er sich nur lustig? Ich amüsiere mich wie in der Comédie Italienne. Mein Chevalier dreht sich um sich selbst, sucht er einen ehrenhaften Abgang? Er kann sich nie losreißen. Er redet weiter. Der Schauspieler hört mit gespielter Höflichkeit zu, während Wilhelm einen Schritt vor, einen Schritt zurück tut, um diesen Austausch von Höflichkeiten zu beenden. Was sind das für Leute? Was wird da ausgehandelt? Wieso steckt die große Perücke meinem Herrn eine Börse zu, die dieser sogleich mit großmütiger Geste dem Kutscher weiterreicht? Da wurde ein Geschäft abgeschlossen, das ist sicher, von dem Wilhelm seinen Anteil bekommt. Aber was hat der Chevalier unter der Hand zu verkaufen? Sein Schreibtalent? Hat er ein Theaterstück geschrieben? Oder ein aufwiegelndes Pamphlet? Oder hat er – ich weiß, daß es so etwas gab – für diesen Edelmann (ein Schauspieler dürfte er wohl doch nicht sein, seine Perücke ist zu großartig) Madrigale oder eine Epistel verfaßt, die dieser als sein Werk ausgeben wird? Sollte er mir das verheimlicht haben? Warum? Wer hat als Vermittler zwischen ihm und diesem so lächerlich gutgekleideten Mann gedient? Wilhelm, der bestimmt seinen Anteil bekommt, oder Antoinette, für deren Anwesenheit es überhaupt keinen Grund gibt?

Ich schaue sie mir an. Ihre Gesichtszüge sind trotz Rouge und weißem Puder dieselben geblieben. Allein ihre Augen sind geweitet, als hätte sie einen Opiumtrank genommen. Sie sieht die drei Männer starr an. Und diese, als spürten sie ihren Blick, fahren herum wie Leute, die anderen weh tun, es wissen und sich darüber ärgern, zornig und beschämt zugleich. Und als im Park kurz kein Geräusch zu vernehmen ist, höre ich sie mit tonloser und beängstigend flacher Stimme sagen:

»Einverstanden. Ich werde es tun.«

Närrin! Ich behaupte, kein Kind mehr zu sein und lasse mich von der Lust an der Verkleidung ablenken, vom Schelmenstück, ihnen nachzulaufen und sie zu finden, von der Komik dieser großen perückengeschmückten Marionette, die den Edelmann spielt, von der Neugierde, von all dem Neuen dieses Ausflugs an einen Ort, an dem ich noch nie war! Und vergesse dabei (oder halte sie für nichtig, für absurd) die Schreie der Auflehnung und die Tränen vom Abend zuvor! Plötzlich wird mir bewußt, wie niederträchtig und schmierig das alles ist. Der Mann mit der Perücke ist der mehr oder weniger eigennützige Abgesandte des Kunstfreunds. Mein Meister und Wilhelm, der eine wie immer geartete Macht über Antoinette besitzt, haben sie ausstaffiert, bezwungen, hierher geschleppt, damit der Kuppler prüfen kann, ob sie es wirklich ist, ob sie wirklich aussieht wie die Büste, so wie man sie ihm beschrieben hat: bildschön. Diese drei Männer – Einfluß, Gunst, Geld – erhoffen sich beachtlichen Profit aus ihrem Vermittlergeschäft. Und Antoinette, die Sicard, die Verstörte, die nachgiebige und immer flüchtende Antoinette hat sich – unter welcher Drohung? – hierhin führen lassen und schließlich mit dieser Stimme der Verzweiflung gesagt: »Einverstanden. Ich werde es tun.«

Mir ist das Lachen vergangen. Fast möchte ich heulen. Wegen Antoinette, die ich doch gar nicht mag? Oder wegen des Chevalier, den ... an den ich mich gewöhnt hatte? Ich warte das Ende der Begegnung nicht ab. Langsam kehre ich heim, werde gestoßen und stoße zurück, versuche, meinen Herrn in Gedanken ein wenig aufzuwerten – er hatte diese Börse ja großmütig an Wilhelm weitergereicht ... Aber ob aus Habgier oder wegen der Aussicht auf dieses Fest zu Ehren der Büste, ist sein Handeln darum weniger häßlich? Ich bin kein Moralapostel und halte eine Vermittlertätigkeit, die, wie ich glaube, viel Höhergestellte ausüben, nicht für unverzeihlich. Madeleine hatte mir neulich erzählt, der Sittenverfall sei so weit fortgeschritten, daß Frauen für ihren Vater oder ihren Gatten, den sie damit beherrschten, möglichst hübsche Zofen auszusuchen pflegen. Daß ehrbare Damen die schönsten Kammerdiener gewissermaßen in Gold aufwiegen und man sich vorstellen könne, wozu sie ihnen dienen. Daß ... Dies alles spielt sich wohlgemerkt nur in den besten Kreisen ab, in denen der Chevalier in letzter Zeit vielleicht ein wenig zu häufig verkehrte. Hätte ich ihm nicht verzeihen oder ihn zumindest entschuldigen können, wenn es nur darum gegangen wäre, ein nettes, fröhliches Mädchen an den Mann zu bringen, das, wenn es ihr Gewinn brachte, nichts anderes verlangt hätte? Durchaus, aber ich hatte *Die Tränen* geschaffen. Ich hatte Antoinette als Modell genommen. Der Kunstfreund hatte *Die Tränen* gesehen und träumte nun von dem Modell. Dadurch wurde ich in diese Angelegenheit hineingezogen und konnte sie nicht tolerieren. Es war unmöglich (schien mir), Antoinette zu sehen und sie zu lieben: Ihre Schönheit, ihre verstörte Traurigkeit flößten Angst ein. Doch ebensowenig konnte man Antoinette Böses tun, nicht einmal zulassen, daß ihr Böses geschah. Daß der Chevalier das nicht spürte, entfremdete mich ihm.

Es war ein schöner Tag, die Krämerläden quollen über auf die Chaussee, die Gaffer schienen fröhlich, der schreckliche Winter war vergessen, und auch der vorangegangene glühendheiße Sommer, der so viele Ernten vernichtet hatte. Und die, die überlebt hatten, dachten nicht mehr an den Hunger und kauften Papierwindräder für ihre Kinder oder bunte Bänder für ihre Geliebten. Im Hof des Hôtel des Arcoules hängte Jeannette Wäsche auf die Leine, an ihren Rockzipfeln rechts und links ein kleiner Junge, wie angeklammert, und auf einem Grasviereck im vorderen Teil des Gartens der splitternackte Säugling (erst heute sah ich, daß es ein Mädchen war), der fröhlich strampelte und an einer Blume lutschte. Georget harkte tapfer und träumte sicher von Louisiana. Bienen belebten die Stille. Die silberne Glocke der Kapelle der Dames-Noires schlug das Viertel, und mein Los wäre mir gar nicht so schlimm erschienen, ohne diese mir bisher fremde Melancholie.

Ich ging nicht auf meinen Dachboden, nicht ins Laboratorium, sondern zog mich in den hinteren Teil des Gartens zurück. Ich lief auf die Felder zu, hinaus ins Land, zu dem Wäldchen hinüber, wo ich für ein paar Stunden untertauchen konnte. Die Vorstellung, der Chevalier käme heim, mit sich zufrieden, und würde das Wort an mich richten, war mir unerträglich: »Ich bin doch jetzt sechzehn!« wiederholte ich immerzu. »Ich bin sechzehn!«, als hätte das meinen Ärger, der eine Kränkung war, noch steigern können. »Ich hätte ein Buch mitnehmen sollen«, sagte ich mir, als ich über das Gatter zum Champ-Valoir kletterte, aber was für ein unterhaltsames Buch besaß ich eigentlich, abgesehen von *Don Quijote*, den ich schon hundertmal gelesen und dessen Wahnvorstellungen ich heute, wie mir schien, unfreiwillig geteilt hatte? Ich lief jetzt schneller. Ich wollte fort von diesem Haus, dieser Arbeit, diesem Mann, der doch meine einzige Zuflucht, mein einziger Halt, mein einziger Freund war. Und am Feldrain, wo das Wäldchen beginnt und die Verliebten sich sonntags treffen, saß auf einer Bank am Rande der Böschung ein Mann und schluchzte in ein Stofftaschentuch. Ich besaß überhaupt kein Taschentuch. Vielleicht war das der Grund, warum ich nie weinte.

»Sanson!« seufzte ich matt.

Wenn ich einem jetzt nicht hatte begegnen wollen, war es Charles Sanson. Als er indessen seine dunklen Augen zu mir erhob, entdeckte ich darin einen Ausdruck, der dem Antoinettes so ähnelte – ein stumpfer, hoffnungsloser, kraftloser Blick –, daß ich nicht den Mut fand, sofort davonzulaufen. Er ließ mir dazu auch gar keine Zeit. Mechanisch faltete er sein Taschentuch zusammen, wischte sich über die schweißnasse Stirn und sagte zutraulich, wie ein Hund:

»Catherine, mir ist etwas Schreckliches passiert. Marthe ist schwanger.«

Das war nun wirklich ein Hieb auf den Kopf, falls man in Gegenwart eines Henkers so etwas sagen kann. Resigniert ließ ich mich neben diesem schwitzenden, nachlässig gekleideten Mann nieder, der mein Vater hätte sein können, und sagte so sanft wie möglich: »Nur zu, erzählen Sie.«

So verbrachte ich meinen Geburtstag!

Die Liebe, die Frau hätten die Sünde über uns gebracht, lehrt die Bibel. Vielleicht nur die Frau. Charles meint: die Liebe. Denn hätte Charles Sanson der Vater Marguerite Jouënne, die Tochter des Henkers von Dieppe, nicht getroffen, nicht geliebt, nicht um jeden Preis (selten war dieser Ausdruck so zutreffend) haben wollen, wäre er beim Militär geblieben, vermutlich degradiert worden, vielleicht desertiert, aber hätte bestimmt nicht als Henker geendet. Nie und nimmer als Henker! Kriegsgreuel waren etwas anderes, auch wenn sie ohne Befehl, ohne Rechtfertigung begangen wurden; wer würde einen Soldaten schon schmähen wegen ein paar Plünderungen, ein paar Vergewaltigungen, ein paar aufgespießter Kinder? »Mein Vater hat mich dazu verdammt«, hatte der junge Charles gedacht, als er aus seiner jugendlichen Trägheit erwachte. Er verabscheute seinen Vater, was üblich war. Es drängte ihn, etwas zu lernen. Er lernte wie ein Besessener, nur um nicht nachzudenken. Er las und fragte nach. Sein größter Wunsch war, an ein paar praktischen Vorführungen teilzunehmen, sich in die Apothekerzunft einzuschleichen, um ihre Rezepte kennenzulernen und sich mit der kleinen Chirurgie vertraut zu machen: Aderlaß, Schröpfen, Verbände und Zugpflaster anlegen, Kauterisieren, Abszesse aufschneiden. So hatte es sein Vater gelernt. Manchmal holte er sich, mißmutig, bei ihm Rat. Das gesamte überkommene Wissen wurde jetzt in Frage gestellt. Neues bereitete sich vor in diesem Bereich. Doch zahllose Demarchen, die für einen anderen einfach gewesen wären, waren für ihn fast unmöglich. Damals war er noch ein wenig schwerfällig, ein Brotteig, der nicht aufgegangen war. Auch später war er noch viel zu gutmütig. Ein großes Kind, das sich abgrundtief schämte, sich bei Madelon den Tripper und später, bei Angélique, Schuldgefühle eingehandelt zu haben, die er allerdings noch zu heilen hoffte.

Sein Vater besaß eine große Klientel aus armen Leuten, die ihm vertrauten. Und nachts, in den Lumpen ihrer Domestiken, schlichen auch Bürger zu seinem Haus und kauften diesen Nerval-Balsam, der Menschenfett enthalten sollte (weswegen Gutgläubige ihn sich lieber beim Henker holten, aus Furcht vor Betrug), oder auch die Vigo-Pflaster, die aus Teilen von Fröschen gewonnen und darum »de ranis« genannt wurden. Er renkte ausgerenkte Gliedmaßen wieder ein, interessierte sich für destilliertes Wasser, für Riechsalze und hielt sich daher für eine Art

Gelehrten, für einen Experimentator, dem von Zeit zu Zeit die unliebsame, aber unerhebliche Aufgabe zufiel, einen dahergelaufenen Straßenräuber hinzurichten. Hob sich das wirklich gegenseitig auf? dachte Charles der Sohn. Und, nach Angélique: nein! Wahrhaftig nicht!

Von nun an schenkte er dem schwachen Leuchten des erlöschenden Lebenslichts Beachtung. Dieser winzigen, so schönen und im letzten Aufflackern immer gleichen Flamme, ob beim windigsten Gauner oder beim politisch Verfolgten, bei der Taschentuchdiebin oder der armen Dienstmagd, die verurteilt wurde, weil sie – das kommt immer noch vor – den zu jungen Sohn des Hauses, in dem sie dient, verführt hat, oder bei ... Er sah die Ähnlichkeit aller Leidensäußerungen, die den Menschen durch die Erschütterung in die Kindheit zurückholen. Vielleicht war seine Aufgabe, daß sie im gleichen Zustand, in dem sie auf die Welt gekommen waren, sterben konnten, freigesprochen von ihren Sünden.

Solche Gedanken sind belastend im Alter von achtzehn Jahren. Sein Vater, der die Einsamkeit leid war, heiratete wieder. Er schwor sich: »Ich werde niemals heiraten!« Durch ihn würde das Weh, das Leid, nicht vererbt werden. Man schlug ihm junge Mädchen vor, aus den Familien Jouënne, Zeller, eine Nichte aus dem Geschlecht der Collet de Charmoy, lauter große Henkerdynastien aus Dieppe, Montpellier oder Soissons, die sich untereinander verbanden, dachten, daß »Adel verpflichte« und wirklich daran glaubten. Die Wiederverheiratung des Vaters erstaunte den Sohn. Sie hieß Jeanne-Renée Dubut, ein glanzloser, aber keinesfalls unheilverkündender Name. Sie war die Tochter eines Zimmermanns mit Meisterbrief.

Charles der Jüngere kam aus dem Staunen nicht heraus. Sie (wie einst Charles I., der Marguerite Jouënne begegnete) heiratet ihn und hatte doch freie Wahl? Unverständlich. Wer ist diese Frau? Umstandslos hat sie einen Mann akzeptiert, der nicht mehr ganz jung, aber friedfertig ist, ihr freie Hand läßt und mit seinem Patriarchenbart gut aussieht. Nicht zu vergessen natürlich, die Karpfen, den Anteil an Körben voller Haselnüsse und all das andere. Und der Berufsstand? Mein Gott... »Einer muß es ja machen, nicht wahr?« sagt sie zu den Patienten, die durch die hintere Gasse kommen, um ihren verstauchten Fuß oder einen hartnäckigen Ausschlag behandeln zu lassen. Wenn es nach ihr gegangen wäre, hätte sich Charles I., indem er der Menschheit ersparte, sich selbst zu richten, den Titel »öffentlicher Wohltäter« verdient. Wer beim Anblick der (in anderem Farbton!) auf den Ärmel gestickten Leiter die Straßenseite wechselt oder gar – das gibt es! – ausspuckt, der gehört zum Pöbel, zum Lumpenpack und wird selbst eines schönen Tages am Galgen baumeln oder den Kopf auf den Block legen müssen. Und wird es wahrlich verdient haben! Mit demselben guten Hausfrauengewissen sticht sie dem Karnickel das Auge aus, läßt sie das an den Krallen hochgehaltene Huhn ausbluten. Das ist der Lauf der Welt. Und wenn er Metzger wäre, ihr Mann? Tiere sind immer unschuldig...

Sie hat ein noch recht jugendliches Gesicht und rotblondes Haar. Sie ist sanftmütig. Und Charles II. streitet nie offen mit seinem Vater, höchstens wegen Kleinigkeiten – den Ingredienzien einer Salbe: »Das ist noch der Codex von 1638«, meint aber etwas anderes. Er betrachtet dieses Paar, betrachtet ihr Leben, erinnert sich an Angélique und sagt sich: »Ich werde niemals heiraten.«

Hierin zumindest hat er freie Hand. Das Geschlecht wird aussterben. Das Leid, für das er mehr oder weniger verantwortlich ist, wird ein Ende nehmen. Dieser Gedanke stärkt ihn, wenn er über die Place de Grève geht oder am Kreuz des Trahoir steht, wo der Pöbel ihm zuruft: »Na los, Charlot!« und die Frauen ihn mit Blicken mustern. Er hat keinen Grund, sich zu schämen. In deren Augen gilt er als schöner Mann: ruhig, kräftig gebaut und vertrauenerweckend, wie man es von einem Henker erwartet. Wenn hingegen ihrer Meinung nach eine Hinrichtung zu schnell vonstatten geht, wenn ein Verurteilter ihnen nicht gefällt und obendrein vor dem Rädern in den Genuß des Retentums kommt, wenn der geringste Zwischenfall eintritt, wie ein Strick, der reißt, eine Eisenbarre, die abrutscht, ein Wimmern, das an »ihre« Ohren dringt, dann verwandelt sich plötzlich wie bei einer chemischen Reaktion ihre blutrünstige Gier in Mitleid, die rote Flüssigkeit wird weiß, und es finden sich immer wieder einige, die sich an seinen peinlichen Berufsbeginn erinnern (eine durch Übertreibung untermauerte Legende!) und ihm höhnisch zurufen: »Angélique! Angélique!« und den Umstehenden die jammervolle Geschichte der Présidente Tiquet erzählen.

Und Charles denkt bei sich, daß nicht die kleine Madelon, nicht die Zukünftige, die man ihm aufschwätzen will, sondern sie, Angélique, die echte »Henkersbraut« ist.

Bis er *Die Tränen* sah.

Das Wort hatte ihm schon immer gefallen: Leid. Ihm kam es vor wie ein Frauenname. Madelon, Angélique, eine andere. Doch heute hat er sie erspäht, durch das Fenster des Kuriositätenkabinetts. Da war es wieder, das schmale Auge mit dem traurigen Versprechen, und der durchsichtige Teint wie der einer Heiligen, auf wundersame Weise in ihrem Grab vor der Verwesung bewahrt, zwischen zwei Welten schwebend. Er hat ihren wirklichen Namen vernommen, dieses Raunen, diesen Namen (der kein Name ist) dieser für ihn geschaffenen Frau: Die Tränen.

Dabei hatte er durch die Fensterstäbe hindurch (auch diese Sicht der Dinge war sein Schicksal, eingesperrt, wie er in seinem Berufsstand war) nur ein Profil und eine im Sonnenstrahl glitzernde Träne gesehen. Hätte er sie lange genug betrachten können, hätte er etwas Wichtiges, etwas Wesentliches begriffen, schien ihm. Doch er wagte nicht zu verweilen. Aus Furcht, entdeckt zu werden, aber auch, weil er diesem leidvollen Antlitz, das er schon im Traum gesehen und nun wiedererkannt hatte, einstmals geschworen hatte, niemals zu heiraten und diesen Schwur gebrochen hatte.

Ich möchte, daß Sie sich meine Schwester mal anschauen, sie hat eine üble Schwellung an der linken Hand«, hatte seine Stiefmutter gesagt.

»Ich wußte nicht einmal, daß Sie eine Schwester haben.«

»Eine Halbschwester. Viel jünger als ich. Man hat sie nach Moulins in Stellung geschickt.«

»So? Wann denn?« hatte er aus reinem Anstand gefragt.

»Nach meiner Heirat«, hatte Jeanne-Renée erwidert.

Er hatte schon begriffen. Aber da sie immer zuviel des Guten tat, zuviel Gewürz ins Gebäck, zuviel Salz in die Suppe, zuviel Schmalz in den Brattopf, hatte sie noch hinzugefügt: »In Paris hätte sie nichts gefunden, wie Sie sich denken können... Alles spricht sich herum...«

»Ja, und?« hatte er sich gesagt. »Sieh an...«, hatte er sich gesagt. Gerührt hatte er sich gesagt: »Sie ist sensibler als ich dachte...« Auch darin hatte er sich getäuscht. Er hielt Jeanne-Renée für zu dumm für Finten, als ob man je zu dumm für Finten wäre. Kurzum: Es war eine Falle.

Er hatte Marthe gesehen. Sie hatte keine Ähnlichkeit mit ihrer Schwester. Sie war jung, hübsch, dunkelhaarig, das Gesicht olivenförmig, das Auge schmal, die Hände schlank. Er hatte sie behandelt (die Hand). Er hatte sie berührt. Ihre Haut war außergewöhnlich zart. Sie redete wenig.

»Da sie nicht heiraten wird, könnten wir sie vielleicht bei uns aufnehmen?« hatte Jeanne-Renée zu bedenken gegeben. Sie besaßen Geld und mehr Schlafzimmer, als sie benötigten. Warum nicht? Er hätte sich besser gefragt: »Warum?« Sie ging durch die Räume, schlank, zart, tiefblaue Augen im dunklen Gesicht, mit einem Anflug sinnlicher, schmachtender Traurigkeit, und ihr Schweigen wurde von ihren langen, trägen Blicken aufgehoben, die Fragen stellten und nur eine einzige Antwort erheischten. Sie ging Jeanne-Renée zur Hand, die sie, wenn auch nicht ohne Grund, anfuhr: »Man könnte meinen, du hättest das Leben noch vor dir! Wir haben dich nicht aufgenommen, damit du dich auf die faule Haut legst!« Eine Träne perlte am Rand der schwarzen Wimpern, rann aus den akeleiblauen Augen. Charles war gerührt. Der Vater schwieg. Gelegentlich bemerkte er bei Tisch, Marthe habe, obwohl sie so schlank sei, einen gesunden Appetit. Da verdüsterte sich das hübsche Gesicht ein wenig. Es war ihre Art, zu erröten.

Eines Tages überraschte Charles sie im Garten, wo sie wie eine Katze mit den Händen ein Loch grub, um eine zerbrochene Tasse zu verstecken.

»Was tun Sie da? Es darf Ihnen doch passieren, daß eine Tasse zu Bruch geht!«

»O nein! Mir darf das nicht passieren...«, sagte sie fast lautlos.

Sie erhob sich, hielt den Kopf gesenkt und glättete mit ihrem hübschen zarten Fuß die Erde. Er nahm sie in den Arm und küßte sie. Jeanne-Renée kam aus der Kammer hinter der Küche herbeigelaufen und rief strahlend: »Ich hatte es mir gedacht!«

Der Streich war gelungen. Der Vater machte sich nicht einmal die Mühe, Überaschung vorzutäuschen. Alles fand wieder seine Ordnung.

Außer in Charles' Kopf. Er stellte Vermutungen an. Wie durch Zauberei gab es nie mehr Vorwürfe oder Demütigungen der jüngeren Schwester durch die ältere. Er fragte sich, ob Jeanne-Renée auf sein Mitleid spekuliert hatte. Selbst der Vater... Er erwähnte plötzlich den verhängnisvollen Tag von Angéliques Hinrichtung. »Hier, nimm das Schwert, ich fühle mich nicht gut...« oder (er wußte die Worte nicht mehr genau) »Ich habe eine Art Schwindel«. Schaffte er damit nicht vollendete Tatsachen?

Im Laufe der Zeit sah er sich gezwungen, sich dem Bild des Vaters anzugleichen, als könnte er die Schande, den Freibrief, vielleicht dessen Liebe wie ein Kleidungsstück überziehen. Marthe verdächtigte er noch nicht.

Sie heirateten. Diese Entscheidung war für die Familie selbstverständlich: Sie war da, bekam ohnehin von ihnen Kost und Logis, war noch jung, war hübsch. Die Qual der Wahl, wie seine Stiefmutter bemerkte, entfiel: Es wäre unausweichlich eine Jouënne (seine Cousine?) oder eine Zeller geworden. Er dachte, als Marthe sich einen Orangenblütenkranz flocht, hier tue er ein gutes Werk, mache ein Unrecht, das ihr zugefügt worden sei, wieder gut. Immerhin verspürte er ein wenig Liebe, brüderliche Liebe. Arme Marthe: Wir sitzen im selben Boot, dachte er ironisch.

Sie gaben ein großes Fest. Ein großes Essen. Sie konnten es sich leisten. Alle strahlten, und die Braut war entzückend. Als sie allein waren, schlang sie ihre Arme um ihn, sagte, daß sie ihn liebe, daß er ihr schon immer gefallen habe, obwohl sie, wenn sie gewollt hätte, Monsieur Brisseau aus Moulins hätte heiraten können, bei dem sie Hausverwalterin war, oder Lartiron, den Gehilfen ihres Vaters, der sich über verwandtschaftliche Beziehungen hinwegsetzte... Aber als sie ihn gesehen habe, habe sie gleich zu ihrer Schwester gesagt...

Noch am Tag seiner Hochzeit entdeckte er das Komplott; Marthe war zu dumm, sie hatte es nicht geschmiedet, nicht einmal durchschaut. Jeanne-Renée und der Vater hatten auf sein Mitleid gerechnet, auf sein Bedürfnis, sich reinzuwaschen. Marthes kindliches Geplapper, ihre angeborene Sinnlichkeit, die sie ihm enthüllte, die Ehrlichkeit ihrer Worte, mit denen sie ihm ihre Zärtlichkeit beweisen wollte, zeigten ihm nur, daß sie nichts verstand. Er verließ das Ehebett und ging, sich die Füße zu vertreten.

Unweit der Küchen wartete eine Horde in Lumpen gehüllter Bettler auf die Reste vom Festmahl. Sie begrüßten ihn mit fröhlichen Zurufen. Waren sie seinesgleichen, die einzigen, denen er kein Entsetzen einflößte, wenn er sie traf? Sein Traum von einer Gefährtin, die gleichgesinnt wäre, Gefährtin und Gefährte, schuldig, geopfert und verurteilt wie er, mit ihm, an seiner Seite, dieser Traum war in dem Moment verflogen, als er begriff, daß Marthe, die alles andere war als diese Gefährtin im Unglück, mit der er den auf ihm lastenden Fluch hätte teilen und vielleicht sogar akzeptieren können, die Wahl gehabt hatte. Wie der Vater. Unheilvolle Gestalten. Wie konnte man sich für einen Fluch entscheiden, Isolierung für etwas Grandioses halten? Sein Vater hatte vermutlich einen Hang zum Schattendasein, strebte nach etwas Weihevollem, nach etwas, das dem gleichkam, was man vor kurzem noch Hexerei nannte und für das es heute keinen Namen mehr gibt (was nicht bedeutet, daß man nicht mehr daran glaubt, daß sie nicht wie unterirdisches und schwarzes Wasser andernorts wieder in anderen Formen hervorquillt – der Sumpf verwandelt sich in einen Sturzbach, der begradigte Bach begibt sich in den Schutz des Waldes, um dort zu toben). Sein Blick war hinter dem Patriarchenbart wahrscheinlich gerade, er hatte sich in den Umstand gefügt, nur auf fliehende Blicke zu treffen; der Vater besaß Stolz, vielleicht – aber nur vielleicht – schuldbewußten Stolz, während in den glänzenden Augen der hübschen Marthe von all dem nichts zu erkennen war. In dem ihren lag Stumpfheit, der Frieden vollkommener Verständnislosigkeit. Er beneidete sie, und sie wurde ihm fremd.

Im Morgengrauen schlich er sich ins Haus, ins gemeinsame Schlafzimmer, und vollzog die Ehe. Als er eindrang in Marthe, die kurz seufzte, dachte er an Angélique, wie sie vor dem Richtblock niederkniete. Als die schlanken Arme ihn umfingen, dachte er an den Wippgalgen, im Moment, in dem der Körper zurückfällt und sich mit diesem langgezogenen Frauenschrei streckt. Als er ihre Umarmung erwiderte, unterwarf er sie der Marter. Er haßte sein Opfer, haßte den Richterspruch, mit dem sie beide verurteilt worden waren, haßte die abscheuliche Verlogenheit von Verhältnissen, die einen, weil man ein Gesetz anwendet, durch ebendieses brandmarken (die Leiter!), und einer Situation, in der vom Körper in einer Weise Gebrauch gemacht wird, die seit undenklichen Zeiten dazu dient, Lust zu stillen und dadurch jene Bande verstärkt, die einen mit allen gequälten Körpern verbinden.

Starker Tobak für einen unbeholfenen jungen Mann. An diesem Tag keimte so etwas wie Feingefühl in ihm auf. Die Unschuld platzte wie eine Fruchtblase. Diese Auflehnung, an die er sich in der Zukunft würde gewöhnen müssen, war ihr Kind, das er alleine austrug. Er brauchte lange, um seine Lust zu stillen. Marthe fand ihn äußerst zuvorkommend.

Dies hatte sie übrigens erwartet. »Ein Henker wird sich darauf verstehen«, hatte die Jungfrau sich gesagt. Charles fand zu Angélique zurück, die irgendwo auf ihn wartete und das leidvolle Gesicht, das er in seinen Träumen sah, gesenkt hielt. Das offiziell anerkannte Ehepaar lebte in friedlichster Unstimmigkeit.

Um »das Glück« zu vervollkommnen, durchstach Marthe mit Nadeln die »Pariser«, die ihr vorsichtiger Gatte während des ehelichen Treibens zu benutzen pflegte. Sie wurde schwanger und lobte den Herrn.

Sie verkündete ihm ihre Schwangerschaft, und er sagte: »Schon recht« und lief in den Wald, ohne Perücke, die Jacke halb geknöpft, spürte den Drang, das Unrecht hinauszuschreien, einen Brand zu legen, laut zu heulen, mit irgend jemandem zu reden. Mit der kleinen Catherine, die ihm zuhörte.

Das war noch nicht das Ende meiner Qualen, und auch aus dem Staunen sollte ich nicht mehr herauskommen.

Ohne Hast gehe ich heim, und dort sitzen einträchtig am Küchentisch bei einer Flasche Wein mein Chevalier, Antoinette und der Kutscher. Für mich ist dies ein weiterer Beweis, daß sie Komplizen sind. Würde er sonst vertraulichen Umgang mit einem solchen Menschen pflegen? Sie haben Antoinette anscheinend gerade wieder zurückgebracht, so achtlos und unsanft, wie sie sie fortführten. Mittlerweile habe ich immerhin begriffen, daß sie sie brauchen. Dieses Fest, dieses Bankett oder vielleicht diese Orgie, auf die Martinelli zählte, würde ohne sie nicht stattfinden. »Er würde das Modell gern kennenlernen, hat er gesagt.« Und sie hatte geantwortet: »Ich hasse ihn.«

Ich schaue sie an. Ich schweige, was nicht zu meinen Gewohnheiten gehört. Sie denken, ich sei immer noch beleidigt, weil sie mich nicht mitgenommen haben. Sollen sie daran glauben. Wenn es erst soweit ist, werden sie schon sehen, daß ich keine Antoinette bin!

Trotzdem wüßte ich gern, mit welchem Mittel sie sie gefügig gemacht haben. Mir fallen nur Motive aus Romanen ein: verheimlichtes Kind, alter Vater im Kerker, vom Tode bedrohter Geliebter. Bei Antoinette ist immer alles rätselhaft. Sie ermuntern sie zu trinken. Sie trinkt und redet vor sich hin.

»Die Zeit drängt. Das Edikt wird bald verkündet. Man hat ihnen alles genommen, sie verworfen... Wie mich, verworfen... Haben Sie es gesehen? Er hat mich nicht einmal umarmt... Er quält mich immer noch, und dabei habe ich alles getan, was er verlangt hat... Er wird mich niemals anerkennen...«

»Doch, doch«, sagte Wilhelm bestimmt. »Wenn wir erst einmal den Erfolg für uns verbuchen können, wird sich für Sie alles ändern, Sie werden sehen.«

Der Chevalier wirft ihm einen fragenden Blick zu. Fast könnte man meinen, er sei nicht über alles im Bilde. Welches Versprechen hat man der armen Sicard gemacht? Wilhelm bedeutet ihm mit einer abscheulich ordinären Geste, daß sie betrunken und verrückt ist.

»Glauben Sie wirklich?« fragt die arme Frau. »Alles? Wirklich?«

Da sitzt sie an unserem Küchentisch, den Jeannette, bevor sie ging, nicht einmal aufgeräumt hat. Auf dem Backtrog liegt ein gelbes Wollbällchen, mit dem der Säugling gespielt hat. Ein halbvoller Milchnapf steht herum. Der Wein im Krug ist abgestanden. Eine Pastete trocknet vor sich hin. Ich will sie in ein Tuch wickeln, doch der Chevalier gebietet mir Einhalt, als erwarte er sich aus Antoinettes schlafwandlerischem Lallen eine Offenbarung. Sie hat geweint, ihre Augen sind rot, der Puder ist verwischt, ihr Haar aufgelöst, und dennoch wirkt sie nicht häßlich. Sie ist schön wie ein gehetztes Wild, wie eines dieser sanften und scheuen Tiere, denen die Männer gerne nachstellen, weil sie leichte Beute sind.

Ihr Kopf rollt von einer Schulter zur anderen. Vielleicht weiß sie nicht einmal, daß sie leidet. Sie spricht mit leiser Stimme, und es klingt, als ob sie schreie, wimmere, singe.

»Ich habe ihnen gesagt... hundertmal habe ich ihnen gesagt... ich tue es. Ich bin dazu fähig... Er glaubt es nicht.«

»Das sagten Sie neulich aber nicht zu mir«, antwortet Martinelli knapp.

»Das stimmt. Ich wollte nicht so weit gehen ... Ich hatte Angst ... (Plötzlich dreht sie sich mit ängstlich aufgerissenen Augen zu ihm um.) Haben Sie es ihm gesagt? Ja, bestimmt haben Sie ihm gesagt, daß ich mich zuerst geweigert habe. Ich bin sicher! Deshalb war er so eisig zu mir, so rücksichtslos ...«

Aus reiner Bosheit, oder weil dieser Blick unerträglich ist, fährt Wilhelm grob dazwischen:

»Rücksicht! Rücksicht verlangst du jetzt? Der Prozeß der Bastarde ist dir wohl zu Kopfe gestiegen, hm? Aber Bastard ist nicht gleich Bastard, meine Liebe!«

Antoinette hebt den Kopf. Ihr Blick wird heftiger, wandert jedoch zwischen beiden hin und her, als wüßte sie nicht, wem dieser Ansatz zu Auflehnung, der ihr plötzlich Leben verleiht, gelten soll.

»Nein, nein! Ein Bastard bin ich nicht! Mutter Sainte-Sophie kann es bezeugen. Sie ist alt, lebt aber noch. Sie kann Ihnen sagen, daß nie und nimmer ... Es hat nicht einmal einen Prozeß gegeben ... Wäre ich ein Bastard, hätte man mir außerdem nie eine so gute Erziehung angedeihen lassen. Tanz, Spinett, Heilige Schrift, Sticken – was hat man mir nicht alles beigebracht! Im Sprechzimmer hängt sogar noch mein Pastellbild von der Ehrwürdigen Mutter. Von Prozeß keine Spur, niemals. Die Bastarde haben einen am Hals. Die Condé, die Conti, die Herzöge, alle Welt prozessiert gegen sie! (Sie lachte kurz und brüsk. Selbstsicher blickte sie ins Leere.) Ich halte natürlich den Mund, stelle mich ahnungslos ... Weil es bei mir eben keinen Prozeß gegeben hat, keinen ...«

Während sie redete, rührten wir uns nicht von der Stelle, gefesselt durch diesen wahnwitzigen Monolog, bei dem man indes, wie durch einen Nebel, durch einen Schleier, den Schatten einer Tatsache erahnte, und während sie mit einem verzweifelten Gesichtsausdruck lachte, als säße sie in geselliger Runde, hatte sie mechanisch die Hand auf die Schneide des Tranchiermessers gelegt, und als sie dann mit noch gemäßigter, entschiedener und täuschend vernünftiger Stimme sagte: »Soviel sie auch suchen, sie werden keine Spur von einem Prozeß finden, weil es keinen gibt...«, schloß sie versonnen die Hand um die Schneide, und zwischen ihren Fingern spritzte das Blut hervor.

»Laß das! Du bist wahnsinnig!« schrie Wilhelm.

Der Chevalier war blaß geworden, schritt aber nicht ein. Ich wollte ihr beispringen, doch eine Handbewegung von ihm gebot mir Einhalt. Der Kutscher hatte sich auf Antoinette geworfen, doch das Messer entglitt bereits ihrer Hand, fiel auf den Boden, und Antoinette wurde ohnmächtig, während rotes Naß über ihre grauen Röcke floß.

Der Deutsche zog ein Riechfläschchen aus der Tasche, das er ihr unter die Nase hielt, und legte sie auf eine Bank hinten in der Küche. Der Chevalier verband sie, allerdings nicht sonderlich fachmännisch, nachdem er das dafür Nötige geholt hatte.

»Sie wird wieder zu sich kommen«, sagte Wilhelm beruhigend. »Sie hat öfter solche Anfälle...«

»Und wenn sie im ungünstigen Augenblick einen bekommt?« murmelte der Chevalier. »Dieses Mädchen stellt ein Risiko dar. Warum...«

»Warum haben Sie sie als Modell genommen? Warum hat sie ihm gefallen? Jetzt können wir nicht mehr zurück.«

Antoinette richtete sich auf, wischte sich mit einem riechwassergetränkten Taschentuch über die Stirn und trat an die offene Tür, um Luft zu schnappen. Es war schon Nacht. Ich folgte ihr.

»Fühlen Sie sich besser?«

Sie blickte auf ihre verbundene Hand. »Ich habe manchmal Absencen«, sagte sie heiter und verträumt, als bekenne sie sich zu einer reizvollen Schwäche.

»Sie hätten sich weh tun können.«

»Weh tun?«

Wieder wirkte sie abwesend. Aber ich fiel nicht darauf herein. Sie war bestimmt nicht ganz bei Verstand, doch diese Geistesabwesenheit diente dazu, etwas zu verbergen.

»Ja, weh. Auf mancherlei Art... Ich weiß nichts von Ihnen,

Antoinette, und will auch nichts wissen. Aber wenn ich Sie wäre, würde ich mich schleunigst aus dem Staub machen und anderswo, weit weg, ein neues Leben zu beginnen versuchen.«

»Ein neues Leben ...«, murmelte sie mechanisch. »Ja, das wäre schön. Aber schleunigst ... (und sie wies mit dem Kinn auf den Deutschen, der hinten in der Küche immer noch mit Martinelli diskutierte) ... das wird er nicht zulassen.«

»Wie könnte er Sie daran hindern?«

»Er würde mich einschließen ... mich schlagen ... Er gibt mir ja nur gerade soviel Geld, wie ich am Tag brauche.«

Beinahe hätte ich erwidert: »Mit Ausnahme der Tage, an denen Sie in die Bretagne fahren.« Aber ich fürchtete, ihr Vertrauen völlig zu verlieren. Daß sie mich im Augenblick für dumm und ahnungslos hielt, kam mir gelegen. Aber ihre Schicksalsergebenheit ärgerte mich.

»Er wird doch nicht wagen, Sie zu schlagen! Ein Kutscher! Das ist unmöglich.«

Wieder lachte sie kurz und traurig: »Sie sind noch blutjung, Catherine. Aber, glauben Sie mir, nichts ist unmöglich. Gar nichts.«

Die endgültig hereingebrochene Nacht hüllte alles ringsum in diskretes Schweigen.

Viertes Kapitel

Worin der Henker sich für die Neuerungen des Jahrhunderts interessiert. Worin ein Anatomisches Souper zu einer dieser denkwürdigen Neuerungen wird. Und worin der Chevalier mehreren Gefahren ausgesetzt ist, unter anderem der, als impotent zu gelten.

Die Tränendrüsen sondern ständig eine Flüssigkeit ab, welche die Hornhaut reinigt und ihre Transparenz bewahrt. Die Iris ist der farbige Teil, der die Pupille umgibt. Antoinettes Iris ist grau, von einem seltenen und leuchtenden Grau, das ihre tiefschwarzen Wimpern betonen. Sie zupft ein wenig ihre Augenbrauen, was man bei genauem Betrachten bemerkt. So liegt das Auge freier. Die Lichtstrahlen, die ein Gegenstand, den wir ansehen, abgibt, gehen durch die transparente Mitte des Auges hindurch. Die Linse konzentriert diese sodann auf der Netzhaut zu einem umgekehrten Bild. Dieses Bild wird in Signale umgewandelt und dem Gehirn übermittelt, welches es richtig herum »sieht«. So erklärte es mir zumindest der brave Pater Scapp, ein gelehrter Mann, der uns manchmal besuchen kam, vor dem Skandal (und der dann davon Abstand nahm, aus Furcht, die kleine Zuwendung, von der er lebte, einzubüßen), und der die These verfocht, daß, wenn es gelänge – reine Hypothese –, einen Menschen eine bestimmte Zeit mit dem Kopf nach unten am Leben zu erhalten, das Bild sich wieder richtig stellen würde. Dieses Experiment ist natürlich ebenso undurchführbar wie schrullig. Allein die Definition des Gehirns, das über die Organe bis hin zur Wahrnehmung herrscht, stimmt mich nachdenklich. Versagt es nicht manchmal? Passiert es nicht, daß wir bestimmte Dinge verkehrt oder aus einem schrägen Winkel wahrnehmen und daß das »Richtigstellen«, das unser Gehirn leisten müßte, nicht erfolgt? Wäre Wahnsinn ein mechanischer Fehler?

Aber ist es nicht auch möglich, daß dieses »Richtigstellen« selbst eine Illusion ist und Dingen, die unser Auge ohne sein Zutun anders wahrnehmen würde, eine willkürliche Ordnung aufzwingt?

Ich betrachte Antoinette. Ich betrachte sie mit anderen Augen als damals, als ich ihre Gesichtszüge zeichnete. Antoinette spricht wenig, spricht artig, wie eine wohlerzogene, gar gebildete Dame. Dann verliert sich plötzlich ihr Blick, und aus ihrem schönen, etwas großen Mund dringt grundlos Seufzen, quellen Wörter ohne Zusammenhang, unlogische Sätze, die undeutliche Erinnerungen, angeblich erlittenes, nicht genau benanntes Unrecht, verursachtes, vielleicht nur eingebildetes Verschulden beschwören. Manchmal flüstert sie hastig, wild, vor sich hin, ohne die Stimme zu erheben. Und mit einemmal hält sie inne, versteinert, läßt die Lippen halb geöffnet: Lippen, die die Rundung eines Schreis bilden, ohne daß ein Ton entsteht. Sie starrt in die Luft vor sich, als habe jemand, der ihr Angst einflößt, grauenvolle Angst, die Tür geöffnet. Es verschlägt ihr den Atem, ihre Nasenflügel beginnen zu flattern und erbleichen. Sie atmet stoßweise. Sie hat sich im Sitzen halb aufgerichtet, fällt wieder zurück. Einen Augenblick lang, als sie den Kopf senkt, verbergen die Haarsträhnen ihr Gesicht. All diese schwarzen Strähnen scheinen an ihrer Statt zu schreien. Dann rafft sie sie mit einer noch zitternden Hand zusammen, blickt mit sehnenden Turteltaubenblicken, die wieder der Gegenwart angehören und das alltägliche Leid ausdrücken, um sich und fragt: »Wovon sprachen wir?«

Zweifellos überrascht solches Gebaren. Wenn indes sie es wäre, die in ihrer Widersprüchlichkeit das wahre Bild, das reine Bild spiegelte, ohne die Prägung durch Anstandsregeln, Konventionen, ja der Sprache selbst? Das Bild eines Leids, welches das Gehirn durch Ordnung zerstören würde?

Martinelli und Wilhelm spielen nicht mehr Herr und Knecht. Sie sind Komplizen, das springt ins Auge. Aber ihre Geheimnisse, die ich noch nicht gänzlich enträtselt habe, wiegen nicht schwer im Vergleich zu dem Geheimnis, das Antoinette in sich trägt. Ein Rätsel, das sie selbst nicht zu lösen vermag und das sie uns aufzugeben scheint mit ihrem stummen und andauernden »Warum?«, dem *Die Tränen* zwar Form und Namen, aber keine Antwort gegeben haben. Vermutlich gibt es keine Antwort.

Der Zar ist abgereist (mitsamt der Bettwäsche), nachdem er die königlichen Equipagen ausgiebig bepinkelt, den kleinen König und einen Lehrjungen in der Gobelinmanufaktur heftig abgeküßt, einer Militärparade auf den Champs-Elysées beigewohnt und Paris für kurzweilig, aber lächerlich klein befunden hat. Diese letzte Aussage kam Jeannette zu Ohren, die in einem Schwall von Empörung gegen diesen »Rohling« ausrief: »Wir sind damit zufrieden!« Sie teilte mithin die Meinung von Abbé Dubois, dem früheren Hauslehrer und heutigen Ratgeber des Regenten, der diesen Herrscher zu »einem simplen Narren, gerade gut genug, um einen holländischen Manufakturaufseher abzugeben« erklärt haben soll.

»Endlich hat der Abbé Dubois etwas Vernünftiges gesagt!« jubiliert der Deutsche, der sich bei uns inzwischen so zu Hause fühlt, daß er fast jeden Tag zum Essen kommt und »seinen« Wein trinkt – einen Rheinwein, den er kistenweise anliefern läßt. Auch Antoinette kommt oft, zu Fuß, ohne sich vor Handgreiflichkeiten zu fürchten, dabei ist sie so ängstlich. Monsieur Sanson indes läßt sich selten blicken. Wir essen, trinken, unterhalten uns. Jeannette, die erstaunlicherweise kecker geworden ist, seit ihre Kinder hier stillschweigend geduldet werden, liefert uns »Volkes Stimme«, wie Wilhelm hochtrabend sagt. Sie überschüttet uns mit Auskünften und Begebenheiten, von denen wir nichts wissen. Zum Beispiel, daß im letzten Winter, der bitterkalt war, drei Wäscherinnen, die in die Seine gefallen waren, durch Eisschollen der Kopf abgetrennt worden sei ... Daß auf der Kirmes von Saint-Germain ein auf dem Seil tanzender kluger Esel allgemeine Bewunderung errege ... Daß der Zar (ihr erklärter Feind) lieber Bier als guten Wein trinke – ein Wilder! –, und daß er, als er einen Muff kaufte, um ihn zu verschenken, tatsächlich um den Preis gefeilscht habe!

»Ich dachte, so knauserig wäre nur Dubois«, sagte der Deutsche. Auch er fühlt sich zunehmend als Familienmitglied und zeigt uns bereitwillig, wie er mit nur einer Hand Fleisch entbeint, Flaschen entkorkt (was ihm am besten und häufigsten gelingt), und läßt sich schließlich dafür bewundern, wie er aus einem Blatt Papier ein Schiffchen faltet, das er dann dem kleinen Luc oder Lucien schenkt (die man nie auseinanderhalten kann), der vor solch großartigem Geschenk schier in Verzückung gerät. Sofort hört Jeannette auf, ihn scheel anzusehen und backt ihm eigens Apfelstrudel mit Zimt.

Wir warten auf etwas, wie man auf ein Gewitter wartet. Handelt es sich nur um den Zeitpunkt des Banketts zu unseren Ehren? Etliche Tage habe ich mich einer gewissen Kühle befleißigt, in der Hoffnung auf eine Erklärung, eine Rechtfertigung meines Meisters. Nichts. Er scheint mein Schmollen nicht zu bemerken. Zermürbt wage ich endlich einen Vorstoß.

»Weiß man immer noch nicht, wann das Bankett stattfinden und die Büste ausgestellt werden soll?«

»Nein.«

»Diesmal werden Sie mich hoffentlich mitnehmen?«

Wenn ich Madeleine verständigte, könnte ich vielleicht meinen Vater einladen lassen und bereits einen Teil meiner Probleme lösen. Aber offenbar handelt es sich nicht um die Art Fest, bei dem ein Vater erfreut ist, seine Tochter zu treffen.

»Das ist recht unwahrscheinlich.«

»Wieso ... unwahrscheinlich?«

Der Chevalier tut mir den Gefallen, ein wenig peinlich berührt zu sein.

»Es handelt sich um ein Souper ... du weißt schon ... wo es ein bißchen locker zugeht ... Du bist zu jung. Und wenn dein Vater erführe ...«

»Eine Orgie also! Ein Bacchanal! Und da schleppen Sie Antoinette hin!«

»Seien Sie unbesorgt«, erwidert Antoinette, die sich an diesem Tag vornehm gibt. »Mich schleppt man nicht. Ich bin kein kleines Mädchen mehr.«

Sie sitzt im Hof auf einem durchlöcherten Rohrstuhl, genießt die abendliche Kühle und stickt. Sie bestickt tatsächlich, und sehr hübsch obendrein, ein Häubchen. Ich hatte geglaubt, diese selbstgewählte Bezeichnung »Kunststickerin« verschleiere etwas anderes, muß aber feststellen, daß sie dieses Handwerk tadellos beherrscht. Und an ihren leicht geschwollenen und von Stichen übersäten Fingerkuppen läßt sich ablesen, daß sie nicht zum erstenmal stickt. Auch Jeannette ist voller Bewunderung.

»Könnten Sie mir das nicht beibringen, Mademoiselle? Ich möchte für die Kleine auch so ein Häubchen machen.«

»Ich mache Ihnen eines«, murmelt Antoinette zerstreut.

Und fügt, ohne erkennbaren Zusammenhang, hinzu: »Ich arbeite nicht gern für Kinder...«, doch so, daß selbst Jeannette nicht beleidigt ist.

Sie wendet sich nur ab, wie ein Tier von einem leblosen Gegenstand.

Wir warten. Die Zeit zieht sich in die Länge. Wir verbringen diese Junitage, die abwechselnd schön und regnerisch sind, im Hof oder in der Küche, in einer merkwürdig gespannten und familiären Atmosphäre. Unsere Appetitlosigkeit kommt den schwarzäugigen Kindern zugute, und wir lassen sie gewähren wie Haustiere, die man aus Mattigkeit nicht mehr von den halbleeren Tellern vertreibt. Tagsüber sehen wir einander nicht. Antoinette bleibt daheim oder gibt es zumindest vor. Wilhelm geht seinen geheimnisvollen Geschäften nach und erscheint zuweilen als Bürger, Bote oder Soldat gewandet. Niemand stellt eine Frage. Jeannettes Gatte taucht wieder auf, mit einem Goldring am Ohr und kleinen Barchentjacken für die Jungen, die in Freudengeheul ausbrechen und gleich verkehrtherum hineinschlüpfen. Alles Reden ist vergeblich, sie weigern sich, sie auch nur einen Moment auszuziehen. Kurzer Wortwechsel im Garten zwischen Jeannette und ihrem Mann, zwischen zwei Laken auf der Leine. »Nein! Nein!« ist zu hören (Jeannette), »komm, sei nett zu mir!« (er). Die Laken geraten in Bewegung.

Jeannette taucht puterrot wieder auf, der Mann, der verärgert wirkt, macht sich mit großen Sätzen davon. Fragen werden nicht gestellt. Dies scheint ein ungeschriebenes Gesetz zu sein im Hôtel des Arcoules. Jeannette übernachtet mit den Kleinen in einer der Dachkammern und heult die ganze Nacht. Niemand fragt nach...

In gewissem Sinne ist mir das lieb. Da der Chevalier eifrig Schenken und Salons besucht, hole ich mir die Model aus dem Gärtnerschuppen (und drücke Georget als Schweigegeld ein paar Münzen in die Hand: So kommt er eher nach Louisiana) und mache mich an eine Kopie von Antoinettes Büste. Bei mir ist nämlich eine Bestellung eingegangen! Der Kunstfreund wird nicht der einzige sein, der das anmutige und das anatomische Profil einem Vergleich unterzieht. Monsieur Charles Sanson, der Scharfrichter, hat eine Kopie der *Tränen* in Auftrag gegeben. Und wird sie gut bezahlen. Er hat mir Aktien der Compagnie d'Occident versprochen, die kurz vor der Gründung steht und ihren Aktionären sechs, womöglich sieben Prozent pro Jahr auszahlen wird. Das ist eine Sprache, die ich verstehe! Sowohl die Bestellung als auch das Versprechen bleiben mein Geheimnis! Sagt der Chevalier mir alles? Von heute auf morgen kann ich mittellos dastehen, daher muß ich Vorkehrungen treffen!

Wir warten. Worauf warten wir? Ich bedränge den Chevalier mit Fragen und entlocke ihm schließlich ein paar Auskünfte.

»Der ganze Hof wartet gespannt, wie der Prozeß der Bastarde ausgeht. Der Regentschaftsrat will am 1. Juli entscheiden. Vorher gibt es kein Souper.«

Dabei hört man, allabendlich fänden im Palais-Royal Soupers statt, die ausgelassensten Feste, wobei man sich keinen Deut um die Zukunft zu scheren scheint. Aber lassen wir das.

»Was soll das heißen?«

»Nun, daß die legitimierten Prinzen, die Bastarde von Louis XIV, auf ihr Thronfolgerecht, das er ihnen zuerkannte, verzichten müssen.«

»Wenn also der kleine König stürbe, wer...?«

»Der Regent. Oder auch Philippe V selbst könnte einen Regenten bestimmen, vermutlich den Duc du Maine.«

»Und wer ist Philippe V?«

»Der Enkel des alten Königs, der jetzige König von Spanien«, antwortet er, sichtlich mit der Geduld am Ende.

Spanien, Spanien... Die Livree, die Wilhelm manchmal trägt... die Bestallungsurkunden des Chevalier stammten dorther... Die in Venedig geschlossene Abmachung... die Pakete... Das alles hängt irgendwie zusammen. Aber was hat es mit meiner Büste und der Wachsbildnerei zu tun? Mit Antoinette und den *Tränen*? Catherine, Catherine! Tust du recht daran, allem auf den Grund zu gehen? Klüger ist auf alle Fälle, es sich nicht anmerken zu lassen.

Am 1. Juli 1717 büßten die legitimierten Prinzen auf Entscheidung des Regentschaftsrats ihr Thronfolgerecht und ihren Rang als Prinzen von Geblüt ein.

Die Kopie der Büste war nahezu fertig. Und Chevalier Martinelli, der sich in den Gassen herumtrieb und seiner Gazettenleidenschaft frönte, hatte nichts bemerkt. Triumphierend verkündete er uns eines schönen Tages, das Souper würde noch vor Monatsende zustande kommen.

Madeleine Basseporte hatte noch immer keine Lösung für mein Problem gefunden, obgleich ich sie getreulich alles wissen ließ, was ich über das Vorhaben des Chevalier in Erfahrung zu bringen vermochte. Ich mußte also einen Vorstoß wagen:

»Glauben Sie wirklich, daß ich nicht mitkommen kann?«

»Das steht überhaupt nicht zur Debatte«, sagte Martinelli ernst.

Tränen stiegen mir in die Augen. »Also habe ich gar kein Anrecht mehr auf meine Büste? Sie soll wohl nur zur Unterhaltung der Gäste bei einer Orgie dienen? Dabei war es mein Einfall... meine Arbeit!«

»Nein, nein... nicht doch! Es wird keine *Orkie* sein!« sagte der

Deutsche in seiner schnarrenden Aussprache. »Nur ein kleines wissenschaftliches *Ssouper*, nichts weiter!«

»Ach nein! Wie glaubwürdig! Ein anatomisches Souper, bei dem ich nicht zugegen sein darf!«

Ich hatte meinen Satz noch nicht beendet, als zu meinem großen Erstaunen der Chevalier von seinem Stuhl aufsprang und mich strahlend in die Arme schließt.

»Die Kleine ist genial! Ein anatomisches Souper! Das schlagen wir vor! Das wird er nicht ablehnen. Das kann er nicht ablehnen! Das hat es noch nie gegeben, es ist etwas völlig Neues! ... Sie haben Antiken-Soupers veranstaltet, bei denen sie sich als Götter des Olymp verkleidet oder vielmehr entkleidet haben, sie kennen Kostümabende als Mönche und Nonnen – Sie erinnern sich an Mademoiselle de Valois als Barfüßer-Ordensschwester? –, aber ein anatomisches Souper gab es noch nie! Wir werden ihnen Kostüme machen, die die verschiedenen Systeme darstellen, die Eingeweide, das Arteriennetz ... Ja! Es ist ein wenig widerwärtig, aber genau das wird ihnen gefallen. Und über all dem wird die Büste thronen. Was für eine Idee! Antoinette wird zwar darauf bestehen, daß das Ganze an einem verschwiegenen Ort stattfindet, in einem unauffälligen Haus, einem Lustschlößchen, und ...«

»Was, und?« frage ich wütend, da »verschwiegen« mir gar nicht paßte, ich wollte schließlich zu Ruhm gelangen, und diese schönen Pläne sollten sich in Luft auflösen?

»Begreif doch, je mehr Geheimhaltung man von den Gästen verlangt, desto mehr werden sie darüber reden! Sie werden damit prahlen, dabeigewesen zu sein! Wir werden eine neue Mode kreieren, und unsere Namen werden in aller Munde sein!«

»Ich könnte mir denken, daß man auch über Antoinette reden wird, wenn sie in einem ... anatomischen Kostüm auftritt. Selbst wenn Sie mich als ›zu jung‹ bezeichnen, kann ich mir vorstellen, was dann passiert.«

»Wir werden versuchen, ihr das Schlimmste zu ersparen«, erwidert der Chevalier, doch überzeugend klang es nicht.

Eins zu null für mich! Antoinette schwieg.

»Und darauf wollen Sie sich einlassen? Damit wir ins Gespräch kommen? Was liegt Ihnen daran? Womit droht man Ihnen? Oder vielmehr: Was hat man Ihnen versprochen?« fragte ich mit einer gewissen Schroffheit, die mich selbst erstaunte. Aber wir gerieten dadurch ja alle in Mißkredit, Antoinette, meine Büste, ich...

»Laß deine Fragen«, sagte der Chevalier matt.

»Du hast keine Ahnung, wie es in der Welt zugeht. Antoinette wird nichts angetan. (Und leiser, wie zu sich selbst, fügte er hinzu:) Jedenfalls nicht mehr, als ihr ohnehin angetan wurde.«

Sie saß da wie ein Gegenstand, zur freien Verfügung.

Mit Abscheu und Mitleid sah ich sie an.

»Könnte man denn nicht... für diese Rolle... eine Dirne, irgendein Straßenmädchen finden, das Ähnlichkeit hätte mit Antoinette? Der Kunstfreund hat ja bisher nur das Wachsmodell gesehen!«

»Keine hat Ähnlichkeit mit Antoinette«, erwiderte der Kutscher, und es klang aus dem Munde dieses versoffenen Grobians erstaunlich melancholisch.

Sie sollte uns helfen, eine Art Togen zuzuschneiden, die wir wie Leinwand auf Gestelle spannen und bemalen wollten, um annähernd den Sitz der Organe festzulegen, wie auf den schönen Zeichnungen Testelins, auf denen Herkules oder Apoll, stellenweise ihrer Haut entblößt, den Sitz der Leber oder der Geschlechtsorgane zeigen. Wir arbeiteten bereits an den Skizzen, mein Meister und ich, versöhnt im Arbeitseifer und durch sein Versprechen, er wolle versuchen, mich vor dem Souper dem Kunstfreund vorzustellen, um meinem Werk Gerechtigkeit widerfahren zu lassen.

»Die Schwierigkeit ist nur, daß ich nicht will, daß er dich auffordert, dich dazuzugesellen, eine solche Einladung könnten wir nämlich nicht ausschlagen...«

»Und warum sollte ich eine Einladung ausschlagen, die Antoinette annehmen wird?«

Ich erhielt keine Antwort. Antoinette, seit neuestem in den »Laboratorium« oder »Atelier« genannten Stallungen zugelassen, schnitt bereits den knisternden Stoff. Sie stand vornübergebeugt, und obwohl sie wegen der Hitze und um ihren Rock zu schonen lediglich einen dreifachen braunen Unterrock, den eine Kordel um ihre schlanke Taille zusammenzurrte, und ein dunkelrotes Mieder trug, das eine Schulter freigab, hatte ihr schlanker, zwar nicht geschmeidiger, aber dennoch anmutiger Körper nichts Sinnliches. Zumindest nichts von dem, was ich unter Sinnlichkeit verstehe und wozu Fröhlichkeit, Lebensfreude, unbeschwertes Lachen und Hingabe gehören. Antoinettes Körper erweckte keinen Gedanken an Hingabe. Ihn mußte man respektieren oder zerstören. Zerstörung bereitet manchen in der Tat Lust. Das hatte ich inzwischen gelernt. Es wäre gewiß besser gewesen, ich hätte es nicht gelernt.

Wir arbeiteten wie besessen, denn dieser Einfall, diese Chance mußte genutzt werden, als plötzlich Martinelli, der uns für eine Stunde wie immer in Begleitung des Einarmigen und mit einem von mir gefertigten Modell einer Toga verlassen hatte, wieder in der Tür stand.

»Sie wollen es nicht mehr!« sagte er niedergeschlagen. »Ihr könnt aufhören, Stoff zu vergeuden!«

»Was? ... Sie wollen es nicht mehr? Findet das anatomische Souper nicht statt?«

»Doch, das schon, nur...«

»Ja?«

»Der Kunstfreund möchte die Togen weglassen. Ihm ist die Idee gekommen, wir könnten die Schönheiten, die am Souper teilnehmen, direkt bemalen, direkt den nackten Körper; die eine soll den Verdauungstrakt, die andere das Herz und die umliegenden Blutgefäße vorführen, eine dritte...«

»Direkt auf die Haut?«

»So ist es.«

»Dann sollen sie also ...«

»Nackt auftreten. Frauen und Männer. Die Männer müssen wir auch bemalen. Es wird so umwerfend paradox sein, sagt der

Kunstfreund, wenn man außen trägt, was innen liegt ... so pikant, wenn diese Écorchés sich umschlingen, nackter als nackt und doch nicht nackt ... eine einzigartige Lustbarkeit, etwas noch nie Dagewesenes ...«

Antoinette und die Büste waren als Göttinnen dieses seltsamen Festmahls vorgesehen. Damit Antoinettes Schamgefühl nicht zu sehr verletzt würde, sollte sie ein dünnes Trikot mit aufgemalten Blutbahnen tragen dürfen, das ihre Reize ein wenig – sehr wenig – verbergen würde. Und die Büste würde auf dem Kamin des Speisezimmers thronen. Wenn ihnen das nicht den Appetit verdarb, mußten die Freunde des Kunstfreunds komische Käuze sein ...

Ich nahm Martinelli zur Seite. Da Antoinette im Augenblick entbehrlich war, flocht sie auf der Gartenbank Binsen.

»Den Vorschlag können wir offenbar nicht ablehnen.«

»Nein. Die Würfel sind gefallen.«

»Gut. Ich will Sie nicht weiter bedrängen. Es wird schwierig auszuführen sein. Wir brauchen bewährte Farben, die nicht zerlaufen und keine Übelkeit hervorrufen. Wie Sie wissen, wurde schon manch einer mit Farben vergiftet! Erinnern Sie sich nur an den Schauspieler aus Molières Truppe, der an einem mit Arsengemisch grün gefärbten Kostüm gestorben ist.«

»Das ist mir ja ganz neu«, sagte er spöttisch. (Dann:) »Ich selbst stelle die Farben her. Ich übernehme die Verantwortung. Auch die Skizzen müssen wir vorbereiten, denn alles muß an einem Tag ausgeführt werden.«

»Wir können Châteauneuf aus Desnoues' Atelier bitten, uns zu helfen. Selbst zu dritt werden wir genug zu tun haben.«

»Den Rotschopf? Der wird es ausplaudern.«

»Nicht, wenn wir ihn anständig bezahlen.«

»Ich habe freie Hand.«

»Bleibt Antoinette. Wenn ich richtig verstanden habe, möchte der Kunstfreund bis zur Apotheose gehen ...«

»Darin besteht der Reiz«, meinte Martinelli. »Du wirst mir helfen: Wir schneidern ihr ein fleischfarbenes Trikot auf den Leib, mit allen anatomischen Details, es wird eine so kunstvolle Arbeit, daß er zögern wird, sie sofort zu zerstören. Das Trikot muß schließlich hauteng anliegen. Und wenn er es aufreißen will – was nicht einfach sein wird –, muß ein feines Pulver in seinem Wein schon gewirkt haben, so daß er stockbetrunken umfällt. Antoinette wird sich empört zurückziehen. Und ich wette, daß ihm am nächsten Morgen – so sind die Männer – die Erinnerung an sein Versagen Antoinette für immer verleiden wird. Nicht jedoch die Büste! Nicht die Anatomie! Sie wird auf jeden Fall in aller Munde sein, wir tun das übrige und werden ...«

»... reich und berühmt, ich weiß. Eine Ballettoper, die Lully zur Ehre gereichen würde. Aber wenn Sie über Ihre eigenen Beine stolpern?«

»An alles ist gedacht. Im Garten des Lustschlößchens steht ein kleiner Pavillon, eine Art Laube. Antoinettes Schamgefühl ...«

»Soviel war noch nie von Antoinettes Schamgefühl die Rede!«

»... Antoinettes Schamgefühl, sagte ich, wird sie hindern, sich ihm während des Soupers hinzugeben. Sie stiehlt sich davon, flieht, um gefangen zu werden, und lockt so den Kunstfreund zur Gartenlaube. Es handelt sich um einen kleinen persisch anmutenden Pavillon, allerliebst, wie es heißt. Dort erwartet beide ein ebenfalls lieblicher Wein, ebenfalls vorbereitet, und der Kunstfreund schläft ein wie im Märchen und stellt beim Aufwachen fest, daß seine anatomische Schönheit entschwunden ist.«

»Na, gut ... Aber meinen Sie nicht, daß Sie sich sehr viel Mühe geben und Umwege benutzen, um unsere Verdienste bekanntzumachen?«

»Ohne Skandal ist heutzutage nichts zu erreichen. Hast du schon von dem Schotten gehört?«

Ich stellte mich ahnungslos. »Der Gold in Papier verwandelt?«

»Wenn du so willst. Diese Art Papier wünsche ich dir. Aber wie ist es ihm gelungen? Indem er sich selbst ins Gerede gebracht hat, an allen Straßenecken, in allen Salons, in allen Kaufläden, in ...«

»Mag sein. Ich erkenne durchaus unseren Vorteil, Meister,

wenn mir das Ganze auch gewagt vorkommt. Aber was gewinnt Antoinette?«

»Das mußt du sie selber fragen«, erwiderte er unwirsch und schickte sich an zu gehen.

Dreist hielt ich ihn am Ärmel zurück. Da war noch etwas, was ich nicht zu durchschauen vermochte und über das ich Klarheit gewinnen wollte, ohne meine Quellen preiszugeben. Warum war Antoinette über das Schicksal der Bastarde so betroffen gewesen? Weil sie selbst ein Bastard war? Der Mann mit den Spitzenärmeln in den Tuilerien hätte ihr Vater sein können oder ihr Liebhaber (unter dessen »Rücksichtslosigkeit« sie zu leiden schien) oder ein Mittelsmann – abgesandt von einer Familie, deren Stellung es erlaubte, sich für Geschäftliches zu interessieren, oder die infam genug war, aus einer Verwandten Gewinn zu schlagen, wobei, wenn man es genauer bedachte, das eine das andere nicht ausschloß.

»Meister, wenn der Kunstfreund ein Hochwohlgeborener ist...«

»Ja?«

»... riskieren Sie dann nicht Ihren Kopf, wenn Sie ihn so mir nichts, dir nichts, einschläfern? Kann man Sie nicht beschuldigen, ihn vergiftet zu haben? Wenn Sie und Ihr Deutscher dieses Risiko eingehen, dürften Sie Gründe haben, die Sie mir verheimlichen. Aber Antoinette...«

»Schon wieder Antoinette! ... Immer kommst du mit Antoinette! Sie hat euch wirklich verhext, dich und Wilhelm! Wobei er... noch seine Gründe hat.«

»Seine Gründe? Ein Kutscher?«

»Du willst mich ausquetschen, Äffchen! Ich sage dir nur, daß es Damen aus den besten Kreisen gibt, die sich von ihrem Kutscher beehren lassen oder ihn beehren. Nun gut. Aber dich geht das alles nichts an.«

»Ich sehe doch, daß hier eine Situation, in der Antoinette sich befindet und die vermutlich mit ihrer zweifelhaften Geburt zusammenhängt, ausgenutzt werden soll, weswegen man sie zwingen kann...«

»Ausgenutzt...!« brauste er auf. »Ausgenutzt! Sie zwingen! ... Du beschuldigst mich, das ist die Höhe! Du steckst deine gewöhnliche kleine Nase in Dinge, die dich überhaupt nichts angehen... Du bildest dir ein, etwas zu begreifen, obwohl du gar nichts weißt... Außerdem habe ich dir verboten, Fragen zu stellen!«

»Sie haben keine Befugnis, mir etwas zu verbieten!« Ich war die Geheimniskrämerei leid. »Und Sie können mich nicht daran hindern, zu sehen, zu hören und zu denken!«

Jetzt war er so aufgebracht, so wütend, daß er etwas preisgab: »Ich habe keine Befugnis! Ich bin ein Verbrecher! Ich mißbrauche Antoinette, nutze sie aus! Dabei war es ihre Idee!«

Langsamen Schrittes kam sie vom Garten her zu uns zurück, mit ihrem Blick einer Blinden.

Wenige Tage vor besagtem Anatomischen Souper, das übel ausgehen sollte, schickte Martinelli mich in die Rue des Bons-Enfants, um Safranfarbe zu holen, die ihm fehlte. Als ich mit meinem Päckchen aus dem Laden trat, griff plötzlich ein hagerer Arm nach mir. Ich schaute in ein häßliches Mäusegesicht unter einer struppig gelockten und pissegelben Perücke; der Kerl kicherte. Es war mein Vater, der in einer jener wohlfeilen Sänften saß, die der Volksmund »Schubkarre« nannte. Er hatte mich wiedererkannt:

»He, das bist ja du, Cateau!?«

Ich machte einen Knicks, fühlte mich sehr selbstsicher, obwohl ich zu Fuß ging, denn ich trug eine adrette Mantille und darunter einen kleidsamen roßhaargefütterten Rock mit Blumenmuster.

»Ich bin es, Monsieur.« (Das Wort Vater ging mir nicht über die Lippen, eher wäre ich gestorben.)

»Siehst ja recht ansehnlich aus, und wohlhabend, könnte man meinen. Ich habe dich gar nicht schlecht untergebracht, wie ich sehe.«

Verschachert hatte er mich und rühmte sich dessen auch noch! Ich kochte vor Wut. Ich knickste erneut, denn hätte ich den Mund aufgemacht – ich hätte ihm ins Gesicht gespuckt.

»Und wie steht's mit unserem Chevalier-Barbier-Schreiberling? Er soll es angeblich geschafft haben, sich in gewisse Kreise einzuschmuggeln, es heißt, man sehe ihn überall, in den Schenken, in den Salons... Und mich kennt immer noch keiner... Intriganten schaffen es immer! Wie ich sehe, kleidet er dich anständig. Nutze es, mein Kind, solange es geht! Soll ich dir einen Rat geben? Laß dir einen schönen warmen Pelz schenken. Die Nächte sind kalt in der Bastille! ... Träger!«

Weg war er, rücksichtslos gerüttelt und geschüttelt in dieser Schubkarre. Wenigstens seinen Trägern machte er es leicht: Er wog höchstens sechzig Pfund!

Seine giftigen Worte beunruhigten mich. Ich hörte nicht nur die Bedrohung heraus, der ich, wie Madeleine Basseporte mir erklärt hatte, immer noch ausgesetzt war, sondern auch eine Anspielung auf die aufwieglerischen Tätigkeiten, deren man Martinelli verdächtigte und über die ich selbst nachdachte. Seine Anstrengungen, sich den Kunstfreund gewogen zu machen, glückten gleichwohl nicht. Spielte er ein doppeltes Spiel, um auf beiden Seiten zu gewinnen? Das war kein Gewinn für ihn, in meinen Augen. Doch in den wenigen Tagen, die uns vor dem Souper verblieben, waren Martinelli, Châteauneuf und ich dermaßen beschäftigt, daß mir nicht einmal Zeit blieb, darüber nachzugrübeln. Die Zusammenstellung der Farben war Sache meines Meisters, Experte in Chemie. Châteauneuf und ich erprobten, jegliche Scham mißachtend, auf dem Körper des anderen eine Maltechnik, um das natürliche Zusammenspiel der Muskeln, einen Embonpoint oder Magerkeit derjenigen, die wir sozusagen verkleiden sollten, hervorzuheben. Das Anatomische Souper mußte ein Erfolg werden!

Im Café Mignot, der Schenke des Faubourg Poissonnière, saß hinter einem soliden Holztisch, vor einer auf Steingut servierten üppigen Portion Schweinshaxe und einem Glas Branntwein, das man ihm aus einem angeschlagenen Krug ausgeschenkt hatte und dessen Alkoholgehalt Tote erwecken konnte, ein Mann von der Polizei, der rundum glücklich gewesen wäre, hätte man ihm zusätzlich zu seinen – ohnehin schon zahlreichen – Aufgabengebieten nicht noch aufgetragen, »Soupers, Vespern, Spielrunden und Versammlungen aller Art zu observieren«, die abends und in Privathäusern stattfanden. Was zuviel ist, ist zuviel! Abends! Man raubte ihm diese genußvollen Abendstunden, in denen er, ein Glas Wein vor sich, ein Buch in der Hand, einige Scheiben Schinken in Reichweite, der stillsten Stunde des Tages harrte, um zur Feder zu greifen und seine Aufzeichnungen zu ergänzen, ein Detail hinzuzufügen, einen neuen »Fang« zu skizzieren. Denn François Jailleau begnügt sich nicht damit, den einen oder anderen einkerkern zu lassen – was ihm nicht einmal sonderliches Vergnügen bereitet –, er sortiert sie, er sammelt sie, macht sie zu Gefangenen seiner Feder, seiner Schubladen, seiner Ordner unterschiedlicher Farbe – schmächtige Bände, aus denen eines Tages ein dickes Werk hervorgehen würde –, Dirnen, Weiber, Abenteurer höchsten wie niedrigsten Niveaus, menschliche »Kuriositäten«, an denen er, als seien sie sein Werk, so hängt, daß er manchmal vergißt, welchen Nutzen er als polizeilicher Aufseher daraus schlagen könnte.

Von einem pittoresken Ereignis, einem Laster, das noch nicht an die Öffentlichkeit gedrungen war (nützlich indes, um auf einen Mitwisser Druck auszuüben), trennt er sich nur ungern und mit größtem Bedauern, und es ist nicht übertrieben zu sagen, daß Angelegenheiten, über die er durch Zufall oder aufgrund seiner Geschicklichkeit gut unterrichtet ist und die ihm eine Beförderung und Wertschätzung (bei Leuten seines Standes, versteht sich!) einbringen können, ihm nicht so viel Vergnügen bereiten wie jene, die ungelöst bleiben oder aus irgendwelchen Gründen niedergeschlagen werden müssen. (Ach! hätte er bei der Giftmischeraffäre neben La Reynie gestanden!) Sobald etwas an die große Glocke gehängt wurde, fliegt der Notizzettel aus seiner Schublade, werden die Machenschaften banal, bemächtigen sich ihrer Hunderte von Schreiberlingen, und der Pöbel gibt auch noch seinen Senf dazu. Er fühlt sich bestohlen.

Ähnliches fürchtet er bei einer besonders erbaulichen Affäre, die er soeben aufgedeckt hat: Bestimmte Priester, Mönche, Kleriker jeglicher Couleur und vom Lande – dieses Detail ist wichtig! – reisen nach Paris in irgendeinem Auftrag, wegen Bittgesuchen, Genehmigungen, Besuchen in Klosterarchiven, es hat nichts zu sagen, und erhoffen sich dort allerlei geheime Wonnen, weswegen sie sich mit hübschen Mädchen oder schönen Knaben ins Benehmen setzen, von deren Verschwiegenheit sie ausgehen. Eine Bande Gauner bekommt Wind von der Sache, und ihr Anführer hat den genialen Einfall, sie als Polizeioffiziere zu verkleiden. Sie verfolgen die armen Priester, lassen sie manchmal gar von Dirnen, die sie kennen, umgarnen, enttarnen sie dann im noch warmen Bett und fordern Lösegelder. Die fleischlichen Gelüste, die je nachdem, ob es sich um einen Mächtigen oder einen armen Teufel handelt, weit führen oder unerkannt bleiben können, wurden zum Alptraum besagter Kleriker, die zahlten, außerordentlich froh, auch wenn der Preis viel zu hoch war. Ein nicht gerade empfehlenswertes Verfahren. Jailleau läßt ein paar Polizeioffiziere als falsche Priester verkleiden, um die falschen Polizeioffiziere in die Falle zu locken. Doch es passiert, daß die falschen Priester und echten Polizeioffiziere auf andere echte Polizeioffiziere treffen, die sie zum eigenen Vorteil ihrerseits erpressen. Die Angelegenheit wurde bekannt und verlieh den erpresserischen Machenschaften der Freischärler Glaubwürdigkeit, falls sie nicht dadurch erst auf diese Idee kamen. Komplizierter wird es noch durch die Tatsache, daß die falschen Priester echte Polizeioffiziere zu beschuldigen suchen – sie waren zwar ertappt worden, aber schließlich echte Polizeioffiziere von einer anderen, rivalisierenden Polizeistelle – und das Ganze in Prügeleien ausartet. Erfreulich an der Geschichte ist, daß die Kirche und die Polizei darin verwickelt sind und sie deswegen vielleicht geheim und in seiner Schublade bleibt.

Jailleau seufzt.

Mit dem Verlust der Hälfte seiner Entdeckungen muß er rechnen. Ach, unter dem Großen König wäre so etwas nicht vorgekommen! Die Giftaffären! Die Eiserne Maske! Dabei gibt es irgendwo jemanden, der Bescheid weiß! Man sollte es nicht für möglich halten, daß Jailleau mit seiner liberalen Einstellung, trinkfest, Pfeifenraucher, in Schenken und am Kartentisch zu Hause, ein rechtschaffener Mann, der keinen Unterschied macht zwischen der Favoritin eines Herzogs beziehungsweise einer Herzogin und einer Dirne aus der Rue du Coq, den letzten Jahren der Herrschaft Louis' XIV nachtrauert. Doch es ist so! Er sehnt sie wieder herbei, all die Heucheleien in Versailles, die unter bauschigen Röcken verborgenen Schwangerschaften, die pikanten Mogeleien, die so kunstfertig inszeniert waren, bis hin zum Spieltisch seiner Majestät, die Maintenon, den schönen Schein, Villarceaux! Das gelbe Zimmer! Hatte Madame de Maintenon unter der Ägide von Ninon de Lenclos einen Geliebten oder mehrere? Wieder etwas, das man nie erfahren wird! Villarceaux wußte es. Und vielleicht Ninon. Hätten diese nur Aufzeichnungen gemacht!

Von Heuchelei als solcher hielt er nicht viel, besaß er selbst doch ein herzliches und freimütiges Naturell, war schlau nach Art der Bauern, doch ohne Hang zum Perversen. Einzig und allein wegen der »Sammlung«, wie er sie bescheiden nennt, sehnt er sich manchmal zurück in die Zeit des Unterschwelligen. Er konnte Berichte verfassen und das Kostbarste, das Schmackhafteste für sich behalten. Den Bratenfond, die Fettammer im Rebhuhn, das in der Schnepfe steckt. Den Saft, die Essenz, die Monseigneur le Régent so gerne im Munde führt, wenn es um die Kochkunst geht. Er bereitet Saucen aus Champignonmark, aus Räucherschinkenextrakt, aus Trüffelessenz zu ... Und ich delektiere mich an Geheimnisessenz, die ich destillierte, kompiliere, und die eines Tages ...

Bis dahin heißt es, Berichte schreiben. Fakten, Fakten verlangt man von mir. Aber da soll sich einer auskennen, heutzutage, wo alles so verworren ist, daß beispielsweise das Straßenmädchen, das man gestern noch fast umsonst oder jedenfalls für so gut wie nichts bekam (um nur von den Dirnen zu sprechen, die er ja überwachen soll), acht Tage später zwei Pferde und eine eigene Kutsche besitzt, kurze Zeit wegen ihrer Ausschweifungen in der Bastille sitzt, dort Beziehungen knüpft und wie neugeboren daraus hervorgeht, mit dem Lebensstil einer Dame. Ich spreche nicht von jenen unglücklichen Kreaturen, denen diese Kniffe unbekannt sind und die im Hôpital-Général landen. Ich kenne welche, die ich als Spitzel eingesetzt hatte und die mich heute überhaupt nicht mehr kennen. Und dabei kamen sie vom Strich in der Rue du Pont-aux-choux! Sie haben das Trottoir gewechselt. Daß sie bloß auf der rechten Bahn bleiben! Solche Aufzeichnungen sind für die Polizei von geringem, für meine Sammlung von zunehmendem Interesse. Denn diese oder jener, die gestern noch ein ganzes Bündel hingeblättert oder im Tausch dafür, daß über ihre Vergangenheit Stillschweigen gewahrt wird, Auskünfte aller Art geliefert hätten, antworten heute von oben herab: »Ich soll beim Spiel gemogelt haben? Käuflich gewesen sein? Und?« Und fühlen sich großartig dabei.

Alles ist so verwickelt. Und jetzt heißt es zudem: »Überwachen Sie die Soupers!« Warum eigentlich die Soupers? Kann man nicht zu jeder Stunde des Tages betrügen, stehlen, Komplotte schmieden, es miteinander treiben? Es ist viel schwieriger als beispielsweise beim Opernball, eigene Leute in Soupers einzuschmuggeln, die in kleinem Kreise veranstaltet werden, wo häufig jeder jeden kennt und die Lakaien, die früher fast überall Spitzeldienste für uns leisteten, nicht mehr zu bezahlen sind! Der Opernball... noch so eine neue Erfindung! Aber warum trachtet man um jeden Preis nach Neuem? Unter dem Alten König hatten wir noch freie Hand! Diskretion und Anstand erwartete man von uns, das war alles. Angeblich hat der Regent sich diesen Opernball erdacht, um die Skandale der kleinen Hausbälle einzudämmen. Das ist ihm gelungen! Alle Welt geht dorthin. Dirnen, die ihre Geschäfte abwickeln, Chorsängerinnen, denen das große Glück begegnet, biedere Bürgerfrauen, die sich als große Damen ausgeben, und große Damen, die sich als Dirnen gebärden, weil sie das neuerdings reizvoll finden.

Nun, etwas spricht für dieses leidige Durcheinander: Man kann fast überall Augen und Ohren einschleusen. Eine Dirne beim Regenten, einen Knaben bei Monseigneur de Carrèze, einen Musikanten oder angeblichen Verseschmied beim Président de Mesmes, und in Sceaux, bei der Duchesse du Maine, jeden beliebigen Parteigänger der spanischen Sache und Feind des Regenten, sofern er nur anständige Manieren hat. Es genügt, ins gleiche Horn zu blasen wie sie, und eines dieser abscheulichen Lieder anzustimmen. Weil sein Agent zwar eifrig, aber literarisch wenig begabt ist, hat Jailleau ihn mit ein paar selbstverfaßten Chansons ausgestattet und sich dabei köstlich amüsiert. Und noch etwas Gutes hat das Durcheinander – wie alles, sogar das Neue: den Tabak!

Jetzt gilt es, einen oder eine zu finden, die an seiner Stelle die Soupers abklappert. Eine Dirne, einen kleinen Priester in Geldnot, eine große Dame, die dem Spiel verfallen ist ... Das läßt sich finden, allein die Preise steigen. Letztlich sind die teuersten, am wenigsten leicht zu bestechenden und am schwierigsten einzuschleusenden die Lakaien. Sie schöpfen aus dem großspurigen Lebensstil »ihres« Herzogs oder »ihres« Präsidenten so viel Gewinn, daß sie in gewisser Weise unabhängig sind, und außerdem identifizieren sie sich mit unverschämtem Hochmut mit »ihrer« Herrschaft, dem Schwertadel oder Amtsadel. Sie spielen sich auf, als wären sie selbst Herzog oder Präsident. Als Informanten käuflich bleiben also nur die niedrigsten Domestiken: die Stallburschen, Gärtner, Kutscher ... Das gilt es zu bedenken. Wer weiß, vielleicht stecken solche Dienstleute im Café Mignot? In den Schenken außerhalb der Stadt treibt sich allerlei Gesindel herum. Deswegen sitzt er regelmäßig hier, beobachtet, lauscht und ißt. Denn das Essen ist gut im Café Mignot, trotz des klobigen Geschirrs. Darüber hinaus findet sich unter den windigen Gesellen bisweilen ein gewiefter Schachspieler. Alles in allem hat auch diese Epoche ihren Reiz ...

Im Laufe des Juli regnete es tagelang. Wenn der Regen anhielt, würde das Anatomische Souper womöglich ausfallen oder weniger ausgelassen ablaufen, als die Teilnehmer sich erhofften. Die Furcht vor Katarrh als Schutzschild der Tugend! War das wünschenswert? Ich beendete meine Kopie der *Tränen*. Michel, der Gehilfe von Monsieur Sanson und Madames »Lakai«, holte die von ihm so bezeichnete »Kiste« ab. Der Chevalier bemerkte selbstredend nichts. Und Wilhelm sah die »Kiste« abziehen und enthielt sich jeglichen Kommentars. Sanson wünschte, daß niemand von seinem Kauf erfuhr. Er jammerte über die Schwangerschaft seiner Frau und zeigte sich kaum mehr. Um so besser! Ich war verdrossen, er hätte mich nur gereizt. Viel zu empfindsam, dieser Henker! Hätte er meinen Meister an seinen besten Tagen erlebt, wie er mit gekonnten Schnitten einen Arm vom Körper trennte oder die Haut vom Schenkel löste und dazu trällerte: *»Herr der We-elt … Zu meinen Füßen soll sie liegen … meine Sultanin!«*, er hätte sich ein Beispiel nehmen können.

Doch wenige Tage vor Monatsende kam er vorbei. Der Himmel war grau. Ein scheußlicher Sommer! Sobald es kühler wurde, pflegte er seinen Mantel so zu drapieren, daß man die gestickte Leiter auf dem Ärmel nicht sah. Wozu? Jeder kannte sein Gesicht. Ich bat ihn nicht ins Laboratorium, obwohl dort niemand war. Schwerfällig ließ er sich auf der noch feuchten Gartenbank nieder, ohne ein Wort der Entschuldigung und ohne mich um Erlaubnis zu bitten. Ich war erstaunt, weil er sonst soviel Wert auf Anstand legte.

»Ich bin gekommen, um Ihnen für die Büste zu danken. Sie ist wirklich wundervoll. Ende August werden Sie Aktionärin der Compagnie d'Occident. Sollte Ihnen jedoch Gold lieber sein …«

»Nein. Es macht mir Spaß, etwas zu riskieren.«

»Es bleibt also dabei. Sorgen Sie sich nicht, ich werde Ihr Geheimnis wahren.«

»Weshalb sollte ich mich sorgen? (Ich war verärgert – obgleich ich mich ein wenig schuldig fühlte.) Es ist mein Werk, der Gewinn gehört mir. Ich werde auch Ihr Geheimnis wahren.«

»Darauf hoffte ich. Und Sie werden auch keine weiteren Kopien anfertigen?«

»Ich werde sogar die Model zerstören. Soll ich Ihnen die Scherben dann zeigen?«

Ich blieb stehen, um ihm zu bedeuten, daß ich ein kurzes Gespräch wünschte. Ich war nicht in der Laune, wohltätig zu sein.

»Aber nein, ich habe Vertrauen zu Ihnen, Catherine! Nur... ich hänge so sehr an dieser Büste... allein der Gedanke, daß es zwei davon gibt...«

Der Satz hätte mir schmeicheln sollen. Er war mir unangenehm. Eine meiner Büsten diente als Vorwand für eine Orgie, die andere befand sich in den Händen des Henkers!

»Sie finden sie also nicht mehr ›unrein‹?« fragte ich ironisch.

»Ich weiß es nicht. Diese Frage stelle ich mir tatsächlich. Und Sie? Was meinen Sie inzwischen?«

Natürlich hatte ich über den Einwand meines Meisters nachgedacht, obwohl er ihn längst vergessen hatte. Rein wissenschaftlich waren auch alle anatomischen Zeichnungen unserer Epoche nicht – dieser Muscheldekor, die Girlanden, die Anspielungen auf die Antike, mit denen, unter dem Einfluß van Wesels, unsere »Modernen« wie Errard oder Huyberts ihre Illustrationen verzierten, mischten zwei Dinge, die nichts miteinander zu tun hatten. Widersprach mein Konzept der *Tränen* nicht allein schon dieser Behauptung? Hatte ich mich nicht gefragt, ob eine Träne wirklich *nur* als das Resultat einer chemischen Verbindung von Körpersäften anzusehen sei? War ich nicht so weit gegangen, und nicht nur in bezug auf die *Tränen* – die ja nur ein Sujet waren –, sondern auch hinsichtlich etlicher anderer physikalischer Phänomene, mir die Frage zu stellen, ob die Gemütsbewegung, die sie hervorrief, von gewissen Prädispositionen des Körpers, der sie empfand, getrennt werden konnte? Ob der Lehrsatz umkehrbar war? Oder war das alles absurd? Doch ich redete nicht darüber. Mit Sanson einen Disput zu führen, gerade jetzt, wo ich überanstrengt war, wo ich nicht mehr an *Die Tränen* denken wollte, um mich ganz auf den Erfolg unseres Vorhabens (so bizarr es anmutete) zu konzentrieren, war mir zuviel.

»Vielleicht ist schon die Tatsache, daß wir leben, unrein«, sagte er nachdenklich, keineswegs von meinem Schweigen entmutigt. »Vielleicht ist diese Unreinheit nötig? Vielleicht...«

Er dachte immer ins Tiefe schürfend, schwerfällig, mühevoll, Schaufel um Schaufel. Welch ein Unterschied zwischen diesem Mann aus Lehm und Moor und meinem funkensprühenden Meister, der hundert Dummheiten gesagt und hundert Einfälle gehabt hätte in der Zeit, die Sanson für einen Gedanken brauchte. An manchen Tagen rührte mich dieses mühsame Geschäft, aber heute nicht.

»Man erzählte mir«, fuhr er unbeirrt fort (aus Höflichkeit war er inzwischen angesichts meiner Entschlossenheit, mich nicht neben ihn zu setzen, aufgestanden), »daß eine Ihrer Freundinnen im Jardin du Roi arbeitet?«

»Ein Beweis, daß im Faubourg Poissonnière viel geschwätzt wird...«

»Ich frage nicht aus Neugier, Catherine. Zumindest... Jemand erzählte mir nur, daß dort viele neue Ideen in Umlauf sind, Pläne aller Art...«

»Und?«

»... und daß man kürzlich die Möglichkeit erwogen habe, eines Tages...«

Mir riß der Geduldsfaden: »Charles! (Hätte ich ihm bloß nie gestattet, mich mit meinem Vornamen anzureden!) Charles, reden Sie ohne Umschweife! Ich habe furchtbar viel Arbeit.«

Es kostete ihn unendliche Mühe, die richtigen Worte zu finden.

»Es hätte geheißen, aber das ist vielleicht nur ein Gerücht, man habe vor... der Entwurf sei schon fertig... (endlich sprudelte es frei aus ihm heraus) ... die Todesstrafe abzuschaffen!?«

»Möglich«, erwiderte ich gereizt, denn ich wurde meiner Verärgerung nicht mehr Herr. »Meine Freundin und ich haben über völlig andere Dinge gesprochen. Wieso sollten wir...«

Plötzlich stockte mir der Atem. Das Kind war mir eingefallen. Das Kind, das die Sansons erwarteten, das Kind, dem Sanson so sehnlich wünschte, nie eine Todesstrafe vollstrecken zu müssen. Ich errötete, Tränen stiegen mir in die Augen. Wie hatte ich so ungebärdig und grausam sein können?

»Weinen Sie nicht, bitte. Ich verstehe ja...«, sagte er linkisch. »Ich hätte es Ihnen nicht sagen sollen, womöglich...«

Er schniefte, schneuzte sich, wischte sich über die Augen, er entschuldigte sich, daß ich ihm weh getan hatte. Und ich spürte ganz deutlich, wieviel Güte in diesem Mann steckte, eine Güte, die ebenso beängstigend wirkte wie sein Kummer, seine Gewissensbisse, seine Stärke. In all dem steckte zu viel Intensität, zu viel Kraft. Er erlebte alles zu heftig, zu tief. Sein Leben glich einem Brot, das er Brocken um Brocken essen und dabei seine Verbitterung hinunterwürgen mußte.

»Ich werde mich erkundigen«, sagte ich hastig. »Wenn ich etwas in Erfahrung bringe, lasse ich es Sie unverzüglich wissen.«

»Sie sind eine gute Seele. Ich wußte es. Und haben schon so viel gelitten...«

Mein Mitleid schwand.

»Warum bestehen Sie darauf, daß ich viel gelitten haben soll? Es ist nicht nötig, gelitten zu haben, um zu begreifen... Charles, ich muß jetzt gehen, meine Farben trocknen aus, mein Wachs wird hart, ich habe keine Zeit mehr...«

Ich kam um vor Mitleid, vor Abscheu, vor Sehnsucht, woanders zu sein. Er hielt mich nicht zurück. Nein, ich war keine gute Seele, heute jedenfalls nicht. Aber warum wollte er mich um jeden Preis unglücklich sehen?

Ich rannte in den Salon im Vorderhaus, wo wir unser Material aufgebaut hatten. Ich rannte, stürzte hinein und schlug die Tür hinter mir zu. Und die Arbeit an meinen Skizzen des Gefäßsystems schien mir in diesem Augenblick die angenehmste Beschäftigung der Welt.

Die zum Anatomischen Souper geladenen Gäste würden über den Tag verstreut bei uns eintreffen, und daher hatten wir bereits bei Tagesanbruch das gesamte Material, das wir für diese absonderliche Auftragsarbeit benötigten, in die zwei Salons vor dem Kuriositätenkabinett gebracht. Die Damen sollten im hellbeigen, die Herren im blauen Salon abgefertigt werden. Châteauneuf, den Martinelli für unsere Vorbereitungen verpflichtet hatte, würde im ersten Stock in einem unmöblierten Raum bereitstehen, für diejenigen, die es eilig hatten und die geringsten Ansprüche stellten.

Mein Meister, erstaunlicherweise um mein Schamgefühl besorgt, hatte mir empfohlen, das Lehrjungengewand, das ich noch vor ein paar Monaten trug, erneut anzulegen. Es erwies sich als nicht möglich. Ich hatte einen Busen und eine Taille bekommen. Plötzlich war ich kein kleiner pummeliger Junge mehr, sondern ein Mädchen, das sich sehen lassen konnte.

»Sogar das kleine Catherinchen wird eine Frau...«, seufzte mein Meister spaßhaft.

Auf sein Geheiß mußte ich mich in einen unförmigen grauen Kittel hüllen, der seiner Meinung nach Respekt einflößen oder zumindest Distanz herstellen würde. Als es hell wurde, standen wir bereit. Pinsel, Zeichenvorlagen und Farben, die wir an uns ausprobiert hatten, um sicherzugehen, daß sie weder Giftstoffe noch ätzende Elemente enthielten. Es mußte gelingen, alles mußte exakt ausgeführt, wenn möglich kleidsam (!) sein und vor allem während des Soupers, das angeregt verlaufen dürfte, frisch bleiben. Mir war bei all dem Gerede klargeworden, daß es sich um eine ausschweifende Lustbarkeit handelte. In meiner Naivität stellte ich mir bei diesen Dingen immer junge und verführerische Menschen vor. Es erschien hingegen, als es von Saint-Laurent acht Uhr schlug, in einer unauffälligen Kutsche ohne Wappen ein kleiner, fast buckeliger Mann mit einem immerhin feinen Mäusegesicht, aber alt war er! Ein Greis! In meinen Augen war er hundert Jahre, obwohl er sich im folgenden Gespräch damit brüstete, kaum fünfzig zu sein und mich fragte, ob man ihm dies ansehe. Ich sagte, nein. Das war nicht gelogen! Er kommt also an, betritt den Hof und schreitet zu den Salons, wo wir ehrerbietig warten. Mein Meister stürzt ihm entgegen.

»Exzellen ...«

»Nicht doch! Keine Förmlichkeiten! Heute ist Zwanglosigkeit angesagt! Kleidung eingeschlossen ... (Er lachte piepsig mit einer schrillen Stimme, die zum Lachen verführte und zugleich Angst einflößte.) Gehen wir hinein, los, los, kein Zeremoniell.«

Mein Herr weist ihn in den blauen Salon und geht hinterher.

»Was wollen Sie denn noch hier? Nein, mein Guter, von solchen Sitten kann bei mir keine Rede sein! ... Die Demoiselle bemalt die Männer und Sie die Damen. Sie können sich wahrlich nicht beklagen! Wenn das nicht Mademoiselle Denisot ist, die soeben in Ihren Hof einfährt! Ein appetitlicher Bissen, den Sie da mit Ihren Seidenhaaren bepinseln werden! Und Sie, Kleine, machen Sie sich bereit. Meine Zeit ist kostbar. Das Fest findet erst heute abend statt, doch bis dahin habe ich noch hunderterlei zu regeln. Daher bin ich so frühzeitig gekommen. Ihre Farben sind hoffentlich von guter Qualität, denn wenn ich heute abend, sobald ich den Rock ablege, nicht den Erfolg des Jahrhunderts verbuche, stehe ich morgen wieder hier und prügele euch windelweich!«

Dazu war er gewiß imstande! Ich bin nicht gewöhnt, daß man so mit mir spricht. Selbst mein Lehrherr, der grob sein kann, hat mir noch nie gedroht. Dieser häßliche Hutzelzwerg besaß indessen so viel Autorität, daß ich ihm ohne Widerworte in den blauen Salon folgte, während mein Herr mich mitleidig ansah und dann der lachenden Demoiselle Denisot aus ihrem Fiaker half.

Er zog sich ohne Umschweife aus, hastig, und wie jemand, dem nicht immer ein Kammerdiener zur Verfügung stand. Um dem (vermuteten) Schamgefühl einiger Leute Rechnung zu tragen, hatten wir etliche Morgenröcke bereitgehängt, mit denen sie ihre Blößen teilweise bedecken konnten. Er wollte keinen Morgenmantel und stellte sich mitten in den Raum, eine Schulter etwas höher als die andere, spindeldürr, so beängstigend wie bemitleidenswert, dazu mit einer fahlen, stellenweise schlaffen Haut, die meine Arbeit nicht gerade erleichtern würde.

»Nur zu! Keine Zeitvergeudung!«

»Was wünschen Sie, Monsieur? Ich habe mehrere Zeichnungen, wollen Sie sie sehen?«

»Was ich wünsche! Ein Herzchen, dieses Kind! Ach, hätten wir nur ein Stündchen Zeit, ich wüßte schon, was ich dir antworten würde, niedliches Ding! Aber ich habe keine Zeit. Bemalen Sie mich jetzt mit dem, was vereinbart war, dumme Göre! Sonst erkälte ich mich!«

Er machte mir wirklich angst. Wie er so widerwärtig nackt vor mir herumtänzelte, kicherte, kokettierte und mit einer schrillen, bösen Stimme drohte, schien mir, als sähe ich den Teufel, an den ich doch nie geglaubt hatte.

»Die Liste, Monsieur, enthält aus Gründen der Diskretion nur Initialen, und...«

»Ich bin der Verdauungstrakt«, sagte er hochtrabend.

Ich mischte meine Farben. Es war höllisch schwierig, gerade wegen seiner schlaffen Haut, auf der die Farben verliefen oder in den Falten verschwanden. Die Bauchspeicheldrüse geriet ganz hübsch, aber der Zwölffingerdarm kostete mich entsetzliche Anstrengung. Bei jedem kleinen Farbfragment mußte ich die Haut zwischen Daumen und Zeigefinger gespannt halten, bis die Farbe trocken war. Währenddessen wippte und wand er sich, lachte, zog mich am Haar oder streichelte mich flugs im Nacken, während ich mich auf seinem behaarten und faltigen Bauch abmühte oder meine Pinsel auswusch. Bis zu jenem Tag war mir niemals in den Sinn gekommen, daß die Tätigkeit, die Martinelli und ich ausübten, etwas Abstoßendes haben könnte. Doch als ich die Darmwindungen auf die sie verhüllende Haut malte und sah, wie der Atem diesen Bauch hob, wie die Haare erzitterten und das Glied ruhte, als ich den diesem nackten Mann eigenen säuerlichen Geruch einatmete, da stieg Übelkeit in mir hoch. Obgleich ich drei Jahre lang Abdrücke von Leichen gemacht hatte!

Mein Patient erklärte sich schließlich zufrieden. Nackt stolzierte er ein paar Minuten vor dem Spiegel auf und ab, betrachtete belustigt seinen Magen, seine Leber, seine Bauchspeicheldrüse, die wie neu aussahen, und kleidete sich ebenso schnell wie er sich ausgezogen hatte wieder an.

»Wenn ich den Preis gewinne, schicke ich Ihnen eine nette Börse, meine Kleine! Das können Sie deuten, wie Sie wollen ...«

Zutiefst erleichtert sah ich ihn abziehen, kichernd, drohend, seinen Lakai rufend. Der Tag war hart, aber ich bemalte ab und an doch einen galanteren und jüngeren Edelmann (das nahm ich zumindest an), auch ein paar Damen, mit denen mein Meister aus Zeitmangel nicht fertig wurde, und, abgesehen von einigen, die sich in letzter Minute noch auf etwas kaprizierten (wie die junge Frau, die sich für den »Genitaltrakt« entschieden hatte und mit einemmal verlangte, daß ich ihr einen Fötus, »hübsch wie ein Engel«, darin unterbrachte), taten mir manche der Herren den Gefallen, befangen zu wirken. Einen Dickwanst beispielsweise und einen mit »natürlichen Regungen« schickte ich nach oben zu Châteauneuf.

Gegen sechs Uhr abends hatten wir alles hinter uns und waren restlos erschöpft. Der Rotschopf, der meinem Herrn zur Hand gegangen war, zog sich schleunigst um, nahm seinen Lohn in Empfang, trank noch einen Schluck in der Küche und schickte sich an zu gehen.

»Wie das endet, würde ich furchtbar gerne sehen!« meinte er mit spöttischer Miene. Und er fügte in einem Anflug von Ehrlichkeit hinzu: »Obwohl ich mich bei der Arbeit mit Leichen nie so geekelt habe ...«

Genau das gleiche hatte ich gedacht.

Ich folgte meinem Herrn, während er sich fertigmachte; mir gegenüber tat er sich keinen Zwang an.

»Haben Sie es auch so empfunden?«

»Ekel? O ja, ich glaube schon.«

»Ich frage mich nur, warum. Ich kam mir ... so linkisch vor, und Châteauneuf auch, dabei ist er nicht gerade zart besaitet ...«

»Das liegt vermutlich daran, daß wir uns ausmalen, zu welchen Ausschweifungen alles dient, an dieser merkwürdigen Koppelung von exakt dargestellten Eingeweiden – was nur unter rein wissenschaftlichem Aspekt vertretbar ist – und der Vorstellung von gewissen Wonnen, mit denen wir Schönheit, Anmut, Liebreiz verbinden ...«

»Ist es, weil auf die Eingeweide kein Verlaß ist? Der Knochen hingegen ...«

»Ja«, sagte er und schlüpfte mit dem rechten Arm in den linken Ärmel (ein Mißgeschick, das ich sofort wiedergutzumachen half). »Das Skelett ist irgendwie sympathischer, meinst du das? In Venedig hatte ich eins, das ich Gottfried nannte.«

»Aber können die Eingeweide nicht gerade, weil sie uns daran erinnern, daß auf uns kein Verlaß ist, Ausschweifungen so ungestüm machen ...?«

Seine Perücke setzte er diesmal korrekt auf. Er war fertig, sah nahezu gut aus in seinem maikäferfarbenen Rock. Er ließ sich auf der Bettkante nieder.

»Da hast du vermutlich recht«, sagte er nachdenklich. »Das ist die Quintessenz des Anatomischen Soupers. Wenn alle Reize verflogen sind, fühlt man sich nur noch angesichts des Todes lebendig... Frag unseren Freund Charles. Auf den für die Hinrichtung gemieteten Fensterplätzen wird oft schamlos gevögelt.«

Und werden Kinder gezeugt? Vielleicht... Schamlos... Ich dachte an den Kummer des Henkers und an den Fötus, den die schöne Florence auf ihren flachen Bauch gemalt haben wollte. Ich fühlte mich einsam. Mein Herr erhob sich.

»Catherine, Catherine, denk nicht zuviel nach! Du hast schon eigene Ideen und einen Busen, jetzt brauchst du dich nur noch zu verlieben, um wirklich Frau zu sein.«

»Gott sei Dank! Bin ja alt genug! Gefalle ich Ihnen so nicht?«

Er sah mich freundlich an. Es schien ihm schwerzufallen, jetzt fortzugehen, an dieser Orgie teilzunehmen, die ihm Wohlstand und Ruhm bringen sollte.

»Vorher warst du mir lieber«, sagte er leicht melancholisch.

Er war schon auf der Treppe, hatte sich einen hellen Umhang übergeworfen, als mir noch etwas einfiel.

»Meister! Meister!«

»Laß doch dieses Wort! ... Was ist denn?«

»Als was gehen Sie? Ich habe es ja gar nicht gesehen! Hat der Rotschopf Sie auch vorteilhaft hergerichtet? Als was gehen Sie überhaupt?«

»Atemwege«, sagte er würdevoll.

Sofort war meine gute Laune wieder da.

Ein kleines Palais, wo man ungestörter ist als bei sich zu Hause, heißt – je nach Rang seines Besitzers – Lustschlößchen oder »Folie«. Richter, Gesandte, Minister besitzen ein solches. Die Polizei, die dort Informationsquellen, vielleicht auch Druckmittel wittert, bemüht sich, sie alle aufzulisten. Einige Lustschlößchen verbergen aufrichtige Liebe, andere zeugen von reiner Prunksucht und werden nur geheimgehalten, um entdeckt und bewundert werden zu können. Vermeldet wurden zwar auch Fälle von derartigen »Schlößchen«, die der Einsamkeit und der Erholung dienen, in nur geringer Entfernung vom Hofe und den »Geschäften« gelegen. Doch die meisten dieser Lustschlößchen oder »Folies« entsprechen dem Bedürfnis, Vernunft und Lust zu trennen, das geheime Untertauchen und die Tagesauftritte oder schlicht und ergreifend Körper und Geist – wobei zu berücksichtigen ist, daß sich unter diesen pompösen Bezeichnungen Mademoiselle de Lor, eine von einem Liebhaber bekehrte und mit eigenen Möbeln ausgestattete ehemalige Dirne (Körper!), und die ausnehmend würdevolle Erscheinung eines hochstehenden Rats in Purpur und Hermelin (Geist!) verbergen. Ein ehrenwertes, schnell enttäuschtes Vorhaben, denn die sinnlichen Wonnen können auf die geistigen Verfehlungen genausowenig verzichten wie das Ragout auf Gewürze. Der Hunger ist gestillt, aber die Naschsucht läßt nach. Sättigung ist ein Zustand, den der Mensch fürchtet. Soweit eine der möglichen Erklärungen für das vom Kunstfreund im Lustschloß eines Freundes ausgerichtete Anatomische Souper.

Rund fünfzehn Personen erschienen im Domino. Sie wurden in einen kleinen chinesischen Salon geführt und waren ganz aufgeregt vor Nervenkitzel und dem Gefühl, an einem pikanten Sakrileg teilzunehmen. Wer es geschmacklos fand, hütete sich, dies durchblicken zu lassen. In einer großen Kristallschale in der Mitte des Salons prangten, von bereits dahinschmelzendem Schnee gekühlt, Champagnerkaraffen. Ein mächtiger Kachelofen aus der Dresdner Porzellanmanufaktur strahlte eine fast übergroße Hitze ab, denn die Luft draußen war mild, lediglich etwas feucht, denn eine Stunde zuvor war ein Sommerregen gefallen. Die gleichmäßige Wärme war wohl Absicht, erleichterte sie doch das Ablegen der Dominos und schürte die Trinkfreudigkeit.

Man hörte Frauengekicher, leicht befangene Plänkeleien, als ein lebhafter, schlanker, kleiner Mann mit spitzer Nase und hübschen blauen Kinderaugen seinen Domino auf ein niedriges Tischchen warf, unter einer einen Menschen oder Drachen darstellenden lachenden Maske. Über Arme und Beine zog sich, bläulich getönt, das Venennetz, was auf dem noch jungen, straffen und kernigen Körper recht gut aussah. »Das wird bis zum Morgen halten«, dachte Martinelli bei sich. Dies war eine seiner Sorgen. Wenn die Farbe abblätterte, bevor das ohnehin niemand mehr bemerkte, wäre der Effekt beim Teufel. Er zwang sich, nur an diese technischen Details zu denken. Er wollte Wilhelm vergessen, der mit seiner wappenlosen Kutsche draußen, am anderen Ende des Gartens, hinter dem persischen Pavillon wartete. Er war verwirrt wie selten, und nicht wegen der schönen Florence, die plötzlich rief: »Nocé! Ich wußte gar nicht, was Sie alles zu bieten haben!« Nein, deswegen nicht, obwohl sie gleichzeitig ihren Domino abwarf und wie Venus dastand, unter einem hauchzarten Gazenégligé, das den von ihr kühn gewählten »Genitaltrakt« kaum verhüllte. Nein, seine Verwirrung hatte andere Gründe. Champagnerschalen machen die Runde, die Dominos fallen und enthüllen oder entblößen anatomische Modelle von Körperteilen, während andere noch eine kurze Tunika, ein durchsichtiges, ärmelloses Hemd, das wohl noch einen Anflug von Scham symbolisieren sollte, verbargen; ihn verwirrte dieser Anblick von Körpern, die aufrecht um ihn herum standen, obwohl er doch so oft und ohne die geringste Beklemmung auf fahle, leblose Körper hinuntersah, das Skalpell in der Hand, und ihm war, als seien diese Körper, bestehend aus Fleisch, Säften und Eingeweiden, den Würmern und dem Zerfall bestimmt, plötzlich zu neuem Leben erwacht. Einen Moment lang verlor er sich gar in seiner frommen Kindheit und hörte seine Mutter aus naiver Überzeugung von »glorreich Auferstandenen« reden. Er stellte sie sich vor in ihrem Grab, seine arme, ergebene, schwer arbeitende Mutter, die ihn liebte und jetzt nur noch ein verwesender Körper war, noch weniger als das, nichts mehr war, nur eine schwammige Masse in der Erde. Er zuckte zusammen: Plötzlich hatte er das Gefühl, etwas Unrechtes getan zu haben und als würde ihm bei dieser Soirée irgendein Unheil zustoßen.

Da rief Florence: »Sind Sie etwa schüchtern, Martinelli?«

Zwei Lakaien, noch nackter als nackt, da ihre hochgewachsenen, schlanken weißen Körper keine Bemalung hatten und nur das Glied mit schwarzem Satin umwickelt war, öffneten die Türen des chinesischen Salons und gaben den Blick frei auf einen noch kleineren Raum mit schwarzbespannten und goldverzierten Wänden, vor denen sich ebenfalls schwarze Diwane entlangzogen, die mit den Wänden im Lichtschein goldener Kerzenleuchter zu verschwimmen schienen, und wo, wie im ersten Salon, eine Champagnerfontäne aus der Mitte eines silbernen Beckens leise sprudelnd aufstieg, schäumend herabflutete und, gekühlt durch den Stengel, den eine Lilienblüte krönte, wieder emporstieg. Dieser genial erdachte und neuartige Apparat war nichts weiter als ein Schmuckstück, denn der Wein verlor sehr schnell seine Spritzigkeit, weswegen die beiden Lakaien mit Karaffen umhergingen. Es reizte jedoch, sich dort seine Schale zu füllen. Eine dunkelhaarige Schöne bespritzte sich dabei von Kopf bis Fuß und nahm dies zum Anlaß, die leichte Hülle, ohnehin die letzte, abzuwerfen, und damit begann das eigentliche Fest. Die Lakaien sammelten Hemden und Tuniken ein und trugen sie in den weiterhin geöffneten chinesischen Salon. Die Damen hatten ihren Schmuck behalten; manche Herren trugen, zum Scherz oder als Provokation, das Band ihrer unterschiedlichsten Orden. Martinelli war erleichtert. Sein Talisman würde niemandem auffallen; diese blind gewordene Silbermedaille, die er um den Hals trug, und auch nicht sein Ring aus grüner Jade an der linken Hand, der das Schlafpulver enthielt.

Es war allerdings noch gar nicht ausgemacht, daß er es würde einsetzen müssen. Sollte der Kunstfreund die Güte besitzen, im richtigen Moment unter den Tisch zu rollen, das heißt in dem Pavillon, in den Antoinette ihn locken sollte..., bekäme er einen dieser Anfälle, die ihn häufiger befielen und bei denen er für Minuten oder Stunden das Bewußtsein verlor..., ein paar Minuten würden schon genügen. Ein Knebel, und dann... Wilhelm hatte drei Männer bei sich... Es ging noch einfacher: Antoinette bräuchte sich nur einen Moment lang gefällig zu erweisen. Einen völlig arglosen Mann im Bett zu ergreifen, ist leicht. Ja, das war einfach und würde ihm die Mühe mit diesem Pulver ersparen, das sich schwerlich unbemerkt in ein Glas streuen ließ oder ihn kompromittieren würde, wenn man es, ohne daß er es benutzt hätte, bei ihm entdeckte... Aber mit Antoinette war es nicht leicht. Daß der Kunstfreund sich ausgerechnet auf dieses Mädchen kapriziert hatte, ging ihm nicht in den Kopf. Es hieß zwar, er liebe schlanke Frauen, die Parabère, die Sabran. Aber Antoinette! Für die hätte er, Martinelli, keine drei Sous gegeben: Da lief einem doch der kalte Schauder über den Rücken.

Plötzlich war sie da, gleichzeitig mit zwei oder drei in letzter Minute vorgefahrenen Gästen. Leichtfüßig durchquerte sie den chinesischen Salon, wo die anderen sich mit allzu lautem Lachen und geziertem Gehabe ihrer Dominos entledigten und gegenseitig musterten. Kaum hatte sie den schwarzen Salon erreicht, wirbelten auch schon ihre Schühchen übers Parkett, während der Domino auf die Türschwelle sank – eine Königin! Hocherhobenen Hauptes, mit ihrer geraden, aber anmutigen Haltung, die von ihrer Magerkeit rührte, die unter dem kaum sichtbaren, hautengen Trikot zu erkennen war. Während die übrigen Gäste sich den einen oder anderen Teil der menschlichen Anatomie gewählt hatten, den sie darstellen wollten, war sie von Kopf bis Fuß Muskelgewebe und Blutbahnen, rot und blau. In einem geschmeidigen Käfig schien dieser schlanke Körper zu stecken, in einem Käfig aus Bändern, die jede ihrer Bewegungen zu einer Ballettpose machten – mal Totentanz, mal Freudentanz.

Denn offensichtlich war sie fröhlicher Stimmung. Sie trank sofort mehrere Schalen Champagner und erklärte kokett, sie sei hungrig.

»Den ganzen Tag hatte ich ein Frösteln beim Gedanken daran, was ich unter meinem Kleid trug«, flüsterte die dunkelhaarige Schöne, die merkwürdigerweise »Rabe« genannt wurde.

»Bedenken Sie lieber, was Sie ständig unter der Haut tragen!«

»Schweigen Sie! Grauenvoll!«

Längst glühten alle, streckten eine Hand vor, um dies oder jenes malerische Fragment zu betasten, eine Niere, eine Drüse, und zogen die Hand schreiend, als hätten sie sich verbrannt, wieder zurück, aber nur kurz, denn es reizte sie von neuem, mit den Fingern zu tasten, und wieder zuckten sie zurück, lachten, tranken.

»Das reinste Wunderwerk, mein Freund! Ob das wohl hält... in allen Lebenslagen?«

»Das wäre zu erproben, Monsieur. Ich habe noch keine Erfahrung damit!«

»Und werden Sie uns anschließend sezieren?«

Ein Dickwanst mit schwarzen Augen, der böse dreinblickte, rekelte sich auf einem der schwarzen Sofas.

»Stellen Sie sich vor, ich wäre tot, Comtesse, und Sie sollten mich wiederbeleben...«, empfahl er.

»O ja, o ja!« kreischte Florence.

Martinelli fand, daß das alles schon sehr weit ging. Und der Kunstfreund war noch nicht da!

In diesem Augenblick traten wie große weiße Windspiele die Lakaien wieder vor und öffneten die Türen zum dritten Salon, in dem ganz hinten (der Raum war größer) ein quergestellter Tisch zu sehen war, auf dem ein vergoldetes Service funkelte (»Allein die Herstellung hat vierzigtausend Pfund gekostet...«, murmelte Florence, die regungslos auf der Schwelle innehielt). Die unterschiedlichsten Speisen zierten Porzellanplatten, zwei Kristalleuchter, mit weißen Kerzen bestückt, glitzerten wie Schnee, Eis und Sonne. Und hinter dem Tisch, auf dem jaspisfarbenen Kamin, thronte Antoinettes Büste.

Vor dem Tisch breitete sich Leere aus.

Niemand betrat den Raum. Die beiden Lakaien schienen im übrigen auf ein Zeichen zu warten.

»Wir werden defilieren! Defilieren!« sagte eine hübsche, mollige Blondine, die darauf bestanden hatte, daß ihre Rücken- und Gesäßmuskeln zur Geltung gebracht würden, was nicht ohne Reiz war. »Wirklich gelungen!« befand sie ohne übertriebene Bescheidenheit, den Hals nach rechts und links wendend, um das erfreuliche Resultat zu begutachten.

»Es wird phantastische Preise geben!«

»Ja«, sagte der Dickwanst mit dem Band säuerlich, »aber Monsieur ist ein Kenner, und das ist sein Vorteil.«

»Sie meinen, beim Wettbewerb? Ich dachte, es sei ein Schönheitswettbewerb?«

»Ja, dann allerdings...«, warf Antoinette mit hellem Lachen ein.

Besorgt sah Martinelli sie an. »Großer Gott! Warum bloß die! Warum hat er dieses Mädchen bloß gewählt? Sie wird alles platzen lassen, da bin ich sicher! Ich bin sicher... Und vielleicht gar aus purem Vergnügen!«

»Er ist beleidigt«, wisperte die Blondine, die Ninon oder Marquise gerufen wurde.

Florence erklärte etwas: »Nun, an diesem Tag hat Adhémar alles erfahren, daher hat er nicht...«

»Schweigen Sie!«

Der weiße Lakai mit dem schwarzumwickelten Glied gab das Zeichen zum Betreten des dritten Salons. Sofort entstand Gedränge. Alle blieben wieder stehen. Unerwartete Stille herrschte. Der Raum war weitläufiger und breiter, als die Türöffnungen hatten erahnen lassen. Die Wände waren vollständig bespannt mit Tapisserien, mit sogenannten »Verduren«, auf denen nur Blattwerk zu sehen ist. Da der Raum ohne Möbel war – mit Ausnahme niedriger Blumenbänke voller duftender Blüten und Kräuter entlang der Wände, die gleichsam einen Saum zu den Tapisserien bildeten, und hie und da einem dunkel schimmernden Strauch in einem Keramikgefäß –, entstand der Eindruck eines Märchenwaldes, in dem die nackten, blau, safrangelb oder scharlachrot bemalten und in ihrer eigenen Körperlichkeit transparenten Leiber wieder in eine Natur integriert schienen und in dem selbst Gold und Kristall etwas anderes bedeuteten, nämlich wieder zu Mineralien wurden, ihren einzigartigen Wert verloren, um einen anderen, passend zu diesem Mikrokosmos, zu erlangen. Einen Augenblick lang war auch der Mensch Teil dieser Metamorphose. Leiber und Organe, gewissermaßen in einen Wald geflüchtet, wirkten wie Astwerk, wie eingegliedert in ihren natürlichen Rahmen, nahmen ihren Rang als Naturwunder ein. Die Verzauberung, die Stille unterbrach jene junge Frau, die »den ganzen Tag ein Frösteln empfunden hatte«, indem sie ihre blaugeäderte Hand dem Chirurgen auf die Schulter legte und murmelte:

»Eigentlich etwas Schönes, die Atemwege ...«

Antoinettes Ebenbild auf dem Kaminsims weinte.

Ein schrilles und übermütiges Lachen zerstörte den Zauber.

»Der Preis! Mir steht der Preis zu!« kreischte der quirlige Greis, der wie ein mißgestalter Dämon aus der Tiefe des Raumes hervorschoß.

Alles bog sich vor Lachen und überbot sich an Zurufen.

»Sieht aus wie ein Rebstock!«

»Der ist so verkrüppelt, daß ihm das Pankreas im Rücken sitzt!«

»Der schönste Possenreißer der Comédie Italienne!«

»Ein Brunnenfaun!«

Hinter dem alten Satyr hatte der Kunstfreund den Raum betreten. Seine Toga wurde auf der Schulter von einem schlichten Opal gehalten. Eilfertig brachten die Lakaien ein Tischchen mit

Réchauds und Pfännchen herbei, denn die Saucen wollte er selbst zubereiten.

Antoinette betrachtete ihr Ebenbild. »Welche Ähnlichkeit«, dachte sie bei sich. Sie meinte das anatomische Profil. Sie lachte ein wenig irre. Die Lakaien machten der Erregung ein Ende, indem sie, über den ganzen Raum verstreut, dick gepolsterte Kissen verteilten, die als Sitzgelegenheiten und vielleicht als Liebesnester dienen sollten.

Der Kunstfreund streckte dem Modell seiner Büste beide Hände entgegen: »Sie ist noch hundertmal schöner! Welche Grazie! Eine Antilope!«

Wer würde ihm widersprechen? Alles ist begeistert. Alles applaudiert.

»Ihre Schönheit übertrifft das Groteske des Abbé«, erklärt großmütig »der kleine Rabe«, und das will etwas heißen!

»Wer bekommt den Preis?«

»Er: Policinelle als Écorché!«

»Sie! Die königliche Antilope!«

»Eine zutreffende Bezeichnung!« meint Adhémar mit ersticktem Lachen.

»Die Antilope«, sagt die schöne Florence in belehrendem Ton, »ist ein mythisches Tier. Es gibt sie nicht.«

Man erwartet eine spitze Antwort von der Favoritin des Abends, doch Antoinette sagt mit vollendeter Grazie:

»Wie recht Sie haben!«

Und wieder senkt sich, einen Wimpernschlag lang, ein Hauch von Melancholie über die lärmende Gesellschaft.

»Die Preise«, sagt der Kunstfreund lächelnd, »werden Sie erstaunen. Eine Variante der Lotterien unseres guten Onkels! Und Vorsicht, meine Damen, denn Sie könnten selbst zu einer begehrten Belohnung werden!... Aber das wird die Nachspeise sein. Für den Anfang sind wir uns wohl einig, daß unser italienischer Freund einen Sonderpreis verdient. Dubois, reichen Sie mir das Tablett. Ich glaube, Chevalier, Sie haben eine junge Mitarbeiterin, und es dürfte Sie freuen, ihr ein Schmuckstück zu überreichen. Nichts zwingt Sie, es ihr in unserem Namen zu geben! Wenn Sie sie nicht vorzeigen, dürften Sie Ihre Gründe haben…«

Dies alles sagte er mit wohlwollender Ironie, mit Würde, man könnte fast sagen, mit Noblesse, was eine Meisterleistung ist bei einem halbnackten Mann in notdürftig drapierter Toga, die Bauchansatz und gedrungenen Körperbau kaum kaschiert.

»Nehmen Sie für sich selbst diese Schale, als Andenken für eine vergängliche Arbeit, der aber beständigere Werke folgen werden.«

Ein kurzes Bedauern überschattet Martinellis Gedanken, als er die vergoldete Schale entgegennimmt und sich bedankt. Nun tritt der zweite Lakai mit einem Tablett vor, auf dem Ohrgehänge, Ringe und Armreifen funkeln. Von einer Geste dazu aufgefordert, wählt Martinelli einen mit einem zwar kleinen, recht hellen, aber makellosen Saphir geschmückten Ring. Wird er Gelegenheit haben, ihn Catherine zu schenken?

»Und Sie, meine liebe Antoinette? Jede dieser Damen wird ihr Schmuckstück erhalten… obgleich sie vorsorglich welche angelegt haben – aus Scham, wie ich vermute! Und jeder wird seinen Preis bekommen, denn die Schönheit hat vielerlei Gestalt. Allein, man gestatte mir zu erklären, daß sie heute, was mich betrifft, in Ihre Gestalt geschlüpft ist und Ihr Gesicht trägt…«

»Dieses oder jenes?« fragte Antoinette mit ihrer leicht heiseren Stimme.

Alle Blicke richten sich auf die Büste, und für den Chevalier gibt es keinen Zweifel mehr. Wütend sagt er sich: »Da haben wir's! Ich hätte darauf wetten können! Sie wird alles platzen lassen!«, bevor Antoinette in schallendes Lachen ausbricht, in dieses fast irre Lachen, das sofort als Beweis für aufkeimende Trunkenheit gedeutet wird und den besten Eindruck macht.

»Suchen Sie sich etwas aus…«, sagt der Gastgeber mehrmals. »Der Amethyst mit seinem Violettgrau würde himmlisch zu Ihren Augen passen… Doch Schönheit wird stets mit einem Diamanten gekrönt. Nehmen Sie daher diesen Armreif, den beide Steine im Wechsel zieren… Glanz und Melancholie. Das könnte Ihre Devise werden…«

»So galant hat er sich noch nie gezeigt«, flüstert Ninon Florence zu. »Im allgemeinen entledigt man sich seiner Verpflichtungen vor dem Souper, oder im Anschluß daran, nicht wahr?«

»Oh! Er wird schon warten. Gütigst…«, erwidert Adhémar, der immer alles zu wissen vorgibt. »Sie soll verwitwet sein.«

Doch Antoinette antwortet bereits: »Ich trage nie einen anderen Schmuck als diesen hier.«

Sie streckt ihm ihre etwas große, aber zartgliedrige Hand hin.

»Es ist ein Rubin von geringem Wert, aber er stammt von meiner Mutter. Wie ein Blutstropfen, nicht wahr, Monsieur? Er schien mir dem Anlaß angemessen…«

Der Kunstfreund betrachtet die junge Frau, als lese er auf diesem Gesicht etwas anderes als Schönheit. Er bittet sie, auf einem der Sitzkissen Platz zu nehmen. Er wird eine Sauce zubereiten. Bis dahin bediene man sich mit Schinken aus Mekka und einer Lachsforellenpastete, die soeben hereingetragen werden, um den größten Hunger zu stillen.

»Wenigstens besteht heute keine Gefahr, sich die Kleidung zu besudeln!« murmelt Nanteuil.

Der Chevalier trinkt aus der vergoldeten Schale, die ihm überreicht wurde und steckt sich den für Catherine ausgewählten Ring an den kleinen Finger. Liegt es am Champagner? Er gerät ins Träumen und begreift zum erstenmal, daß man, aus dem Blickwinkel des Kunstfreunds, auf Antoinettes Gunst Wert legen kann.

»Dies sind Trüffeln in einer leicht, wirklich ganz leicht berauschenden Sauce! Ein sanftes Aphrodisiakum! Ich dachte, bei einem im Grunde wissenschaftlichen Souper könnten wir sie ausprobieren.«

»Warum nicht?« sagt der Greis schamlos. »Wer es nötig hat, soll es sagen! Ich für mein Teil habe bis heute noch nie das Bedürfnis verspürt!«

Possenreißerisch wirft er sich in die Brust, dreht und wendet sich, um seine Vorzüge zur Geltung zu bringen. Einer der Geladenen hat irgendwo eine große Lupe ausfindig gemacht und betrachtet eingehend den Fötus (»schön wie ein Engel«) auf dem flachen Bauch von Florence. »Der ist von Dubois!« ruft er aus, und alle brüllen vor Lachen, was wenig feinsinnig ist, vielmehr Ausdruck derber Männerfreude.

»Sie verschmähen meine Trüffeln, Chevalier?«

»Er schont sich für sein Püppchen«, sagt der Abbé und genießt die von ihm verursachte Peinlichkeit. »Ich habe sie gesehen, sie hat mich sogar gestreichelt... mit ihren Pinseln, versteht sich! Ich hätte sie durchaus nicht abgewiesen, wenn ich Muße genug gehabt hätte! Eine leichte Sattelnase zwar, aber die Augen...«

»Ach, ja?« fragt der Kunstfreund interessiert.

»Wie Kornblumen! Haben Sie nicht bemerkt, welchen Ring er für sie ausgesucht hat? Wunderbar passend! Verliebt über beide Ohren!«

Der Kunstfreund ergreift mit seiner kleinen, dicklichen die große, knochige, ehrliche Hand des Chevalier.

»Ach! Wenn ihre Augen von dieser Farbe sind... Aber Sie tragen ja noch einen zweiten Ring! Gibt es eine zweite Dame mit grünen Augen in Ihrem Leben? Jetzt haben wir ihn verstört! Erteilen Sie ihr auch Unterricht in Anatomie?«

»Das ist ein Giftring!« sagt der Abbé mit rätselhaftem Gekicher. »Man ist nie so nackt, wie man vorgibt! Zeigen Sie her.«

Blitzschnell zog er ihm den Ring vom Finger. Der Gastgeber nahm ihn sofort an sich.

»Ein Giftring... und gut gestopft! Fürchten Sie jemanden in dieser Gesellschaft?«

»Ich fürchtete eher ein Versagen meiner selbst oder besser gesagt, der Natur, in solch reizender Gesellschaft; die Erregung, die Schüchternheit, die Ehrfurcht, vielleicht der Wein... Ich griff zu diesem Hilfsmittel, das als wirksam gilt und mir ermöglichen sollte, die ganze Nacht über eine gute Figur zu machen.«

»Er ist hinreißend! Diese Gelehrten wissen alles so schön zu umschreiben... Eine gute Figur, galant, galant! Ich will Euer Wundermittel erproben, mein Guter. Sie werden allein zurechtkommen müssen. Aber ich bin sicher, diese Damen hier werden Milde walten lassen. Bringt Wein!«

»Ist es nicht etwas unvorsichtig?« hub der Abbé an.

»Bin ich je vorsichtig gewesen, du Mißgeburt?« erwiderte der andere mit verblüffender Autorität. »Ich hoffe, mein lieber Martinelli, daß Sie mit Ihrem Apotheker nicht auf Kriegsfuß stehen! Auf Ihr Talent! Auf die Schöne, die Ihnen als Modell gedient hat! Auf die blauen Augen, die Sie inspiriert haben! Auf die *Tränen*!«

Er hatte das safrangelbe Pulver in sein Glas gekippt und trank Schluck um Schluck, wobei sein Gesicht sich zunehmend rötete; Martinelli, kreidebleich, wandte seinen Blick nicht von diesem lächelnden und purpurnen Antlitz. Auch Antoinette trank, blickte ins Leere und lächelte abwesend. Das Trikot würde nicht halten, dachte Martinelli bei sich, doch diese Feststellung war müßig: Unter den Armen gab die Gaze bereits nach. Der Abbé, beruhigt, langte zur Pastete, und über den improvisierten Tisch hinweg, auf dem in wilder Unordnung die Speisen standen, redete man über Aphrodisiaka und Naturwissenschaft, Trüffeln und Rhinozeroshorn, während man einander die duftenden Knollen reichte. Fürchten Sie die Trüffeln? Ja? Nein?

Der Kunstfreund bekam eine Art Schluckauf, rülpste und ließ den Kopf auf den Teller sinken.

»Monseigneur! Monseigneur!« rief einer der Lakaien in höchster Aufregung.

Wilhelm erschien mitten in der Nacht.

»Ist er zurück?«

»Nein«, sagte Catherine. »Ich erwartete ...«

»Alles ist schiefgegangen!«

Er erzählte.

»Aber im großen und ganzen hat doch jeder unsere Arbeit gesehen, und Antoinette hat ihre Tugend bewahrt ... War der Kunstfreund sehr krank?«

»Dann wäre ich nicht hier! Nach zehn Minuten schnarchte er wie ein Ochse, und alle waren überzeugt, daß jemand aus Eifersucht dem Chevalier einen üblen Streich gespielt hatte. Unter Gejohle lief er davon …«

»Aber woher wissen Sie das alles? Waren Sie eingeladen? Haben Sie sie belauert? Warum haben Sie ihn nicht mit zurückgebracht?«

»Ich habe Antoinette zurückgebracht, das ist auch schon etwas! Ich wollte schließlich nicht alles gefährden …«

Plötzlich erschien der Chevalier. Er glich einem Gespenst. Zu Pferd, ohne Wagen, war er gekommen und von Kopf bis Fuß verdreckt.

»Kehren Sie um!« sagte er wütend. »Bleiben Sie bei Antoinette! Es fehlte noch, daß man uns zusammen erwischt!«

»Ist er wieder bei sich?«

»Mehr oder weniger. Der Arzt hat erklärt, er sei stabil wie der Pont-Neuf und dieser kurze Schlaf könne ihm nur gutgetan haben. Wäre der geringste Zweifel aufgekommen, hätte man mich dabehalten. Als offensichtlich keine Gefahr mehr bestand, haben alle nur darüber gelacht. Man war sich außerdem gar nicht sicher, daß das Pulver der Auslöser war …«

»Wieder eine verpaßte Gelegenheit«, knurrte der Deutsche.

Lautstark trabte er in seinen neuen Stiefeln davon.

»Sind Sie wütend, daß Sie sich der Lächerlichkeit preisgegeben haben?« fragte Catherinchen. »Oder wegen etwas ganz anderem, das Sie mir nicht sagen wollen? Sie sind wirklich eine Art Don Quijote. Um Antoinettes Tugend zu retten, nehmen Sie es auf sich, als impotent oder als Giftmischer zu gelten! Wie in einem Roman!«

Sie machte sich über ihn lustig, da sie ihn außer Gefahr glaubte, und um sich scherzend an ihm zu rächen, wollte sie ihn zu weiteren Lügen zwingen. Aber er sagte kein Wort mehr und ging zu Bett.

Am nächsten Morgen erfuhren sie durch Jeannette, die es vom Hufschmied hatte, daß Antoinette soeben verhaftet worden war.

Fünftes Kapitel

Worin Charles Sanson die Liebe entdeckt, oder was man Liebe zu nennen pflegt. Worin Catherine einen Rosenkranz betet, aus welchem Grund auch immer. Worin ein Mann von der Polizei und eine Kupplerin sich beraten. Worin das Große Wesen ins Gebet genommen wird. Und worin Pascals Wette unter zwielichtigen Umständen heraufbeschworen wird.

Als sie endlich ihm gehörte, stellte er die Büste auf den Kaminsims im Herrenzimmer, weil man dort für gewöhnlich eine Büste oder eine Stutzuhr, von zwei Kerzenleuchtern umrahmt, aufstellt. Doch wenn er ihr spontan ins Antlitz blickte, in diese schmalen Augen, von denen eines eine Träne vergoß und das andere, gefangen im rot-blauen Gespinst der Gefäße und Muskeln, resigniert schien, war ihm diese doppelte Präsenz von Schönheit und künftigem Verfall (denn das bedeutete die Büste für ihn in diesem Moment) schier unerträglich.

Er versuchte es mit einem Tischchen, fürchtete aber sogleich, es könne, womöglich absichtlich, umgestoßen werden. Weder seine Frau noch sein Vater oder seine Stiefmutter, die ihn hier häufig aufsuchten, würden Verständnis zeigen. Daher verbarg er sie in dem kleinen Wandschrank, wo Gold und Schmuck eingeschlossen waren. Hier sollte ihr Platz sein. Er empfand große Erleichterung und ein unbestimmtes Schuldgefühl, da er nun ein Geheimnis hatte, von dem niemand etwas wußte. Den Schlüssel des Schränkchens nahm er an sich, rückte einen schönen Sessel mit Lesepult, in dem er medizinische oder geschichtliche Werke zu lesen pflegte, heran und drehte ihn so, daß er auf die geschlossene Nische blickte. So konnte er mit dem Wachsgesicht Zwiesprache halten, und falls er gestört würde, durch ein aufgeschlagenes Buch auf dem Pult den Anschein konzentrierter Lektüre erwecken, wobei der vorgeschobene Riegel seiner Kleinlichkeit oder Zerstreutheit angelastet werden würde.

Er hatte auch schon daran gedacht, einen Vorhang vor die Nische zu hängen. Dann hätte er sie leichter sehen und wieder verstecken können. Aber wenn Marthe auch weder neugierig noch aufdringlich war – das war das Gute an ihrer Gleichgültigkeit –, ein Vorhang hätte sie stutzig gemacht. Und ihm war allein der Gedanke, ein Unbefugter könne seine Büste betrachten, unerträglich. Das Verschließen der Nische, die so etwas war wie die Nische einer Heiligen in der Kirche, wie die Vertiefung einer Grotte, in der sich ein Vogel verbirgt, besiegelte, daß er dieses Gesicht, diese Trauer, dieses Entsetzen in Besitz nahm. Dies alles gehörte ihm, wie man einen Vogel besaß, der davonfliegen konnte, wie man zu einer undurchschaubaren Heiligen, einer schwarzen Madonna betet, ohne sicher zu sein, daß sie einen erhört. Der Gedanke, daß ein anderer (der Kunstfreund) ebenfalls dieses Antlitz besaß, es vielleicht zur Schau stellte, war ihm doppelt schmerzlich; weil man ihm damit nahm, was ihm, wie er meinte, von Rechts wegen zukam (dieses Anrecht auf Leid! Das gibt zu denken. Dieser Henkerslohn Leid! Überall, wo Leid herrscht, darf ich mir meinen Teil holen: Privileg des Henkers!), und man ihm nehmen könnte, was er noch nicht enträtselt hatte, das, was dieses Gesicht noch verschwieg, ihm aber eines Tages verraten würde. Ein Anflug von betrüblichem Stolz befiel ihn indes, denn er wußte sehr wohl, wer der Kunstfreund war. Die Analogie zwischen diesem Mächtigen, dem alles zustand, außer blindem Vertrauen, einem arglosen Gespräch, dem Austausch mit anderen Menschen, und seiner eigenen Situation, war ihm nur allzu deutlich bewußt. Auch auf dem Kunstfreund lastete ein Fluch.

Nachdem er die Gefälligkeit Catherines großzügig bezahlt hatte, ließ er sich mehrmals versprechen, daß sie dieses Modell nie wieder reproduzieren würde. Erst sagte sie ja, dann nein.

»Aber ich wollte doch noch eins für mich ganz allein machen ... Dies ist mein erstes wichtiges Stück, und wenn wir eines Tages ein kleines Museum eröffnen ...«

»Sie sehen alles von seiner guten Seite ...«

»Warum auch nicht?«

Weil es eben Dinge gibt, die man nicht von ihrer guten Seite her sehen kann, punktum! Er hatte sie nett gefunden, diese kleine Catherine; er hatte sie bedauert. Seit einiger Zeit gefiel sie ihm weniger gut, zu sehr Frau, zu fröhlich. Selbst ihr großmütiges Interesse an dieser Dirne Sicard war materieller, praktischer Natur: Wie diese Antoinette zu einer Prostituierten geworden war, was die Ursache ihres Unglücks war, und was aus ihr werden würde, falls es gelänge, sie wieder frei zu bekommen, all das interessierte sie nicht. Sie sah nur Unrecht, das es zu beheben galt; das war löblich. Aber zu wenig für die Urheberin der *Tränen*. Es gibt eben Dinge, die keine guten Seiten haben, punktum.

Eines Tages hatte er seinen Vater, den Verantwortlichen, zu fragen gewagt: Kann man dem Fluch entgehen, ihm entfliehen? Der Vater hatte dies verneint, Fälle von Henkern aufgezählt, die in einer anderen Stadt einen kleinen Handel aufzumachen versucht hatten, aber erkannt worden waren; Fälle von Henkerssöhnen, die unter Schimpf und Schande von der Schule, vom Priesterseminar verjagt worden waren, wo sie ein paar Monate lang hatten untertauchen können; Fälle von Henkerstöchtern oder Henkersschwestern, mit denen selbst Bäuerinnen, ja sogar Dirnen jeden Umgang verweigerten, da sie, wenn auch unsichtbar, das Schandmal trugen – wie die Diebinnen die Lilie auf der Schulter. Ja, Gott selbst, Gottvater, verlangt, daß der Henker auf seinem Platz bleibt – wie das Abbild des regierenden Königs auf den Münzen. Ob sein Sohn, falls es ein Sohn werden würde, ihm eines Tages dieselbe Frage stellen wird? Ihm den gleichen Vorwurf machen wird? Marthe blühte zusehends auf. Die Wochen vergingen, unerbittlich. Es war eine harte Zeit für Charles Sanson. Er konnte sich nicht zurückziehen hinter sein ewiges: »Ich habe das Urteil doch nicht gefällt!« Dieses Kind würde zur Welt kommen, und für sein Unglück wären nicht die Richter, nicht die Schöffen, nicht die Häscher verantwortlich.

Er tröstete sich, indem er sich in die Einsamkeit zurückzog, ohne eine Erklärung, und dann das Türchen in der Wand aufschloß, sich davorsetzte und die Zeit verstreichen ließ. Mal drehte er das Wachsgesicht zur einen Seite, auf der es Schönheit, mal zur anderen, auf der es künftigen Verfall zeigte. Beide Profile waren von Traurigkeit geprägt. Allein, manchmal schien ihm, als sei das schöne noch trauriger als das andere: Sinnbild eines nicht eingelösten Versprechens. Dann analysierte er das anatomische Profil, bewunderte die naturgetreue Wiedergabe des Ligamentum suspensorium der Augenlinse, die Tränendrüse, die nicht nur Tränen vergießt, sondern auch die Hornhaut reinigt und ihre Transparenz bewahrt, die Muskeln, die die Linse mit dem äußeren Rand der Iris verbinden, die sich wiederum weitet, sobald diese Muskeln sich zusammenziehen und damit einen anderen Blick erzeugen. Einen Blick!

Auch der hinreißendste Blick erlischt. Gewisse Naturvölker, so hat man ihm gesagt, glauben jeden Abend, daß die Sonne für immer verschwindet; sie brechen in Weinen und Wehklagen aus und lassen sich auch durch den Sonnenaufgang am nächsten Morgen nicht davon abbringen, am Abend das gleiche Trauerzeremoniell zu veranstalten. Eine ähnliche Umlaufbahn beschreibt vermutlich auch der Blick in uns: ein winziger Planet voller Süße, voller Vorwurf – Sonnenaufgang, Sonnenuntergang, Ewigkeit. Hatte der Blick von Marguerite, der Tochter des Henkers von Dieppe, der ersten Frau des ersten Sanson, zu jenen Blicken gehört, die beharren, kreisen und rechtfertigen? Hat Marguerite, Tochter, Frau und Mutter (so kurz nur, so schnell verstorben, so schnell entschwunden) einen Streifen von Blicken, eine Milchstraße verdunkelten Lichts hinter sich gelassen, aus dem es nun ewig wispert: Wir haben uns doch so geliebt... so geliebt...? Und Angélique, verurteilt, weil sie bereut, nicht weil sie gesündigt hatte, strahlt sie weiter in Raum und Zeit, errettet, erlöst? Und raunt sie mit Engelszungen, daß es richtig war, daß sie das Schwert kaum gespürt hat und endlich freigesprochen ist, nicht nur von ihrem verbrecherischen Vorhaben, sondern von der Schuld, gelebt zu haben? Oder kehrt der Blick etwa nicht wieder, und ist das Wehklagen der Wilden gerechtfertigt, weil jeden Tag eine neue Sonne auf- und untergeht, weil sie stirbt oder umgebracht wird?

Seine Gedanken wandern hin und her – wo findet er Trost? In der Schönheit und ihrem Versprechen ewiger Dauer? Im anatomischen Profil und seiner Behauptung, daß mit der Veränderung, dem Verfall der Tränendrüse, mit dem wundervollen Gespinst der Nervenbahnen Schmerz und Schönheit gleichzeitig erlöschen, und daß dies des Henkers Hoffnung, des Henkers Trost sein soll? Daß alles, absolut alles, gleichzeitig stirbt, daß alles gänzlich vergeht? Und gilt das auch für die Mutter, die einen Sohn zur Welt bringt und zusehen muß, wie er sich wegwirft oder gar stirbt, ganz sicher stirbt, einbalsamiert wie ein Pharao in tausenderlei unnötige Zärtlichkeiten, die der Sand verschlingt? Ist es ihr ein Trost, sich immer wieder zu sagen, daß es ein und dasselbe Ding, ein und dasselbe Gesicht ist, das endgültig stirbt? Muß sich das jede Mutter, jeder Henker, jeder Mensch sagen? Ist es denn ein Trost? Oder sind wir dazu verurteilt, wenn wir das Geheimtürchen zu unserer Einsamkeit öffnen, auf beiden Profilen und in uns selbst stets die Tränen rinnen zu sehen, ohne sie zu verstehen?

Gegen zehn Uhr morgens wußten wir, was mit Antoinette geschehen war. Zwischen ihrer Verhaftung und den Ereignissen vom Vorabend schien kein direkter Zusammenhang zu bestehen. Sie war spät in der Nacht festgenommen worden, aufgrund einer Klage der Nachbarn, die auf »Erregung öffentlichen Ärgernisses und Prostitution« lautete. Seit Monaten seien etliche solcher Klagen eingegangen. Ihre Wohnung sei – nach Aussage ihrer unmittelbaren Umgebung, als da sind: der Wasserträger, der Laufbursche, zwei Gemüsehändler, der Schuster und sein Lehrling, kurzum, die ganze Rue d'Enfer, die Bäckersfrau mit inbegriffen, war bereit, es zu beschwören – »eine permanente Durchgangsstation für Mannsleute jeglichen Standes«!

»Aber das stimmt nicht! Ich bin sicher, daß es nicht stimmt! Und Sie läßt das völlig kalt?« bestürmte ich Martinelli.

»Nein, nein... Ich glaube nur, daß es Antoinette nicht schwerfallen dürfte, die Beschuldigungen von sich abzuwenden, und daß ich, da es sich nicht um den gestrigen Abend handelt, nichts damit zu tun habe...«

»Für so egoistisch hatte ich Sie nicht gehalten! Nicht einmal ich, die ich mir so gewünscht hatte, daß die Soirée ein Erfolg wird, um meinen bescheidenen Anteil einzunehmen und endlich nicht mehr wie im Kloster leben zu müssen...«

»Wie im Kloster! Nun übertreib nicht! Glaubst du, ich wüßte nicht, daß du wer weiß wie herausgeputzt aus dem Haus schleichst, um die Marionettenspieler zu sehen?«

»Die Marionetten wollte ich sehen! Und trotzdem wünschte ich, Antoinette wäre in Freiheit und die Soirée ein Mißerfolg...«

»Das war sie, keine Sorge«, erwiderte er bitter.

Doch abends erschien Wilhelm, im Reitkostüm mit Spitzenkragen, der unter seinem offenen Mantel hervorlugte; ohne uns weiterhin Herr und Knecht vorzugaukeln, schlossen sie sich ein, und als der Chevalier nach diesem geheimnisvollen Zwiegespräch wieder zum Vorschein kam, wirkte er heiter.

Während sie im Kuriositätenkabinett Kriegsrat hielten, berichtete Jeannette mir vom neuesten Stand der Dinge (ihre Jüngste trug sie dabei huckepack). Als Antoinette (nach dem durch mißliche Umstände verkürzten Anatomischen Souper) in ihre Wohnung hinaufging, kam kurz danach ein »als Kutscher gekleideter Mann«. Er hatte kaum die Wohnung betreten, da hörte man Schreie und Schläge, gingen Möbel zu Bruch, und weil das Gepolter anhielt, drangen die Nachbarn, die angeblich die Wachen gerufen hatten, gewaltsam in die Wohnung ein und fanden eine Antoinette, die sich, halbnackt und mit aufgelöstem Haar, wie eine Furie gebärdete und – wie es hieß – einen Dolch in der Hand hielt. Da schon weitere Klagen gegen sie vorlagen (soviel stimmte also!), führten die Wachen sie ohne viel Federlesens ab. Eine Frau, die mitfühlender war als die anderen, hatte ihr schnell ein Bündel Wäsche und Kleidung gepackt und den dunkelroten Schal, den sie häufig trug, über die Schultern geworfen.

»Wen bedrohte sie mit diesem Dolch?«

»Vermutlich den Kutscher. Aber der hatte sich im Handgemenge aus dem Staub gemacht und niemand hat ihn verfolgt. Man hielt sie für eine Dirne und darum sagten sich alle, das war eben ein Freier, jawohl!« meinte Jeannette mit süffisantem Lächeln.

Für mich gab es keinen Zweifel an der Identität dieses »Kutschers«. Aber für Jeannette sahen alle Kutscher gleich aus, wie für mich alle Säuglinge. Da sie mich so eilfertig mit Informationen versorgt hatte, wollte ich ihr etwas Nettes sagen:

»Sie sieht schon ganz anders aus, die Kleine... wird immer hübscher...« Ich wies auf den Säugling, den sie von den Schultern auf die Hüfte hatte herabgleiten lassen.

Dabei war es für mich immer das gleiche Bild: rundes Gesicht, schwarze, tiefliegende Augen, schon recht dichtes glattes Haar.

»Sie heißt Bénédicte«, und das klang plötzlich ganz sanft.

»Ein hübscher Name.«

»Ja. Die Jungen heißen Luc und Lucien.«

»Ich weiß.«

»Die Jungen schlagen sich schon durch!« sagte sie plötzlich ganz entspannt, fast redselig. »Die brauchen keinen hübschen Namen. Aber sie, die Kleine...«

Die Meinen hätten auch daran denken können, dachte ich bei mir, für mich einen Namen zu wählen, der Glück bringt – und bei Antoinette ebenfalls.

Sie hätte mir noch mehr verraten, vom Hof her kamen jedoch Martinelli und Wilhelm aus dem Haus, sozusagen Arm in Arm, und sie machte sich davon. Mutterinstinkt! Eigenartig. Es sterben so viele Frauen im Kindbett, daß man kaum Gelegenheit hat, sich ein Bild davon zu machen.

Dieses kumpelhafte Gebaren, dieser Spitzenkragen des Deutschen, der wieder fortging... Plötzlich kam mir eine Erleuchtung.

»Meister! Monsieur! ... Chevalier!«

Ich lief ihm ins Treppenhaus nach, weil er in sein Zimmer zu gehen schien.

»Was ist denn jetzt los? Willst du dir den Hals brechen?«

»Ich habe eine Idee. Ich glaube, daß ...«

»Eine Idee! Welch Wunder!«

Er ging in sein Zimmer, schlug die Tür aber nicht zu, was insgesamt ermutigend wirkte.

»Ich will mich nicht in Ihre Geheimnisse einmischen, aber heute schien Wilhelm mir doch sehr elegant!«

»Wenn es Wilhelm gefällt, seine äußere Erscheinung zu ändern, ja sogar seinen Beruf, dann hat er Gründe, die dich ...«

»... nichts angehen. Schon recht! Nur, wenn er manchmal als Kutscher, dann wieder als Edelmann oder gar als Priester oder sonstwer auftritt, könnte es nicht sein, daß man in ihm mehrere Männer gesehen hat und daher die üble Nachrede stammt, von der Antoinette jetzt betroffen ist?«

»Mag sein«, erwiderte er kalt.

Er begann auf dem riesigen Gestell, das ihm als Schreibtisch, als Werkbank, als Sockel für Destillierkolben oder Tongefäße diente, einen Haufen Papiere zu ordnen, als er aus einer Laune heraus plötzlich beschloß, allein essen zu wollen.

»Na, aber ... aber begreifen Sie denn nicht, was ich meine?«

»Du meinst, wenn Wilhelm herumerzählen würde, daß es ihm einfach Spaß macht, sich öfter anders zu kleiden, daß man ihn dann nach den Gründen fragen würde?«

Ich dachte kurz nach, er hatte mir die Flügel gestutzt. Und wenn Wilhelm ein Geächteter wäre, nach dem man aus ehrenwerten Gründen fahndete? Und dennoch war ich überzeugt, daß diese auffallenden Verkleidungen Ursache der Gerüchte aus der Rue d'Enfer sein mußten.

»Könnte er nicht erklären, daß er solche Späße aus Verliebtheit mache? Daß es erotische Spielereien seien? Und daß er ihr einziger Liebhaber sei, womit sie die Beschuldigung los wäre ...«

Er lachte, doch mir konnte er nichts vormachen: Er war verärgert. Vielleicht steckte auch Unruhe hinter seinen Lachsalven.

»Der Mann, der den Gipfel der Lust nur als Kutscher verkleidet erlangt! Das wäre etwas ganz Neues! Hör mal, ich bin gerade noch einmal davongekommen nach dieser Komödie mit dem Schlafpulver, weil der Kunstfreund so gnädig war, es als Anschlag auf mich zu deuten ... Außerdem war sein Arzt nicht sicher, daß dies den Anfall ausgelöst hat ...«

»Daher ist alles andere nicht so wichtig, was? Sie haben Ihre Haut gerettet, bravo! Sie finden schon noch eine andere Gelegenheit, vielleicht eine andere Frau. Aber sie? Was wird aus ihr? Sie verläßt sich doch auf Sie, um sich zu rechtfertigen ...«

»Und wieso sollte sie sich auf mich verlassen?« fragte er gereizt. »Was weißt du denn von dem, was vorgefallen ist? Warum mischst du dich überhaupt ein? Magst du Antoinette vielleicht so sehr?«

Nein, »so sehr« mochte ich sie nicht. Ich mochte sie eigentlich überhaupt nicht. Doch innerlich war ich fest überzeugt, daß man Antoinette Sicard eines nicht nachsagen konnte, nämlich ein liederliches Frauenzimmer oder eine Dirne zu sein. Sie gehörte wie ich zu jener Masse von Töchtern aus mehr oder minder ehrenwertem Hause, mit denen man nichts anzufangen weiß, die man vom Erbe ausschließt oder denen man eine Mitgift, ein anständiges Dasein verweigert, damit die älteren Geschwister, der Sohn oder die Lieblingskinder mehr bekommen. Daher überlegt man sich, wie man diese Nichtsnutze am besten loswird: Man schickt sie ins Kloster, verheiratet sie an abstoßende, gar entwürdigende Männer, wenn es bloß nichts kostet, gibt sie in Stellung bei Familien niedrigsten Standes (mein Fall war eine, wenn auch unrühmliche Ausnahme) oder verschachert sie schlicht und einfach an irgendeine Kupplerin. Daß Antoinette aus kleinen Verhältnissen stammte, eine echte oder falsche Stickerin, in eine zwielichtige Intrige verwickelt (vielleicht auch nicht), ein Bastard, ein ausgesetztes Kind, wirklich oder nur zum Schein verrückt war – gut möglich. Ein leichtes Mädchen, ein liederliches Frauenzimmer, eine käufliche Dirne war sie nie und nimmer. Sehr wahrscheinlich war sie Opfer dieser beiden oder anderer Unbedachter. Und vermutlich aus eigenem Verschulden. Das lag an ihrem Charakter: Sie gab sich hochnäsig, wenn Vorsicht geboten war und kroch zu Kreuze, wenn sie hätte die Stirn bieten müssen. Wie dem auch sei, ich hatte beschlossen, ihr zu helfen, und ich würde ihr helfen.

Ein einziger Mensch vermochte mir unter diesen Umständen Genaueres zu berichten: Charles Sanson!

Ich ergriff meinen neuen Umhang, meine neue Haube, warf mein neues Umschlagtuch darüber (dank meiner kleinen Einnahmen, deren Herkunft nicht allgemein bekannt war und die ich vor dem Chevalier, der nichts bemerkte, geheimhielt, hatte ich mich neu eingekleidet) und machte mich auf den Weg zu Monsieur Sanson. Deutlich sichtbar hatte ich mir das Handgelenk bandagiert (da ja auch ich Opfer von Ablehnung und Gerüchten war, schienen mir gewisse Vorkehrungen durchaus ratsam). Ich ging zum Wundarzt. Geht man zum Henker, wenn man einen bewährten Chirurgen im Haus hat? Eine vortreffliche Frage, doch das gemeine Volk glaubt, der Henker könne es mit allen Chirurgen der Welt aufnehmen. Und wieso? Weil man es eben glaubt! Eine Glaubensregel!

Da stehe ich also mit meiner bandagierten Hand vor Madame. Sie ist tadellos gekleidet, der Dreimonatsbauch ist unter dem entzückenden Kattunkleid mit der Spitzenschürze kaum zu erkennen.

»Mein Gott, so ein Pech! Er ist nicht da. Sie sind alle in der Stadt! Deswegen habe ich Ihnen selber die Tür aufgemacht. Tut es arg weh? Soll er heute abend bei Ihnen vorbeikommen? Wer weiß, vielleicht hat er ohnehin etwas zu bringen.«

Das klang, als biete sie mir Süßigkeiten an. Doch wer sie richtig verstand, der wußte, daß dieses »in der Stadt« für Sanson und all seine Gehilfen eine Hinrichtung bedeutete. Und »etwas zu bringen« hieß, daß man vielleicht auf einen Leichnam hoffen durfte. Madame Marthe sagte dies alles mit äußerst liebenswürdiger Miene. Sie trug das Haar offen unter einem Schleiertuch, das Gesicht war etwas glanzlos, doch hübsch oval geschnitten, die Augen verliefen schmal zu den Schläfen hin, halb Katze, halb Schlange.

»Ich wollte mit ihm auch über eine kranke Freundin sprechen...«, sagte ich möglichst unverfänglich.

»Kennt er sie?« fragte sie zuvorkommend.

Sie hätte gerne noch weitergeplaudert, doch ich war plötzlich vorsichtig geworden. Wie ich plötzlich Frau geworden war.

»Er kennt Zeichnungen, die ich von ihr gemacht habe... eine Büste... Sie heißt Sicard, Antoinette Sicard.«

Ihr Interesse ließ merklich nach.

»Ach so, mag sein... Er interessiert sich für Kunst. Sicard, sagten Sie? Ich werde es ihm sagen.«

Unverrichteter Dinge ging ich heim. Ich würde wiederkommen. Eines hatte ich immerhin erfahren: daß Madame Marthe und vermutlich auch die übrigen Hausbewohner nicht im geringsten wußten, daß Sanson die *Tränen* gekauft hatte. Und im Hôtel des Arcoules hatte nur Wilhelm den Abtransport der »Kiste« beobachtet. Daß er den Mund halten würde, davon war ich fest überzeugt.

Sanson erschien nicht am selben Abend, sondern tags darauf. Wie er erklärte, hatte er ein wenig Zeit gebraucht, Erkundigungen einzuholen über besagte Demoiselle Sicard, für die wir uns interessierten. Die Büste erwähnte er mit keinem Wort. Madame Marthe schien nicht davon gesprochen zu haben, was mich in meinem Gefühl bestätigte, daß sie nichts wußte. Sanson sah offensichtlich keinerlei Zusammenhang. Und ich sah im Moment keinerlei Veranlassung, ihn aufzuklären. Er war wie immer gelassen, förmlich und linkisch. Sein Gesicht zeigte diese fast schon erschreckende Güte, die mich gleichzeitig anzog und abstieß (neben ihm kam mir mein Lehrherr, obwohl er ihm, was Belesenheit und Kenntnisse in den Wissenschaften anbetraf, von den Reisen sowie seiner berühmten Tasso-Übersetzung ganz zu schweigen, haushoch überlegen war, immer wie ein Kindskopf vor). Diese Güte glich der des Arztes oder des Zahnreißers, der einem sagt: »Ich muß Ihnen jetzt ein bißchen weh tun«, und was Sanson uns jetzt mitzuteilen hatte, war in der Tat nicht angenehm. Antoinette war heute früh dem Polizeileutnant vorgeführt und aufgrund zahlreicher Zeugenaussagen wegen Prostitution, Erregung öffentlichen Ärgernisses und Gottlosigkeit verurteilt worden. Auf der Stelle verurteilt zu dreißig Peitschenhieben am Pranger und Haft in der Salpêtrière für unbegrenzte Zeit.

»Das ist doch nicht möglich!«

»Bedauerlicherweise ...«

»Aber das darf doch nicht wahr sein, Charles. Ich schwöre Ihnen, Antoinette hat nichts von einer käuflichen Dirne!«

»Es gab etliche Zeugen. Sie hatten keine anderen Beweggründe, sie zu beschuldigen. Seit Monaten kamen Männer aller Art zu ihr, und zu jeder Stunde ... Sie hat es auch gar nicht geleugnet.«

»Sie hat es nicht geleugnet? Und was hat es mit dieser sogenannten Gottlosigkeit auf sich?«

»Das hat ihren Fall noch zusätzlich erschwert. Dies ist auch eigentlich der Grund, warum ich so schnell hergekommen bin. Es heißt nämlich, im Café Féret, bei der Witwe Laurent, wo die Gazettenschreiber sich zusammenfinden, kursiere seit einigen Tagen die Geschichte von einem Souper, wo Gäste, alle aus dem Hochadel, den Teufel beschworen hätten und sämtlich als Skelette verkleidet, besser gesagt, als Skelette bemalt gewesen seien. Ein Souper, zu dem ›Dirnen‹ geladen waren. Und Ihre Freundin war anscheinend bei diesem Souper und hatte, als sie festgenommen wurde, unter einem hastig übergeworfenen Négligé nur ein Trikot an, bedruckt mit Gebeinen oder Organen, so genau weiß ich es nicht. Es kam die Vermutung auf, entweder komme sie in diesem Aufzug von besagtem Souper oder erfülle den völlig unverständlichen und blasphemischen Wunsch eines Freiers. Der Mann ist entkommen. Aber ich frage mich, ob man nicht gefährliche Parallelen ziehen könnte, die Sie zu äußerster Zurückhaltung veranlassen sollten.«

»Sie hat es nicht zu erklären versucht?« fragte mein Meister gesenkten Blicks, während er an seinen Nägeln kaute.

»Soweit ich weiß, nicht.«

Stille trat ein. Jeannette ergriff die »Chocolatière«, eine Neuheit, die uns vor kurzem geschenkt worden war, um ein dunkelbraunes Getränk zuzubereiten, das anregend und kräftigend wirken sollte. Ich trank es zum erstemal, und heute, da es ein fast obligatorischer Luxus geworden ist, verbindet sich dieser exotische Geschmack mit seinem Vanilleduft in meiner Erinnerung stets mit dem Unglück Antoinettes. Wir tranken. Sanson bezeugte die natürliche Zurückhaltung von Unglücksboten, nichts weiter. Mein Meister schien in Überlegungen versunken, die weniger von Mitleid, als von eigenem Unbehagen geprägt gewesen sein dürften. Und was mich betraf, war ich sprachlos über Antoinettes Schweigen (»Sie hat es nicht geleugnet«) und gleichzeitig voller Abscheu gegenüber ihrer so schnellen, so brutalen Verurteilung.

Erst später befiel auch mich diese ganz natürliche Unruhe. Würde uns dieses berüchtigte Souper, das Wohlstand und Ruhm einbringen sollte, nicht womöglich ebenfalls in eine gottverlassene Zelle des Hôpital-Général befördern? Mir fiel daher nichts ein, was ich hätte sagen können, was für mich recht ungewöhnlich ist. Stumpfsinnig saß ich da und schaute Jeannette zu, die den Rest des Kakaos löffelweise in ein Fläschchen füllte – für ihre Kinder.

Schließlich ergriff Sanson wieder das Wort, auf seine ruhige, schwerfällige und doch eindringliche Art: »Diese Geschichte mit dem Souper darf keinesfalls gegen den einen oder den anderen Anatomen verwendet werden. So viele sind Sie nicht! Und es könnte um so fataler enden, da in Gazetten, ja sogar auf Handzetteln als Teilnehmer an dieser Orgie Namen genannt werden, illustre Namen wie ...«

»Orgie mag stimmen, aber Gottlosigkeit keineswegs!« fuhr Martinelli überstürzt dazwischen.

»Ich sehe, Sie waren dabei ... Sie sind mein Freund, ich hätte Sie nicht danach gefragt. Aber Sie wissen doch, in welchem Maße neue Ideen, sogar die Wissenschaften, in Politik umgemünzt werden. Gottlosigkeit ist ein Vorwand, dem wenige Glauben schenken ...«

»... den aber viele vorschieben?«

»Genau. Das Problem dürfte sein, daß man Ihnen unter diesem Vorwand eine Mitwisserschaft an irgendeiner Verschwörung anlastet. Ich habe zwar ein paar Freunde im Umkreis des Polizeileutnants, aber heutzutage ändert sich alles so schnell ... Es heißt, er werde Minister; und wer wird sein Nachfolger? Und mit welchen Leuten wird dieser sich umgeben?«

»Der ganze Parlamentsapparat wird auch bald ausgedient haben ... Das war doch nur ein Köder, meiner Meinung nach ... Eine Regierung aus mehreren Personen? Schöne Schimäre. Hab' ich nicht recht?«

»Ich stehe im Dienst des Staates ...«, murmelte Sanson zurückhaltend und zugleich wichtigtuerisch.

Da saßen sie behäbig auf ihren Bänken. Sanson schnüffelte Schnupftabak, mein Herr schlürfte Weißwein, sie regelten miteinander Staatsgeschäfte, wagten Prognosen, wägten Erfolgschancen ab, und unterdessen fristete Antoinette in irgendeinem Kerker ihr klägliches Dasein! Ich platzte schier vor Empörung:

»Ich bitte Sie! ... Was gedenken Sie eigentlich für diese unglückliche Antoinette zu unternehmen?!«

Wilhelms Gleichgültigkeit hatte mich nicht überrascht. Aber Sanson? Wieso tat er sonst so gefühlvoll? Abscheulich!

Sie warfen sich einen Blick zu.

»Hier einzuschreiten würde sie unnötig gefährden«, sagte der Henker mit seiner melancholischen Milde. »Es ist besser, wenn kein Zusammenhang hergestellt wird zwischen ihr und Ihnen. In ein paar Monaten wird die Angelegenheit vergessen sein, dann lassen sich Hafterleichterungen oder gar Freilassung besser bewerkstelligen ...«

»In ein paar Monaten! Man wird sie geißeln, öffentlich zur Schau stellen, einkerkern mit Diebinnen und Dirnen, und Sie wollen nichts dagegen tun?!«

»Ich kann nichts tun. Sie ist bereits verurteilt. Ich bin es nicht, der Urteile fällt.«

Er behielt die Ruhe, doch auf seiner Stirn stand Schweiß. Wie oft hatte er mit diesem Satz auf ein Flehen geantwortet?

Beruhigend fuhr er fort: »Wäre die Angelegenheit nicht als etwas völlig Unwesentliches angesehen worden, hätte sich das Urteil noch lange hingeschleppt. Das ist eher ein gutes Zeichen.«

»Behalten Sie Ihre tröstenden Worte gefälligst für sich, Charles Sanson! Sie fällen kein Urteil, aber sie vollstrecken es! Wenn Sie mich fragen, so ist das ein und dasselbe!«

Sollten sie meinetwegen in der Küche sitzen vor ihrem Wein, ihrem Tabak, ihrem Kakao, diese beiden unglaublichen Feiglinge! Der Scharfrichter war keinen Deut besser als diese angeblichen Kutscher und diese selbsternannten Chevaliers! Mein Zorn wuchs mit meiner Ohnmacht. Ich heulte und versetzte dem armseligen Mobiliar meiner Kammer wütende Fußtritte. Ich konnte mich einfach nicht ruhig schlafen legen wie die zwei dort unten, trinken, reden, womöglich eine Partie Schach spielen. Meine Neugier darauf, zu erfahren, wie sich die Bruchstücke dieser Geschichte zusammenfügten, wurde durch das Gefühl angestachelt, daß hier eine Frau, die ich vielleicht nicht mochte, deren Lage aber die meine hätte sein können, dafür zu büßen hatte. Ich war wütend wie nie zuvor. Ich leistete mir selbst Schwüre, ich schmiedete Pläne. Mein alter Groll gegenüber dem Chevalier keimte wieder auf, noch bitterer und verzweifelter, aber vor allem war ich wütend.

Hätte mir jemand ein paar Wochen früher gesagt, daß ich mich wegen Antoinette Sicard derartig aufregen würde, wäre ich ausgesprochen überrascht gewesen!

Plötzlich fiel mir auf, daß der Chevalier und ich seit mehr als zwei Jahren ein recht auskömmliches Leben geführt hatten. Die Kost war häufig ärmlich, aber es gab etwas zu essen. Wir sezierten, was wenig appetitlich klingen mag, doch wir modellierten auch, bemalten, lasen oder zeichneten. Ständig entdeckten wir etwas Neues, und das war überaus spannend. Wir hatten einen, wenn auch schlecht gepflegten Garten, der in der schönen Jahreszeit, wenn wir das Bedürfnis verspürten, unsere Laboratorien in den Stallungen zu verlassen, recht angenehm war. Mir machte es Spaß, mich als junges Mädchen zu kleiden oder in diesem zusammengewürfelten Lehrjungengewand aufzutreten, in dem ich wie ein Gärtner oder ein Schornsteinfeger aussah.

So ging ich, ein Tuch um den Kopf gebunden, zur Kirmes von Saint-Laurent und sah mir die wilden Tiere an oder die witzigen Darbietungen, zusammengesetzt aus emphatischen Reden, Sprüngen und Kapriolen, grotesken Tänzen und manchmal sogar Wundermaschinen, die Wagen imitierten und inmitten von Marionetten gen Himmel flogen.

Zum Käsemarkt ging ich wegen des herrlichen Gedränges. Und zweimal war ich sogar schon bis zum Pont-Neuf gelaufen, wo Gaukler auftraten. Mein Meister war prinzipiell dagegen, vor allem zu Beginn meiner »Lehrzeit«, weil er fürchtete, ich könne auf Anordnung meines Vaters festgenommen werden. Aber da die Zeit verstrich, ohne daß er derartiges unternommen hätte, beruhigten wir uns, und so verließ ich mittlerweile das Haus durch das Portal und schlich nicht mehr durch den Garten. Diese Ausflüge waren meine ganze Wonne. Mein Leben im Hôtel des Arcoules schien mir doch etwas düster, und auch die Abende, an denen mein Lehrherr plötzlich das Bedürfnis nach Bewunderung verspürte und mich in sein Zimmer schleppte, um mir aus seiner Tasso-Übersetzung vorzulesen, auf die er so stolz war, empfand ich als nicht sehr vergnüglich. Ehrlich gesagt, zehnmaliges Sezieren war mir lieber als zehn Seiten dieses hehren Gedichts. Das ist wohl auch der Grund, warum ich mich mit Poesie nie anfreunden konnte. Nun, lassen wir das...

Ein, zwei Wochen vor Antoinettes Verhaftung war mir zu Ohren gekommen, daß die italienischen Komödianten, denen wieder genehmigt worden war, aufzutreten, zur Kirmes kommen würden. Das war die große Sensation. Meine Vorfreude fiel jedoch nach dem verheerenden Ausgang des Soupers in einer Nacht in sich zusammen. Es beschlich mich zu dieser Zeit das Gefühl, daß eine Ära einfachen Glücks zu Ende ging und einem Unbehagen Platz machte, das anhielt, was immer wir auch unternahmen. Früher lachten wir, jetzt lachten wir nicht mehr. Die ganze Woche fragte ich mich unablässig, ob das über Antoinette verhängte Urteil wohl rechtskräftig sei und ob Madame Marthe mir eines Morgens sagen würde: »Sie sind in der Stadt«, was hieße, daß die Marter der Unglückseligen begonnen hatte. Da ich nichts vermochte und weder Martinelli noch Wilhelm und offensichtlich auch nicht Sanson etwas zu unternehmen gedachten, beschloß ich, mir die Comédie Italienne trotz allem kurz anzusehen. Das würde mich vielleicht zerstreuen. Schließlich tat auch der Chevalier nichts anderes, wenn er bei irgendwelchen hochgestochenen Bekanntschaften, die er gemacht hatte, um Geld spielen ging, mal Pharao, mal L'Hombre, mal Lansquenet und andere Kartenspiele, ganz entgegen seinen Gewohnheiten. In der Menge fühlte ich mich sicher. Hier konnte ich gut untertauchen. Einen Augenblick lang vergaß ich sogar meine Sorgen, als ich sah, wie preiswert die dort angebotenen Stoffe waren. Und einen Augenblick lang träumte ich von einem ganz schlichten, aber mir schmeichelnden Kleid, das ich aus diesem blaugemusterten schwarzbraunen Stoff zuschneiden könnte, als eine Stimme an mein Ohr drang, die wisperte:

»Darf ich Ihnen eine Stoffbahn schenken, Mademoiselle?«

Mir bleibt die Luft weg; ich drehe mich um, den frechen Lümmel zu mustern, und wen sehe ich vor mir? Den Mann von Jeannette! Jeannettes Gatte, der mir Stoff schenken will, das ist die Höhe!

»Und wie kommen Sie dazu, Jean-Marie?«

Ein hübscher, großer, blonder Kerl mit blauen Augen und rundlichem Kinn. Ein nettes Lächeln und bildschöne Zähne. Und diese kecke Großspurigkeit paßt eigentlich auch ganz gut zu ihm.

»Och, ganz einfach, Mademoiselle, weil ich als Hausierer auf allerlei Dinge Rabatt bekomme.«

»Den sollten Sie lieber Ihrer Frau und Ihren Kindern zukommen lassen.«

»Sie will es nicht, Mademoiselle! Sie lehnt alles ab, was von mir kommt! Deshalb möchte ich Sie eben bitten, Mademoiselle …« (trotz seiner Angeberei wirkte er plötzlich befangen, denn im Grunde wollte er mich ja kaufen) »möchte ich Sie bitten, mit ihr über mich zu reden. Sie flieht, sobald sie mich sieht. Ich hatte ein schönes Zimmer in der Schenke zum Schweinehirten gemietet, aber sie hat mich ausgesperrt, und jetzt schläft sie mit den Kleinen mal in Ihrer Wärmestube, mal in der Kapelle der Dames-Noires, in der kleinen, die nicht mehr benutzt wird, und verbarrikadiert sich dort.«

»Verständlich, daß …«

»Nicht wahr? Was habe ich ihr bloß getan? Nichts! Unsere beiden ersten Kinder sind gestorben, das stimmt, aber ich konnte doch nichts dafür! Ich war nicht einmal da! Ein Hausierer, das wissen Sie doch auch, der muß herumziehen, herumreisen, und da will man sein Erspartes doch nicht einem Kameraden mitgeben, der es unterwegs versaufen könnte … Deswegen stand sie eine Zeitlang fast mittellos da, aber wenn Sie mich fragen, die Kleinen wären gestorben, auch wenn sie die Hände voller Geld und den Arzt des Königs höchstpersönlich gehabt hätte. Kinder sterben nun mal … Da kann man nichts machen, nicht wahr, Mademoiselle?«

Ich konnte ihm nicht völlig widersprechen, denn auch mir hatte man immer gesagt, und ich hatte es sogar aus dem Mund meines Vaters gehört, der ein schlechter Mensch, aber ein guter Arzt ist, daß man nie sicher sein konnte, ob ein Kind überlebt, bevor es nicht vier Jahre alt war. Er schien zu glauben, daß ich ihm mehr oder minder beipflichtete, denn er beschenkte mich erneut mit seinem breiten Spitzbubenlächeln.

»Werden Sie mit ihr reden, Mademoiselle? Luc ist seit kurzem sechs Jahre alt, und Lucien schon fast fünf. Kräftige Bengel, die beiden. Und die Kleine, mein Gott, 's ist ja nur ein Mädchen … Oh, pardon! Aber jetzt kann ich sie ernähren, und sogar noch mehr, wenn noch welche kommen sollten. Die Hebamme in der Schenke zum Schweinehirten hat ihr Angst eingejagt; sie hat ihr gesagt, sie würde draufgehen, wenn sie noch welche bekäme. Aber Ihr Herr, der Monsieur Chirurg, könnte ihr doch zureden. Was sind denn schon drei lebende Kinder für eine Frau? Nichts! Und wenn ich mich immer anderswo trösten muß, dann könnte ich auf eine Frau treffen, die krank ist... Sie soll sich klarmachen, wozu sie mich treibt! Ich liebe sie.«

So merkwürdig es klingt, ich glaubte ihm diesen Satz.

»Ich will versuchen, mit ihr zu reden«, sagte ich lustlos (denn ich hatte ja schließlich eigene Sorgen und brauchte keine weiteren Schwierigkeiten). »Aber versprechen kann ich Ihnen nichts.«

»Vielen Dank, Mademoiselle Catherine! Sie hat Sie gern, sie wird auf Sie hören. Wollen Sie wirklich keinen...« (er wies auf den Stoffballen) »Nein? Macht nichts. Eine Hand wäscht die andere. Sollte ich eines Tages etwas für Sie tun können, dann fragen Sie einfach nach mir im Café Mignot, ganz in Ihrer Nähe. Fragen Sie nach Jean-le-Bon-Enfant, man wird es mir ausrichten.«

»Schon recht, einverstanden«, sagte ich, um mich von ihm loszumachen und weiterzugehen. »Ich wüßte zwar nicht, weswegen...«

»Aber ich weiß, was hier verteilt wird«, sagte er und schob mir ein gefaltetes Blatt in die Hand. »Damit könnte man Sie anschwärzen. Es sind noch weitere in Umlauf. Erkundigen Sie sich.«

Und mit erstaunlicher Hast verschwand er in der Menge. Wie blöde stand ich da, jegliche Lust, vor den Auslagen zu träumen oder die Italiener zu sehen, war mir vergangen. Langsam ging ich nach Hause. Ich wagte nicht, auf der Straße einen Blick auf das Papier zu werfen. Vielleicht war es ein verbotenes Pamphlet? Wenn man mich festnahm, mit diesem Papier in der Hand und gekleidet wie eine Dienstmagd, die durch die Straßen streicht? Da wäre es meinem Vater ein leichtes, mich wegen liederlichen Lebenswandels anzuklagen! Kaum war ich daheim, entfaltete ich das Blatt und las. Es klang wie ein Hirtenbrief, aber einige Details in Text und Druck ließen mich an seiner Echtheit zweifeln.

»... Ihr werdet erkennen, meine Brüder, daß nicht nur Gottlosigkeit und Gotteslästerung die schändliche Ausschweifung prägten, die in aller Munde ist, sondern doppelte Gottlosigkeit und doppelte Gotteslästerung, indem Gottes Werk erstens zu Schamlosigkeit und Unzucht mißbraucht wurde und zweitens die Bedeutung, die unserem zukünftigen Verfall beigemessen werden muß und die uns zur Reue verleiten müßte, uns lehren müßte, aus welchem Schlamm wir geschaffen wurden und daß wir gesunde Demut IHM *gegenüber walten lassen müßten, diese Bedeutung wurde verzerrt, indem die Libertins, von denen hier die Rede ist, das Schauspiel dieser Ungeheuerlichkeit genossen, dieses als Anreiz zu noch höherem Genuß bemalten und zur Schau gestellten Schlamms, anstatt die kurze Zeit, die Gott uns vergönnt, zu nutzen, um die Erbsünde wiedergutzumachen, und sie verneinen die himmlische Belohnung, die uns jenseits dieser Tage erwartet, wenn wir den Sinn dieser Erkenntnisse, die sich Naturwissenschaften nennen, recht verstehen, die man doch im Gegenteil dazu nutzt, um alles zu pervertieren ...«*

In diesem Stil ging es weiter. Doch ich hielt inne, denn diese Worte konnten durchaus auf uns gemünzt sein. Und der Chevalier war bei dem Souper, war erklärter Verursacher dieses Bacchanals! Und ich hatte mit eigener Hand den Nabel von Mademoiselle Florence und den hageren Körper des Abbé D. (Initiale, die für niemanden ein Geheimnis war) bemalt! Und es war nicht die einzige Schmähschrift im Umlauf! In der folgenden Woche brachte Châteauneuf mir bedruckte oder handgeschriebene Zettel, lange und kurze, gelehrte und ordinäre, alles mögliche. Er mochte sich auch um sich selbst sorgen, hatte er doch an dem »gottlosen Werk« teilgenommen, und außerdem war er sicher, daß ihn Desnoues, wenn er erführe, daß er für uns gearbeitet hatte, fortjagen würde. Wir lasen gemeinsam:

»Man weiß, wozu ihm die fehlgeleitete Wissenschaft seines alten Kumpans Homberg gedient hat, der vor zwei Jahren starb. Man kennt sein zwielichtiges Treiben in den Steinbrüchen von Vanves und Vaugirard, wo er einen Dämon beschwor, den er jedoch selbst in sich trug. Man kennt seine Beziehungen zu den ehemaligen Komplizen der Voisin, die die seinen wurden. Und seine verbrecherische Verbindung mit der Du-

*chesse de B***, die ihm den Spitznamen Neuer Ödipus eingebracht hat, und jeder weiß, was das bedeutet. Heute bedient er sich, unter dem Vorwand der Neuheit, der edelsten Erkenntnisse der Wissenschaft, um zu schaden. Die Chemie wird Gift und die Anatomie Blasphemie. Wer wird bezweifeln, daß ein solcher Mann, uneingeschränkter Herrscher über ein debiles Kind, ihm seine Lasterhaftigkeit einimpft, falls er seiner zarten Existenz nicht ein Ende bereitet? Zum Glück ist ein Prinz französischen Geblüts geneigt, wenn er auch zur Stunde noch auf dem spanischen Thron sitzt, die Nation, in der er das Licht der Welt erblickte, zu retten …«*

Ich schaute Châteauneuf an, und er mich. Ich mochte ihn eigentlich nicht, und er schenkte mir für gewöhnlich keinerlei Beachtung. Aber er war neunzehn Jahre alt, und ich knapp sechzehn. Wir fühlten uns inmitten dieser Intrigen, die uns immer enger umschlossen, unendlich allein, unendlich unwissend und vielleicht zu Opfern bestimmt, denn wir waren ja noch Kinder.

»Und hast du das da gelesen?«

Es war ein Lied, handgeschrieben auf einem Blatt.

»Prinz, der du deinen Leidenschaften
keine Grenzen setzt,
Berry, Florence oder d'Argenton,
V... sie nur schamlos.
Aber laß das Sezieren,
Du könntest beim Divertieren
krepieren, o ja,
krepieren, o nein,
krepieren an deinem eigenen Gift …«

So ging es ein paar Strophen lang!

»Das verkaufen sie für zwei Sous und singen es auf die Melodie von Babet la Bouquetière«, raunte mir Châteauneuf ins Ohr, als wäre es die abscheulichste aller Neuigkeiten.

Wir sahen in unserem Schrecken bestimmt aus wie vom Donner gerührt.

Das Anatomische Souper war in aller Munde. Man lachte, empörte sich darüber oder wollte es nachahmen. Die einen wollten die Anatomie, die Chemie, ja sogar die Botanik ausklammern, wegen des »Schindluders«; andere sahen darin ganz im Gegenteil verborgene Absichten, und ein gemaltes Gras oder eine sezierte Leber galt als Protest gegen die Tyrannei. Welche? Es sollten alte Zöpfe abgeschnitten, ein neuer Weg eröffnet werden. Wohin? Auf all den Flugblättern jeglicher Art und Herkunft stand unsere Affäre stets im Mittelpunkt des Interesses. Ich sah, wie Vermutungen und Anspielungen immer näher rückten, und obwohl ich nicht ängstlich bin, war ich manchmal halb tot vor Angst. Dabei schienen die Pamphlete, Satiren und Chansons insgesamt doch eher gegen den Kunstfreund als gegen uns gerichtet. Aus diesem Grunde hoffte ich auf seinen Schutz, falls alles schieflaufen sollte. Ich konnte mir überhaupt nicht vorstellen, daß man mich, weil ich den Magen eines Abbé oder einer Schauspielerin gemalt hatte, der Verschwörung oder gar der Hexerei anklagen könnte! Ich hatte allerdings oft von meinem Vater gehört, der ein enger Freund von Monsieur Fagon, dem Leibarzt des Königs, war, daß die Großen dieser Welt mit Vorliebe und nur zu ihrem Vergnügen andere in derartige Wespennester locken und sie dort herzlich gerne vergessen, während sie selbst unbeschadet davonkommen. Und möglich wäre schließlich, daß diesmal mein Vater und Monsieur Fagon recht hätten.

Die Gefangene wurde Sanson vorgeführt, und im gleichen Augenblick erkannte er sie. Sie war an diesem Tag die einzige Verurteilte, doch er hätte sie auch unter tausend anderen wiedererkannt. Sie war die Schönheit, das Leid: das Schweigen, *Die Tränen*. Er ließ ihre Arme losbinden, die man ihr auf dem Rücken gefesselt hatte. Sie rührte sich nicht. War da ein flüchtiges Lächeln? Ein herausfordernder Blick? Er hätte es nicht zu sagen vermocht. Er erkannte sie wieder. Sie hatte nicht die geringste Ähnlichkeit mit Angélique, die blond und stolz gewesen war, deren Stolz sich aber auf Mut und Willenskraft gründete. Antoinettes Stolz war schwermütig und leichtfertig, war schonungslos. Sie ähnelte Angélique nicht, aber sie ähnelte einem Bild, das Charles seit eh und je in sich trug und das Angélique einen Moment lang überlagert hatte.

Mit ihrer düsteren, ausdruckslosen Schönheit verweigerte sie die Rolle des Opfers. Sie blickte Sanson direkt in die Augen. Auf die Drohung, man werde ihr das Leben nehmen, würde sie vermutlich antworten wie der kleine Junge mit der trotzigen Stirn, der er gewesen war (und dem man, um ihn zu hänseln, ein Spielzeug hinhielt und sofort wieder wegnahm): »Mir lag nichts daran!« Er blickte sie an, er erkannte sich wieder.

Unbeweglich stand sie vor dem Haus am Pranger. Ihre langen graziösen Gliedmaßen verrieten durch leises Zittern, wieviel Anstrengung sie diese Reglosigkeit kostete. Sie ähnelte einem gezäumten Pferd, das nicht galoppieren darf. Brutal hielten die Helfer sie fest, weil sie groß war, weil sie einen Fluchtversuch befürchteten, und auch, weil sie sich von ihrem Schweigen geschmäht fühlten. Charles merkte, daß seine Beine ebenfalls zitterten. Er konnte sich nicht entschließen, das Zeichen zur Züchtigung zu geben.

So etwas kommt vor, ein kurzer Moment der Stille, bevor das Urteil vollzogen wird, den auch die Gaffer bemerken (viele sind es noch nicht, aber ihre Zahl wird größer, sie spüren, daß etwas geschehen wird). Die Verurteilte trägt einen Rock und einen dunkelroten Schal, als hülle sie sich bereits in ihr eigen Blut. Sie bricht schließlich das Schweigen: »Laßt mich los«, sagt sie mit matter Stimme zu den Helfern. Sie lassen sie los. Schamvoll wendet sie sich von der Menge ab, die sich links vom Haus am Pranger zusammengeballt hat, kreuzt den Schal über der Brust, verknotet ihn im Nacken und um die Taille, so daß sie den Blicken nur ihren Rücken preisgibt. Kein Protest regt sich. »Arme Frau!« sagt jemand. So ist die Menge; sie hat ihre Lieblinge, bei der Marter wie auf der Bühne. Die Helfer schätzen das gar nicht, weil in diesen Fällen sie selbst ausgepfiffen werden. Michel, der erste Gehilfe, will ihr den dunklen Rock wegreißen. Die Menge brüllt: Nein. Wütend holt er zum ersten Schlag aus. Sofort fließt Blut. Die Menge grollt. Sanson kann nichts tun: Er ist der Henker, er kann nur töten. Diese unbedeutenden Züchtigungen sind seiner nicht würdig. Michel schlägt zu. Sanson gibt Antoine, dem zweiten Gehilfen, das Zeichen, ihn abzulösen. Michel weigert sich. Diesen kurzen Streit nimmt auch die Menge wahr, sie nimmt Anteil. »Sanson! Sanson!« Das Gemurmel wird immer lauter, man gibt ihm recht. Antoine prügelt sie gemäßigter. Der halbnackte Körper bäumt sich auf; ein gleichmäßiges, rauhes Stöhnen, wie aus einer abgedeckten Trommel, wie von einer Taube, steigt aus der gewölbten Brust auf, die man nicht sieht. Dann plötzlich, schrill wie der einer Schwalbe, ein Schrei, das Zusammensacken des Körpers, das Ende. Antoine hebt den halb ohnmächtigen Körper auf, ohne ihn zu entblößen. Michel will noch einmal zupacken, doch Sanson gebietet ihm mit unmißverständlicher Geste Einhalt. Er hält sich an seine Devise: Ein Henker darf niemals grausam sein. Das bringt den Beruf in Mißkredit. Gott sei Dank hat Antoinette nicht gefleht, nicht um Gnade gebeten wie so viele andere. Nicht einmal angeblickt hat sie den, der sie prügelte, um Mitleid oder Gewissensbisse zu erregen. Sie war der Magie des Henkers nicht verfallen, ihr Schmerz gehörte ihr ganz allein. »Ich werde Michel in die Provinz versetzen lassen, ich will ihn nicht mehr vor Augen haben. Gottlob ist ihm trotz seiner Perversität nicht gelungen, diese schreckliche Bindung zwischen uns und unseren Opfern zu knüpfen. Davon blieb sie zumindest unberührt; ich bin sicher, daß sie nicht einmal sein Gesicht gesehen hat. Gott sei Dank... Gott sei Dank...« Es ist nicht das erste Mal, daß er zu Gott ruft, ihm Dank sagt, ihn befragt. Wer ruft in diesen Zeiten schon zu Gott? Höchstens der Henker und der König. Selbst wenn der König nur ein Regent und dieser Regent nicht gottgläubig ist. Man kann mit Gott reden, auch ohne an ihn zu glauben. Es kommt sogar vor, daß Gott antwortet und daß man ihm trotzdem nicht glaubt.

Michel übernimmt den schmerzgepeinigten Körper, den ruhmreichen Körper aus Antoines Armen und hievt ihn über die Leiter in den Prangerkäfig, der sich auf der Höhe der ersten Etage des achteckigen kleinen Hauses befindet. Die Menge ist beachtlich angeschwollen, denn Züchtigungen am Pranger werden immer seltener. Neulich saßen im Käfig zwar ein paar Wechselschieber, die ihre Amtspflicht verletzt hatten. Aber eine Frau – das ist trauriger und zugleich schöner! Antoinette ist halb ohnmächtig, ihr lebloser Kopf gibt ihre Haare preis wie eine Urne, aus der schwarzes Wasser rinnt. Aus ihrem Haar rollt ein Ring, den sie darin versteckt haben muß und der vor der Leiter liegenbleibt. Michel hebt ihn auf und steckt ihn in seine Tasche. Antoinette befindet sich jetzt in diesem Käfig, zur Schau gestellt, die Vorrichtung aus Holz und Eisen hält ihren Kopf aufrecht. Sie ist wieder bei Sinnen. Ihre Augen schließt sie nicht. Der Blick schweift einen Moment lang über die schweigende Menge und trifft auf den von Charles Sanson. »Sie hat mich wiedererkannt«, sagt er sich, aber er meint damit nicht, daß sie in ihm den Henker wiedererkannt habe. Sie stellt die Verbindung her; sie läßt sich von ihm aus freien Stücken betrachten. Und ihr Blick wird tiefer, wird noch leidvoller, ihr Antlitz scheint aus Wachs zu sein und ähnelt dem jener Madonna, die die Spanier Jungfrau der sieben Schmerzen nennen. Und ein Wunder geschieht: Über die hohle Wange rinnt eine Träne, während der Mund lächelt. Und wie der Wind, wenn er durch die Blätter streicht, das Geräusch einer murmelnden, betenden Menge erzeugt, steigt jetzt ein sanftes Raunen vom Platz her auf, wo Frauen auf die Knie sinken und Männer sich mit der Hand die Augen bedecken, aber nicht fortgehen – Zeichen höchster Huldigung.

Soviel zu dem, was geschehen ist. Alles weitere ... Sie haben kein Wort gewechselt. Er hat sie zurückschaffen lassen in die Salpêtrière, wo man ihr die gemeine Gefängniskleidung aushändigte: das kratzige Barchenthemd, das kärgliche Umschlagtuch. Zu Schwester Rosalie hat er gesagt: »Geben Sie ihr Wollstrümpfe, daß sie sie in die Holzpantinen stecken kann, sie hat so empfindliche Füße ...« (das hatte er bemerkt), und sie (die man die Schöne Äbtissin nennt) gibt ihrer Helferin ein Zeichen. Sanson entrichtet seinen Obolus. Er kennt sie ja, diese Helferinnen, und weiß, daß sie für Gefangene, für die jemand Interesse zeigt, Sorge tragen. Er werde wiederkommen, sobald sie verbunden sei. Das sagt er, weil er sie im Moment nicht anzusprechen wagt. Sie hält die Augen offen und scheint völlig bei Verstand, trotz der Schmerzen, die ihren Körper zittern lassen. Man bettet sie auf eine ziemlich saubere Pritsche. Er zahlt nochmals für eine Decke. Er geht.

Zu Hause stößt er auf Michel, der schon wieder als Kammerdiener von Madame fungiert. Er sagt zu ihm:

»Gib her, was du dir genommen hast!«

Michel erwidert: »Sie hatte es im Haar!«

Sie sprechen über Antoinettes Ring, und Michel meint, daß er ihnen zusteht, denn oberhalb des Gürtels gehört alles dem Henker. Doch diese Regel gilt nur für die zum Tode Verurteilten. Und außerdem ist der einzig Berechtigte Sanson, nicht Michel. Er hat die Hand ausgestreckt, und Michel hat ihm den Ring gegeben. Er hat Michel die Tür gewiesen. Er wird ihm einen anderen Posten besorgen, aber er will ihn nicht mehr sehen. An seiner Stelle wird er Guillaume nehmen, Antoines Bruder, der ein braver Junge ist und keine Grausamkeit kennt. Michel schnürt höhnisch lachend sein Bündel. Madame Marthe pflichtet ihrem Mann bei: Michel dünkt sich etwas Besseres, dabei ist er nur ein großspuriger Taugenichts. Guillaume, der auch ihr manchmal zu Diensten ist, wird überglücklich sein, zum zweiten Gehilfen erhoben zu werden. Auch Antoine steigt auf, wird erster Gehilfe, und beide Brüder verstehen sich hervorragend: Sie werden ihren Garten bestellen!

Sanson trägt, solange bis er ihn ihr zurückgeben kann, Antoinettes Ring am kleinen Finger. Es ist der Ring, von dem sie beim Anatomischen Souper gesagt hatte, er sehe aus wie ein Blutstropfen.

Ein paar Wochen nach Antoinettes Verhaftung (die Hitze war plötzlich so groß geworden, daß im Keller eines Weinhändlers Fässer explodiert waren und er in seinem Keller an den Ausdünstungen seiner Ware beinahe gestorben wäre, während die ganze Straße, ohne einen Tropfen getrunken zu haben, weinselig lärmte;

mein Meister eilte herbei, ihn zur Ader zu lassen und konnte ihn retten) kam eine kreidebleiche Jeannette zu mir in den Stall, wo ich hauchzarte Arterien malte. Der Chevalier war ausgegangen, zu einem Vortrag von Dionis, dem Gerichts-Chirurgen, der (in der Fakultät) über den plötzlichen Tod und die Katalepsie sprach. Georget hatte sich für den Nachmittag bei einem Frischgemüsehändler verdungen, dessen Karren er belud. Wir waren allein.

»Mademoiselle, vor dem Portal steht ein Mann, der uns belauert. Er hat schon versucht, durchs Salonfenster zu schauen. Er geht vor dem Haus auf und ab ... Ich frage mich, ob er nicht von der Polizei ist ...«

Besorgt blickten wir einander an. Ich hätte mich eigentlich wundern sollen, daß sie, die mit unseren Problemen doch gar nichts zu tun hatte, so offensichtlich meine Ängste teilte. Doch jetzt mußte nachgedacht und gehandelt werden! Außerdem riskierte eine Bedienstete schnell Kopf und Kragen! Mucksmäuschenstill huschten wir beide über den Hof und öffneten äußerst behutsam die Tür zum Vorderhaus, die manchmal knarzte. Sie knarzte nicht. Durch den Spalt der halbgeschlossenen Läden sahen wir in der Tat einen Mann, stiernackig, mit üppiger, rotblonder, aber schlecht aufgesetzter Perücke, der mit dem schweren Schritt der Bauern hin und her ging, Blicke in unsere Richtung warf und häufig auf seine Uhr sah, die an einer Kette hing. Er war nachlässig, wenn auch modisch gekleidet, die Rockschöße baumelten. Von Zeit zu Zeit wischte er sich über die Stirn.

»Er versteckt sich nicht«, flüsterte Jeannette.

»Hat er geklopft?«

»Ich habe nichts gehört. Sollen wir aufmachen, falls er klopft?«

»Ich weiß nicht.« (In diesem Moment kam mir der Gedanke, daß sie offenbar genausoviel Angst hatte wie ich.)

»Wenn er wartet«, sagte sie mit erstickter Stimme, »kommen bestimmt noch andere.«

»Wieso?«

»Für den Fall, daß man ihnen Widerstand leistet ...«

»Du glaubst, daß sie das Haus durchsuchen wollen?« (Zum erstenmal und ganz unabsichtlich hatte ich sie geduzt.)

Sie wurde noch bleicher und beantwortete meine Frage mit einer neuen Frage: »Sie waren doch drüben im Stall, haben Sie da hinter dem Garten jemanden gesehen? In den Feldern? In der Nähe der Kapelle?«

Das alles flüsterte sie, hastig.

»Nein, aber ich bin auch kaum nach draußen gegangen. Sind die Kinder in der Kapelle?«

Mir war der Gedanke gekommen, sie fürchte, daß ihr Mann sich an die Justiz gewendet haben könnte, um seine Familie wiederzubekommen, und zu meiner Schande muß ich gestehen, daß dieser Gedanke mich beruhigte.

»Nein, er.«

»Dein Mann? Er versteckt sich?«

Mir schien dies nicht der richtige Augenblick für Vertraulichkeiten zu sein. Jetzt mußten wir erst einmal herausfinden, ob wir nicht umstellt waren, und wenn ja, von wem.

»Schau nach«, sagte ich zu ihr. »Mach aber keinen Lärm im Hof. Geh durch die Küche und nimm deinen Korb, als wolltest du Kräuter sammeln, und dann kommst du zurück und sagst mir, ob du jemanden gesehen hast.«

Ich bleibe im Kuriositätenkabinett, schaue weiter nach draußen, und sehe, wie sich plötzlich zu dem Stiernackigen ein weiterer Mann gesellt, dünner als er, vermutlich ein Untergebener, weil er sich mit ausholenden Gesten zu entschuldigen scheint. Er war aufgehalten worden, hatte keinen Fiaker gefunden (da er auf die wenige Schritte entfernt stehende Mietdroschke weist, verstehe ich, ohne ein Wort zu hören). Sie diskutieren, und der Kleinere zeichnet mit der Spitze seines schlecht beschuhten Fußes eine Art Plan unseres Hauses in den Straßenstaub. Wenn es Diebe wären, würden sie nicht da herumstehen, im vollen Tageslicht und vor aller Augen. Was gibt es außerdem hier schon zu stehlen? Folglich sind es niedere Polizeioffiziere, Inspektoren oder was weiß ich, die ganz offensichtlich eine Hausdurchsuchung vorhaben. Was tun? Ich bin allein ...

Mir fällt der chemische Ofen im dritten Laboratorium ein, die Behälter mit Salpeter, mit Spießglas, Schwefel, einem festen Salz. Eines hat die Polizei mit den kleinen Leuten gemeinsam: Sie lechzt weder nach Wissenschaft, noch nach neuen Ideen und verbrämt die simpelsten Forschungsergebnisse mit den tollkühnsten Interpretationen. Im Laboratorium (oder Stall) Nr. 2 hatten wir noch einen von seinem Fleisch befreiten und sonderbar verkrüppelten Gichtfuß. Die Herkunft unserer Lieferungen war ja nicht immer offiziell; ob es das war, was die Männer nachprüfen wollten? Für ein solches Delikt wurde man zwar nicht gehenkt, aber...

Ich schlüpfe aus meinen Schuhen und laufe in Windeseile über den Hof. Alles ist wie ausgestorben. Sogar Jeannette scheint verschwunden zu sein. Ich laufe durch die Stallungen. Der Gichtfuß steht noch auf seinem Sockel. Ich packe ihn, wickele ihn in ein Tuch und laufe zur Hütte des Gärtners, die den Vorteil bietet, sich nicht auf unserem Gartengrundstück, sondern auf einem Stück Land, das den Dames-Noires gehört, zu befinden. Würde man ihn dort finden, könnten sie immer noch behaupten, es sei eine Reliquie. Ich laufe zurück, mein Rock wird staubig, und Dornen zerreißen das Futter meines Mieders; als ich auf der Höhe des Portals bin, klopft es. Steht irgend etwas im blauen oder im hellbeigen Salon, was uns kompromittieren könnte? Hätte ich doch mehr Ordnung gehalten! Da türmen sich noch Farbtöpfe, Eimer, Schwämme, Lappen zum Abwischen der Pinsel... Aber schließlich können wir malen, was wir wollen, der Gegenstand muß ja nicht subversiv sein!

Es klopft. Nach oben gehen? Ich zögere. Weder Jeannette noch mir war es je gestattet. Eine Stimme hinter den Läden sagt: »Sollen wir nicht einmal ums Haus herum gehen?« Es ist mir jetzt gleich, ich renne nach oben! Drei ineinander übergehende Zimmer liegen im ersten Stock, von denen das letzte verschlossen ist. Nichts als Staub in den beiden anderen, die zwar schön geschnitten, aber fast ohne Möbel sind. Zwei aufgerollte Wandteppiche auf dem Boden, ein Tischchen mit Nußholzauflage, gesplittert, ein Stuhl gleicher Art, ein Lesepult, aufgerissene Papierballen, leere Koffer und sogar ein alter Hut. Nicht sonderlich verräterisch, wie mir scheint. Was der Chevalier da drinnen versteckt hält, ist vielleicht nichts weiter als seine Armut. Was er (wie ich selbst gehört habe) »meine Privatgemächer« nennt, ist ungefähr so glanzvoll wie Georget als Page in seiner zusammengestückelten, ausgebeulten Livree.

Es klopft niemand mehr. Durch den Spalt des Fensterladens erblicke ich meine beiden »Inspektoren«; sie stehen herum und halten Maulaffen feil, unentschieden, hin- und hergeschubst von den heimkehrenden Gemüsehändlern, und sehen gar nicht mehr so beeindruckend aus. Sie zucken die Achseln, beraten sich, geben auf und gehen in Richtung Nouvelle France davon. Ich atme auf. Und während ich die ersten Stufen der Treppe hinuntergehe, ziehe ich mechanisch, mit einer Handbewegung wie ein Kind, ein Blatt Papier aus einem der dort abgestellten Bündel und sehe: *»doppelte Gottlosigkeit oder doppelte Gotteslästerung, indem Gottes Werk erstens …«* Was! Und auf einem anderen Blatt, dessen Schriftzüge mir vertraut vorkommen, lese ich: *»Berry, Florence oder d'Argenton, Vögele sie nur schamlos. Aber laß das Sezieren …«* Meine Beine zittern. Ich setze mich in den Staub, auf die oberste Stufe. Ich erinnere mich an diese Bündel. Antoinette hatte sie mehrmals nach Einbruch der Dunkelheit hier abgeholt. Mit Wilhelm. Plötzlich wird mir alles klar. Ich entsinne mich: »Sie hat es nicht geleugnet.« Ihr war offenbar lieber, der Ausschweifung angeklagt zu werden als … des Verrats. Aber wenn der Chevalier Verfasser dieser Schmähschriften ist, warum bezichtigt er sich selbst? Warum läßt er Pamphlete verbreiten, in denen er sich selbst verketzert? Das bleibt schleierhaft. Hingegen weiß ich, daß ich die Schülerin des Chevalier bin, mich an den Vorbereitungen des Soupers beteiligt und Antoinette Sicard als Modell genommen habe, und daß die Polizei, wenn sie einen Verdacht hegt und eine Festnahme beschließt, feine Unterschiede nicht gelten lassen wird …

Ich sehe uns schon aneinandergekettet, den Chevalier, mich, Wilhelm, vielleicht auch Châteauneuf, Jeannette, Georget und sogar die armseligen Kinder Vigneron, die klagend hinterherlaufen. Alle ab auf die Galeeren, in den Kerker, wenn nicht gar auf die Folterbank! Ich hatte so große Angst, daß ich meine Arbeit im Stich, meine Unordnung Unordnung sein und alle Türen offenließ, daß ich mich in meiner Dachkammer einschloß und mir trotz der Hitze ein verknittertes Laken über den Kopf zog. Und wie das kleine von aller Welt verlassene Kind, als das ich mich plötzlich wieder fühlte, begann ich fieberhaft, einen Rosenkranz zu beten.

Der kleine Salon der Fillon, Kupplerin mit hochfliegenden Ambitionen, war soeben renoviert worden. Weiß und Gold harmonierten aufs herrlichste. Die Causeuse, die runden Tischchen, die Wandborte, alles ist graziös und zierlich. In Medaillons gerahmte Pastellbilder hängen in Vierergruppen und zeigen die Jahreszeiten und Äolos' Söhne.

François-Marie Jailleau läßt sich schwerfällig in eines dieser Sesselchen aus Zitronenholz fallen, das unter dieser Behandlung ächzt, und verleiht durch diese Zwanglosigkeit, die er für Natürlichkeit hält, seiner schlechten Laune Ausdruck.

»Wer hat Euch denn eingeredet, Euer Etablissement in Kabinette, in Séparées und Rumpelkammern aufzuteilen, beste Freundin? Wollen Sie nur noch Gnomen empfangen? Diese Causeusen für Elfen, diese Schemelchen für Zwerge ... Für meine Maße ist das nichts.«

»Ihrer Gewichtigkeit sind sie nicht angemessen, das gebe ich zu«, erwiderte die Fillon mit zuvorkommender Ironie.

So erinnerte sie ihn, ohne es auszusprechen, daran, was er für sie war: die lebende Chronik einer Welt, die sie beide gut kannten, vom Keller bis zum Dachboden; jemand, mit dem sie einen ungezwungenen Ton anschlagen kann, ein Beweis für ihren gesellschaftlichen Aufstieg – wie die Duchesse du Maine hatte auch sie ihren Dichter.

Aber heute ist der »Dichter« wütend.

»Diese Soupers! All die Soupers! Ich habe es Ihnen ja gleich gesagt, daß sie mir nur Unglück bringen werden! Mich mit der

Überwachung der Soupers zu beauftragen! Eine Dirne, die Monseigneurs Gefallen erregt hat und die kein Mensch kennt! Ein gefundenes Fressen!«

»Sie reden vom Souper der Skelette, nehme ich an?«

»Natürlich. Wenn ich nur selbst dort gewesen wäre..., aber man kann schließlich nicht überall sein. Ich hatte Jasmin hingeschickt, einen durchaus brauchbaren Jungen. Er fragt die Lakaien aus, erfährt vom Mißgeschick Monseigneurs, ist findig genug, der Romanze auf den Grund zu gehen, hat die Dame verfolgt, kommt zur Rue d'Enfer und muß mitansehen, wie man sie gerade festnimmt!«

»Eine Person, die das Gefallen Monseigneurs erregt hat – die wurde festgenommen?«

»Nicht gleich nach dem Bankett. Bis Jasmin ihre Wohnung erreicht hatte, bei dem morgendlichen Gedränge auf den Straßen, wo er sich stets hüten muß, nicht erkannt zu werden, bis dahin hatte die Schöne schon wieder einen neuen Freier...«

»Keine Zeitvergeudung!« sagt die Fillon lachend.

»...und mit dem fängt sie Händel an, es kommt zu einem lautstarken Streit, und weil die Nachbarn sich schon mehrmals über ihr unziemliches Betragen beschwert hatten, tritt der Wachposten auf den Plan und nimmt sie gleich mit, halbnackt wie sie ist.«

»Und Ihr Jasmin schaut sich das an wie ein begossener Pudel? Konnte er sie nicht herumkriegen, ihnen ein paar Münzen zustecken?«

»Er war allein«, sagte Jailleau recht jämmerlich. »Als er eingreifen wollte, hielt man ihn sofort für einen ihrer Freier, es hagelt Fausthiebe und Fußtritte, die Jacke zerreißt, der Hut wird zerbeult. Er kam gleich zu mir, um es mir zu erzählen. Ich hätte ihn beinahe auch noch verprügelt.«

Dabei hatte er schon seit geraumer Zeit auf die Chance seines Lebens gewartet. Auf die Gelegenheit, endlich einmal einen netten kleinen Skandal auswerten zu können, eine gelungene Spekulation aufzudecken, ein Geheimnis, ein Komplott oder sonstiges, irgend etwas, das ihm eine kleine Rente verschaffen würde, ein Häuschen, einen Garten, eine gut bestückte Bibliothek, um in Ruhe seine Anekdoten auszuarbeiten, untermauert von seiner reichen Sammlung Aufzeichnungen, seine Rache dem Leben gegenüber, ohne Bitternis, ein Vergnügen bescheidener Art, eine Mühe, die er Hunderte von Malen auf sich genommen und wieder verworfen hatte, um abermals genüßlich seiner Phantasie freien Lauf zu lassen.

Die Fillon weiß genausogut wie er, daß er selbst in der Rue de Charonne hätte sein müssen, auch in der Rue d'Enfer, und daß man keinen Feuereifer an den Tag legt (Jasmin), wenn man kein persönliches Interesse verfolgt. Doch dies bleibt unausgesprochen. Unter Freunden darf man nicht alles äußern, auch nicht alles hören, und sie sind Freunde, auf ihre Art, sie eint das Bewußtsein, sich zwischen den verschiedenen Schichten der Gesellschaft zu bewegen, deren Geheimnisse aufzuspüren und daraus ein Gefühl der Vergeltung zu schöpfen, ein Gefühl von Überlegenheit und Nachsicht. Sie kennen die Spielregeln.

»Eine Woche später, eine Woche zu spät, eile ich zur Salpêtrière ...« antwortet Jailleau auf die Frage, die die Fillon absichtlich nicht gestellt hat.

Beim Wort »eilen« unterdrückt sie ein Lächeln, bleibt aber stumm.

»... und dort treffe ich auf Schwester Rosalie. Sie wissen, daß sie mich nicht ausstehen kann. Doch, doch! Mein Lied auf ihren Wäschebleuel ...«

»Das war doch zum Totlachen.«

»Für die anderen. Es wurde viel geträllert. Kurzum, sie feixt nur, als ich nach der Sicard frage, so heißt die Person nämlich. ›Ich weiß gar nicht ... Es war jemand da wegen ihr ... Ich war nicht im Hause ... habe den Befehl nicht gesehen ...‹ Schwester Guillaumin wird gesucht, die die Entlassung unterschrieben hat. Sie sei krank, zu Besuch bei Verwandten, man wisse nicht, wo. Ich würde nicht locker lassen. Ich bin ein Esel, ich bin ein Dummkopf, denn wenn ich Rosalie einst etwas vormachen konnte, jetzt will es nicht mehr gelingen. Für nichts und wieder nichts habe ich mich bloßgestellt, sie hat genau begriffen, wie wichtig mir diese Auskunft war. Sie tat sich überhaupt keinen Zwang an: »Eine Dirne. Nichts weiter als eine käufliche Hure, die wegen einer albernen Prügelei festgenommen wurde, *und deswegen bemühen Sie sich persönlich her? Ach so, es liegt Ihnen viel daran? Muß eine reizvolle Person sein!* Schamlos spottete sie über mich. Sie hält sich für eine große Dame, weil sie mit dieser Bénédictine de Picpus, der Mätresse von d'Argenson, Umgang pflegt!«

»Der kann man nicht vertrauen«, sagt die Fillon nachdenklich. »Geld bedeutet ihr nichts.«

Jailleau ließ in Gedanken diejenigen Revue passieren, die ihn für gewöhnlich zu informieren pflegten: Schwester Marcel, Schwester Marie-Claude (Namen der völlig weltlichen Aufseherinnen des Hôpital-Général), die Colon, Verwalterin, die Dufresne, vom Gefängnispersonal; die Kupplerinnen: die Martin (zu Wohlstand gelangt, daher jetzt außer Dienst), die Brincourt (soeben verstorben), die Duval, Vielfraß genannt, die kleine Aurore und die andere, die man scherzhaft Aurore Boréale rief. Konnte die ihm Auskunft geben? Sie bewegte sich in der großen Welt, war Straßendirne, Kupplerin, Zuträgerin, Unterhändlerin, Intrigantin und immer willfährig.

Auch die Fillon dachte nach; sie nahm Anteil an seinem Geschick und grübelte, welche von denen, die unter dem Deckmäntelchen der Ehrenhaftigkeit agierten, wohl geeignet wäre: eine Putzmacherin, eine Korsettnäherin, eine Trödlerin oder gar (aber das war schon eine Stufe höher) eine Musiklehrerin oder Anstandsdame? Oder noch höher: eine vom Theater, von der Oper, eine, die von einem Herrn von Stand oder vom Hofe ausgehalten wurde und die mit einem häßlichen Namen zu belegen sich nicht schickte, da sie sorgfältig ausgewählte Freundinnen an ihrem einträglichen Geschäft teilhaben ließen, sie bei reizvollen Soupers mit Freunden zusammenbrachten und dabei ihre Bedingungen diktierten. Ein Geschenk an die Freundin war oft ein verheißungsvoller Beginn.

»Kaffee?« fragt die Fillon, während sie überlegen und dabei Namen ins Spiel bringen, wie man Karten auf den Tisch wirft.

Jailleau wagt nicht zu sagen, daß ihm Schnaps lieber wäre. Er weiß, daß die Fillon, seit sie geschäftlich wohlsituiert ist, in ihrem Haus Wert auf Benehmen legt.

»Kaffee«, sagt er daher resigniert.

Die Fillon kocht Kaffee. Sie liebt den Luxus, den wahren Luxus, der darin besteht, sich Zeit zu lassen. Nicht umsonst hat sie jahrelang geschuftet, eine schlechte Ehe in Kauf genommen und dieses Geschäft betrieben, das schwer auf ein würdiges Niveau zu heben war. Und wenn sie jemanden wie Jailleau trotz seines Stiernackens und trotz seiner Manieren, denen immer noch etwas Stallgeruch anhaftet, zum Freund erkoren hat, dann weil er ihr außer Kaffee, Dragees, Gewürzen und einer Pfändung etwas anderes entgegenbringt, nach dem sie giert: Wertschätzung.

Die Fillon ist reich, in den besten Kreisen bekannt, gewitzt, hat viel Geld, wenig Schönheit und jenes Etwas, worüber sie sich selbst manchmal wundert: nämlich Herz. Diese Veranlagung, anderen wohlwollend zu begegnen (mit der Einschränkung allerdings, daß es nicht zu ihrem Schaden sein darf), entstammt letztlich vielleicht eher ihrer Einbildungskraft als ihrem Gefühl. Wahrscheinlich aber nicht: Sie ist empfindsam und damit ihrer Zeit voraus. Daher verbirgt sie es. Je edler ihr »Tun«, desto unflätiger ihre Sprache. Dem, der das durchschaut, ist sie unendlich dankbar, insbesondere diesem »Guten Freund«, mit dem sie in bestem Einvernehmen steht und der sie (Decknamen waren Mode) »Präsidentin« nennt. Dies wiederum basierte auf einem langlebigen Mißverständnis: Ein Sieur Fillon, der den Vorsitz bei der Ernennung d'Alençons hatte, übersiedelte aus geschäftlichen Gründen mit seiner Gattin nach Paris. Kaum hatte diese tatsächliche Präsidentin ihren Hausstand etabliert, tauchten, weil sie sich in der Adresse geirrt hatten, junge und alte Galane bei ihr auf, die sich ihr und ihren Töchtern gegenüber sogleich nach Betreten des Hauses Freizügigkeiten herausnahmen, die sie zuerst für die üblichen Pariser Umgangsformen hielt, gegen die sie dann aber, als keine andere Deutung mehr möglich war, lauthals Einspruch erhob. Gleichzeitig erhielt unsere Fillon Besuche von gesetzt auftretenden Herren, die sie zunächst für schüchtern hielt, für zu gehemmt, um ihre geheimen Wünsche zu offenbaren und denen sie zuvorkommend einige Appetithappen aus ihrem Katalog offerierte, woraufhin diese, empört oder verwirrt, den Rückzug antraten. Sie wundert sich, erkundigt sich und entdeckt das Mißverständnis. Es hielt sich, von Schlaumeiern auf Kosten der Unwissenden oder der Provinzler genährt, indes so hartnäckig, daß Monsieur le Président Fillon sich gezwungen sah, den Namen zu wechseln und den seines kleinen Besitztums anzunehmen, während der Regent und seine Getreuen allesamt die Fillon als »Präsidentin« titulierten, die diesen Beinamen trug wie ein Kleid mit Schleppe.

Diese Tradition wahrt auch Jailleau in seinen Dankesworten: »Das ist der beste Kaffee von Paris, liebe Präsidentin!« obgleich er bedauert, daß diese so köstliche Anekdote in aller Munde ist und daher nicht in seine nur auf Raritäten beschränkte Sammlung eingehen kann. Aber vielleicht wäre sie ja in ein paar Jahren vergessen? Er schrieb sie auf und legte sie in die Schublade *Nicht dringlich*. Man kann ja nie wissen. Und jetzt kam ihm eine Assoziation: Im Palais-Royal war über Präsident Fillon so gelacht worden, und dieser war nicht gewitzt genug gewesen, sich auf die Seite der Lacher zu schlagen, daß er sich zum erklärten Feind des Regenten wandelte, in Sceaux zum Freund des Hauses avancierte und mit Feuereifer das Thronfolgerecht der legitimierten Prinzen verfocht: kleine Ursache, große Wirkung (sofern der Gunsterwerb eines Präsidenten Fillon als solche gewertet werden kann!), und aufgrund dieser Gedankenverknüpfung wagt Jailleau die Hypothese:

»Könnte sie nicht von irgendeinem Neider umgedreht worden sein, um dem Prinzen in die Parade zu fahren?«

»Da kennen Sie unseren großen Mann aber schlecht! Länger als acht Tage hat der noch keiner nachgetrauert.«

»Der Séry schon«, erwidert Jailleau etwas wehmütig.

»Das ist ewig her.«

»Wer hat sie denn dann herausgeholt? Einer von diesen

Roués?« (Noch so ein Spitzname, diesmal für die Liederjane im Gefolge von Monseigneur.)

»Viel zu träge. Glauben Sie vielleicht, die würden sich ein Bein ausreißen, um eine Dirne aus dem Kittchen zu holen, allerlei Leute schmieren, wo sie doch nur die Hand auszustrecken brauchen?«

»Ein Provinzler?«

»Der wäre gar nicht erst in die Salpêtrière reingekommen.«

»Ein Kuppler, der neu im Geschäft ist?«

»Das wüßte ich. Dieses Mädchen dürfte auf eigene Kosten arbeiten. Sonst hätte man sie mir längst gemeldet«, sagt die Fillon überheblich.

Jailleau lächelt insgeheim, denn das Wort *arbeiten* hatte für die Fillon nur eine, und zwar unmißverständliche Bedeutung. Er wird sich allerdings hüten, dies durchblicken zu lassen.

»Antoinette Sicard ...«, sagte die Fillon träumerisch. »Ich werde mich erkundigen, herumfragen ... Der Name sagt mir nichts. Vermutlich ein Deckname.«

All diese Frauen, die Jailleau in seinem Notizbuch hatte, und viele andere auch, wußten, was Existenzkampf bedeutete. Die Dufresne, die über Sainte-Pélagie, eine Dépendance der Salpêtrière, herrschte, hatte gegen das Elend angekämpft; und Schwester Rosalie, die Oberin der Salpêtrière, gegen die Verachtung: Sie war das uneheliche Kind eines Landjunkers aus dem Limousin und einer Wäscherin. Die kürzlich verstorbene Brincourt, Kupplerin auf niedrigster Ebene, war Tochter eines Polizeioffiziers, der wegen Zuhälterei degradiert worden war; sie hatte keine andere Wahl, als unter diesem Stern weiterzumachen. Die beiden Aurores zogen gegen die Zuhälter zu Felde. Und die Fillon selbst gegen den Ekel. Sie alle kämpften gegen die Krankheiten, die Männer, die soziale Ordnung, die Justiz und die Ungerechtigkeit, gegen das Ertränken, das all jenen drohte, denen es an Protektion, Schönheit oder Geld mangelte. Man verschwand ganz einfach. Je nach Stellung der Familie: ob ungeliebte Ehefrau, ohne Stammhalter, ob Magd, Hure oder Betschwester, früh gealtert, früh verblüht, früh verstorben – um so besser!

»Die Männer ziehen sich eben leichter aus der Affäre.« Doch als sie die beklagenswerte Eleganz von Jailleau gewahrt, den Kragen aus abgewetztem Tuch, die abgeschabte Goldtresse, die Spitze am Handgelenk, die direkt an den Ärmel genäht war (wenn er den Arm bewegt, sieht man es), empfindet die Fillon plötzlich Mitleid mit dem Freund und sagt herzlich:

»Suchen Sie weiter, ich werde auch weitersuchen. Wenn Sie die Person nicht erwischen, erfahren Sie zumindest die Geschichte ...«

Jailleaus Gesicht hellt sich auf.

Wie ich schon sagte, betete ich an jenem Abend einen Rosenkranz. Ja, ja, lachen Sie nur, einen Rosenkranz. Gott war in jenen Jahren wahrhaftig nicht in Mode, vielleicht noch weniger als heute. In den Köpfen hatte sich ein Amalgam gebildet, in jener düsteren Zeit des verlöschenden Königtums, zwischen dieser Alten Perücke von König, dieser alten Maintenon, die vor jedem Luftzug Angst hatte, diesen militärischen Niederlagen, die so kostspielig gewesen waren und für die man die Besiegten entlohnte, und dieser starren Etikette, durch die man die Dekadenz zu verbergen meinte. Das alles brach auf wie ein Korsett. Aber wie das gemeine Volk, das bei sich dahinschleppenden Angelegenheiten noch immer den heiligen Expeditus anrief, damit er die Sache beschleunige, oder den heiligen Fabian, der Schlangenbisse heilt, oder den heiligen Goupil, der zwar noch nicht heilig ist, es aber bald werden dürfte, nachdem die Irokesen ihn gefressen haben, so rief auch ich den Himmel an, damit er mich aus meiner Notlage befreie, mich erleuchte und mir zu Hilfe komme, denn ich hatte das Gefühl, ebenfalls von verständnislosen und mitleidlosen Irokesen umzingelt zu sein.

An ebendiesen Tagen, an denen ich für alles empfänglich war, so wie man sich des Abends oder im Dahindämmern bei Krankheit vor dem geringsten Lichtschein, dem kleinsten

Geräusch fürchtet, hörte ich in einem Salon (zu dem ich das Material für die Demonstration getragen hatte) bei einer Vorlesung über Chemie eine Dame, eine überzeugend wirkende Dame, über das berühmte Große Wesen diskutieren, wobei sie (was mein Meister mir später erklären sollte) die »Wette« eines gewissen Pascal erwähnte.

»Wenn dies aber eine Wette ist, bei der man nicht verlieren kann«, rief sie munter in den Saal, »dann nenne ich das höchst gewöhnlich!«

»Eine ganz schön affektierte Rede«, erklärte mir mein Meister auf dem Heimweg. »Zumal diese Spielerin, die den großen Damen die Stirn bot, nichts weiter war als die Tochter eines Reeders aus Saint-Malô, der seinerseits auf Schiffe setzte. Und es stimmt trotzdem: Wenn man auf Sicherheit setzt, ist es kein Spiel.«

Ich fand die Kraft, ihn zu fragen: »Und ein Spiel, bei dem man mit Sicherheit nicht gewinnen kann, finden Sie das aufregender?«

Er sah mich an.

»Mein Meister, mein lieber Freund«, sagte ich, wobei ich mich entsetzlich um Freimütigkeit bemühte, »könnten wir uns nicht ausschließlich unserer Kunst und den Wissenschaften widmen, die Tag um Tag an Ansehen gewinnen? Mit Arbeitseifer und ein paar guten Beziehungen könnten wir uns doch einen Namen machen und vielleicht zu Wohlstand gelangen, ohne Risiken, ohne andere zu beleidigen, ohne unsere Freiheit und unser Leben aufs Spiel zu setzen, ohne ...«

»Du willst spielen, ohne verlieren zu können; ich sehe, du bist auf seiten Pascals, von dem du doch gar nichts verstehst«, sagte er und hielt sich die Seiten vor Lachen.

Dann, etwas ernsthafter, wenn man das ernsthaft nennen kann: »... Hör mal, Catherine, du willst doch nicht, daß ich klein beigebe, solange ich noch die Karten in Händen halte? Du willst gewiß nicht, daß es von mir heißt, ich spiele den Pharao.« (Und als er meine fragenden Augen sah:) »Diesen Ausdruck benützt man für jemanden, der den Gewinn einstreicht und sich vor Ende des Spiels davonmacht. Und das ist in der Tat ›höchst gewöhnlich‹, wie die Fischhändlerin so preziös zu sagen beliebte ...«

Ich erwiderte nichts. Mir war klar, ich würde ihn niemals überzeugen. Wie die Partie auch aussehen mochte, man mußte ihn bis zum Ende mitspielen lassen.

Sechstes Kapitel

Worin verschiedene Fragen gestellt werden: ob Aberglaube ein Notbehelf gegen Langeweile ist, ob ein gutes Buch ein anderes verdrängt, und ob Antoinette Sicard sich als Tauschobjekt eignet. Kluge Köpfe glauben es nicht.

Dies ist nicht die Geschichte von Antoinette. Auch nicht die von Sanson, dem Henker, der sie in beiden Formen liebt: in Fleisch und in Wachs – Antlitz und Abbild. Es ist auch nicht die von François-Marie Jailleau, der sich ein kleines Zubrot verdienen will, um vom verschrienen Stand des Polizisten überzuwechseln in den des kaum höher geachteten Memoirenschreibers. Es ist natürlich auch nicht die der Fillon: Sie hat keine Geschichte, sie hört sich Geschichten an, wie Jailleau Geschichten erzählt. Es ist auch nicht die eines gewissen Chevalier, der sich in diesen Wintermonaten 1717/18 gebärdet wie ein Sturzbach, der wahllos brauchbares Holz wie vermodertes Laub mit sich führt. Und es ist erst recht nicht die von Jeannette, die unter rauher Schale um ihre Kinder und ihren Jean-Marie bangt: Sie weiß nur zu gut, was »fliegender Händler« bedeutet und daß man mit Hausieren nicht so viel verdient, um diese Ohrgehänge bezahlen zu können, die er ihr aufdrängen wollte und die sie mit Abscheu von sich gewiesen hatte – und daß sie, Jeannette, auch vor Verlangen nach ihrem schönen, kraftvollen Halunken von Gatten zittert und sich immer wieder auf die Hebamme von der Schenke zum Schweinehirten herausredet, die ihr gesagt hatte: »Noch ein Kind, und Sie gehen drauf«, und daß sie es sich verkneifen und sich darauf versteifen muß: »Nein, Jean-Marie, ein für allemal, das interessiert mich nicht mehr, ich habe Schmerzen«, und daß er dann antwortet, indem er seine schönen Zähne, oh, diese Zähne! entblößt: »Aber ich bitte dich darum...!«, daß sie ihn aber nicht einmal küßt, weil sie durchhalten muß, obwohl sie schon erschaudert, wenn er nur sagt: »Die werde ich dir vertreiben, diese Schmerzen, ganz sanft« –, dies alles ist nicht unsere Geschichte.

Nein, nicht diese Geschichte wird hier entwickelt, auch nicht die der kleinen Catherine, die zur Frau heranreift, zu einer richtigen Frau, die zwar nicht in ihr Herz zu blicken wagt, aber vielleicht gar, wenn es nötig wäre, ihr Leben hingeben würde.

Nein, dies ist die Geschichte von John Law, geboren 1671 in Edinburgh als fünftes Kind eines Goldschmieds. Kurzfristig, nachdem er wegen einer Affäre, wo es um ein Duell ging, Schottland verlassen hatte, Bürger von Den Haag. Mehrere Aufenthalte in Frankreich, mehrere Schriften zum Geldwesen, die vielfach verworfen wurden, aber dennoch Interesse weckten. Im November 1713 Rückkehr nach Paris, wo er an der Place Louis-le-Grand eine Wohnung bezog und sich zum Bleiben entschloß. Und so weiter...

Hier geht es also um die Geschichte von John Law, von dem nie mehr die Rede sein wird. Denn die kleine Catherine, Martinelli, Jailleau, Jeannette und andere, von denen bald wieder die Rede sein wird, halten Fragmente dieser Geschichte in Händen, die haargenau dem Papiergeld oder den Aktien gleichen, die zu dem System des Schotten gehören. Wenn sie sie zu nutzen wissen – kaufen, tauschen, wieder verkaufen –, dann sind sie Gold wert; sie nehmen jegliche Form an: Renten, Wechsel des Standes, Liebesglück, Abenteuer. Aber auch Ruin, Schande, Gefängnis und plötzlicher Tod. Immer ist es Spiel, Metamorphose. Wie berichtet wird, bemerkte kurz nach diesem Winter 1717/18 eine Dame gutbürgerlichen Standes (ich glaube, man nannte sie Madame Bégon), als sie sich in ihrer Loge in der Oper aufhielt, in der völlig identischen Loge gegenüber eine stämmige, häßliche, von oben bis unten mit Diamanten behängte Frau. Sie sagte zu ihrer Tochter, die sie begleitete: »Aber, ist das nicht...?« – »Doch, Mama!« Es war ihre durch Spekulation zu Reichtum gelangte Köchin, die an diesem Morgen ihren Abschied genommen hatte. Angeblich hatte auch ein zu Wohlstand gelangter Koch von Monsieur Law seinen Dienst quittiert, woraufhin der Schotte empört fragte:

»Was soll ich ohne Koch anfangen?«

Und der Mann verbindlich entgegnete:

»Ich habe zwei für mich vorgesehen. Sie dürfen wählen, ich nehme dann den anderen.«

Daraus darf man aber nicht folgern, daß nur Köche zu Wohlstand gelangt sind. Oder daß Madame Bégon (falls sie so hieß) aus Gründen der Symmetrie nun ihrerseits Köchin wurde. Nur – diese Metamorphosen, die zwei bis drei Jahre lang anhielten, brachten wie ein Riesenrad die von ganz unten plötzlich nach ganz oben, um sie allerdings bisweilen auch brutal wieder hinabzustürzen; so mancher, der bei einem solchen Perspektivenwechsel, obwohl er doch nicht weiter sah als der Waffelbäcker, nun plötzlich einen Blick auf ganz Frankreich werfen konnte, ja vielleicht sogar noch darüber hinaus (allerdings brauchte man dazu einen scharfen Blick und einen scharfen Verstand), fiel anschließend, solcherart gebildet, so tief, daß ihm Maulwurfshügel den Blick versperrten; derartige Metamorphosen nennt man in der Wissenschafts- oder Jahrmarktssprache, in Anlehnung an das lateinische Wort für ein sich langsam drehendes Rad (man denke an gewisse Lotterien), mit Fug und Recht *Revolutionen.*

Doch vielleicht wird man eines Tages, wenn die Berichte der Sammlung Jailleau erst einmal vollständig sind, erkennen, daß dieses sich drehende Rad unendlich viele Punkte durchläuft, die alle identisch sind, wodurch man, wenn man sekundenlang die Augenlider senkt, den Eindruck gewinnen könnte, daß man sich gar nicht bewegt. Möglich, daß die ganze Sammlung nichts weiter ist als die Geschichte dieses Lidschlags: Gold? Papier? Bewegung? Halt?

Ebenso ließe sich behaupten, dies sei – mit all den Mätressen, Allianzen, Arbeiten, Interessen für Künste und Wissenschaften, mit dieser Kriegsnostalgie und Friedensliebe – die Geschichte der Ungeduld des Regenten, der gezügelt ist in seinem Kriegseifer (seit Lerida keine militärischen Herausforderungen mehr!), gezügelt in seinen Liebeshändeln, seit er die Séry, die nun Comtesse d'Argenton war, fortschicken mußte, die einzige, für die er, wie es scheint, eine etwas ernsthaftere Zuneigung empfand; gezügelt in seinen spanischen und französischen Ambitionen, betrogen durch des alten Königs Testament. Ja, die Geschwindigkeit, mit der die Jahre verstreichen, ist wahrlich die eines Pferdes, dem man plötzlich die Zügel lockert und das, von der Freiheit be-rauscht, geradlinig vorwärtsstürmt, ohne zu wissen, wohin es geht. Ja, dies ist die Geschichte von der Ungeduld des Regenten. Doch die einer Revolution innewohnende Geschwindigkeit führt nur um so schneller an ihren Ausgangspunkt zurück: und das ist die Geschichte von der Gleichgültigkeit des Regenten. Und wenn sie denn je anstand, diese vielleicht unmögliche Entscheidung zwischen zwei Weltbildern eines Menschen oder einer Epoche, zwischen der Bewegung, die man eines Tages Fortschritt, und der Unbeweglichkeit, die man Natur nennen wird, dann war es in diesem Augenblick der Geschichte; andiesem Punkt von Jailleaus Sammlung, diesem angenehmen Zeitvertreib, dieser harmlosen Beschäftigung, die zur Leidenschaft werden kann, diesem unmerklichen Hineingleiten eines Menschen in den Sog seiner Fabel, die er nur zu erzählen vermeinte.

Er erhält Berichte, Briefe, Rechnungen und verfaßt seinerseits einen Bericht, der weitergeleitet, gedeutet und kommentiert wird von einem anderen, der sich seine Tätigkeit als Verdienst anrechnet. Immer mal wieder dieses knappe: »Ihre Meinung, Jailleau?«, was bedeuten soll, er täte besser daran, nicht allzu scharfsinnig vorzugehen. Auch er fragt diesen gewissenhaften armen Teufel, der ihm das Ergebnis seiner Recherchen überbringt: »Ihre Meinung, Jasmin?« Aber Jasmin, der schlauer ist als sein Vorgesetzter, flüchtet sich in »Es ist nicht bewiesen ... auf den ersten Blick hat es zwar den Anschein ...«, bis man ihn ungeduldig unterbricht. Wohingegen Jailleau sich manchmal hinreißen läßt zu weitschweifigen Ausführungen, zur Preisgabe seiner Intuitionen, was die ironische Frage bewirkt: »Interessieren Sie sich etwa für diese Affäre, Jailleau?« Und obwohl er es sofort bitter bereut und aus Erfahrung weiß, daß die Bekundung von Interesse für einen Menschen oder eine Angelegenheit das letzte ist, was man tun darf (er soll Auskünfte übermitteln, und der Satz »Ihre Meinung?« fordert die Kurzfassung der erhaltenen Auskünfte, weil der andere – Sie verstehen? – zuviel zu tun hat, um sie zu lesen), obwohl er dies also weiß, gab er sich immer noch der Illusion hin, die ihn wie ein Rausch überfällt, daß eines Tages diesen hehren Lippen ein anerkennendes »Nicht dumm, Jailleau!« entfliehen könnte, was ihm zu dem bescheidenen Erfolg verhelfen könnte, auf den sein Ehrgeiz gerichtet ist. In der Tat, einmal (da ging es um die Salzschmuggler, eine verwegene Bande, die er insgeheim bewundert und deren angeblichen Anführer, einen bretonischen Edelmann mit subversiven Auffassungen, er entschuldigt hatte), da hatte man zu ihm gesagt »Nicht dumm, Jailleau!«, ihn aber beinahe im Rang zurückgestuft. Die Fillon hatte ihre offiziösen Beziehungen spielen lassen, und dann wurde das Ganze totgeschwiegen. Keine Rede mehr von Beförderung oder bescheidener Rente!

Diesmal zumindest riskiert er nichts, wenn er sich für Mademoiselle Antoinette, genannt Sicard, interessiert, angeblich ist sie Tochter eines gewissen Sieur Malouin, besuchte verschiedene Klosterschulen, zuletzt die der Dames-Noires, bevor man sie im Hause einer Kupplerin wiederfand. Was für eine Lebensbahn, Mademoiselle Malouin-Sicard! Und sie ist noch nicht zu Ende, falls Sie in den Gedanken eines gewissen Kunstfreunds und Liebhabers anatomischer Studien eine Spur hinterlassen haben ...

Im Jahre 1661 vermählte sich Dame Jeanne de Vélizany mit Monsieur Malouin, Präsident des Vortragenden Rates im Pariser Parlament. Fast zehn Jahre lang herrschte Friede in diesem Hausstand. Einziger Kummer der Eheleute, oder zumindest der Gattin, war die Kinderlosigkeit. Doch Monsieur Malouin, der von seiten seiner Frau die Güter der Essarts bei Noyan geerbt hatte – und sich daraufhin Malouin des Essarts nannte –, liegte Madame gegenüber keinen Groll. Neben einer schönen Summe Geldes verschaffte sie ihm durch ihren im Ministerium höchst einflußreichen Vater gewisse Vorteile. Es kam der Tag, da in den Geschäften des Sieur Vélizany ein Umschwung eintrat, der ihm sein Vermögen raubte, und er selbst in Ungnade fiel, Monsieur Malouin des Essarts schlimmste Befürchtungen liegte, er könne mit hineingezogen werden, woraufhin sich seine Beziehungen zu Madame Malouin so weit verschlechterten, daß beide getrennte Wohnungen bezogen. Madame Malouin war todunglücklich, zumal sie nach einigen Wochen feststellen mußte, daß die Gunst, die sie vom Himmel erfleht hatte, die Empfängnis eines Kindes, ihr nun im unpassendsten Augenblick ihres Lebens gewährt worden war.

Sie ließ es trotz allem Monsieur des Essarts wissen, der unverzüglich protestierte, ihn gehe das ganz und gar nichts an, habe er doch bereits vor dem Wohnungswechsel von seiner Frau getrennt gelebt und könne daher nicht der Vater dieses jetzt wirklich unerwünschten Kindes sein. Daher wurde die unglückliche Antoinette, Jeanne, Angèle bereits vor ihrer Geburt zum Gegenstand von Protesten, Streitigkeiten und Verleumdungen, die bald schon in einen Prozeß ausarteten.

Vergeblich wandte Madame Malouin des Essarts ein, sie empfange in ihrem Hause privat keine Männer, begegne solchen nur bei öffentlichen Empfängen, die mit den Funktionen ihres Gatten zusammenhingen. Vergeblich wies sie auf die verblüffende Koinzidenz zwischen der plötzlichen Zwietracht in ihrem Eheleben und dem gesellschaftlichen Absturz ihres Vaters durch Ungnade und Ruin hin, wodurch die Einkünfte ausblieben, die es dem Präsidenten des Vortragenden Rates ermöglicht hatten, auf großem Fuße zu leben. Dieses letzte Argument vermochte einen Hof nicht zu rühren, in dessen Augen Ungnade ein Verbrechen war, das eine ganze Familie mitschuldig machte, und Ruin das Lächerlichste und Schlimmste überhaupt. Denn Gunst ließ sich wieder erwerben, wohingegen der Ruin jegliche Hoffnung auf solch glücklichen Wandel zunichte machte. Man verstand daher nur zu gut, daß Malouin des Essarts so schnell wie möglich vom havarierten Schiff der Vélizany fortzukommen suchte, ins Wasser sprang und an neue Ufer schwamm. Und wen kümmerte schon die Sittsamkeit Madame Malouins? Die arme Frau mochte sich wehren und Zeugen benennen (es fanden sich mutige Freunde, die zu ihr hielten), man lachte nur darüber.

Des Essarts als erster, der sie der Libertinage bezichtigte, und was die Männer anbetraf, die sie angeblich nie privat empfing, da spottete er nur, indem er behauptete, sie sei ja nicht anspruchsvoll und begnüge sich mit dem Haushofmeister und dem Gärtner, deren kurzfristige Dienstleistungen keine Adelsbriefe erforderten.

Angesichts der Not, die ihr drohte, da ihr Gatte ihr jegliche Unterstützung verweigerte, und angesichts der Schändlichkeit, daß man sie ihrer Ehre und ihres restlichen Vermögens beraubt hatte (denn es war noch etwas da von der Mitgift des Hauses Vélizany, doch für sie blieb es unauffindbar), entschloß sich Madame Malouin, einen Prozeß anzustrengen, eher um ihres Kindes als um ihrer selbst willen. Ihre Gesundheit war bereits erheblich beeinträchtigt und ließ unter solchen Umständen eine schwere Geburt erwarten. Sie gebar indes ein überaus hübsches Kind, das sie Antoinette nennen wollte, wie ihre Mutter geheißen hatte, und Jeanne, Angèle sollten die anderen Vornamen sein, nach ihrem Gatten, Jean-Ange, für den sie noch eine gewisse Zuneigung zu empfinden schien. Es kann aber auch sein, daß sie mit der Wahl dieser Namen einen für sie unbezweifelbaren Verwandtschaftsgrad dokumentieren wollte. Es heißt, die Ähnlichkeit zwischen dem Kind und Monsieur Malouin des Essarts, der ein gutaussehender, sehr großer, stattlicher, auffallend dunkelhaariger und dunkelhäutiger Mann war, sei unbestreitbar gewesen. Ähnlichkeiten sind immer unbestreitbar, wenn ehrbare Vaterschaft vermutet wird. Doch in diesem Falle…

Obwohl der Prozeß bereits angelaufen war, ließ Madame Malouin, die noch erschöpft im Wochenbett lag, ihren Gatten flehentlich ersuchen, doch wenigstens einen kurzen Blick auf den Säugling zu werfen. Vermutlich hoffte sie, der Undankbare würde sich durch diese Ähnlichkeit, die ihr frappierend schien, rühren lassen, wenn nicht gar das Elend, in dem sie sich befand, ihn überhaupt zu ihr zurückbrächte. Doch er kam nicht. Aber die Kleine mußte getauft werden. Da sie noch nicht aufzustehen vermochte, schickte Madame Malouin ihre einzige Bedienstete Mathilde in Begleitung von zwei Nachbarn, die als Pate und Patin fungieren sollten, zum Pfarrer von Saint-Sulpice, damit er das Kind taufe und ins Taufregister eintrage.

Doch es kam noch schlimmer; die unglückliche Mutter erfuhr, daß der Priester nach anfänglichem unverständlichen Zögern (der Nachbar war Salzschieber, die Nachbarin Lumpensammlerin, und eine derartige Patenschaft schien ihm wenig passend) schließlich zugab, daß zwei Tage zuvor Malouin des Essarts persönlich in Begleitung von zwei Notaren ihm einen Besuch abgestattet und in einem formgerechten schriftlichen Protokoll niedergelegt hatte, er habe (vermutlich durch das Ansuchen von Madame Malouin) erfahren, man wolle ihm ein Kind unterschieben, das er nicht als das seine anerkenne, und er bitte daher darum, kein Neugeborenes auf seinen Namen zu taufen, ohne ihn vorher zu verständigen. Der arme Pfarrer, der diesem hochtrabenden und eloquenten Herrn, der zudem mit diesen zwei Notaren auftrat, nicht mißfallen wollte und wohl auch darüber unterrichtet war, daß zumindest ein Konflikt bestand, da ein Prozeß angestrengt worden war, der aber auch fürchten mußte, daß das ihm überbrachte Kind ungetauft sterben könnte, gab ihm die Taufe und trug es ins Register ein, allerdings nur mit den Vornamen, ohne Nennung von Vater oder Mutter. So wurde Antoinette, Jeanne, Angèle, noch armseliger als sie es verlassen hatte, ins Haus zurückgebracht, bereichert nur durch die, wenn auch anonyme, Taufe, die ihr im Todesfall das Heil garantierte. War Madame Malouin nicht fromm genug? Verzweifelte sie nach Anhörung dieser üblen Nachricht an der irdischen Gerechtigkeit? Als sie den farbigen Bericht ihrer Dienerin hörte, bekam sie einen Schock, der sich auf das Gehirn auswirkte, woraufhin Blutungen auftraten, die den von der Entbindung ohnehin stark geschwächten Körper vollends auslaugten und dem vielversprechenden Prozeß ein Ende setzten.

Waren es Gewissensbisse oder Skrupel, gegen einen Säugling gerichtlich vorzugehen, oder schlicht und einfach die Furcht vor den Kosten – was wir eher zu glauben geneigt sind –, jedenfalls ließ Monsieur Malouin des Essarts das Verfahren einstellen, das Kind durch eine Amme vom Land abholen und hätte es dann wohl (nach dem, was uns zu Ohren kam, was auch falsch sein kann) in ein Kloster gesteckt, um sich den Widerwillen bei seinem Anblick zu ersparen, dessen Ursache wir hier nicht zu analysieren haben. Es scheint, daß das Kind etliche Jahre später, zu einem jungen Mädchen herangewachsen, die Flucht ergriffen hat, was unerklärlich ist, und zwar in der entwendeten Kleidung einer Dienstmagd, der Sicard, deren Namen sie dann wohl annahm, wodurch uns vergönnt war, sie wiederzufinden.«

Wiederzufinden! Dummkopf! Hätte er sie doch bloß wiedergefunden! Statt dessen läßt er sich verprügeln und verlangt auch noch den Preis für seinen Hut! Dieser Jasmin! Verlangt er, Jailleau, vielleicht Erstattung für all die Gläser, die er gezwungenermaßen bezahlen und trinken muß, um Auskünfte zu erhalten? Schön muß sie sein, wenn sogar dieser hohe Herr dieses Mädchen... Ein Mädchen von edlem Geblüt, sozusagen. Er kann sie sich vorstellen.

Ein von frühester Jugend an gedemütigtes Mädchen. Ein Mädchen, das weiß, daß hinter seinem Rücken gelacht, getuschelt, geseufzt wird. Schändliche Vermutungen werden angestellt. Die Mutter hätte sie mit dem Gärtner... Tochter einer Gerichtspräsidentin und eines Sänftenträgers. Oder das Gegenteil: einer Putzmacherin und eines... Das Schlimmste ist, wenn man ihr schmeichelt: »Meine Eltern würden mich nie aus dem Kloster herauslassen, glaubst du, du könntest mir eines Tages eine Abtei verschaffen? Solltest du eines Tages an den Hof kommen, würdest du dann ein gutes Wort für mich einlegen, damit...?« So jung ihre Gefährtinnen auch sein mögen, sie wissen bereits um Ämter, Stellungen, Ehren, Pfründen, und warum soll man sein Glück nicht versuchen? Doch immer kommt der Moment, wo die Oberin den Mut verliert: »Es ist langsam nicht mehr möglich, Sie in Sainte-Odile zu behalten. Ich habe mich bemüht, daß man Sie, vorübergehend, in Melun aufnimmt...«

Immer ist es vorübergehend. Und auch das Lächeln, wie die gerunzelten Augenbrauen, sind vorübergehend. Weil man ja nie weiß. Weil es ja sein könnte, daß eines Tages eine gute Fee Antoinettes Stirn berühren und ihr Kräfte verleihen, oder ein Unhold sie in eine Kröte oder in eine Tellerwäscherin verwandeln könnte. Sie mochte noch so artig und fleißig sein, das Urteil hing in der Luft. Bis sie zwölf war, dürfte sie häßlich gewesen sein, »ein kleiner Rabe«, Grund genug, Nachsicht walten zu lassen, und plötzlich, mit vierzehn, ein großes und schönes Mädchen. Das kann man nicht tolerieren, man kann sie nicht länger behalten. Ein großes schönes Mädchen, musikalisch, das hinreißend tanzt, viel liest, sich eigene Ideen anmaßt, exaltierte Ideen, wie man mutmaßt, ein solches Mädchen muß reich und adelig sein, sonst gibt's dafür keine Entschuldigung. Dafür hat man ihr – für alle Fälle – diese Erziehung angedeihen lassen. Und nun endlich die Urkunde, die Anerkennung. »Von nun an heißen Sie Mademoiselle Malouin des Essarts. Ihr Noviziat hier beginnt im September. Ich gratuliere Ihnen.« – »Habe ich denn keine Wahl? Nicht ein paar Tage Bedenkzeit?« – »Bedenkzeit! Wenn Ihr Vater die Güte hat, Ihnen seinen Namen zu verleihen! Eine Mitgift! Bedenkzeit!« – »Ja, aber, ich meine, wenn ich einen Vater, eine Familie habe…«

Empört wiederholt die Oberin das Beschlossene mit ein paar knappen Worten. Und um das Ganze abzurunden (nicht selten erfolgt die Berufung aufgrund eines Schocks: siehe Rancé, Abt von La Trappe), hält sie ihr ein paar kurze und grausame Zeilen ihres Vaters hin. Er wird die Aussteuer bezahlen, ihr diesen Namen belassen, den sie nicht verdient, unter der Bedingung… »Wie Sie sehen, hat man Ihnen ein durchaus beneidenswertes Schicksal bereitet. Für die Frucht eines Ehebruchs…« – »Wer will das beweisen?« dürfte Antoinette aufgeschrien haben. Ein kleines Lachen der Oberin: »Keine Haarspaltereien. Hier das authentische Anerkennungsschreiben. Begnügen Sie sich damit.« Antoinette ist aufgewühlt, von Wut besessen. Diese Demütigung, Demütigung auch ihrer Mutter, über das Grab hinaus, keine Möglichkeit, sich zu verteidigen, dieser Name, hingeworfen wie ein Almosen, dieser Name, den sie »nicht verdient«… Oh! Mein Vater! Ob du mein Vater bist oder nicht das wirst du mir büßen! Mir diesen Namen ins Gesicht zu schleudern! Vielleicht träumt sie in diesem Augenblick von Rache, die zum Skandal werden wird, von leicht verdientem Geld, von Macht? Davon, wie sie einst triumphierend vor ihn hintreten wird?

Während der Abendvesper entwischt sie durch den Garten. Die Oberin vermutet, sie müsse diese Offenbarungen wohl erst einmal verdauen, und läßt sie nicht holen: Soll sie ruhig heulen, das wird ihr den Stolz schon austreiben! Aber Antoinette ist bereits draußen, bekleidet mit einem Rock und einem wollenen Umhang, den sie in der Gesindekammer entwendet hat. In der Tasche ein paar Sous und, als einziges Gut, die Anerkennungsurkunde. Sie passiert die Wachen. Nun ist sie in Paris, Porte Saint-Jacques, streift durch die kalten, schlammbedeckten Straßen und wagt es nicht, ein Gasthaus zu betreten. Sie läuft. Sie ist groß, ihre grauen Augen sind schwarz vor Zorn. Sie ist zum Äußersten entschlossen, weiß nur nicht, wie sie es anstellen soll, als eine Frau sie anspricht: eine Kupplerin (das Wort sollte sie später erst lernen), die sie auffordert, ihr zu folgen. Sie kennt da ein Haus, das sehr ordentlich geführt ist, da gibt es Wein, schöne Kleider, man sieht ihr ja an, daß sie aus der Provinz kommt, wie alt ist sie denn? Antoinette sagt, sechzehn Jahre. So sieht sie auch aus. Die Kupplerin bringt sie zu einer Zuhälterin, die sie honigsüß empfängt. Ein wirklich schönes Mädchen, diese Antoinette! Feurige Augen, fieberrote Wangen, vielleicht etwas mager... aber wir werden dich schon rausputzen, meine Süße! War sie vielleicht schon einmal in solch einem Haus? Nein. Weiß sie, wie sie sich zu verhalten hat? Nicht so recht, erwidert Antoinette, die auf der Hut ist. Aber sie braucht doch nicht gleich rot zu werden! Man lernt das alles schnell genug... und vielen Männern ist ein Rest von Unschuld gerade recht. Kann sie etwas Gefälliges darbieten? Tanzen? Singen? Wunderbar! Könnte man sie für gewisse Spielchen einsetzen? Sie verdient besseres als jeden x-beliebigen. »Oh, ich nehme auch jeden x-beliebigen, wissen Sie.« Braves Mädchen ... Beste Voraussetzungen. Und gut erzogen. Sie wird gefallen. Die Kupplerin erhält ihren Lohn. »Hast du schon ein Zimmer? Nein? Macht nichts, wir behalten dich hier. Kost und Logis, feine Wäsche, Parfums, Seife ... Du wirst dich nicht zu beklagen haben. Wie heißt du?«

Mit klarer Stimme hat sie geantwortet: »Antoinette. Antoinette Sicard.« Ein Dienstbotenname. Bald schon ein Dirnenname. War es nicht das, was Sie wollten, mein Vater?

Die Kupplerin hieß Brincourt. Vor kurzem verstorben, wie im Bericht zu lesen ist, aber das weiß Jailleau ohnehin. Von den Salzschiebern, die sie auf ihrem Speicher beherbergte, ermordet. Eine finstere Geschichte, an deren Aufklärung jedoch niemand interessiert ist. Hatte die Brincourt diese Männer denunziert, hatten sie dennoch entkommen können, und sind sie aus Rache zurückgekehrt? Hat Cléo, eine der Pensionärinnen und etwas mehr für die Brincourt, die Schmuggler bei der Polizei und die Brincourt bei den Schmugglern denunziert? Vielleicht wird er das auch noch herausfinden. Aber Figuren wie der Brincourt und Cléo begegnet er tagtäglich. Nichts Überraschendes, nichts Besonderes. Bei solchen Weibern wird selbst ein Verbrechen zu etwas Banalem, wie ein Unfall, wie die Pocken, wie eine willkürliche Verhaftung. Eine Fußnote, mehr ist das nicht wert. Allerdings, wenn Cléo für die Brincourt eine völlig unberechtigte Zuneigung an den Tag zu legen schien – aber braucht man nicht einen Menschen, an den man sich bindet? –, wenn Cléo die Polizei verständigt haben sollte, die unvermeidbare Folge voraussah und also aus Eifersucht, aus Rache oder aus einem anderen Grund gehandelt hatte, der auf Liebe zurückgeht, dann wird das Ganze schon etwas interessanter. Geringfügig... Cléo ist das, was man ein braves Mädchen nennt. Kein Vergleich mit dem stolzen und verrückten Kind, das in den Straßen des ihm unbekannten Paris der Kupplerin auf den Leim ging und ihr bis zur Brincourt folgte.

Auch Jailleau war als junger Bursche vom Land gekommen, zu allem entschlossen, nur um nicht sein Leben lang Rüben pflanzen zu müssen. Wenn er sie getroffen hätte ... »Aber nein, ich war viel zu grobschlächtig, zu häßlich ...« Im Bericht steht nicht, daß sie schön ist. Aber sie muß doch schön sein. Und was für ein Unterfangen, diese Flucht, diese Bereitschaft zum Äußersten ... Ein vierzehnjähriges Mädchen! Verdorben? Ahnungslos? Kopflos? Er stellt sich vor, er begegne ihr an einer Straßenecke, vor einer Brücke. »Bist du allein? Komm mit.« Er führt sie in sein Zimmer: »Ich habe Bücher. Du siehst, ich bin kein ungehobelter Klotz.« Er erzählt ihr eine dieser Geschichten, die er für die dummen Gören daheim am Waschplatz bereithielt. Vielleicht schlendern sie aber auch über einen Platz, unter dunklem Nachthimmel. Betrachten einträchtig den Fluß ... Da nähert sich die Kupplerin. Man kann einer Frau nicht zu Hilfe kommen, wenn die Sache schon vergangen ist, nicht wahr?

Jasmin ist wie immer etwas ungenau, was die Chronologie anbelangt, aber diese Antoinette dürfte heute zwischen fünfundzwanzig und dreißig sein. Es gibt Frauen, die mit dreißig noch wunderschön sind ...

In diesem langen und unvermittelt endenden Winter kam Sanson mehrmals zum Hôtel des Arcoules.

Wäre er plötzlich nicht mehr gekommen, hätte er Verdacht erregt. Er gab sich jovial, erzählte Anekdoten. Doch er war so anders als sonst, daß selbst der Chevalier, zerstreut und gedankenverloren wie er war, es bemerkte. »Was hat er?« fragte er die kleine Catherine. Das hatte auch sie sich schon gefragt. Sie dachte: »Er liebt Antoinette.« Es war unmöglich, daß er sie am Tage ihrer Züchtigung nicht wiedererkannt hatte. Er sprach nur nicht davon. Eine Frage wäre natürlich gewesen. Eine Information: »Sie hat nicht allzusehr gelitten«, »sie wird bald entlassen werden«, oder eine Bemerkung, speziell für Catherine: »Sie ist schöner, weniger schön, als die Büste.« Aber er sagte kein Wort.

Auch Wilhelm, der um den Verkauf der Büste wußte und nie darüber geredet hatte, beobachtete Sanson. Hoffte er immer noch, Antoinette wiederzufinden, sich ihrer bedienen zu können? Er schloß sich mit dem Chevalier im hellbeigen Salon ein; sie besprachen neue Schachzüge. Die Wärmestube diente Catherine als Lauschposten. Wenn sie auf einen Schemel stieg, hörte sie am Ofenrohr, durch das die Wärme sich in diesem Teil des Gebäudes ein wenig ausbreiten konnte, was drinnen gesprochen wurde. So erfuhr sie von Antoinettes Verschwinden, was sie erleichterte. Der Kunstfreund war nicht gerade für seine Beständigkeit berühmt. Bis die junge Frau wieder auftauchte, dürfte er sie vergessen haben, wodurch er Wilhelms und Martinellis Planungen zuvorkommen würde.

Mit ihrer Neugierde kehrte auch ihre Schläue zurück. Ob Sanson Antoinettes Freilassung bewirkt hatte? Wußte er, wo sie sich verbarg?

»Lieben Sie meine Büste immer noch?« fragte sie ihn kühn eines Tages, da sie allein waren.

»O ja, eine herrliche Arbeit. Haben Sie etwas anderes begonnen?«

»Ich arbeite am Gehirn. Aber da muß ich mir noch viel aneignen. Und dann die Bestellungen, die Sorgen. Haben Sie eigentlich nie etwas über meine Freundin aus der Rue d'Enfer in Erfahrung gebracht?«

»Ich glaube, daß sie längst wieder frei ist. Sie wird wohl irgendwo in der Provinz abwarten, bis Gras über die Sache gewachsen ist.«

Sie sah, daß er vor ihr auf der Hut war. Wieso, da er doch nichts von dem Komplott wußte? Es sei denn, Antoinette hätte geredet. Und wenn sie es getan hatte, wäre das nicht der Beweis, daß sie ihm gegenüber zumindest Freundschaft empfand? »Das wäre zu schön«, dachte sie. Und dagegen könnte nicht einmal der Deutsche etwas unternehmen. Sie trällerte vor sich hin, während sie Gehirnwindungen zeichnete. Jetzt war ihr nicht mehr kalt.

Sanson, der Antoinette nach Sainte-Pélagie hatte verlegen lassen, das Erforderliche bezahlt und das Erforderliche versprochen hatte, verwischte alle Spuren in ihrem Umkreis, wie man Fußspuren im Sand verwischt.

Er besuchte sie, verharrte am Rande des Zimmers, sprach beruhigend auf sie ein, wie auf ein Tier, das man zähmen will. Er hatte es sofort erreicht, daß sie ihre Kleider zurückbekam, und in diesem dunklen Rock, in diesem schwarzen Mieder, das den Halsansatz freiließ, und in diesem Umschlagtuch, das sie mit einer für ihn unvergeßlichen Geste schützend um sich gelegt hatte, betrat sie den Raum und setzte sich gleich neben der Tür, durch die sie hereingekommen war, nieder.

Er hatte es ihr schon gesagt, daß diese instinktiv keusche Geste ihm zweifelsfrei gezeigt hatte, daß sie nicht war, was man behauptete, weder liederlich noch lasterhaft. Daß er keine Bekenntnisse von ihr erwartete, nur die Erlaubnis, sie zu sehen, ihr das Leben etwas zu erleichtern, ihr beizustehen. Und da sah er, wie auf diesem von Erstaunen geprägten schönen Gesicht die Venen und Arterien sich abzeichneten, ein geheimes, unendlich empfindsames, schmerzvolles, unergründliches Leben sich regte.

Mit dunkler Stimme, doch ohne eine Spur von Zorn, hatte sie ihm geantwortet, ihr könne man nicht helfen. Bemerkenswert, daß sie ihm überhaupt antwortete. Kurz darauf hatte sie ihm sogar einen Blick geschenkt, einen Blick aus diesen schönen, leicht schielenden Augen (und stets, wenn sie mit dieser gleichsam majestätischen Trägheit die Lider hob, mußte er an einen schönen dunklen Nachtvogel denken, der mit einem Geräusch wie dem Geraschel von Seide seine Flügel ausspannt), und sie hatte ihm gedankt. Ihm gedankt! Er hätte vor ihr auf die Knie sinken mögen! Dies war bei seinem ersten Besuch gewesen.

In der Salpêtrière hatte er ihr gleich beim ersten Mal versprochen, sie nach Sainte-Pélagie verlegen zu lassen (was auch kurz darauf geschah), dort wäre sie besser untergebracht und vor allem in weniger gemischter Gesellschaft.

»Nein, nein! Mir geht es gut hier ... hier bin ich an meinem Platz. Eines Tages werde ich erhalten, was mir zusteht, Sie werden sehen.«

Er dachte, sie spreche vom Himmel.

»In Sainte-Pélagie, verstehen Sie mich richtig, werden Sie auch nicht auf Rosen gebettet sein, aber wenigstens etwas allein sein können, etwas mehr Sauberkeit vorfinden ...«

»Ja, allein sein ...«

»... und gegen Entgelt ...«

Eine hastige Bewegung, als wollte sie ihr Gesicht schützen, als fühlte sie sich von einem Schlag bedroht.

»Nein, nein! Das ist unmöglich! Ich will sie um nichts bitten! ... Ich kann nicht, jetzt nicht, das würde alles verderben. Ich werde wieder hochkommen, verstehen Sie? In jeder Beziehung, aber es gibt Bedingungen. Man muß noch abwarten. Sie verstehen, nicht wahr?«

Er verstand nichts, höchstens, daß sie Verwandte oder Freunde besaß – vielleicht einen Liebhaber? Nein, nein –, an die sie sich hätte wenden können, was sie aber nicht wollte. Und daß sie es zu ihm sagte, und daß das Vertrauen in ihrem Gesicht ihn erschütterte.

»Aber ich könnte den Pensionspreis doch zahlen! Ich habe Geld! Soll ich nicht …? Oh, ich verstehe … Geld vom Henker.«

Sie war aufgesprungen, graziös wie ein Reh, scheu und verwirrt, doch plötzlich hatte sie hellauf gelacht und ihm die Hände hingestreckt.

»O ja! Ja! Das nehme ich an. Henkerslohn! Darum bitte ich! Ich bin unschuldig, mein Freund, das wissen Sie, aber ich muß büßen … Es tat mir schon leid, daß ich nicht gebrandmarkt wurde, aber dafür muß man stehlen, nicht wahr? Aber die Narben werden mir wenigstens bleiben! Die werde ich ihnen zeigen. Es hat sehr weh getan, dieser Mann war böse, er schlug mit voller Kraft, er haßte mich, das haben Sie wohl gesehen? Ich hätte mir so gewünscht, daß sie es miterleben! Wäre ich zum Tode verurteilt worden … Nicht wahr, in solchen Fällen ist doch oft prominentes Publikum da? Da hätte ich Ihnen vielleicht sogar gedankt, Sie umarmt. In solchen Momenten kann man tun, was man will.«

Ihm schwindelte: »Mein Freund« hatte sie gesagt! Und schon sah er sie neben sich auf dem Schafott, wie Angélique.

»Ja, Sie werden mir Ihr Geld geben, nicht wahr? Den Henkerslohn! Wenn sie das wüßten!«

Und schüchtern, fast schmeichlerisch, strich sie ihm über den Arm. Sie berührte ihn! Wie ein Kind wühlte sie in seinen Taschen, zog lachend seine Geldbörse heraus und steckte sie wieder zurück. Er wagte keine Bewegung.

»Ich werde bezahlen, was gefordert ist«, murmelte er. »Sie werden verlegt werden. Ein eigenes Zimmer bekommen, man wird Sie pflegen …«

»Ich bin doch nicht krank!« berichtigte sie ihn. »Charles, Sie heißen doch Charles, nicht wahr? Ich bin nicht krank. Ich bin nicht schuldig. Der andere, meine Mutter... (Einen Moment lang verdüsterte sich ihr Gesicht, verbarg sich ihr Blick unter den schmalen Lidern. Doch dann war sie wieder da, wie aus kurzer Ohnmacht erwacht, und lachte von neuem.) Man muß für alles bezahlen, nicht wahr? Man erbt Schulden, erbt Bosheit... Das ist wie bei einer Handarbeit... ich bin handwerklich recht geschickt, müssen Sie wissen... da fällt mal eine Masche, sie läuft, sie läuft, man kann sie nicht mehr einfangen, müßte ganz von vorne beginnen oder den Faden abschneiden, dem Faden den Hals abschneiden...«

Er bemerkte, daß sie erschöpft war. Nach einem solchen Schock war es ja auch nicht verwunderlich, daß sie etwas verwirrt wirkte. Andere hätten sie für verrückt halten können, aber er verstand. Eine unermeßliche Freude überkam ihn, eine nie gekannte, leichte Freude (ganz anders als die schwerverdauliche Kost, die man ihm immer als Freude hingestellt hatte), leicht und schwebend wie eine Wolke, bei dem Gedanken, daß nur er allein sie verstand.

Sie schien seine Anwesenheit nicht mehr wahrzunehmen, war ohne Hast an das andere Ende des Zimmers zurückgegangen, hatte sich wieder auf ihren Schemel gesetzt, durchaus ungezwungen, und trällerte nun etwas zugleich Trauriges und Munteres vor sich hin, während das Gesicht wieder wie blind schien.

Zwei Tage später erreichte er ihre Verlegung nach Sainte-Pélagie. Dort würde sie unter Aufsicht der Dufresne sein (und daß die Dufresne gegen Entgelt den Mund halten und alles gestatten würde, das wußte er). Keinen Augenblick überlegte er, wie es möglich wäre, sie freizubekommen.

Im Jahre 1717 waren die Pensionärinnen in Sainte-Pélagie fast nur noch Mädchen aus gutem Hause, deren unangemessenes Betragen (manchmal auch die Frucht desselben) hier gezügelt oder verschleiert werden sollte, dazu kamen Frauen, junge oder alte, die auf Verlangen des Ehemanns oder Vaters eingesperrt worden waren, zu Recht oder zu Unrecht. Regelmäßig protestierten sie, daß sie hier unter einem Dach mit »leichten Mädchen« eingekerkert seien, obwohl sie doch Pension bezahlten. Da solle sich noch jemand auskennen! Aber die Dufresne, die vor kurzem die Aufsicht über dieses Haus übernommen hatte, erwiderte nur, sie könnten sich glücklich preisen. Denn zwei Jahrzehnte früher war Sainte-Pélagie noch gleichbedeutend mit Zwangsverwahrung und Sühnegemeinschaft, und da war das Leben wirklich hart und freudlos. Da hätte eine sogenannte Comtesse de Hornes (vielleicht war sie es sogar, der Dufresne war es egal!) sich nicht frisieren, die Schuhe anziehen, das Korsett schnüren lassen können von einer Manon, Renée oder Nicole, die hier schon wer weiß wie lange und wer weiß warum in Gefangenschaft lebten, aus freien Stücken den Pensionärinnen als Kammerzofen dienten und sich so ein bescheidenes Auskommen mit kleinen Vorteilen sicherten. Auf anderer Ebene galt für die Dufresne dasselbe. Erst seit kurzem herrschte sie über dieses Völkchen, doch in gut zehn Jahren wollte auch sie sich ein angenehmes Leben leisten können. Kaum angekommen, hatte sie ihr System eingeführt: Sie bekam ihren Anteil beim Einlaß, bei Besuchen (sie waren verboten, aber das Verbot stammte noch aus dem alten Regime, nicht wahr?), forderte den Zehnten bei Päckchen mit Nahrungsmitteln und Kleidung, besorgte ihren Lieblingen Kartenspiele, Romane und Musikinstrumente. Kein Vergleich mehr mit den Anfängen, wo das Leben hier nur aus Schweigen, Arbeit, Gehorsam und Gebet bestand, wo man um fünf Uhr aufstand, sich unermüdlich in Frömmigkeit übte, seine Arbeit leistete und an spartanischer Tafel aß.

Das alles hatte sich geändert, und wer wollte sich darüber beschweren? Doch wohl nicht die Dirnen, die wenigen, die hier ständig lebten und dauernd von Verleumdung redeten, und doch wohl auch nicht die elegante Klientel, die von der Dufresne ihren Verdiensten entsprechend (Pensionspreis) behandelt wurde. Madame de Hornes beispielsweise, die wie eine Gräfin bezahlt, wird wie eine Gräfin behandelt.

Mademoiselle Meignelet empfängt ihren »Geschäfts- und Rechtsbeistand« so oft sie will; sie verdient so viel, daß sie das Haus kaufen könnte, doch sie befindet sich in einer heiklen Situation, denn wenn ihr Mann einverstanden ist, daß sie den Robenträger empfängt, sie daraufhin die Erträge der Besuche hartnäckig für sich behält, so schreckt er nicht davor zurück, sie der Sünde zu bezichtigen, mit diesem überaus häßlichen kleinen Mann zu kopulieren. Bei jedem Besuch wird sie reicher und augenscheinlich schuldiger. Daher bekommt der Rechtsbeistand so viel Besuchserlaubnis, wie er will. Mademoiselle Meignelet wird gezwungen sein, einem Vergleich zuzustimmen, wenn sie je hier raus will. Die Dufresne kassiert beim Ehemann, kassiert bei der spekulierenden Gattin, kassiert beim Robenträger – ob Liebhaber oder nicht –, und ist's zufrieden.

Sie bemüht sich, Mademoiselle Dufort über die Trübsal der Schwangerschaft hinwegzuhelfen. Es ist zu erwarten, daß ihre Mutter – deren Schwäche es ist, an ihrer Nachkommenschaft zu hängen – sie gleich nach der Entbindung hier herausholen wird. Warum hat man sie dann überhaupt eingesperrt? Um den Schein tugendhafter Empörung zu wahren. Und dann hochherzig verzeihen zu können.

Man kennt sich wirklich nicht mehr aus, denkt auch die Dufresne, doch sie ist froh darüber, denn seit die Regeln gelockert sind, ist der Profit größer, und man hat auch mehr Spaß. Dies ist für die Dufresne nicht unwesentlich. Sie ist eine frische, beleibte Person niederer Herkunft, nicht bösartig, in jeder Weise naschhaft, auch was Geld anbetrifft, aber nicht ausschließlich. Mehr als ein Polizeioffizier weiß ein Lied davon zu singen. Sie ist dumm, besitzt aber gesunden Menschenverstand. Sie kennt ihre Grenzen und ist stolz darauf. So ist sie auf diesen Posten gelangt, und sie weiß auch, daß sie höher nicht steigen wird und daher das Beste daraus machen muß. Und zwar schnell. Schnell, weil die Zeiten so schnellebig sind. Schnell auch, weil sie sich, das muß man auch sagen, in Sainte-Pélagie tödlich langweilt, zum Ersticken, zum Krepieren langweilt. Und man empfindet mehr Mitleid für das, an dem man selbst auch leidet: Daher gestattete sie gleich nach ihrer Ernennung, unter der Bedingung, an allem zu partizipieren, besseres Essen, Kartenspiel, Gespräch, Lektüre, ja sogar kleine Konzerte im Refektorium, mit zwei oder drei Musizierenden. »Hätte ich doch nur mehr gelernt in meinen Musikstunden!« seufzte diese Kaldaunenhändlerstochter, was sogar die Gräfin bekräftigte. »Ich mache anderen gern Freude«, sagte sie noch mit Wohltätermiene. Und niemand lachte, denn die paar Mädchen, die das »Refugium« (Büßerhaus) und die Zwangsverwahrung vor der Dufresne noch gekannt hatten, zeichneten von jenen Zuständen ein schauerliches Bild und empfanden aufrichtige Dankbarkeit gegenüber dem neuen Zerberus.

Doch auch die besten Herzen treffen eines Tages auf Undankbarkeit, und das war der Tag, als die Dufresne Antoinette begegnete.

Auch in diesem Winter 1717/18 herrschte schneidende Kälte. Es war nicht ganz so schlimm wie in jenem legendären Winter 1709, wo auf dem Tisch des Sonnenkönigs der Wein zu Eis wurde und er selbst beinahe festgefroren wäre in erstarrtem Glanz, in seiner griesgrämigen Halsstarrigkeit gegenüber der Zeit, die er liebend gern versteinert hätte mit einem einzigen Blick.

Derartige Blicke waren nicht mehr zeitgemäß: Man blickte in die Zukunft, wartete auf Tauwetter, auf den Frühling. Selbst die Ärmsten der Armen schöpften ein wenig Hoffnung, als müßte die Bewegung, die Ideen, Vermögen, Institutionen im allgemeinen erfaßt hatte, wie eine Flutwelle eines Tages auch sie erreichen. Sogar die Kiesel wechselten ihren Platz.

Noch schneller verging die Zeit für jene, die sich für das öffentliche Wohl interessierten: Philipp V., König von Spanien, genas von seiner Krankheit – das glaubte oder sagte man zumindest. D'Argenson war urplötzlich vom Polizeileutnant zum Siegelbewahrer aufgestiegen (plötzlich kam der Aufstieg nur für Uneingeweihte), nachdem Daguesseau ins Exil getrieben worden war. Die Zeit verflog für die zahlreichen und unterschiedlichen Freunde der ihrer Thronrechte beraubten Prinzen von Sceaux, die Ränke schmiedeten, Komplotte anzettelten, Einspruch erhoben gegen das Urteil vom Juli, das die legitimierten Bastarde von der Thronfolge ausgeschlossen hatte. Um darüber hinaus der unermüdlichen Duchesse du Maine zu gefallen, um Verstecken zu spielen (um des Vergnügens willen natürlich auch), konspirierte man bei Tage, tanzte bei Nacht, rezitierte hastig gebastelte Verse, probte Ballette, die tags darauf zur Aufführung gelangten, entfachte Feuerwerke und schlief sozusagen fast nie mehr und wußte schließlich nicht mehr, welcher Tag der Woche und welche Woche des Monats es war.

Die Zeit verging schnell im Hôtel des Arcoules, wo Jeannette um den abwesenden oder anwesenden Gatten zitterte und wo Catherine, die auf den Augenblick des Handelns lauerte, ihn herbeisehnte und zugleich fürchtete, schamrot wurde darüber, daß sie sich letztlich mit den gleichen Gefühlen herumschlug wie die Dienstmagd. Bündel wurden herein- und hinausgetragen, nur kam jetzt nachts nicht mehr Antoinette, sondern Wilhelm. Catherine hörte den Chevalier eines Tages zu Wilhelm sagen, als die beiden wieder einmal diskutierten: »Man darf keine Eile zeigen, will man schnell vorankommen.« Das klang gut. Aber voran ... mit welchem Ziel?

Die Zeit beschleunigte ihr Tempo. Februar, bald schon März, die Zeit verging zu schnell in der spanischen Gesandtschaft, wo Prince de Cellamare, der Botschafter, ständig bedrängt wurde vom spanischen Premierminister Alberoni, der ebenfalls seine Trümpfe ausspielte, die Gunst des Königs zu verlieren fürchtete und wußte, daß er alles auf eine Karte setzen mußte, wenn er sich daran erinnerte, wie die Princesse des Ursins, die allmächtige Ratgeberin, plötzlich in Ungnade gefallen und verstoßen, plötzlich halbnackt, in höfischer Robe, ohne Mantille, in eine Karosse geworfen und abtransportiert worden war. Er fürchtete, etwas Ähnliches könne sich wiederholen. Ein Weichling, dieser Cellamare! In Wirklichkeit gefiel es ihm in Paris, wo er das Leben genoß, anstatt die Unzufriedenen aufzurütteln, die doch zahlreich waren: die Bretonen, die Salzschieber, die Parlamentarier, der alte Hof, eben alle, die sich als Verschwörer eigneten, und am besten – so riet Alberoni – alle auf einmal. Er hätte Cartouche in Dienst genommen, wenn er von Cartouche gewußt hätte.

Für Paris begann Cartouche zu existieren; er organisierte seine Bande und seine Legende, was wiederum der Polizei zusetzte, aber auch François-Marie Jailleau nicht ungestört ließ, den die neuen Günstlinge des neuen Polizeileutnants drängten, er solle ihn sich doch endlich einmal vorknöpfen, ihnen Informationen zuspielen, zumindest ein paar seiner Komplizen hinter Schloß und Riegel bringen. Kurz gesagt, er solle irgend etwas tun, was ihm in höchstem Maße zuwider war. Er haßte Cartouche, der sich anmaßte, ihn in seinen Gewohnheiten zu stören, und sah in ihm ein noch übleres Wesen als diesen kleinen Gauner, ein Meter einundfünfzig hoch, der den Damen so gut gefiel: Alexandre de Rogissart, dessen soeben erschienene *Galante Anekdoten* seiner eigenen Schrift das Wasser abgegraben hatten, wie Jailleau sicher zu wissen glaubte. Die Fillon behauptete allerdings, er täusche sich, die Originalität seiner Sammlung bestehe darin, daß er, im Unterschied zu dem hochnäsigen Rogissart, auch das gemeine Volk zu Wort kommen lasse.

»Aber wird man mich bei Hofe lesen?« fragte François-Marie Jailleau.

Die Zeit verging nicht in Sainte-Pélagie, sie stand still wie ein ermattetes Pferd, und es sah so aus, als würde sich das nie mehr ändern.

Sie sitzen einander gegenüber. Er fragt sie, ob sie den Stich kennt, mit dem man Vorhänge verziert. Sie sagt nein, sie habe zwar im Kloster sticken gelernt, doch dies sei Filetarbeit. Er fragt nicht, in welchem Kloster. Sie fragt nicht, was er tagsüber tut. Sollte er ihr vielleicht antworten: »Habe ein paar Leute gehenkt, das war alles«? Sie weiß, welchen Beruf er ausübt. Er weiß oder weiß nicht oder ahnt, daß sie nicht so einfältig, so ruhig ist, wie sie scheint. Die Hände im Schoß, sitzt sie vor ihm. Aber in diesem streng begrenzten Raum mit den gewachsten Dielen, den wenigen, immer gleichen Gegenständen – ein harter, durchlöcherter Ledersessel mit Messingnägeln, ein hölzerner Lehnstuhl, ein Kruzifix, Fenster, Vorhang, Grünpflanze auf dem Kamin, in dem kein Feuer brennt, und zwischen ihnen ein grober, grauer Teppich aus jenem Gewirk, das man Sackleinen nennt und aus dem hier fast alles gemacht ist: Bettspreiten, Tischtücher, Sitzkissen für die Stühle der hohen Herren –, in diesem Raum sind beide ihrer drückenden Last entledigt. Man könnte meinen, sie hätten sie draußen abgesetzt. Selbst die Wörter werden wieder arglos, die Sätze verlieren ihre Hintergründigkeit, werden platt wie der konturlose Horizont über einer Ebene, aus der nichts aufragt. Sie sagt, man hat sie von den anderen Pensionärinnen (sie sagt nicht »Gefangenen«, das Wort Gefängnis fällt hier nicht) abgesondert, weil sie besser stickt und ihre Arbeit dem Haus mehr einbringt als die der anderen. Daraus erwachsen ihr ein paar kleine Vergünstigungen. Die Dufresne hat ihr sogar Wein zum Abendessen angeboten. Sie hat abgelehnt, weil sie nicht trinkt, oder nur ganz wenig, aber damit ihr diese Ablehnung verziehen wurde, hat sie Kragen für sie bestickt, und damit war alles wieder im Lot. Ein plötzlich erstaunlich freimütiges Auflachen: Die Dufresne nimmt es übel, wenn man ihre Gelüste nicht teilt. Sie sieht darin eine Kritik. Daher hat sie auch Mühe zu begreifen, daß die Mädchen nicht mitgehen wollen in ihren Pfuhl. Wenn sie mitgingen, würde das ihre Gelüste rechtfertigen.

Selbst Antoinettes Stimme ist anders geworden. Sie ist nicht mehr so tief, so rauh. Sie ist heiter, luftig, mal keck, mal zärtlich. Ihr Gesicht wirkt wie geläutert. Das könnte er nachprüfen, wenn er die Tür des kleinen Schranks öffnen würde – der Heiligengrotte, des Vogelnests. Aber das Türchen in der Wand bleibt verschlossen – dort ruht das Geheimnis.

»Ist Ihnen nicht kalt? Hier wird wohl selten geheizt. Dabei habe ich Holz schicken lassen.«

»Nein. Es geht, seit ich mein Umschlagtuch zurückbekommen habe. Es ist aus Wolle.«

Es ist dieses blaßrote Tuch, mit dem sie sich am Tag der Züchtigung verhüllte und das ihn an das Schweißtuch der heiligen Veronika erinnert.

»Hat man Ihnen die Reigen-Salbe gebracht, die ich für Sie hatte abgeben lassen? Sie beseitigt die Narben, wenn man sie täglich aufträgt.«

»Ich reibe sie täglich ein. Nicht wegen der Narben, sondern weil sie ein Beweis von Güte ist.«

Als ob ihr die paar Narben wichtig wären. Innerlich hat sie viel schlimmere. Sie werden sichtbar (und dann ist sie wie ein verirrter Vogel, der gegen die Wände fliegt, klagt, sich wundert und nach einem Ausweg sucht) und verschwinden wieder (und dann gleicht sie jenen Heiligen, deren gemarterter Leib wieder auflebt, deren purpurnes Blut Blumen sprießen läßt, deren Wundmale die Buchstaben eines himmlischen Wortes bilden, das noch niemand enträtselt hat).

»Ist sie gut zu Ihnen?« (Die Dufresne.)

»Ich weiß nicht. Ich glaube schon.«

»Wie viele Hemden haben Sie diese Woche bestickt?«

»Man hat mir keine Hemden gegeben, sondern zwei Bettspreiten. Ich habe ein Chorhemd begonnen.«

»Sie werden es kaum glauben, aber als ich Kind war, konnte ich wunderbar broschieren und nähen. Ich war auch sehr gut im Umgang mit Kreisel und Reifen, ich war immer schon geschickt mit meinen Händen.«

Er senkt den Blick auf seine Hände, ein Schatten streift durch den Raum. Doch Antoinette hat die Schatten längst eingeholt. Sie lacht leise.

»Sie hätten sticken lernen sollen, dann hätten wir ein Geschäft aufgemacht...«

Tränen rinnen unaufhörlich. Die Tränendrüsen produzieren eine nach der anderen, um die Hornhaut zu befeuchten und einer Bindehautreizung vorzubeugen. Der Lidschlag verteilt die Träne über den Augapfel. Eine Träne ist rein: Wasser und Salz. Eine Träne ist arglos: herbeigeführt durch äußerliche Reize – Staub, zu grelles

Licht (doch hier ist schon Vorsicht geboten; dieses zu grelle Licht könnte auch etwas anderes als die Sonne sein). Die Köchin weint beim Zwiebelschälen, beim Schneiden der Schalotten, der Handwerker beim Auftragen gewisser Firnisse. Das alles ist höchst belanglos. Man weint in Trauerfällen oder wenn man sich den Finger in der Tür klemmt. In all diesen Fällen sind Tränen gestattet.

Aber stellen Sie sich eine Träne vor, die reines Leid ist, keine Trauer, kein Finger und folglich ohne Ausweg. Wasser, Salz, Leid. Eine Träne. Können Sie sie ertragen? Diese Träne rinnt nicht, wird nicht sofort von einem Tuch, einem Trostwort aufgefangen. Sie ist da: ein Tropfen Firnis auf dem Wachs eines Gesichts. Sie hat keinerlei Daseinsberechtigung. Sie macht fassungslos. Sie ist unzerstörbar. Man wendet sich ab.

Oder aber ... man betrachtet sie. Man betrachtet sie, bis einem schwindelt, man sieht nur noch sie.

Du wirst doch wohl nicht dein Leben lang in einer Wärmestube hocken wollen? Oder unter einer Treppe? Catherine! Komm heraus! Jetzt, wo du Ersparnisse hast und Aktionärin von Monsieur Law bist, kannst du vielleicht ein anständiges Kleid aus dem Schrank holen, um mich heute abend zu begleiten.«

»Zur d'Urfé?«

»Zur Duchesse d'Urfé ... Zu Madame la Duchesse d'Urfé. Wenn sie auch erst fünfzehn und seit vorgestern verheiratet ist, so wird sie ad aeternum Madame la Duchesse sein wie du Catherinchen bleiben wirst. Habe ich dich nicht gelehrt, die Gesellschaft zu respektieren?«

Ich kam aus dem Wärmestuben-Taubenschlag und machte die Tür hinter mir zu.

»Hast du da drinnen einen Schatz versteckt?«

Ein Gewimmer antwortete statt meiner.

»Ah, schon wieder dieser Säugling!«

»Ich habe Jeannette versprochen, kurz auf ihn aufzupassen.«

»Und seit wann interessierst du dich für Jeannette?«

Seit, dachte ich bei mir, seit ich spürte, daß sie um einen

Mann bangt, einen Verrückten, einen Wahnwitzigen, wie ich es tue, um seiner und um meiner selbst willen. Aber ich sagte nur:

»Warum sollte ich dorthin gehen?«

»Eine Überraschung.«

»Und was tun wir dort?«

»Was man heute in Gesellschaft tut: alles und nichts. Man redet über die Gesetze, macht vielleicht ein chemisches Experiment und bestreitet anschließend die Existenz des Steins der Weisen, ein immer wieder neues Thema. Vielleicht wird uns auch eine Tragödie oder eine Abhandlung vorgelesen. Madame hat angeblich ein Faible für die modernen Autoren. Vielleicht ist auch Monsieur Dionis da, den ich sehr achte, und ein Wahrsager, ein lächerlicher Scharlatan. Das alles vermischt sich heutzutage wie Pulver im Mörser, und man hat keine Ahnung, was dabei herauskommt: Heilsalbe oder Gift. Das macht die heutige Gesellschaft so amüsant.«

Er sah aber gar nicht sonderlich amüsiert aus. Etwas anderes beschäftigte ihn, das spürte ich. Hegte er einen neuen Plan?

»Ich gehe nicht mit.«

»Und warum nicht?«

»Ich habe Angst.«

»Wovor denn, Kind?«

»Vor allem.«

»Was kann dir denn geschehen?«

»Was ist Antoinette geschehen?«

Er antwortete nicht und drehte sich auf dem Absatz um. Ließ mir aber durch Jeannette ausrichten, ich solle ihr mein bestes Kleid zum Aufbügeln geben. Ich wollte schon protestieren, als Georget, der mittlerweile für eine Menge unbekannter Personen Botendienste verrichtete, mir ein Briefchen meiner guten, meiner treuen Madeleine Basseporte überbrachte, in dem sie mich wissen ließ, mein Vater komme zu den d'Urfés, und jetzt oder nie sei die Gelegenheit, mich mit ihm »auszusöhnen«, und daher müsse ich es unbedingt durchsetzen, daß der Chevalier mich mitnehme. Ich mußte lachen... das hatte noch gefehlt! Aber daß beide Seiten mich unter ihre Fittiche nehmen wollten, rührte mich auch wieder. Denn für mich stand außer Zweifel, daß der Chevalier, der sich immer auf dem laufenden hielt, ebenfalls wußte, daß mein Vater dort sein würde, und um eine zwiespältige Situation ein für allemal zu klären, wollte er uns dort zusammenbringen.

Aber die Überraschung kam für ihn – na ja, für uns beide –, als wir am Spätnachmittag – es war schon recht kalt, da es auf November zuging – auf die von meinem Herrn und Meister bestellte Mietdroschke warteten, und die Tür aufsprang, die Glöckchen klingelten und so ungelegen wie immer, so abstoßend wie immer, so unpassend wie immer, seinem urtümlichen Gefährt mein Vater entstieg! Drei Jahre lang, wenn man von dem kurzen Zusammentreffen in der Rue des Bons-Enfants absieht, hatte ich ihn nicht gesehen. Das hinderte ihn jedoch nicht, sich in demonstrativen väterlichen Zärtlichkeitsbezeugungen zu ergehen, die ich absolut deplaziert fand. Da er erfahren hatte, daß auch wir zu den d'Urfés wollten, hatte er, um uns in seinem Wagen mitzunehmen, einen kleinen Umweg gemacht. Einen kleinen Umweg! Fährt man vielleicht aus der Stadt hinaus aufs Land, wenn man nichts im Schilde führt? Bei ihm verhieß dies ganz gewiß nichts Gutes.

Als ich sah, daß er beabsichtigte, mit meinem Herrn unter vier Augen zu sprechen, absentierte ich mich für ein paar Minuten, wobei ich vorgab, eine Tür oder Fensterläden schließen zu müssen, weil man ja munkelte, es seien Diebe unterwegs (man hätte uns ja den Schinken oder unsere berühmte Kakaokanne oder den Gichtfuß, der endlich wieder an seinem Platz war, stibitzen können), aber als ich zurückkam, ohne mich sonderlich beeilt zu haben, diskutierten die beiden Männer noch immer, und nicht ohne Schärfe:

»...jetzt haben Sie sie schließlich schon drei Jahre, und ich habe keinen Sou von Ihnen verlangt!« schrie mein Vater in seinem unangenehmen Falsett.

Ich begriff, daß es um mich ging, und um eine ganz simple kleine Erpressung unter Freunden.

»Verlangt!« brüllte mein Meister und fuchtelte mit seinen langen Armen herum. »Sie hätten ja bezahlt, um sie nur endlich loszuwerden!«

»Ich habe darum ersucht, daß sie Unterricht bekommt«, erwiderte mein Vater, der, um Würde bemüht, seinen kleinen Körper reckte. »Sie haben die Funktion eines Lehrmeisters erfüllt, das ist alles!«

»Lehrmeister bezahlt man für gewöhnlich.«

»Aber Sie haben sie ausgenützt! Diese Büste, von der alle Welt spricht...«

»Lassen wir dieses Hin und Her! Catherine! Bist du fertig? Gut. Da ist sie. Wollen Sie sie zurücknehmen?«

»Das heißt, na ja...«

»Nehmen Sie sie. Für mich gibt's Lehrlinge genug. Wie die Dinge stehen, werde ich in Kürze zehn haben, und von Adel! Und die werden bezahlen, um etwas zu lernen!«

»Aber bedenken Sie doch, was sie bei Ihnen durchgemacht hat! Unter Ihrem Dach! Ohne Anstandsdame! Sie hatten mir etwas von einer Hausdame vorgegaukelt, doch wie ich höre, logiert sie außer Haus! Auf Verführung Minderjähriger steht, wie Sie wissen, im schlimmsten Fall die Todesstrafe.«

Stille trat ein. Ich stand da, vor Schreck erstarrt, und gleichzeitig war mir nach Lachen zumute angesichts des Ausmaßes meines Unglücks. Spionin, Hexe, Dirne... Und was sonst noch?

»Lassen Sie sie untersuchen«, sagte mein Meister kalt.

»Wie bitte?«

»Lassen Sie sie von den Matronen untersuchen. Sie ist unberührt. Zumindest glaube ich es... Catherine?«

Ich machte einen Knicks. Kein Wort hätte ich herausbringen können bei so viel Böswilligkeit auf der einen und soviel Kälte auf der anderen Seite.

»Selbstverständlich«, sagte mein Vater kleinlaut.

Der Chevalier setzte eine konziliante Miene auf.

»Gehen wir jetzt zu den d'Urfés. Sie werden sehen, die Kleine wird ein Objekt der Neugierde, des Interesses sein, etwas ganz Neues. Man hat mich darum ersucht... man lobt uns, Sie und mich, in aufgeklärten Kreisen, daß wir ihre Leidenschaft für die Wissenschaft gefördert haben. Es würde mich nicht wundern, wenn sich eines Tages eine Heirat oder ein standesgemäßes Stift daraus ergäbe. Und sie wird nicht undankbar sein.«

Selten habe ich mich so bemüht wie in diesem Moment – und man hätte mich dafür loben müssen –, als ich mit charmantestem Lächeln »Ganz gewiß nicht« zu meinem Vater sagte.

Verlor er mich an jemand anderen, gewann er so gut wie nichts, und die deutlichen Worte des Chevalier ließen auf Gleichgültigkeit schließen. Er gab also nach. Man weiß ja nie.

»Steig ein«, sagte er zu mir und wies auf die alte, übelriechende Klapperkiste, die er seine Kutsche nannte.

Und, ein wenig verbittert ob seines Mißerfolges:

»Gelehrte Frauenzimmer sind heutzutage offenbar in Mode?!«

»Über Molière sind wir inzwischen hinaus«, erwiderte ich süffisant, in der Hoffnung, durch eine Kontroverse die Fahrt etwas abwechslungsreicher zu gestalten.

Aber er wußte nichts von Molière, nur, daß der die Ärzte nicht mochte, daher nickte er bloß vage, und wir schwiegen uns aus bis zum Hause d'Urfé.

Der Kunstfreund wartet auf seine heiße Schokolade.

Dubois ist erkrankt, Nocé ist krank. Canillac muß eine Erbschaft einholen. Florence betrügt mich etwas zu offensichtlich; die kleine Duplessis geht mir auf die Nerven, und erst die andere, die am Geschäftlichen teilhaben will ... Zum Glück hat man Sorgen, sonst gäbe es nichts als Langeweile, reinste Langeweile. Die Schokolade wird wieder einmal kalt ankommen. Ich hätte sie selbst zubereiten sollen. Tödlich langweilig sind diese Unterbrechungen, all diese Pausen im Leben. Ein paar Minuten Warten, und man fällt in gähnende Abgründe. Vor allem, wenn man es sich zur Regel gemacht hat, sich nicht vor dem Abend zu betrinken ... Heute abend zumindest ist ein Hellseher angesagt. Zu Lebzeiten meines braven Onkels wäre das verpönt gewesen, Hexerei, Häresie. Da hätte man sich in einem Keller getroffen, nicht in einem Salon. Man hätte es für Teufelswerk gehalten (diese armselige Kreatur von Montespan glaubte an den Teufel, das hat ihr kein Glück gebracht), aber es war sicher amüsanter. Auch ich habe ein bißchen daran geglaubt. Sagen wir, ich hab's versucht. Wenn ich mich zum Amüsement des alten Hofes in alte Weiber oder Hanswurste verwandelte, so hatte das immer einen leicht bitteren Beigeschmack von Erniedrigung, war das vielleicht das Teuflische daran? Nein, ich muß mir etwas zugute halten: Es wäre doch gut, wenn man glauben könnte, diese zeitweilige Feigheit, diese ungesunden und weibischen Sehnsüchte, diese aufblitzende Grausamkeit, zu denen man sich zwingt, diese Anwandlungen von Güte, zu denen man sich hinreißen läßt (wie in den getanzten Märchen!), wenn man begnadigt oder beschenkt, diese Momente des Ekels in der erweckten Freude, das bittere Ressentiment dessen, der nichts mehr begehrt, gegenüber dem, dessen Begehren noch nicht zu Ende ist – es wäre doch gut, wenn man denken könnte, dies alles sei eine Versuchung, eine Sünde, die uns von einem anderen eingeflüstert wird, einem Wesen, das einem, sei es auch der Teufel, Gesellschaft leistet und die Stirn bietet. Wenn es dabei etwas zu verlieren oder zu gewinnen gäbe, wenn es sich um etwas wie ein himmlisches oder höllisches Glücksspiel handelte.

Es wäre doch gut, wenn man glauben könnte, daß diese Momente nicht nur elende Auswüchse der Gleichgültigkeit wären, einem Ich entstammend, das sich angesichts des Todes auflöst und mit aller Kraft und um jeden Preis seine Teile wieder zusammenfügen und ihnen eine Form zu geben versucht, mag sie auch komisch oder erschreckend ausfallen wie die von Tieren mit ihren unterschiedlichsten Gestalten.

Wenn man die Lust verliert, wie man den Appetit verliert, wäre es dann nicht angenehmer, jene Geister anzurufen, von denen es heißt – gerade weil sie böse sind, sagt man das von ihnen –, sie würden einem antworten? Anstatt sich zu sagen, daß dieser lebendige Körper tot sein wird, nichts als das? Um die Engel anzurufen, versammelt man sich weder in einem Keller noch in einem Salon (auch nicht in einem Steinbruch wie damals in dem von Vanves, von Vaugirard, wohin ich früher den armen Nocé mitschleppte, der beinahe vor Angst gestorben wäre). Sie kämen nicht. Nie hat jemand geglaubt, daß sie kommen würden. Eremiten, verrückte Nonnen haben zwar schon behauptet... Aber der Engel kommt unvorhergesehen, stellt wahnwitzige Forderungen und ist insgesamt eher störend. Dann mischt sich auch gleich die Inquisition ein und enthüllt, daß der Engel nur ein verkleideter Dämon war.

Letztlich kann man sich nur auf sie verlassen!

Die meisten Gelüste des Menschen sind schlecht oder vulgär: Geld, Macht, Gelüste fleischlicher Natur. Und doch sind sie es, diese einen umtreibenden, aufrüttelnden Gelüste, die einen spüren lassen, daß man lebt, daß man nicht in Langeweile versinkt. Muß man daraus schließen, daß Leben etwas Schlechtes ist? Und wenn man um jeden Preis leben will (und das will man! das will man!), bleibt dann nichts als den Teufel anzurufen? Ein Quentchen Lust, bitte! Einen Appetithappen! Und der mitleidige Dämon bewirkt dieses Häppchen, das die Sinne weckt: Neuheiten wie Kaffee oder diese Schokolade, die einen wärmen, Reizmittel wie diese kleine Komödiantin, die ihre Naivenrolle in der Stadt weiterspielt und sich bereitwillig vergewaltigen läßt, oder ein schöner Körper, kaum verhüllt in einem anatomischen Trikot, ein Knabe, der wie ein Mädchen aussieht, ein Mädchen, das wie ein hübscher Knabe wirkt... Eine Winzigkeit reicht schon! Und die Befriedigung über das wiedererwachte Begehren, die Wiederkehr des von einem Gewürz aufgepeitschen Appetits – ein Trick –, vertreibt die traurigen, einsamen, vielleicht tiefsinnigen Gedanken, die in den Tiefen des Bewußtseins manchmal vorüberziehen wie eine von fern erblickte Frau in einer Nebellandschaft, die mit abgewandtem Kopf dahingeht.

Nie hat man sie angesprochen. Da ist eine Grenze. Bestenfalls, wenn der Nebel sich auflöst (man braucht nur stehenzubleiben, eine Pause einzulegen. Einen Lidschlag lang. Doch zum Glück gibt es die Klingelschnüre, das plötzliche Bedürfnis nach dem Nachtstuhl, und die Staatsgeschäfte, die keine Sekunde

Aufschub dulden), bestenfalls könnte man – aber wagt man es auszusprechen? – ein Zipfelchen Himmel wahrnehmen. Man wird es nicht sagen. Unsere Himmel hier sind Deckenhimmel, goldgerahmt, mit Van-Loos-Putten bevölkert.

Es sind diese Englein, diese drallen, schalkhaften, an Amor (oder an das Bild, das man sich von ihm macht) erinnernden Putten, die man anrufen müßte, um die beglückende Unschuld des Fleisches wiederzufinden, nicht die großen Engel oder Dämonen ... Wenn das möglich wäre!

Der Kunstfreund fragt sich, ob die Frauen hierfür nicht eine besondere Gabe besitzen. Kurz vor ihrem Tode wäre die Dauphine beinahe an einem Ragoût à l'italienne krepiert, an dem sie sich überfressen hatte. Worin unterschied sie sich, während sie aß, von Follette, der kleinen, so reinlichen und so schönen – so königlichen, möchte man sagen – Hündin mit dem langhaarigen, seidigen Fell, die so gierig schlang, ein solches Vergnügen an der Unreinlichkeit an den Tag legte, daß sie einem Schwein ähnlich wurde? Und worin unterschieden sich ihre Gedanken? Ihre Lust? Ihre Selbstvergessenheit? Es gab nur noch das animalische und naive Vergnügen am Fleisch, das sich höchstens im Geschmack unterschied – und vielleicht nicht einmal das, denn oft genug schleckte Follette den Teller ab, von dem Madame la Dauphine gegessen hatte.

Und die Grande Mademoiselle? Als sie so verrückt war nach Lauzun? Und die elende Berry mit ihrem Rions, den sie heiraten möchte? Nicht wahr, es gelüstete sie weniger nach der betreffenden Person als nach dem Schatten, den ihre Leidenschaft zwischen sie und dieses ärgerliche, unaufhörliche Fliegengesumm (Was soll man glauben? Was tun? Wie leben?) schob, das sie suchten? Es hieß doch immer, sowohl Rions als auch Lauzun (sein Verwandter übrigens) wüßten mit Prinzessinnen umzugehen. Rions benimmt sich mit meiner armen kleinen Berry wie ein Wilder. Er hat sie derartig versklavt, daß sie bei ihm anfragen läßt, ob sie sich in Persischtuch oder Seidendamast kleiden soll, und wenn sie dann fertig herausgeputzt ist, befiehlt er ihr, sich von Kopf bis Fuß umzukleiden. Das beschäftigt zumindest! Und wenn er sich anmelden läßt, diesen Wein oder jenes Ragout bestellt und dann doch nicht kommt, hat sie zumindest die Enttäuschung, den Schmerz! Dann weint meine Duchesse, schreit und zertrümmert eine chinesische Vase! Sie langweilt sich nicht, denkt weder an den Tod noch an ihr Seelenheil oder gar an die Möglichkeit, daß es weder Verdammnis noch Erlösung gibt; sie denkt an Rions, träumt von ihrer Liebe zu Rions. Sie ist *beschäftigt*. Es gibt gewiß angenehmere Methoden, sich zu beschäftigen, aber ihr ist eben nur diese eingefallen. Soll ich sie ihr wegnehmen, der armen Kleinen? Wenigstens gibt es in ihrem Leben keine Pausen mehr, in denen Melancholie sich einschleichen kann, wie es sie immer wieder gibt, wenn man nicht achtgibt, zwischen den Staatsgeschäften und dem Vergnügen, zwischen den Korrespondenzen, den Ratssitzungen, der Jagd, der Musik. Wie jetzt zum Beispiel, wodurch diese wunderlichen Überlegungen zustandekommen. Meine heiße Schokolade ist immer noch nicht da...

Bei den d'Urfés sagte man, der junge Voltaire sitze in der Bastille. Und das sei bedauerlich... Das sei richtig! Alle Hellseher seien Scharlatane. Dieser aber sei ein Edelmann, vertrauenerweckend. Das beweise gar nichts! Das sei Beweis für seine Uneigennützigkeit, Sehertum sei wissenschaftlich bewiesen, habe etwas zu tun mit elektrischen Strömungen. Habe man Newton nicht gelesen? Nein. Ich schäme mich. Ich hatte gerade mit den *Galanten Anekdoten* von Alexandre de Rogissart begonnen, das ist neu, das ist köstlich, ich vertreibe mir lieber so die Zeit.

Bei den d'Urfés hieß es, die Kälte nehme zu, dieser Winter sei wie der von 1709, als man sich in höchsten Kreisen Knüttelholzbündel offerierte wie sonst Dragées. Überall gebe es Spione, in den Salons, auf den Straßen, in den Schenken, bei Poincelet in Paris, auf dem linken Seineufer, seien Männer festgenommen worden, weil sie in aller Öffentlichkeit politisch diskutiert hätten. Im Hause d'Urfé hatte man nicht offen Partei ergriffen, wenn man auch Herzog und – eine so junge! – Herzogin war, man wartete lieber ab. Man sagte, d'Huxelles habe, um Italien zu befrieden, wo Spanien und Österreich sich seit Jahren diplomatisch befehden, dem Regenten vorgeschlagen, Parma und die Toskana einem Bourbonen zu unterstellen: Don Carlos, Sohn Philipps V. Warum nicht? Auch Sizilien könnte an Österreich abgetreten werden. Und Sardinien an Savoyen. In diesem Salon wurde Italien aufgeteilt »wie ein holländischer Käse«, nach einem Wort von Alberoni, Sohn eines Gärtners, Premierminister des Königs von Spanien und seit kurzem Kardinal.

Die einen waren dafür, die anderen dagegen. Der kleinste Schreiberling spielte Diplomat, verteilte Herzogtümer und Königreiche nach Lust und Laune und betrank sich obendrein. »Wäre damit (so oder so verteilt) nicht alles geregelt?« Martinelli hörte sich alles mit gespannter Aufmerksamkeit an. Was denn alles? Na ja, zunächst einmal dieser Antagonismus zwischen der Regentschaft und Philipp V., die mangelnde Popularität des Regenten, weil ein Bourbone eben doch ein Bourbone ist, wenn auch noch so hispanisiert.

»Aber der Regent ist *mit Wonne* unpopulär!«

»Oho, wie können Sie so etwas ...!«

Der Kunstfreund trat ein, und man begann über den Phaeton zu sprechen, ein neumodisches leichtes, vierräderiges Gefährt, über den Erfolg des Kardinal de Retz, dessen Werk neu aufgelegt wurde – obwohl das Sujet gefährlich werden konnte –, und irgend jemand fragte betont laut, ob es nicht übertrieben sei, daß man in der Organisation des Jardin du Roi den Geisteswissenschaften zwölf Kanzeln (zwei davon dem Hebräischunterricht), den Naturwissenschaften aber nur neun zugeteilt habe.

»Aha, da verteidigt jemand die Naturwissenschaften! Hier zumindest sind sie also nicht unbeliebt«, bemerkte der Kunstfreund. Jedermann verneigte sich; er war also schon in der Nähe, bevor er sich hatte melden lassen. Dann blickte er um sich mit dieser Scheu, die gewissen hochgestellten Persönlichkeiten eigen ist, wenn sie sich nicht im gewohnten Kreise befinden, und als er den Chevalier entdeckte, hellte sich seine Miene auf, weil er ihn kannte. Die Erinnerung an ihn war verknüpft mit einem

Ereignis, das der Prinz infolge seines ganz speziellen Aberglaubens als beruhigend ansah: Seine Ohnmacht am Tage des Anatomischen Soupers war auf einen dem Chevalier gespielten Streich zurückzuführen, so daß er nun, zumindest vorübergehend, gegen weitere Anfälle dieser Art geschützt sei. Sein Leibarzt goutierte eine solche Argumentation allerdings ganz und gar nicht.

Bald gewannen Martinelli und der ihn eskortierende Arzt Lesueur an Interesse. Die kleine Lesueur war ein nettes frisches Ding. Fade, aber frisch. Doch wie Madame d'Orlac erzählte, war sie im Sezieren ebenso tüchtig wie ein Professor der Medizinischen Fakultät, und trotz dieser übertriebenen Darstellung von Catherines Talenten gerieten alle plötzlich in Verzückung. Und als Madame d'Orlac sah, wie Mademoiselle Basseporte, über deren Herkunft und Verbindungen zum Jardin du Roi man Bescheid wußte, Catherine als Freundin aus Kindertagen ans Herz drückte, erklärte sie klipp und klar, so daß alle es hören konnten: »An dieser Kleinen gibt es nichts auszusetzen«, was in ihrem Munde als höchstes Lob zu werten war. Man wandte sich anderen Themen zu, trank und harrte des Magiers. Der Kunstfreund ließ sich herbei, mit huldvollem Blick auf die blutjunge Herzogin zu erklären: »Ein wirklich hervorragender Champagner!«, und dieser denkwürdige Ausspruch sicherte seiner Regentschaft die Ergebenheit der Familie. Dafür verzichtete er gern auf einen Präsidenten Fillon!

Endlich kam der Magier, in einem auffallend schönen Gewand, mit auffallend schönen holländischen Spitzen geziert, und einer auffallend sauberen Perücke sowie Augen von unterschiedlicher Färbung. Insbesondere dieses Detail wirkte überzeugend. Martinelli, der Lesueur in einem Kreis mit anderen und Catherine in einer Ecke mit Madeleine Basseporte sah, hielt sich in der Nähe des Prinzen und versuchte, das Gespräch erneut auf die Anatomie im allgemeinen und die der Frauen im besonderen zu lenken. Doch der Kunstfreund trank, scherzte, antwortete auch mit ausgesuchter Herzlichkeit, schien jedoch nicht die geringste Erinnerung an die vor drei Monaten noch so heiß begehrte Antoinette bewahrt zu haben.

Auf eine mit Wasser gefüllte Kristallschale konzentriert, verkündete der Hellseher, damit man ihn ernst nahm, zunächst ein paar Katastrophen, dann regneten übermäßig viele Geburten männlicher Kinder, märchenhafte Erbschaften, exotische Reisen und gewonnene Schlachten auf die hocherfreute Gesellschaft herab. Ein verlorener Ring, der Tod eines betagten Verwandten oder ein leichtfertiger Liebhaber überschatteten diesen Garten Eden hie und da. Aber da er abschließend den Frieden und den Wohlstand der Nation eng verknüpfte mit dem Leben *seines* Prinzen (wodurch er seine Sympathien offen zu erkennen gab), klatschte man ihm Beifall, überschüttete ihn mit Geschenken, und wenn man die Voraussagen vielleicht auch bezweifelte (Skeptiker gibt es ja immer...), so bestand doch an seiner Intention kein Zweifel, was auch den Prinzen in eine rosige Stimmung versetzte.

»Solche Wahrsager lasse ich mir gefallen! Nichts Düsteres! Nichts Bedrohliches! Den möchte ich in meiner Gemeinde predigen lassen!« Und da er, wenn er selbst fröhlich war, auch alle anderen fröhlich sehen wollte, und nicht frei von Schalk war und für den Chirurgen Sympathie empfand, obwohl – oder gerade weil – er ihn verdächtigte, etwas gegen ihn im Schilde zu führen, sagte er noch:

»Haben Sie mir nichts Neues von Ihrem Schützling zu erzählen?«

»Von Catherine?« fragte Martinelli erstaunt.

»Den blauen Augen? Nein, ich weiß doch, daß Sie die für sich selbst vorbehalten haben. Die grauen meine ich... Das scheue Reh. *Die Tränen*... Ich hätte sie gern wiedergesehen.«

Dieser beiläufige, unaffektierte Ton brachte den Italiener ziemlich aus der Fassung.

»Sie hat sich aufs Land zurückgezogen«, brachte er immerhin hervor. »Der Streich mit dem Schlafmittel hat ihr Angst eingejagt. Zunächst fürchtete sie, Mißfallen erregt zu haben, dann hat sie sich wohl eingeredet, sie bringe nur Unglück... was weiß ich?«

Der Kunstfreund gab ein Zeichen, man möge ihm Champagner nachschenken. Die kleine Herzogin hätte es liebend gern gesehen, wenn er in ihrem Hause betrunken zu Boden gefallen wäre. Da das für gewöhnlich nur im Palais-Royal passierte, im Kreise seiner Roués, wäre ihrem aufstrebenden Salon damit höchste Ehre zuteil geworden.

Der Prinz lenkte seine Schritte erneut in den dunkelroten Salon, wo der Hellseher seine Weissagungen wieder aufnahm. Um nicht den Eindruck zu erwecken, er schneide den Chevalier, wandte er sich noch einmal um. Er wußte sich beobachtet, er war feinfühlig:

»Unsere schöne Freundin ist also abergläubisch?«

Feinfühligkeit hin oder her, Martinelli spürte, daß sein Stern sank, gesunken war. Da ließ er sich, wie so oft, zu einer Unvorsichtigkeit hinreißen, man könnte aber auch sagen, sein Genie blitzte auf, und er sagte:

»Das dürften Hoheit wissen.«

Der Prinz stutzte.

»Wieso?«

»Weil vor Jahren schon, bei Mademoiselle Séry, ein kleines Mädchen aus einem Wasserglas Hoheit die Zukunft vorausgesagt hat, genau wie heute, unter anderem auch die Regentschaft, den Tod des Großen Dauphin und seiner Familie, was damals höchst unwahrscheinlich klang, und dieses kleine Mädchen...«

Der Prinz kam wieder auf ihn zu.

»Das soll sie gewesen sein? Wie das?... Ist das die Möglichkeit! Arme Séry, ich habe sie gern gehabt, glaube ich zumindest. Man verschönt ja manchmal die Erinnerung... Ihr Schützling wäre also...«

»Antoinette, so ist es. Die Comtesse d'Argenton, damalige Mademoiselle Séry, beschäftigte sie bereits als Stickerin. Hat sie Ihnen das nicht gesagt? Die Hochachtung hat sie wohl daran gehindert...«

»Erstaunlich...«, sagte der Kunstfreund, den es ganz offensichtlich nach mehr Wissen gelüstete. »Und diese Gabe besäße sie immer noch? Wie haben Sie sie denn wiedergefunden? Und welche Beziehung kann ein Chirurg...?«

»Sie beschwört den Geist der Toten, wenn er kurz nach dem Hinscheiden um den Leichnam weht«, antwortete Martinelli, der ein Meister im Improvisieren war und nicht immer wußte, wann es ratsam war, innezuhalten.

Der Kunstfreund war bezaubert. Ob Wahrheit oder Einbildung – für das Unvorhergesehene war er immer zu haben. Er zog den Chevalier in eine Fensternische.

»Und sie sprechen? Die Toten?«

»Häufig«, erwiderte der Chevalier unerschütterlich. »Die gequälten oder schuldbeladenen Geister irren länger umher, lösen sich schwerer von ihrer leiblichen Hülle. In den Fällen, in denen ich über einen ganzen Körper verfügte, ist es Antoinette schon gelungen, gewisse Offenbarungen zu entlocken, und dieses Phänomen hat mich so beschäftigt, daß ich mich, ohne irgendwelche Schlußfolgerungen daraus zu ziehen, mehrmals an sie gewandt habe ...«

»Nun wird mir alles klar«, sagte der Kunstfreund. »Ich hatte auch den Eindruck, daß mehr hinter ihr steckte ... Auch Homberg interessierte sich für diese Phänomene, die vielleicht sogar erklärlich sind. So vieles wissen wir nicht!« Er verlor sich kurz in Gedanken, sagte dann: »Suchen Sie sie für mich, Chevalier. Bringen Sie sie mir schleunigst. Und beruhigen Sie sie. Wir werden sie entlohnen, und auch Sie selbst ... über Ihre Verdienste hinaus. Selbst wenn ihr nichts gelingt. Es gelingt einem so selten etwas. Aber versuchen muß man es. Man muß dem Unsichtbaren doch eine Chance geben, nicht wahr? Dem Gegner muß man immer seine Chance geben ...«

Er ließ einen recht verwirrten Martinelli zurück. Meinte er den Teufel? Galt dem Dämon diese Ironie? Oder einem eher irdischen Gegner? Er fühlte sich belauert. Wie es hieß, war Philipp V., König von Spanien, genesen, und das weckte Hoffnungen; man fragte sich, was aus der Polysynode werden würde, aus diesem vielköpfigen Parlament (von bösen Zungen mit der Hydra von Lerna verglichen), und welcher dieser Köpfe wohl abgeschlagen werden würde – vielleicht gar alle? Kehrte man nach dieser neuen politischen Öffnung zu einer autoritären Regierung zurück? Die Köpfe hatten Verwandte, Verbündete. Der Regent von Frankreich hatte viele Gegner.

Catherine, die sich in einer Fensternische mit Madeleine beriet, war nichts entgangen vom Zwiegespräch des Chevalier mit dem Kunstfreund. Sie gab sich unbekümmert, was ihr aber nicht gelang. Madeleine, die auch zugehört hatte, konnte nur Großmäuligkeit und Scharlatanerie erkennen. Nachdem sie einst zum Besten Catherines ihre Heirat mit dem Chevalier gewünscht hatte, schien nun, da ihr Vater wieder aufgetaucht war, nichts Schlimmes mehr passieren zu können, so daß Catherine das Hôtel des Arcoules ebensogut verlassen könnte. Catherine erwiderte zerstreut, sie habe noch viel zu lernen.

»Lern nicht zu viel«, mahnte Madeleine.

Im dunkelroten Salon erging der Magier sich erneut in obskuren Prophezeiungen: Für eine hochgestellte Persönlichkeit bestehe Gefahr, und zwar in einer Höhle, ein Gauner bringe Rettung, der kurz darauf am Strang baumeln werde. Eine gute Tat werde viel Unheil anrichten, eine böse Absicht alles zum Guten wenden, und die Schlange werde im Ei ersticken ... Vom Alchemistenei war die Rede, dann von einem Akt mütterlicher Liebe, die einen großen Fluß in Brand setzen würde, schon morgen. Wobei Menschen den Tod fänden. Morgen ...

»Oh! Wenn wir jetzt schon Symbole benutzen!« sagte der Kunstfreund und zog sich zurück.

Tags darauf setzte eine arme Frau, einem Volksaberglauben gehorchend, eine Kerze in eine Holzpantine (andere sagten: in eine hölzerne Almosenschale) und ließ sie zum Andenken an ihren ertrunkenen Sohn die Seine hinunterschwimmen. Der Schuh stieß gegen einen mit Heu beladenen Kahn, Feuer brach aus, und fünfunddreißig Häuser brannten ab.

Doch soweit man weiß, gelangte kein Sterbenswörtchen davon ins Palais-Royal.

Es war Februar, ich war gespannt, lag auf der Lauer und hatte viel zu lachen.

Wilhelm ist wieder aufgetaucht. Wieder schließt er sich mit meinem Herrn in dem hellbeigen Salon ein, doch jetzt scheinen sie angeregter, besser gelaunt zu plaudern. Manchmal setzen sie ihre Unterhaltung unten in der Küche fort, aber sie benutzen Geheimworte. Sie zeigen jetzt offen, daß sie etwas aushecken, etwas Geheimes und nah Bevorstehendes. Deutlich habe ich vernommen: »Jetzt ist Eile geboten. Es gilt, zuzupacken. Das hat gezündet.« Sie haben Antoinette also noch nicht wiedergefunden. Aber Wilhelm, der gerissener, entschlossener ist und auch mehr Beziehungen hat als mein Meister, wird sie ausfindig machen. Daran zweifle ich nicht. Wieder packt mich Angst. Oh, Martinelli! Chevalier! Mein Herr und Meister! Warum haben Sie Ihrer Redseligkeit, diesem perversen Vergnügen an einem Spiel, an dem Ihnen bestimmt schon längst nichts mehr liegt und in dem Sie dennoch gewinnen wollen, freien Lauf gelassen? Ein brillanter Einfall, diese erfundene Sehergabe! Diese betörende Phantasie! Jetzt sind wir wieder in höchster Gefahr!

Seit sie sich wegen der Kälte in einer Dachkammer neben der meinen (mitsamt ihren Kleinen, versteht sich) einquartiert hat, zieht auch Jeannette ihren Nutzen aus den Dachluken. Warum sie allerdings alles, was um uns herum geschieht und uns nicht gesagt wird, mit solcher Inbrunst belauert, weiß ich nicht. Reine Neugierde kann es nicht sein, denn ihr gequältes Gesicht beweist das Gegenteil. Sie rennt aus dem Haus, drückt mir die Kleine in den Arm, die mich anzulächeln beginnt, nimmt sie wieder an sich und ist selbst bei der Arbeit so zerstreut, daß sie einen Handschuh überzieht, um die glutroten Feuerhaken zu ergreifen, sie dann aber mit der anderen Hand faßt, ihr Fleisch anbrennen läßt oder es auf erloschenem Feuer brät – das alles beweist, daß sie mit ihren Gedanken ganz woanders ist.

Und bei einem dieser Besuche Wilhelms (der jetzt mit einer Eleganz gekleidet ist, die an Pomp grenzt), als ich mich gerade wie üblich in den Turm über der Wärmestube schleichen will, sehe ich meine Jeannette doch glatt auf dem Schemel stehen, den ich sonst benutze, und das Ohr gegen die Wand pressen.

Ohne jegliches Anzeichen von Verwirrung bedeutet sie mir zu schweigen und macht mir Platz. Luc und Lucien verschwinden sofort, wobei Lucien die Kleine mitnimmt, der er mit einer Hand den Mund zuhält, und Luc lautlos die Tür, die zur Küche führt, hinter sich zumacht. Schlau wie die Füchse! Als hätte man sie auf Wachsamkeit dressiert. In diesem Haus sind selbst die Kinder für eine Überraschung gut. Ziererei wäre jetzt auch fehl am Platze.Jeannette und ich lauschen Seite an Seite. Die beiden Männer sind besonders gut zu hören, weil sie uneins zu sein scheinen.

»Aber warum diese Umstände?« fragt Wilhelm mit seinem Sauerkrautakzent. »Haben wir ihn erst einmal in die Steinbrüche von Vanves oder Vaugirard gelockt, lassen wir ihn verschwinden, an Ort und Stelle vergraben, und bis man ihn entdeckt, sind wir längst in Spanien.«

»Wo der Minister, seines Erfolges gewiß, uns in einer todsicheren Festung einsperren läßt, wo man uns dann eines Tages wie durch Zufall erhängt oder erwürgt wiederfindet...«

»Möglich. Das ist allerdings möglich. Ihn aber als Geisel zu halten, bedarf einer ganzen Organisation, mit Stützpunkten, Verhandlungen...«

»Ist das etwa nicht Ihr Metier, mein Guter?« fragte der Chevalier, dessen Stimme mir eher heiter als besorgt klang. »Wir haben doch verläßliche Freunde in Bayonne. Bis dahin werden wir es wohl schaffen.«

»Leicht gesagt. Man kann ihn unterwegs erkennen, er kann fliehen, da gibt es tausenderlei Risiken...«

»Mag sein. Aber Ihre Lösung, ihn einfach verschwinden zu lassen, hetzt uns seine Freunde und seine Feinde auf den Pelz... Pokern Sie mit Anstand, Wil. Spielen wir die Partie bis zum Ende.«

Jeannette schaut mich verängstigt an.

»Von wem reden sie bloß? Von wem nur?« flüstert sie.

»Ich habe Angst... Ich fürchte, sie reden über eine hochgestellte Persönlichkeit«, erwidere ich zitternd.

Ich werde ihr nicht sagen, was mir inzwischen eindeutig scheint. Nicht um sie ihm zu verkaufen, hatte der Chevalier dem Kunstfreund Antoinettes Sehergabe angepriesen. Er wollte ihn an einen Ort locken, wo man ihm eine Falle stellen konnte. Dabei könnte ein Mensch zu Tode kommen! Und mein Meister ist in die Sache verwickelt! Ich glaube, es wäre mir lieber, wenn er ein niederträchtiger Mädchenhändler wäre!

Jeannette hingegen scheint erleichtert.

»Eine hochgestellte Persönlichkeit, glauben Sie? Er ist also nicht von der Polizei, der Deutsche?«

»Nicht wirklich.«

(Sie braucht nicht alles zu wissen. Wenn ich ihr im Grunde auch vertraue.)

»Hat er nicht von einem versprochenen Lohn geredet?«

»Das habe ich nicht gehört. Grundlos verstecken sie sich natürlich nicht.«

»Von Plakaten in den Straßen haben sie nichts gesagt, oder? Namen haben sie auch nicht genannt, oder?«

»Was für Namen hätten sie denn nennen sollen? Horch...«

In diesem Augenblick erwähnten sie Antoinette. Ich will endlich wissen, was aus dem armen Geschöpf geworden ist.

»Das ist vortrefflich«, sagt Wilhelm mit dieser Heiterkeit, die ich hasse, weil sich hinter ihr eine selbstgefällige Grausamkeit verbirgt. »Vortrefflich, daß man sie vor uns verborgen hält. Sonst hätte man sie wegschaffen lassen, ihr Vater als erster. Und sie hätte es sich gefallen lassen.«

»Glauben Sie?«

»Ist sie ihm vielleicht nicht nach Holland gefolgt? Sie hätte fliehen können. Sie wird tun, was er ihr befiehlt. Ich werde herausfinden, wo sie ist. Ich habe meine Informanten. Aber man muß sie bis zum letzten Augenblick unter Verschluß halten... und ihm keinen Anhaltspunkt geben...«

»Geben Sie mir wenigstens einen Anhaltspunkt«, sagte der Chevalier mit leichtem Unmut in der Stimme.

»Es ist besser, wenn Sie nichts wissen, mein Lieber. Mich würden Sie nicht verraten, aber sich selbst nur allzu leicht. Ich bin mir meiner Sache außerdem nicht sicher. Eine Frage von Tagen.«

Sie dürften etwas von der Wand abgerückt sein, denn wir hören sie nicht mehr so gut. Ich schnappe Namen auf... Alberoni, Richelieu. Die Bretagne wird erwähnt, die Verteilung von Flugschriften auf dem Jahrmarkt von Saint-Germain, dann nichts mehr. Sie dürften jetzt im Kuriositätenkabinett sein, um ihre Unterhaltung dort fortzusetzen.

»Nun?« fragt Jeannette fast barsch.

»Was meinen Sie?«

»Haben sie Namen genannt?«

»Welche Namen hätten sie nennen sollen, die für Sie von Bedeutung sind?« frage ich, dabei sind auch meine Nerven bis zum äußersten gespannt.

Sie scheint ihre Fassung wiederzugewinnen.

»Nun ja... Duchâtelet... Haben Sie Duchâtelet nicht erwähnt? Und Marquand? Und...Vigneron?«

Ich fahre hoch.

»Vigneron?! Aber Jeannette, das ist doch Jean-Marie?«

»Na und«, fuhr sie mich an. »Nicht nur Monsieur muß sich vor der Polizei verstecken!«

Ich bin sprachlos. Über den Vergleich. Und über den Zusammenhang. Doch die Angst überwiegt und muß wohl von meinem Gesicht abzulesen sein, denn Jeannette, plötzlich wieder sanft, schleift mich in die Küche, rückt mir einen Stuhl hin, drückt mir Bénédicte in die Arme (die ihre Brüder im Backtrog abgesetzt und im Stich gelassen haben) und stellt einen kleinen Topf aufs Feuer.

»Ich werde Ihnen einen guten Glühwein machen, mit Gewürzen. Das stärkt den Magen, gibt neuen Mut. Keine Angst, sie werden sie nicht kriegen.«

Bénédicte spuckt auf mein Mieder. Ich finde keine Worte. Als ich Jeannettes Geschäftigkeit sehe, wie sie Muskat reibt, Zimt sucht und überhaupt ihre Energie wiedergewonnen zu haben scheint, schäme ich mich, daß ich weniger beherzt bin als sie, und frage:

»Aber hat Jean-Marie etwas mit denen da zu tun…?« (Vage Geste in Richtung der Salons.)

»O nein, Mademoiselle! Ich weiß nicht, was diese Herren beschäftigt, ob es sich wirklich um eine hochgestellte Persönlichkeit handelt, wie Sie sagen. Aber mein Jean-Marie gehört zu den Freunden.«

»Den Freunden?«

Sie stellt eine Schale dampfenden und duftenden Weins vor mich hin, schenkt sich auch ein und läßt sich zwanglos mir gegenüber nieder.

»Ich weiß, daß man Ihnen nichts zu verheimlichen braucht«, sagt sie, während Bénédicte ihren Wurstfinger in den heißen Wein taucht und ihn mit einem verwunderten Schrei zurückzieht, »es sind die Freunde der Bande… von Cartouche, verstehen Sie?«

O nein! Jetzt auch noch Cartouche! Das hatte gerade noch gefehlt! Jetzt bin ich wirklich am Boden zerstört. Ich verschiebe jegliches Nachdenken auf später, packe die Schale mit beiden Händen und trinke. Lieber betrunken als wahnsinnig. Jeannette trinkt auch, aber gelassener, taucht einen Kanten Brot in den Wein und hält ihn der kleinen Bénédicte hin. Da kommt von der Hofseite der Chevalier herein. Sein Atem dampft, als er die Tür hinter sich schließt. Anscheinend gut gelaunt, schnuppert er den Wein und sagt:

»Wie ich sehe, langweilt man sich hier nicht!«

Ich weine nicht leicht. Ehrlich gesagt, erinnere ich mich nicht, je geweint zu haben, höchstens aus Langeweile. (Wieso also dieses Thema der *Tränen*?) Aber jetzt verstand ich, warum Jeannette nachts weinte und manchmal auch tagsüber, am Herd. Das Volk zeigte seine Gefühle ohne Scham, und mit einem Cartouche allzu nahestehenden geliebten Mann, den sie jeden Augenblick verlieren konnte und den sie, nach den drohenden Worten der

Hebamme von der Schenke zum Schweinehirten trotzdem zurückweisen mußte, hatte Jeannette tatsächlich allen Grund zu weinen.

In solchen Momenten schwiegen sogar ihre Kinder, die sonst große Schreihälse waren; sie umringten sie mit ihren schwächlichen Leibern, drückten sich an sie, als wollten sie sie wärmen, und schienen ihr versprechen zu wollen, am Leben zu bleiben, ihr zum Trost. Selbst die kleine Bénédicte, die gerade Zähnchen bekam, hörte zu wimmern auf, schaute in das traurige Gesicht der Mutter, zuerst mit Erstaunen, dann mit Bestürzung, und versuchte dann zu lächeln, als wäre sie sich ihrer Macht bewußt. Und dann trocknete Jeannette mit einem Schürzenzipfel oder irgendeinem Lappen wirklich ihre Tränen und lächelte ebenfalls. Mit ihrer schiefen Nasenwand bekam ihr Gesicht etwas unschön Asymmetrisches. Ein Vorderzahn fehlte; ihre Haare waren stumpf, Augenbrauen und Wimpern so fahl, daß sie farblos schienen. Doch ihre schwarzen Augen funkelten wie die ihrer Söhne, und ihr voller, fleischiger und sanfter Mund sprach von einer Liebe, die ich nicht kannte. Hätte ich ein Bild des Lächelns zu modellieren gehabt, hätte ich sie als Modell gewählt. Ihr Lächeln war ihre ganze Schönheit, eine selbstgenügsame Schönheit. Ich wunderte mich nicht mehr, daß Jean-Marie sie liebte.

Ich hatte keine Einwände, als sie mich zwei Tage nach ihren vertraulichen Andeutungen mit ebendiesem scheuen und zärtlichen Lächeln, das gleichzeitig um Verzeihung bat, fragte:

»Würden Mademoiselle bereit sein, etwas für Jean-Marie zu tun?«

»Für Sie, Jeannette, ja. Aber gutheißen kann ich es nicht…«

»Ich auch nicht, Mademoiselle Catherine! Ich heiße es auch nicht gut! Ich habe ihm hundertmal gesagt, daß er in sein Unglück rennt! Immer wenn ich Monsieur Sanson sehe, muß ich daran denken. Und Sie haben gesehen, daß ich alles zurückweise, sogar die kleinen Mitbringsel für die Kinder – er ist ein guter Vater…«

Ich fragte mich noch, in welchem Maße sich Liebe, Stolz

und Tadel in ihr mischten. Vermutlich wußte sie es nicht. Genausowenig wie ich. Und doch besteht ein Unterschied zwischen einem gemeinen Dieb und Beutelabschneider (anders vermochte ich mir Cartouche und seine Anhänger nicht vorzustellen) und einem Pamphletschreiber und Konspirateur – aber die Größten waren Konspirateure –, und Martinelli war nicht einmal Franzose …

Während ich noch mit mir selbst stritt, sagte sie, von meinem Schweigen ermutigt:

»Wenn Sie mir für einen Tag, nur für einen Tag, den Schlüssel von der Demoiselle leihen könnten …«

Antoinette war also auch abwesend gegenwärtig, das war mir sofort klar.

»Der Meister hat ihn an seinem Schlüsselbund. Es ist ein großer Schlüssel mit einer Zahl, der einzige mit einer Zahl. Da ich sein Zimmer nicht aufräumen darf, kann ich nicht hinein. Aber Sie …«

»Was wollen Sie mit diesem Schlüssel?«

»Sie brauchen immer einen Ort, verstehen Sie, wo sie schnell untertauchen können. Und da die Demoiselle nicht wiederkommt … Ich kenne da einen, der den Schlüssel nachmachen kann, an einem Abend. Der Meister wird nichts merken, Sie kennen ihn doch.«

»Ich weiß nicht … Vielleicht … Woher wissen Sie, daß die Demoiselle nicht wiederkommt?«

»Weil man sie gegen eine beträchtliche Summe aus der Salpêtrière herausgeholt hat. Wer so viel für sie bezahlt hat, läßt sie nicht so schnell wieder frei.«

»Wissen Sie, wer es war?«

»Jean-Marie kann es in Erfahrung bringen. Man kennt ihn im Hôpital-Général. Man weiß, daß er niemanden verpfeift. Man wird ihm alles sagen.«

»Sogar wo sie ist?«

»Durchaus möglich.«

Am Nachmittag dieses Tages nahm ich den Schlüssel vom Bund meines Meisters und händigte ihn Jeannette aus. Am nächsten Morgen gab sie ihn mir zurück, nachdem sie ihn mit einem Lappen abgerieben hatte, denn er war noch etwas fettig von dem Abdruck, den man gemacht hatte. Keine von uns beiden sprach ein Wort.

Ihnen habe ich es zu verdanken, daß ich ein sehr vorteilhaftes Geschäft machen konnte«, erklärte die Fillon mit jenem Charme, den sie für enge Freunde bereithält.

»Mir?«

»O ja. Bei meiner Suche nach der Kleinen, die Sie interessiert, habe ich erfahren, daß Cléo die Erbin der verstorbenen Brincourt ist.«

»Ach so, das ist es...«, murmelt Jailleau, dem eine Anekdote verlorengeht.

»Und daß sie das Haus in der Rue des Eperonniers verkaufen will. Sie hat es eilig, sie heiratet nämlich.«

»Ach so, das ist es...«, sagt er abermals.

»Nein, Sie irren sich«, erwidert die Fillon, die sofort begriffen hat. »Cléo hing sehr an der Brincourt...«

»Eine bösartige Person.«

»Aber sehr hübsch. Nein, Cléo verkauft, weil ihr solch ein Geschäft nicht liegt. Sie hat mir ihre Buchführung gezeigt: ein heilloses Durcheinander, schon nach ein paar Monaten! Sie läßt sich bestehlen, wird betrogen. Die Mädchen tun, was sie wollen... Cléo will einen Schlußpunkt setzen.«

Cléo heiratet einen reichen Kaufmann aus Angoulême, der sein Geschäft vergrößern will und Kapital braucht; woher es kommt, ist ihm nicht so wichtig. Vielleicht sieht er auch nichts Schlechtes darin. Die Leute sind nun mal so. Eine Parfümverkäuferin stand auch zur Debatte, doch dank dem Erbe von der Brincourt hat Cléo das Rennen gemacht. Nur schnell muß es gehen, eine Ladung gemusterten Kattuns liegt in Saint-Malô fest... Daher dieser hastige Verkauf eines Hauses in bester Lage und mit zwei Ausgängen, einem zum Seineufer, dem anderen zur Gasse hin, mitsamt dem vor kurzem erst erneuerten Mobiliar; Cléo verscherbelt alles zu einem Spottpreis: Bilder (galante Szenen), Teppiche, acht, mit Spiegeln und Gucklöchern ausgestattete Zimmer...

»Ich habe der Form halber gefeilscht, aber haben wollte ich es auf jeden Fall. Und als Zugabe bekam ich ein Zipfelchen von Ihrer Geschichte zu fassen. Ich muß schon sagen, das war schwieriger, als ihr die Portieren und Bettgarnituren abzuluchsen. Sie will das alles vergessen.«

Cléo war zunächst sehr abweisend. Ja, die Portieren, die Vorhänge, sie ließe sie ihr... Die Decken, die Laken? Sie zögert. Und den Inhalt der Wäschekammer? Wäre es nicht besser, sie schaffte alles neu an, und außerdem wollte sie ja Laken mit eingesticktem Monogramm. Also, wenn die Fillon ihr entgegenkommt...

Sie kommt ihr entgegen, einen kleinen Schritt. Aber sie will jetzt alles wissen über die Kleine, die an jenem Abend...

Gut. Und das Geschirr? Kaufen Sie mir das Geschirr ab? Die Fillon kauft. Gut, Cléo wird reden, aber zum letztenmal: über Thérèse Brincourt, über das junge Mädchen, über dieses Haus, das sie schließen und dessen Schlüssel sie wegwerfen wird. Sie läßt alles drin, abgemacht? Inklusive Garderobe, Bettspreiten, Dessous, Spitzen, alles, was die Brincourt gelegentlich bereitstellte... Sie wird sich neu einkleiden, wie es ihrem neuen Stand entspricht. Sie läßt alles hinter sich und geht. Die Zukunft verheißt ihr einen großen, glänzenden Kontortisch, den reizenden Duft auseinandergefalteter Stoffe, das Knirschen der Schere im Stoff, zwei Laufburschen, die sie befehligt, und diesen fülligen Sanguiniker, der wie so mancher Geschäftstyrann in gewissen Bereichen nicht sonderlich anspruchsvoll sein dürfte. Die Schande, das Zerrissensein, der Reiz der Abgründe, Thérèse am Guckloch, ein Schauspiel betrachtend, das auch sie genießen sollte: »Komm her, schau mal! Das ist der Präsident!« – »Komm her, schau mal: das ist ein Offizier vom Royal-Auvergne!« Es tröstete sie, wenn auch die anderen sich im Dreck wälzten, weil sie überzeugt war, sie sitze selbst im Dreck, fresse Dreck, und Cléo wollte sie glauben machen, daß man sich daran gewöhnt.

Dies alles berührte Cléo nur flüchtig. Sie wich zurück, wandte den Blick ab. Nicht sie hat die im Speicher versteckten Salzschieber verpfiffen und Thérèse in den Tod gejagt, aber als sie wiederkam (»Sie war also nicht da?« fragte die Fillon. »Nein. Zufällig, rein zufällig, war sie ausgegangen«), da hat sie geweint, das stimmt schon, aus Kummer, aber auch aus Erleichterung. Schrecklich, wenn man jemanden liebt! Und sich erleichtert fühlt, wenn er tot ist!

Soll ich hier unterschreiben?« Über die Bilder, Teppiche und Accessoires hätte sie vielleicht gesondert verhandeln sollen; die Fillon macht ein gutes Geschäft. Aber auch Cléo macht ein gutes Geschäft: Sie weiß, daß sie mit knapper Not davongekommen ist. Wenn sie an jenem Tag, als die Kleine da war, nicht die Idee mit dem Kutscher gehabt hätte, wäre sie für immer an Thérèse gefesselt gewesen, von Thérèse' Gewicht hinuntergezogen, von Thérèse' grausamen Alpträumen heimgesucht worden ... Nehmen Sie sie, die Bilder, die Laken, all diese Erinnerungen! ... Cléo gibt alles mit Erleichterung her. Und als sie bei ihrer Tante, der Modistin Claudine Rivaux eintrifft, wo sie bis zum Tag der Hochzeit wohnen kann, hat sie Thérèse, Antoinette und die Fillon schon vergessen. Sie preßt ihr Geld an sich, zählt ihre Wäschestücke und fragt ihre Tante, die aus dem gleichen Dorf stammt: »Nun, Tante, was gibt's Neues?« wohl wissend, daß sie von nun an zu jenen Privilegierten gehört, denen nie mehr etwas Neues zustoßen wird.

Die Brincourt war Tochter eines Polizeiinspektors, der es, da er nun mal galante Damen auszuspähen hatte, am Ende ganz natürlich fand, daraus Profit zu schlagen. Schmählich seines Amtes enthoben, hatte er sich im Lauf der Zeit einen schönen Batzen zusammensparen können, wiewohl er unter der verlorenen Ehre litt. Warum gerade er? Als ob Maillart, La Rivière, Reynald und Brancardi die Dirnen nicht genauso ausnutzten! Man brauchte diese Weiber schließlich, um Verschwörungen zu vereiteln und die Zusammensetzung der Banden, die Paris heimsuchten, kennenzulernen. Karteien kamen nur so zustande. Und es ging bis in höhere Kreise, in sehr hohe manchmal! Wenn also Maillart, wenn La Rivière, wenn ... Erst einmal bezahlte man die Dirnen ... Teuer, manchmal, je nach dem Rang ihrer Freier. Dann verschaffte man ihnen ein paar Vergünstigungen: Der Bruder der kleinen Sophie war schließlich Kommandeur der Garden! Das heißt, man verfolgte sie nicht. Aber man geriet auch selbst leicht in einen Sog. Maillart holte sich seinen Lohn in natura, Reynard, der ein gutaussehender Mann war, erhielt Schmuck, vielleicht Provision, und führte seiner Rosalinde eigenhändig Kunden zu. La Rivière begnügte sich mit der Angabe von Adressen und hielt die Hand auf. Warum also er? Warum bloß?

Brincourt war zügellos wild; das vergaß er. Er prügelte mit den Fäusten auf die Mädchen ein und scheute auch nicht vor Peitschenhieben oder Messerstichen zurück. Er sagte ihnen nie etwas Nettes. Er schenkte ihnen nie irgendeinen Firlefanz, Strumpfbänder oder Ringe mit Rheinkieseln, erkauft mit ihrem eigenen Geld. Er schlief nicht mit ihnen und trank so gut wie nie. Er kleidete sich von ihrem Geld nicht elegant ein, was zu ihrem Stolz hätte beitragen können. Er hortete. Er war hart und bösartig. Seine Fehler und seine Vorzüge führten dazu, daß seine Kollegen ihn als korrupt abstempelten und das galante Völkchen ihn aus anderen Gründen verstieß. »Er macht die Bosheit zu einem Ärgernis«, hatte die Pâris, die berühmte Kupplerin des beginnenden Jahrhunderts, gesagt. Aber erklären Sie das einem Mann, der sich für das Opfer einer ungeheuren Ungerechtigkeit hält! Er starb vor Verblüffung, wenn das möglich ist. Hätte ihm jemand verraten, daß er mit ein paar Flaschen und ein paar freundlichen Worten und etwas weniger Nüchternheit und Enthaltsamkeit sich hätte retten können, er wäre aus dem Grabe auferstanden, um die Engel zu preisen, die er für ebenso boshaft hielt wie sich selbst.

Thérèse Brincourt ähnelte ihrem Vater, sie war ebenso enthaltsam und boshaft, nur etwas raffinierter. Mit dem Batzen

Geld des ehemaligen Inspektors hatte sie ihr Geschäft von Anfang an etwas luxuriöser ausstatten können. Sie hatte keine Kinder, keinen Herzensfreund, nur zeitweise eine Freundin, weil man schließlich jemanden zur Hand haben muß, den man malträtieren kann. Sie stand in keinem guten Ruf; es hieß: Die Brincourt ist hart mit den Mädchen, ihren Schützlingen. Sie kontrolliert nicht wie andere Kuppelmütter, die sich um ihre Ware sorgen, ob die Mädchen die Lustbarkeiten, für die man sie angeheuert hat, unversehrt oder zumindest nicht allzu angeschlagen überstanden haben. Sie sind nicht besser als Tiere in ihren Augen, und dies ist vielleicht der eindeutigste Profit, den sie aus ihrem Metier schlägt. Denn aus Geld macht sie sich nicht viel. Sie kleidet sich wie eine Betschwester und trinkt nur Fusel. Aber es ist ihr eine herbe Lust, dieses Fleisch zu verachten, zu verkaufen und ein paar Jahre später festzustellen, daß es welk und entehrt ist: wenn die ehemals frischen und hübschen Mädchen, von Krankheiten, von töricht vergeudeten Glücksspielgewinnen und von der Trunksucht gezeichnet, zu Gespenstern geworden sind und zwischen rauhen Krankenhauslaken schlottern. Manchmal besucht die Brincourt sie dort, aber nur, weil es für sie eine Augenweide ist. Ein solches Wesen stellt man sich häßlich vor. Nichts dergleichen! Nur etwas trocken; hübscher Teint, grüne Augen. Aber viel mehr Kerkermeisterin als die Dufresne oder Schwester Rosalie. Die Regeln sind andere, aber sie wendet die Regeln an, überwacht mit ihren Katzenaugen die Fehltritte, die Entgleisungen, und befördert die Sünderinnen mit ihren hübschen Händen in den Abgrund. Sie besitzt noch einen Trumpf: sehr hübsche, kleine, zarte, gelenkige Hände, mit denen sie hinreißend stickt. Sie kratzt aber auch sehr gut mit ihren hübschen, gepflegten Nägeln. Es heißt, sie habe die Voisin gekannt, aber das zeugt nur von der Angst, die sie einflößt, denn zu dem Zeitpunkt, von dem Cléo berichtet, ist sie noch jung. Man könnte noch hinzufügen, daß sie stets in engem Kontakt zur Polizei steht, daß die Mädchen, die sie hierhin und dorthin schickt, ihr als Zuträgerinnen dienen. Aber etwas Besonderes ist das eigentlich nicht, sie ist aufgrund ihrer Herkunft dazu prädestiniert. All diese Frauen haben Verbindungen zur Polizei, von den unteren bis in die oberen Ränge. Die Brincourt bietet der Wache etwas zu trinken an, die Dufresne grüßt den Inspektor, die Fillon lädt die höchsten Würdenträger zum Essen ein, und Schwester Rosalie soll, wie man sich erzählt, die Geliebte Argensons gewesen sein, der seit kurzem Minister ist.

Drei von vier dieser Frauen hätten angesichts einer vierzehnjährigen, vor Zorn, Erniedrigung und Unschuld wahnsinnigen Antoinette Vorsicht walten lassen. Hätten die Kleine beherbergt, die Familie oder das Kloster verständigt. Hätten zumindest ihr tatsächliches Alter überprüft – denn Unzucht mit Minderjährigen wird tatsächlich hin und wieder als Vergehen ernstgenommen... Doch die Brincourt befielen böse Gelüste bei einer solchen Schönheit, einer solchen Reinheit. Auch sie war wie wahnsinnig. Es sprang in die Augen, daß Antoinette nicht einmal wußte, was ein Mann ist. Sie hatte nur gehört (im Kloster), es sei entehrend, sich einem Mann hinzugeben (außerhalb der Ehe, versteht sich!), und der Gipfel der Schamlosigkeit, es mit mehreren zu treiben. Aber was dieses Sich-Hingeben eigentlich bedeutete, wußte sie nicht, sie stellte sich etwas wie eine Umarmung, etwas Schmerzhaftes, etwas Schmutziges und Schleimiges, aber nichts Genaues vor. Sie stellte sich vor, wie sie einsam, kalt, unerbittlich, am Arm eines gesichtslosen Mannes an einem Morgen nach Versailles gehen würde, um ihren Vater aufzusuchen und ihm ins Gesicht zu schleudern: »Sie haben es bedauert, mir Ihren Namen gegeben zu haben? Nun, ich habe diesen Namen entehrt!« Was dann kommen würde, stellte sie sich nicht vor. Würde der unwürdige Vater verspätete Reue empfinden? Warteten Kerker, Peitsche, Einzelhaft auf sie? Sie konnte sich nur Kleinmädchenstrafen vorstellen, denn bis jetzt war sie wohlbehütet gewesen. Kein Vergleich mit der versierten Unschuld der kleinen Catherine, die mit wachen Augen beobachtete, was sich auf den Straßen tat, mit gespitzten Ohren dem Geraune in Küche und Salon lauschte und abends auf dem Hocker alle Bücher verschlang, derer sie habhaft werden konnte: von Faublas bis *Die Medizin als Kunst*. Antoinette hatte als Lektüre nur *In der Nachfolge Christi*. *Das Leben der Heiligen* gehabt, und Corneilles Stücke, die als erbaulich galten. Ein wenig römische Geschichte war ihr noch beigebracht worden, von der sie aber nur das Komische und das Bizarre behalten hatte: Belisar, zum Verhungern verurteilt und von der eigenen Tochter an der Brust genährt, Lucretia, von Tarquinius vergewaltigt, Arria Paeta, die sich das Eisen in die Brust bohrt, um ihrem feigen Gatten ein Beispiel zu geben: *Paete, non dolet!* Diese hehren Beispiele vermischten sich mit all den enthaupteten Heiligen, die ihren Kopf auf einem Teller darboten, den goldbestickten Mänteln, die grauenvolle Wunden verbargen, den gestrengen kleinen Nonnen mit den Hostiengesichtern, die den Heiligen Geist in sich eindringen ließen und die langen Wimpern senkten, zu einem bunten Bild. In der Bibliothek hingen alte Gemälde, und die Bücher waren entweder zu töricht oder zu gelehrt, um die Pensionärinnen zu interessieren. Dann gab es da noch ein paar zeitgenössische Bilder (wofür man die Oberin tadelte, aber auch nur flüsternd: sie war bei Hofe gut angeschrieben), auf denen die Heiligen rosiger und goldener waren und eine gewisse Ähnlichkeit mit Maria di Medici aufwiesen; ihre demutsvolle Reue war prachtvoll, sie bestand aus wallendem Haar, perlenden Tränen und Ordenskleidern, die Brokatgewändern ähnelten.

Dann gab es noch das Königtum, die Siege, von denen man nicht so recht wußte, ob sie in Spanien oder in Flandern errungen worden waren, bei denen man aber immer die Sonne auf den Rüstungen der Helden – alles Franzosen – funkeln sah, deren Namen die kleinen Mädchen sich zuflüsterten und mit denen sie manchmal verwandt waren. Standarten knatterten im Wind. Prozessionen, das Te Deum, Katastrophen, die so schön waren wie Triumphe, und der Tod von Monsieur (Antoinette war elf Jahre alt), der viel Aufsehen erregte. Selbst im Kloster tuschelte man über die Juwelen, die er hinterließ, über Favoritinnen, unerwartete Reichtümer, Ungnade. Wie gelangen derartige Informationen in Klöster? Und dieses Kloster gehörte nicht zu den großzügigsten. Von dort also kam diese junge Furie, aufgewühlt, großherzig, ein junges wildes Tier, das nur auf sichtbare, ehrliche Hindernisse gefaßt war... Kampfbereit, aber – wie die Jäger sagen – ein argloses Tier von der Sorte derer, denen man lieber eine Falle stellt, als ihnen offen gegenüberzutreten, eine edle Beute für die Brincourt, der schon das Wasser im Munde zusammenlief. Sie durchwühlte die Taschen des Mädchens und entdeckte die Anerkennungsurkunde der Vaterschaft; es war einfach, denn Antoinette trug nichts weiter mit sich. Ein adeliges Fräulein also. Auf die Brincourt wirkte dies, als hätte man ihr ins Gesicht gespuckt.

Wahnsinnig die eine wie die andere, und Wahnsinn gleichen Ursprungs. Sie war auch verletzt, die Brincourt, daher konnte sie den Glanz dieses intakten Wesens keine Sekunde lang ertragen, dieses Mädchen, das instinktiv seine gesamte Kraft und Schönheit entfaltete, um das zu besiegen, was nicht besiegt werden kann: den Dreck. Den Dreck, den man Thérèse Brincourt und Jean-Auguste Brincourt, aus königlichen Diensten entlassen, zu fressen gegeben hatte. Nur ihnen, und nicht den anderen, die ebenso schuldig, wenn nicht schuldiger waren. Die Revolte der keuschen und grausamen Thérèse, die sich in die Brust warf und ihre Macht genoß, wenn sie sagen konnte: »Auch ihr werdet Dreck fressen. Euch im Dreck wälzen. Und dafür sogar bezahlen!« Da bestand kein allzu großer Unterschied zur wilden Wut der schönen Corneille-Leserin, die Märtyrer und Helden anbetete. Nur hatte Thérèse sich für den Dreck entschieden, sich ihm angenähert, darüber wachend, daß auch jeder seine Portion Dreck bekam. Was ist Bosheit? Vielleicht ein Dürsten nach Gerechtigkeit, ins Gegenteil verkehrt. Man geht empört zu Bett, zieht das Hemd aus und merkt nicht, daß die Ärmel dabei auf links gezogen sind, schlüpft morgens wieder hinein, und schon ist eine neue Megäre geboren... Thérèse Brincourt versandte kompromittierende Briefe von jungen Männern an deren Erbonkel, denunzierte ehebrecherische

Rendezvous, die sie selbst organisiert hatte, nahm kranke Dirnen in ihre Dienste und akzeptierte Klienten mit bizarren Wünschen.

Keinen Augenblick lang zweifelte sie an Antoinettes Herkunft. Blitzartig wurde ihr sogar klar, was sie zu diesem Schritt bewogen hatte. Rache nehmen! Das will sie. Rache! Sie ist vielleicht sogar noch Jungfrau. Ihre Rache soll sie haben. Aber dafür auch bezahlen! Sie hatte lange genug geschwiegen, um Antoinettes Elan ein wenig abflauen zu lassen. Dann sagte sie knapp und scharf:

»Zieh dich aus!« Und das zu diesem Mädchen, das tags zuvor noch im Badehemd zu baden pflegte (sofern es ein Bad gab).

Antoinette schlug um sich, verhedderte sich in den Spangen und Schnüren. Sie errötete wider Willen, doch ihre Wut war noch groß genug, als sie schließlich nackt dastand und sich auf Geheiß der Brincourt drehte und wendete, damit diese, wie sie sagte, prüfen könne, ob sie auch gut genug gewachsen sei, um »hier« zu gefallen. Das war ein Frontalangriff, wie ihn Antoinette immer zu parieren wußte. Sie war sich ihrer Schönheit sicher und mehr noch ihres Stolzes, der dem Stolz eines jungen Baumes glich, den Stürme gezwungen hatten, schnell und gerade zu wachsen.

»Ist man hier so wählerisch?« fragte sie mit spürbarer Ironie, denn der Salon der Brincourt war schmucklos und geschmackvoll. (Aber träumt man im Kloster von gutem Geschmack? Und ihr schöner Busen war eine Herausforderung für die Kupplerin.)

Diese hätte am liebsten geohrfeigt, gekratzt, gebissen, doch sie hielt sich zurück. Sie packte das junge Mädchen einfach am Arm, öffnete eine Tapetentür in der Bibliothek und beförderte es, splitternackt, ins »Wartezimmer«.

Das zwischen Seineufer und Rue des Eperonniers gelegene kleine Stadthaus der Brincourt hatte zwei Ausgänge, wie es sich gehört. Die Männer kamen vor allem, um zu spielen und zu trinken; an gewissen Tagen und zu gewissen Stunden trafen sie hier ihre Wahl zwischen mehreren jungen Personen, die dort wie zufällig vorbeikamen, der Brincourt ihren Obolus entrichteten und mit ihren Kunden abzogen, in die eigenen vier Wände oder eine Absteige. Die Brincourt verfügte nur über sieben oder acht Zimmer, die sie im allgemeinen für »vielversprechende« Mädchen reservierte, die unerfahren aus der Provinz kamen. Vom Eingang am Seineufer ging es direkt in den Spielsalon oder den Warteraum, und aus diesem führte eine Tür ins private Boudoir der Brincourt, wo abgerechnet wurde, und eine andere, durch die man diskret auf die Rue des Eperonniers gelangte. Die von beiden Seiten im voraus bezahlte Brincourt bot nichts weiter als Wein und etwas Gebäck, das sie von einem Kammerkätzchen herumreichen ließ, das wegen seiner außerordentlichen Häßlichkeit niemals fähig sein würde, die zahlungskräftige Klientel abzuwerben. Doch an bestimmten Tagen öffnete sie – es war eine besondere Gunstbezeugung – den Wartesaal nur für einen gewissen ausgewählten Kundenstamm und eines oder zwei dieser Mädchen, von denen sie wußte, daß sie einiges vertragen konnten und vor nichts Angst hatten.

An jenem Tag saßen vier trinkfeste Männer im Wartesaal. Die Brincourt hatte ihnen zwei Mädchen versprochen: Cléo, eine kräftige Brünette mit lesbischen Neigungen, was nicht unpraktisch war, und Nicole alias Théophile, die Akrobatin in einem Zirkus gewesen war, was auch ganz gut paßte. Und daß sie sich heute etwas verspäteten, machte diese Männer, die Flasche um Flasche leerten – ein Zusatzgeschäft! – und allmählich miteinander Bekanntschaft schlossen, nur noch geiler.

Aber eine Jungfrau, meine Herren, eine Jungfrau, die ich Ihnen für eine ganze Nacht überlassen könnte, was sagen Sie dazu? Eine Jungfrau und Märtyrerin, die gegen nichts Einwände erheben, sondern alles stillschweigend über sich ergehen lassen wird...?

»Also, wie steht's? Eine Jungfrau! Blutjung! Vielleicht etwas zu jung. Aber garantiert unberührt... Sie werden es selbst nachprüfen können!« sagte die Brincourt grimmig.

Ihre spitzen Nägel gruben sich in Antoinettes Schulter. Es war ihr ein Genuß, ihr Zittern zu spüren. Diese vier manierlich aussehenden Männer, das war etwas anderes als Holophernes oder Polyeucte, der unter Kaiser Decius den Märtyrertod erlitt.

»Eine gute Idee, prüfen wir's nach. Sachte, sachte ... Und wenn es stimmt, wird der Glückliche ausgelost.«

»Komm her, schönes Kind. Legen wir sie dort aufs Sofa. Und spielen wir Matronen ...«

»Eigentlich gibt's ja zwei Jungfernschaften, und wir sind nur zu viert ...«

Als ein nicht enden wollender Schrei ertönte, schloß die Brincourt die Tür. Sie kannte ihre Kunden, sie würden vor nichts zurückschrecken, und der Raum war ausgepolstert. Beide Türen ließen sich durch einen Mechanismus blockieren, den sie jetzt betätigte. In der Aufregung hatte sie vergessen, den Preis zu erhöhen. Sie bedauerte es flüchtig, bezog dann Posten an ihrem Guckloch (so etwas besaß sie natürlich auch, wie die Dufresne, wie die Fillon. Das hatten sie alle, selbst Schwester Rosalie, die es aber nicht nutzte) und schaute zu. Jetzt würde man sehen, wie Mademoiselle Malouin des Essarts sich anstellte! Diesmal zumindest spionierte die Brincourt nicht im Auftrag der Polizei.

Am nächsten Morgen, als Cléo von einer turbulenten Abendgesellschaft zurückkam und des reglosen Körpers ansichtig wurde, rief sie entsetzt:

»Aber sie kann daran sterben, Thérèse!«

»Das wäre vielleicht ohnehin besser«, erwiderte Thérèse Brincourt mit einem merkwürdigen Blick.

Sie hat genug gesehen. Jetzt hat sie Angst. Sie ist zum Äußersten entschlossen. Zehn, elf Jahre wird es dauern, bis dieser Blick in Cléos Bewußtsein vordringt und ihren Entschluß bewirkt.

Voretst aber holt sie erst einmal einen Kutscher vom Seineufer, dem sie in den arbeitsfreien Stunden mehr als einmal die Zeit vertrieben hat und der sich zu guter Letzt bereit erklärt, dieses junge Ding, dieses kleine Mädchen, das sie so gut wie möglich zurechtgemacht hatte, das aber immer noch nicht wieder zu Bewußtsein kommen will, in seinen Wagen zu laden.

»Ich sag's dir gleich«, bemerkt der Kutscher, »wenn sie mir im Wagen krepiert, werfe ich sie in den Straßengraben. Nichts gesehen, nichts gehört.«

»Aber wenn sie wieder zu sich kommt? Sie ist adelig. Da springt vielleicht was raus.«

»Dann bring ich sie nach Versailles.«

Von Versailles schickte man sie weiter nach Sceaux, wo Malouin sich aufhielt und alles andere als erfreut war, seine Tochter wiederzusehen.

»Und dann?«

»Ich kann schließlich nicht Ihre ganze Arbeit leisten, mein Freund! Da ist noch irgend so eine Geschichte mit einer Reise, ein Zerwürfnis des Vaters mit den du Maines, aber darüber weiß Cléo nichts. Sie müßten das doch leicht herauskriegen können. Aber wenn Sie mich fragen, lassen Sie lieber die Finger davon!«

»Und weshalb?«

»So schön sie auch sein mag, ein Mädchen mit so einem Charakter wird unseren Bel Ami nie halten können. Einen Abend, vielleicht auch zwei, bestenfalls, sofern sie sich überhaupt dazu hergibt. Er lacht gern.«

»Zu lachen gibt es da wirklich nichts...«, seufzte Jailleau.

Seine Hoffnung auf die erstrebte kleine Rente schwand wieder einmal dahin, immer wieder entzog sie sich ihm, wie eine Frau.

Siebtes Kapitel

Worin wir Sanson an seiner Arbeitsstätte sehen. Worin Catherine bewußt wird, daß man wirklich unglücklich sein kann, was sie in Erstaunen versetzt. Worin der Chevalier vergeblich zwei Auffassungen von Freiheit in Einklang zu bringen sucht.

Ich kam in dem Moment, als die Marter dem Ende zuging. Die Zuschauermenge war recht spärlich. Die Leblosigkeit des auf ein hölzernes X gespannten Körpers erklärte diesen Mangel an Begeisterung. Der Scharfrichter hatte den Mann entweder vor dem Rädern bereits erdrosselt oder beim ersten Schlag mit der Eisenbarre gleich zielsicher den Brustkorb getroffen, was im allgemeinen den Tod oder zumindest eine Ohnmacht des Verurteilten bewirkte. Daher also die Enttäuschung der Gaffer, die ganz offensichtlich auf Schreie, Geröchel, auf ein Schauspiel gewartet hatten. Der Verurteilte sei ein gewisser Michel Maury, Dieb und Mörder, wie mir ein alter Mann erklärte, und er war gerädert und nicht einfach gehenkt worden, weil seine Missetaten besonders abscheulich waren: Er hatte nicht nur einen Juwelier und dessen Frau, die ihn beim Plündern ihres Ladens überraschten, sondern aus reiner Grausamkeit noch zwei oder drei Kleinkinder gemeuchelt, die ihn niemals hätten festhalten oder auch nur wiedererkennen können. Im Grunde, fügte der alte Mann noch hinzu, erkläre sich das strenge richterliche Urteil aus der Tatsache, daß dieser Mann schon längere Zeit im Verdacht stand, zu Cartouches Bande zu gehören, wenn man es auch nicht hatte beweisen können.

»Man wollte ein Exempel statuieren; dabei weiß jeder, daß er keiner von der Bande ist, die töten nämlich nur, wenn es unumgänglich ist! Sie bringen keine kleinen Kinder um! Vielleicht war der Juwelier einer von Cartouches Leuten: Es wäre nicht der erste gewesen! Diese Leute nennt man Hehler. Aber jetzt, aufgepaßt! Er wird ihm die Beine brechen.«

Ich konnte ein Frösteln nicht unterdrücken. Der Körper war zwar reglos, merkwürdig schlaff, aber Details wie die bereits gebrochenen Arme, deren Gelenke wie Knochen aus einem Sack hervorstachen, oder der zurückgeworfene Kopf mit den entblößten Zähnen, die denen eines toten Tieres glichen, widerten mich an. Wie konnte man nur zum Vergnügen einem solchen Schauspiel beiwohnen? Mein Nachbar indes schien sich zu ergötzen. Der Scharfrichter hatte sich abgewandt, um sich die Stirn zu trocknen und ein Glas Wasser zu trinken. Es war nicht die erste Hinrichtung an diesem Tag. Er wandte sich wieder um und richtete sich zu seiner vollen Größe auf. Obwohl es noch recht kühl war, hatte er seinen Rock abgelegt und trug über den enganliegenden Beinkleidern nur eine Art Kamisol, das seine kraftvolle Muskulatur sehen ließ, wenn er die Oberarmmuskeln spannte und bedächtig und mühelos die schwere Eisenstange hob. Einen Moment lang hielt er sie hoch erhoben, bis er in aller Ruhe und mit gespannter Aufmerksamkeit genau den Punkt ausgemacht hatte, wo er zuschlagen mußte. Dann fiel sie mit voller Wucht herab, und da ich recht nah an der Rampe stand, hörte ich die Knochen krachen.

»Sehen Sie zum erstenmal beim Rädern zu?« fragte mein Nachbar äußerst liebenswürdig.

Ich nickte.

»Ach so! Beim erstenmal ist es allerdings beeindruckend. Aber es ist auch nicht mehr, wie es einmal war. Ich habe noch miterlebt, wie Vautier und Jean Nouis gerädert wurden und wie die Attibart, die ihren Mann vergiftet hatte, gehenkt wurde, nachdem man ihr zuerst die Hand abgehackt hatte. Dieser Henker ist nicht vom gleichen Kaliber wie sein Vater, und die heutigen Richter sind ohnehin viel zu nachsichtig.«

Da hatte ich einen unbelehrbaren Schwätzer neben mir, der mir jetzt wohl aus reiner Freude sämtliche Martergeschichten, die er seit frühester Jugend hier miterlebt hatte, schildern würde. Ich schlich mich durch die Menge davon, auf das Haus am Pranger zu, wo die Leichname so lange gelagert wurden, bis über sie befunden war. So mußte ich den letzten Hieb nicht mehr mitansehen, der für die Gehilfen das Signal war, den leblosen Körper loszubinden und ihn in den hinteren Teil des kleinen achteckigen Gebäudes zu bringen. Dort war Antoinette zur Schau gestellt worden, dachte ich bei mir.

Die Menge zerstreute sich murrend, ohne allerdings, was auch vorkommen konnte, den Henker auszupfeifen. Das Gerücht, der Tote sei ein Kumpan von Cartouche gewesen, schien viele dazu veranlaßt haben, mit dem Verurteilten Mitgefühl zu empfinden; die Ermordung der zwei kleinen Kinder galt als Erfindung der Richter, um die wachsende Popularität des Banditen einzudämmen.

Ich ging um den Pranger herum, hinter dem das Leichenschauhaus lag.

Ich wollte unter vier Augen mit Sanson sprechen, und da die heutige Hinrichtung wenig spektakulär gewesen war, schien mir der Zeitpunkt günstig. Wenn ein Verbrechen die Öffentlichkeit besonders erregte oder die Person des Verbrechers starkes Mitleid oder heftige Empörung auslöste, dann quoll der Platz über von Menschen, es wurden Fensterplätze vermietet und Dächer erklommen, Kinder kletterten auf die Schultern ihrer Väter, und junge Burschen kamen, wie man mir erzählt hatte, auf Stelzen daher; das aber empfand man als unredlich, weshalb man sie nicht selten zu Fall brachte. Soviel Akrobatik, um das zu sehen, was ich soeben gesehen hatte, wäre mir im Traum nicht eingefallen. Ich zögerte auch einen Moment vor der Tür des tieferliegenden Raumes, wo der Leichnam hingebracht worden war und wo Sanson seine Kleidung wechselte.

Zum erstenmal hatte ich ihn in Ausübung seines Amtes erlebt. So hatte ich mir das nicht vorgestellt. Ehrlich gesagt, ich hatte mir gar nichts vorgestellt. Als ich Sympathie für ihn empfand, als mir seine Augen schön erschienen, als ich mir gesagt hatte: »Er ist trotz allem der Henker!«, da dachte ich an das Schmachvolle seines Standes, nicht aber daran, was sein Beruf bedeutete. Heute hatte ich es gesehen. Auch wenn man ihm ein gewisses Maß an Güte zusprach oder ihm gar vorwarf, den Verurteilten allzu häufig das Retentum zukommen zu lassen oder den gezielten Hieb mit der Eisenbarre, der (nach Meinung des Publikums) dem Leid, das er zufügte, allzu schnell ein Ende setzte, so vermochte dies alles doch nicht meinen Abscheu zu lindern, den ich empfunden hatte, als ich sah, wie er mit dem gleichen ruhigen und aufmerksamen Blick, mit dem er mich immer angesehen hatte, wenn er bereitwillig und nachdenklich mit mir diskutierte, den vor ihm ausgestreckten Körper betrachtete und begutachtete, um ihn mit der aus hinreichender Erfahrung gewonnenen Sicherheit exakt an den Gelenkstellen zu zerschmettern. Dies war kein anderer Mann, den ich entdeckt hatte; es war derselbe, und das verursachte mir Übelkeit.

Seine Gehilfen liefen geschäftig um ihn herum, rieben ihn mit einem weißen Tuch trocken, hielten ihm ein Glas Wein hin. Einer von ihnen strich ihm mit einem in Essigwasser getauchten Schwamm über den kraftvollen Nacken und Rücken. Es entging mir nicht, daß sie versuchten, sich beliebt zu machen, sich ihm angenehm zu erweisen, vermutlich bezweckten sie irgendeine Beförderung. Hier, in seinem Reich von Schatten und Blut, war Sanson ein mächtiger Mann. Er ließ sich striegeln, anziehen, beglückwünschen, ohne Selbstgefälligkeit, aber auch ohne Mißfallen. Im hinteren Teil des Raumes warteten geduldig, fast demütig, ein paar Bittsteller, bis seine Körperpflege beendet war und sie das Wort an ihn richten konnten.

Auch ich wartete, doch da ich auf der Türschwelle stand, sah er mich zuerst.

»Ah! Catherine! Kommen Sie wieder wegen der Ertrunkenen? Ich habe das Briefchen des Chevalier erhalten und werde sie gleich liefern lassen. Unter uns: Ein Krankenhauswärter hatte Desnoues auch schon von ihr erzählt. Aber als er erfuhr, daß ich interessiert war...«

Ich glaube nicht, daß er prahlen wollte. Er berichtete Fakten.

In diesem Bereich, wo es um die Verfügungsgewalt über Leichen, über Tote ging, stellte der Henker eine Macht dar. Das wußte er.

»Schafft das fort«, sagte er, indem er auf den Leichnam auf dem Strohsack wies.

Mir erklärte er höflich:

»Der Raum nebenan dient zur Aufbewahrung der Leichen. Dort ist es kühl.«

Die Gehilfen machten sich ans Werk, während er ein frisches Hemd überzog, ohne Spitzen, aber blendend weiß. Eine gute Hausfrau, diese Madame Marthe.

»Gibt's noch was?«

»Ich hätte Sie gerne gesprochen ...«

»Ich bin nicht allein.«

Meine Worte waren knapp, bar jener Sympathie, die zwischen uns geherrscht hatte, als ich noch ein Kind war. Wann war sie geschwunden? Jetzt flößte er mir Widerwillen ein, und das war ihm vielleicht bewußt. Ich zumindest hatte das Gefühl, ihm zunehmend auf die Nerven zu gehen. Doch ich konnte ihn vielleicht einmal brauchen. Also war Takt geboten. Ich hatte ihn absichtlich am Richtplatz aufgesucht, damit Madame Marthe nicht dabei war, aber auch um herauszufinden, wie es um Antoinette stand. Würde es mir, falls sie sich abgestimmt hätten, gelingen, so überzeugend zu wirken, daß ich sie veranlassen konnte, gemeinsam unterzutauchen? Ich hatte zwar wenig Hoffnung in mein Vorhaben gesetzt, aber doch genug, um es zu wagen. So wie es um mich stand, hatte ich nicht viel zu verlieren.

Ich wartete also. Als sich meine Augen an das Halbdunkel des Raumes gewöhnt hatten, sah ich mir die im Hintergrund wartenden Gestalten etwas genauer an. Einer war Leichenhaushelfer, den kannte ich gut, denn er handelte heimlich mit Leichen, der andere war mir unbekannt, wirkte manierlich und einnehmend, gut gekleidet, und der dritte war ein bürgerlich gewandeter Einarmiger, der mich spöttisch musterte: Wilhelm.

»Handelt das Kind jetzt auf eigene Rechnung?«

Mir war klar, daß er seit dem Verkauf der Büste an Sanson, über den er Stillschweigen gewahrt hatte – vermutlich, um etwas gegen mich in der Hand zu haben –, argwöhnte, ich hätte meine Abmachungen mit dem Henker und arbeite in heimlicher Konkurrenz zum Chevalier. Im Augenblick war mir das ganz recht.

»Und Sie, Wilhelm? Sie sind, soviel ich weiß, doch nicht Chirurg. Sie haben hier doch nichts zu suchen.«

»Sie sind beide hier willkommen«, sagte Sanson gelassen und liebenswürdig.

Der Leichenwäscher, der sich von mir wiedererkannt sah, machte sich aus dem Staub und murmelte, er komme später wieder.

»Darf ich Sie nochmals ersuchen, Meister, keine Abmachungen zu treffen?« sagte er zu Sanson, und das klang schmeichlerisch, kriecherisch.

Es war das erste Mal, daß ich jemanden den Henker Meister nennen hörte. Aber was tut man nicht alles für einen frisch Verstorbenen! Da trat der elegant gekleidete junge Mann einen Schritt vor und sagte, ohne sich um uns zu kümmern:

»Sie haben ihn mir versprochen!« Dieser Ton duldete keine Widerrede.

»Sie kriegen ihn«, antwortete Sanson so auffallend milde, daß es mir zu denken gab. »Guillaume richtet ihn nur ein wenig her.«

»Gut. Wir begraben ihn noch heute nachmittag. Seine Kameraden hätten es nicht geschätzt, ihn von diesen Aasgeiern in Stücke gerissen zu sehen. Hat er Haltung bewahrt?«

»Durchaus. Wie Sie sehen konnten, bin ich so verfahren, wie Sie es wünschten. Der erste Schlag saß.«

»Wir sind Ihnen dankbar. Ich habe einen Karren an der kleinen Pforte stehen. Kann ich ...?«

»Er müßte fertig sein. Guillaume! ... Heben Sie ihn vorsichtig hoch, der Magen könnte arg beschädigt sein ...«

Diese Worte (und dabei hatte ich ähnliche schon früher gehört) verursachten mir Brechreiz. Ich blieb dennoch. Schließlich war ich in der besten Absicht gekommen; Sanson konnte es mir nicht verargen. Wer weiß, ob ich, indem ich meinen Meister und mich rettete, nicht auch die beiden anderen rettete? Aber ich mußte mit ihm allein sprechen, und Wilhelm, dessen Anwesenheit mir von Anfang an suspekt gewesen war, durfte auf keinen Fall von meinen Absichten Wind bekommen, denn er würde sie (vielleicht nicht ganz zu Unrecht) als Verrat ansehen.

Sanson kam wieder zu uns zurück, und die ganze Weltläufigkeit, die er eben noch zur Schau getragen hatte, verschwand aus seinen Zügen.

»Herr Graf«, sagte er zu Wilhelm, den diese Anrede absolut nicht zu irritieren schien, »ich habe bereits nein gesagt, und dabei bleibt es.«

»Das sollten Sie sich noch einmal überlegen.«

»Ich habe es reiflich überlegt.«

Wilhelm lief rot an vor Zorn. Er brauste leicht auf, das hatte ich schon häufiger beobachtet. Meine Anwesenheit hatte er vergessen.

»Das könnte Sie Ihren Platz kosten«, sagte er. »Sie wären nicht der erste. Levasseur, Henker von Paris und Cousin Ihres Vaters, wurde seines Amtes enthoben.«

»Wegen Kuppelei«, entgegnete Sanson; das Wort ging ihm schwer über die Lippen.

»Er entstammte Ihrer Familie. Daran könnte man sich erinnern. Wie auch an Ihre kleinen Abmachungen mit dem einen oder anderen.«

»Rein humanitäre Gründe.«

»Humanitär oder komplementär. Eine Anzeige ist ein Kinderspiel und hat, wie die Dinge stehen, beste Aussicht auf Erfolg.«

»Es steht Ihnen frei, Herr Graf«, sagte Sanson, nun wieder ganz Herr seiner selbst.

Eine gewisse Würde konnte man ihm nicht absprechen.

»Wir wollen uns nicht streiten. Bedenken Sie indes die Vorteile, die Ihnen daraus erwachsen könnten. Man muß ja nicht ein Leben lang Henker, oder wie Sie zu sagen belieben, Scharfrichter ... bleiben!«

Sanson schwieg.

»Reden Sie mit ihr. Fragen Sie, was sie davon hält. Es gibt Sinekuren, Indien, Ceylon, wo Sie beide, nach getaner Arbeit, es sich wohlergehen lassen könnten. Nein, nein! Widersprechen Sie nicht gleich! Sie sollen nur wissen, daß ich eine Blankovollmacht besitze für jede mir opportun erscheinende Entscheidung. Nur eilen müßten Sie sich. Es ist eine Frage von wenigen Wochen. Kommen Sie, Catherine.«

Ein lärmender Abgang, und ich folgte ihm, ohne zu protestieren. Nun wußte ich, was ich wissen wollte: Sanson hielt Antoinette als Geisel. Aber Wilhelm wußte es auch.

Er ging zu Fuß, trotz seines eleganten Gewandes in den Farben herbstlichen Laubs, und er trabte, ohne es zu bemerken oder sich darum zu kümmern, mit seinen nagelneuen Stiefeln durch den Schmutz. Er brummelte vor sich hin: »Diese Feilscherei! Ein Henker! Hundsfott! Schurke! Gauner!«

Ich trottete hinter ihm her, und es tat mir leid um meinen Rock, der im Matsch des beginnenden Tauwetters heillos verdreckte.

»Ihre schlechte Laune kostet mich einen schönen Batzen«, sagte ich keck, wenn es auch geheuchelt war, denn es schien mir ratsam, ihn in dem Glauben zu lassen, ich arbeitete auf eigene Rechnung, wie Châteauneuf, wie so viele andere Lehrlinge, die sich nicht scheuen, ihre Lehrmeister zu übertrumpfen und ihnen die Kunden abzujagen. »Aber warum wollten Sie eigentlich diesen Leichnam haben?«

Er blickte mich kurz an, doch ohne seinen Schritt zu verlangsamen; er wollte sich vergewissern, ob ich mich tatsächlich hatte täuschen lassen. Aber ab und zu muß man aus einem runden Gesicht und großen, unschuldig blauen Augen auch seinen Vorteil ziehen. Man glaubt mir leicht. Seine Miene hellte sich auf.

»Ich wollte ihn für einen Freund, der mir einen schönen Batzen dafür gibt. Aber dieser Lump gibt ihn lieber dem Kind!«

Diesmal verstand ich wirklich nichts.

»Welchem Kind?«

»Das Kind, das ist ein Deckname, den man Cartouche gibt«, sagte er mit der Überheblichkeit, die den Vertrauten der Pariser Unterwelt eigen ist.

»Was? Dieser Leichnam ist also... Ich habe aber doch das Gegenteil gehört! Wenn er ein Freund von Cartouche gewesen wäre, hätte Cartouche ihn verschwinden lassen.«

»Das hätte er gekonnt.«

»Und warum hat er es nicht getan?«

»Wegen der Kinder. Ein unnötiger Mord. Er wäre als Unhold dagestanden, und das will er nicht. Er ist nicht dumm. Wer weiß, eines Tages wird Monsieur Cartouche vielleicht die Kavallerie befehligen! Nehmen wir lieben einen Fiaker, dieser Matsch ist unerträglich.«

Das merkte er reichlich spät; mein Rock war beim Teufel.

»Vielleicht hat er Mitleid gehabt mit den Kindern, das wäre auch möglich«, murmelte ich, als ich mich neben ihn setzte.

»Mitleid ist eine seltene Kost, Catherinchen. Selten und teuer. Das kann sich nicht jedermann leisten. Wenn ich du wäre, würde ich es mir verkneifen.«

Ich erwiderte nichts. Seine letzten Worte hatten irgendwie verhalten geklungen. Aber die Irokesen hatten vielleicht auch einen Moment lang Mitleid gehabt, bevor sie den heiligen René Goupil töteten.

Und hatten ihn dann verspeist.

Wir waren angekommen. Wilhelm schloß sich sofort mit Martinelli ein. Man hörte lautes Reden, aber diesmal lauschte ich nicht. Ich mußte nachdenken.

Es hing also einzig und allein von Antoinette ab, ob die Verschwörung gelang. Von Antoinette, die Sanson liebte, gefangenhielt, der er vielleicht Gewalt antat. Wilhelm wußte es und machte dem Henker phantastische Versprechungen, damit dieser ihm seine »Freundin« ausborgte, bis die Angelegenheit abgeschlossen war.

Erstaunlich, daß Antoinette immer der Schlüssel zu allem war. Erstaunlich aber auch, wie man sie verschieben, ihr eine neue Rolle, einen neuen Platz, ein neues Ziel zuweisen konnte. Als wäre sie eine Schachfigur, ein Gegenstand. Es war Sanson, den Wilhelm zu bestechen versuchte, nicht Antoinette. »Wir werden Ihnen eine Sinekure besorgen... Sie können sie mitnehmen, hierhin, dorthin, nach Indien, auf eine Insel...« Wie ein Gepäckstück.

Wenn man nur Kontakt mit ihr aufnehmen könnte... Machte man ihr auch Versprechungen? Nutzte man eine ihrer Absencen, von denen ich nie so recht glauben konnte, daß sie nicht gespielt waren?

Ich räsonierte schon fast wie Wilhelm, wie der Chevalier, vielleicht auch wie Sanson, dachte ich bei mir, nicht ohne leichte Gewissensbisse: Ich verfügte über sie. Auch ich wünschte mir, sie würde verschwinden, freiwillig oder unfreiwillig fortgehen. Doch mein Wunsch war, daß sie untertauchte, bevor sie uns alle kompromittiert hatte; während meine Mitverschwörer, die auf ihren Plan vertrauten, sie erst hinterher zum Teufel jagen wollten. Es sah so aus, als wäre diese unglückliche Person allen und jedem nur im Wege, wie ein Werkzeug, das man einmal benutzt und dann nicht mehr braucht.

Aber vielleicht irrte ich mich auch? Wer weiß, ob sie es nicht selbst am meisten wünschte, sich weit weg von allem mit ihrem Henker niederzulassen? Madame Marthe hatte ihn schließlich auch geheiratet, ohne jeglichen Zwang! Oder aber – wenn er sie gegen ihren Willen gefangenhielt –, dann wäre sie vielleicht gottfroh, ihm zu entfliehen, ihm und all den anderen, die sie in die vielversprechende Rolle einer Hellseherin hineinzwängen wollten? Ich mußte unbedingt mit ihr selbst reden. Aus Sanson war nichts rauszukriegen, das hatte ich ja gesehen. Und um sie zu finden, brauchte ich diesen Jean-Marie Vigneron, der, laut Jeannette, Tod und Teufel kannte.

Ich war in meinem Laboratorium, zeichnete lustlos und fragte mich immer wieder, ob ich mich auf Gedeih und Verderb einer Dienstmagd und einem Taugenichts ausliefern sollte. Aber wie hätte ich anders vorgehen können? Wer sonst würde mir helfen? Ich malte mir Madeleine Basseportes Entsetzen aus bei der Nennung des Wortes Gefängnis oder Komplott oder Henker. Sie hätte nichts Eiligeres zu tun, als mich diesem üblen Milieu zu entreißen und in irgendeinem wohlanständigen Kloster in Sicherheit zu bringen, aus dem ich nur herausdürfte, um unter ihrer Aufsicht an den Unterrichtsstunden im Jardin du Roi teilzunehmen. Davon hatte ich früher tatsächlich geträumt. Es schien mir das Höchste, nach dem man streben konnte. Ich hatte mich also verändert; den Grund dafür wollte ich allerdings jetzt nicht analysieren.

Es war schon fast Nacht, als man den Leichnam brachte, den Sanson uns versprochen hatte. Die Wasserwacht, die auch ihren Preis fordert, hatte ihn in der Bièvre entdeckt. Eine Schwangere im vierten oder fünften Monat. Frau ... wohl eher Mädchen, das keinen anderen Ausweg sah aus seiner Not. Kein seltener Fall, der auf mich aber einen unangenehmen Eindruck machte. Am nächsten Morgen schien mir mein Meister – der diese Leiche bei einer Demonstration unter Leitung des Arztes Lesueur, meines Vaters, sezieren sollte – nicht ganz so munter bei der Sache wie gewöhnlich. Er wandte den Blick von dem aufgeschwemmten und entstellten Gesicht und deckte ein Tuch darüber. Diese Geste ermutigte mich. War es also doch möglich, ihn zu beeindrucken?

Aber schon am Nachmittag brachte er mit geschäftiger Miene – die Eindrücke des Morgens waren offenbar verflogen – in einer langen, mit Stroh und Roßhaar ausgekleideten Kiste den Leichnam zurück, und ich sah, daß er ihn für den weiteren Gebrauch sorgfältig wieder zugenäht hatte.

»Sie haben sie wieder hergebracht?«

»Ein ganzer Körper! Sollte ich ihn vielleicht einfach verwesen lassen?«

Wie er mir erzählte, hatte er bei Öffnung der Bauchhöhle Zwillinge entdeckt, schon völlig ausgebildet.

»Wir werden einen besonders sorgfältigen Abdruck des Genitaltrakts mit den beiden Foeten machen. Dabei müssen wir eine besonders ruhige Hand haben, denn eine solche Gelegenheit kommt nicht so schnell wieder. Wir modellieren ... du modellierst eine Bauchhöhle, exakt auf den Leib passend, wie ein Deckel, und dann werden wir den Körper nach antikem Vorbild ausstatten mit implantiertem Haar, einem schönen griechischen Profil – ein Prachtstück soll es werden! Es wird ein erstklassiges Stück sein, und du machst alles, was Relief bekommen muß ...«

Ich unterbrach ihn erstaunt:

»Aber ich dachte, Sie verabscheuten die Vermischung von Skulptur und Anatomie? Haben Sie Ihre Meinung geändert? Bedauern werden Sie es nicht, das versichere ich Ihnen. Ich mache Ihnen ein Prachtstück. Wir könnten es *Die Zwillinge* nennen, das gäbe ihm eine mythologische Note.«

»Wir ... *du*. Es wird dein Werk sein, ich überlasse es dir.«

Ich spürte, wie ich blaß wurde.

»Was soll das heißen: Sie überlassen es mir?«

Über den Leichnam gebeugt, trennte er bereits die Naht auf. Wir mußten das restliche Tageslicht nutzen, wenn wir mit Erfolg die Form gießen wollten.

»Das soll heißen, daß du sie signieren darfst. Daß sie ausschließlich dein Werk sein wird, über das du verfügen kannst«, sagte er, ohne mich anzublicken.

Aber ein paar ungeschickte Handgriffe beim Aufklappen der Bauchhöhle bestärkten mich in meinem Verdacht, daß er verwirrt war und, da er vorhatte, mich zu verlassen, sobald sein Ziel erreicht war und er sich den Lohn für seine Mühen in Spanien oder Italien zu holen gedachte, die Ertrunkene aus der Bièvre in gewisser Weise sein Abschiedsgeschenk war. Traurigkeit, die ich für Zorn hielt, schnürte mir die Luft ab, als ich mir über diese Tatsache klargeworden war.

»Das wird mir in der Tat von Nutzen sein, wenn Sie in der Bastille sitzen.«

Er legte das Skalpell hin und rieb sich automatisch die Hände am Hemdzipfel ab.

»Was redest du da?«

»Glauben Sie, ich wäre blind und taub? Glauben Sie vielleicht, ich hätte Ihre Intrigen nicht durchschaut? Erst haben Sie versucht, den Kunstfreund zu ködern, indem Sie auf seine ... Lüsternheit setzten, und jetzt wollen Sie ihm mit Aberglauben kommen, wobei Sie ihn – und sich selbst – in Lebensgefahr bringen. Und das alles hat Ihnen dieser Kutscher eingeredet, der sich mal als Graf, mal als Pfaffe ausgibt! Das alles um irgendwelcher Ehren oder Reichtümer willen, die pure Illusion sind! Dabei würde es genügen, wenn Sie Ihre Begabung, Ihre wissenschaftlichen Kenntnisse nutzten ...«

Ich merkte plötzlich, daß ich schluchzte, daß ich nur noch Satzfetzen herausbrachte:

»... und dann verlassen Sie mich ... Man wird Sie verhaften ... Vielleicht sogar foltern ... Vielleicht kommen Sie nie mehr wieder ... Mich verlassen Sie einfach, lassen mich allein ...«

»Catherinchen ...«

Linkisch nahm er mich in die Arme. So nahm man ein Kind in die Arme, um es zu trösten, das spürte ich, und doch fehlte es dieser Umarmung keineswegs an Herzlichkeit.

»Wein doch nicht, wein nicht.« So hatte seine Stimme noch nie geklungen, ernst, fast leidend, voller Traurigkeit, die sich nicht nur auf mich bezog.

Ich bezwang meine Erregung, für die ich mich bereits schämte. Er hatte sie als Panikreaktion eines verlassenen Kindes deuten können, deuten müssen. Ich wußte zwar, daß etwas anderes mit im Spiel war, und wenn es ihm nun klargeworden war, so war es mir egal. Wir saßen auf dem alten durchgesessenen Sofa, und einen Moment lang zog er mein Gesicht, das unter dem aufgelösten Haar gar nicht zu erkennen war, an seine Schulter.

»Weißt du«, sagte er, und es klang wie ein Selbstgespräch, »daß meine arme Mutter genau dieselben Worte gebrauchte, als der Kanonikus mich mitnahm: ›Verlaß mich nicht‹, sagte sie weinend, ›verlaß mich nicht ...‹ Dann versteckte sie ihr Gesicht in ihrer Dienstmagdschürze, damit ich ihre Tränen nicht mehr sah, und fügte hinzu: ›Doch, doch, sei stark, mein Liebster, geh nur.

Ich bin glücklich, dich gut versorgt zu wissen.‹ Der Kanonikus wippte schon vor Ungeduld auf seinem Stuhl, und dann ging ich.«

Wir schwiegen eine Weile. Dann bettete er, so sanft, wie ich es ihm nie zugetraut hätte, meinen Kopf auf die staubigen Kissen, stand auf und ging zu dem klaffenden, hilflosen Körper zurück, in dem die beiden kleinen Wesen, die nicht gelebt hatten, aneinandergeschmiegt lagen.

»Sich wegen einer Kleinigkeit umzubringen ... Armes junges Ding, aus kleinsten Verhältnissen, geschwängert, verstoßen, hat bestimmt geglaubt, nun sei alles verloren, dabei gibt es unzählige große Damen, die sich einer solchen Last ganz unbekümmert entledigen, als wäre es nichts weiter als ...«

»Oh!«

»Ich übertreibe vielleicht ein bißchen, aber du kannst mir glauben, wenn ein solches Mißgeschick einer Sabran, einer Parabère oder Tencin passierte, dann würden sie nach dem Abgang keinen Gedanken mehr daran verschwenden ...«

Bedächtig ging er zur Waschschüssel, nahm den Krug und wusch sich die Hände. Mochte er noch so nachlässig sein in allen anderen Dingen, aufs Händewaschen achtete er, verlangte es auch von mir, und wenn er den kleinsten Stich, den kleinsten Riß an meinen Fingern entdeckte, desinfizierte er ihn sofort – wie er es bei einem Kind getan hätte. Immer dasselbe!

»Ich werde dich nicht im Stich lassen, Catherine, zumindest nicht freiwillig«, sagte er, zu mir zurückkommend. »Und in die Bastille wandern wir schon gar nicht. Meine einzige Gefängniserfahrung ist die in den Bleikammern Venedigs, und daß ich das nicht noch einmal erleben möchte, das schwöre ich dir. Sollte ich gezwungen sein, unterzutauchen ...«

»Was dann?«

»Dann nehme ich dich mit oder lasse dir mitteilen, wo du mich finden kannst. Ich habe dir noch viel beizubringen.«

Ich dachte an Madeleine und mußte lächeln.

»Na, siehst du, schon besser. Setzt du so wenig Vertrauen in unsere Freundschaft? Oder hältst du mich für so flatterhaft?

Glaubst du, ich ließe dich gegen deinen Willen so einfach im Stich?«

»Nein, Monsieur, das glaube ich nicht. Aber folgen Sie aus lauter Beharrlichkeit diesem Mann in allem, was er Ihnen einredet? Oder aus Trotz? Gar aus Ruhmsucht? Oder vielleicht aus Überzeugung? Bloß welcher?«

Er lachte nicht und wurde auch nicht böse, ganz anders, als ich befürchtet hatte.

»Weißt du, warum ich, als ich plötzlich allein war, nach Venedig ging? Weil die Ungerechtigkeit, die ich am eigenen Leib erfahren hatte, mir unerträglich war, und weil ich glaubte, in einer unabhängigen Republik müßte alles, selbst im privaten Bereich, mit größerer Aufgeschlossenheit behandelt werden, weil man die Tyrannei nicht kannte. Hast du je ähnliche Überlegungen angestellt, Catherine?«

»Nein, Monsieur. Sie kennen meinen Vater. Bei ihm können solche Illusionen nicht aufkommen ...«

»Den Eindruck hatte ich auch. Ich habe dir erzählt, was mir in Venedig zustieß. Dort lernte ich Wilhelm kennen, er ist wirklich Graf, Graf von Schlieben, mit seinem deutschen Namen. Er gehörte nicht zur Polizei, zu keiner Gesandtschaft, zu keiner Behörde, auch nicht in niederem Rang, und doch hatte er überall Zugang, war überall zu Gast, besonders bei den Spaniern.

Von allen Nationen gab er der spanischen den Vorrang, obgleich er Deutscher war, weil er besonders liebenswürdige Aufnahme und Unterstützung fand bei der Princesse des Ursins, die bis zur Wiederverheiratung des Königs in diesem Land eine große Rolle gespielt hatte, dann aber unerwartet in Ungnade fiel und, wie man weiß, halbnackt außer Landes befördert wurde. Wilhelm wäre es ebenso ergangen (abgesehen von der Nacktheit, die der Grund dafür war, daß die arme und nicht mehr junge Frau beinahe gestorben wäre!), wenn er nicht Lunte gerochen und nicht bereits Kontakte geknüpft hätte zu Alberoni aus Parma, dem zum Premierminister avancierten Gärtnerssohn, eine fette Pfründe, was man von unserem Dubois, dem Apothekerssohn, nicht behaupten kann. Wilhelm war irgendwie verwandt (vielleicht hatten sie auch dieselbe Mätresse gehabt) mit dem Mann, der mich aus den Bleikammern herausholte. Er nahm mich auf, als ich aus dem Gefängnis kam, nachdem der andere ihm garantiert hatte, ich könnte mich nützlich erweisen. Aus Venedig mußte ich so schnell wie möglich heraus. Mein chirurgischer Lehrherr hätte mich aus Haß, weil ich mein Recht eingefordert hatte, aber auch, weil seine Hände zitterten, ewig verfolgt. Wohin also? Ich sah mich schon wieder ganz unten.

Als Angehöriger des ländlichen und verarmten Kleinadels hatte ich es zum Protégé des Kanonikus gebracht, wurde dann beschuldigt, dessen Günstling gewesen zu sein, war dann Chirurgengehilfe – kaum höher angesehen als ein Barbier –, und schien nun wieder auf die Stufe eines Abenteurers, wenn nicht gar Spions absinken zu müssen. Aber das Wort ist noch viel zu nobel: Spitzel sagt man zu einem Spion der niedrigsten Kategorie. Und diese Erniedrigung war nur darauf zurückzuführen, daß meine Eltern mich nicht hatten ernähren können und ich, töricht, wie ich war, unter Anleitung des gutherzigen Kirchenmannes die Zeit damit zubrachte, meinen Heißhunger im konkreten und übertragenen Sinne zu stillen, indem ich mit gleichem Appetit Bücher und fette Poularden verschlang, anstatt meinen Wohltäter – der gar nicht so alt war, aber zu Blutandrang und Schlagfluß neigte – langsam, aber sicher dazu zu bringen, ein Testament zu meinen Gunsten zu machen. Ich entdeckte, daß ich Gefangener einer Gesellschaft war, in der Armut, Jugend und Uneigennutz als unentschuldbare Sünden galten. Das war niederschmetternd.

Wilhelm gab mir das Leben zurück. Erst einmal gab er mir Geld, daß ich mich neu einkleiden, mir die Haare schneiden, den Bart stutzen lassen, eine anständige Perücke und einen relativ sauberen Rock kaufen konnte; er schickte mich ins Dampfbad (ich wusch mich gern, wie du weißt, das ist eine meiner Schwächen) und flößte mir neuen Mut ein. Andere hätten noch niedriger angefangen und seien zu höchsten Ehren gelangt. Meine Erfahrungen würden mir nützlich sein. Italienisch und Französisch konnte ich bereits schreiben, und Spanisch würde ich schnell lernen, zumal man mich bald dorthin schicken würde. Befanden sich nicht einflußreiche Italiener in Madrid? War die neue Königin nicht Italienerin? Wußte ich nicht von Alberoni? Im Augenblick war das Land zwar zerstückelt, war Tauschobjekt, verwüstet von inneren Querelen und diversen Okkupanten, so daß Italien nur noch ein romantischer Begriff schien. Aber waren diese zusammengehörenden Fragmente nicht zum Zankapfel zwischen Spanien und Österreich geworden? War Cosimo III. in der Toskana nicht ständigen Bedrohungen ausgesetzt? Und würde Parma nicht eines Tages vielleicht spanisch werden? Wäre ich bereit, nach Spanien zu gehen, so würde man mir als Lohn für ein paar kleinere Dienstleistungen (jetzt sollte ich Pamphlete schreiben und dafür entlohnt werden, während man mich wegen Unterstellung dieses Verbrechens vorher eingesperrt hatte!) weiterführende Studien ermöglichen, mir Urkunden verschaffen, ich würde an Einfluß gewinnen, könnte meine Familie unterstützen, wenn nicht sogar (Wilhelm schreckte vor keiner Versprechung zurück!) Sizilien etwas Gutes tun, das soeben dem Herzog von Savoyen zugesprochen worden war (Wilhelm hielt diese Lösung für unhaltbar), worauf dieser sich selbst zum König proklamiert hatte und als Victor-Amadeus II. regierte. Ich erspare dir weitere langweilige Einzelheiten. Kurzum: Ich schiffte mich ein, den Kopf voller Schimären.«

»Und wurden enttäuscht?« fragte ich.

Er schien mir zu vertrauen, und das linderte meinen Kummer.

»Ich weiß nicht recht. Vielleicht nicht. Meine Urkunden bekam ich sofort: Ich beherrschte Latein, wußte mit Lanzette und Skalpell geschickt umzugehen, Wilhelm, der mich begleitet hatte, erfand mir eine spanische Abstammung, und so war fürs erste alles geregelt. Aber von Einfluß keine Spur. Wenn ich mich ins Zeug gelegt hätte, wäre vermutlich etwas dabei herausgesprungen, Vermögen oder irgendein Titel, eine Auszeichnung. Aber wirkliche Entscheidungsgewalt ... Wir waren nur unbedeutende Figuren. Ich entdeckte eine unbekannte Welt: ehrgeizige Laufburschen, ausgepfiffene Dramatiker, die sich aufs Pamphletschreiben oder auf anonyme Briefe verlegten, fliegende Händler, die aufrührerische Schriften über ganz Europa verstreuten, Korsettmacherinnen, die besser informiert waren als Herzoginnen, Gesandtschaftssekretäre, die das Briefgeheimnis verletzten, die sich, aus reiner Eitelkeit, mit hübschen, doch allzu bekannten Frauenzimmern umgaben, Äbte, denen Abteien abhanden gekommen waren, Lakaien aller Art. Alles Späher, Schwätzer und Denunzianten. Und mitten in diesem Geschmeiß hochnoble Figuren, sehr große Namen, denen es nur an der nötigen Barschaft fehlte, um die Tochter standesgemäß unterzubringen oder zu verheiraten, oder die sich aus lauter Langeweile den Spaß gönnten, insgeheim Einfluß auszuüben und durch zwei-, drei- und viergleisiges Spiel alles noch diffuser zu gestalten. Dann gab es da noch ein paar Phantasten, zu denen ich gehörte. Aber nicht lange.

Von denen einmal abgesehen, hatten alle ›Eingeweihten‹ eines gemeinsam: die Verachtung, das ist nämlich der wahre Name für Freiheit. O doch! Ich hatte Umgang mit Bankiers, mit Abenteurern, Ministern und Kupplerinnen, doch sobald man das erkannt hat, ist es das Schlüsselwort. Das Glitzern im Auge des anderen! ›Wie? Du weißt's auch? – Ich weiß.‹ Man erkennt seinesgleichen, was nicht ausschließt, daß man später aufeinander losgeht. Man ist einander nichts schuldig. Man ist absolut frei, so frei wie die Luft, die weder Geschmack noch Form noch Festigkeit besitzt, die man nicht einfangen kann. Auch wenn du nur ein Spion, ein Spitzel bist – ein häßliches Wort für ein häßliches Metier –, je schurkischer du bist, um so freier bist du, denn du bist frei von Selbstachtung.

Das war es, was Wilhelm mich lehrte, als ich kaum den Kinderschuhen entwachsen war. Nennt man so etwas nicht einen wahren Freund?

Es war ein Spaß. Reisen, Verschwörungen, mal im Dienste des einen, mal im Sold des anderen. Geld. Einen Tag reich, am nächsten wieder arm. Der äußere Schein, der soviel wahrer ist als die hochtrabende Realität, denn bin ich, als Minister verkleidet, nicht hundertmal glaubwürdiger als Dubois oder Alberoni? Und dort, wo sie auf Kosten von Völkern und Königen, um den Preis einer Schlacht oder eines Vertrages, um Aufnahme in den Kreis der Großen, die sie verachten, oder um einen Kardinalshut feilschen, da ging es uns nur um den harmlosen Batzen Geld, um Geld, das auch frei ist, in allen Ländern etwas gilt, in jeder Form, Geld, das alles ermöglicht und zu nichts verpflichtet, gerecht oder ungerecht verdient, ganz nach Belieben, ohne Würde, ohne erzwungene Moral. Man ist frei, ein Nichts zu sein, an nichts zu glauben... Was für ein Geschenk!«

»Sind Sie dessen so sicher, Monsieur?«

»Muß man der Dinge sicher sein, wenn man sie erlebt? Man kann nicht mehr zurück. Ich habe die Rückseite der Karten gesehen, habe miterlebt, wie die Größten, die Edelsten, mit Würfeln spielten, von denen sie wußten, daß sie präpariert waren. Auch ich war »eingeweiht«: Ich las Briefe, die nicht an mich adressiert waren, las wohlklingende Worte, in Gift getränkt. Ich habe der Gleichgültigkeit ins Antlitz geblickt, und die ist schlimmer als Grausamkeit... Bah! Lachen wir darüber, lachen wir, Catherine!« (Er lachte nicht.) »Ich habe mich für die Wachsbildnerei begeistert, wir tun etwas Nützliches, findest du nicht? Alles andere...«

»Könnten wir dieses ›alles andere‹ nicht beiseite lassen, Meister?«

»Alles hängt irgendwie zusammen, Catherine. Außerdem, was hast du gegen meine geheimen Aktivitäten? Ich frage mich manchmal, ob es nicht ein und dasselbe Metier ist: das Sezieren ermöglicht es uns, die physischen Ursachen unserer Bewegungen kennenzulernen, fast wäre ich versucht zu sagen, das, was uns die Kommandos gibt, und die Beobachtung...«

»Sie delektieren sich an Wörtern. Ihre Offenheit vorhin war mir lieber.«

»Das Wort tut nichts zur Sache. Die Beobachtung, sagte ich, gibt uns einen Begriff von der Relativität der Ursachen, die die großen Ereignisse der Welt steuern. Eine winzige Ursache: Kleopatras Nase – oder die deine! – prägt ein Schicksal, wie ein unsichtbarer kleiner Nierenstein toxisch sein kann, quälend, wenn er sich bewegt, und manchmal sogar tödlich.«

»Dann wäre also alles Ungerechtigkeit – oder Zufall?« bemerkte ich verärgert.

Wenn diese Überlegung Freiheit war, dann bedeutete Freiheit, so schien es mir, vor allem die Freiheit, nichts zu tun oder eine Sache schlecht zu tun.

»Ich kann mir nicht vorstellen, daß ich wegen eines Steinchens meine Position oder meine Meinung ändern würde!«

»Nationen werden manchmal durch so winzige Ursachen im Innersten erschüttert. Auf den Ort kommt es an, nicht auf die Größe. Ein Perückenmacher kann einen Krieg auslösen, auch eine Kupplerin oder ein Lakai, wenn sie es darauf anlegen, daß ein Brief entdeckt wird: Das ist der Stein, der alles ins Rollen bringt. Der Calculus, wie man sagt, und das ist lustig, weil er jedes Kalkül durcheinanderbringt. Ungünstig plaziert, verursacht er nun Koliken: siehe Paré. Aber wenn er sich an einer anderen Stelle befindet, passiert über Jahre hinweg nichts.«

»Ich sehe, daß ich mich in Ihnen getäuscht habe, Meister«, sagte ich in dem Bemühen, ihm ein Lächeln zu entlocken, denn er hatte dies alles mit seiner üblichen Heftigkeit gesagt, nur bitterer als sonst, was mich unangenehm berührte.

Ich hatte ihm Informationen entlocken wollen, keine Geständnisse, vor allem keine Geständnisse, die sich einem von mir verursachten vorübergehenden Gefühl der Rührung verdankten.

»Ich dachte, Sie seien ein stolzer Mensch, und nun sehe ich soviel Kleinmut. Ein Steinchen! Mehr als die Freiheit eines Steinchens nehmen Sie nicht für sich in Anspruch?«

»Es kann zum Tode eines Menschen führen.«

»Entspricht das Ihrer Absicht?« fragte ich mit fester Stimme.

Ich glaubte uns weit entfernt vom Komplott und von Antoinette, und plötzlich stand beides wieder vor uns, zwischen uns.

»Gewiß nicht«, erwiderte er mit Entsetzen, und es klang ehrlich. »Ganz gewiß nicht! Traust du mir das zu?«

Ich nahm all meinen Mut zusammen, um ihm die Stirn zu bieten.

»Sie sagten selbst, die Ergebnisse unseres Handelns seien nicht immer die, die man beabsichtigt hatte. Können Sie sich für das Leben des Kunstfreunds verbürgen? Oder für das von Antoinette? Für andere, die zufällig in Ihr Intrigenspiel hineingezogen würden? Und wie steht's mit Ihrem eigenen Leben, Meister?«

»Ach, mein Leben«, sagte er zerstreut, »das halte ich schon längst nicht mehr für wichtig. Es ist wie Italien: Fragmente, die keine Einheit bilden. Nicht einmal eine einheitliche Sprache eint Italien: Die Menschen aus dem Piemont, aus der Lombardei, aus der Toskana verstehen einander nicht... Neapel den Österreichern, Sardinien den Spaniern, notfalls kann auch getauscht werden. Die Tiepolos in Venedig, das Observatorium in Bologna, die anatomischen Entdeckungen Morgagnis tragen ebensowenig zur Einheit Italiens bei wie Reisen oder Kenntnisse einen Menschen ausmachen. Das einzige, was Italien eint, ist seine Armut, sein Elend.«

In diesen Worten wurde eine Sensibilität spürbar, die zu allem übrigen in Widerspruch stand. Ich faßte mir ein Herz und sagte:

»Aber für die, die Sie lieben, Ihre Freunde, Ihre Familie, bedeutet Ihr Leben etwas.«

Er saß schräg auf der Tischkante, blickte auf seine Hände und sagte leise:

»Ich habe versucht, sie wiederzufinden, kaum daß ich in Spanien angekommen war. Habe lange gesucht, zu lange. Mein Bruder war verschollen, gefangengenommen von den Österreichern. Mein Vater war kurz darauf gestorben. Meine Mutter... meine Mutter, die nun allein war, hatte noch ein Weilchen gelebt. Aber weil sie zu schwach war, um mit eigener Hände Arbeit zu überleben, zu stolz war, um zu betteln, zu arm, um die wenigen ihr verbliebenen Hilfskräfte zu bezahlen, von denen sie dann auch im Stich gelassen wurde ... ist sie auch gestorben. An Auszehrung gestorben, so umschreibt man den Hungertod.«

Er blickte immer noch auf seine Hände. Ich war neben ihn getreten, wagte aber keine Geste. Und wir vergossen keine Tränen.

An diesem Abend fror ich in meinem Zimmer. Der Märzwind verfing sich in dem rissigen Kamin, der längst außer Betrieb war, und schlüpfte durch die Spalten zwischen den Dachziegeln. Doch an diese Unannehmlichkeiten hatte ich mich gewöhnt. Ich hielt sie für gegeben und vorübergehend. Ich fand mich damit ab, wie auf einer Reise, wo man auch nicht alles so bequem vorfindet wie gewohnt.

Die Furcht vor dem Winter, vor den in diesen Jahren so strengen Wintern, hegte ich wie jedermann. Ich wußte, daß Notleidende den Hungertod starben. Daß die kleinen Leute in besonders kargen Gegenden Brot aus Farn und aus verfaultem Saatgut herstellten. Es hieß auch, daß verzweifelte Menschen Säuglinge, den Müttern entwendet, oder ausgegrabene Leichen aßen. Im Jahr zuvor hatten uns Totengräber aus Paris oder der unmittelbaren Nachbarschaft einen stellenweise angenagten Leichnam gebracht, den sie Hungernden, die sich darum stritten, entrissen hatten. Der Chevalier hatte abgewehrt und sich abgewandt.

Zu Beginn des Winters hatte ihn Jeannette mit eindringlichem Blick gefragt, ob sie eine der Mansarden neben der meinen mit ihren Kindern beziehen dürfe. Da sie nach wie vor jede Unterstützung von Jean-Marie ablehnte, hatte sie ihre Wohnung eingebüßt und hauste mitsamt den Kindern einmal in einer nahegelegenen, nicht mehr benutzten Kapelle, einmal in der Scheune eines Gemüsebauern. Als die Kälte immer beißender wurde, war auch mir klar, daß Jeannette und ihre Kinder, falls der Chevalier abgelehnt hätte, vom Tode bedroht gewesen wären. Ich hätte nie geglaubt, daß so etwas auch mir passieren könnte. Wenn man nicht selbst im Elend steckt, denkt man so, es ist die Erziehung. Kälte? Ja, aber ein bißchen Holz hätte man immer noch, dafür hatte man Landbesitz, wenn auch unbedeutend klein, und einen Pelz fand man auch noch, wenn auch voller Motten, und mit einem Bärenfell oder Kissen könnte man sich notfalls zudecken. Hunger? Man könnte ja ein Bild verkaufen, ein Schmuckstück, ein Erbstück, und schließlich gab es ja noch Freunde, die einem etwas von der Jagd mitbrächten, irgend etwas Eßbares fände sich immer, es würde bestimmt auch noch reichen, um Almosen zu geben. Von Geburt her gehörte man nicht zu denen, die Hungers sterben.

Aber die Mutter meines Meisters! Eine Frau von verbrieftem Adel, sie war im eigenen Haus, auf eigenem Grund und Boden Hungers gestorben! Es konnte also doch jedem passieren?! Kälte, Hunger, Hilflosigkeit, vielleicht gar Gefängnis?

»Nichts ist unmöglich«, hatte Antoinette gesagt. Und ich hatte ihr nicht geglaubt.

Sie ist in Sainte-Pélagie«, flüsterte Jeannette mir am nächsten Morgen ins Ohr.

Wenn sie morgens aufstand, kam sie an meiner Tür vorbei, die noch ganz verschlafene kleine Bénédicte auf dem Arm, deren schwarzes Lockenköpfchen auf der Schulter der Mutter lag. Ich hüllte mich in einen Schal, denn ich fror immer noch.

»Was ist das?«

»Es gehört zum Hôpital-Général, wie die Salpêtrière. Aber angeblich geht es dort etwas gefälliger zu. Nicht dumm von der Demoiselle! Flieht vorm Gefängnis in ein anderes Gefängnis.«

»Das sollten Sie Ihrem Mann empfehlen!« sagte ich. Ich war guter Laune, wußte eigentlich gar nicht warum.

»O je, der ist viel zu bekannt«, sagte sie, und in diesen Worten zeigten sich, wie immer, wenn sie von Jean-Marie sprach, Tadel und Stolz.

»Und wo liegt dieses Sainte-Pélagie?«

»Ich kann Sie hinbringen, wenn Sie wollen. Wenn Sie mit ihr reden wollen, müssen Sie etwas bezahlen. Haben Sie …?«

»Ein bißchen.«

Es widerstrebte mir, meine so hart erworbenen Ersparnisse anzuzapfen, auch um den geringsten Betrag. Aber man mußte wissen, was man wollte.

»Und auf der Hut muß man sein.«

»Wovor?«

»Aber, Mademoiselle, vor der Polizei! Man muß aufpassen, daß einem keiner folgt!«

»Wegen Jean-Marie?« (Ich dachte an den Schlüssel.)

»Sie fahnden nicht nur nach Jean-Marie«, erwiderte sie.

Ich zog den Schal noch fester um mich.

Ammenmärchen hatte man Antoinette erzählt wie jedem anderen Kind auch. Zumal sie nur Ammen und keine Verwandten gehabt hatte. Nur ein vages Erschrecken war ihr in Erinnerung geblieben, das Unbehagen vor den verwandelten Gestalten: Der Wolf, der in die Kleider der Großmutter schlüpft, aber gefräßig bleibt; der Ritter Blaubart, der mit galanten Worten sein Mordkabinett aufschließt; die Prinzessin, die sich Nacht für Nacht in ein Reh verwandelt und tagsüber durch vorbildliche Prinzessinnenlist sich der Gunst des Gatten, der Ehrenjungfern, des ganzen Hofes vergewissert – Geplapper, Gepränge, Freizügigkeiten jeder Art –, und dennoch sterben wird wie ein Reh, von Hunden zerrissen, von Pfeilen durchbohrt.

Metamorphosen oder Offenbarungen? Blaubart war immer schon ein Menschenfresser, und der Wolf ein Wolf. Als sie in die Salpêtrière und dann nach Sainte-Pélagie kam, sagte sich Antoinette, sie sei schon immer eine Gefangene gewesen. Gleich zu Anfang eine Gefangene einer falschen Alternative: War die Mutter unschuldig, war der Vater ein Schurke; war die Mutter schuldig, trägt sie einen Namen, den schon ihre Existenz entehrt. Zwei Auswege, wenn man so will, die aber beide ins gleiche leidvolle Schicksal münden.

So ist es auch mit den Orten. Man könnte behaupten, es sei immer derselbe Ort, wo sie festgehalten wird. Das Sprechzimmer im Kloster: ein schwarz-weiß gefliester Raum, kleine, auf einen Innenhof blickende Fenster, zwei Türen, eine zum Salon, wo die Angehörigen warten, die andere zum Flur, über den die jungen Mädchen in ihre Zellen zurückkehren. Aber wer sind Antoinettes Angehörige? Eine fensterlose Zelle, ein auf ein Gefängnis blickendes Gefängnis. Den anderen stehen zwei Türen offen: die zur Welt und die zum Klosterhof. Die vierzehnjährige Antoinette kann sich noch nicht vorstellen, daß es für sie keinen Unterschied geben wird.

Sie erinnert sich. Auf dem blankpolierten Tisch ein duftloser Blumenstrauß; an der Wand ein Bild von Maria Magdalena, der Sünderin, die versonnen in ihr freizügiges Mieder blickt und die Rundungen dort mit denen eines unweit liegenden Schädels zu vergleichen scheint. Brust und Schädel. Weiß und schwarz. Gut und böse. Die Ausgangstür ist die, durch die man nicht hinausgelangt. Erscheinungsformen. Ein sehr junges Mädchen kann sich täuschen lassen.

Auch bei der Brincourt gab es zwei Türen. Es gab bestimmt noch mehr, aber für Antoinette gab es zwei. Durch die eine war sie hereingekommen, Feuer und Flamme, wilde Auflehnung, fast jubelnd vor flammendem Zorn, ein hellichter Zorn, der alles reinigen, alles vernichten würde. Durch die andere hatte man sie hinausgetragen, leblos, einem obskuren Schicksal entgegen; durch ein Spalier wimmelnder und unbegreiflicher Gesichter hatte man sie niedergelegt in einem dichten Wald, wo nie Tageslicht eindrang. Aber ist sie wirklich je hinausgelangt aus diesem Dickicht? War sie nicht dafür geboren, dort zu leben? Wenn meine Mutter unschuldig ist... wenn mein Vater unschuldig ist... Zwei Türen.

Der Salon der Brincourt, das ist das Gesicht des Menschenfressers, der seine Maske ablegt, des Wolfs, der die Zähne entblößt. Der rote Damast! Die gepolsterten Wände! Die Stiche, die von Wonnen künden und Gift verspritzen! Die erfahrenen groben Hände! Sie schreit, dann schreit sie nicht mehr, weil ihre Schreie nur immer neue Raserei erzeugen, grauenvolles Gelächter, das immer neue Aufwallen von Männerlust. Diese

Lust, die nicht wie auf den Stichen ein blumenbekränzter Elf ist, sondern ein gewaltiger, dickwanstiger Silen, der einen im Schlamm ertränkt. Sie schnappt nach Luft. Die verhängten Fenster ... sie springt auf, reißt die Vorhänge auseinander, wohin fliehen? Hinter den Vorhängen ein Fensterladen. Und hinter dem Laden? Eine Mauer? Vermutlich.

Mauern auch rings um den Klostergarten. Hinter den Mauern Schmach und Zurückweisung. Wenn meine Mutter unschuldig ist, ist mein Vater ein Unhold. Wenn meine Mutter schuldig ist, bin ich schuldig, weil ich existiere. Der Ort ihres Leids und ihrer Schmach ist immer derselbe, da ihr Leid und ihre Schmach immer dieselben sind. Die unsichtbaren Henker haben nur für ein paar Stunden Gestalt angenommen (»Henker habe ich viele erlebt!« wird sie eines Tages beiläufig zu Charles sagen).

Aber vielleicht gibt es doch einen Ausweg. Gevierteilt gegen die Wand, gevierteilt auf dem Boden, auf dem dicken, bald von ihrem Blut besudelten Blumenteppich, ihre klagende, erstickte Stimme, und dann plötzlich, während sie noch um Gnade zu bitten versucht (aber wen fleht sie an, wenn nicht sich selbst: Finde einen Ausweg, fliehe, werde wieder Reh, Vogel, Fluß!), löst sich ihr Körper von ihr. Ihr jetzt lebloser, geschändeter, gemordeter Körper wird sterben, ohne zu verstehen: ein Reh, ein im Flug überwältigter Vogel. Aber ihr irrender Geist hat den Ausweg gefunden. Endlich ein Ausweg, die Tür, die nach draußen führt.

Sie ist wahnsinnig, wie man sagt.

Und nun das Sprechzimmer im Gefängnis. Ein Gefängnis, das seinen Namen verdient, wo die fünfundzwanzigjährige Antoinette einem Mann ins Auge blickt, der sie – endlich – liebt. Der ihre Schmach und ihr Leid liebt, das er wie ein Blumenbukett aus ihren Händen entgegennimmt. Ein Elendsbukett. Ein Sündenbukett ... ein Sündenbock. Sie scherzt. Sie lachen miteinander.

Ein Kruzifix blutet zwischen den beiden Türen: Durch die eine kommt er herein, durch die andere geht sie hinaus, zurück in ihre Zelle oder in die Werkstatt. Jetzt ist sie fünfundzwanzig und versteht. Sie weiß seit langem, daß es ein und dasselbe ist. Daß die schuldige Mutter und der monströse Vater die beiden Türen eines zerrissenen Herzens sind. Daß das Sprechzimmer des Klosters auf der einen Seite Abgeschiedenheit, auf der anderen Elend und Schande anbot. Daß Charles Sanson, wenn er durch die eine Tür hinaustritt, wieder zum Henker wird, den die Leute meiden, und daß sie, wenn sie durch den pissegelben Gang zu den Zellen oder der Werkstatt oder dem nach Puffbohnen und Fürzen stinkenden Refektorium geht, wieder zur Gefangenen wird.

Was sie aber bis jetzt nicht wußte, ist, daß es zwischen diesen beiden Türen einen unverrückbaren Raum gibt, in dem man nichts ist, wo nichts von einem verlangt wird und daß das vielleicht die Liebe ist.

Oder der Wahn?

Dies ist der Brief«, sagte Jailleau mit einem Lächeln, das er für feinsinnig hält, »einer deutschen Dame, die um 1707 bei der Duchesse du Maine weilte:

»... und da man sie, oder sie sich selbst, in eine Mietdroschke gelegt hatte, in jämmerlichem Zustand, da sie entweder zuvor oder danach, Genaues war nicht auszumachen, überfallen worden war, hat scheinbar der Kutscher, der nur ihren eigenen Namen und den der du Maine aus ihr herausfragen konnte und Herzog samt Herzogin in Versailles vermutete, denn für einen Gemeinen wie ihn befindet sich alles, was groß ist, in Versailles, direkt Kurs nach dort genommen und am großen Tor ganz naiv nach Monsieur Malouin des Essarts gefragt (der genausowenig wie ich ein des Essarts ist, nicht einmal mehr der Président des Essarts, seitdem er sich zum Finanzier, zum Berater, ja sogar zum Hofnarren des Duc du Maine aufgeschwungen hat, als er ihn in der Gunst

der Maintenon wähnte, die damals ja das Höchste vom Hohen war). Unter schallendem Gelächter entgegnete man ihm, einen solchen Vogel kenne man hier nicht, woraufhin er schon versucht war, aus Verärgerung und wohl auch aus Furcht vor den eventuellen Folgen das bejammernswerte Mädchen wie eine übriggebliebene Jagdbeute auf das Versailler Pflaster zu werfen. Doch da fiel ihm wie durch ein Wunder etwas ein, und er sagte, er wolle mit der Duchesse du Maine sprechen, mit der die Kleine, wenn er sie recht verstanden hatte, verwandt sei. Das Gelächter verstummt sofort, Rufe erschallen, man stellt ihm Fragen und wirft Blicke in das Innere der Droschke, um das schöne, elende Kind zu sehen. Das Gesicht gefällt, und man schickt den Kutscher nach Sceaux und verheißt ihm traumhaften Lohn. Während dieser Zeit, da man Wunderdinge über sie erzählte, verlor das arme Ding in Strömen Blut.

Kurzum, sie erreichen Sceaux, wo – ein günstiger Zufall – Monsieur Malouin unter den Hofdamen der Herzogin weilte. Man eilt herbei, umringt die Droschke, und Monsieur Malouin demonstriert unübersehbar Zartgefühl, er schluchzt, ringt die Hände und schreit »Meine Tochter! Meine Tochter!« wie in einem Stück von Rotrou. Zum Glück besaß eine kleine Kammerzofe etwas mehr Verstand als all die anderen; sie setzte dieser Demonstration ein Ende und ließ das in seinem Blut schwimmende junge Mädchen auf ein Bett im nahegelegenen Saal der Wachen bringen, einen Chirurgen rufen (angeblich, aber das kann pure Erfindung sein, tat er in den Stallungen Dienst), der ihr dann auch Verbände anlegte, Schaffhausen-Tropfen einflößte und sie endlich ins Leben zurückholte. Daraufhin bringt man sie in ein anständiges Zimmer. Und nun beginnen für den Expräsidenten die Sorgen. Als er sah, daß man ihm dieses zu Dreiviertel tote Mädchen – und das war das mindeste, was man auf den ersten Blick sagen konnte – sozusagen frei Haus lieferte, hatte er sich gezwungen gesehen, Komödie zu spielen, gedachte aber in Wahrheit, aus ihren Leiden Profit zu schlagen. Abends vermutete man, sie würde sterben (zumal nur der Chirurg sich ihrer angenommen hatte; die Ärzte der Herzogin hatten sich wegen solch einer Geringfügigkeit nicht auf den Weg machen wollen oder hielten sich nicht in Sceaux auf). Am nächsten Tag aber wurde deutlich, daß sie nicht sterben würde. Sie machte allerdings den Eindruck, daß sie zu Dreiviertel irrsinnig bleiben würde, was für Monsieur Malouin ein gewisser

Trost war. So verwirrt, wie sie ihm vorkam, durfte er hoffen, daß man ihren Worten weder Beachtung noch Glauben schenken würde. Nachdem er geschrien und Tränen vergossen hatte, konnte er nicht mehr leugnen, daß sie seine Tochter war, aber er erfand eine Geschichte, die ihm zupaß kam: Er habe vorgehabt, sie der Herzogin vorzustellen, oder sie zu verheiraten, oder wenigstens, sie näher kennenzulernen. Es blieb ihm keine Zeit, seine Geschichte richtig zu erzählen, denn plötzlich tauchte eine Klosterpförtnerin der Dames-Noires auf, die die Wahrheit wußte. Da sie endlich einmal Gelegenheit zum Sprechen hatte, sparte sie kein Detail aus: das Noviziat, das man der Kleinen vorgeschlagen hatte, als Bedingung dafür, daß ihr Vater sie anerkannte, die beleidigenden Worte seines Schreibens, die sie, um die Geschichte noch rührseliger zu gestalten, obwohl sie meines Erachtens davon keine Ahnung hatte, dahingehend ergänzte, daß die verblichene Madame Malouin des Essarts die ehrbarste Frau der Welt gewesen sei, daß einzig der gesellschaftliche Absturz und Ruin des Vaters die Ursache für die beleidigende Verweigerung des Präsidenten Malouin, sein Kind anzuerkennen, gewesen sei und daß dieses Kind auch nur wegen der abscheulichen Bedingungen, unter denen Malouin sie anzuerkennen bereit gewesen war, aus dem Kloster geflohen und ihm entgegengeeilt sei, um ihn um Gnade zu bitten.

Da es ein leichtes ist, jemandem, der schweigt, alle Tugenden zuzusprechen, beschloß man, daß Mademoiselle Antoinette, Jeanne, Angèle Malouin des Essarts, das Kloster nur verlassen hatte, um ihren Vater zu zwingen, der unglückseligen Verstorbenen ihre Ehre zurückzugeben, und im gleichen Zuge auch ihr selbst, und daß sie unterwegs, da sie die Gefahren von Paris, Versailles und der Welt ganz allgemein nicht kannte, überfallen und mißhandelt worden war, entweder von Banditen oder von dem Droschkenkutscher, den man, um der Geschichte einen guten Ausgang zu verleihen, sofort gehenkt hätte, hätte er sich nicht vorsorglich aus dem Staub gemacht. Und da stand nun dieser große Malouin mit der schwarzen Seele, spielte den jungen und galanten Liebhaber, weil er ein nettes kleines Vermögen zu heiraten gedachte, und hatte dieses Mädchen als Klotz am Bein, dunkelhäutig und dunkelhaarig wie er und recht hübsch (wenn sie auch meines Erachtens auf einem Auge schielt), aber nach einem solchen Abenteuer gewiß nicht un-

ter die Haube zu bringen. Was sollte er mit ihr anfangen? Was sollte aus ihr werden? Im Augenblick hätschelt man sie noch wie ein Windspiel und behandelt ihn wie einen Grobian. Vom Ehebruch glaubt man kein Wort, denn eine Frau, die nach zehnjähriger Ehe genau im Augenblick ihres Ruins empfängt, ist im höchsten Grade unvorstellbar, und erst recht, wenn sie zu dumm ist zu betrügen – allerdings kann niemand so dumm sein, sich der Frucht eines solchen Fehltritts nicht zu entledigen. Zweifeln darf man. Malouin jedenfalls steht im Geruch abscheulicher Verleumdung, und zudem haftet ihm auch noch eine Spur der selbstverschuldeten Lächerlichkeit des Hahnreis an. Man fragt sich, wie er sich aus der Affäre ziehen wird. Es heißt, er würde in Geschäften nach Indien oder Holland gehen, womit er sich natürlich auf ein noch niedrigeres Niveau begäbe …«

Finden Sie nicht auch, daß diese Deutsche recht hübsch schreibt?« fragt Jailleau.

Die Fillon schien ihm reserviert.

»Wo haben Sie das gefunden?«

»Oh, unsere Archive enthalten Schätze! Unsere Post steckt zum Glück viel ein. Jeder dritte Brief geht verloren, jeder zehnte ist amüsant. So bereichere ich meine Sammlung, ohne einen Pfennig lockerzumachen.«

»Bereichern Sie sie nur nicht übermäßig.«

»Was meinen Sie damit?«

»Hatten wir hinsichtlich dieser Abenteuer Ihrer Sicard nicht bereits festgestellt, daß sie für Sie unerheblich sei?«

»Schon möglich, aber ihre Geschichte …«

»Die kennen Sie ja nun, ihre Geschichte. Zumindest wissen Sie genug darüber. Vielleicht zuviel.«

»Wieso zuviel? Ich weiß immer noch nicht, wie sie von Holland, wo ich meine Beobachter habe, zurückgekommen sind, gemeinsam oder auf getrennten Wegen, Vater und Tochter; wieso sie, wie es heißt, in der Rue d'Enfer als Stickerin lebt; warum sie sich weder auf ihren Vater noch auf die Herzogin berufen hat …«

»He! Wozu brauchen Sie das zu wissen? Kümmern Sie sich lieber um Cartouche. Man traut sich ja abends nicht mehr aus dem Haus ohne fünf oder sechs Lakaien, von denen die Hälfte zur Bande gehört, und auch die Polizisten sind gekauft. Darum sollten Sie sich kümmern, wenn Sie mich fragen.«

»Aber, liebste Freundin, meine Sammlung?« sagte der Autor gequält.

»Auch Cartouche ist ein Thema, und dazu noch ein lustiges!«

»Er endet am Galgen oder auf dem Rad!«

»Das ist es ja! Solange er nicht gefaßt ist, amüsiert man sich, und ist er einmal gefaßt, triumphiert die Moral. Das nenne ich ein lustiges Thema. Während Ihre kleine Malouin-Sicard, was sie auch tun mag, immer nur ins Unglück rennt und nur Ärger machen wird. Glauben Sie mir, Sie sind kein Tragödienschreiber. Überlassen Sie die Heulsusen anderen. Sie kommen mir vor wie ein Spieler, der immer nur auf eine Karte setzt. Dabei werden Sie Ihr Hemd einbüßen.«

»Diese Figur ist mir ans Herz gewachsen ... Ariadne auf Naxos ... Die Nymphe Echo ... Ich hätte sie gern einmal gesehen, sie soll so schön sein ...«

»Ich kann Ihnen zehn Adressen von schönen Mädchen besorgen, die außerdem noch ein fröhliches Gemüt haben. Die ewig Unglückliche hat keinen besonderen Reiz!«

Da war sich Jailleau nicht so sicher.

So hätte die Dufresne in Sainte-Pélagie nicht formuliert. Dabei verging ihr bei jedem Blick auf Antoinette die Lust auf Essen und Trinken. Die Sicard! Die Sicard! Wer hätte gedacht, daß eine ihrer Pensionärinnen diese dicke Nudel von Dufresne, deren Leben von Verdauungsprozessen bestimmt wurde, aus dem Konzept bringen konnte?

Dabei hatte sie von sich aus nichts dazu getan, die Sicard. Antoinette stand früh am Morgen auf, putzte ihre Zelle, wusch ihre armselige Kleidung in kaltem Wasser, ging zur ersten Messe und verteilte das Obst und die Konfitüren, die ihr »Galan« ihr bringen ließ. So nannte die Dufresne Sanson. Antoinette arbeitete in der Nähstube, sprach kein Wort und erbat keine Vergünstigung. Das hätte die Dufresne durchaus geschluckt. Für Laster und Tugenden hatte sie Verständnis. Es gibt unverständliche Naturen, die die Freuden dieser Welt geringschätzen und letzten Endes die Klöster bevölkern, die ja schließlich auch für etwas gut sein müssen. Aber Antoinette verweigerte den »Damen«, die ihren Pensionspreis zahlten, jeglichen Dienst. Sie hätte sich nie darauf eingelassen, ein Korsett zu schnüren, das Haar zu kämmen, selbst wenn man sie förmlich darum gebeten hätte. Glaubte (oder wußte?) sie, von zu hoher Abkunft zu sein, um sich auf solch niedrige Dienste einzulassen? Mir soll's recht sein, sagte sich die Dufresne, aber wie erklärt sich dann ihre Festnahme aufgrund von Aufruhr und Prostitution? Und wieso ließ sich ein adeliges Fräulein, selbst wenn sie ein Bastard ist, auf Besuche und Geschenke des Henkers ein? Des Henkers!

Dieses Rätsel ging der Dufresne ständig im Kopf herum, bis sie sich fragte, ob Antoinette nicht vielleicht als Spionin des Polizeileutnants hier sei, um ihre Einkünfte zu bespitzeln und sie im geeigneten Moment bei jemandem zu denunzieren, der sie verurteilen und gleichzeitig ihr Geld beschlagnahmen würde. Sie malte sich eine Verbindung aus zwischen Antoinette und der Polizei, wenn nicht gar dem Staat. Diese dicke Vettel glich einem Spürhund. Sie kreiselte, schnupperte, knurrte, kratzte – vorerst noch maßvoll, aber das Wild war nicht mehr weit entfernt.

Was ihr vor allem mißfiel, war der Respekt, den Charles Antoinette entgegenbrachte. Genauer gesagt, es war diese Nuance vollkommener Liebe, die sich selbst genügt. Diese Faszination, dieser Respekt offenbarten ihr in gewisser Weise – es war nur ein Unbehagen, schadete aber ihrer Verdauung –, daß man ihr nur immer joviale Verachtung entgegengebracht hatte und daß das, was sie Vergnügen nannte, trivial war. Dafür rächte sie sich, indem sie gleich zu Anfang alles an Antoinettes Verhalten hervorhob, was ihren Besucher betrüben konnte. Wenn sie sie in den kleinen Saal brachte, der großspurig Sprechzimmer genannt wurde, packte sie sie grob am Arm, jagte sie die Treppe hinunter, so daß sie atemlos, um sich schlagend und mit zerzaustem Haar in den Raum stolperte. »Sie wollte nicht kommen, Monsieur Sanson. Ich mußte sie zwingen!« Doch Charles hörte aus solchen Bemerkungen nur die Aufforderung heraus, ihr einen weiteren Obolus zuzustecken, und hörte nicht weiter hin (»Ein deutscher Edelmann hat sich nach ihr erkundigt... ein bretonischer Lakai hat gefragt... ein Inspekteur verlangt die Namensliste der Pensionärinnen...«). Sie kam ihn teuer zu stehen. Das war etwas heikel für ihn, denn gleich zu Beginn ihrer Ehe hatte er, weil er das Geld verachtete, Madame Marthe die Verwaltung ihres Vermögens überlassen. Er blickte auf Antoinette, die dunkle Antoinette, die so bleich war und sich neben der Spitzengardine auf einen Stuhl setzte. Ihr Atem ging jetzt langsamer. Hin und wieder lächelte sie ihn an. Wenn ihre zerstreuten Gedanken sich in ihr sammelten, dachte sie: Dieser Mann liebt mich doch... und bei allem Erstaunen wurde ihr dabei wohl ums Herz.

Er trug ihren Ring am kleinen Finger. Den Ring, der einem Blutstropfen glich. Eines Tages hörte er sich sagen:

»Ich muß Ihnen noch Ihren Ring zurückgeben, er schien Ihnen so viel zu bedeuten.«

Bedeutete er ihr so viel? Nahm sie ihn, weil er ihn getragen hatte? Sie streckte ihre vielleicht etwas zu große Hand aus, die tot schien, als wäre sie aus Wachs. Die Dufresne an ihrem Guckloch jubilierte: Aha, man macht sich schon kleine Geschenke! Ein Rubin, nicht übel, meiner Treu! Die gehn mir schon noch in die Falle, wird nicht mehr lange dauern! Das Wasser lief ihr im Munde zusammen, ein diebisches Vergnügen, das sich durch ihre Raffgier allein nicht erklären ließ. Sie war zutiefst enttäuscht, daß die beiden es nicht weiter trieben. Sie hatte den Eindruck, sie verharrten in dieser Versonnenheit, nur um sie zu ärgern, um sie fühlen zu lassen, daß sie nichts weiter war als eine fette, naschhafte und geile Vettel, wohingegen sie... Ein Henker! Eine Dirne! Und die wagten, über sie zu urteilen! Unvorstellbar! Und weil es unvorstellbar war, stellte sie sich etwas anderes vor...

Wenn Sanson alles andere als ein betörter Verliebter war, dann war er vielleicht ein geheimer Agent, der versuchte, sie hinters Licht zu führen? Der Ring stützte diese Theorie. Daß ein verliebter Sanson Antoinette einen Ring schenkte, war natürlich auch plausibel. Aber ein Siegelring (das hatte sie bemerkt) konnte nur von einem seiner Opfer stammen. Und soviel Gespür hatte auch sie, die Dufresne, um zu wissen, daß Sanson ein solch makabres Geschenk wohl nicht gemacht und Antoinette es nicht angenommen hätte.

Selbst ein Biest wie die Dufresne (Biest soll Tier heißen, und Tier bedeutet Gespür, nicht Intelligenz; Intelligenz schweift ab, Gespür verfolgt die Spur) hat von dem Prozeß gehört zwischen den Herzögen und den legitimierten Prinzen und teilt das unbestimmte Gefühl, daß diese Regierung nur provisorisch sein kann. Selbst die Dufresne hat von den Ohnmachtsanfällen des Regenten gehört. Selbst die Dufresne wittert obskure Unruhe, an der allerlei Köpfe beteiligt sind, die im Schatten einer Politik agieren, von der sie nichts versteht. Selbst die Dufresne hat von Law gehört, von Vermögen, die in einer Nacht zustande kamen, von bewunderten Schurken, von gotteslästerlichen Ausschweifungen (Graf Horn, Sprößling des höchsten Adels der Niederlande, hatte sich während eines Begräbnisses der Leiche bemächtigt, um sich mit ihr zu vergnügen – bevor er noch Schlimmeres tat). Selbst die Dufresne sagt sich, daß in einer Welt, in der alles kippt, auch ihr Berufsstand kippen kann – und sich für sie alles zum Besseren wendet. Die Dufresne verfolgt die Spur des Verdachts, des Geldes. Diese Spur beginnt an der Salpêtrière, weil sie von Antoinette nichts weiter weiß, als daß sie von dort gekommen ist. Jede andere würde den günstigsten Augenblick abwarten, würde Zweifel nähren, würde Fragen stellen. Nicht so die Dufresne. Am Morgen nach dem »Tag mit dem Ring« geht die Dufresne geradewegs zur Salpêtrière.

Wir gingen sehr früh los. Auf der Rue Poissonnière, die auf der Strecke der vom Pas-de-Calais ankommenden Fischer lag (seither wurde eine sehr schöne Straße daraus, die von Dieppe herführt), herrschte ein unbeschreibliches Gedränge. Es war mühsam, nach Paris hinein zu gelangen.

Jeannette führte mich über Schleich- und Umwege. Hastig lief sie über eine Straße, betrat einen Laden, ohne etwas zu kaufen, steuerte geradewegs auf einen Innenhof zu, gelangte in eine Sackgasse, huschte durch den Garten eines kleinen Hauses in die nächste Straße, wo es von Karossen und Sänften wimmelte, beobachtete in deren Schutz aufmerksam die Fahrbahn, machte kehrt und lief in die entgegengesetzte Richtung.

»Wenn wir so weitermachen, kommen wir nie an ...«

Jeannette hatte die Kinder dem benachbarten Gemüsebauern anvertraut; was würde der Chevalier sagen, wenn er in einem stummen und leeren Haus erwachte?

»Wenn wir nicht auf der Hut sind, kommen wir wirklich nicht an«, entgegnete Jeannette.

»Könnten Sie uns einfach so festnehmen? Ohne jeden Grund?«

»Glauben Sie etwa, die brauchen einen Grund?« sagte sie bitter.

Unser Schritt war gleichmäßiger geworden, und die Straßen waren jetzt breiter und weniger bevölkert. Es gab viele Geschäfte, und ich hätte sie mir gerne angesehen, wenn uns nur die Pferde, die hier auch einen flotteren Trab gehen durften, nicht regelmäßig mit Schmutz beworfen hätten.

»Ich werde völlig verdreckt ankommen«, sagte ich mißmutig.

»Das ist ohnehin besser. Dann wird man gleich sehen, daß Sie zu Fuß gekommen sind. Ich habe Sie als arme Verwandte angekündigt, die bei der Sicard um etwas bitten will. Sie gilt dort als jemand, der von hoher Stelle protegiert wird.«

»Ach, wirklich?«

»Ist sie vielleicht nicht die Geliebte von Monsieur Sanson?«

»Wer sagt Ihnen, daß sie seine Geliebte ist? Wäre es denkbar? In Sainte-Pélagie?«

»Wer anständig zahlt, Mademoiselle... Monsieur Sanson ist reich. Er wird ihr Versprechungen gemacht haben. Aber vielleicht ist sie wirklich nicht seine Geliebte, und er hält sie eben deswegen unter Verschluß. Wenn sie nachgibt, darf sie raus. Wer weiß, ob nicht er sie verpfiffen hat? Dirne hin oder her, den Henker wollte sie vielleicht nicht.«

Die Ungezwungenheit, mit der sie all diese Möglichkeiten erwog, erstaunte mich.

»Dann müßte sie ihn also hassen«, erwiderte ich, eher in der Absicht, ihr auf den Zahn zu fühlen, als um ihre Vermutungen zu untermauern, denn so viel Hinterhältigkeit traute ich Sanson doch nicht zu.

»Ach! Mademoiselle, das glaubt man... aber man gewöhnt sich an alles.«

Jetzt waren wir fast angekommen.

»Hier verlasse ich Sie«, sagte Jeannette. »Sie gehen bis zu den Drei Weideneichen, so heißt die Schenke, und fragen nach Solange. Sie wird sie hinführen. Wenn sie was dafür verlangt, sagen Sie ihr, Sie würden bezahlen, wenn Sie Ihre Verwandte gesehen hätten. Aber ich glaube nicht, daß sie etwas verlangt. Sie wird informiert sein.«

Ich wollte nicht weniger diskret sein als sie. Als sie sich aber das Kopftuch umband und über den Rock eine Schürze zog, die sie zusammengefaltet in ihrem Binsenkorb mitgebracht hatte, wurde mir klar, daß sie trotz aller Vorsichtsmaßnahmen Angst hatte, beobachtet worden zu sein, und offenbar wirklich in Gefahr war. Hatte sie Mitleid mit Antoinette gehabt?

»O nein, Mademoiselle«, sagte sie mit diesem ruhigen Lächeln, das von Zeit zu Zeit ihr häßliches Gesicht erhellte. »Ich kenne sie gar nicht, diese Frau. Ich habe es für Sie getan.«

»Für mich?«

»Sie waren immer gut zu den Kindern. Und außerdem... es ist doch auch für Monsieur le Chevalier, nicht wahr?«

Beinahe, das sah ich wohl, hätte sie einen Vergleich gewagt, aber so weit ging sie doch nicht.

»... Und außerdem...«

»Was?«

»Sie sagen immer ›Sie‹ zu mir«, erwiderte sie und drehte sich auf dem Absatz um.

Von welchen Kleinigkeiten alles abhängt! Wenn es mir gelänge, den Chevalier, Antoinette und mich selbst zu retten, dann verdankte ich es vielleicht diesem Detail – und dabei siezte ich sie gar nicht aus Höflichkeit, denn bei meinem Einzug ins Hôtel des Arcoules war ich noch ein Kind, ich selbst wollte nicht geduzt werden, deshalb hatte ich ›Sie‹ zu ihr gesagt.

Ich ging noch ein Stück weiter in der Richtung, die sie mir angegeben hatte, und wunderte mich über die vielen Wirtshäuser, Schenken und Buden in diesem Viertel. Als ich von fern das Schild der Drei Weideneichen bemerkte, erkannte ich mit Verwunderung drei stümperhaft grellgrün gemalte Bäume auf dem Schild. Wegen der Nähe des Flusses und vielleicht auch wegen der Unglücklichen, an deren Leichnam wir momentan arbeiteten, hatte ich die ganze Zeit das Wort »Wasserleichen« im Kopf und es als böses Omen gedeutet. Ich blieb stehen.

Nun werde ich Antoinette also sehen. Vielleicht schon in wenigen Minuten. Werde ihr sagen ... Was will ich ihr eigentlich sagen? Ob die Zeit reicht? Ob sie in einer Zelle sitzt? Hinter Gittern? Ich war noch nie in einem Gefängnis, auch noch nie in einem Kloster. Gott, wie wenig ich weiß! Ich bin sechzehn, sie hat schon ein richtiges Leben gehabt: Sie ist fünfundzwanzig oder sechsundzwanzig, wie soll ich sie bloß überzeugen? Ich weiß nicht, was man ihr versprochen hat; im Grunde weiß ich nicht einmal, wer sie ist. Dieses Gesicht, das ich studiert, gezeichnet, modelliert habe, hat mir ihr Geheimnis nicht offenbart – sofern sie ein Geheimnis hat. Vielleicht kann ich sie nur flüchtig sehen, in einer Rumpelkammer, einer Wäschekammer versteckt; ich muß mir die Worte, die Argumente zurechtlegen ... Was soll ich denn anderes sagen als: Fliehen Sie! Wenn Sie die Möglichkeit dazu haben, gehen Sie fort! Und warum sollte sie meinen Worten folgen? Aber wenn sie liebt ...

Vielleicht wird sie von sich aus reden. Wenn man liebt, muß man mit jemandem reden, sich einen Rat holen, ihn nicht befolgen, einen Namen aussprechen. Das zumindest weiß ich. Vielleicht wird sie mich fragen, ob das möglich ist, ob man einen Mann wie Charles lieben kann, einen armen, unglücklichen Mann, der von Kind an zu etwas verurteilt ist. Ob sie ihn überhaupt lieben kann, lieben darf, diesen Mann mit den schönen Augen und den geschickten Händen, schuldbeladen, weil er nicht geflohen ist, weil er kein Märtyrer ist, diesen Mann, dessen Frau ein Kind erwartet, diesen Mann, den ich gesehen habe, wie er mit einer genau berechneten Bewegung einem noch lebenden Menschen die Gelenke brach...

Ob ich ja sagen werde?

Aber vielleicht fragt sie mich, wie sie diesem Mann entkommen kann, diesem Mann, der ihr Abbild geliebt hat, bevor er ihr begegnete, der sie seinen Henkersknechten überließ, der ihr Blut fließen ließ, der sie nur aus dem einen Gefängnis herausgeholt hat, um sie in ein anderes zu bringen (in sein Privatgefängnis – und dieser Blick, den er Wilhelm zugeworfen hat: Versuchen Sie nicht, mir zu entreißen, was mir gehört, auch das ist der Blick Sansons, den Henkers, der Blick, den er auf den Verurteilten wirft, der ihm gehört), und jetzt schaut er sie an, wie er *Die Tränen* angeschaut hatte, lange bevor sie Gestalt annahmen. Wie kann man diesem leidgeprüften Menschen den Essigschwamm vorenthalten? Wenn sie, Antoinette, dies täte? Wie kann sie diesen Mann fliehen, der ihr das salzige Wasser, das Brot der Angst anbietet? Wie soll sie, selbst wenn sie das Recht dazu hat, den *Tränen* entkommen?

Werde ich ihr zureden?

Vielleicht wird sie völlig gefühllos, umnachtet sein. Es heißt, die Heiligen hätten unter der Marter nichts anderes verspürt als einen aus ihrem versengten Körper aufsteigenden Lilienduft und das Schlagen von Engelsflügeln, das ihren in Zangen gepreßten Schläfen Kühlung zufächelte. Vielleicht ist sie stumm, oder sie lächelt mit diesen hellen Augen unter dunklem Haar, mit diesem Blick, der Warum? fragt, ohne Antwort zu erwarten. Dann werde ich an die Mutter des Chevalier und an die Mutter des Gärtnerjungen Georget, an Jeannettes Tränen, an die Ertrunkene aus der Bièvre denken und vielleicht selbst kein Wort sagen.

Ich vergegenwärtige mir meine Büste, *Die Tränen*. Ich sehe das anatomische Profil vor mir, die Nerven, die Blutbahnen, dieses schreckliche und zugleich schöne Geflecht, das sich unter der Haut verbirgt, und ich denke, es gibt da ein Geheimnis, einen Beweggrund; und wäre ich nur eine Sehne, nur ein Steinchen, wie der Chevalier sagte, dann muß ich dennoch – müssen wir, Antoinette! – dorthin wandern, wo wir hingehören. Das werde ich ihr zwar nicht sagen können, aber es genügt, daß ich es denke; ich werde alles versuchen, was in meiner Macht steht.

Ich setze meinen Weg fort.

Eine Hand legt sich mir auf die Schulter. Ich zuckte zusammen.

»Das ist aber ein schöner Umhang, und ganz neu, Mademoiselle Catherine!« hörte ich eine schleimige Stimme sagen. »Die Zeiten sind wohl vorbei, da Sie als Junge verkleidet durch die Straßen liefen.«

Ich brauchte keine zehn Sekunden, um den dicken, blatternarbigen Kopf mit dem kurzen Hals und dem schuppenübersäten Samtkragen wiederzuerkennen. Das war der Mann, der uns belauert hatte, Jeannette und mich, an dem Tag, als ich die Pamphlete entdeckt hatte.

Wir standen direkt vor den Drei Weideneichen. Seine Hand hielt mich fest am Arm und zog mich hinein.

»Aber Monsieur, in eine Schenke!«

»Wer wird Sie kennen?«

Ich wußte, wer: das Mädchen, das mich erwarten sollte, diese Solange. Ich hoffte nur, daß sie argwöhnisch würde, wenn sie mich in Begleitung sah. Ich war plötzlich wie erstarrt vor Angst. Er nutzte die Gelegenheit, um mich in dem leeren und düsteren Raum auf eine an der Wand stehende Bank zu drücken; währenddessen verflog die Hoffnung auf ein Entkommen.

Ein paar Sekunden war er damit beschäftigt, einer zum Vorschein gekommenen schmuddeligen Kellnerin seine Spezialmischung aus Bier und Branntwein zu erklären. Diese paar Sekunden blieben mir, um nachzudenken und mich auf die neue Situation einzustellen.

»Na«, sagte er, nachdem das Gewünschte bestellt war, »wir machen wohl einen Wohltätigkeitsbesuch?«

»Warum nicht?« erwiderte ich so forsch ich nur konnte.

»Und darf man erfahren, wo Sie Mademoiselle Malouin, Ihre Busenfreundin, zu treffen gedenken?«

Ich war überrascht, geriet aber nicht aus dem Konzept.

»Das dürfte eine Verwechslung sein. Sie meinen vermutlich Mademoiselle Madeleine Basseporte, meine Freundin aus Kindertagen«, sagte ich, um ihn auf die Folter zu spannen. »Aber die wollte ich heute nicht besuchen.«

Das Gegenteil hätte ich schwerlich behaupten können, denn Madeleine wohnte in der Nähe des Pont-Neuf.

»Als ob ich das nicht wüßte!« sagte er spöttisch.

Dann begann er die eklige Mixtur zu schlürfen, die man ihm gebracht hatte. Mit etwas mehr Zuvorkommenheit fragte er:

»Wollen Sie mal probieren?« und wies auf sein Glas.

»Nein danke, Monsieur.«

»Sie sind wirklich ein Spitzbube, ein schlauer Fuchs. Ich habe Sie beobachtet, wie Sie mit dieser Schmutzliese aus dem Haus kamen, durch Seitenstraßen und Gärten huschten. Wo wollten Sie hin? Hüten Sie sich, denn wenn Sie mir nicht antworten …«

»Aber ich antworte doch, Monsieur! Ich antworte!« erwiderte ich lebhaft, denn inzwischen wußte ich, wie ich mich verteidigen würde. »Ich ging zur Salpêtrière, wollte tatsächlich eine Freundin besuchen, aber nicht die, die Sie erwähnt haben; ein armes, zu Unrecht verurteiltes Mädchen, Antoinette Sicard, die …«

Er brach in schallendes Gelächter aus.

»So gewitzt wie ich dachte, sind Sie also doch nicht. Erstens einmal ist Ihre Sicard nur drei Tage in der Salpêtrière gewesen – da staunen Sie, was? –, und zweitens ist diese Sicard und Mademoiselle Antoinette Malouin des Essarts ein und dieselbe Person.«

Ich brauchte mein Erstaunen nicht zu heucheln.

»Ich habe sie immer nur als Sicard gekannt, nichts als Sicard. Allerdings ...«

»Allerdings?«

Die Kellnerin brachte ein neues Glas seiner Mixtur. Er sagte: »Tausend Dank, Solange.« Ich war erleichtert. Wenn das meine Solange war, dann ließ kein Blick auf eine geheime Verschwörung schließen.

»Allerdings, wie sie aussah, wie sie sich gab ... ja, auch ihre Schuhe ...«

»Wieso?« fragte er wißbegierig.

Ich sah keinen Grund, ihm nicht zu antworten. So gewann ich Zeit.

»Sie ging immer zu Fuß – zumindest, soweit ich sehen konnte, nur ein paar Schritte –, aber mit so dünnen und feinen, so wenig geeigneten Schuhen, daß jedem auffallen mußte, daß sie das nicht gewöhnt war.«

»Oho, ist das hübsch! Köstlich! Wie mir diese Beobachtung gefällt! Gestatten Sie ...«

In einem Zug kippte er sein Glas hinunter, brüllte: »Noch eins, Solange!«, zog ein schmieriges Heft aus der Tasche und begann zu notieren. Ich begriff zwar nicht, was meine Enthüllungen zu seiner Untersuchung beitragen konnten, schwieg aber.

»Wissen Sie eigentlich« – das klang schon viel zuvorkommender –, »wie ich es als erster herausgefunden habe, daß Ihre Freundin nicht die ist, als die sie sich ausgab?«

Ich sah, daß er bewundert werden wollte. Wenn es nichts weiter war, das konnte er haben. Ich blickte staunend.

»Ich habe keine Ahnung ...«

»Das Bett! Ich habe einfach mal eine Hausdurchsuchung gemacht. Eine recht schäbige Behausung, voll mit altem Trödelkram, vermietet von einem gewissen Espalion, der sich als

Schauspieler ausgibt, aber auch Zuhälter sein kann. Der Vermieter, die Wohnung, das Viertel, alles paßte zu einem Mädchen niedriger Herkunft, aber im Schlafzimmer...«

»Was war da?«

»Da sah ich ihr Bett. Sehr hoch, sehr schmal, ohne Himmel, ohne Vorhänge. Es war schon für eine Person eng, und erst für zwei... Mir war sofort klar, daß da etwas nicht mit rechten Dingen zuging.«

»Was sie nicht sagen!« flüsterte ich bewundernd.

»Nicht wahr? Alles übrige fand ich dann in den Polizeiarchiven. Da finden sich Schätze, Mademoiselle! Schätze, sage ich Ihnen! Und ich entdeckte... Warum haben Sie sich eigentlich versteckt?«

Daß diese Frage früher oder später kommen würde, darauf war ich gefaßt, aber sie kam so brüsk, und das irritierte mich.

»Warum ich...«

»Ich habe Sie doch gesehen, mit Ihrer Schmutzliese, wie Sie Ihre Schleichwege gingen. Überlegen Sie nicht lang! Antworten Sie!«

»Na, ja... damit uns niemand folgt...«

»Sehr gut. Und wer hätte Ihnen folgen sollen?«

Ich fühlte, wie ich rot wurde.

»Chevalier Martinelli.«

»Und wieso hätte der Chevalier Ihnen folgen sollen?«

»Um den Ort zu erfahren, wo Antoinette sich aufhält, und vielleicht auch, um mich daran zu hindern, mit ihr zu sprechen.«

»Der wird schon wissen, wo sie ist, er ist ja schließlich ihr Geliebter.«

Er trank nicht mehr. Er war nicht mehr zuvorkommend. Ich war verwirrt, obwohl ich mir meine Antworten zurechtgelegt hatte.

»Er ist nicht ihr Geliebter, weil...«

Er triumphierte.

»Sie hat also doch einen. Und Sie wissen, wer es ist. Soll ich Sie festnehmen? Sie gingen ohnehin zur Salpêtrière, hätten Sie Lust, dortzubleiben?«

Jetzt flößte er mir wieder Angst ein, dieser Mann mit dem dicken Kopf und dem abgewetzten Rock. Die Kellnerin strich um uns herum. Konnte sie mich schützen? Wahrscheinlich nicht. Aber ihre Anwesenheit machte mir Mut, und so sagte ich forsch:

»Ohne Urteil, Monsieur? Hätten Sie da nicht Ihre Mühe, trotz Ihrer Macht?«

»In einer Angelegenheit, die den Prinzen angeht, nein!«

Mir verschlug es die Sprache. Was wußte er noch?

»Man könnte an gewissen Informationen interessiert sein und Sie monatelang festhalten.«

Und wenn in der Zwischenzeit die Verschwörung aufflöge, wäre es nicht die Salpêtrière, sondern die Bastille, und daß man dort leicht in Vergessenheit geriet, hatte auch ich schon gehört. Mir war klar, daß ich ihm irgendeinen Brocken zuwerfen mußte. Ich beichtete den Verkauf der Büste, ohne Wissen des Chevalier. Und das Schweigen Sansons nach Antoinettes Folterung, das mich hatte vermuten lassen ... Weiter ging ich nicht. Aber das genügte ihm. Er hievt sich plötzlich hoch, packt mich, drückt mich an sein Herz, stößt Jubelschreie aus, bestellt trotz meiner Weigerung ein Glas für mich und schreit:

»Das ist mein Durchbruch! Es ist geschafft! Geliebte des Henkers, das ist unglaublich, außerordentlich! Und diese doppelte Liebe, entstanden aus einer Wachsbüste! Und Holland! Und der Wahnsinn! Danke, meine Süße, danke! Was für ein Glück, daß ich Ihnen gefolgt bin! Ein Festtag! Aber warum schaut sie denn so verstört drein mit ihren großen Augen und dem Stupsnäschen? Wissen Sie nicht, daß solche Nasen in Mode kommen? In ein bis zwei Jahren werden Sie vielleicht als hübsch gelten. Zwei Gläser, Solange! Beruhigen Sie sich, mein Kind, ich werde Sie nicht festnehmen. Das hatte ich außerdem gar nicht vor. Ihnen ist nicht der Polizeiinspekteur gefolgt, sondern der Autor. Ja, der Autor... Solange! Ihr Chevalier, das weiß ich, vergnügt sich manchmal mit dem Verfassen von aufrührerischen Schriften, wenn man so sagen darf. Mätzchen! Schwamm drüber. Aber er dürfte gut informiert sein über alles Neue, was sich absetzen läßt bei ... was in Holland gedruckt wird? Und Sie selbst sind gebildet, Sie lesen. Dann dürfte Ihnen mein Name ... Jailleau? François Jailleau?«

»Diesen Zusammenhang«, sagte ich (und zitterte, aus Angst, er könnte mich nach einem Titel fragen), »hatte ich nicht gesehen.«

»Wer hätte ihn gesehen? Wer? Trinken Sie, es ist immer noch kalt. Verstehen Sie, ein Autor ist manchmal gezwungen ... Der Polizistenstand ist nicht ruhmreich, aber welche Erfahrungen kann man sammeln! All die Möglichkeiten! So war es auch diesmal. Indem ich die Spur dieser kleinen Malouin verfolgte, konnte ich Archive, Briefe, Zuträger nutzen, die ich als einer dieser Schwätzer aus dem Café Gradot nie zur Verfügung gehabt hätte. Ich gedenke ein kleines Werk daraus zu machen, vielleicht einen Roman, der Lesage und alle anderen in den Schatten stellen wird ... So trinken Sie doch!«

Ich trank. Es brannte wie Feuer. Ich war wie betäubt, während er mir dies alles auftischte, diese Geschichten von unehelicher Geburt, Vergewaltigung, Exil in Holland, und Solange, die auf der Schwelle des Hinterstübchens, wo sie ihre Giftmischerei betrieb, stehengeblieben war, lauschte all dem genauso sprachlos wie ich.

»Hätten Sie nicht vielleicht irgendein lebendiges Detail hinzuzufügen ...? Zwei Frauen, zwei Freundinnen, vertrauen einander doch so manches an ...«

»Aber«, rief ich erregt, vielleicht auch ein wenig betrunken von dem schrecklichen Gebräu, von dem ich höchstens drei Schluck in mich hineingekippt hatte, was mehr als genug gewesen war, »sie ist nicht meine Freundin!«

»Was ist sie dann? Und was wollten Sie ihr sagen?«

Ich hatte mich nicht mehr in der Gewalt.

»Sie soll fortgehen, wenn es ihr möglich ist, das wollte ich ihr sagen. Uns in Frieden lassen! Uns ...«

»Eine Rivalin also!« rief er wie in Ekstase. »Eine zusätzliche Verwicklung! Ein heimlich erwachtes Gefühl ... Welch schöner Ausgleich! Das ist's! Das ist es, mein Thema! Vielleicht gar fürs

Theater ... Jetzt wird sie rot! Was für ein Kind! Ist sie denn schön, diese Mademoiselle Malouin?«

»Sie ist schön.«

»Aber Sie selbst sind auch reizend. Und so jung! Und so originell! Sie zerschneiden Leichen? Oh! Daraus werde ich etwas machen! Wie alt waren Sie, als Sie damit begannen?«

»Dreizehneinhalb. Aber ich seziere nicht selbst, ich ...«

»Unwichtig. Manchmal muß man der Realität ein wenig nachhelfen.«

Und wie bei der Verleihung des Saint-Louis-Ordens: »Sie werden in mein Buch eingehen, kleine Catherine. Das verspreche ich Ihnen. Und wenn ich Ihre Rivalin ausschalten kann, dann tue ich es. Er wird Sie lieben, Ihr Medikus. Das alles wird zart, rührend, überraschend, neu sein ...«

Er erhob sich schwankend. Ich befreite mich sofort aus meiner unbequemen Lage, mußte jedoch feststellen, daß mir leicht schwindelig war.

Kurz vor der Tür wandte er sich noch einmal um, sein Gesicht strahlte vor Wohlwollen.

»Sagen Sie mir nur noch ... *Anekdoten aus der Zeit der Regentschaft, gesammelt von einem ehemaligen Polizeiinspektor*, was halten Sie von diesem Titel? Würde Sie ein Buch mit diesem Titel reizen? Würden Sie es kaufen?«

»Klingt es nicht etwas zu ernst? Ist nicht kürzlich so etwas erschienen ...?«

Mir schien, als sei dieser Titel bei den d'Urfés erwähnt worden. Er kam eine Stufe herunter, taumelte und schwang seinen Stock. Plötzlich war er nur noch flammende Empörung.

»Ich weiß! Ich weiß, worauf Sie anspielen! Sie meinen Rogissart, ein Plagiator, ein Höfling, der aus Angst, sich zu kompromittieren, kein Geheimnis zu lüften wagt! Nichts erfährt man aus diesem Buch, es ist nichts weiter als ein Sammelsurium von Geschichten, die unter dem alten König längst stadtbekannt waren! Augenwischerei! Und außerdem ...«

Er hatte auf dem Absatz kehrtgemacht und trottete schwankend, mit sich selbst sprechend und angsterregend mit dem

Stock fuchtelnd von dannen, überquerte die Fahrbahn und wäre wohl zehnmal um ein Haar angefahren worden. Und ich auf meiner Bank, von der ich gar nicht mehr hochkam, lachte und lachte!

Ich glaube, es war das letzte Mal in jenem Jahr, daß ich aus vollem Herzen lachte.

Die Dufresne ging geradewegs zur Salpêtrière, verlangte die Oberin zu sprechen und wurde vorgelassen. Zwischen beiden herrschte ein mit Waffen aufrechterhaltener Friede. Schwester Rosalie, genannt die Schöne Äbtissin (von einer Klosterfrau hatte sie einzig diesen Titel, der nichts bedeutete), war noch schön und schon reich, ihr Stolz grenzte an Biederkeit, und als Liebhaber hatte sie stets nur hochgestellte Gerichtspersönlichkeiten gehabt, einen Polizeileutnant, einen polnischen Grafen, einen deutschen Herzog. In diesem speziellen Universum der Gefängnisse, wo man sich zwischen Justiz und Illegalität bewegte, zwischen Regierung und Zuhältertum, war sie einer Dufresne, die nur mit den kleinen Delinquenten zu tun hatte und somit nur geringe Einnahmen verbuchen konnte, haushoch überlegen. Sie war nicht dumm und zeigte nichts von ihrem heimlich genährten Hochmut, denn sie wußte nur zu genau, daß dieses Universum eine große Maschinerie war, bei der jedes Rädchen geschmiert werden mußte, wenn das Ganze funktionieren sollte. Bereitwillig holte sie für die Dufresne den Bericht, der nach der Festnahme Antoinette Sicards verfaßt worden war. Sie gingen ihn gemeinsam durch.

Schwester Rosalie wies darauf hin, daß der angebliche Freier des Mädchens keineswegs Klage erstattet hatte, sondern vor den Wachen geflohen war. Die Dufresne gab zu bedenken, es sei doch höchst verwunderlich, daß ein so begehrtes Mädchen (laut Zeugenaussagen der Nachbarn, die sich über zahlreiche Besuche von Männern aller Art beschwert hatten) nicht längst die

Aufmerksamkeit eines Zuhälters geweckt hatte. Schwester Rosalie fiel auf, daß die Wohnung, wo »diese kleine Sicard« ihr Metier ausübte, zwar außerhalb der Stadtmauern lag, aber doch von einem gewissen Wohlstand zeugte, um nicht zu sagen, von einem gewissen Luxus, der im Widerspruch stand zu Besuchen von Gelegenheitsfreiern. Die Dufresne bemerkte, daß Antoinette bei der Rückkehr von einem Maskenball oder einer ähnlichen Lustbarkeit festgenommen worden war, was doch darauf schließen ließ, daß sie vielleicht nicht zu adeligen Kreisen, aber zumindest zur Finanzwelt oder zum Großbürgertum Zugang hatte, und daß diese kleinen Freudenhäuser, die sich auch nicht jedermann leisten kann, die Hypothese der Straßenkundschaft ausschlossen. Schwester Rosalie wunderte sich, daß sie nicht bei dem einen oder anderen ihrer Beschützer Hilfe erbeten hatte, um freizukommen oder zumindest bessere Haftbedingungen zu erlangen.

Die Dufresne wandte ein, sie sei nach Sainte-Pélagie verbracht worden.

»... aufgrund einer Intervention, deren Ursache ich nicht kenne, die aber von beachtlichem Gewicht gewesen sein dürfte.«

»Von beachtlichem Gewicht!« rief die Dufresne hocherfreut aus, da konnte sie der großen Kerkermeisterin einmal auf die Sprünge helfen! »Es war der Henker! Jawohl! Er soll so verliebt in sie sein, daß es schon zum Lachen ist! So tritt er zumindest auf!«

»Der Henker? Der Henker von Paris?«

»Monsieur de Paris ... Monsieur Sanson, in der Tat. Hier haben wir seine auserwählte Kundschaft.«

Schwester Rosalie dachte nach. Das Rätsel fesselte sie mehr und mehr. Vielleicht spielte Sanson Statist für jemand anderen?

»Jailleau war hinter ihr her. Ich habe ihm natürlich nichts gesagt. Aber er arbeitete nicht für Sanson, das steht fest. Ist sie seine Geliebte?«

»In Sainte-Pélagie, ich bitte Sie!« entgegnete die Dufresne empört.

Doch unter dem ironischen Blick der Schönen Äbtissin wurde ihr klar, daß sie ihr nichts vormachen konnte.

»Nein«, sagte sie daraufhin schlicht und verwirrt.

»Sanson kann Statist spielen für jemand anderen, selbst wenn er in sie verliebt ist«, bemerkte Rosalie.

»Vorigen Dienstag hat er ihr einen Ring übergeben, den sie annahm.«

»Und sie durfte ihn behalten?« fragte Schwester Rosalie kurz.

Sie wechselten einen Komplizenblick und kicherten.

»Ich habe ihn ihr gelassen. Ich warte ab, wie es weitergeht.«

»Das war richtig. Ein Signal? Das riecht nach Konspiration.«

»Glauben Sie?«

»Nach Konspiration, Gefahr und Gewinn. Wollen Sie die Fährte weiter verfolgen?«

»Den Gewinn will ich teilen.«

»Bestens. Aber nicht ohne die Risiken.«

»Sie werden es schon in die richtigen Bahnen lenken«, sagte die Dufresne aufrichtig.

Wenn sie Rosalie aufgesucht und ihr die Trümpfe zugespielt hatte, so weil sie wußte, daß die Schöne Äbtissin als rechtschaffen galt. Rechtschaffen in Maßen, versteht sich. Sie würde sich gute achtzig Prozent des eventuellen Gewinns unter den Nagel reißen, andererseits würde ohne sie nichts auszurichten sein. Also: auf Treu und Glauben. Schwester Rosalie spürte das und willigte ein.

»Gut. Ich werde Sie anleiten, ohne selbst in Erscheinung zu treten. Aber seien Sie vor allem vorsichtig. Haben Sie sich diesen Ring angeschaut? Trägt er den Stempel eines Juweliers? Da könnte man ansetzen ...«

»Daran habe ich nicht gedacht«, erwiderte die Dufresne zerknirscht.

Schwester Rosalie seufzte. Na ja, wäre die Dufresne schlauer gewesen, hätte sie die ganze Sache für sich behalten. Wäre sie weniger schlau gewesen, hätte sie gar nichts gewittert. Gott hat alles richtig verteilt, wenn man es recht bedenkt.

»Lassen Sie uns den Bericht noch einmal lesen, ja?«

Sie stellten fest, daß Antoinette mit einer Waffe in der Hand verhaftet worden war (Dolch? Küchenmesser? Oder Schere?), daß in der Anklage aber nichts von Gewaltanwendung stand, weil der Freier verschwunden war; daß sie, als sie durch ihre Schreie die Aufmerksamkeit der Nachbarn weckte, nur spärlich bekleidet war – mit einem leichten Morgenrock und einem »höchst unschicklichen« Untergewand. Daß einige dieser Schreie, die den Ruf nach der Wache und die Justizklage der Nachbarn zur Folge gehabt hatten, Ausdrücke der Verweigerung gewesen seien, wie etwa: »Nein! Nein, das werde ich nicht tun! Das nicht! Das nie!«, und daß zum Schluß ein wahres Geheul erschollen sei, das nur die Wäscherin verstanden zu haben meinte: »Schwör es mir! Schwöre mir, daß es das ist, was *er* will!«

»Das erste Geschrei«, sagte die Dufresne, »könnte, sofern man von einem Freier ausgehen will, auf unübliche Forderungen zurückzuführen sein ...«

»Die Aussage der Wäscherin ist interessant«, sagte Rosalie. »Sie bringt eine dritte Person ins Spiel, sofern diese Frau richtig gehört hat. Und außerdem, die kleine Sicard duzt den Galan. Hätte sie das getan, wenn sie ihn eben erst getroffen hätte?«

»Vielleicht nahm er ebenfalls an dieser ›Lustbarkeit‹ teil.«

»Wo hätte sich die dritte Person aufhalten sollen? Wenn man doch nur wüßte, wer alles dort war, das wäre interessant, sehr interessant.«

»Darüber hat man sie wohlweislich nicht befragt.«

»Unsere Inspektoren sind so zaghaft! Sie hätten befürchten müssen, auf einen vermögenden Herrn zu treffen, der nicht kompromittiert werden wollte, auf einen Robenträger ... Merkwürdiger ist jedoch, daß sie selbst trotz ihrer Verurteilung nichts darüber hat verlauten lassen. Sie spekuliert auf etwas, sie kennt ein Geheimnis, das sie vermutlich mit Sansons Hilfe in klingende Münze umzuwandeln gedenkt.«

»Ein Geheimnis, ein ... erotisches Geheimnis? Ein hoher Herr, ein Kirchenfürst, der fürchten muß, seine nicht ganz alltäglichen Gelüste könnten an die Öffentlichkeit gelangen?«

»Heutzutage ... Wer kann wen kompromittieren?«

»Der Bericht sagt, bei ihrer Verhaftung habe sie ein Négligé getragen, darunter ein »höchst unschickliches« Untergewand, laut Aussage des im übrigen dummen Polizisten. Lesen Sie: *... teilweise durchsichtig und an anderen Stellen verziert mit anatomischen Figuren.* Mein Lebtag habe ich von solch einem Einfall noch nicht gehört. Und Sie?«

»Niemals. Wer interessiert sich schon für Anatomie ...?« sagte die Dufresne, die nicht einmal wußte, was das Wort bedeutete.

»Aber, aber, ein Haufen Leute!« sagte Rosalie von oben herab. »Gelehrte, hohe Herren, der ...«

Sie hielt inne, ihre eigenen Worte hatten sie stutzig gemacht. Die Dufresne senkte den Blick, was Rosalie nicht bemerkte.

»Beobachten Sie alles sorgfältig. Lauschen Sie, wenn es möglich ist.«

»Ich höre alles, aber sie reden nicht viel«, sagte die Dufresne schmollend.

»Nichts von Leidenschaft? Von Zärtlichkeit?«

»Banalitäten.«

»Da haben wir's: Ein Liebesabenteuer ist nicht im Spiel. Sie warten auf etwas? Aber auf was? Oh, wir werden es schon herauskriegen!« sagte die Schöne Äbtissin.

In der Erregung des Augenblicks vergaß sie ein wenig ihre sonst übliche Vorsicht, ihr würdevolles Gebaren und die Distanz, die sie von der Dufresne trennte. Beide amüsierten sich köstlich.

Kaum zu Hause angekommen, verging mir das Lachen. Der Chevalier hatte nicht nach mir gefragt, aber Jeannette erwartete mich angstvoll.

»Haben Sie sie gesehen?«

Ich war ihr eine Erklärung schuldig, mußte ihr entweder ganz vertrauen oder überhaupt nicht. Welche andere Stütze hatte ich, und hatte sie nicht bewiesen, wozu sie fähig war? Ich mußte ihr erklären, warum ich angesichts der Enthüllungen des Inspektors von einem Besuch bei Antoinette Abstand genommen hatte. Ob verliebt oder nicht, ob Bastard oder nicht, selbst wenn sie verrückt, selbst wenn sie verzweifelt war, eine Mademoiselle Malouin des Essarts würde sich nie und nimmer mit einem Sanson einlassen. Folglich erzählte ich ihr in Kurzform die Affäre Malouin, erwähnte das Komplott, das meines Erachtens in Sceaux oder in Spanien geschmiedet wurde, welche Rolle Antoinette darin spielen mußte und in welcher Gefahr wir alle uns befanden. Ich schilderte ihr auch die Hirngespinste des Inspektors und sagte, er scheine mir alles andere als harmlos.

Sceaux und Spanien machten keinen Eindruck auf Jeannette. Sie begriff – was auch mir, während ich sprach, bewußt wurde –, daß alles (zumindest was den Chevalier betraf) von Antoinette abhing. Wilhelm würde mühelos andere Komplizen, andere Komplotte finden. Es galt, uns zu retten, ohne uns zu verraten.

»Man muß sie entführen lassen«, sagte Jeannette seelenruhig.

»Können Sie das?«

»*Er* kann es.«

Ich fragte nicht, wen sie meinte. Man sagte *er*, wenn man vom Regenten sprach, aber auch *er*, wenn es um Cartouche ging. Alles ist relativ!

»Wird ihr dabei auch nichts geschehen?«

Sie beugte sich über Bénédicte, die jetzt immer im Backtrog lag, und hielt ihr einen Kanten Brot zum Nagen hin.

»Ach, Mademoiselle! Man weiß nie, wie alles läuft. Aber woher sollen wir wissen, ob sie nicht froh wäre, diesem Henker und diesen Herren zu entkommen und sich bereitwillig an einem ruhigen Plätzchen niederlassen zu dürfen. Würde sie Widerstand leisten, laut schreien, ihren Vorteil nicht begreifen, dann allerdings …«

Sie sah mein Zögern.

»Vielleicht könnten Sie auch mit Monsieur Sanson sprechen? Er hat doch große Angst, sie zu verlieren, er könnte sie in der Provinz unterbringen, mit oder ohne ihr Einverständnis, und Sie wären sie los.«

Ich staunte, wie alle Welt darauf aus war, diese unglückliche Person loszuwerden, »mit oder ohne ihr Einverständnis«.

»Er müßte glauben, daß sie in Gefahr ist.«

»Können Sie ihm das nicht andeuten? Nein, das hieße ja, unseren Meister zu verraten... Hören Sie, Mademoiselle Catherine, machen Sie sich nicht solche Sorgen. Ich sehe Jean-Marie bestimmt noch diese Woche. Er wird alles regeln, mit einer zuverlässigen Person.«

Auch nach dieser »zuverlässigen Person« fragte ich nicht. Oh, Catherine! Hast niemanden, der dir hilft, außer einem Banditen!

»Sie müssen ihm sagen... Das wegen Antoinette...«

Sie hob das Kind aus dem Backtrog, setzte es ohne Umstände auf den Tisch (es patschte sofort in die Steckrüben) und sagte, während sie den Ofen anheizte, sanft und traurig, fast mütterlich:

»Eines ist sicher, Mademoiselle Catherine, wenn wir uns aus dem Schlamassel ziehen wollen, muß einer bezahlen.«

Mir blieb kaum Zeit, über diese Worte nachzudenken. Ein gutgelaunter Chevalier betrat die Küche, hinter ihm ein mit Flaschen beladener Wilhelm, der letzteren offenbar schon reichlich zugesprochen hatte.

»Haben wir heute gut gearbeitet?« fragte Martinelli. »Geht's voran mit den *Zwillingen*?«

»Sie muß sich beeilen«, ergänzte Wilhelm lachend, ohne weitere Erklärungen.

Sein Lachen klang gutmütig, sogar unschuldig, und dennoch flößte es mir Angst ein, denn es kündigte die nahe Auflösung von Verwicklungen an.

»Ich habe dir ein kleines Werk mitgebracht, das dich interessieren dürfte.«

»Ein Buch!« spottete Wilhelm. »Schon wieder ein Buch! Sie lesen zuviel, Martinelli, und stopfen dem Kind den Kopf mit zu vielen Dingen voll. Kaufen Sie ihr lieber eine Haube, eine Spitzenpelerine... Schauen Sie doch nur, wie sie herumläuft!«

Ich hatte nicht daran gedacht, mich umzuziehen, als ich von den Drei Weideneichen heimkam, und Jeannette wäre die letzte gewesen, mich darauf aufmerksam zu machen.

»Dieses Buch wird ihr nützlicher sein als eine Haube«, sagte der Chevalier schalkhaft, wie ich ihn kaum kannte.

Es stimmt, er sah nie, wie ich angezogen war, und einmal, als ich ein Fischbeinmieder trug, das ich fast neu gekauft hatte, schien er es nicht zu bemerken und wollte, daß ich damit an die Arbeit ging. Ich legte das Buch erst einmal ungeöffnet auf den Backtrog; wieder einmal hatte er mir bewiesen, daß er in mir ein Kind sah, denn bei einem Kind ist es unwesentlich, wie es angezogen ist.

An diesem Abend war es nicht ganz so kalt. Die von einem heftigen, heilsamen Wind gejagten Wolken gaben Teile des Himmels frei. Die Jungen spielten dick vermummt im Hof mit einem Brummkreisel. Jenseits der fast zur Hälfte eingestürzten Hofmauer blitzte zwischen purpurvioletten Nebelfetzen immer wieder die untergehende Sonne durch.

Wilhelm entkorkte den Wein. Der Chevalier streckte behaglich seine langen Beine, spreizte die Hände, gähnte vor Hunger. Der Speck brutzelte in der Pfanne. Wir schwiegen.

Entgegen meinen Befürchtungen herrschte an diesem Abend Waffenstillstand, es war ein denkwürdiger Abend. Jeannette trug die Steckrüben auf, übergoß sie mit Speck, es duftete. Dann setzte sie sich ohne weiteres neben mich. Die Kinder standen, unbeweglich wie kleine Hunde, die wissen, daß sie, wenn sie brav sind, Futter bekommen, in Reichweite des Tisches. Der Chevalier griff nach einem Buch. Überall lagen Bücher herum, mit zerknitterten Seiten, voller Fettflecken. Er blätterte, bis Jeannette ihm servierte, Wilhelm trank ohne Hast, aber mit ruhiger Entschlossenheit.

Ich weiß nicht, warum mich diese bunt zusammengewürfelte Gesellschaft, diese plötzliche Stille, dieser letzte Sonnenstrahl an eine dieser Soldatenszenen auf den Ausschneidebildern für Kinder erinnerte, die meine Tante mir einst gegeben hatte, damit ich Ruhe hielt, biwakierende Soldaten, von denen einer Flöte spielte, ein anderer einen Brief schrieb und der dritte in gewöhnlicher Kleidung eine Sauce rührte, und all diese alltäglichen Verrichtungen waren voller Melancholie, weil man wußte, daß einige dieser Männer bald sterben würden.

Ich stand auf, um solche Gedanken zu verscheuchen, streichelte kurz Bénédicte, die sich an die Sprossen eines Stuhls klammerte und auf ihren dicken Beinchen zu stehen versuchte, und nahm das Buch vom Backtrog, das herunterzufallen drohte, als Jeannette Brot schnitt. Es war kein neues Buch, aber schön gebunden, in Leder, und auffallend sauber. Ich versuchte, den Titel auf dem Buchrücken zu lesen, konnte ihn aber nicht entziffern. Der Chevalier blickte kurz hoch und bedachte mich mit einem Lächeln, das ich ebensowenig zu entziffern vermochte. Vor den Kopf stoßen wollte ich ihn aber nicht, daher schlug ich das Buch auf: ein spanisches Wörterbuch!

Vor Freude, vor Verwunderung mußte ich mich setzen. Mit einem Augenzwinkern wies der Chevalier auf Wilhelm. Ich verstand. Er sollte noch nicht wissen, daß der Chevalier beschlossen hatte, mich – wie immer die Sache ausgehen mochte – mitzunehmen. Ich fühlte eine Welle der Freude. Trotz seiner Versprechungen hatte ich ihm nicht ganz geglaubt. Einen Moment lang war ich wie berauscht. An diesem Abend faßte ich Vertrauen zur Zukunft, Vertrauen zu meinem Chevalier, zu Jeannette, zu Cartouche. Alles würde wieder ins Lot kommen. Ich vergaß Sanson, vergaß Antoinette. Nur noch dieses Buch zählte, es war wie ein Vertrag (dabei warf ich es nachlässig hinter mich auf ein Tischchen, damit der Deutsche nicht auf die Idee kam, es sich näher anzusehen), nur noch Jeannettes Blick, der zu sagen schien: »Keine Sorge, es wird schon werden«, nur noch die liebevoll-schalkhaften Augen des Chevalier, die sagten: »Da staunst du, was?«, nur noch die Sonne, die unterging, die schwarzen Köpfchen der Kinder, die sich an mich schmiegten, nur noch der reich gedeckte Tisch, und ich empfand etwas, was ich nicht zu benennen wagte: Glück.

Ja, es war ein schöner Abend. Der letzte für lange Zeit. Auch Jeannette spürte es, denn außer dem von ihr gekochten warmen Essen stellte sie noch eine Aalpastete und einen großen Kuchen auf den Tisch, den wir von einer unserer praktisch denkenden Kundinnen bekommen hatten. Selbst Wilhelm spürte es; er spielte nicht länger den Kutscher und freute sich sichtlicher darüber, daß er die Maskerade einmal fallenlassen konnte; er erzählte, ohne vertraulich zu werden, ohne Brillanz, doch schwungvoll und herzlich Anekdoten vom russischen Zarenhof, wo er einmal gewesen war, beschrieb uns die Springbrunnen von Granada, die befremdliche Etikette, die am spanischen Königshof herrschte, leugnete, daß die Antilope ein Fabeltier sei, wie es allgemein hieß, weil er mit eigenen Augen in »den Wüsten« ein solches Tier gesehen habe, was er mit einigen prahlerischen Wörtern bekräftigte. Während er redete, tätschelte er mehrmals dem kleinen Lucien den Kopf, den er, seit die anfangs schwarzen Haare des Kindes rötlich geworden waren, bevorzugte, er ließ ihn sogar aus seinem Glas trinken. Als das Gespräch versiegte, als Jeannette – worauf die Kinder schon lange gelauert hatten – den Kuchen anschnitt und der Form halber mit Blicken den Chevalier um Erlaubnis bat, ihnen auch eine Scheibe geben zu dürfen, da packte mich plötzlich die Lust, meine beiden Verschwörer wegen ihres tollen und, wie ich in diesem Moment glaubte, völlig aus der Luft gegriffenen Einfalls mit der Hellseherei zu necken, ich fragte daher mit geheucheltes Naivität:

»Sagen Sie, Jeannette, als Sie noch daheim wohnten und abends allein zu Fuß nach Hause zurückkehrten, hatten Sie da niemals Angst?«

»Absolut nicht«, erwiderte sie. »Außerdem hatte ich ja die Jungen, die mich abholen kamen; auch wenn sie noch klein waren, schickte ich sie voraus, die Kleine nahm ich auf den Rücken, und ich hatte einen eisenbeschlagenen Stock in der Hand. In der anderen Hand hielt ich eine Börse mit Kupfermünzen, die ich klingeln ließ. Wenn man mich angegriffen hätte, hätte ich sie weggeworfen, und die Münzen hätten die Gauner schon festgehalten. Wären sie mir zu nahe gekommen, hätte ich Stockhiebe ausgeteilt.«

»Natürlich«, sagte der Chevalier mit vollem Mund und ohne Spott, »eine arme Frau und drei Kinder wären für Cartouches Bande nicht von Interesse gewesen.«

Ich schlug die Augen nieder.

»Damals war Cartouche nicht in Paris«, entgegnete Jeannette ungerührt und fast herausfordernd. »Sie haben recht, für ein paar

Groschen machen die sich nicht auf den Weg. Sie haben's auf die Reichen abgesehen. Nicht schade drum, finde ich.«

Das Thema war gefährlich und ging über bloßes Geplänkel hinaus.

Ich nahm es wieder auf: »Aber wenn Sie am Friedhof vorbeigingen, Jeannette?«

»Was dann?«

»Haben Sie sich nie vor Dämonen, vor den Geistern der Toten, die zurückkommen, gefürchtet? Man weiß ja nie.«

»Oh, die Geister! Wer glaubt denn noch daran? Narren, Greise, Bauern ...«, sagte sie mit dem Stolz der Städterin.

Der Chevalier schien mir leicht beunruhigt.

»Eine Menge Leute glauben an solche Dinge, und es sind weiß Gott keine Bauerntölpel«, sagte er etwas zu heftig. »Es gab da einmal einen Pagen, einen ehemaligen Pagen des Marschalls d'Humières, der einen Wilden aus Kanada mitgebracht hatte. Dieser Wilde sah durch Raum und Zeit. Eines Tages war er ganz niedergeschlagen, und sein Herr, ein gewisser Longueil, fragte ihn nach dem Grund. ›Dein Bruder ist dort unten ermordet worden‹, antwortete der Wilde. Dort unten, das war Kanada. Etliche Monate später erfuhr Longueil, daß es stimmte.«

Wilhelm brach in ein homerisches Gelächter aus. Der Chevalier runzelte die Augenbrauen. Jeannette wandte sich ab, um Brot zu schneiden. Aber der kleine Lucien, von Wilhelms ungewohnter Milde ein wenig übermütig geworden, verstärkte den Baß unseres Haudegens mit schrillem Gekicher, was den Chevalier nur noch mehr reizte.

»Wein!« befahl er in rauhem Ton, und Jeannette schenkte eilfertig ein.

Der Deutsche schenkte sich selbst ein und gab auch dem Kind auf seinem Schoß einen Schluck, wogegen Jeannette nicht zu protestieren wagte.

»Der Abbé Dubois glaubt daran«, sagte der Chevalier nun etwas sanfter.

»Er gilt doch als ausgekochter Lügner, also könnte er auch in diesem Fall lügen«, wandte ich ein.

»Gut pariert«, sagte Wilhelm, noch immer lachend. »Ist auch egal. Wenn die Dummheit uns zugute kommt, wollen wir sie unterstützen!«

Vielleicht hatte ich mich so weit vorgewagt, um wenigstens für eine Stunde meine Besorgnis zu verdrängen. Ich spottete ganz offen.

»Möchten Sie als Hellseher gelten, Herr Graf? Sie erscheinen doch schon in so vielerlei Gestalt!«

Er war eindeutig in allerbester Laune, denn er zeigte keine Spur von Verärgerung.

»Meinst du, ein Turban voller Sterne und ein Zauberstab würden mir nicht stehen?«

»Ich hätte zuviel Angst um Sie, Monsieur. Derlei Mystifikationen enden häufig auf dem Scheiterhaufen.«

»Als gäbe es heute noch Scheiterhaufen!«

»Und wie kommst du auf Mystifikation?« fragte der Chevalier, dem es offenbar doch einen Stich versetzt hatte, daß ich ihn als Scharlatan hingestellt hatte (vielleicht irritierte es ihn auch, daß ich so gut informiert war). »Monsieur de Fontenelle, der das Buch über die Pluralität der Welten geschrieben hat, glaubt an Geister.«

»Damit will er nur die Jesuiten täuschen, die ihn als Atheisten anprangern«, erwiderte ich triumphierend.

»Papperlapapp! Papagei! Ohne auch nur ein Wort zu verstehen, plapperst du nach, was deine Basseporte dir zuträgt. Ist kaum der Mutterbrust entwachsen und will über die Jesuiten räsonieren!«

Ich weiß nicht, warum dieser Satz mich verletzte. Weil er vor dem Deutschen so tat, als hätten wir nie ein freundschaftliches und vertrauensvolles Gespräch geführt? Vielleicht auch deshalb, weil ich mir schon so oft vorgestellt hatte, daß ich nicht soviel zu kämpfen gehabt hätte, wenn ich wie die kleine Bénédicte eine Mutterbrust gehabt hätte.

»Ich weiß zwar nicht, wo die Mutterbrust hätte herkommen sollen, aber...« Tränen und Zorn schnürten mir die Luft ab.

Der Chevalier begriff und tätschelte mir verlegen die Hand,

während Wilhelm große Augen machte. Auch Jeannette verstand mich, feinfühlig, wie karge Gemüter sein können; ungeachtet aller üblichen Umgangsformen (von denen wir inzwischen ohnehin weit entfernt waren) legte sie, da sie neben mir saß, einen Arm um mich, preßte mit dem anderen die kleine Bénédicte an ihre Hüfte und gab mir einen schmatzenden Kuß auf die Wange. Ich war verblüfft, aber was noch erstaunlicher war: Ich fühlte mich getröstet. Tatsächlich, es hatte mich noch nie jemand mit den Lippen geküßt, höchstens Madeleine Basseporte, zu meinem Geburtstag, aber da waren wir noch Kinder gewesen. Bei diesem Gedanken mußte ich erst recht losheulen. Der Deutsche erhob sich und schenkte mir Zuckerbranntwein ein, sein Allheilmittel. Jeannette, von meinen gerührten Gefühlen angesteckt, begann ebenfalls zu schluchzen, und eine so schöne Gelegenheit ließ sich auch Bénédicte nicht entgehen, um sich lautstark bemerkbar zu machen. Luc winselte wie ein Hündchen, Lucien sondierte das Gesicht seines neuen Freundes, um herauszufinden, ob Lachen oder Weinen angebracht war, schleckte ein nachlässig abgestelltes Glas leer, schöpfte daraus neue Kraft und brüllte ebenfalls los. (Jeannettes Kinder waren schreckliche Schreihälse, was, wie sie betonte, ein Zeichen von Gesundheit sei. In diesem Fall wäre es mir lieber gewesen, sie wären etwas weniger gesund gewesen.)

Der Chevalier betrachtete die Szene mit feuchten Augen, lachte unwillkürlich beim Anblick dieser Tränenströme, und plötzlich prusteten auch wir los, und jeder lachte und weinte abwechselnd. Als wir uns wieder etwas beruhigt hatten, sagte der Chevalier, indem er sich mit der einen Hand über die Augen wischte und mit der anderen die Gläser füllte:

»Siehst du, Catherine, das nennt man Freiheit.«

Der Frühling nahte.

Achtes Kapitel

Worin in wenigen Worten die Duchesse du Maine porträtiert wird, die etwas Besseres verdient hätte, sowie Monsieur de Fontenelle, der so alt wurde, daß man an beliebiger Stelle von ihm erzählen kann. Worin mehrere unvorhergesehene Ereignisse eintreten und zwei Liebesnächte beschrieben werden, die dem Roman noch fehlten.

Nachdem im Frühjahr 1718 die Duchesse du Maine wie eine Biene (die sie sich zum Wappentier erkoren hatte) ihre Getreuen unermüdlich umschwirrt, angestachelt und ihnen ins Ohr gesurrt hatte, es sei höchste Zeit – dies war die Losung, die der Augenblick erforderte –, sich des Regenten zu entledigen, da Philipp V. von Spanien völlig genesen und, wie sie behauptete, bereit sei, die Ehrenregentschaft zu übernehmen, bei der die tatsächlichen Vollmachten in den Händen des Duc du Maine lägen, herrschte in Sceaux eine Aufregung wie in einem Bienenkorb.

Selbstverständlich schrieb hier auch jedermann: Sceaux war mit Recht stolz darauf, unter seinen Schmarotzern mehr flinke Federn zu besitzen als jeder andere kleine Hof der Welt (vom Palais-Royal ganz zu schweigen, er galt als der Gipfel schlechten Stils). Die Herzogin betrachtete die erste Verfügung von 1717 über die Legitimierten absolut nicht als Grundlage für ein endgültiges Urteil. Den Herzog, so schien es zumindest, berührte die ganze Erregung nicht, er gab sich nachsichtig, amüsiert und manchmal sogar, wie um jeglichen Verdacht zu entkräften, scheu und in sich gekehrt. Sie aber bestürmte die Richter, die Minister, die Advokaten, köderte den einen, betörte den anderen, versprach, verhieß, prophezeite jedem das Paradies auf Erden, wenn er ihr nur behilflich wäre, den Regenten abzusetzen und an seiner Statt den Herzog auf den Thron zu befördern, der das alles anscheinend unbeteiligt und nur ihr zu Gefallen mit sich geschehen ließ.

Hier soll nicht erwogen werden, ob er aufrichtig war oder nicht. Manche behaupten, Ehrlichkeit sei nie seine Stärke gewesen und er habe sich immer bedeckt gehalten, seine Frau vorausgeschickt wie jene asiatischen Krieger, die hinter furchterregenden Masken aus Pappmaché in die Schlacht stürmen. Man denke darüber, was man will. Sicher ist, daß diese Leute sich bereits an der Macht sahen und nur befürchteten, die fetten Pfründen könnten nicht ausreichen, um sie alle zu befriedigen. Daher versuchten sie alle einander zu schaden. Jeder verfolgte seine eigene Strategie, schmiedete seine eigenen Pläne, versicherte sich seiner Getreuen.

Der Tumult und die ganz offen ausgesprochenen Kriegserklärungen der Herzogin führten dazu, daß die Polizei nichts davon wirklich ernst nahm. Denn während man dem König von Spanien Botschaften zukommen ließ, in denen man ihn aufforderte, aufrührerische Briefe an die Franzosen zu richten, während man Cellamare in der Rue de Bourbon, im Palais du Maine, das der Herzog soeben erworben hatte, oder verkleidet im Park antraf, während Laval die Bretonen aufwiegelte, Pompadour sich mit dem niedrigsten Volk, den Salzschiebern und den Spitzeln einließ (sofern nicht das Gegenteil der Fall war), spielten Malezieu, Polignac, Dadvisart ihre Trümpfe aus, indem sie ein von Leidenschaft diktiertes Pamphlet über die Rechte der legitimierten Prinzen verfaßten. (Auch dabei hatte die Herzogin mitgeholfen, denn sie war es, die auf die geniale Idee gekommen war, die Franzosen in der Sprache der Philosophen als Citoyens! zu apostrophieren.) Jeder spielte seine beste Karte aus. Der eine besaß einen Verwandten im Stab Alberonis, der andere hatte zum Gefolge der spanischen Königin gehört, die ihren Gatten dank Betschemel und Bett in festen Händen hielt. Lagrange-Chancel, Dichter im Solde der Herzogin, verfaßte Vers um Vers über den angeblichen Giftmord an den Königskindern und den vermuteten Inzest Philipps mit seiner Tochter Berry und legte seiner Herrin Tag um Tag eine neue Strophe zu

Füßen. Richelieu glaubte, über Bayonne zu verfügen, wo er ein Regiment stehen hatte. Voltaire war auch nicht untätig geblieben in der Bastille, aus der er in diesem April 1718 entlassen worden war, und zauberte einen fertigen Ödipus aus dem Ärmel. Villeroy schwenkte triumphierend einen angeblich vergifteten Keks, der, Gerüchten zufolge, dem jungen König zugedacht gewesen war.

Malouin besaß nur seine Tochter. Er machte sie sich zunutze.

Wie üblich nahm er ihr das Böse übel, das er ihr selbst angetan, und die Lächerlichkeit, der er sich selbst preisgegeben hatte. Kaum jemand war so erstaunt wie er, als er von Wilhelm, der in Sceaux als Graf von Schlieben bekannt war – und bei allen, selbst den winzigsten Komplotten mitzumischen versuchte, wie andere Lose für jede Lotterie erwerben –, erfuhr, daß Antoinette, wenn auch nur für die Dauer eines Soupers, dem Prinzen gefallen hatte. Bis jetzt hatte er sie als Dienerin genutzt, in der Rue d'Enfer versteckt, von ihr Pamphlete austragen lassen, als wären es Jahrmarktslose, sie in die Bretagne geschickt, um die Mitverschwörer anzustacheln, ohne je auf die Idee gekommen zu sein, sie könnte, verrückt, wie sie war – und dies zum großen Teil durch seine Schuld –, in dieser Angelegenheit eine gewichtige Rolle spielen.

Daraus erwuchs von seiner Seite etwas mehr Beachtung ihrer Person, jedoch kein Fünkchen Reue. Mademoiselle de Launay hatte ihm eines Tages einzureden versucht, es sei gefährlich, in politischen Geschäften ein Mädchen einzusetzen, das nicht immer ganz bei sich sei, doch das hatte er abgetan mit den Worten: »Um so eher! Wenn sie geschnappt wird, kann sie zugeben, was sie will, man wird sie für verrückt halten.« Mademoiselle de Launay, die aufgrund von eigenem Leid eine sensible Person war, hatte sich schockiert gezeigt von dieser Antwort, doch die Herzogin fand das Argument äußerst zutreffend.

Niemand, selbst Wilhelm von Schlieben nicht, hatte zu hoffen gewagt, daß Antoinette etwas anderes sein könnte als ein

Köder, und so war am Abend des Anatomischen Soupers alles für die Entführung des Prinzen vorbereitet, genau wie später im Wald von Saint-Cloud, wo La Jonquière ebenfalls sein Ziel verfehlte. Nach dem Mißlingen der Verschwörung hatte von Schlieben von Antoinette verlangt, sie solle am nächsten Tag dem Kunstfreund an einem abgelegenen Ort ein Stelldichein vorschlagen, damit er Gelegenheit hätte, in aller Ruhe die ihr zugefügte »Beleidigung« wettzumachen. Doch da sie gewittert hatte, daß es jetzt nicht mehr um eine Entführung ging, die der Deutsche als zu gewagt ansah, sondern vielmehr um einen netten kleinen, simplen Mord, hatte Antoinette sich gesträubt, woraufhin von Schlieben sie verprügelte, sie nach dem Obstmesser griff und der Lärm entstanden war, der zu ihrer Verhaftung geführt hatte.

Von diesem Zeitpunkt an hätte Malouin sie als nutzlos eingestuft und ohne die geringste Anwandlung von Reue seelenruhig fallengelassen, wenn die Herzogin, der alles hinterbracht worden war – insbesondere auch Antoinettes Verschwiegenheit trotz Marter und Einkerkerung –, für das einstmals in ihrem Hause beherbergte junge Mädchen nicht neue Begeisterung gezeigt hätte und sich nicht – ähnlich wie Malouin, doch auch gänzlich anders – der dem einstigen Kind entgegengebrachten gütigen Fürsorge entsonnen hätte, sich diese Wohltaten nicht zur Ehre angerechnet und Antoinettes Schweigen und Mut als ihr zu Recht geschuldete Dankbarkeit gedeutet hätte. »Eine Heldin!« hatte sie ausgerufen, denn in ihrem Kopfe spukten jene getanzten Komödien, in denen eine derartige Opferbereitschaft nicht selten anzutreffen war. Wie ein Pendel bezeugte nun auch Malouin erneut und beflissen Interesse für seine Tochter. Der Einfall mit dem Glas Wasser war ihm trotz aller Abneigung gegen von Schlieben als geradezu sublim erschienen. Doch er wußte auch, daß für den Deutschen nichts so wichtig war wie die Teilnahme an jenem Komplott, das als erstes zum Erfolg führen würde.

Als er von Antoinettes Verlegung nach Sainte-Pélagie erfahren hatte, teilte Wilhelm dem vergeblich Empörung heuchelnden Vater nicht mit, wo sie sich jetzt befand. Erst wenn es nötig wäre, würde er das Mädchen wie durch einen Taschenspielertrick aus dem Ärmel zaubern. Malouin war traurig, da er sein Komplott ohne die Hilfe des halb im verborgenen lebenden Deutschen nicht zustande bringen konnte; wie gern hatte Wilhelm erklärt: »Ich kümmere mich um alles«, was Malouin völlig zu Recht deutete als: »Ich kümmere mich darum, den gesamten Gewinn einzustreichen.«

Auch dieser Wirrwarr war typisch für die Zeit der Regentschaft. Während es mir im Laufe der Zeit gelang, diese Geschichte oder zumindest den uns betreffenden Teil der Geschichte zu rekonstruieren, verstärkte sich der Eindruck, daß jeder, vom Größten bis zum Kleinsten, mit Leidenschaft sein Spiel spielte, da er plötzlich erkannte, daß eine neue Welt sich auftat, in der alle Werte kippten. Und ich spreche nicht nur von Monsieur Laws Werten, die in der bekannten Katastrophe endeten. Auch von mir steckte etwas darin, aber heute, im Jahre 1730, wo die Welt etwas zur Ruhe gekommen scheint, wüßte ich noch immer nicht exakt zu sagen, wer gewann, wer verlor, wer den Tisch zu früh und wer ihn ein wenig zu spät verließ, oder warum die Partie plötzlich ins Stocken geriet.

Und wenn ich mit dieser Niederschrift begann, zwar ohne Kunst, doch nicht ohne Schalk, dann war der Grund ein Gespräch, das ich vor kurzem mit Monsieur de Fontenelle führte, der mir die Ehre eines Besuchs zuteil werden ließ. (Und wie die kleine Catherine nach diesem Abenteuer zu Mademoiselle Lesueur wurde, mit eigenem Salon, hinreichendem Auskommen und einem gewissen Ansehen, das werde ich erzählen, sobald es angebracht ist. Nehmen Sie es erst einmal hin, damit wir weiterkommen.) Nehmen Sie es hin, weil ich eigentlich nur noch von einem einzigen Tag und einer einzigen Nacht zu berichten habe – doch diese Spanne Zeit war endlos! Nehmen Sie es hin, weil im Laufe jener Spanne Zeit all die plötzlichen Schwünge, all die Überraschungen der Epoche zutage traten, und aus ihrem

Triumph läßt sich nichts lernen, nichts besser machen, nicht einmal etwas begreifen. Nehmen Sie es hin, weil jener Tag Antoinette ähnelte, so wie sie war. Man sah sie an, sah *Die Tränen* und sah sie auch schon nicht mehr; man sah, wie schön sie war, und sah sie nicht mehr. Was war sie anderes als absurdes Leid, und sobald das Leid sie verließ, ein nicht zu enträtselndes schönes Gesicht?

Monsieur de Fontenelle – ich erwähne dieses Gespräch nur, weil es mich an Antoinette und meine frühen Jahre erinnert –, Monsieur de Fontenelle also wies mich im Gespräch über anatomische Zeichnungen, von denen ich eine recht hübsche Sammlung besitze, auf deren Entwicklungsgeschichte hin.

»Das erinnert mich daran«, sagte er, »wie mir zu Zeiten Errards und Huyberts – all diese skelettartigen Engel und entblößten Torsi zwischen Blumengirlanden – ein entzückendes kleines Skelett aufgefallen war, das Geige spielte – ich glaube, es war im *Thesaurus Anatomicus Tertius* – und auf einem Berg aus Nieren saß...«

»Aus Gallenblasen, Monsieur!«

»Ach ja, Sie kennen sich da besser aus als ich«, erwiderte er, wie stets mit ausgesuchter Höflichkeit. »Wie dem auch sei, damals bemühte man sich, Kunst und Wissenschaft in Einklang zu bringen, Körper mit Geist zu vermählen. Das sieht man auch an Ihrer schönen Büste *Die Tränen*, Ihren *Zwillingen*... Darum bemüht man sich heute noch, aber Sie werden sehen, daß es aus der Mode kommen wird, schon aus der Mode ist. Man ruft nach der reinen Wissenschaft, nach der des Fleischlichen entblößten Kunst, und so kurios das scheinen mag, es wird das Ende einer Welt, das Ende einer Sichtweise, einer Lebensweise sein... Die Wissenschaft wird über das Wunderbare triumphieren – damit meine ich das Unerklärliche –, und das wird den Geist freier und sorgloser machen. Natürlich nur den Geist einiger weniger.«

»Und wird das ein Fortschritt sein, Monsieur?«

»Bezweifeln Sie das etwa, Mademoiselle? Mit Ihrer bewundernswerten wissenschaftlichen Ausbildung...«

»Mit meiner Wissenschaft ist es nicht so weit her, Monsieur. Es gibt Bereiche, wo sie mich arg im Stich läßt.«

»Nennen Sie mir ein Beispiel«, sagte er mit dieser ihm eigenen und ihm oft zum Vorwurf gemachten sanften Geduld, dieser Urbanität, diesem Interesse für Gesichtspunkte, die von den seinen meilenweit entfernt sind.

In der Hoffnung, ihn zu zerstreuen und mich selbst zu befreien, erzählte ich ihm also Antoinettes Geschichte, obgleich diese ja auch die Geschichte der *Tränen*, die Geschichte des Chevalier, die Geschichte Sansons, die Geschichte Jeannettes, die Geschichte meiner Jugend und – warum nicht? – die Geschichte der Geschichte ist. Und zudem noch etwas anderes, das ich nicht zu definieren vermag, eine Art Allegorie oder Symbol. Doch Symbol wofür?

»Meine Unsicherheit in diesem Punkt hindert mich daran, dieses ganze Abenteuer wegzuräumen in die Schatulle mit den Erinnerungsstücken, zusammen mit der Miniatur meiner Großmutter und den vergilbten Haarbändern der kleinen Catherine. Es läßt sich auf so vielerlei Art interpretieren ... oder gar nicht.«

»Das beweist, daß es ein Symbol ist und keine Allegorie«, erwiderte er mit Bestimmtheit.

Wenn ich ihn recht verstanden habe, sah er den Unterschied darin, daß die eine, die Allegorie, als Stütze nur ihre Bedeutung (nur eine einzige) hat und sofort zusammenbrechen würde, wenn man ihr diese nähme. Das Symbol hingegen existiert auf zweifache Weise: durch sein Aussehen und den ihm verliehenen Namen, durch seine Form und seinen Sinn, durch seine Haut, seine Nerven und Blutbahnen (Farben, Melodien, sein Genre, je nach der Kunstform, die es verwendet), und es überlebt die abstrusesten Interpretationsirrtümer, die andere Symbole nach sich ziehen, die sich auch weiterhin behaupten und nie verstanden werden. Das sei die wahre Kunst oder die wahre Vorstellung des Universums. So habe ich es zumindest verstanden, aber ich kann mich auch irren in der Deutung dessen, was dieser bedeutende Mann, Mitglied der Akademie, mir zu erklären suchte, statt mich schweigen zu heißen, damit ich mein eigenes Denken besser verstand.

Ich hatte schon beobachtet, daß meine zehn Jahre früher so bewunderten, als absolut neuartig bezeichneten *Tränen* sowie der Frauenkörper, den ich *Die Zwillinge* genannt hatte (eingedenk auch der astrologischen Bedeutung, die aus diesem Sternzeichen das für die Dualität charakteristischste macht), mittlerweile gewissen empfindsamen jungen Damen ein »Wie abscheulich! Ich kann das nicht schön finden!« entlockten. Es gab natürlich auch andere, die sich eine aufgeklärte Neugier zugute hielten und ungerührt die Amnionhöhle als disproportioniert bekrittelten oder die Meinung vertraten, siamesische Zwillinge wären ein interessanteres Sujet gewesen ... Doch mein kleines Museum, das, wenn ich so sagen darf, nur ein Museumsembryo war, erweckte immer noch, ja sogar in verstärktem Maße, Neugier. Immer wieder, wenn ich abends noch einmal einen Rundgang machte, bevor ich mich im Schein des von Lucien gehaltenen Leuchters ins obere Stockwerk zurückzog, stellte ich mir selbst die Frage nach dem Geheimnis des Körpers, der einen anderen enthält und mit dem anderen die Möglichkeit der unendlichen Reproduktion des Lebens; ist der Körper nicht auch ein Symbol der Fragen, die wir uns stellen und die ebenfalls weitere und immer weitere Fragen nach sich ziehen? »Was ist fruchtbarer als der Irrtum?« hätte Monsieur de Fontenelle bestimmt gefragt. Aber hatte ich, indem ich meinem Werk – denn ich wagte es so zu nennen – eine Bedeutung beimaß, einen Irrtum begangen? Oder war ich nur bei einer Frage stehengeblieben, die, da sie keine Antwort erhielt, versiegte, steril wurde und erkaltete in diesem Jahr 1723, zur gleichen Zeit wie der Regent?

»Andere Fragen drängen sich heute auf«, entgegnete Monsieur de Fontenelle, betont maßvoll. »Sie vergessen die Aufklärung, Mademoiselle Lesueur!«

Er hob mahnend den Zeigefinger.

Es war das erste Mal, daß ich diesen Ausdruck hörte, der inzwischen in aller Munde ist. Aber ich verstand sehr wohl, daß er sich auf die Gelehrten, die Philosophen, die vielleicht noch schimärenhaften Gesetzgeber bezog, denen ich es zu verdanken hatte, daß ich in meinem butterblumenfarbenen Salon nicht mehr Catherinchen, sondern Mademoiselle Lesueur genannt wurde. Ich würde es mir nicht verzeihen, ihren Gegnern auch nur das geringste Argument zu liefern, das ihnen abträglich sein könnte. Doch ich werde auch niemals meine Ausbildung vergessen, diese allmählich wachsende Zuneigung zum menschlichen Körper, seiner komplexen Zusammensetzung, die ich kennengelernt hatte, und dem ebenso unleugbaren wie undefinierbaren Zusammenhang des Körpers mit unserem Leid, unseren Ängsten, unseren Freuden. Ich wäre fast versucht, auch zu sagen: unseren Ideen, aber ich will nicht übertreiben. Für mich allein also bedachte ich beim Gang durch mein kleines Museum den Zusammenhang, der vielleicht niemals aufgeklärt werden wird, zwischen der Schöpfung in ihren konkretesten Ausformungen (Plexus, von Angst durchbohrt, Tachykardie aufgrund von plötzlichem Glücksgefühl) und der Philosophie in ihrer abstraktesten Form. Daher stelle ich mir auch immer wieder die Frage nach dem Schöpfer, dem man heutzutage jede beliebige, völlig verschwommene oder abstruseste Gestalt zuspricht.

Lucien, der zu meinem Sekretär und Vertrauensmann avanciert, aber von Natur aus neugierig und mit dem einfachen Volk, dem er entstammte, verbunden war, erzählte mir neulich, auf dem Friedhof Saint-Médard, wo seit kurzem ein jansenistischer Diakon, der Diakon Pâris (ein Spitzname?) beigesetzt ist, würden angeblich Wunder geschehen, und nach amtlicher Drohung, besagten Friedhof zu schließen, habe eine Schelmenhand folgenden Zweizeiler an der Mauer angebracht:

> Der König der Franzosen hat untersagt,
> Daß Gott an diesem Ort Wunder wirkt.

Ähnliches bedroht auch mein kleines Museum. Man könnte ihm den Sinn nehmen, den es für mich inzwischen hat. Aber vermochte eine Museumsvitrine je ein Geheimnis zu erklären?

Der Fragen wird man sich niemals gänzlich entledigen können. Ebensowenig wie der Erinnerung an Antoinette, was immer mit ihr geschehen sein mag.

Jailleau fand, der Vorname Antoinette entbehre der Poesie. Er suchte nach einem anderen, um daraus den Titel einer Anekdote zu verfertigen, die er (wenn ihm die Publikation gelänge) den anderen als Vorspann voranzustellen gedachte, um die Neugier anzustacheln. Er ließ in Holland recherchieren, damit ihm auch kein Detail entging, und zwar auf Kosten des neuen Polizeileutnants, der völlig damit beschäftigt war, seine Dienststellen neu zu organisieren, und daher nichts merkte.

Auch Schwester Rosalie dachte nach, erwog ihre Erfolgschancen und kam zu dem Schluß, daß sie, wenn es ihr gelänge, die Affäre aufzuklären, kein Geld fordern würde – Geld besaß sie genug –, sondern einen Ehemann, einen mit Titel, der ihre Ansprüche unterstützte.

Nachdem Malouin aus Wilhelm von Schlieben das Geheimnis von Antoinettes Aufenthaltsort nicht herausbekommen hatte (außerdem war er viel zu beschäftigt mit einem die Italienische Komödie plagiierenden Ballett, in dem er den Scaramouche spielen sollte), gab er es auf, weiter nach ihr zu suchen und beruhigte sich mit dem Gedanken, seine Tochter gehorche ohnehin nur ihm.

Geschickt, wie er durch lange Erfahrung geworden war, war Wilhelm Sanson gefolgt; er fand Antoinette bestens untergebracht und vergewisserte sich, daß er sie herausholen konnte, sobald er sie benötigte. Inzwischen hatte er sich Martinellis Meinung angeschlossen und bereitete Etappenziele vor für den zukünftigen Gefangenen, den er, um vorteilhafter verhandeln zu können, außerhalb Spaniens festzuhalten gedachte. Um jeden Verdacht zu zerstreuen, fuhr er fort, Antoinette vom Henker zurückzuverlangen, angeblich im Auftrag ihres Vaters.

Sanson, dem auch Jailleau zusetzte, fühlte sich bedroht.

Der Chevalier bemühte sich diskret, seine Bestallungsurkunden zurückzubekommen.

Schwester Rosalie bat die Dufresne schriftlich zu sich.

»Wir machen Fortschritte«, sagte sie, ohne daran zu denken, der guten Frau ein Kompliment zu machen, was diese vielleicht veranlaßt hätte, etwas zu sagen, was sie verschwieg. »Ich habe hier ein Mädchen, das bald freigelassen wird. Sie ist die Mätresse eines dieser Bürschchen, die von Zeit zu Zeit für die spanische Botschaft arbeiten. Sie ist schwatzhaft, eine hervorragende Eigenschaft. Natürlich ist sie irrtümlich hier, aus Versehen, das sagen sie ja alle. Es heißt, sie spiele meisterlich Cembalo. Sie kennen sicher das Lied: *Er spielt so meisterlich Spinett...* Wie es von unserer Sicard auch heißt, sie sei Feinstickerin. Das kann man nennen, wie man will.«

Die Dufresne lachte, verstand allerdings nichts. Doch sie ist – oder scheint – so voller Bewunderung, so stolz, von der Schönen Äbtissin eingeweiht worden zu sein, daß diese ihr fast dankbar ist für ihre Ungeschliffenheit.

»Unsere Cembalistin also hat mit ihrem jungen Verehrer an Lustbarkeiten teilgenommen, bei denen auch ein Graf von Schlieben anwesend war. Und dieser Deutsche – oder Österreicher, ich weiß es nicht – war Kunde der Sicard!«

Einen Moment lang genoß sie das Erstaunen der dicken Vettel. Dann lieferte sie ihre Enthüllungen tröpfchenweise:

»Dieser Schlieben suchte häufig die spanische Botschaft auf. Er wurde von Prince de Cellamare persönlich empfangen. Und die Kleine hat ihn dort gesehen. Mit eigenen Augen gesehen. Ihr Galan war bei ihr, sie cembalierten in einer Rumpelkammer, die ein Fenster hatte: Von dort sah sie Schlieben, als Kutscher verkleidet, unter einem weiten Reiserock, durch die Wirtschaftsräume davongehen!«

»Und es war ein Kutscher, der aus dem Haus der Sicard floh, bevor man sie festnahm!«

»Richtig!« sagte Rosalie triumphierend. »Aber es kommt noch besser...«

Die Dufresne faltete die Hände, als hätte sie eine Erscheinung.

»Hören Sie, was ich daraus schließe: Dieser Deutsche oder

Österreicher verfügt über weitreichende Beziehungen. Er hält sich bedeckt, das ist klar. Daher muß er, wenn er gewisse Liebesdienste braucht, hinaus aus der Stadt, zu einer Dirne, die niemand kennt...«

»Sie schielt«, warf die Dufresne ein, denn sie konnte Antoinette ihr hochmütiges Gehabe nicht verzeihen.

»...aber würde er wirklich sein Leben oder seine Börse riskieren in diesen menschenleeren Vierteln? Nein. Die Cembalistin hat Freundinnen, die alles bieten könnten: Flöte, Gambe, was immer gefragt ist. Er bräuchte nur ein Wörtchen zu sagen und könnte unbesorgt... Nein, da steckt etwas anderes dahinter.«

Die Dufresne kam nicht mehr mit und schaute drein wie eine Kuh.

»Erinnern Sie sich doch! Die Nachbarn hatten doch von einem heftigen Streit berichtet: ›Das kann er nicht von mir verlangen...! Das kann er nicht verlangen...‹ Ich weiß die Worte nicht mehr so genau, aber daß ein Dritter mit im Spiel war, ist doch klar!«

»Ach so! Stimmt! Das war uns ja schon aufgefallen!«

»Diese dritte Person erklärt alles. Es geht um ein Komplott, oder zumindest um eine Intrige, in die Spanien verwickelt ist. Der Deutsche überbringt oder erhält Gelder, Dokumente oder was auch immer, die an einen Dritten gehen. Und wo soll man sie vorläufig verstecken? Bei einer Dirne natürlich, einer unbekannten, noch nicht arrivierten Dirne, bei einer aus der Vorstadt, die kein Mensch verdächtigen würde!«

»Wie recht Sie haben!«

»Dieser Dritte muß eine hochgestellte Persönlichkeit sein, daher all die Vorsichtsmaßnahmen, der geschenkte Ring. Man lädt die Sicard ein zu der Lustbarkeit, um sie anschließend festzunehmen. Auch das erklärt sich: Wenn jemals eine Verbindung hergestellt werden sollte zwischen der Sicard und dem Edelmann, dann hätte er sie da kennengelernt und den Geschmack an ihr wieder verloren. Und der Krach vor ihrer Festnahme: Sie wird gemerkt haben, daß sie kompromittiert werden sollte durch eine Affäre, von der sie nichts wußte, außer, daß sie den

Schaden davontragen würde. So fügt sich alles zusammen. Wir müssen nur noch den Namen des Edelmanns herausfinden.«

Sie hielt inne, lächelte beseligt und erwartete Bravorufe. Doch die Dufresne hatte die Brauen gerunzelt, ihr Gesicht war rot vor Anstrengung, sie dachte nach, und das war genauso mühevoll wie das Pressen auf dem Nachtstuhl. Endlich überwand sie die Verstopfung, und wie Hasenkötel preßte sie Wörter aus sich heraus:

»Aber wenn ... die Verschwörung ... mit Spanien ... in Bezug steht ... dann ist sie ... automatisch ... gegen ...«

»Ja, ja ...«, sagte Rosalie ungeduldig.

»Wie aber ... konnte der Dritte ... ich meine, der Edelmann ... auf einer ... intimen Lustbarkeit ... sein, wo auch ... Monseigneur ...«

»Das ist es ja gerade!« sagte Rosalie geduldig. »Ich werde mir – uns – natürlich die Liste verschaffen. Aber wie sollen wir den falschen Freund vom echten unterscheiden? Man bräuchte ein Indiz.«

»Da haben Sie recht ... ein Indiz«, sagte die Dufresne mit einem so dummen Gesicht, daß jeder, der weniger selbstgefällig war als Rosalie, Verdacht geschöpft hätte.

Sie wußte nicht, was »Indiz« bedeutete, war aber froh, nichts mehr von dem Ring gesagt zu haben, vor allem nichts von dem Siegel. Eilfertig machte sie sich aus dem Staub.

Ein Tag, eine Nacht im April. Sanson besucht Antoinette; Jailleau trinkt Likör bei der Fillon; der Prinz hat seine Schokolade schon getrunken und arbeitet. Voltaire ist aus der Bastille entlassen und geht in ein höchst provisorisches Exil nach Châtenay. Die Herzogin händigt Wilhelm von Schlieben eine Summe aus, die dieser für unzureichend hält. »Es heißt, der Arm sei Ihnen wegen Diebstahls abgeschlagen worden, stimmt das?« – »Nein« erwidert der Deutsche ohne eine Spur von Gereiztheit, die er sonst so gerne ausspielt. Er ist nicht gekränkt. Was ist schon eine Verdächtigung wegen Diebstahls in einem Augenblick, in dem soviel auf dem Spiel steht? Leicht überrascht sagt die Fillon zu Jailleau:

»Aber wie konnte Ihr Sanson von Anfang an so sicher sein, daß sie keine stadtbekannte Metze war?«

»Es ist zum Totlachen! Wissen Sie, was er mir geantwortet hat? ›Man braucht sie nur anzusehen …‹«

Die Fillon wußte nicht, daß sie noch rot werden konnte.

Ein Tag im April 1718. Die Aktien der Compagnie steigen. Jedermann will welche haben. Law schafft es nicht mehr, all die Bittsteller zu empfangen. Sie verfolgen ihn bis auf den Nachtstuhl. Eine adelige Dame, der keine Audienz mehr gewährt wird, kommt glatt auf die Idee, sich im Treppenhaus seines Hauses zu postieren und »Feuer!« zu schreien, damit er herauskommt.

Jean-Marie Vigneron dient als »Säule« in Cartouches Bande. Die »Säule« ist der stärkste Mann in der Gruppe, die eine Unternehmung durchführen soll; er steht an der Mauer eines bezeichneten Hauses und dient einem oder zwei seiner Kameraden, die hochklettern, als Stütze. Routine.

Wilhelm macht einen Besuch im Hôtel des Arcoules. Die kleine Catherine läuft in ihr Turmversteck. Erst hört sie nur belanglose Sätze: »Alberoni hat Nacré abblitzen lassen wie einen Bettler.« – »Hervorragend. Er soll auch gesagt haben: Man schneidet Königreiche nicht in Scheiben wie holländischen Käse.« – »Das bedeutet Krieg.« Krieg ist ihr egal, der kleinen Catherine. Aber sie lauscht weiter. »Es geht schon los, Alberoni fordert Sizilien. Wenn man es ihm nicht gibt, wird er es sich nehmen.« – »Wenn es ihm gelingt!« Das war der Chevalier, seine Stimme klang matt. »Machen Sie einen Rückzieher?« Die kleine Catherine fühlt ihr Herz klopfen. Dabei weiß sie, daß er nicht mit ja antworten wird. Verbohrt, dickköpfig, lächerlich, diese Vorstellungen von Ehre! Natürlich, er lacht, dieser Narr, dieser Dummkopf, und antwortet: »Im Gegenteil. Das läßt uns alle Möglichkeiten offen. In solchen Momenten, mein Lieber, ist es ratsam, das Orakel zu konsultieren …«

»Wird Sanson uns liefern, was wir brauchen?«

»Alles ist abgesprochen.«

»Und man wittert nichts?«

»Nichts.«

»Und wo? Vanves oder Vaugirard?«

»In der Nähe von Vaugirard. Kindheitserinnerung...«

»Also morgen. Ist Antoinette schon raus?«

»Ich hole sie im letzten Moment. Es ist sicherer, man muß sie im Griff haben.«

Mehr brauchte Catherine nicht mehr zu hören.

Morgen. Morgen.

Sie läuft in den Garten, ist völlig kopflos, vor ihren Augen tanzt ein Bild, das ihre Tante ihr zeigte, wenn sie brav gewesen war, und das die Marter Ravaillacs darstellte. Morgen. Was muß sie befürchten? Was darf sie erhoffen?

Der lange Tag beginnt.

Der Nachmittag ist mild, fast warm, und lädt zur Ruhe ein.

Bei der Fillon ist man mit dem Essen so gut wie fertig. Es ist kurz nach drei. Obst, Liköre und Kaffee werden gereicht. Zu dieser Stunde wird häufig musiziert, und das ist für das eine oder andere ihrer Mädchen die Gelegenheit zu beweisen, daß sie würdig ist, vorgestellt zu werden (man sagt »vorgestellt« wie bei Hofe, zumindest war das früher so). Vorgestellt einem Liebhaber aus den höchsten Kreisen. Hier herrscht keine Hast, keine Nervosität. Geschäfte, Geld und Ambitionen betreffend, werden am Vormittag besprochen, die Zeit nach dem Essen ist dem Vergnügen vorbehalten. Es ist ein besonderes Vergnügen für die Fillon, Jailleau bei sich zu empfangen, auch sie hat ihren Hofpoeten, wie die Duchesse du Maine, und trotz seines massigen Kopfes, seines schuppenübersäten schwarzen Samtkragens, seiner Wasserträgerschultern und seiner häufig dreckverkrusteten Schuhe (aber gehörten diese Attribute nicht zu einem echten Poeten?), fühlt sie sich ihm verbunden durch etwas, was sie beide besitzen: Sammelleidenschaft. Oh, sie sammeln natürlich nicht dasselbe, das nicht! Jailleau, der allein lebt, umgibt sich mit Souvenirs erfolgreich abgeschlossener Fälle: So besitzt er beispielsweise die Börse, die Montrachet verriet (mittlerweile ist er ein Galeerensträfling), ein Mieder des schönen Milchmädchens, das wegen Juwelendiebstahls gehenkt wurde, sowie einen Brief von Duval-le-Limousin, der entkommen konnte und ihm aus Marseille geschrieben hatte, um sich dafür zu entschuldigen.

Die Fillon ist die einzige, die weiß, daß die Präsidentin Pilles-Rose einstmals die kleine Manon aus der Rue du Coq war und daß die Marquise de Nonancourt ein Faible für Männer aus dem Volk hegt, das sie in einer eigens für sie aufgebauten Wirtshausdekoration auslebt. Das zu so günstigen Bedingungen erworbene Haus der Brincourt erweist sich für diese Dinge als recht nützlich. Und was ihr der Lakai der Marquise oder der charmante Violenspieler des Kardinals dann darüber erzählen wird, wird zur Bereicherung ihrer Sammlung beitragen, von der nur Jailleau etwas erfahren wird. Dieses gemeinsame Interesse, diese uneigennützige Neugierde, dieses Gefühl, am Rande zu stehen und dadurch überlegen zu sein, hat sich zu einer Komplizenschaft, nein, mehr noch: zu einer Freundschaft entwickelt. Sie nehmen am Spiel nicht teil. Die Fillon ist bereits reich, Jailleau noch arm, aber beide haben Spaß an winzigen Details, machen sich nichts vor und arbeiten Hand in Hand. Im Grunde repräsentieren sie den Geist der Zeit: Sie schaffen sich mit ihren Mitteln und Möglichkeiten ihr Kuriositätenkabinett.

Jailleau fährt fort mit Antoinettes Geschichte, nimmt einfach den Faden wieder auf, wo er ihn fallengelassen hatte. In einem Kuriositätenkabinett gibt es immer wieder ein Objekt, an dem man sich verletzt und das sich als vergiftet erweist. Das kann der Pfeil eines Wilden sein, ein unsachgemäß präparierter Fisch, eine antike Hand aus Marmor, die Unglück verheißt. An so etwas hat Jailleau noch nie gedacht.

»Wie Sie sich vorstellen können, förderte diese Geschichte nicht gerade Malouins Ansehen in Sceaux, wohingegen das arme Kind, nach dem Muster Mademoiselle Aïssés, wachsende Aufmerksamkeit errang. Mademoiselle de Launay faßte Zuneigung zu ihr und machte sich daran, ihr den fehlenden Schliff zu verleihen. An ihren guten Tagen (wenn sie nicht wie geistesabwesend war nach all dem Erlebten) ließ die Herzogin sie auf der kleinen Bühne von Sceaux Theater spielen. Sie gefiel in traurigen Rollen. Das schönste Stück auf der Welt, von dem sie sich niemals abbringen ließ, war für sie *Théodore, vierge et martyre* von Monsieur Corneille, das sie bei den Dames-Noires gelesen hatte. Das zumindest behauptete die Herzogin, die, wie Sie wissen, recht ironisch sein kann und über die Kleine nur spottete, wenn sie Malouin damit treffen konnte, diesen schmachtenden Verehrer, der sich wie so viele Robenträger den Anschein gab, als sei sein Amt ihm völlig unwichtig, als zähle für ihn nur, womit er ihr gefallen könne: Er schmiedete also Verse und dachte sich Ballette aus. Wie es hieß, hatte die Kleine bei allem, was nicht sie betraf, ein fabelhaftes Gedächtnis. Und der Herzogin war sie unendlich dankbar, daß sie ihr keine Vorwürfe machte; auch das stand im Gegensatz zu Malouin, der ihr die Verfehlungen ihrer Mutter – oder seine eigenen – anlastete und ihr vor allem vorwarf, ein großes und hübsches Mädchen zu sein, was ihn um zehn Jahre älter machte.

Der Herzogin wäre es sogar gelungen, die Kleine zu verheiraten, wenn Malouin etwas dazu beigetragen hätte. Aber da sah man gleich, daß seine Gefühlsausbrüche im Moment des Wiedersehens nichts weiter als Komödie gewesen waren: Auch er spielte nämlich auf der kleinen Bühne von Sceaux, und zwar die Liebhaberrollen! Kurzum: Er verweigerte ihr die geringste Mitgift. Die Herzogin kam in ihrer Güte für den Unterhalt des Mädchens auf. Und da sie sehr bestimmend ist und Widerstand nicht schätzt – schon gar nicht von seiten dieses Malouin, der sich als ihr Sklave und schmachtender Verehrer ausgab –, verjagte sie ihn kurzerhand aus ihrem Blickfeld. Eine Ehe mit dem Schotten Hasbury sollte nicht zustande kommen, weil der Herr Präsident sich weigerte, ein paar tausend Livres lockerzumachen? Wenn er keinen Sou herausrücken wolle (was, unter uns gesagt, seit dem Ruin seines Schwiegervaters, des seligen Vézelany, verständlich war), dann solle er doch gefälligst Geld verdienen gehen und ihr erst wieder unter die Augen treten, wenn er so viele Diamanten zusammengebracht hätte wie das legendäre Golkonda! Die Schiffspassage nach Indien würde sie ihm schenken! Im Grunde war dies eine Laune, und er wäre gut beraten gewesen, hätte er sie als solche hingenommen. Aber er war pikiert, und da er genauso eitel war wie bösartig, begab er sich noch zur gleichen Stunde zwar nicht nach Indien, aber in die Niederlande, wo er ein paar Freunde hatte und wo sein erhabener Status, den er sich selbst zusprach, ihn nicht hinderte, mit Leinen, Blumenzwiebeln und sogenannten Klinkersteinen Handel zu treiben und sie gegen Spezereien zu tauschen. So hatte Madame du Maine, die ihn verletzen wollte, ihm eigentlich einen Dienst erwiesen, nicht aber der Demoiselle, die der wirkliche oder vermeintliche Vater als Faustpfand einfach mitnahm. Es heißt, er habe sie schlimmsten Entbehrungen ausgesetzt, als Strafe dafür, daß sie durch ihr höchst unpassendes Erscheinen eine Konstellation zerstörte, auf die er jahrelang mühsam hingearbeitet und von der er sich unendlich viel versprochen hatte.

Ehrlich gesagt, dieser Malouin – des Essarts oder nicht – war in gewissem Sinne ein Phantast. Er hatte sich den Kopf verdrehen lassen von der Herzogin mit ihrem Operngehabe, ihren Gunstbezeugungen, die sie genauso kalkuliert einsetzte wie der alte König und denen sie unglaubliche Bedeutung beimaß (nicht jeder wurde aufgenommen in ihren Honigbienenorden!); sie empfing Abenteurer und gleichzeitig Leute der besten Gesellschaft und zettelte Dutzende von ineinander verflochtenen Verschwörungen an. Malouin konnte seiner Frau nicht verzeihen, die doch keine Schuld daran trug, daß ihr Vater in Ungnade gefallen war, wenn sie nicht auch anderweitig unschuldig war. Er konnte auch seiner Tochter nicht verzeihen, weil sie sich geweigert hatte, sich in einem Kloster lebendig begraben zu lassen, das er für sie aussuchte, irgendwo weit weg, an einem obskuren Ort.

So verrückt, daß er finanziell keinerlei Vorkehrungen getroffen hätte, war er allerdings nicht, doch verrückt genug, ihr einzureden, sie sei schuld daran, daß es ihm an allem mangele. Da er ihr durch die überstürzte Abreise keine Zeit zu einer Aussprache mit ihrer Beschützerin gelassen hatte, war es möglich, daß sie ihm all das glaubte. Den mißglückten Heiratsplan schob er auf die in der Tat etwas obskur gebliebene Affäre der Schändung durch den Kutscher und nicht im entferntesten auf seinen Geiz, den er Antoinette selbstverständlich verhehlte. In seinem Verfolgungswahn ging er so weit zu behaupten, er sei »doppelt entehrt worden, durch die Mutter und die Tochter« und sei beider Opfer.

Hätte sie etwas mehr gesunden Menschenverstand und mehr Einblick in die Welt gehabt, hätte Antoinette ihm antworten können, daß es viele Mädchen in ihrer Situation gegeben hatte, die verheiratet worden waren – wenn nur genügend Geld und Protektion da waren. Aber davon zu erfahren hatte sie keine Zeit gehabt. Und als es dann nur noch einen einzigen Lakaien gab, der ihnen, gekleidet in einen Leinwandkittel, in ihrer kalten holländischen Behausung die Brotsuppe brachte, fühlte sie sich wie eine Verbrecherin. Sie zweifelte sogar an der Unschuld ihrer Mutter. Es schien ihr undenkbar, als einzige gesündigt zu haben, als einzige verdammt zu sein, auf Erden durch den Vater und im Himmel durch eine Märtyrerin. Der Gedanke war ihr lieber, daß eine sündige Mutter im Jenseits sie immer noch liebte. Sie aß die Brotsuppe und erduldete die Kälte in dem Raum mit dem spärlichen Holzfeuer als Sühne für ihrer beider Sünden. So war sie nicht ganz so einsam.

Das freute Malouin gewaltig, der unter dem Vorwand, einen Verdauungsspaziergang machen zu müssen, frohgemut, den Hut auf dem Kopf und den Zahnstocher zwischen den Lippen, aus dem Haus ging, um sich in einer benachbarten Schenke mit gefülltem Geflügel vollzustopfen und dazu große Mengen Bier zu trinken (mein Vertrauensmann pflegte mit ihm zu tafeln). Eines Abends, als es regnete, machte Antoinette, die auf ihn gewartet hatte, die unschuldige Bemerkung, seine Kleider seien nach dem Spaziergang erstaunlich trocken. Er ohrfeigte sie, und dies mit um so größerem Genuß, als er damit zwei Frauen gleichzeitig ohrfeigte.

Antoinette ertrug ihr Los schweigend. Außer Haus fungierte sie als Dienstmagd, und während einer ihrer Besorgungen traf sie eines Tages eine Alte, die die Zukunft voraussagte und in einem Hinterstübchen für sie die Mutter heraufbeschwor. In jener nach Käse und Hering stinkenden Atmosphäre war Madame Vézelany, in ein Schweißtuch gehüllt, ihrer Tochter erschienen und hatte mit kaum verständlicher Stimme gemurmelt: »Verzeih mir, ich liebe dich.« Was sich beliebig deuten ließ. Antoinette, der Verzweiflung nahe, folgerte daraus, daß ihre Mutter sich schuldig bekannte und die Liebe zu ihrer Tochter auf diese Schuld zurückzuführen war. Konnte man ein Kind von Malouin des Essarts lieben? Daß er sich im Recht fühlte, machte ihn für Antoinette nur noch hassenswerter, wenn sie ihm dieses Recht, das sie zur Sklavin machte, auch nicht absprach.

Der Große Dauphin starb am 14. April 1711, und Malouin fuhr »auf einen Sprung« nach Versailles, damit die Duchesse du Maine an seinem Auftreten, an seiner Kutsche, an diesem undefinierbaren Nimbus in Benehmen und Gewandung feststellen möge, daß die Pechsträhne überwunden war. Madame la Duchesse de Bourgogne starb am 12. Februar 1712, und ihr Gatte, der Duc de Bourgogne, Schüler Fénelons, am 18. Am 8. März, dem Todestag des kleinen Duc de Bretagne, befand sich Malouin zwar nicht in Sceaux, doch ganz in der Nähe: in Châtenay, bei dem gewitzten Malezieu, der sich die Versöhnung zur Aufgabe gemacht hatte.

Wie sollte man einem Mann widerstehen, der in einer knappen Dreiviertelstunde ein Ballett zu entwerfen vermochte, der sein »Talent« der Poesie widmete, die er in allen Formen beherrschte, wenn das Thema auch immer dasselbe war: die Vollkommenheit der Herzogin Louise-Bénédicte? Einem Mann, der, nicht nur ohne Groll, sondern auch noch mit Reichtümern gesegnet aus dem »Exil« zurückkehrte? Tatsächlich hatte Malouin sich trotz seiner erfolgreichen Geschäfte in Amsterdam tödlich gelangweilt, und dies erklärt ein wenig, warum es ihm ein diebisches Vergnügen bereitete, seine Tochter zu quälen, und erklärt vollends, warum er immer häufiger und in immer glänzenderem Aufzug nach Frankreich zurückkehrte (es war nicht nur Berechnung, dazu war er viel zu verrückt, er lebte im Wolkenkuckucksheim). Kurzum: Es war die »göttliche Atmosphäre« von Sceaux, die ihn anlockte. Er explodierte wie ein Feuerwerk, ließ seine Meriten blitzen, sein Esprit zündete wie eine Rakete und ging wie Ascheregen nieder. Der ganze Zwist mit Madame seiner Gemahlin rührte vielleicht daher, daß er durch den gesellschaftlichen Absturz seines Schwiegervaters sein Entrée in Versailles verloren hatte. All das ist vielleicht nur eine Tragödie der Langeweile ...«

Die Fillon nickte und lächelte beifällig.

»Die Herzogin bevorzugte die Halbtalente, die schönen Maschinen, denen das gewisse Etwas fehlte, das die ganz Großen ausmacht, denn sie waren ihr demütig ergeben. Und wie hätte Malouin der Oberin des Honigbienenordens lange böse sein können, da sie doch schon einmal einen Robenträger auserkoren hatte: den Präsidenten Romanet, um den zwei große Damen buhlten? (Mademoiselle de Launay protestierte übrigens in einem äußerst geistreichen Pamphlet, und ... doch dies gehört zu den kleinen Geheimnissen der Herzogin und in den Bereich der hundert Ziegen Sanchos.) Er kehrte also nur noch nach Holland zurück, um seine Geschäfte zu ordnen, was ein wenig Zeit kostete.

Der alte König starb. Im Laufe eines einzigen Tages schwoll und platzte die Hoffnung des Duc und der Duchesse du Maine – wie in der Fabel mit dem Frosch. Doch die Hoffnung auf Revanche wurde nicht begraben. Nahe und ferne Freunde wurden zusammengetrommelt. Auf die Menge kam es an. Man rief auch nach Malouin, der hin- und herpendelte zwischen seinen holländischen Interessen und seinen Wunschträumen und Wonnen in Sceaux. Daß er eine Tochter hatte, war in Vergessenheit geraten.

Eine Zeitlang hatte er vorgegeben, er lebe nur von seiner Hände Arbeit, eine Behauptung, die an Gewicht verlor, je öfter die Langeweile sich zerstreuen ließ und er wieder teilnahm an den intimen Soupers in Sceaux, wo er sich die Nächte um die Ohren schlug, der Spielleidenschaft frönte und Verse schmiedete. Schon vier Jahre lang war Antoinette inzwischen mit Sticken und Spitzenklöppeln beschäftigt, Fertigkeiten, die sie erlernt hatte; von morgens bis abends saß sie in einem feuchten, muffigen Raum – diese Luft ist für das Spitzenklöppeln unabdingbar, denn wenn der Faden zu trocken wird, reißt er. In ihrem Souterrain mit Fensterluke hatte sie fast ständig Fieber, Ringe unter den Augen, die diese größer erscheinen ließen, und ihr Teint blieb fahl bis zum letzten Tag. Die hübsche Verehrerin von Corneille, die schöne vierzehnjährige Rebellin war erloschen.

Nach Paris zurückgekehrt, wollte sie (oder er) nicht, daß man sie, unansehnlich, wie sie war, in Sceaux wiedersah. Sie nahm Wohnung außerhalb der Stadt, weit weg von allem, eine Zufallsbehausung, und lebte weiterhin von ihren Talenten. Von welchen Talenten? Darüber herrscht Unklarheit... Monsieur Malouin des Essarts spielt weiterhin den Galan, in Sceaux, in Clagny und an allen Orten, wo die Duchesse du Maine sich aufhält, und verfaßt anstelle von Sonetten jetzt entsetzlich alberne Pamphlete, in denen er sich über die Abscheulichkeiten der Regentschaft und die besudelten Rechte der legitimierten Prinzen erregt. Mit diesen Themen befassen sich eine Menge Leute: Die Pompadours, der Abbé Brigaut – oder Brigout –, bis hin zum Präsidenten de Mesmes, der die anderen, wie es heißt, die Syntax lehrt.«

»Gefährlich?«

»Ach, weniger als diese Hungerleider, die das Volk aufwiegeln. Wie soll man sie ernst nehmen? Gestatten Sie mir noch eine Anekdote: Als Malezieu Delegierter des Duc du Maine im Fürstentum Dombes war, wollten die Deputierten dieser Region ihm einen feierlichen Besuch abstatten: ›Pardon‹, wurde ihnen entgegnet, ›Monsieur de Malezieu kann Sie nicht empfangen: er spielt Komödie.‹«

Sie lachten beide, mit sich und dem Schauspiel, das ihnen das Leben bot, rundum zufrieden.

»Wenn man aber an das arme Mädchen denkt ... Ich kann gar nicht glauben, daß ein solcher Phantast, wie Sie Malouin beschreiben, eine kleine Torheit seiner Frau so ernst genommen hat. Das ist doch pure Commedia dell'arte.«

»Für sie ist es leider Corneille oder gar Rotrou. Sie werden sehen, daß sie trotz allem im Kloster enden wird. Bei den gefallenen Mädchen.«

»Verdient oder unverdient? Bedenklich, trotz allem. Und vom Henker geliebt! Das ist der reinste spanische Roman!«

»Es läßt sich nicht leugnen«, sagte Jailleau (der auf den Imbiß wartete, da die Erzählung dieser Geschichte ihn hungrig gemacht hatte), »französischem Geschmack entspricht es nicht!«

Gleichzeitig fragte er sich, ob er an seinem Vorhaben festhalten sollte, Mademoiselle Malouin des Essarts zur Heldin eines eigenen kleinen Werkes zu machen. Die Fillon sinnierte über soviel exzessives Gefühl, das ihr längst vergangenen Zeiten anzugehören schien. Und diese intelligente, mit den Marotten der Großen vertraute Frau und dieser in so viele kleinliche und bedenkliche Händel eingeweihte Mann sahen zwischen Antoinettes Elend und den in Sceaux gärenden Ambitionen keinen engeren Zusammenhang als den, der zwischen Cartouches Bande und der Besiegelung der Viererallianz bestand.

Morgen«, sagte ich zu Jeannette.

»Morgen! Aber ich muß es doch erst sagen ... weitersagen ... Manchmal braucht man ein oder zwei Tage, bis man sie erreicht ...«

Morgen. Wenn ich es über Jeannette nicht schaffe, muß ich Sanson informieren. Morgen. Obwohl ich gewußt hatte, daß dieser entscheidende Moment kommen würde, verlor ich jetzt ein wenig den Kopf.

Genau diesen Moment wählte der Chevalier, um mir eine Mitteilung für Sanson in die Hand zu drücken. Ich laufe los. Da hatte ich nach einem Vorwand gesucht, und schon war er da. Hinter der Straßenbiegung mache ich halt, stelle mich unter einen Baum und öffne ohne zu zögern das Briefchen. Ich lese: *»Der Gehenkte ist morgen um fünf Uhr nach dem Essen in das kleine Haus in der Rue de Charonne zu liefern. Sie wissen, wer ihn erwartet. Spielen Sie uns keinen Streich. Ihr Freund M.«*

Es ist also morgen. Offensichtlich weiß Sanson nicht, welche Rolle Antoinette in dieser Affäre zugedacht ist; das ist von Vorteil. Er wird sie zu retten suchen. Doch wie ihn davon überzeugen, daß sie in großer Gefahr ist, wenn ich ihm nichts von der Verschwörung sage? Wie durfte ich hoffen, daß er für Martinelli sein Leben riskierte? Ich konnte versuchen, nur Wilhelm anzuschwärzen, aber man hatte ihn doch so oft bei uns gesehen. Ich hatte Zeit verloren. In letzter Zeit (seit Spanien auf Sizilien Ansprüche erhob) hatte ich ein gewisses Zögern bei meinem Meister zu erkennen geglaubt, seit Wilhelm ihm keine Wahl mehr ließ. Aber auch ihn riß die Zeit mit, auch er spürte diese Hast, die wir alle rings um uns spürten, gemischt aus Angst, Hoffnung und den unterschiedlichsten Berechnungen: Einige hatten nur Angst, abends überfallen zu werden – was sie dazu treiben konnte, sich für einen simplen Besuch eine Eskorte von fünf oder sechs Lakaien zu engagieren –, während andere ihr ganzes Vermögen und das ihrer Familie aufs Spiel setzten, in der Hoffnung, es zu vervielfachen.

Diese grundlegenden Veränderungen innerhalb der Gesellschaft, die immer deutlicher wurden, je mehr Erfolge Monsieur Law feiern konnte, versetzten das Gemeinwesen in eine merkwürdige Unsicherheit, schufen ein labiles Gleichgewicht, wie man es aus Spiel- oder Freudenhäusern kennt, wo man sich von gleich zu gleich begegnet, aber am Ausgang einander nicht mehr kennt. Wie würde unser Abenteuer ausgehen? Würden wir die anderen übertrumpfen? Die richtigen Zahlen, die besten Karten ausspielen? Immer schneller laufen, bis zum Erfolg, zum Exil oder zum Schafott? Zu diesem Zeitpunkt konnte ich noch nicht voraussehen, welchem Wahn Graf Horn nachjagte, dieser Sohn eines spanischen Granden, der einen Wechselmakler erdolchte – wieder das Spekulationsfieber! – und hingerichtet wurde. Voraussehen konnte ich auch nicht die Verschwörung und die Enthauptung der Bretonen Pontcallec, Montlouis, Du Couëdic und Le Moyne. Selbst wenn ich solches vermocht hätte, wäre mein Zittern nicht größer gewesen als an diesem Tag unter der Eiche im Clos Sainte-Marie.

Ich merkte plötzlich, daß meine Haube patschnaß und der Saum meiner Röcke voller Schlamm war und rannte wieder los. Wild betätigte ich den Messingklopfer an der großen Tür; ich lief nicht erst über den Hinterhof, es war mir egal, ob man mich sah, und ich war entschlossen, das nächstbeste Argument zu Hilfe zu nehmen. Wieder öffnete mir Madame Marthe.

Diesmal war sie kugelrund, was mich die Zeit ermessen ließ, die vergangen war. Lauter verlorene Monate, die ich hätte nutzen können, wenn ich nur mehr gewußt hätte, wenn der Chevalier mir früher vertraut hätte.

»Er ist im Moment nicht zu Hause«, sagte Madame Marthe, »aber lange wird er nicht mehr auf sich warten lassen. Sie können ruhig hierbleiben. Kommen Sie herein. Ich war ohnehin gerade dabei, einen kleinen Imbiß vorzubereiten. Sie können mir Gesellschaft leisten. Ein paar kandierte Früchte, Kekse, ein Gläschen Madeira, Tee?«

Ihre Miene spiegelte wieder diese selbstgefällige Überheblichkeit, die mir schon einmal aufgefallen war. War es eine Falle? Ich erinnerte mich an den Tag, als Sanson seinen Kopf in meinen Schoß gebettet und geschluchzt hatte, weil er einen weiteren unglücklichen Erdenbürger gezeugt hatte. Madame Marthe jedenfalls schien alles andere als unglücklich.

Als erstes bat ich, ein paar Zeilen schreiben zu dürfen, für den Fall, daß ihr Mann nicht früh genug heimkäme. Dagegen hatte sie nichts einzuwenden. Aber was sollte ich ihm schreiben, um ihn aufzurütteln, ohne uns zu verraten? Ich kritzelte im Anschluß an die Zeilen des Chevalier: *»Antoinette ist in höchster Gefahr. Wo immer sie sein mag, Sie müssen sie noch vor morgen umquartieren.«* Das war zwar nicht sehr klar, aber es ging ja zunächst einmal nur darum, Zeit zu gewinnen. Wenn ich ein paar Tage hätte, würde es mir bestimmt gelingen, meinen Meister von seinen Hirngespinsten abzubringen. Ich würde sogar soweit gehen ... Überall würde ich hingehen!

Madame Marthe schien meine Unruhe nicht zu bemerken.

»Bitte, setzen Sie sich doch. Charles würde es mir nicht verzeihen, Sie nicht gebührend bewirtet zu haben.«

Sie bat mich in einen Raum, wo tatsächlich ein Imbiß vorbereitet war. Sie reichte mir ein Kissen, legte ein Gedeck auf, ich setzte mich, was sollte ich anderes tun? Ein Imbiß mit der Frau des Henkers! Oh, mein Vater, der Sie mich verkauft haben, oh, mein Meister, der Sie mich kompromittiert haben, meine so pingelige Tante, meine bei Hofe so gut angeschriebene Freundin Madeleine, was würden Sie sagen, wenn Sie mich hier sehen könnten? Doch wenn ich Sanson sehen könnte, wäre vielleicht alles gerettet. Daher kostete ich artig die kandierten Früchte von Madame Marthe und bewunderte ihre Anrichte mit Teekanne, Kakaokanne, Kaffeekanne und exotischen Ingredienzien aller Art. Sie erbot sich, mir Kaffee zu bereiten, eine Kunst, die sie nach eigener Aussage vortrefflich beherrschte. Doch man hatte mich bereits gewarnt vor den schädlichen Auswirkungen dieser Droge, und daher erbat ich doch lieber Mandelsirup.

Nun begann das Warten.

Madame Marthe tat sehr geschäftig, und plötzlich, angesichts dieser Betulichkeit mir gegenüber – einem Menschen, den sie kaum kannte und der ihr so gut wie nichts bedeuten konnte –, glaubte ich ein kleines Mädchen vor mir zu sehen, das seine Mutter imitiert und mit der Puppe »Einladung« spielt. Einen Augenblick lang war ich gerührt, denn mir wurde klar, wie sehr Madame Marthe von der Ablehnung betroffen war, die man ihren Mann spüren ließ, und daß sie daher wohl nur wenig Gelegenheit hatte, Leute bei sich zu empfangen. Ihr Vergnügen war offensichtlich. Aber ich, plötzlich die Erwachsene neben diesem hübschen Kind und gezwungen, meine sich steigernde Angst zu verbergen, entsann mich jener Worte, die sie mit lächelnder Gleichgültigkeit beim letztenmal gesagt hatte: »Charles ist in der

Stadt«, und was sie bedeutet hatten. Und mochte ihr Los noch so ungerecht sein, mochte sie mir flüchtig gar Mitleid einflößen, wie sie da, mit vor Freude geröteten Wangen, mich mit Süßigkeiten vollstopfte, mochte ich manchmal für Charles auch Sympathie empfunden haben, so konnte ich bei all meiner augenblicklichen Not den Gedanken doch nicht verdrängen, daß alles hier, diese damastbespannten Wände, dieser luxuriös gedeckte Tisch, der mit Perlmutt eingelegte kleine Schrank, die üppig mit Porzellangeschirr bestückte Anrichte, ja sogar das weite Baumwollgewand, das Madame Marthe trotz des Preises und trotz des Einfuhrverbots für diesen Stoff um sich drapiert hatte, nur dem Galgen zu verdanken war.

»Ob er noch kommen wird?«

»Aber ja ... Sie langweilen sich hoffentlich nicht mit mir?«

Langweilen war bestimmt nicht das rechte Wort. Ich fühlte mich immer unbehaglicher. Ich war zwar schon mehrmals kurz hier gewesen, doch heute erschien mir alles unheimlich. Der Gedanke, nun könnte auch noch Sanson auftauchen, verursachte mir fast Übelkeit. Dabei war er doch so oft mit einem seiner Gehilfen ins Hôtel des Arcoules gekommen, um uns ein anatomisch interessantes Stück zu liefern, und ich hatte immer seine Beklemmung, seinen Schmerz, sein Zögern und die Angst vor der Zurückweisung seines Händedrucks gespürt, und diese Scham hatte mir soviel Mitleid eingeflößt, daß ich ihn fast mit Begeisterung erwartet hatte, doch seitdem hatte ich ihn auf dem Richtplatz erlebt und die Eisenbarre schwingen sehen. Und an diesem Tag, da ich selbst so voller Furcht war und plötzlich erkannte, daß er aus dem Elend anderer (zu denen ich mich jetzt selbst zählte) Profit schlug – dieses schöne, anheimelnde Haus, Pferde und Gespann, zahlreiche Domestiken und all die kapriziösen Wünsche, die Madame Marthe sich erfüllen konnte –, da verspürte auch ich diesen Abscheu, diesen Ekel, den das Volk gegenüber allen Sansons empfand.

Ich sah das Buch meiner Tante wieder vor mir und den gevierteilten Ravaillac, und Madame Sanson, die vielleicht schon den nächsten Scharfrichter unter ihrem Herzen trug, plauderte hier mit mir über den hohen Preis der Nahrungsmittel, knabberte mit ihren hübschen weißen Zähnchen ein Streifchen Zitronat, rückte ihr Häubchen zurecht, betätschelte ihren Haarknoten, und das alles unter einem recht anständig gemalten Bild, das den Gekreuzigten mit seinen Henkern darstellte. Dies alles erduldete ich für den Chevalier, sagte ich mir einen Moment lang, denn ich selbst hätte mich noch in Sicherheit bringen, zu meiner Tante nach Quimper oder einem mürrischen Großonkel nach Angoulême flüchten können, die mich wohl aufgenommen hätten. Ich hätte es tun können, tat es aber nicht. Dafür gab es wohl einen Grund, oder?

Plötzlich betrat Sanson den Raum. Er lächelte, etwas linkisch, zu Herzen gehend – wie immer. Er gab seiner Frau einen ergebenen Kuß. Sein Rock war gut geschnitten, in der Schulterpartie vielleicht etwas eng, seine Perücke war gut gekämmt und saß gut. Das alles wirkte durchaus alltäglich – und doch war er der Henker!

Er bat mich in sein Arbeitszimmer, und Madame Marthe protestierte nicht, obwohl sie nun ihr Spielzeug einbüßte. Mir schien, als hätte sie Angst vor ihm, und das beeindruckte mich stärker als alles andere.

»Na, Catherine«, sagte er unbeschwert, »ich hoffe, Sie sind nicht gekommen, um noch weitere Stücke von mir zu erbitten? Ich habe Sie schon sehr bevorzugt, vor allem mit der Ertrunkenen aus der Bièvre, beinahe wäre mich das teuer zu stehen gekommen. Haben Sie wenigstens etwas damit anfangen können?«

»Sie erwartete Zwillinge«, preßte ich mühsam hervor. »Ich habe einen sehr schönen Abdruck machen können.

»Gut, gut! Sehr gut.« Er rieb sich die Hände. »Da bin ich aber froh, daß ich Ihnen einen Dienst erweisen konnte. Also, was kann ich heute ...«

Mir war, als sähe ich ihn zum erstenmal. Dieser Anklang von Vulgarität, den ich bisher nicht bemerkt hatte, dieses Salbungsvolle, fast Pharisäerhafte im Ton, ein Schatten, ein Hauch unbeabsichtigter Eitelkeit, wie man sie bei Männern des öffentlichen

Lebens, bei Schauspielern, bei Predigern beobachten kann... Und wie sehr hätte ich gerade jetzt diese Sympathie, diese Art von Zuneigung gebraucht, die ich immer für ihn empfunden hatte! Selbst seine ebenmäßigen Gesichtszüge, diese irgendwie traurige Harmonie, die mir als Schönheit erschienen war, diese dunklen, sanften, großen Augen – das alles machte ihn nicht zu einem schönen Mann, nein: es war die Harmonie des Todes, eine unerbittliche Sanftmut, eine von Haß und Zorn und zweifellos auch von Mitleid freie Unbeugsamkeit. Hatte ich wirklich jemals bei Sanson Mitleid bemerkt? Höchstens Selbstmitleid!

Er war der Henker. An diesem Abend, aus Gründen, die ich noch nicht kannte, wirkte er fast glücklich. In seinen Ohren hallten noch diese entsetzlichen Schreie wider, die in Gurgeln umschlagen, sobald die Luftröhre platzt, in seinen Augen spiegelten sich noch diese jämmerlichen Grimassen, die so schnell erstarren, während das gequälte Gesicht aus den Fugen zu geraten scheint, wie um Gott – ein Schrei der Empörung – nichts anderes übrigzulassen als diese Karikatur. Er wirkte fast glücklich... Er war der Henker, dieser Charles, mit dem ich mein Brot gebrochen, dem ich die Hand gedrückt, der eines Tages in meinem kindlichen Schoß geweint hatte. Aber ich war kein kleines Mädchen mehr.

»Wo ist Antoinette?« fragte ich fast brutal.

»Antoinette?«

»Ja. Wo halten Sie sie versteckt? Kann man sie finden? Können Sie sich auf ihre Wächter verlassen?«

Richtig dumm schaute er mich an. Das war ein Mann, der sich plötzlich in seiner Existenz bedroht sah... So sehen sie leicht aus, aber das wußte ich noch nicht.

»Ich habe Grund zu der Annahme, daß man weiß oder zumindest vermutet, wo sie sich befindet, und daß sie in großer Gefahr ist.«

List blitzte auf in seinem Gesicht.

»Und wenn dem so wäre, was führt Sie dann zu mir?«

Was sollte ich antworten, ohne Martinelli zu verraten?

»Weil Sie sie lieben. Weil Sie sie retten wollen.«

Es war eine ausweichende Antwort. Das spürte er auch. Sein Gesicht wurde noch ausdrucksloser: eine Maske, hinter der die Augen lauerten.

»Lieben Sie sie denn nicht, Catherine?«

»Wieso? Weil man Ihrer Meinung nach jemanden lieben muß, um ihn retten zu wollen? Rein menschliche Gesichtspunkte scheinen für Sie nicht zu existieren?«

»Seien Sie nicht gekränkt. Wovor soll man sie retten? Ich weiß zwar, daß ihr Vater nach ihr sucht, aber ich glaube nicht, daß er sie finden wird.«

Er schien sich seiner Sache sicher. Was sollte ich tun? Was konnte ich sagen, ohne den Chevalier zu verraten? Wie konnte ich ihm begreiflich machen, daß sie in Gefahr war, daß höchste Eile geboten war, daß wir nur noch ein paar Stunden hatten?

»Erinnern Sie sich an das Anatomische Souper?«

»Ja.«

»Antoinette hatte dem Regenten gefallen. Wußten Sie das?«

Von neuem diese reservierte Miene, dieser fast verschlagene Gesichtsausdruck. Er senkte den Blick, und ich fragte mich wütend, wie ich ihn überhaupt je schön oder gar sympathisch hatte finden können.

»Am Tag danach hatte er sie bestimmt längst vergessen ...«

Ich hätte ihn umbringen mögen!

»Er vielleicht, aber die anderen? Man sucht nach ihr. Der erste, der sie zu fassen kriegt und sie triumphierend dem Prinzen zuführt, wird der Glückspilz sein! Glauben Sie, daß Lakaien, die mit den großen Herren auf Tuchfühlung leben und nicht selten sogar Faustschläge austeilen, um eine von Monsieur Laws Aktien zu ergattern, plötzlich Angst haben, wenn's um ein Mädchen geht?«

»Meinen Sie, Sie erzählen mir etwas Neues?« sagte er schneidend. »Ein Polizeiinspektor hat mich schon auszuquetschen versucht. Mich auszufragen! Ausgerechnet mich!«

»Wieso nicht Sie? Sind Sie Herzog oder Pair?«

»Ich bin der Scharfrichter«, sagte er mit theatralischer Bescheidenheit.

Ich würgte meinen Zorn hinunter.

»Charles, Sie lieben doch diese Frau. Man hat eine Meute losgelassen, sie zu finden. Man will sich ihrer bedienen, so oder so. Sie hat schon soviel gelitten. Stellen Sie sich vor, was aus ihr wird, wenn sie diesen skrupellosen Roués in die Hände fällt. Dabei kann sie vollends den Verstand verlieren. Wollen Sie das zulassen?«

»Ich verstehe nicht... was Ihnen daran liegt?«

»Was interessiert Sie das? Wollen Sie es zulassen?«

»Nein. Ganz sicher nicht. Aber warum diese Hast, diese Aufregung? Man muß eben einen sichereren, einen abgeschiedeneren Ort finden, das geht nicht von heute auf morgen...«

»Heute abend, heute nacht noch müssen Sie sie wegbringen von dort, wo sie jetzt ist!« schrie ich. Der Widerstand, auf den ich nicht gefaßt gewesen war, machte mich fast wahnsinnig.

»Morgen soll also etwas passieren?«

Ich glaubte, die Wahrheit müßte ihn entwaffnen.

»Ja.«

»Erzählen Sie«, sagte er und rückte sich in seinem Sessel zurecht.

»Aber ich sage Ihnen doch...«

»Es ist knapp sechs Uhr. Vor Mitternacht kann ich nichts tun. Ich hoffe, es wird noch früh genug sein.«

In seinem Ton schien mir Ironie mitzuschwingen. War es möglich, daß er mir nicht glaubte? Es ging um alles oder nichts. Sanson konnte uns auch denunzieren und unsere Freiheit gegen die von Antoinette eintauschen. Aber wenn ich alles laufen ließ, wie es lief, war das Risiko noch größer: Ich sagte ihm also, was ich wußte, wobei ich die Rolle des Chevalier soweit wie möglich abschwächte. Er brauchte ein Weilchen, bis er mir antwortete.

»Ich glaube Ihnen nicht«, sagte er schließlich.

»Was?!«

»Man kann sie zu dieser Rolle doch nicht zwingen. Sie wird nicht einverstanden sein.«

»Hat sie sich nicht schon erpressen lassen, am Anatomischen Souper teilzunehmen? Und das in einem Aufzug, der in krassem Gegensatz stand zu ihrem Schamgefühl?«

Das konnte er nun doch nicht leugnen! Doch er war trotzig, wie ein dicker schmollender Junge.

»Sie wußte ja nicht, worum es ging.«

»Und als man sie verhaftet hat? Hätte sie sich nicht verteidigt, wenn sie nicht selbst verstrickt gewesen wäre...?«

»Verstrickt! (Das Blut schoß ihm ins Gesicht.) Sie hatte keine Ahnung! Sie glaubte zu büßen...«

»Zu büßen? Wofür?«

»Ja... für die Schuld ihrer Mutter.«

»Könnte sie sich nicht vorstellen, daß sie büßt, indem sie sich ganz ihrem Vater unterwirft, der in die Affäre verwickelt ist?«

»Sie?«

Man hätte meinen können, er spräche von einer Heiligen. »Wie hätte das Komplott denn angezettelt werden können ohne ihr Einverständnis, wie hätte man ihre Sehergabe ins Spiel bringen können, ohne daß sie davon wußte?«

»So etwas hat sie Ihnen eingeredet? Und Sie haben angebissen?«

»Man müßte schon eine sehr niedrige Meinung von ihr haben, um ihr nicht zu glauben. Sie Kleingeist können das natürlich nicht verstehen!«

Das war der Mann, den ich für einen Freund gehalten hatte!

»Sie brauchen keine Geliebte, sondern ein Opferlamm. Und Sie weigern sich zu glauben, daß Antoinette etwas anderes sein könnte. Ich werde mich nicht weiter bemühen, Sie zu überzeugen. Aber Sie müssen zugeben, daß sie sich, falls sie, wenn auch wider ihren Willen, in das Komplott verwickelt ist, in Gefahr befindet.«

Das gab er zu, wenn auch unwillig.

»Na, und? Wünschen Sie sich, daß sie noch mehr leidet? Wünschen Sie sich das Privileg, sie eigenhändig zu enthaupten? Oder aufzuhängen, falls die adelige Herkunft nicht unumstritten bleibt? Das doch wohl nicht,oder?«

Plötzlich fiel der Hochmut von ihm ab; er schien sich seiner Worte zu schämen.

»Was würden Sie tun an meiner Stelle?«

»Holen Sie sie dort heraus! Und wenn sie Sie liebt...«

»Sie liebt mich«, sagte er glühend.

»Warum gehen Sie nicht zusammen fort? Es muß doch Länder geben... Warum nicht nach Louisiana? Da schaut man angeblich nicht so genau hin, wenn jemand sich freiwillig meldet.«

»Louisiana! Wie ein Vorbestrafter!«

»Was sind Sie anderes?«

Ein paar Sekunden lang sahen wir einander in die Augen. Ich glaube fast, es war Haß zwischen uns.

Er faßte sich als erster. »Sie wollen den Chevalier retten«, sagte er kalt. »Ich will nicht, daß man mir Antoinette nimmt. Ich verspreche Ihnen, daß sie morgen vor Mittag den Ort, wo sie sich aufhält... verlassen haben wird. Ist es so recht?«

Ich wußte, daß die »Beschwörungen«, die Wilhelm und mein Meister geplant hatten, erst nach Einbruch der Nacht durchgeführt werden konnten und daß sie Antoinette erst im letzten Moment holen würden, weil sie befürchten mußten, daß sie ausriß oder ihre Meinung änderte. Es war ein wenig hart gewesen von mir, sie als Komplizin hinzustellen. Aber das hartnäckige Vertrauen Sansons trieb mich auf die Palme. Wenn Antoinette auch nicht der Kopf der Verschwörung war, so ließ sich doch nicht leugnen, daß sie zeitweise zugestimmt hatte, eine Rolle darin zu übernehmen. Und wenn ihr Leid, ihre Verwirrung auch Tatsachen waren, so spürte ich doch, daß sie sich manchmal verstellte.

»Gut«, sagte ich ebenso kalt wie er.

Auf Abschiedsfloskeln verzichteten wir.

Na, und?« fragte Jeannette.

Ich stürzte atemlos ins Haus, war völlig durchnäßt vom Regen und absolut nicht sicher, daß Sanson handeln würde. Wir konnten jetzt nicht mehr lange fackeln.

»Ich habe Sanson alles gesagt, damit er sie verschwinden läßt.«

»Und? Wird er es tun?«

»Ich weiß nicht. Er kann es auch für eine Falle halten. Er glaubt vielleicht, daß man ihm nachstellt...«

Sie dachte nach, ihr dunkles, asymmetrisches Gesicht konzentrierte sich mit aller Kraft.

»Hüten Sie mir die Kleinen. Ich laufe zum Café Mignot. Im äußersten Notfall gibt's da vielleicht eine Möglichkeit...«

»Glauben Sie?«

»Wenn ich einen von der Bande erwische, werden sie alles in Ordnung bringen. Entweder sie finden das Mädchen, oder sie greifen sich den Chevalier und halten ihn für ein paar Tage unter Verschluß... bis wir wieder klarer sehen.«

»Ihn sich greifen? Ja, aber dann wird er doch merken, woher der Wind weht...«

»Nichts wird er. Sie werden sagen, es wäre ein Versehen, denen wird schon was einfallen... Dumm sind sie nicht...«

Es wurde schon dunkel draußen.

»Passen Sie auf, daß die Kleinen nicht die Treppe hinunterfallen«, rief sie mir noch zu.

Und als sie ohne Umhang oder Regenschirm im Sturmschritt aus dem Haus lief, fiel mir plötzlich der Kontrast zwischen ihrem Gesicht und diesem gesunden, wohlproportionierten und harmonischen Körper auf.

Für mich, für uns rannte sie so! Wäre Madeleine für mich in den Eisregen hinausgelaufen? Während dieser Momente, die voller Ängste waren, voller Überraschungen, wurde ich mir auch darüber klar, daß Jeannette mir eine Freundin geworden war.

Ich setzte mich auf die Wendeltreppe, um die Jungen zu beaufsichtigen, die dort mit Vorliebe spielten. Bénédicte nahm ich auf den Schoß. Sie kannte mich jetzt schon besser und schenkte mir ein großes feuchtes Lächeln, bevor sie ihr schwarzes Köpfchen an meine Schulter legte und wieder einschlief. Ich wartete.

Etwas früher an diesem Tag, nachdem sie sich ununterbrochen wiederholt hatte »dritte Person ... ein Dritter«, kam der Dufresne eine Idee. Manchmal, je nach Laune, gestattete sie Antoinette, sich das Haar zu waschen. An diesem Nachmittag nun, als ihr die Idee kam, sitzt Antoinette im Bottich. Als besondere Gunst erhält sie heute einen Krug mit lauwarmem Wasser. Neben dem Bottich ein Stück Seife, ein Handtuch, ihr sorgfältig zusammengefalteter Rock samt Mieder, und auf dem roten Schal, kaum sichtbar, der Rubinring. Mit sicherem Griff kippt die Dufresne den Krug um, richtet ihn wieder auf und schreit los. Sie hat den Ring genommen und steckt ihn in die Tasche einer recht dekorativen kleinen Schürze, die sie manchmal anlegt. Der Stoff ist dünn, der Ring ist als Beute in der Tasche zu sehen. Antoinette wringt das Haar aus, greift mit einem Arm nach dem Handtuch, hüllt sich schamvoll ein, steigt aus dem Bottich, streckt die Hand nach dem Mieder aus und – findet nichts. Sie hebt den Blick, sieht die Dufresne an, die sie mit ihrem derben Körper überragt, richtet den Blick auf die Schürzentasche und schweigt.

Eine Stunde später ist die Dufresne bei einem kleinen Schmucktrödler, der sich auskennt (er arbeitet auch für Aristokratenfamilien, die so wenig und so schlecht bezahlen, daß er – nicht wahr? – sich an Gauner und Hehler halten muß, die insgesamt anständiger sind). Mühelos erkennt er das »allerdings bestreitbare« Wappen im Ring wieder. »Ich kaufe.« – »Nein, danke«, erwidert die Dufresne. Sie zahlt ihren Obolus für die erhaltenen Auskünfte. Auch sie ist anständig, auf ihre Art. Und ihre Art bedeutet, daß sie der Schönen Äbtissin kein Wort sagt, sich sogar einen Vorwand ausdenkt (dazu bedarf es der Phantasie!) von einem Bericht, den sie irgendwem erstatten müsse, und sich, ohne Abendessen, ohne weiteren Rat einzuholen, in einer Mietdroschke schnurstracks nach Sceaux fahren läßt. Einfach so, ohne eine Minute zu vergeuden.

Es dürfte jetzt sieben Uhr sein. Um diese Zeit verläßt Catherine gerade Sansons Haus. Aber Catherine, Sanson, Jailleau und der Chevalier, auch Wilhelm, stellen Überlegungen an, während die Dufresne sich wie ein dickes Trüffelschwein durch nichts ablenken läßt und sich allein auf die eigene Nase verläßt, um den eigenen Nutzen zu verfolgen; und unter Ausnutzung jener, die sie auszunützen glauben, dringt sie schnurgerade zum Kern des Komplotts vor, das sie schon längst gewittert hatte, und pflanzt sich, eingezwängt in ein gelbes Brokatellkleid, vor Monsieur Malouin des Essarts auf. Es handele sich um etwas Dringliches, hatte sie gesagt, und man hatte ihn gerufen, glücklicherweise war er gerade anwesend.

»Was gibt es denn, gute Frau?« fragte er von oben herab.

Er sollte gerade sein Impromptu halten und trägt das Kostüm des Scaramouche.

Packen Sie Ihre Sachen zusammen«, sagt die Dufresne, die, eine Goldkette um den Hals, mit großem Gefolge aus Sceaux zurückgekehrt ist. »Man kommt Sie abholen. Ach! Sie hatten Ihren Ring neben dem Bottich liegenlassen. Sie haben Glück, daß ich ihn gefunden habe.«

»Ich danke Ihnen sehr, Mademoiselle«, sagt Antoinette.

Bénédicte sitzt noch immer auf meinem Schoß. Um irgend etwas Vernünftiges zu tun, flöße ich ihr in der Küche ihre Brotsuppe ein. Da kommt Jeannette.

»Jean-Marie ist nicht da, und die anderen sind auf Expedition. Aber er kommt heute abend und wird dann gleich hierhergeschickt.«

»Sind Sie sicher?«

»Na, was meinen Sie denn, wenn ich ihn darum bitte!«

Auf ihrem Gesicht spiegelt sich der verhaltene Stolz der Frau, die sich geliebt weiß. Wenn ich meines Meisters doch auch so sicher sein könnte ...

Gegen neun Uhr kommt er heim, in Begleitung von Wilhelm, der wieder als Kutscher gekleidet ist. Jeannette wärmt das Fleisch auf. Ich wiege Bénédicte, damit man von meiner Stirn nicht abliest, was doch eine Art von Verrat ist. Zum Glück hat Wilhelm schon getrunken. Er verfügt nach Belieben über die Weine der spanischen Botschaft und ist nicht sparsam. Dadurch verleiht er, wie er sagt, seiner Person Festigkeit. Sie reden ohne Umschweife: Sie sagen sich, daß sie uns im Blick haben werden bis zum letzten Augenblick. Sie sind auch überhaupt nicht mehr argwöhnisch; dazu ist es zu spät. Ist es zu spät?

Jeannette wirft mir einen beruhigenden Blick zu. Aber Jean-Marie könnte es sich doch auch anders überlegen, gar nicht ins Café Mignot kommen, er könnte verhaftet, vielleicht verwundet worden sein ... Hält sie ihn für unverwundbar?

»Das ist schon toll, daß er die Geschichte mit dem kleinen Mädchen geschluckt hat«, sagt Wilhelm, indem er sich ein Stück Käse abschneidet.

»Nur intelligente Menschen glauben an das Unwahrscheinliche. Oder halten es zumindest für eine Möglichkeit.«

»Haben Sie den Leichnam?«

»Ich bekomme ihn um sechs Uhr abends in die Rue de Charonne geliefert. Sanson henkt ihn im Laufe des Nachmittags.«

»Dann wird er noch warm sein!« sagt Wilhelm prustend vor Lachen.

Er hat eindeutig zuviel getrunken. Er merkt nicht einmal, daß es im Garten knackt, kratzt, rumort. Schritte auf dem Kies ... Aber Jeannette, die auf der Lauer lag, nimmt mir Bénédicte aus den Armen, die sofort aufwacht und sich eine so schöne Gelegenheit zum Brüllen nicht entgehen läßt.

»Ein Glück, daß wir diesen Schreihals nun auch bald los sind!« blökt Wilhelm.

»Haben Sie Ihre Männer beisammen?«

»Zehn Mann.«

»Das ist nicht viel.«

»Zahlen Sie etwa?«

»Ich dachte, in Sceaux hätte man dafür doch wohl etwas springen lassen ...«

»Wir sind nicht die einzigen. Alles andere als die einzigen ... Und jeder legt seine Spesenliste vor.«

»Wir sind zwar nicht die einzigen, aber die ersten.«

Jeannette schlüpft hinaus in den Garten. Leider ist Bénédicte wieder eingeschlafen.

»Wo gehen Sie hin?«

»Sie ins Bett bringen.«

»Schläft das Gesindel jetzt auch schon hier? Na, ja, im Grunde ist es sicherer... Nicht so eilig, meine Liebe. Die kann genausogut hier unten schlafen. Geben Sie mir lieber etwas Südwein zu dem Gebäck.«

»Ja, Jeannette«, sagte der Chevalier lachend. »Bedienen Sie Monsieur, er ist ja eigentlich hier zu Haus!«

Draußen war nichts mehr zu hören. War Jean-Marie in den Speicher hinaufgestiegen? Würde Jeannette noch rechtzeitig mit ihm reden können? Es wäre unvorsichtig gewesen, vor dem Deutschen Hast oder Unruhe erkennen zu lassen. Er blickte Jeannette und mich ohnehin schon mißtrauisch an. Seit er etwas gegessen hatte, konnte er wieder klarer denken.

»Ich werde sie jetzt einschließen«, sagte er. Er meinte Jeannette. »Los, nehmen Sie die Kleine. Sind die Jungen schon oben?«

»Ja. Meinen Sie wirklich...«

»Man kann nie vorsichtig genug sein«, erwiderte der Deutsche.

Er schob Jeannette vor sich her in den Hof hinaus. Plötzlich schrie er auf. Er war mit Georget zusammengestoßen, der im Schatten gestanden hatte.

»Was tut der denn hier? Haben Sie ein Heim für Findelkinder? Den werde ich auch gleich mit einschließen. Wo sind die Mansardenschlüssel?«

»Sie stecken an den Türen«, sagte der Chevalier leicht gereizt.

Dieser Befehlston gefiel ihm gar nicht. Aber Wilhelm hatte ja nicht unrecht. Aus seiner Sicht war es bestimmt besser, so vorsichtig wie möglich zu sein, und es war keine besondere Grausamkeit, einmal eine Nacht in einem Speicher zu schlafen. Jeannette und ich schliefen jede Nacht dort oben. Und Georget? Er protestierte zwar, stieß einen Schrei aus (der Deutsche dürfte ihn geohrfeigt haben), aber schließlich hatte er nicht einmal eine feste Bleibe. Vielleicht war er gekommen, um heute hier Unterschlupf zu finden? Oder aber ... Ich machte mir schon um alles und jeden Sorgen. War es denn Jean-Marie gewesen, den ich gehört hatte? Wenn er es nicht war, wie konnte er noch mit seiner Frau Kontakt aufnehmen? Vielleicht war er aber schon einmal in der Mansarde gewesen – dann wußte er auch, wie man wieder herauskommt; er mußte ähnlich behende sein wie sein berühmter Meister Cartouche, der, wie es hieß, wie ein Zauberer von Dach zu Dach und von Straße zu Straße sprang. Wie dem auch sei – Wilhelm hatte ihn dort oben nicht entdeckt, denn er kam mit zufriedener Miene wieder herunter, mit diesem zugleich dümmlichen und gewitzten Gesichtsausdruck, den er gewöhnlich zur Schau trug und der etwas wie seine Devise geworden war. Ich wunderte mich schon lange, wie man mit solch einem Gesicht konspirieren konnte: Das Wort SPION schien ihm auf die Stirn geschrieben.

»Na? Sind Sie nun beruhigt?« fragte der Chevalier nicht ohne Ironie, wenn nicht gar etwas verächtlich gegenüber soviel Vorsicht (und da erinnerte ich mich seines Wortes vom Spiel und vom Risiko, das man eingehen müsse, und wie sehr ich darüber erschrocken war).

»Sozusagen«, erwiderte Wilhelm gelassen und setzte sich wieder. »Der Gärtnerjunge hat sich aus dem Staub gemacht, aber er ist ein Esel, wie mir scheint.«

Und mit wegwerfender Geste und einem scharfen Blick wies er auf mich.

»Und was machen wir mit der da?«

Die vierspännige Kutsche Monsieur Malouin des Essarts' jagte von Sceaux nach Sainte-Pélagie. Er hat sich nicht einmal Zeit zum Abschminken genommen. Nur die Pappnase hat er abgenommen und einen anderen Rock angezogen.

Sanson fragt sich, ob die Dufresne einwilligen wird, daß er Antoinette mitten in der Nacht herausholt. Und wo soll er sie verstecken? Bei sich daheim? Unmöglich. Im leeren Haus am

Pranger? Aber dort gehen so viele Leute vorbei, wie sollte er sie je wieder herausholen? Plötzlich kommt ihm eine Idee. Abgesehen davon, daß er drei Leute zu henken hat, muß er noch ein Mädchen auspeitschen lassen, halb Diebin, halb Dirne. Er wird ihr vorschlagen, unter Antoinettes Namen den Platz in Sainte-Pélagie einzunehmen. Ein paar Tage würde es dauern, bis man die Verwechslung entdeckt, bis dahin könnte er Antoinette unter dem Namen des Mädchens in irgendeinem übel beleumundeten Haus unterbringen, bis ein sicherer Ort gefunden wäre. Nur würde man ihm das Mädchen erst am nächsten Morgen aushändigen. Und Antoinette muß noch informiert werden. Nach all diesen mühsamen Überlegungen geht er nach Sainte-Pélagie zurück.

Es ist schon finstere Nacht. Es dürfte neun oder zehn Uhr sein. Er fragt nach Antoinette. Stößt auf Ablehnung. Dann solle man ihm wenigstens sagen, ob sie in ihrer Zelle ist. Schweigen. Er verlangt nach der Dufresne. Sie empfängt ihn majestätisch, die Goldkette um den Hals, in der Gewißheit, nicht bestraft werden zu können, aufgedunsen, stolzgeschwellt (sie hat allerdings ihren Erfolg auch ausgiebig begossen!). Rache ist süß, wenn man auch nicht genau weiß, was einen beleidigt hat: Charles' Zurückhaltung, Antoinettes Hochmut und Demut? Außer der Kette, die Malouin ihr offerierte, hat ihr die Herzogin höchstpersönlich eine hübsche kleine, prall gefüllte Börse in die Hand gedrückt und ihr »Protektion« versprochen: Daher hat die Dufresne nun das Gefühl, alle hinters Licht geführt zu haben, ihre Verbündete Rosalie eingeschlossen, und so erklärt sie mit diebischem Vergnügen, Antoinette Sicard sei vor knapp einer halben Stunde freigelassen worden und »in der Kutsche ihres Geliebten« abgereist.

Sie triumphiert, weil sie die Goldkette für eine schöne Summe verkaufen wird. Sie triumphiert, weil die Duchesse du Maine mit ihr, und nicht mit Rosalie, gesprochen hat. Sie triumphiert, weil sie dem völlig niedergeschlagenen Monsieur Sanson bewiesen hat, daß man mit schmachtender Liebe nie weit kommt. Sie triumphiert endlich auch deshalb, weil sie recht behalten hat mit ihren bescheidenen Ansichten, ihren ehrgeizlosen Gelüsten nach Völlerei und Vögelei, was sie ihren »gesunden Menschenverstand« nennt. Antoinette selbst hat ihr recht gegeben, da sie diesem Herrn in seiner Kutsche widerstandslos gefolgt ist. Sie glaubt, Antoinette in die Knie gezwungen zu haben, und wird sich bewußt, daß ihr das das Wichtigste war, nicht die Goldkette, nicht der schöne Hofknicks, den man ihr vor der Herzogin zu machen erlaubte.

Sie weiß nicht, daß Antoinettes Nähe für eine Frau wie sie schon zuviel Ehre gewesen ist.

Und da sie nie lange böse sein kann und der arme Sanson so bleich aussieht (er hat dieses Mädchen offenbar wirklich geliebt, und schließlich ist er in all der Zeit immer großzügig gewesen), offeriert sie ihm ein Gläschen guten Burgunders. Er führt es wie automatisch zum Mund und leert es im Stehen.

»Morgen haben Sie also drei zu henken?« sagt sie, um ihn auf andere Gedanken zu bringen.

Und was machen wir mit der da?«

Er trank aus meinem Glas und stützte seinen amputierten Arm auf meine Schultern, was mir wie ein schrecklich schweres Gewicht vorkam.

»Wollen Sie mich wohl loslassen!« sage ich nervös, obwohl sein Verhalten allein nichts verriet, was Nervosität rechtfertigte.

»Und warum?«

»Damit ich mir ein sauberes Glas holen kann.«

Er begriff meine Absicht sofort, stellte das Glas ab und hob den Arm. Mit einer brüsken und eindeutigen Geste hielt der Chevalier ihn zurück.

»Wilhelm!«

»Sie haben wohl Angst, ich könnte Ihr Eigentum beschädigen? Nicht der Mühe wert. Wenn Sie mich fragen…«

»Für ein Lumpenkind dieser Art finden Sie in Villaviciosa hundert. Wenn ich Sie wäre, würde ich sie zum Teufel jagen.«

Dies sagte er mit großer Ruhe und stocherte, nachdem er

mich losgelassen hatte, in seinem Teller herum. Mit kindlicher Naschsucht probierte er die verschiedenen Gebäcksorten. Und mich wollte er zum Teufel jagen!

»Und wie würden Sie das anstellen?« fragte der Chevalier, der sich bemühte, das Ganze mit Humor zu nehmen, was ihm, wie mir schien, nicht so gut wie gewöhnlich gelang.

»Diese alten Hütten fangen doch leicht Feuer! Wir brauchen sie nur alle miteinander einzusperren, dann fällt eine Lampe um, wir beide sitzen in irgendeiner Kneipe... und schon gibt's keine Zeugen mehr!«

Er lachte. Scherzte er?

»Passen Sie nur auf, daß nicht Ihnen so etwas passiert!« sagte ich so eisig wie möglich. »Man läßt Zeugen verschwinden, aber auch Komplizen. Sogar handelnde Personen...«

»Wagst du es, mir zu drohen, du Blattlaus? Sie haben ihr offenbar zuviel erzählt.«

Er blickte den Chevalier an und lachte nicht mehr.

»Wenn Sie sie zurücklassen, wird sie uns beide verpfeifen.«

»Bei wem?« fragte der Chevalier phlegmatisch. »Wenn wir Erfolg haben, haben wir diese Gefahr nicht mehr zu befürchten. Wenn's schiefgeht... Außerdem habe ich nicht die Absicht, sie zurückzulassen, wie Sie sagen.«

»Das heißt, wenn Sie in der Bastille sind, werden wir Nachbarn sein.«

»Sie haben Sie zu gut gepäppelt«, sagte Wilhelm. »Sie ist frech geworden. Überlassen Sie sie mir einmal, nur für ein halbes Stündchen, dann werden wir sehen, ob sie den Schnabel noch so weit aufreißt.«

Das bevorstehende Abenteuer hatte den Chevalier offenbar nervös gemacht, denn seine Antwort kam mit ungewöhnlicher Schärfe:

»Einem wie Ihnen ein Kind anvertrauen? Keine Minute!«

Diesmal schien Wilhelm ernsthaft böse zu werden. Er richtete sich halb auf, legte die Hand an den Degenknauf und sagte, ohne die Stimme zu erheben, aber mit unterdrückter Heftigkeit:

»Sie beleidigen mich! Sie, ein Abenteurer, ein Fleischhauer, ein Leichenfledderer, ein Scharlatan, der Freund des Henkers! Auf Knien müßten Sie mir danken, daß ich Sie in meine Dienste genommen habe!«

»Ich stehe nicht in Ihren Diensten«, entgegnete der Chevalier ruhig. »Sollten Sie verzichten wollen...«

»O ja! O ja!« beschwor ich ihn lautlos. »Heilige Jungfrau, gib, daß sie verzichten!« Es stimmt, daß man in Augenblicken der höchsten Not so dringend eine Mutter braucht, daß man sich, wenn man keine Erinnerungen hat, an ein Bild wendet. Viel später fiel mir ein, daß ich in jenem Augenblick, als ich in meiner Verzweiflung diese Jungfrau anrief, an die ich doch nur halbherzig glaubte, die Vorstellung der scheuen Züge Jeannettes mit ihrem Bild verband.

»Verzichten?« sagte der Deutsche, indem er sich wieder setzte. »Jetzt, wo alles vorbereitet ist? Vergessen Sie nicht, daß noch weitere Pläne köcheln.«

»Sie brauchen noch Wochen, bis sie gar sind. Wir werden morgen handeln.«

Morgen! Ob Sanson es geschafft hat, Antoinette zu befreien? Und konnten diese beiden so unterschiedlichen Männer gemeinsam Erfolg haben? Konnte es ihnen ohne Antoinette gelingen? Würde Jean-Marie Vigneron einschreiten, oder machte sich Jeannette Illusionen über seine Macht? Und welche Rolle sollte der Gehenkte spielen, den mein Herr von Sanson forderte? Was hatte ich zu verlieren? Ich bemühte mich, so entschieden wie möglich zu fragen:

»Wenn ich es recht sehe, riskiert der Gehenkte wohl am wenigsten?«

»Jetzt liest du offenbar auch schon meine Briefe«, sagte der Chevalier lachend. Seine Laune war wieder umgeschlagen, so kannte ich ihn.

Auch Wilhelm lachte los. Sein häßliches Haudegengesicht wirkte fast gutmütig.

»Der ausspionierte Spion! Drollig, dieser Fratz! Sie haben recht, behalten Sie sie! Sie kann uns vielleicht einmal nützlich sein. Aber vorerst nehmen Sie sie lieber unter Verschluß. Von ihrem Vater ist sie weggelaufen, auch von hier kann ihr die Flucht gelingen.«

»Nicht doch!« sagte der Chevalier.

Beide schienen ihre gute Laune wiedergewonnen zu haben. Typisch Mann: Erst springt man einander fast an die Gurgel, im nächsten Moment ist man wieder dick befreundet.

»Sie wird nicht weglaufen! Ich werde sie am sichersten Ort verwahren, den man sich denken kann!«

»Und der wäre?«

»Mein Bett, natürlich!« sagte der Chevalier mit einem Lächeln.

Lauter Überraschungen heute abend!

Zwanglos wie seine Ankunft gestaltete sich auch Wilhelms Abschied. Plötzlich war er mir nicht mehr ganz so unsympathisch, vielleicht, weil ich spürte, daß er der Gefahr ohne viel Aufhebens zu trotzen bereit war. Wir begleiteten ihn bis zum Ende des Gartens; er war durch die Felder gekommen und hatte sein Pferd an der Weide bei der Kapelle festgebunden. Die Nacht war mild, der Mond schien, und der alte Fliederstrauch trieb tapfer Knospen. In der Dachluke, wo Jeannette schlief, brannte ein Licht. Die Silhouette eines Mannes wurde sichtbar.

»Sieh an, sie hat Jean-Marie eingelassen«, sagte der Chevalier, ohne dem Vorfall besondere Bedeutung beizumessen. »Miteinander eingesperrt. Das ist spaßig!«

Mein Herz klopfte heftig. Hatte ich ihn gerettet? Oder ihn verraten? Oder sollten all meine Anstrengungen umsonst gewesen sein?

»Gehen wir hinein«, sagte er fröhlich. »Komm, laß mich dich einschließen, meine kleine Spionin.«

Er nahm mich mit zum Vorderhaus, wo ich solche Angst gehabt hatte.

Die beiden staubigen Räume im ersten Stock waren immer noch vollgestopft mit verstaubtem Gerümpel, aber die Papierballen waren verschwunden. Doch als er die Tür zum hinteren Zimmer aufstieß, das ich noch nie hatte betreten dürfen, entdeckte ich ein richtiges Schlafzimmer, sehr anständig, fast elegant möbliert mit einer Kommode, kleinen runden Tischen und einem Alkoven mit butterblumengelben Vorhängen (seitdem liebe ich diese Farbe). Das alles wirkte hübsch und frisch, als sei es erst am Abend zuvor so hergerichtet worden.

»Dein Gefängnis. Es wird nicht lange dauern. Morgen abend hole ich dich heraus. Sollte ich nicht erscheinen ... aber ich werde kommen. Magst du ein paar Zuckermandeln? Sie sind köstlich.«

Er hatte sich aufs Bett gesetzt und knabberte Zuckermandeln aus einer schönen Emaildose.

Mir war, als wäre ich zum erstenmal mit ihm allein. Meine Angst war fast verflogen, ich fühlte nur noch Beklommenheit, was aber nicht unangenehm war.

»Warum benützen Sie nicht dieses Zimmer, anstatt in Ihrem vollgestopften Verschlag zu hausen?«

»Ach, ich hab' mich recht wohl gefühlt in meinem Verschlag. Dieses Zimmer hier ...«

»Ja?«

»Ich hatte es bei meinem ersten Aufenthalt in Frankreich so gut ich konnte eingerichtet ... als ich noch hoffte, meine Familie würde ...«

Ich verstand, daß er über seine Mutter sprach, wollte ihn aber nicht wieder traurig machen.

»Und dann?«

»Dann habe ich keine Frau gefunden, für die es was gewesen wäre.« Sein Spott war wieder da.

»Sie haben wohl auch kaum gesucht, geben Sie es zu!«

»Mußte ich das?«

Mir schien, als fühlte er sich genauso unbehaglich wie ich. Das rührte mich, aber ich ließ es mir nicht anmerken.

»Daher muß jetzt eine Gefangene hier herein!«

»Eine Gefangene, die ich persönlich überwachen werde. Aus nächster Nähe!«

Er zieht mich zu sich heran, rückt ganz nahe, umfängt mich und greift nach meinem Mieder, das ich recht eng geschnürt hatte.

»Könntest du mir nicht ein bißchen helfen? ... Willst du nicht dein Hemd ausziehen?«

Ich vergaß alles, das zweifelhafte Resultat meiner Vorstöße, Sanson, den mit seiner Jeannette eingeschlossenen Jean-Marie, den geschäftigen Wilhelm und den morgigen Tag. Die Stimme des Chevalier wurde zärtlich, und seine Unbeholfenheit sowie der Gedanke, daß er das, was er jetzt nur erbat (obgleich seine Hände tätig wurden), wenn er gewollt hätte, schon lange hätte einfordern können, nahm mich so für ihn ein, daß ich nicht länger Widerstand leistete.

Ich erinnerte mich, mit welchem Zartgefühl er mir den Schlüssel zu meiner Dachkammer ausgehändigt hatte, erinnerte mich an all meine Träumereien in diesem armseligen Zimmer, in dem ich mich mit der Zeit jedoch heimischer gefühlt hatte als je im Hause meines Vaters. Ich erinnerte mich an die Momente, wo er mir seine Ariost- oder Tassoübersetzungen vorlas, während der Schinken über unseren Köpfen baumelte, und wurde mir bewußt, daß meine damalige Ironie bereits Liebe gewesen war. Niemals hatte er das ausgenützt. Wer hätte mich schon verteidigen können? Andererseits war ich, als er mich aus purer Güte bei sich aufnahm, noch blutjung und ziemlich häßlich.

»Häßlich? Du? Aber vom ersten Tag an fand ich dich entzückend!«

»Wirklich?«

»Ich schwöre es! Schau doch nur ...«

Das war wieder ganz er: Es schoß ihm etwas durch den Kopf, und obwohl er halb nackt war, sprang er auf, ohne sich zu schämen oder sich dessen bewußt zu werden, drehte mir sein mageres, dunkelhäutiges und muskulöses Hinterteil zu, nahm eine Zeichenmappe von der Kommode, schlug sie auf, kam zum Bett zurück (wo ich mir immer noch unschlüssig war, ob ich mein Hemd ausziehen sollte oder nicht – es war aber nur noch eine theoretische Frage, da er mir schon Hilfestellung geleistet hatte, um alles übrige auszuziehen) und zeigt mir eine Reihe von Skizzen, Profil, Silhouette, ein über ein Model gebeugtes kleines Mädchen, das die abgenommene Form vor sich hin hält, durch den Garten streunt... Ein Mädchen von dreizehn, dann von vierzehn Jahren. Dann plötzlich ein mit geschickten Bleistiftstrichen erfaßtes richtiges junges Mädchen von fünfzehn in seinem ersten neuen Kleid aus Kattun, mit Tulpenmuster.

»Catherine!«

Das Problem der Hemden hat sich von selbst erledigt. Unsere Lippen finden sich, die Kissen geben nach, und obwohl für mich alles Neuland ist, scheint mir mein geliebter Meister in Liebesdingen auch kein echter Experte zu sein. Wenn ich es recht bedenke, ist mir das lieber. Ich umschlinge ihn mit meinen Armen. Wir sprechen kaum etwas. Wie soll ich die Wonne beschreiben, daß wir uns endlich gefunden haben? Ich spüre seine festen Hände auf meinem Rücken. Er preßt mich zu fest an sich. Ich beiße in seinen sonnengebräunten Hals... Mein Gott! Wozu diese Beschreibungen, die nur in der Erinnerung ihren Reiz haben?

Einen leichten Schrei kann ich nicht unterdrücken.

»Meine Süße, meine Kleine, es stimmt also doch?« Er schien verlegen. »Du warst also wirklich noch Jungfrau?«

»Na, was denn sonst? Wußtest du das nicht?«

»Nein. Ich dachte... vielleicht Châteauneuf... Er ist so jung...«

»Und ich dachte, daß vielleicht Antoinette...«

»Niemals! Außerdem hatte ich etwas ganz anderes im Kopf. Du auch?«

»Ich auch.«

Muß ich noch mehr sagen? Zwölf Jahre lebte ich von diesem »Du auch«.

Am nächsten Tag fing alles Feuer und alles war Blut, Raserei und Wirrnis. Aber es hatte diese Nacht gegeben und unseren Schlaf und unser Erwachen, und im Morgengrauen, wie eine

Taktlosigkeit, fast wie ein früher Abschied, meine scheu gemurmelte Frage:

»Du hast mir niemals deinen Taufnamen gesagt... deinen Vornamen...«

»Giacinto.«

»Das ist ein Blumenname. Irgendwann einmal...«

»Ja?«

»Irgendwann einmal möchte ich, daß wir einen Garten haben.«

»Wir werden einen Garten haben.«

Nach diesen Worten verließ er mich, um zu Wilhelm hinunterzugehen, der schon mit zwei feurigen Pferden im Hof wartete. Worum ging es jetzt? Was wird passieren? Doch ich bin vor Glück wie betäubt.

»Ich schließe dich ein, sei mir nicht böse.«

»Das wird mich ohnehin nicht hindern, herauszukommen. Bei meinem Vater bin ich immer durchs Fenster gestiegen...«

»Glaubst du, das wüßte ich nicht, mein Liebes?«

Er steht noch auf der Schwelle, hat die Jacke noch nicht ganz an, das Hemd ist blütenweiß, Haare und Augen sind dunkelbraun, sein großer Mund mit den unregelmäßigen Zähnen lächelt, seine langen Beine werden gleich die Schwelle überschreiten. Er zaust sich das Haar, wie immer, wenn er verlegen ist. (»Deine Perücke!« – »O Gott, ja! Danke!«) Er sucht nach etwas, das zärtlich klingen soll, nicht lächerlich, nicht schamlos, das haften soll wie Parfüm. Ich helfe ihm aus der Verlegenheit, ich, die Kleine, die ihn zum erstenmal aus ganzem Herzen »Herr und Meister« nennen kann:

»Bis nachher...« Und ich füge hinzu: »Giacinto?... Ich auch.«

»Ich auch, Catherine.«

Und das sollte zwölf Jahre andauern.

Neuntes Kapitel

Das einer Auflösung ähnelt, wenn das Leben eine andere Auflösung hätte als den Tod. Aber auch das ist nicht ganz sicher.

Der folgende Tag versprach schön zu werden. Bei Madame Marthe war Waschtag. Die bis Mittag verfügbaren Gehilfen des Henkers hängten für sie auf der Wiese hinter dem Haus die Wäsche auf. Seit sie hochschwanger war, hob sie nichts Schweres mehr. Wohlgefällig betrachtete sie das weiße Leinen auf der grünen Wiese, die ausgebreiteten Laken, die aufgehängten Hemden. Und daß ihre eigene Unterwäsche dort flatterte – und bald auch die Windeln eines Säuglings – neben anderen Wäscheteilen, aus denen die Blutflecken manchmal recht schwer zu entfernen waren, störte sie nicht. Ein leichter Wind wehte.

Es war Ende April, der 23., ein Dienstag. Gegen zwei Uhr sollten drei Diebe, die eine Bäckersfrau zu ermorden versucht hatten, gehenkt werden. Zwei der Leichname würden routinemäßig unverzüglich an die medizinische Fakultät gehen. Der dritte sollte am Spätnachmittag in die Rue de Charonne geliefert werden, wo der Chevalier eine Seziervorführung machen sollte. So war es seit Tagen ausgemacht.

Im Hôtel des Arcoules war Catherine aufgestanden, hatte sich langsamer als sonst angekleidet und war in den Hof hinuntergegangen. Der Chevalier hatte den Schlüssel im Türschloß doch nicht umgedreht, aus Vergeßlichkeit, oder weil er ihr vertraute? Weder Jeannette noch die Kinder waren aufgetaucht. Ob sie noch schliefen? Ob Jean-Marie schon unterwegs war, das dubiose Vorhaben zu vereiteln? Georget war wieder da. Er schlich herum, angeblich um in der Küche die Reste des abendlichen

Mahls zu essen. Sie wagte nicht, nach oben zu gehen und zu rufen. Zu Sanson zu gehen würde auch nichts nützen. Ihr blieb nichts anderes übrig, als zu warten. Etwas später am Tag würde sie, wenn nichts geschähe, ein paar Sachen zusammenpacken. Ihre Mississippi-Aktien unter den drei Unterröcken, ihr spanisches Wörterbuch, ihre zwei Häubchen, ein paar Louisdor in ein Taschentuch gewickelt, und die zwei Kleider, die sie kürzlich gekauft hatte. Daß sie (falls die Entführung gelänge!) ihr Handwerkszeug – das Wachs, die Pinsel, die Farben, die dünnen Spachtel – nicht würde mitnehmen können, tat ihr leid... Ihr wäre es lieber, wenn sie nicht fort müßte, und an das, was passieren würde, wenn das Komplott mißlänge, wollte sie lieber gar nicht denken. Lieber träumte sie von Martinellis Rückkehr; selbst wenn er verdrossen zurückkäme wie nach dem Anatomischen Souper, würde das Leben doch weitergehen wie vorher – wenn auch ganz anders. Oder sie müßten aufbrechen, und sie würde zum erstenmal auf Reisen gehen. Dem Chevalier würde immer wieder etwas einfallen... Sie würde es lernen müssen, immer wieder etwas hinter sich zu lassen, Abschied zu nehmen. Sie war bereit dazu.

Aber jetzt mußte sie erst einmal so schnell wie möglich Klarheit gewinnen. Vielleicht war alles längst in Ordnung gebracht, das Schlimmste abgewendet, sie wußte es nur nicht. Georget war wieder verschwunden. Sie ging zum Treppenhaus, um Jeannette zu wecken. Als sie an ihrem eigenen Zimmer vorbeikam, dessen Tür offenstand, warf sie einen flüchtigen Blick in den alten gesprungenen Spiegel. Sie sah rosig aus und lächelte: hübsch. Sie klopfte an die Tür der hinteren Kammer, trällerte gedankenverloren vor sich hin und drehte den Schlüssel herum. Jeannette und Jean-Marie richteten sich im Bett auf, am Fußende lagen, eng aneinander gekuschelt, die Kinder.

»Sie sind noch nicht fort?« begann sie, als sich im Treppenhaus Lärm und Gedränge bemerkbar machten; ein halbes Dutzend Männer, von Georget angeführt, polterten in den Gang, stürzten ins Zimmer, packten den wild um sich schlagenden Jean-Marie, der nichts als ein Hemd trug, hoben ihn hoch und trugen ihn fort, ohne daß Catherine oder Jeannette hätten reagieren können, da sie kaum begriffen, was geschah. Die aufgeschreckten Kinder schwiegen, sie spürten den Ernst der Lage. Ein paar undefinierbare Geräusche drangen vom Hof herauf, und dann wurde der von seinen Entführern immer noch getragene Jean-Marie in eine Kutsche verfrachtet, die Gott weiß wie hereingekommen war. Auch die anderen quetschten sich hinein, und schon war alles vorbei wie ein absurder, brutaler kurzer Traum.

»Das war Georget«, sagt Jeannette kreidebleich.

»Glauben Sie? Vielleicht haben sie ihn dazu gezwungen?«

»Sie haben ihnen doch nicht das Tor aufgemacht, oder?«

»Nein! ... Natürlich nicht!«

»Also ... Er hat ihn gestern abend kommen sehen und ihn dann denunziert.«

Sie gingen hinunter, nahmen die Kinder mit, die immer noch erstaunlich ruhig waren.

»Warum ist Jean-Marie gestern abend auch geblieben? Ich dachte, er würde über die Dächer verschwinden.«

»Er wollte bleiben, das war's. Und da er nun schon einmal hier in meiner Kammer war ... Und das Schwein hat den Schlüssel umgedreht ...«

Plötzlich schluchzte sie laut in ihre Schürze:

»Meine armen Kinder! Meine armen Kleinen! Ihren Vater werden sie aufhängen, und ihre Mutter ...«

Und Catherine wurde klar, daß Jeannette an die düstere Weissagung der Hebamme aus der Schenke zum Schweinehirten dachte. Doch schon faßte sie sich wieder.

»Ich laufe zum Mignot. Cartouche wird einen seiner besten Männer nicht in den Händen der Wachen lassen. Außerdem kann man sie immer noch schmieren ... Den Chevalier werden sie sich auch vorknöpfen ...«

Die kleine Catherine rannte los und holte aus ihrem gepackten Bündel die wenigen Goldstücke, die sie besaß.

»Ich werde sehen, was ich machen kann für uns beide«, sagte Jeannette.

Zum erstenmal spürte Catherine, daß sie die drei Kinder liebte, die sich an sie drückten. Daß alle Türen der Liebe in ihr mit einem Schlag aufgesprungen waren.

Dies war der längste Tag meines Lebens.

Angst um diejenigen, die man liebt, ist etwas erstaunlich Einfaches. Als erstes packt einen Entsetzen. Der Blitz hat nicht zufällig hier eingeschlagen. Dieser Mann, diese Frau, dieses Kind ist krank, bedroht oder in Gefahr, weil wir sie liebten. Wir haben die Aufmerksamkeit auf sie gelenkt durch unsere Wahl, die Liebe heißt. Wir haben sie ins Licht gerückt. Wir sind schuldig. Offenkundig.

Gar nicht offenkundig! Das Böse läßt sich zum Guten wenden. Das Zauberbild wird zum Heiligenbild. Der Fluch läßt sich wie ein Handschuh wenden und wird Segnung, Schutz, Rüstung. Diese Wende in höchster Not ist der zweite Satz des Schmerzes, ein wildes Scherzo, eine atemberaubende Anstrengung. Man weiß, daß man es geschafft hat, sobald man es für möglich hält.

Und im dritten Satz sagt man: »Mein Gott...«

Man ruft Gott nicht an, man betet nicht. Man glaubt nicht unbedingt an Gott. Man sagt nur »Mein Gott«, weil keine andere Hilfe erkennbar ist für den, der überleben will, als diese Worte von weither, von anderswo, die die Zeit aufheben, weil schon andere Lippen, andere Schmerzen sie hervorgebracht haben. Und sie auch jetzt und immerdar hervorbringen werden. Sobald man es ausspricht, dieses »Mein Gott«, legt man einen Moment lang die Last ab.

Dann nimmt man sie wieder auf. Wie drückt sie am wenigsten? Auf den Schultern? Im Nacken? Auf den verschränkten Händen? Was soll man jetzt unternehmen, welches Mittel anwenden, wen soll man anflehen, herbeiholen, bedrohen, bestechen? Wie soll man handeln?

Handeln ist der vierte Satz dieser Schmerzenssymphonie. Schrill und spitz, Triller, Skalpell. Der Abszeß wird aufgestochen, die Wunde bloßgelegt, der Schnitt geht mitten durch das geschwollene, verwesende, gelbliche Fleisch. Eine präzise, knappe, egoistische Handbewegung. Vielleicht gesund. Erreicht man sein Ziel, die Befreiung des Geliebten, dann befreit man sich und ihn vom Schmerz und brennt den Schmerz aus sich heraus.

Er soll da sein. Sie soll da sein. Ob er oder sie – sie sollen leben. Hier, vor unseren Augen leben oder in diesem Krankenhaus, wo eine Hand die Vorhänge wegzieht, die Fenster der Hoffnung öffnet; in diesem Gefängnis, wo ein Stempel sich bis aufs Durchschlagpapier durchdrückt, ein Stempel, der Freilassung bedeutet. In diesem Bett mit den frischen Laken. Wenn nur seine Hand da wäre, nicht unbedingt in der unsrigen, wenn sie nur auf dem Tisch läge und ihre alltäglichen Bewegungen ausführte: Brot schneiden, etwas aufsammeln (schreiben oder kehren – erstaunlich, wie die geringste Handreichung symbolischen Wert erhält). Der Körper des geliebten Menschen bewegt sich, seine Stimme formt Worte. Das genügt.

Erstaunlicherweise kehrt nach diesem majestätischen Akkord in Dur der Schmerz zurück, er ist wieder da. Wer das einmal erlebt hat, vergißt es nie mehr. Die Ursache ist verschwunden, aber der Schmerz bleibt gegenwärtig. Er breitet sich aus wie ein Fluß, und jeder steht an seinem Ufer.

Liebe und Angst sind eins. Diese Wasser vermischen sich. Fließen sie frei mit dem Fluß dahin, dann ist der Schmerz vielleicht Freude, Largo; der Fluß fließt zum Meer, das Meer verschwimmt mit der Wolke, und in unsere ausgestreckten Hände fallen Regentropfen, die Tränen. Da capo. Auch in diesen Momenten sagt man manchmal: »Mein Gott!« Manchmal schreibt man auch von »Freudentränen«. Nur wenige wissen, daß Freudentränen immer noch Tränen sind.

Catherine wartete. Jeannette rannte. Die Kinder hatten Angst. Vor sechs Uhr abends schlüpfte der Regent nicht in die Haut des Kunstfreunds; er besprach mit d'Argenson die Möglichkeit einer Abwertung des Geldes. Jailleau brachte seinen Gefangenen triumphierend zu einem Polizeibeamten, der ihn einer peinlichen Befragung unterzog (der Bursche bekannte alles ohne zu zögern, redete über das Hôtel des Arcoules und alles, was er darüber wußte, um freizukommen – aber leider war Jailleau nach draußen gegangen, um frische Luft zu schnappen ...), um noch am gleichen Nachmittag, nachdem er diese Geheimnisse an den Kommissar verschachert hatte, mit ihm zu verschwinden. Sanson war zu dieser Zeit dabei, die drei Mörder der Bäckersfrau zu hängen. Ein Bote machte sich auf den Weg zum Palais-Royal. Jailleau trank Bier, träumte von einer schönen Frau, einem schönen Satz, wußte von nichts. Antoinette saß in der Rue d'Enfer in einem Zimmer mit halb geschlossenen Läden, um keine Aufmerksamkeit zu erregen; man würde sie holen kommen.

Sanson war zum Hôtel des Arcoules gegangen, ihn interessierte weder die Abwesenheit des Chevalier noch die Verhaftung Jean-Marie Vignerons, nichts interessierte ihn, er suchte Antoinette. Falls er sie nicht fände, würde er nochmals nach Sainte-Pélagie gehen und die Dufresne bestechen: Vielleicht hatte sie gelogen, er würde sie schon ausfragen, und sie würde reden. Er war wie bewußtlos vor Schmerz. Er dachte nicht mehr: »Ich werde sie martern«, wie er es als Henker gedacht hatte, er dachte dasselbe als Mann, als ein Mann, der in sich, wie alle Männer, etwas vom Henker hatte.

Er ging zur Rue d'Enfer, entdeckte die halb geöffneten Fensterläden und ging hinauf. Da saß sie, dem Anschein nach unverändert, da waren ihr blutroter Rock, ihr mattroter Schal, ihr kragenloses, wie gekappt wirkendes Mieder, ihr tintenfarbener Blick – Tinte, mit der man nichts zu schreiben vermochte.

Er sah, daß sie eine andere war.

»Ich habe Sie in Sainte-Pélagie gesucht. Ich dachte, Sie kämen erst in einer Woche frei.«

»Sie hofften es.«

Auch ihre Stimme war eine andere. Das war nicht mehr diese engelsgleiche, diese reine, helle Kinderstimme, die das *Salve Regina* singt. Diese Stimme gehörte einer Frau, barg Vergangenheit und Zukunft.

»Sie auch«, erwiderte er mit dieser schwerfälligen Biederkeit, die seine Waffe war.

Sie war aufgestanden, lief nervös im Zimmer hin und her, verknotete den rutschenden Schal, löste den Knoten wieder, ging auf und ab vor dem Kerzenleuchter, der nur kümmerlich Licht gab (es waren keine Wachs-, nur Talgkerzen, die einen fettigen Geruch verströmten; er dachte flüchtig an die reine Luft des Sprechzimmers). So befanden sie sich einmal im Schatten, dann wieder im Licht.

»Vielleicht«, sagte sie, und es klang irgendwie herausfordernd. »Vielleicht ... Warum nicht? Vielleicht hätte ich es noch eine Woche, einen Monat ausgehalten als Gefangene. Aber warum dann nicht gleich ins Kloster gehen? Alles hinnehmen?«

Unvermittelt lachte sie.

»Habe ich Ihnen niemals erzählt, wodurch alles ausgelöst wurde? Sie waren natürlich auf seiten des Stärkeren: mein Vater, der König, Gott ... Selbst Gott war nicht der Gekreuzigte in der Hand des Henkers (der Hieb saß, doch er reagierte nicht), Gott war Thron, Zepter, Weltall, nicht wahr? Sie sagten: ›Ihre arme Mutter‹, wie man eine Nacktschnecke anfaßt, um sich zu kasteien, doch ohne meiner Mutter die geringste Möglichkeit der Unschuld zuzugestehen. Dieses Getuschel ... Diese Jungfern – ich vermute zumindest, daß einige darunter waren – delektierten sich an den Schamlosigkeiten, die sie Madame Malouin des Essarts unterstellten. Und redeten zu mir von Buße, von Sühne. Was sollte ich büßen? Den Ruin meines Großvaters, daß er in Ungnade gefallen war? Da der König der Stellvertreter Gottes ist, verliehen diese albernen Gänse ihm die Macht der Verdammnis. Er hatte sie. Ich war vierzehn Jahre alt, und ich war im Gefängnis, der Schmach ausgeliefert ... Schwester Antoinette aus dem Dreck ... Schwester Antoinette vom geschürzten Rock ... Schwester Heilige-Hure ... Was sagte ich?«

Sprach sie mit ihm? Wo war ihr schönes beredtes Schweigen geblieben? Er dachte an die Marter, wenn dem Verurteilten Holzkeile in die Beine getrieben werden; man pflegte dann zu sagen: »Bis zum dritten, bis zum vierten hat er durchgehalten.« Manche hielten bis zum Schluß durch. Doch die Schäden blieben. Sie konnten nie mehr laufen, auch in Freiheit nicht. Für ihn war dies der sechste. Danach konnte man bestenfalls noch hinken.

»Ach ja!... Nach dem Brief verlangten sie, daß ich Novizin würde. Die Oberin war keine dumme Gans, sie war nicht einmal sehr fromm, sie kannte die Welt und den Hof. Sie hätte, wenn schon nicht Herzlichkeit, zumindest ein wenig Takt walten lassen können. Nachdem sie den Brief gelesen hatte, den auch ich gelesen hatte, sagte sie streng: ›Es wird Zeit, daß Sie mich trotz allem Mutter Oberin nennen.‹ Das hatte ich nie getan. Und ich erwiderte: ›Ich hatte Angst, Sie könnten denken, ich wollte Sie beleidigen, Madame...‹

Sie errötete leicht. Und wissen Sie, Charles, was sie dann sagte? ›Sie neigen leider dazu, alles zu übertreiben, mein Kind. Man darf nicht immer nach dem Wortlaut gehen.‹ Aber es war mein Leben, das man dem Wortlaut dieses Briefes opferte!«

Ein unterdrücktes Lachen. Dies war wieder die Antoinette der Anfänge, als er sie noch kaum kannte, als er sie noch nicht liebte, die von leichten Absencen zu heftigen Ausbrüchen überging, wie ein zorniger Schwan. Eine ganze Tonleiter mußte er hier durchlaufen, von der einen Antoinette zur anderen, die auch schön war und ihn nicht liebte, ein Profil aus Blut und ein Profil aus Tränen.

»Der Brief Ihres Vaters?« murmelte er fast lautlos, so vorsichtig, wie man eine Wunde freilegt. Aber er wollte die Wunde sehen, das Blut sehen. Das Blut aller Antoinettes. Wollte sie wiederfinden, wiedergewinnen.

»Ich weiß nicht...Vielleicht die Buchstaben, die wir auf Stramin sticken mußten? Das Z wie ein Vogel, das X wie eine Wegkreuzung...«

Sie war weit weg. So weit weg...

»Wer hat Sie abgeholt? Wer hat Sie hierher gebracht?« fragte er schließlich, um sie zurückzuholen.

Jetzt kannte er ihre Ausflüchte. Ein Verfahren, eine Methode? Es gibt Angeklagte, die solch inkohärente Geständnisse machen, daß die Wahrheit sich in Hirngespinsten verliert. Aber verrückt sind nur die, die verrückt sein wollen, dachte er bei sich, unerbittlich.

»Wer?«

Sie kehrte in die Wirklichkeit zurück. In ihrem Blick lag ein schmerzlicher Vorwurf, aber es war wenigstens ein Blick.

»Mein Vater, natürlich. Mein Vater. Er wird wiederkommen.«

»Und was hat er mit Ihnen vor? Was wird er für Sie tun, was ich nicht tun könnte? (Er war absolut nicht erleichtert durch den Irrtum der Dufresne: daß sie einen Geliebten haben könnte, war ihm nie in den Sinn gekommen.) Sollen wir fortgehen? Ich habe Geld in Nantes, im Gewürzhandel. Wir könnten reisen, unsere Namen ändern, zu den Inseln fahren …«

Wieder ein anderes Lachen, herb, schrill.

»Glauben Sie, ich wüßte nicht, was man in Nantes verkauft? Neger. Sklaven. Warum haben Sie Ihr Geld nicht in die Galeeren gesteckt? Geht das nicht? Entschuldigen Sie …«

Nun war es wieder ihre Stimme, sanft, ein wenig rauh, mit einem Anklang von Bedauern über das Gesagte.

»Nein, Charles. Was diese Leute können, vermögen Sie nicht.«

»Wer: diese Leute?«

»Die Großen! Die, die man die Großen zu nennen pflegt. So sagten wir zumindest, im Kloster. Die, die verurteilen, verbannen, sie können auch die Absolution erteilen. Als ich in Sceaux ankam, oder besser: in Sceaux abgeladen wurde, feierte man die Einweihung eines Springbrunnens. Ein prachtvoller Springbrunnen. Ich sah ihn erst später. Gestalten der Antike waren dargestellt, unter anderen eine wunderschöne Ceres, aus deren zahlreichen Brüsten Wasser sprudelte … Sie wissen doch sicher, daß Ceres viele, viele Brüste hat, manchmal sechs, manchmal acht, wenn ich mich recht erinnere. Sie ist der Überfluß, die Erde.

Aber auch die Mutter: eine gute Mutter, die ihre Tochter aus der Hölle herausholte... Können Sie mir nicht folgen? Eine gute Mutter! Wenn meine länger gelebt hätte, wäre auch sie mir eine gute Mutter gewesen, da bin ich ganz sicher. Also muß ich sie jetzt aus der Hölle herausholen. Sie haben es mir versprochen.«

»Aber wie denn...«

Er fürchtete zu begreifen.

Sie hatte sich wieder gesetzt, schien gelassen und spann ihre Geschichte weiter.

»Mein Vater persönlich hat es versprochen. Sie wird rehabilitiert werden, und zwar vollständig. Sie wird ihr Grab bekommen, auf dem Familienfriedhof, mit einer schönen Inschrift. Bäume wird es geben auf diesem Friedhof, Weiden, vielleicht Zypressen.«

»Antoinette!«

»Ja, mein Freund?«

Ein Sonnenstrahl schlich sich durch die halb geschlossenen Fensterläden und ließ das flackernde Kerzenlicht wie eine Grabbeleuchtung erscheinen.

»Wovon reden Sie?«

»Von einer Grabstätte, Charles«, erwiderte sie und sah auf ihre Fingernägel. »Vom Grab meiner Mutter. Man hat es mir versprochen...«

Ihm war, als befänden sie sich bereits dort, in jener Grabstätte: das unmöblierte Zimmer, der Kerzenleuchter, das ausgeschlossene Tageslicht, nach draußen verbannt, wie es üblich ist, wenn der auf dem Bett ausgestreckte erkaltete Leichnam in der Stille seine Frage stellt.

»Zu welchen Bedingungen hat man Ihnen dies versprochen? Und wer hat es versprochen? Ihr Vater?«

»Genauer gesagt: Sie haben ihn dazu gezwungen. Er wollte lieber den Hahnrei spielen, stellen Sie sich vor. Vielleicht war er es auch... Wer weiß? Dabei soll er, wie es heißt, Ähnlichkeit mit mir haben, den Gesichtsschnitt. Büße, büße, nie wirst du genug büßen können, sagte er zu mir, als wir in Holland lebten. Haben Sie meine Spitzen gesehen? Das habe ich dort gelernt und dabei meine Gesundheit ruiniert. Die Feuchtigkeit schlägt sich auf die Brust... Für etliche Damen in Sainte-Pélagie habe ich Kragen gemacht, sie waren entzückt. Wie dem auch sei: Er hat es versprochen.«

Das war wieder die Antoinette aus der ersten Zeit ihres Gefängnislebens. Dieses Fieberhafte, in alle Richtungen Fliehende hatte er für Verwirrung gehalten, nach erlittener Demütigung und Schmerz, er hatte es verinnerlicht, geliebt, mit seinem eigenen Schmerz verschmolzen. Doch plötzlich war er es, den sie floh.

»Wer hat Ihren Vater zu diesem Versprechen gezwungen? Wer? Warum?«

Sie hatte Angst. Dieses Zittern, diesen Geruch der Angst, das kannte der Henker. Eine Verrückte hat keine Angst, nicht wahr? Sie betrügt mich...

»Wer? Warum?«

»Ich glaubte, der Henker sei nur das ausführende Organ«, sagte sie.

Sie sah ihm direkt ins Gesicht. Verächtlich?

»... und die, die die Verhöre führen, würden als der Abschaum dieses Standes angesehen.«

»Aber ich will Sie retten!« rief er verzweifelt.

»Wovor?«

Ja. Wovor? Vor der Versöhnung mit ihrem Vater? Mit den »Großen«, wie sie sagte? Vor einer Versöhnung mit sich selbst, wodurch er unwiderruflich in die Einsamkeit verbannt würde?

»Ich liebe Sie«, sagte er ohne den Schimmer einer Hoffnung.

Sie nimmt seine Hand und drückt sie freundlich, sie wirft ihm einen entschuldigenden Blick zu, den Blick eines Kindes, das nicht versteht, was man von ihm will. Dann, als wollte sie ihn trösten durch eine Mitteilung, die ihr selbst, wie es schien, nichts bedeutete, sagte sie geduldig:

»Man hat meinem Vater das nötige Geld versprochen, damit er das Schloß wieder aufbauen, den Leichnam meiner Mutter überführen und ihn dort mit den übrigen Familienmitgliedern würdig beerdigen kann.«

»Und diejenigen, die ihm das versprochen haben, sind wohl die von Sceaux? Die, zu denen man Sie gebracht hat?«

»Warum fragen Sie, wenn Sie es wissen?« sagte sie, leicht schmollend, wie abwesend.

»Aber damit sind Sie exponiert! Sie setzen Sie der Gefahr aus! Aus Gehorsam ihnen gegenüber haben Sie sich festnehmen lassen, aber wissen Sie auch, daß beim geringsten Verdacht die peinliche Befragung Ihr Los gewesen wäre?«

»Das bißchen, das sie mir erzählen...« Wieder der kindlich schmollende Ton. »Das bißchen, das sie mir auftragen: Pakete überbringen, in die Bretagne fahren... Meinen Sie, das wäre amüsant? Ich hatte nicht einmal einen guten Wollschal, die Postkutsche ist zweimal umgekippt... Und meinen Sie, sie hätten mir wenigstens gedankt?«

»Wer?«

»Na, die Bretonen! Werden wohl geglaubt haben, ich würde dafür bezahlt.«

»Aber auch die Bretonen sind Verschwörer! Man hat Sie für höchst kompromittierende Botengänge benutzt!«

Er fühlte sein Herz klopfen. Sie war also wirklich in ein Komplott verstrickt, nein, gleich in mehrere. Das war schlimm, wurde von hoher Stelle aus gesteuert, und wenn alles aufflöge, hätte er sie persönlich zu richten... Plötzlich sah er Angélique in ihrem regennassen Kleid wieder vor sich. Auch sie hatte schönes Haar gehabt, war unschuldig und schuldig gewesen. Er riß sie in seine Arme – Angélique oder Antoinette.

»Drücken Sie mich nicht so fest, Charles, Sie tun mir weh.«

»Wir müssen fliehen! Schnell! Fliehen, bevor Ihr Vater zurückkehrt!«

Die Worte schienen sie nicht zu erreichen. Flüchtete sie tatsächlich in den Wahn, weil die Wirklichkeit zu grausam oder zu komplex war? Oder war der Wahn eine Finte, um den Plänen der Duchesse du Maine dienlich zu sein? Denn daß alles von dort gesteuert wurde, war nur zu offensichtlich. Doch wenn sie heuchelte, konnte man dann nicht auch annehmen, daß alle von Kindheit an erlittenen Erschütterungen sie in diesen Zustand des ständig schwankenden Gleichgewichts versetzt hatten? Einmal ganz gegenwärtig, einmal gedankenverloren? Wie sie ihn einmal liebte, doch dann wieder ... Nein!

»Wollen Sie für ein Grab Ihr Leben riskieren? Reisen wir ab! Ich werde alles arrangieren. Nur fort von hier!«

»Das werden Sie nicht können. Sind Sie je geflohen?«

Da, wieder! Wieder dieser scharfe, realistische Blick, diese schlagfertige, ja fast höhnische Antwort. Wieder befielen ihn Zweifel. Sie sagte das, wie auch Marthe es gesagt hätte, wie die kleine Catherine es gesagt hätte, wie jede beliebige Frau, die sogenannten gesunden Menschenverstand besaß, es gesagt hätte.

»Ich war allein ...«

»Auch ich war allein, als ich aus dem Kloster floh. Und ich war vierzehn.«

»Ich wußte nicht, daß Sie so bissig sein können«, sagte er langsam.

»Das kann ich, nicht wahr?« Sie schien begeistert. »So war ich mit meinem Vater, müssen Sie wissen. Ewig verfolgt er mich mit seinem Gerede von Sühne, Buße ... Ich habe ihm gesagt, jetzt hätte ich es begriffen. Ich sei kein Klosterzögling mehr und hätte mit eigenen Augen gesehen, daß sich in der Welt alles wiedergutmachen läßt, so, wie man ein verlorenes Armband auslöst oder ein schlecht sitzendes Korsett zurückgibt. Sie sollten ihren Preis festsetzen, und ich würde zahlen.«

»Antoinette!«

»... Er raste vor Zorn. Er glaubte, ich wüßte nicht, daß auch er bezahlt worden war. So dumm bin ich schließlich auch nicht, daß ich nicht sehe, was in die Augen springt. Aber das nehme ich ihm nicht übel. Sie werden sehen, ich werde ihn zum Lachen bringen. Das wird mir gelingen ...«

»Ich werde sehen ...?«

»Ja, natürlich. Reisen wir denn nicht?«

»Sie und ich?«

»Alle, alle ... Wir reisen alle ab«, sagte sie ein wenig zerstreut. »Ist Spanien wirklich so schön?«

Ihn fröstelte.

»Spanien?«

»Ich vermute. Ist das nicht unser aller Ziel heute abend, nach den Steinbrüchen von Vanves?«

Er ging nach Hause, ließ sie zurück, dort saß sie wie eine Kartenlegerin hinter ihrem Kerzenleuchter. Gegen ihren Willen konnte er sie nicht retten; an eine Entführung war nicht zu denken. Aber er konnte sie auch nicht denunzieren. Es war nichts zu machen. Und von all diesem Hin und Her – Unschuld oder Schuld der Madame Malouin des Essarts, Ambitionen der Duchesse du Maine, Malouins Rolle am Hof von Sceaux, die Beziehung des Chevalier zu seinem königlichen Klienten – interessierte ihn nichts, da er jetzt dieses kleine, sorgfältig gebohnerte Zimmer verlieren sollte, mit dem Spitzenvorhang am Fenster, der Grünpflanze auf dem Kamin und dieser so schönen, so traurigen Frau, die ihn liebte.

Er ging nach Hause. »Sind Sie je geflohen?« Er würde nicht mehr fliehen. Er ging zu Fuß nach Hause. An diesem Nachmittag würde er drei Mörder hinrichten, die ihn auch nicht interessierten... Er ging nach Hause.

Im Umkreis von Saint-Laurent vernahm er Schreie. Als er das Haus betrat, geriet er in einen Wirbel treppauf, treppab laufender Frauen, in einen Wirrwarr von Schüsseln und Wäschestücken, und als er das Schlafzimmer betrat, sah er ein kleines blutverschmiertes und Grimassen schneidendes Wesen, das man auf ein Kissen legte, und Madame Marthe, die Beine in der Luft, der man Riechsalz hinhielt, ohne daran zu denken, ihr die Röcke herunterzuziehen, und eine Schüssel, in der die Plazenta fortgetragen wurde. Die Szene korrespondierte so sehr mit seinem eigenen inneren Aufruhr, daß er sich auf einen Betschemel in der Ecke setzte und weinte.

Kurze Zeit später verkündete ihm Madame Marthe, die wieder voll bei Sinnen war, nachdem sie ihr Hinterteil versteckt und ihre Würde zurückgewonnen hatte, sie habe ihm eine Tochter geschenkt und bitte um die Erlaubnis, sie Anne-Renée nennen zu dürfen.

Er erlaubte es. Zumindest war es kein Junge, das ließ ihm eine gewisse Frist.

Martinelli hatte sich den Wünschen des Kunstfreunds gebeugt. Dieser wollte Gewißheit haben, daß der Mann tot und kein Zweifel möglich sei. Als könnte ein Gehenkter dem Tod noch von der Schippe springen! Doch eine Weigerung hätte Verdacht erregt. Also würde der Leichnam am Spätnachmittag in die Rue de Charonne gebracht und in jenem kleinen Haus im Schnellverfahren seziert werden, zur Belehrung derer, die so rückständig waren, daß sie sich das Vergnügen einer Teilnahme an einer Leichenöffnung noch nicht gegönnt hatten. Um seine Behauptung, Antoinette könne den Geist des Toten heraufbeschwören, zu stützen, hatte der Chevalier das Sezieren des Gehirns abgelehnt. Die Damen überlief stets ein Schauder, wenn die gezähnte Säge – wie man, ohne zu kleckern, ein Ei köpft – sorgsam die Hirnschale durchtrennte. Er sei nicht sicher, hatte er gesagt, daß die Geisterbeschwörung bei seziertem Gehirn noch möglich sei.

»Der Geist oder – falls Sie das vorziehen – die Seele muß, wenn sie zurückkehrt, doch irgendwo Obdach finden. Lassen wir also lieber Gehirn und Gesicht unberührt.«

»Glauben Sie das?« hatte der Kunstfreund gefragt.

»Ich glaube es nicht nur, sondern konnte es bereits einmal feststellen.«

»Und der Mann war tatsächlich tot?«

»Toter ging's nicht. Ich hatte die Nieren, die Bauchspeicheldrüse, die Leber und die Milz freigelegt.«

»Das werden Sie auch in der Rue de Charonne tun. Dann lassen wir den Leichnam in die Steinbrüche von Vanves bringen, die Sie für Ihr Vorhaben als so günstig erachten.«

Machte er sich über ihn lustig? Über derartige Dinge spaßte man nur halbherzig. Außerdem war es, um jeglichem Verdacht vorzubeugen, immer klüger, Unwesentliches zu betonen. Daher hatte der Chevalier mit dem gebotenen Takt ebenfalls empfohlen, man möge in der Rue de Charonne, wo vor einem

Dutzend erlesener Gäste quasi nur das Vorspiel zu der dem Kunstfreund und zwei Gefährten vorbehaltenen Geisterbeschwörung durch Antoinette geboten würde, nicht allzu viele Getränke reichen. Der Kunstfreund und seine beiden Freunde zumindest...

»Nicht zu viele?« hatte der Kunstfreund versonnen gemurmelt und dabei den Chevalier mit diesem plötzlich scharfen, forschenden Blick, mit dem er sich preisgab, angesehen. »Sie wissen, daß ich zu Anfällen neige... Nichts Schlimmes, Absencen gewissermaßen... bei denen ich völlig das Bewußtsein verliere; ich bin dann wie leblos, und man könnte mit mir machen, was man will.«

»Genau das würde ich gerne vermeiden, Monseigneur«, hatte Martinelli überzeugend geantwortet. Derart günstige Bedingungen würden so bald nicht wiederkommen.

Wie zwei Duellanten, die ihre Klingen ausprobieren, hatten sie einander angeblickt. Jeder erkannte die Entschlossenheit des anderen und senkte die Waffen. Dies war nicht der Augenblick, sich miteinander zu messen. Vielleicht würde dieser Augenblick gar nicht kommen... Seitdem zu Gunsten Spaniens das arme Sardinien gegen das opulente Sizilien getauscht worden war, war die Überzeugung des Chevalier – die Grundlage war für seine Abenteuerlust und seinen Wunsch nach Veränderung – ernsthaft ins Wanken geraten, daß er für ein Wiedererstarken Italiens, wenn auch in ferner Zukunft, kämpfte. Aber er war nicht der Mann, der vor einmal gefaßten Entschlüssen zurückscheute. Und dem Kunstfreund machte es Vergnügen, sich zum Narren halten zu lassen (nur scheinbar?) mit der Geschichte von dem kleinen Mädchen und dem Glas Wasser. Vielleicht war dieses Märchen ihm nur aufgetischt worden, um ihm Vertrauen zu Antoinettes besonderer Begabung einzuflößen? Und tatsächlich hielt sich seine Skepsis, was das betraf, in Grenzen: Dieses schöne, verwirrte Mädchen war irgendwie anders, es hatte etwas, was zugleich anziehend und abstoßend wirkte, doch was es genau war, wußte er nicht zu definieren. Er dachte an jenen Opernball, auf dem plötzlich eine Frau in Lumpen aufgetaucht war, das wandelnde Elend sozusagen; als man sie gefragt hatte, was ihre Verkleidung darstelle (denn es war unvorstellbar, daß eine wirklich arme Frau hier eingedrungen war), hatte sie laut gerufen: »Ich bin das Elend, die Herrscherin des Königreichs!« Antoinette war vielleicht – dachte der Liebhaber – auch Herrscherin eines Reiches, vielleicht eines immateriellen Reiches, des Reiches der Tränen.

Hexerei? Reinste weiße Magie, beteuerte der Chevalier. Der Kunstfreund hatte die Büste oft betrachtet. In diesem blaugeäderten Profil steckt doch etwas Grauenerregendes, fast Satanisches. Und sagt nicht die Kirche, daß die Sünde ausschließlich oder fast ausschließlich im Körper wohnt, dieser unschuldigen und monströsen Maschine? Der Arzt, der lehrt und berät, wird geachtet; der Chirurg, der schneidet, öffnet, in den Körper eindringt, eine verdächtige Intimität mit ihm pflegt, wird mißachtet; noch mehr der Quacksalber oder der Barbier. Richter und Polizist sind Menschen; Scharfrichter, Henker schon kaum mehr. Was aber ist ein auf einer Marmorplatte ausgestreckter toter Körper? Schweigen, Stille, fast übernatürlich. Unwahrscheinlich?

Ist es möglich, daß ein Gedanke, ein Gefühl, ein Schmerz, ein Anflug von Auflehnung noch immer um die verlassene Hülle kreisen wie ein treuer und ratloser Hund, der am Ende davontrottet und verschwindet, nachdem er sich noch ein paarmal umgedreht hat? Wohin verschwindet er? Oder stirbt dieser Gedanke, dieser Schmerz (manche würden sagen: diese ekstatische Freude, eine mögliche Nuance in der Skala dessen, was überleben könnte), stirbt er wie der Hund? Nur etwas später als sein Herr?

Da liegt der Leichnam auf der Marmorplatte mit den schwarzen Jaspissprenkeln. Er ist schrecklich mager. Das vermutlich krampfverzerrte Gesicht ist mit einer Gesichtsmaske aus rauhem Sackleinen abgedeckt, wodurch die graue, starre Nacktheit noch unheimlicher wirkt. Martinelli denkt an das Anatomische

Souper, an die ausgelassene Fröhlichkeit, an die Großmäuler, die vor nichts zurückschreckten, an die Neugierigen und ihr Erstaunen, an die Perversen, die sich an ihrem eigenen Abscheu delektierten, an Florence, die bei Betreten des grünen Salons gewispert hatte: »Eigentlich etwas Schönes, die Atemorgane!« In diesem Moment hatte Schweigen geherrscht, ein erfülltes Schweigen vor einer sehr einfachen und grundlegenden Offenbarung. Dann war alles aus den Fugen geraten, Gelächter war aufgebraust, Champagner hatte gesprudelt. Aber dies lag weit zurück.

Heute herrschte ein beklommenes, fast feindliches Schweigen. Selbst der Kunstfreund war nicht heiter, wie sonst, und der Lakai, der den Wein servierte, war auffallend blaß und vermied jeden Blick auf den Tisch in der Mitte des Raumes. Stimmen flüsterten:

»Warum man ihm wohl diesen Sack über den Kopf gestülpt hat?«

»Na, hören Sie mal! Er wurde doch aufgehängt!«

»Für mich ist es die dritte Leichenöffnung.«

»Für mich die zweite. Aber ich finde es bedauerlich, daß man uns das Gehirn nicht zeigt. Das ist das Interessanteste.«

»Ich habe Angst, nicht durchzuhalten. Haben Sie Riechsalz dabei?«

»Man gewöhnt sich ganz schnell daran.«

Die Sätze tröpfelten in das Schweigen, ohne es zu unterbrechen. Wie ein Stein lag der Körper im Zentrum dieser Stille.

»Trinken wir! Trinken wir!« sagte der Kunstfreund gereizt.

Alle hatten schon Hinrichtungen erlebt, von denen einige spektakulär gewesen waren, bei denen es Schreie gegeben hatte, Blut geflossen war. Manche hatten an Schlachten teilgenommen, hatten Pferde mit aufgeschlitzten Flanken davonstürmen sehen, hatten das Röcheln von Sterbenden gehört. Alle hatten schon bei einem Verwandten, einem Verbündeten, am Sterbebett gewacht, Verwesungsgeruch eingeatmet; sie hatten gesehen, wie die Finger langsam blau wurden, wie die Haut sich um die Knochen spannte, als wollte der Tote sich zusammenziehen, bis er wenige

Stunden später sich mit seinem Verfall abfand und sich gehen ließ, das Gewebe entspannte, sich bereit machte zu seiner letzten Metamorphose, während er jenen faden und süßlichen Geruch verströmte, der die Fliegen und dann die Würmer anzog.

Und dennoch war dies hier so ganz anders. Dieser gesichtslose, so saubere, so trockene, so kalte Körper auf dem kalten Marmor, so weiß, so mager und dadurch so wenig fleischlich – er war kein toter Mensch. Er war der Tod selbst: unpersönlich, unspezifisch, nicht einmal besonders abstoßend: ihr Tod. Ein mit Dionis befreundeter Arzt, der zusammen mit ihm über die Katalepsie gearbeitet hatte, trat vor und erklärte, dies sei unbezweifelbar ein Kadaver.

»Versteht sich wohl von selbst bei einem Gehenkten«, murmelte Oberst Rivière, der dem Regenten nahestand und mit ihm in Lerida gefochten hatte.

Martinelli war erleichtert, als er endlich einmal jemanden lachen hörte. Sie würden schon sehen ...

Zum drittenmal reichte der Lakai das Tablett mit den Gläsern herum. Diesmal achtete niemand mehr auf seine von Abscheu und Tadel geprägte Miene. Man gewöhnte sich.

»Sezieren Sie«, sagte der Kunstfreund.

Martinelli ergriff sein Skalpell. Über Brust und Bauch setzte er einen Y-förmigen Schnitt und entnahm dem Brustkasten etwas Dreieckiges: Herz und Lungen. Die großen Arterien hatte er abgeklemmt. Wie versprochen entnahm er nun Nieren, Bauchspeicheldrüse, Leber und Milz, kündigte sie jeweils an und verspürte hinter sich wachsendes Interesse und Erleichterung aufgrund seines didaktischen Tons. Man trat näher an den Tisch heran. Man wurde langsam vertrauter mit dem, was eigentlich nur ein naturgegebenes Kuriosum war. Die übliche Zahl der Wandleuchter war verdoppelt worden, damit niemandem etwas von der Demonstration entging. Neben dem großen Marmortisch mit Jaspissprenkeln stand eine Konsole mit schwarzer Marmorplatte. Dort legte Martinelli der Reihe nach die Organe hin, bis er den gesamten Verdauungsapparat herausoperiert hatte.

Er hatte sich bemüht, präzise, aber auch nicht zu hastig zu sezieren, damit seine Zuschauer folgen und die Anordnung der Organe in der Leibeshöhle sehen konnten, bevor er sie entnahm. »Vielleicht«, sagte er jetzt, »werden wir eine interessante Überraschung erleben. Dieser so hagere Körper hat einen aufgeblähten Magen. Vielleicht ein Tumor, ein dickes Magengeschwür... ich werde ihn öffnen. Wenn Sie zurücktreten möchten... Solche Geschwülste riechen manchmal recht übel...«

Die beiden geladenen Damen wichen zurück und fächelten sich eifrig Luft zu. Doch die Männer schlossen den Kreis noch enger. Einige von ihnen drängten sich bis an den Tisch, das Champagnerglas in der Hand. Wenn einige Gläser zitterten oder gar ein paar Tropfen der goldenen Flüssigkeit auf das Parkett fielen, so schenkte man dem keinerlei Beachtung. Wissenschaftliche Nüchternheit war Mode geworden.

Mit leichter Hand schlitzte Martinelli den Magen auf. Auch er fürchtete, etwas Unappetitliches könne hervorsprudeln. Er bat den Lakai um eine Serviette, doch inzwischen blickte selbst dieser, kreidebleich und das Tablett in der Hand, fasziniert und zugleich angewidert auf den Leichnam, so daß Martinelli nicht auf seiner Bitte bestand. Eine Magenresektion und eine Ohnmacht, das wäre zuviel... Nachdem er die Magenwand vorsichtig aufgeschnitten hatte, klappte er sie behutsam zur Seite und legte eine fast faustgroße, konsistente Masse frei, die er aufgrund der gelbgrünen Färbung kurzfristig für Galle hielt, die etwas Unverdauliches oder einen Tumor durchdrungen hatte. Doch plötzlich wurde ihm alles klar, und da rief auch schon eine entsetzte Stimme:

»Aber das ist ja Gras!«

Es hätte ihm etwas einfallen müssen, aber die Stimme versagte ihm. Auf eine kurze Stille folgte ein Klirren: Das Skalpell war zu Boden gefallen. Und plötzlich, völlig unerwartet, rief der Lakai:

»Sie schneiden einen verhungerten Mann auf! Sie schneiden einen Mann auf! Zu Hilfe!«

Und auf das Fenster zustürzend, das zur Straße ging, riß er

den dicken Vorhang auf, schlug die Läden zurück und hörte nicht auf zu schreien: »Verhungert ist er! Zu Hilfe! Man bringt einen Mann um!«, womit er die ihrer Herrschaft harrenden Kutscher alarmierte, die Domestiken der Nachbarhäuser, die zu dieser Stunde noch zahlreichen Passanten, und als zwei der geladenen Edelleute sich von ihrem Schrecken erholt und sich auf ihn gestürzt hatten, um ihn zu bändigen, war schon in erstaunlich kurzer Zeit eine tobende Menge vor dem kleinen Haus zusammengelaufen und besetzte die Ausgänge.

Niemand hatte die unzusammenhängenden Schreie des Lakaien verstanden. In diesem Hause lasse man einen Gefangenen verhungern, sagten die einen, er werde gefoltert, nein, sogar aufgegessen, beteuerten die anderen, es handele sich um Kannibalismus. Besser Unterrichtete sprachen von einem Mord an der Bäckersfrau, aber auch das wurde mißverstanden, und bald glaubte man an eine Gratiszuteilung von Lebensmitteln aufgrund des allgemeinen Elends, was die Menge noch weiter anwachsen ließ.

»Wir müssen durch den Garten fliehen!«

»Aber sie sind längst auch im Garten!«

Eine tobende Menge trommelte in der Tat auf den kleinen orientalischen Pavillon ein, da man unschuldig Eingesperrte dort vermutete. So wurde ein staubwischendes Zimmermädchen ihrer Tätigkeit enthoben und im Triumph gut eine Viertelstunde lang herumgetragen. Zum Glück reizten die Schätze dieses Liebestempels, der so viele hübsche Frauen gesehen hatte, die Lebensretter, die sich in Plünderer wandelten und hier eine seidene Steppdecke, dort eine oder gleich mehrere Silberplatten, ein Kissen, einen Stich oder gar einen Vorhang entwendeten, in dem man sich, elegant gewandet, aus dem Staub machen konnte.

Nur ein paar Unverdrossene blieben. Sie hatten die Tür eingetreten und sich im Vorzimmer aufgepflanzt, ohne sich jedoch in den Salon vorzuwagen, und sie forderten Rache. Paradoxerweise war es die flüchtig wahrgenommene Anwesenheit des starren und blutverschmierten Leichnams, die die Gäste des

Kunstfreundes zumindest noch für einige Minuten schützte. Denn eine weitverbreitete Ängstlichkeit – oder Sensibilität – läßt den gemeinen Mann vor einem derartigem Anblick zurückschrecken, während er sich an Hinrichtungen delektieren kann.

»Fassen Sie sich, Martinelli!« gebot der Kunstfreund.

Denn der Chirurg stand unbeweglich und totenbleich da, die Augen auf die auf der Konsole ausgelegten Organe geheftet.

»Sollte man ihnen nicht sagen, daß es ein Gehenkter ist?« schlug der Oberst vor.

»Sie würden sicher glauben, wir hätten ihn aufgehängt!« erwiderte der Kunstfreund, der vollkommene Ruhe bewahrte.

Plötzlich schien Martinelli aus einem Traum zu erwachen. Er schüttelte sich und stürzte ins Vorzimmer.

»Ihr habt recht, meine Freunde! Es ist gottlos, ein Skandal! Dieser arme Mann wurde tot im Garten gefunden, und anstatt ihm eine Grabstätte zu geben, wollten sie wissen, woran er starb. Eine Grabstätte! Ich verlange ein Grab, und zwar sofort! Ein Grab!«

»Ein Grab!« riefen eilfertig einige Stimmen.

»Und wer wird es bezahlen?«

»Diese hier, die so gottlos ihrer Neugierde gefrönt haben! Ich werde sammeln!«

Er wandte sich an den Lakaien, der den Tumult ausgelöst hatte und noch immer zitternd auf einem Schemel saß.

»Sie werden jetzt unverzüglich an die Ecke der Rue des Carreaux laufen. Dort werden Sie drei Männer mit einer Bahre und einem Leichentuch finden. Sie bringen sie schleunigst her, ansonsten garantiere ich Ihnen, daß morgen Sie hier auf diesem Tisch liegen!«

Der Mann gehorchte ohne ein Wort und nahm die Meute der Wütenden gleich mit. Nur etwa ein Dutzend war geblieben. Martinelli drückte ihnen eine hastig gesammelte Geldsumme in die Hand und sagte: »Ich werde eine Pension für die Witwe fordern!« Diese albernen Worte beruhigten die Gemüter, obgleich niemand wußte, wer der Tote war und ob es überhaupt eine Witwe gab.

»Sie gehen auseinander«, sagte der Kunstfreund. »Aber der schöne kleine Pavillon ist verwüstet... Kommen Sie, Martinelli, und schenken Sie den Champagner ein, da wir nun keinen Lakaien mehr haben. Wir haben alle einen kräftigen Schluck nötig. Und decken Sie diese... diese Reste ab. Was die Sezierkunst betrifft, so haben wir wohl genug gesehen.«

»Soll ich ihn zunähen, ohne die Organe wieder einzufügen?« fragte der Chirurg.

»Für unser Vorhaben ist das nicht erforderlich. Es ist sogar überzeugender ohne...«

Hastig schlug Martinelli die Organe in ein Stück Leinwand, steckte sie in einen Sack, wischte sich die Hände ab und nahm einen kräftigen Schluck. Der Kunstfreund blickte ihn fragend an.

»Ich hielt Sie nicht für so zart besaitet... Sie hatten doch nicht etwa Angst?«

»Angst? Nein«, sagte der Chirurg, der sich nicht einmal beleidigt fühlte.

Er bemühte sich, das Bild eines kleinen, ärmlichen Anwesens in Sizilien aus seinem Geist zu verbannen, das Bild einer Frau auf der Türschwelle, einer Frau, die ihm Adieu sagte und später »an Auszehrung« gestorben war. Hatte auch diese Frau Gras gegessen? Hatte sie...

»Mir schien es so«, sagte der Kunstfreund leichthin. »Ach, da kommt die Bahre! Sind Sie fertig?«

»Gleich. Die Träger sind meine Leute. Sie werden warten.«

»Ihre Leute? Ich wußte gar nicht, daß Sie so gut organisiert sind. Merkwürdig, Sie hätten doch mich fragen können... Das wäre sicherer gewesen...«

»Konnte ich diesen Aufruhr voraussehen? Konnte ich wissen, daß der von Sanson um Mittag gelieferte Leichnam Gras enthielt? Der Diskretion halber hatte ich Burschen aus dem Leichenhaus angeheuert.«

»Richtig. Der arme Mann! Man hätte ihn nicht zu henken brauchen. Er hätte ohnehin nicht überlebt. Warum hat man ihn eigentlich gehenkt?«

»Weil er eine Bäckersfrau ausgeraubt hat, Monseigneur.«

»Verständlich. Bei dem Mageninhalt...«

»Ich glaube, er hat sie auch irgendwie umgebracht«, bemerkte Martinelli, der sich wieder gefaßt hatte.

»Auch verständlich. Man läßt sich eben hinreißen... Der arme Mann!«

Martinelli fragte sich, ob der Regent Molière zitierte.

Alles war bereit.

Dort die Männer von Schliebens, der Altar, die Büste und Antoinette. Denn im Falle einer Verzögerung oder Verhinderung mußte alles glaubhaft wirken und wie in gutem Glauben vorbereitet. Eines der Risiken war die Begleitung des Kunstfreunds. Von der Anzahl seiner Getreuen hing es ab, ob die Entführung mühelos gelänge oder in ein Handgemenge ausartete. Aber das war es nicht, was Martinelli im Kopf herumging.

Zuerst das Sezieren und dieser Aufruhr, der einen Gutteil der Gäste aufgescheucht hatte, so daß sie es ohne ausdrückliche Anweisung des Prinzen vorgezogen hatten, auf die Fortsetzung der so mißlich begonnenen Abendveranstaltung zu verzichten. Dann die Gewohnheit des Prinzen, Ortswechsel ohne großes Gefolge vorzunehmen, und bestimmt wünschte er bei diesem Unterfangen kein öffentliches Aufsehen. Was hatte man vor der Regentschaft nicht alles geredet über seine Ausflüge in die Steinbrüche von Vanves und Vaugirard! Aber auch unter zehnmal ungünstigeren Umständen hätte Martinelli sich aufgrund seines Ehrgefühls verpflichtet gesehen, die Sache bis zum Ende durchzustehen. Merkwürdigerweise empfand er das als eine Verpflichtung dem Prinzen gegenüber – wie man sich verpflichtet fühlt, zu einem geplanten Duell zu erscheinen.

Als er die Kutsche bestieg, die den Regenten, zwei seiner Getreuen und ihn selbst an den verabredeten Ort bringen sollte und die der schmuckloseren Kutsche mit dem Leichnam folgte, empfand er keine konkrete Furcht, indes stiegen Erinnerungen, Legenden, alter Aberglaube in ihm hoch... Und diese quälende Frage: War es mit ihr auch soweit gekommen, mit ihr, meiner Mutter, meiner armen Mutter, die mich einem anderen anvertraute, die mich unter Tränen ziehen ließ, damit ich ein glücklicheres Leben erhielt, war auch ihre Lage so verzweifelt gewesen wie die Lage dieses Mannes, so verzweifelt, daß auch sie ...? Hier stockten seine Gedanken.

»Warum so versonnen, Chevalier?«

»Ich dachte an diesen Mann; wenn man es bedenkt, wurde er wegen Hungers aufgehängt, und nun wollen wir ihn ein zweites Mal leiden lassen, indem wir gegen seinen Willen seinen Geist heraufbeschwören ...«

»Mitleid?« fragte der Kunstfreund.

Da er lächelte, hatte er offenbar einen Verdacht. Auch Martinelli entzog sich nicht, sondern legte es auf ein Kräftemessen an.

»Mitleid, mag sein. Aber auch Aberglaube. Ist die Tatsache, daß mir – was jahrelang nicht vorgekommen ist – jetzt Körper aller Art unter die Finger kommen, nicht eine Art Warnung?«

»Für Sie oder für mich?« fragte der Kunstfreund trocken.

»Für unser Vorhaben.«

»Haben wir das gleiche vor?«

Sobald er eine Gefahr witterte, gewann der Chevalier stets seine Energie zurück. Das Duell hatte begonnen. Er mußte vergessen, daß er nicht damit rechnen konnte, daß Gott auf seiner Seite stand – falls es sich hier um ein Gottesurteil handelte.

»Zum Teil.«

Soviel Offenheit schien dem Regenten bedenkenswert.

»Wie das?«

»Gemeinsam ist uns doch« – der Chevalier ereiferte sich – »die Neugierde, der Zweifel, die Hoffnung zu erfahren, was sich hinter dem Augenschein verbirgt, hinter dem augenscheinlichen Tod. Selbst wenn sich in diesem wie ein Huhn ausgenommenen Körper nur einen Augenblick lang wieder ein Gedanke, ein Gefühl, ein Atemzug einnistete – was die Antike *aura* nannte –, würden sich uns ungeahnte Horizonte eröffnen.«

»Und der andere Teil?«

»Der andere Teil? Na ja, dieses Experiment, das wir vielleicht mehrmals werden wiederholen müssen, das kann meiner Ansicht nach niemand anderes als Antoinette durchführen... und ich hoffe, dafür belohnt zu werden, daß ich Sie mit Antoinette bekannt gemacht habe.«

»Das ist Ihre einzige Forderung? Die einzige?«

Der Kunstfreund wandte den Kopf und blickte durch das Fenster der Kutsche nach draußen, um seinem Gegenüber den Scharfblick seiner kranken Augen zu ersparen.

Martinelli dachte an Sizilien, an seine Illusionen, an sein Vertrauen zu Alberoni, das immer mehr geschwunden war, und sagte, indem er sich an diesem Teil der Wahrheit festhielt:

»Die einzige, die mir bleibt, ja.«

Der Kunstfreund schien überzeugt; ob er die Waffen streckte?

»Warum aber dieses Mädchen? Genau dieses? Fangen Sie nicht wieder mit dem Wasserglas an, ich habe es nachgerechnet...«

»Ich erwähnte das Wasserglas nur in bezug auf das Experiment, das Sie vielleicht nicht überzeugt, aber doch beunruhigt hat. Hätte ich Ihnen von Antoinettes Leben erzählt, hätten Sie nicht begriffen. Hören Sie die Wahrheit: Antoinette ist nicht das Mädchen mit dem Wasserglas, sie ist das Wasserglas.«

Das bedeutete Waffenstillstand. Der Kunstfreund wandte sich seinem Gesprächspartner wieder zu, sein Interesse war geweckt, und als Zeichen der Entspannung förderte er seine Dragéedose zutage.

»Was soll das heißen?«

Der Chevalier skizzierte, was er über Antoinette zu wissen glaubte: »Ich glaube, daß sie so über alle Maßen gelitten hat... Ich will damit sagen, daß sie eine so große Leidensfähigkeit besaß, daß ihre Persönlichkeit, ihre guten und schlechten Eigenschaften sich darin aufgelöst haben. Eine Art chemische Reaktion. Geblieben ist nur das Leid, ein in gewisser Weise entpersönlichtes Leid... Das Wasserglas. Daher vermag der Geist leicht in sie einzudringen. Um den Geist dieses Mannes zu beschwören, braucht sie vielleicht nicht einmal den Leichnam.«

»Warum haben wir ihn dann …?«

»Wären Sie gekommen?«

Jetzt waren sie wieder Gegner. Offen, direkt. Vanves war fast erreicht.

»Vielleicht nicht. Ich glaube, was Sie mir über dieses Mädchen erzählen. Zumindest glaube ich, daß Sie es glauben. Aber nehmen wir einmal an, das Experiment gelänge …«

»Ja?«

»Was kann uns ein Mörder schon lehren? Ein Mörder zudem, der zweifellos aus Ungeschicklichkeit mordete: Die Frau dürfte geschrien haben, und daraufhin hat er zugeschlagen, ungeschickt, unglücklich … Mit Gras im Bauch hielt er sich vermutlich für berechtigt, jeden Menschen auf der Welt umzubringen … Was kann uns dieser Mann also lehren?«

Der Hieb war geschickt geführt und saß. Der Chevalier spürte ihn in der Mitte der Brust.

»Nichts …« sagte er entwaffnet, mit tonloser Stimme. »Nur das Elend der Welt.«

»Die Tränen?«

»Die Tränen.«

»Und wenn man mit ihr reden würde, vertraulich, würde Antoinette uns nicht ebensoviel, wenn nicht mehr, zu lehren haben? Ohne jeglichen Zauber?«

»Antoinette und so manche andere«, erwiderte Martinelli.

Und in seinem Gehirn explodierte der seit Stunden zurückgedrängte Gedanke: »Hat auch sie Gras gegessen? Sie, meine Mutter?« Er sagte:

»Kehren wir um, Monseigneur.«

»Aber wir sind fast angekommen«, sagte der Kunstfreund und wandte erneut den Kopf.

Eine Nuance in der Stimme, ein flüchtiges Gefühl vermag ein Schicksal zu ändern.

»Kehren wir um, Monseigneur. Ich habe ein ganz ungutes Gefühl.«

»Und wenn die junge Frau da ist? Wenn sie uns erwartet?« fragte der Kunstfreund lauernd.

»Sie wird wieder gehen. Was kann ihr schon geschehen? Sie ist vermutlich in Begleitung ihres Vaters gekommen«, sagte Martinelli unvorsichtig.

Ein solches Bekenntnis war leicht auszunützen. Dieser Vater, der aus Sceaux kommt, dieses Mädchen, das auftaucht und verschwindet... Der Kunstfreund wählte einen subtileren Angriffswinkel.

»Und sie? Bisher haben wir nur von unserem gemeinsamen und von Ihrem Anliegen gesprochen, nicht aber vom Interesse des Mädchens.«

Die Kutsche holperte gefährlich auf dem steinigen Boden. Man war fast am Ziel.

»Sie hofft«, sagte der Chevalier vorschnell und unter Ausnutzung seiner ganzen Vorstellungskraft, »daß eines Tages bei einer solchen Beschwörung ihre Mutter zu ihr sprechen und ihr eine Wahrheit enthüllen wird, die sie noch nicht kennt.«

»Klingt glaubwürdig«, sagte der andere, als kenne er sich in solchen Dingen aus.

Jetzt war er wieder der Kunstfreund: skeptisch, ironisch, neugierig.

»Klingt wahrscheinlich, das muß man zugeben...«

»Monseigneur...«

»Ich weiß, was Sie sagen wollen: Kehren wir um. Aber wir werden nicht umkehren. Man kann nicht zurück, Martinelli. Wäre das möglich... Sie kennen ja das Sprichwort: Man steigt nicht zweimal in denselben Fluß. Wer weiß, was passieren kann, wenn wir umkehren, ohne Gewißheit zu erlangen?«

Von diesem Moment an mußte der Chevalier sich ganz auf seine Haltung konzentrieren. Er war sich plötzlich sicher: Sein Gegner hatte alles erraten.

Die Steinbrüche lieferten Kreide, Kalk, Steinblöcke, Salpeterpulver. Um sich doppelte Mühe zu ersparen, schlugen die Steinhauer gleich quadratische oder rechteckige Blöcke heraus, so präzise wie möglich. Und um die Einsturzgefahr zu bannen, ließen sie in den von ihnen geschaffenen Höhlungen, die immer tiefer in den Berg führten, breite Pfeiler und riesige Arkaden stehen. Diese Aushöhlungen glichen weniger Grotten als geometrischen Tempeln einer archaischen Kultur.

Rund vierzig Meter vom Eingang entfernt standen in einer dieser Höhlungen Wilhelm und seine zehn Männer. Kutschen, Pferde, Verkleidungen, Unterschlupf in verschiedenen Häusern und Fahrzeuge mit doppeltem Boden waren vorbereitet. Und wozu das alles? Um die kostbare Geisel in irgendein feuchtes Verlies zu schaffen, wo sie an Lungenentzündung oder einem ihrer Anfälle krepieren würde. Was für ein Unsinn, dachte Wilhelm, dem schnellere Lösungen lieber waren. Verworren wie ein Roman von La Calprenède. Ein Dolchstoß, ein Pistolenschuß, ein Grab in diesen gottverlassenen Steinbrüchen, dann die Flucht nach Spanien, wo eine wohlverdiente Rente wartete, eine komfortable Behausung, wo man geruhsam die Entwicklung der Ereignisse, für die man den Anstoß gegeben hatte, abwarten könnte – das wäre einfach, unumkehrbar, vernünftig! Dazu hätte man diese ganze Inszenierung nicht gebraucht: den sandfarbenen natürlichen Altar in der größten Höhle, die darauf thronende Büste, die man in Stroh verpackt herangekarrt hatte; davor würde der widerwärtige Leichnam abgelegt werden, den man mit vor Blut klebrigem Garn vom Schambein zum Brustbein notdürftig zusammengeflickt hatte.

Und Antoinette, die dort im Winkel zitterte und bei der man nie wußte, was ihr noch einfallen konnte. »Sie wird genau das tun, was ich ihr befehle«, hatte Malouin des Essarts erklärt. »Sie kennt sich aus mit Geisterbeschwörungen, sie hat es in Holland pausenlos geübt, die arme Irre!« Und hinzugefügt hatte der eitle Fant: »Ich brauche sie nur kurz zu duzen, sie bei ihrem Vornamen zu nennen.« Das arme Ding, dachte Wilhelm ungerührt.

Die Kutsche war in einiger Entfernung stehengeblieben. Schweigend kamen die vier Männer näher, der Kunstfreund

und Martinelli vorn, dahinter die beiden Gefährten des Prinzen, das Vorrecht verfluchend, das sie hierhergebracht hatte. Sie blieben übrigens bald zurück.

Nun gelangten Martinelli und der Kunstfreund zum Eingang der Grotte. Deutlich erkannte man den ausgestreckten Leichnam, die über allem thronende Wachsbüste, einen Mann, der die Fackeln zurechtrückte, Antoinette, aufrecht stehend, grau gekleidet, kreidebleich. Der Fürst hielt inne.

»Sie ist gekommen«, stellte er etwas überrascht fest.

»Warum hätte sie nicht kommen sollen?« fragte der Chevalier erstarrend.

Es kostete ihn übermenschliche Anstrengung, nicht um sich zu blicken. Er spürte, daß ringsum Schattengestalten standen. Aber waren es Wilhelms Leute oder andere?

»Angst, irgendwelche Skrupel ...« sagte der Kunstfreund.

Bedächtig setzte er sich auf einen der mächtigen Steinblöcke, die eine Art Freitreppe zur Höhle bildeten.

»Sie werden Ihre Kleidung beschmutzen, Monseigneur«, murmelte Martinelli mit zusammengebissenen Zähnen.

»Wenn man bedenkt, daß ich dieses Mädchen begehrt habe«, seufzte der Prinz, und es klang ganz natürlich. »Sie kann einem angst machen.«

Er warf dem stehenden Martinelli einen verschleierten und zugleich durchdringenden Blick zu.

»Ich will Ihre Nerven nicht über Gebühr strapazieren, aber sagen Sie mir ... besitzt sie wirklich übernatürliche Kräfte? Was Sie mir erzählten ... Das mit dem Glas Wasser ... Glauben Sie daran?«

In seiner Stimme klang flüchtige, aufrichtige Naivität mit. Martinelli fühlte sich veranlaßt, ebenso aufrichtig zu antworten.

»Ich weiß nicht. Sie ist zwar schön, aber niemals, keinen Augenblick lang habe ich sie begehrt. Sie hat mich eher seekrank gemacht. Ich bin wohl nicht mutig genug, dem Unglück ins Gesicht zu blicken. Dem völlig unberechtigten Unglück, das bis zur Neige durchlebt werden mußte, dem reinen Unglück. Doch es ist möglich ... ja ... ich glaube schon, daß sie, quasi als Ausgleich, daß Antoinette ... über gewisse Kräfte verfügt. Vielleicht ist es gar kein Ausgleich, sondern ein weiteres Unglück. Es wird viel geredet über das Böse, die Theologen haben Gott weiß wie viele Seiten darüber verfaßt, aber das Thema Unglück – das völlig unverdiente Unglück, das wie etwas Zufälliges, wie ein zufällig gezogenes Los über einen hereinbricht ...«

Plötzlich sah er sich selbst in der unbarmherzigen Sonne stehen – sie brannte oft so stark, daß sie Heuballen in Brand setzte –, sah sich im trostlos steinigen Sizilien, wie er dem Unglück den Rücken kehrte, es verließ, es verleugnete. Wie er dem Unglück zum Abschied zuwinkte, jener alternden Frau auf der Schwelle ...

»Was machen sie bloß?« fragte sich Wilhelm wütend. »Als ob jetzt der geeignete Augenblick wäre für lange Reden! Wenn jemand kommt ... Wenn Antoinette schlappmacht ...«

Die beiden »Gäste« hielten sich respektvoll in einiger Entfernung und wandten den Blick vom Schauspiel in der Grotte, das sich immer deutlicher aus der Dunkelheit heraushob.

Der Blick des Kunstfreunds enthielt Sympathie.

»Sie haben den Glauben nicht«, sagte er.

»Und Sie, Monseigneur?« fragte der Chevalier kühn.

Gleichzeitig spürte er, daß das Unternehmen gescheitert war. Im Tonfall des Prinzen lag jene Nachsicht, die einem Verurteilten zuteil wird.

»Man kann nicht gleichzeitig Macht und Glauben besitzen. Manchmal schien mir die Idee des *anderen* glaubwürdig ... Aber alles übrige ... Das Leben nach dem Tod, der Lohn ...«

»Man braucht sehr viel Mut, um zu glauben«, sagte Martinelli. (Er hatte das Unglück geleugnet. Wäre er gläubig gewesen, hätte er sich für verdammt halten können.)

»Aber Sie waren mutig genug, hierher zu kommen«, sagte der Prinz und erhob sich.

Der Waffenstillstand war beendet. Ihre Blicke maßen sich, sie standen auf gleicher Höhe.

»... Haben Sie einen Wunsch?«

»Ein christliches Begräbnis für diesen armen Teufel«, entgegnete Martinelli. »Es wäre mir arg, das Gefühl zurückbehalten zu müssen, eine Art Sakrileg begangen zu haben, eine Art Verrat, eine Beleidigung des... des Unglücks.«

»Ein nobles Gefühl. Und haben Sie nicht noch etwas anderes verraten? Na los, nicht gleich blaß werden. Sie haben doch bisher Haltung bewahrt. Hinter der Baumgruppe dort werden Sie ein Pferd finden. Ein sehr gutes Pferd... Ein spanisches Pferd... Beeilen Sie sich, wir sind umzingelt.«

Martinelli zögerte noch. Er wollte noch mehr erfahren, wegen Antoinette.

»Selbst unter solchen Umständen wollen Sie auf das Experiment verzichten?«

»Sie sind verrückt, Martinelli. Ein echter Narr! Ein Don Quichotte! Retten Sie Ihre Haut! Auch ich mag das Unglück nicht.«

Die Schattengestalten hatten Form angenommen. Martinelli machte sich schnellen Schritts aus dem Staub.

»Gehen wir nicht weiter, Monseigneur?« fragte einer der Gefährten des Prinzen.

»Nein.«

Und zum Kommandanten der kleinen Truppe, die, von einem anonymen Polizeibeamten verständigt, seit fünf Stunden hier Posten bezogen hatte:

»Schicken Sie diese junge Frau nach Hause. Begleiten Sie sie, wohin sie will. Und stellen Sie keine Fragen. Ich sage es nochmals: Keine Fragen!«

»Auch kein Wort von Ihnen, Monseigneur?« fragte der Mann zaghaft.

Der Kunstfreund zögerte, stolperte über einen huldvollen Satz wie »Ich küsse ihr die Hände«, verzichtete aber darauf. Man küßt dem Unglück nicht die Hände. Es könnte ansteckend sein.

»Nichts.«

Ein paar Minuten später waren ein Dutzend Männer aus den verschiedensten Höhlen, wo sie sich versteckt gehalten hatten, hervorgezerrt und nach einem Handgemenge, das nur zwei Tote forderte, festgenommen worden. Wilhelm von Schlieben war nicht unter ihnen. Er war rechtzeitig geflohen, und da die von ihm angeheuerten Söldner seinen Namen nicht kannten, hatte er sich dreist nach Sceaux begeben können, wo der Bericht seines Mißerfolgs Jammern und Klagen auslöste, das sich gegen Morgen in neue Pläne verwandelte.

Im Hôtel des Arcoules erfuhr Jeannette, daß ihr Mann entkommen konnte, nichts weiter. Catherine wartete die ganze Nacht auf Nachrichten. Gegen Morgen erschien ihr Vater und holte sie mit der gleichen Unbekümmertheit, mit der er sie fortgegeben hatte, nach Hause zurück. Angesichts seiner guten Laune wurde ihr klar, daß man ihm für diese Handlung Geld gegeben hatte.

Seit Jahren lebe ich nun schon vom Ruhm meiner Büste der *Tränen*. Er war Auslöser für die Bestellung meiner *Zwillinge*, die gleich von mehreren Anatomischen Instituten angefordert wurden, sogar von einigen deutschen und russischen, und so wurde mein Namen auch an ausländischen Fürstenhöfen bekannt. Die *Tränen* haben mir Glück gebracht. Dabei war im Handgemenge in den Steinbrüchen von Vanves die Büste des Kunstfreunds zu Bruch gegangen. Doch er war so gütig, eine neue bei mir zu bestellen, gleichsam als Entschädigung dafür, daß der Chevalier ins Exil gehen mußte, und damit war die Mode lanciert.

Im Hause meines Vaters arbeitete ich mit Feuereifer, trotz meiner Trauer um den Abwesenden. Eines Tages bat mich Charles Sanson um ein geheimes Treffen, um mir die Kopie der *Tränen*, die ich für ihn angefertigt hatte, zurückzugeben. Er hatte, wie er sagte, keine Verwendung mehr dafür. Ich vermutete dahinter etwas wie enttäuschte Liebe.

Zwei Jahre waren vergangen. Und obwohl sie bei dem Duc und der Duchesse du Maine nach einer weiteren mißglückten Konspiration (die »Cellamare-Konspiration« genannt wurde, obwohl meines Erachtens dieser unglückselige Gesandte, der sich in Paris so wohl fühlte, den geringst möglichen Anteil daran hatte) in Ungnade gefallen war, hatte Antoinette von der

Herzogin doch noch eine Mitgift erhalten, wodurch sie trotz ihres Alters – sie war fast dreißig – in der Lage war, in eine angesehene Marseiller Familie einheiraten zu können. Sie war also fort, war allein gegangen, und kurz darauf wurden die Herzogin und ihre engsten Vertrauten im Palast des Herzogs in Dijon, dann in Savigny und später, glaube ich, in Chanlay, unter Hausarrest gestellt. Andere hatten sich mit Monsieur des Essarts (der durch seine Verhaftung nun endgültig geadelt war) in der Bastille wiedergefunden, wo er schon seit Beginn unserer Affäre saß. Sie blieben nicht lange, mit Ausnahme einer gewissen Dufresne, die dort starb. Wilhelm war auf der Flucht gefaßt worden, in Bayonne. Ich hatte nie mehr von ihm gehört, aber er fehlte mir auch nicht.

Tiefen Kummer bereitete mir hingegen der Tod von Jeannette. Die Hebamme aus der Schenke zum Schweinehirten hatte nur allzu recht behalten. Die entscheidende Nacht der Verschwörung, in der sie Jean-Maries Drängen nachgegeben hatte, wurde ihr zum Verhängnis. Sie starb neun Monate später im Kindbett, und das Kind, ein kleiner Junge, der nicht einmal mehr getauft werden konnte, folgte ihr gleich nach der Geburt. So blieb ihr zumindest der Kummer erspart, ein paar Jahre später miterleben zu müssen, wie ihr Jean-Marie mit dem Rest seiner Bande ergriffen und aufgehängt wurde.

All diesen Schicksalsschlägen war Antoinette entkommen. Wie es schien, hatten ihre Abenteuer und Qualen ein glückliches Ende gefunden. Ihr beträchtlich älterer zukünftiger Gatte – aus ehrbarem Amtsadel – brachte ihr schier unerschöpfliche Güte entgegen. Seine Familie war entfernt verwandt mit den Montespans und folglich indirekt auch mit dem Duc du Maine, und er führte alle Erlebnisse Antoinettes auf ihre übergroße Opferbereitschaft zurück. Diese Einschätzung, aber auch seine persönlichen Eigenschaften, veranlaßten ihn zu Verständnis, Nachsicht und – was noch wichtiger ist – zu Diskretion. Der Ehevertrag wurde unterzeichnet, und ich bekam Post von Antoinette aus Marseille.

Ihr Brief überraschte mich ein wenig. Sie hatte von meinen

verschiedenen Anstrengungen erfahren, mit denen ich die Festnahme des Chevalier und folglich auch ihrer Person zu verhindern versucht hatte, und war mir dankbar dafür. Sie sah darin viel mehr Freundschaft, als ich tatsächlich bewiesen hatte. Außerdem habe sie – in ihrer damaligen Verfassung und in jener schwierigen Zeit – keine andere Freundin gehabt als mich. Das sagte sie so natürlich, daß es mich rührte. Ein paar Worte noch über jenes Abenteuer, das sie zu vergessen suchte und über das, was sie betonte, nie mehr geredet werden sollte. Da sie vom Geschick ihrer Büsten nichts wußte, fragte sie mich, ob ich einen Weg sähe, wieder in den Besitz dieses meines Werkes zu gelangen (sie meinte die Büste von Sanson) und ersuchte mich, es zu zerstören oder zumindest zu verstecken. Sie wolle mich zwar nicht um den Ruhm bringen, den das Werk mir einbringen müsse, doch sei es ihr lieb, wenn ich – unter Wahrung der anatomischen Besonderheiten – die Gesichtszüge ein wenig verändern könnte, damit sie nicht zu identifizieren sei ... Diesem Brief lag ein Päckchen für Sanson bei; sie bat mich, es ihm auszuhändigen. Noch ein paar gutgemeinte Worte: Ich sei ihr in schwerer Zeit eine große Stütze gewesen, und sie wisse, daß ich es jetzt auch schwer hätte. Doch wir sollten uns freuen, daß dem Chevalier die Flucht gelungen sei, und Spanien sei nicht so weit und so unwirtlich, als daß er nicht bald zurückkehren oder ich ihm dorthin nachfolgen könnte ... »Mir scheint es undenkbar«, schrieb sie, »daß zwei wie füreinander geschaffene Menschen sich nicht wiederfinden.«

Diese Bemerkung erfüllte mich mit Freude. Ich spürte, daß sie es ehrlich meinte. Der Ton ihres Briefes insgesamt verblüffte mich indes. Sie bat mich, als wäre es eine Selbstverständlichkeit, ihr für die bevorstehende Heirat gewisse Dinge zu schicken, die sie in Marseille nicht finden könne oder die nicht nach ihrem Geschmack seien. Es waren unzählige Kleinigkeiten, es ging um Bettlaken, Geschirr, Nachthemden, Nachthäubchen, Spitzen für Manschetten und Spitzen für Beffchen, für die sie sich plötzlich leidenschaftlich zu begeistern schien. Sie fragte mich auch, ob es wahr sei, daß in Paris die Röcke nicht mehr mit Roßhaar unterfüttert oder von mehreren Unterröcken gestützt würden, sondern nur noch von einem Weidengeflecht. Wenn es allgemein üblich, schicklich und elegant sei, möge ich ihr doch ein Modell mitschicken. Bei der Hitze in Marseille, an die sie nicht gewohnt sei, würde ihr ein Kleid dieser Art gute Dienste leisten. Die neue Mode war in diesem Jahr von England herübergekommen, doch man hielt sie noch für recht unziemlich (bis die Gewohnheit siegte). Einige Damen, die den letzten Schrei und den guten Ruf in Einklang zu bringen trachteten, ließen sich solche Weidengeflechtreifen anfertigen, aber nur bis zum Knie, danach kam eine breite Roßhaarbordüre, damit der Rock sich nicht unversehens hochstülpen konnte. Das nannte man »Jansenistenkörbe«.

Da es meine Gewohnheit ist, nicht mehr zu tun als das, worum man mich bittet, entsprach ich dem Wunsch nach Spitzen und Reifrock, Laken und Überzügen, Ausstattungsstücken für ein Stadthaus, das nach Antoinettes Worten Wohlstand zu bezeugen schien. Aber auch ich hatte mich nicht zu beklagen. Mein Vater war so rücksichtsvoll gewesen, zu sterben, und so kam ich zum erstenmal dazu, mich über seinen Geiz zu freuen, der mir nicht nur ein zwar heruntergekommenes, aber sehr schönes und gut gelegenes Haus verschaffte, sondern auch ein hübsches Kapital in Gold, denn zu Lebzeiten hatte mein Vater Monsieur Laws Verbote schlichtweg mißachtet. (Auch dieser Herr starb übrigens im gleichen Jahr.) Durch einen Glücksfall konnte ich meine Aktien mit gutem Gewinn verkaufen und hatte nun Geld genug, um das ererbte Haus restaurieren zu lassen. Da ich nicht verheiratet war und es auch nicht zu sein wünschte, beabsichtigte ich, ein Leben in freiwilliger Bescheidenheit zu führen, unterstützt von einem soliden Einkommen (nur unter dem Aspekt der Solidität wird Bescheidenheit geachtet); ich wollte in der Gesellschaft leben, meinem Interesse für die Naturwissenschaften frönen und das Ganze mit einer Prise Frömmigkeit würzen (notwendig, wenn man unverheiratet bleibt). Mein Ehrgeiz war es, einen Salon zu haben, was mir nach und nach auch gelang. Ich werde noch erzählen, wem ich das verdankte. Wahre Einsamkeit ist die Abwesenheit des geliebten Menschen. Darunter litt ich Tag für Tag. Abgesehen davon war ich umgeben von Luc, Lucien und Bénédicte, die ich nach dem Tod meines Vaters aufgenommen hatte und in meinem Hause erziehen ließ.

Diese Details glaubte ich Antoinette mitteilen zu können. Zu dieser Zeit war sie meine einzige Freundin, wenn man das so nennen kann. Und vor allem die einzige, die, außer mir, den Chevalier gekannt hatte. Das genügte, um sie mir teuer zu machen, da ich kein greifbares Andenken von ihm besaß. Die Spekulation hatte die uralten oder unbewohnbaren Häuser auch jenseits der Stadtgrenzen zerstört, und wie die anderen war auch das Hôtel des Arcoules zusammengebrochen, mitsamt dem Kuriositätenkabinett und jenem gelben Zimmer, in das ich mich zurücksehnte.

Das schrieb ich ihr allerdings nicht. Meine Seufzer behalte ich für mich. Doch allein schon Sätze wie »als Sie noch in der Rue d'Enfer wohnten«, oder »als ich mit meiner Dienstmädchenhaube zum Geflügelhändler lief« weckten wertvolle Erinnerungen in mir (unser ewiger Streit, Chevalier Martinelli!). Ich schrieb zwar an Antoinette, aber eigentlich für mich, für ihn, denn seit zwei Jahren war ich ohne Nachricht, obgleich man mir beteuerte, er sei nicht tot. Doch da Alberoni, ursprünglich allmächtiger Premierminister in Spanien, in Ungnade gefallen war, mußte mein großer Politiker sich noch versteckt halten in diesem Land, das er für das sicherste Asyl gehalten hatte. Er mußte seine Meinung inzwischen geändert haben. Denn als es ihm endlich gelang, mir eine Botschaft zukommen zu lassen, fand ich darin diesen erstaunlichen Satz: *»Diese verschiedenen Unglücksfälle hätten mich weniger berührt, wenn sie mich nicht von Ihnen getrennt hätten und wenn ich vermocht hätte, sie nobler Ergebenheit oder einer Überzeugung, die die meine wäre, zuzuschreiben.«*

Seine Worte erstaunten mich dermaßen, daß ich mich gedrängt sah, sie Antoinette mitzuteilen. Ich übersprang natürlich, was sich auf unsere Trennung bezog und nur uns beide anging (obwohl es mir bemerkenswert schien, daß wir nie aneinander gezweifelt hatten), aber ihr gegenüber hob ich nur die »noble Ergebenheit« und die »Überzeugung« hervor. »Noble Beweggründe«, schrieb ich, »sind in Mode gekommen, obgleich all diese alten Knaben sie für gefährlich halten. Ich stelle fest, daß unsere Geistesblitze bis Spanien reichen. Ich frage mich, ob man dort auch schon Jansenistenkörbe trägt.«

Nach diesem Scherz hielt ich inne. Der Chevalier hätte bei aller noch so noblen Überzeugung laut gelacht. Er ließ keine Gelegenheit zum Lachen aus. Aber Antoinette war nicht zum Lachen veranlagt. Selbst ihre endlosen Erläuterungen zur Anzahl der Nachtmützen, die für einen anständigen Hausstand erforderlich seien, entbehrten jeglichen Witzes. Man hätte meinen können, es handle sich wieder um Finten und Ausflüchte. Aber danach konnte ich sie leider nicht fragen. Der Zweifel würde bestehenbleiben. Ich konnte mich indes nicht entschließen, den Brief zu beenden. Es gab nicht nur die zwei Listen von ihr, die sich auf Tischtücher und Kamindeckchen bezogen, sondern auch ihre Bitte, *Die Tränen* zu zerstören oder zu verunstalten. Sollte ich ihr sagen, daß ich mich dazu nicht in der Lage sah? Sollte ich ihr von Sansons Besuch erzählen?

Da er nicht wagte, mich in meinem neuen Haus aufzusuchen, und das Hôtel des Arcoules zu drei Vierteln zerstört war, nannte er mir als Treffpunkt das Erdgeschoß eines Hauses in der Rue des Eperonniers, in der Nähe der Richtstätte, wo absolute Diskretion garantiert sei. Ich willigte ein. Um meine Reputation machte ich mir weniger Sorgen: Ich war über zwanzig Jahre alt, und es scherte mich wenig, wenn man mich mit dem Henker zusammen sah.

Der Ort war in der Tat unauffällig. Eine kleine, schmucklose Tür, in die Mauer eingelassen, kaum zu erahnen. Ich hatte sogar Mühe, sie zu finden. Meine Sänfte hatte ich in einiger Entfernung halten lassen. Die gut erzogene (oder besser gesagt: gut geölte) Tür öffnete sich wie von selbst, und schon befand ich mich in einem großen Salon, dessen Wände ganz mit neuem, rotem Damast bespannt waren. Es gab Stiche mit schlüpfrigen, wenn nicht gar obszönen Motiven, allerdings von beachtlicher Qualität, und eine Vielzahl von Causeusen, Kanapees, Tischchen und erstaunlich breiten Sesseln – Sie verstehen! – in gefälliger Anordnung. Eine Lasterhöhle, kein Zweifel, aber im Grunde ist man dort am sichersten, denn derjenige, der vorgäbe, einen dort gesehen zu haben, würde gleichzeitig bekennen, selbst dort gewesen zu sein.

Sanson war schon da. Düster und, wie mir schien, noch schwerfälliger und grobschlächtiger als sonst. Die Augen mit den weiblich anmutenden Wimpern waren immer noch schön. Aber er rührte mich nicht mehr.

»Dies ist der Ort...« sagte er kurzerhand und ohne jegliche Höflichkeitsfloskel, was mich erstaunte, da er stets der vollendete Kavalier gewesen war oder ihn gespielt hatte... »Das ehemalige Haus der Brincourt. Der Raum wurde renoviert, aber es ist der alte Stil. Damit die Stammkundschaft erhalten bleibt.«

Diese Details schienen mir unwesentlich. Und da ich auf einem der Tischchen eine Kiste gewahrte:

»Sind das...?«

»*Die Tränen*, ja. Nur noch ein anatomisches Modell. Ihnen kann es von Nutzen sein.«

Selbst seine Sprechweise war schwerfälliger geworden, jedes Wort schleppte einen Ballast bitterer Resignation mit sich. War er nur affektiert? Wollte er provozieren? »Sie wollten mich doch als Henker erleben? Nun bin ich es, vom Scheitel bis zur Sohle!«

Seit zwei Jahren hatte ich ihn nicht mehr gesehen. Seit zwei Jahren war der Chevalier in Spanien. Mein Vater war gestorben. In Paris rumorte es noch vom Sturz des Monsieur Law, viele waren ruiniert, andere im Begriff, ihrem Leben ein Ende zu machen, und wieder andere, die Schlaueren, hatten auf den Trümmern dieses enormen Kartenhauses ein Vermögen aufgebaut. Man munkelte von einer französisch-spanischen Allianz, die vielleicht zur Rückkehr des Chevalier führen würde. Und ich hatte die Verantwortung für Luc, Lucien und Bénédicte, die im alten traurigen Garten spielten, wo ich einst allein herumgeirrt war. Ihre fröhlichen Schreie beflügelten meine Pläne zur

Neuordnung meines Lebens und meines Hausstandes. Ich hatte wirklich andere Sorgen als die Melancholie Monsieur Sansons.

Aber nun war ich einmal da.

»Haben Sie Nachrichten?« fragte er auf diese neue, fast grobe Art, die ihm nun eigen war.

Ich fragte nicht, von wem, zierte mich aber auch nicht, denn ich wußte, wen er meinte.

»Ein oder zwei Briefe. Ein Päckchen für Sie, das ich Ihnen mitgebracht habe.«

»Und?«

»Nun, die Dinge scheinen ins Lot zu kommen... Monsieur des Essarts ist nicht mehr in der Bastille, die ihn, glaube ich, von so manchen seiner Hirngespinste befreit hat. Er wird nach Marseille aufbrechen, um seiner Tochter bei der Gründung ihres Hausstandes zu helfen.« (Ich zog es vor, Antoinettes Namen nicht zu erwähnen, um ihn nicht noch mehr zu verletzen. Aber meine Rücksichtnahme wurde nicht belohnt.)

»Hat Antoinette sich mit ihrem Schicksal abgefunden? Beklagt sie sich? Nein, nicht wahr?«

Was sollte ich sagen? Mit Nachthäubchen und Tischwäsche konnte man diesem verzweifelten Mann nicht kommen.

»Sie findet sich ab«, sagte ich vorsichtig. »Eine andere Stadt, der völlige Bruch mit der Vergangenheit...«

Er war empört.

»Bruch mit der Vergangenheit! Mit diesem hier!« Seine Geste wies auf den Raum, sich selbst, die Kiste mit der Büste, mich und was weiß ich sonst noch. »Wird sie das alles je... vergessen können?«

Heftig riß er das Päckchen auf. Es enthielt – ich sah, daß kein Wort an ihn beilag – den blutfarbenen Ring, den ich stets an Antoinettes Finger gesehen hatte.

»Gewiß, gewiß wird sie das!« sagte ich gereizt. »Es wäre doch sinnlos, wenn sie ihr Leben lang weinen würde.«

Auf einmal setzte er sich. Bis dahin waren wir stehengeblieben, steif, da wir einander nicht mehr wiedererkannten, verlegen, weil wir uns zuviel oder zuwenig zu sagen hatten. Da war er wieder, dieser Blick, diese schmerzerfüllte Frage, dieser Hundeblick, der die kleine Catherine einst so gerührt hatte. Aber ich war nicht mehr die kleine Catherine.

»Stimmt, dafür gibt es keinen Grund. Für niemanden«, sagte er wie zu sich selbst, etwas verschleiert, aber ich verstand. Und in einem Aufwallen von Empörung oder Leidenschaft: »Sie war unschuldig, verstehen sie! Vollkommen unschuldig! Wer auch immer ihre Mutter oder ihr Vater war! Wir... Wir waren zu zweit. Wir waren zusammen. Die einzige Person...«

Er hielt inne, fand keine Worte, um das zu beschreiben, was er für die einzig mögliche Liebe gehalten hatte.

»Es gab keinen Grund für unser Unglück«, sagte er dann und stockte erneut vor der Unzulänglichkeit seines Satzes.

Seine großen Hände verkrampften sich auf seinen Knien, dumpfe Wut ging von ihm aus, die sich nicht nur gegen Antoinette richtete, sondern gegen die ganze Welt, die ihn ablehnte. Er flößte Angst ein.

»Aber...«, sagte ich leicht zitternd, »um uns herum... müssen viele Unschuldige leiden... Jeannettes Kinder...«

»Lumpengesindel!« sagte er heftig. »Der Vater ein Bandit, den die Mutter bei euch versteckte...«

»Aber Antoinettes Vater oder ihre Mutter... Ihr eigener Vater... Und die Hungersnöte, die Kriege, die so viele Opfer fordern...«

Eifrig und sanft redete ich auf ihn ein, wie man mit einem Verrückten redet, und gleichzeitig mußte ich immer wieder daran denken, wie unpassend solche Gespräche an diesem Ort waren. Allerdings erweckte der Ort in ihm keine Erinnerung an ausgelassene Lustbarkeiten, sondern er war eine Station auf Antoinettes Kreuzweg. Man soll nicht denken, ich hätte kein Mitgefühl gehabt. Ich spürte, daß er aufrichtig litt. Aber daß er sich gewünscht hatte, Antoinette solle ewig leiden, das war eine Art zu lieben, mit der ich nicht einverstanden war.

»Sie lieben sie doch. Sie sollten ihr ein wenig Frieden, Vergessen wünschen.«

»Ich liebte nicht sie«, erwiderte er heftig. »Ich liebte *Die Tränen.*«

Jemand kam. Er stand auf, warf einen Blick auf die Kiste und sagte noch diese merkwürdigen Worte:

»Im Grunde gibt es keine Erbsünde.«

Den Ring hatte er sich an den kleinen Finger gesteckt.

Die Fillon erschien mit einem Mann ohne Livree, der die Kiste zu meiner Sänfte bringen sollte. Sie stand plötzlich da, entschuldigte sich dafür, sagte ein paar höfliche Worte, die ich gern entgegennahm, weil ich nur allzu froh war, einem längeren Gespräch mit einem Mann zu entkommen, für den ich nichts tun konnte.

So erfuhr ich, daß unser Polizeiinspektor, weil er Jeannettes Mann hatte entkommen lassen und das Malouin-Komplott nicht ernstgenommen hatte, abgesetzt und in bitteres Elend gestürzt worden war. Der anonyme Kommissar, der Jean-Marie Vignerons Beteuerungen Glauben schenkte, hatte die Kastanien aus dem Feuer geholt und war befördert worden, in welche Rangstufe, weiß ich nicht. Die Fillon war betroffen, doch nicht allzulange und nicht übermäßig, da Jailleau zwar diskreditiert worden war, sie aber nicht verdächtigt wurde. Im Gegenteil: Wie sie mir sagte, hatte auch sie eine Rolle gespielt bei der Aufdeckung der sogenannten Cellamare-Konspiration, die ein paar Monate nach der »unseren« ebenfalls aufflog. Mütterlich-betulich ließ sie mich wissen, der Regent verübele mir nichts, empfehle mich sogar anderen, die für Kuriositäten Interesse zeigten. Jetzt wußte ich, wem ich bestimmte Bestellungen verdankte. Mein höfliches Gebaren gegenüber einer Kupplerin mag erstaunen, doch mir ging es nur darum, daß Sanson verschwand, mitsamt seinem Zorn, seinem Kummer und all seinen Gefühlen, die durch längeres Darauf-Herumreiten nicht heiterer wurden. Daher unterhielt ich mich mit dieser Frau, deren Berufsstand man im übrigen hätte erraten können, denn wenn sie wollte, konnte sie bezwingend höflich und liebenswürdig sein. Auch das sollte sich positiv auswirken, denn meine Zuvorkommenheit, deren Motiv sie nicht erriet, berührte sie angenehm, und als ich einige Zeit später begann, Gäste einzuladen und den Kern dessen, was man heute einen Salon nennt, zu bilden, erfuhr ich, daß die Fillon, des Lobes für mich voll, ihre vornehmsten Kunden schickte, was sich anfangs als durchaus hilfreich erwies. Kurzum, nachdem wir uns in Höflichkeitsbezeugungen ergangen hatten, wandten wir uns wieder Sanson zu, von dem wir beide nichts anderes erhofften, als daß er sich verabschieden und für immer aus unserem Leben verschwinden möge. Er kniete in einem Winkel des Raumes und betete.

»Lassen wir ihn«, flüsterte die Fillon. »Ich kümmere mich um ihn. Laufen Sie nur, gehen Sie schnell, mein Kind.«

Dies war das letzte Mal, daß jemand Kind zu mir sagte, und auch das letzte Mal, daß ich Sanson sah. Als ich aus der Tür ging, murmelte er noch:

»Sollten Sie eines Tages *Die Tränen* noch einmal modellieren ... mit einem anderen Gesicht ...«

»Ich werde daran denken«, sagte ich und floh, fest entschlossen, nichts dergleichen zu tun.

Dies alles Antoinette zu schreiben, zögerte ich. Ihr heute von Sanson zu erzählen, gehörte sich nicht. Welchen Sinn sollte ich ihrer beider Forderung beimessen? Ohne ihr Gesicht hatten *Die Tränen* für mich überhaupt kein Gesicht mehr.

Eine gesichtslose Träne, eine Träne im chemischen Sinne, mag interessant sein. Sie läßt sich wiegen, analysieren, man kann beschreiben, woher sie stammt und wie sie sich bildet. Aber das Wunderbare ist die Verbindung dieser chemischen Träne mit der unwägbaren, formlosen, sich in ihr ausdrückenden Traurigkeit. Das war der eigentliche Sinn dieses Doppelporträts (ich gebe zu, es war zwiespältig, und deshalb nannte mein Meister meine Büste zwar gelungen, aber unrein unter wissenschaftlichem Aspekt), vielleicht auch der eigentliche Sinn von Antoinettes Leben. Wir hatten alles oder fast alles über sie in Erfahrung gebracht, wußten aber dennoch nie, warum sie einen verstörte, Fragen aufwarf. Die Schönheit, ja. Die Schönheit und das Leid. Vielleicht weil Schönheit dem Leid zum Trotz eine Spur Heiterkeit und Harmonie enthält? Aber Antoinette ließ keinerlei Heiterkeit aufkommen. Sie vermittelte eher das Gefühl extremer Unordnung, deren eines Element auch Harmonie war. Aber ebensogut hätte man behaupten können, ihre Verstörung sei harmonisch, und die Unordnung sei nur eines der Elemente, die Harmonie erst möglich machen. So könnte man endlos argumentieren und wieder einmal sagen, Antoinette sei eben ein wenig verrückt und vielleicht gar ein wenig dumm. Tragische Geschicke basieren häufig auf derlei Mißverständnissen.

Hier gleich das letzte. Während ich mich noch umhören wollte nach dem Preis feiner Samtgewebe und nach einer Wendung suchte, um indirekt zu fragen: »Antoinette, wie schaffen Sie es, mit nur einem Profil zu leben?«, hatte sie mir bereits geantwortet. Ich schrieb immer noch (mit der nächsten Post würde der Brief wirklich abgehen, denn Antoinette wartete gewiß schon ungeduldig), als ein gewisser Kapitän Chataud in Marseille einlief – mit sieben Toten an Bord. Das Lazarettpersonal wahrte die obligatorischen Sicherheitsmaßnahmen längst nicht mehr. Die Pest wurde nicht gleich erkannt. Mademoiselle Malouin des Essarts und der Président de Laugiron waren unter den ersten Opfern. Am Abend vor ihrer Hochzeit, so hieß es zumindest, habe sie ihr Schicksal ereilt. Daß sie tot waren, daran bestand kein Zweifel, aber daß es am Abend vor der Hochzeit geschah, könnte wieder einmal Antoinette angelastet werden. Sie gab von Natur aus zur Legendenbildung Anlaß. Es fehlte nicht viel, und man hätte behauptet, sie sei zu Füßen des weiß verhängten Altars pestschwarz zusammengebrochen. Und ich, die ich doch so gar nicht zu Legenden, zu Mysterien neige, schrieb schon an eine Tote, als ich noch am Federkiel nagte und nach den passenden Worten suchte.

Vieles hat sich seitdem verändert. Ich war arm und bin nun fast reich. Ich war häßlich, als große aristokratische Nasen und juwelenbehängte üppige Brüste Mode waren, und bin nun fast hübsch (zumindest gesteht man mir mit meinen dreißig Jahren »Reste von Schönheit« zu). Ich war unbekannt, und jetzt rechnet man es sich zur Ehre an, in meinem Salon zu verkehren. Monsieur de Fontenelle ist bei mir zu Gast. Monsieur de Voltaire kennt meinen Namen! Das nennt man wohl eine glückliche Natur. Hätte ich Antoinettes Temperament gehabt, hätte ich auf dem Schafott geendet.

Sanson habe ich nie wiedergesehen. Ich weiß nicht, ob er noch immer von der Abschaffung der Todesstrafe träumt, ob er Zeit gefunden hat, vor seinem Tod Beccaria zu lesen. Kurz nachdem er mir Antoinettes Büste zurückgegeben hat, räderte er, offensichtlich ohne größere Skrupel, Graf Horn. Ich weiß auch nicht, ob er über Antoinettes Tod in Marseille informiert war, als er ein paar Monate später Cartouche auf das Rad spannte und Jean-Marie hängte, vor einer jubelnden Menge. Ich verheimlichte diese Tatsache Lucien, der seit kurzem mein Sekretär ist, und auch Luc, der heute in Bordeaux im Priesterseminar ist. Bénédicte, die mit ihren zwölf Jahren sich nur für Putz und Tanz interessiert, hat längst vergessen, daß sie einmal Eltern gehabt hat, die sie liebten. Keiner von den dreien kennt die Beziehung zwischen dem berühmten Banditen und ihrem verschollenen Vater.

Ich hingegen sah ihn an jenem Tag – dies ist mein letzter Ausflug in die Vergangenheit.

Es war im Jahre 1721. Da wir in der Nähe waren, sagte mein Kutscher, wir sollten am Richtplatz vorbeifahren. So viele Menschen waren dort noch nie zusammengelaufen. Und da sah ich ihn, den berüchtigten Cartouche, wofür ich allerdings den Kutschbock erklimmen mußte. Aber jeder kletterte, so hoch er konnte. Das war er also: ein recht kleiner Mann mit wachem Gesicht. Seine Behendigkeit hatte Bewunderung erregt. Er sprang von Dach zu Dach (ein Zeitvertreib, dem auch einige unserer Könige huldigten: Karl IX. und wohl auch Franz II., die Valois!) und mit gleicher Geschwindigkeit von Mätresse zu

Mätresse. »Sehen Sie, Mademoiselle! Da ist Cartouche! Das ist er!« sagte mein Kutscher entzückt, als wäre ihm soeben die Jungfrau Maria erschienen – deren Erscheinen womöglich nicht einmal den gleichen Effekt gehabt hätte. Anschließend wurde Jean-Marie gehängt. Aber der, den ich mir ansah dort oben auf dem Schafott im Kreis seiner Henkersknechte, war dieser Mann, den ich gekannt hatte, dieser Mann mit dem traurigen, wohlanständigen Gesicht, das Mitleid und Entsetzen einflößte. Es gibt Dinge, die sich nie verändern, was immer der Chevalier behaupten mag, den ich von Zeit zu Zeit noch meinen Meister nenne.

Nach dem Tod des Regenten war er endlich aus Spanien zurückgekehrt, braungebrannt wie ein Mohr, ausgestattet mit dem Grafentitel, nachdem der Tod seines älteren Bruders bestätigt worden war. Da es anscheinend dort nur traurige Erinnerungen gibt, werden wir seine Grafschaft nicht besichtigen. Vielleicht ist es besser so. Er will auch gar nichts mehr davon wissen, seit er mit Literaten und Philosophen Umgang pflegt und subversive Reden schwingt, die unsere kleinen Zusammenkünfte beleben. Zum Fortschritt sei er durch eine merkwürdige Geschichte bekehrt worden: Da hatte er ein Büschel Gras im Magen eines armen Teufels entdeckt, den er sezierte. Ich lasse ihm diese neue Verrücktheit. Er braucht seine Verrücktheiten. Doch auch die Verrücktheiten dieser Herren werden uns nicht weiterbringen. Sie glauben die Welt zu verändern! Als ob die Welt sich je ändern würde!

Als ich das letztemal am Richtplatz vorbeikam und wieder eine Hinrichtung stattfand (obgleich ich derartige Schauspiele, die bald aus der Mode kommen werden, zu meiden pflege – hier ist ein Fortschritt, auf den ich zu hoffen wage!), stand auf dem Schafott ein hübsches Kind von sieben oder acht Jahren, ein wenig blaß, mit großen schwarzen Augen. Man sagte mir, es sei der Sohn des verstorbenen Sanson. Das Amt sei auf ihn übergegangen, und er müsse nun, um seine Prämie zu erhalten und sich abzuhärten, Hinrichtungen aller Art beiwohnen, die, ohne daß er selbst Hand anlegte, von seinen Gehilfen ausgeführt würden.

Sein Name war Charles Jean-Baptiste. Neugierige, mitleidige, entsetzte Blicke hefteten sich auf den Knaben. Jemand bemerkte, er halte sich tapfer. Das sagte man früher auch von seinem Vater, nachdem er seine Kunst anzuwenden gelernt hatte. Dabei paßt der Ausdruck doch eher auf den Verurteilten als auf den Henker, oder?

Aber wir sind wohl alle sowohl Opfer wie Henker. Die zwei Profile. Jetzt werde ich noch philosophisch. Wer hätte das der kleinen Catherine zugetraut? Vor zehn Jahren hätte man darüber gespottet wie über den Schleier, wie über treue Liebe. Was letzteres anbetrifft, habe ich immer noch meine eigene Meinung, die ich aber hier nicht ausführen werde. Es ist fünf Uhr, ich höre den Chevalier die Treppe heraufkommen.

Nachwort

Dieser Roman ist kein historischer Roman. Er ist in einem historischen Kontext angesiedelt, dessen Klima ich so exakt wie möglich zu schildern versucht habe. Die Hauptfiguren sind erfunden oder könnten es sein, da man so wenig über sie weiß. Viele Anekdoten entstammen Zeitdokumenten (die Dame, die in der Oper ihre Köchin bemerkt, oder die andere, die, um Laws Aufmerksamkeit zu erwecken, »Feuer!« schreit, usw.), und das Komplott, das ich die Duchesse du Maine mit ihren Freunden schmieden lasse, ähnelt anderen, die sie nach vielen Vermutungen in der Zeit kurz vor der Verschwörung Cellamares plante oder anzettelte.

Inhalt